¿Y si lo probamos...?

Biografía

Megan Maxwell es una reconocida y prolífica escritora del género romántico que vive en un precioso pueblecito de Madrid. De madre española y padre americano, ha publicado más de sesenta novelas, además de cuentos y relatos en antologías colectivas. En 2010 fue ganadora del Premio Internacional de Novela Romántica Villa de Seseña, en 2010, 2011, 2012 y 2013 recibió el Premio Dama de Clubromantica.com. En 2013 recibió también el AURA, galardón que otorga el Encuentro Yo Leo RA (Romántica Adulta), y en 2017 resultó ganadora del Premio Letras del Mediterráneo en el apartado de novela romántica. En 2024 su exitosa novela erótica *Pídeme lo que quieras* fue llevada a la gran pantalla, y sus novelas *Tampoco pido tanto* y *¿A qué estás esperando?* fueron adaptadas en una serie de televisión. Encontrarás más información sobre la autora y su obra en:

@MeganMaxwell

@Megan Maxwell

@megan__maxwell

https://megan-maxwell.com

Megan Maxwell

¿Y si lo probamos...?

Esencia/Planeta

PEFC Certificado

Este libro procede de bosques gestionados de forma sostenible

PEFC

PEFC/14-38-00305 www.pefc.es

Avda. Diagonal, 662-664, 08034 Barcelona (España)
www.esenciaeditorial.com
www.planetadelibros.com

Adaptación de la cubierta: Booket / Área Editorial Grupo Planeta
Imagen de la cubierta: © Sophie Güet, a partir de las imágenes © Freepik y © Yaroslav Danylchenko / Stocksy
Primera edición en Colección Booket: julio de 2023
Primera edición en esta presentación: octubre de 2025

Depósito legal: B. 13.843-2025
ISBN: 978-84-08-30957-4
Impreso en España

Para ti, Guerrera o Guerrero.
Porque si has perdido algo en el camino, que sea el miedo a comenzar algo nuevo, y porque nunca olvides que, para coger un buen tren a tiempo, antes debes haber perdido el anterior.
Con amor,

MEGAN

Capítulo 1

Voy en un taxi escuchando la música que suena por la radio tras haber salido de la oficina.

Tarareo la canción *Tacones rojos*, de Sebastián Yatra, y sonrío al mirar mis zapatos mientras pienso en la niña de mis ojos. Siempre que la oigo, esa canción me da buen rollo y me levanta el ánimo.

Como de costumbre, el centro de Madrid a las siete de la tarde es un caos. Coches. Pitidos. Gente corriendo de un lado para otro, y yo disfruto observando. Soy muy cosmopolita.

Suena mi móvil. Acabo de recibir un mensaje que dice:

523

Sonrío. Mi cita ya me espera, y escribo:

Dos minutos

Una vez que dejo de mirar el móvil y me coloco bien la falda de mi vestido, el taxista se detiene y dice:

—¡Ya hemos llegado, señorita! Veintidós euros con treinta.

Saco mi tarjeta. La paso por el datáfono y, tras realizar con éxito la operación, cojo el recibo, pues soy autónoma y eso me lo puedo desgravar, me despido del conductor, que es muy simpático, y después de cerrar la puerta del taxi entro en el hotel.

Con paso seguro me dirijo hacia los ascensores. Ya me conozco el recorrido. No es la primera vez que estoy aquí. Miro el reloj.

Tengo hora y media antes de mi siguiente reunión, que me pilla cerca.

Espero la llegada del ascensor pacientemente y, tras meterme en él, le doy al botón de la quinta planta.

En el espejo del ascensor me repaso, me recoloco. Y cuando este se para y salgo de él, con seguridad y subida en mis zapatos rojos, me encamino hasta la puerta 523. Llamo. La puerta se abre y Alejandro, vestido solo con una toalla alrededor de la cintura, sonríe; yo también.

¡Qué bueno está!

Sin tiempo que perder, entro en la habitación y, en cuanto cierra la puerta, sin hablar, sin saludarnos ni nada, dejándonos llevar por nuestra caliente fantasía, nos besamos mientras mi bolso cae al suelo.

Alejandro rodea con las manos mi cintura y, sin apartar su boca de la mía, llegamos hasta una silla. Allí dejamos de besarnos. Saco mi teléfono móvil y busco en mi lista de Spotify la música cañera que deseamos para nuestro loco momento, y cuando comienza a sonar *I Gotta Feeling*, de The Black Eyed Peas, dejo el móvil sobre la cama y, tirando de la toalla que él lleva en la cintura, indico:

—Tengo una hora.

Alejandro asiente. Su duro pene ya está preparado para el comienzo del juego y, vale, reconozco que se me hace la boca agua. En décimas de segundo él se pone un preservativo y, sin siquiera desnudarme, me siento sobre él. No llevo bragas. Es parte de nuestro juego. Cuando su pene entra por completo en mi cuerpo, jadeamos de placer.

¡Qué maravilla!

Me encanta la lujuria que siento al notarme llena de él, y, mientras lo beso con auténtico deleite, comienzo a moverme mientras nuestras respiraciones se entrecortan, nuestros jadeos se acrecientan y nuestros corazones se aceleran.

Amor cero. Sentimientos, menos cero. Romanticismo..., ¿qué es eso? Pero morbo mucho, y a tope.

Por mi carácter frío e impersonal tengo algunas reglas en el sexo. Nunca mezclo trabajo con placer. Nada de casados. Nada de música romanticona mientras follamos y de treinta añitos para abajo. Así que siempre llevo yo la voz cantante, sin dejarlos opinar, y, como les gusta, disfruto de ese tipo de sexo sin amor, pero que me proporciona placer.

Durante varios minutos cabalgo a Alejandro en busca de mi propio gozo. Sé que él busca el suyo. Es parte de nuestro juego.

Agarrada a su cuello, me impulso a mí misma mientras mis caderas, que tienen vida propia, se balancean sobre él, y yo jadeo de purito gusto y placer.

¡Dios, lo necesitaba!

Minutos después, cuando Alejandro y yo llegamos al clímax, tras unos instantes nos separamos y abrimos mecánicamente la nevera del hotel para beber agua. Estamos sedientos.

Alejandro y yo nos conocemos desde hace año y medio. Coincidimos en un chat de sexo. Concretamente, de temática *swinger*. Él, veintisiete años. Yo, treinta y ocho, y ambos sin ganas de compromiso. Desde el primer instante hubo *feeling* entre nosotros, y siempre que quedamos el sexo es bueno y disfrutamos de nuestras fantasías.

El amor y el romanticismo hace tiempo que están fuera de mi vida. No tengo tiempo para eso, y por ello solo me fijo en hombres más jóvenes que yo y que no me compliquen la vida. Soy una mujer independiente que busca lo que quiere, y no hay más que hablar.

Mientras bebo agua, veo que tanto Alejandro como yo miramos nuestros teléfonos. Somos unos adictos al trabajo. Él, abogado. Yo, publicista. Y, para mi suerte, tanto él como los otros amigos que tengo con derecho a roce son como yo. Personas que no buscan amor ni complicaciones. Solo desean sexo ocasional y, una vez que terminamos, cada uno vuelve a sus vidas.

Sé que este tipo de vida, en la que los sentimientos para tener sexo ni se asoman, puede ser fría e impersonal para algunos, pero es la que yo he elegido, porque en mi vida y en mi morbo mando yo, y de momento con esto me vale.

Llaman a la puerta de la habitación. Alejandro y yo nos miramos. Sabemos que es Mario, un hombre adulto también del mundo *swinger* al que le encanta mirar y en ocasiones tocar, y como para nosotros el que nos miren o nos toquen es una fantasía, hoy lo he llamado para que viniera.

Alejandro va a abrir la puerta. Sin hablar, Mario entra. Me saluda con una sonrisa y se sienta en el butacón. Todos sabemos qué hacemos aquí. No hace faltar explicar nada.

Pongo una alarma en el móvil. Necesito que me avise cuando pasen cuarenta y cinco minutos. Alejandro se acerca a mí. Esta vez sus manos pasean por mi cuerpo ante la atenta mirada de Mario. Dejo la botellita de agua y mi móvil, y tras desabrocharme varios botones de mi vestido, este cae al suelo.

Mario y Alejandro me observan. Les gusta lo que ven. No estoy mal, aunque tampoco es que yo sea un pibonazo. Pero, oye, ¡soy resultona!

Gustosa, lo beso. Nos besamos, y entonces pongo mi trasero ante el rostro de Mario y siento que toca mis nalgas. Me da un par de azotitos mientras Alejandro me besa. Conocemos el juego, no es la primera vez que jugamos juntos. Entonces Mario coge el lubricante y la joya anal que hay sobre la mesa e, impregnándola de lubricante, separa las cachas de mi culo y la introduce en él.

Con provocación nos besamos al tiempo que Alejandro se coloca otro preservativo y en mi móvil suena la canción *Toxic*, de Britney Spears. Nos tentamos ávidos de sexo mientras Mario no nos quita ojo, hasta que Alejandro me iza entre sus brazos y, proporcionándole una buena visión de la joya anal a Mario, le exijo:

—Fóllame.

Y lo hace, ¡vaya si lo hace!

Con exigencia, busco la boca de Alejandro mientras se hunde en mí una y otra y otra vez y nos miramos a los ojos jadeando de pura lujuria y desenfreno.

El sexo morboso y caliente de este momento es simplemente sexo. Disfruto de él y de mis fantasías sin tabúes.

Tras el ardiente asalto llega otro más sobre la cama. Somos insaciables. Mario se cambia de posición para mirarnos más de cerca y darle ciertas vueltas a mi joya anal. Ese es el juego que queremos y que todos disfrutamos. Y cuando la alarma de mi móvil pita para decirme que tengo quince minutos para irme, Mario me saca la joya anal. Me doy una ducha rápida sin mojarme el pelo, y, una vez que me visto, vuelvo a la habitación y veo que Mario ya se ha ido. Me dirijo hasta la cama, donde Alejandro sigue desnudo consultando su teléfono, y cojo el mío.

Acto seguido paro la música y, tras guiñarle un ojo, él se levanta, se acerca a mí y dice:

—El próximo día espero que puedas quedarte más rato.

Sonriendo, asiento. Yo también lo espero. Y, tras lanzarle un frío beso, cojo mi bolso y me marcho.

¡Tengo una reunión!

Capítulo 2

¡Madre mía, qué nervios tengo!

Estoy en la puerta del Teatro Real de Madrid, esperando a mis padres y amigos mientras me fumo un cigarrillo. Sí, ya sé que fumar no es bueno ni está bien visto, pero, oye, ¡tengo ese vicio! Hay quienes tienen otros y yo no me meto con ellos.

Esta noche mi hija tiene su última actuación con sus compañeros, y yo estoy entre alegre, triste y emocionada porque sé que su vida y la mía, a partir de mañana, cambiará.

Oigo el ruido de una moto. De inmediato veo que se trata de mi amiga Amara. Veo que se sube a la acera y para el motor. Se quita el casco y, con gracia, mientras se baja canturrea:

—«¿Quién es ese hombreee...?».

Me río. Se parte. Anoche salimos juntas por Madrid y, cada vez que veíamos a un tipo que nos gustaba o nos parecía un chulazo de esos que quitan el hipo, cantábamos esa canción. ¡Qué bien lo pasamos!

Una vez que pone la cadena antirrobo, se acerca a mí y nos abrazamos. Amara es una buena amiga de hace años que adora a mi hija. Y cuando nos separamos cuchicheo:

—Cada vez que salimos me cuesta más reponerme.

Ambas reímos y entonces, divertida, la loca de Amara musita:

—Eso es que nos estamos haciendo mayores, reina.

—Oyeeeee... —Me río divertida también.

Nos carcajeamos, y luego suelta:

—Pues sé de alguien que ha quedado en colonizar el mundo en su próximo viaje.

De nuevo nos reímos. Se refiere a mí. Anoche, entre brindis y brindis, prometí probar y acostarme con hombres de distintos continentes en un viaje que tengo pendiente. Y cuando voy a responder dice cambiando el tono de voz:

—Hoy no tengo mi mejor día.

—¿Qué pasa?

Amara suspira y se encoge de hombros.

—Esta mañana, en el hospital, me han dicho que cuando se acabe mi contrato no me lo van a renovar —indica.

—¿Y cuándo acaba? —pregunto preocupada.

—En enero.

—¡No jorobes!

Mi amiga asiente.

—Al parecer, mi puesto se lo van a dar a la hija de un médico.

Eso me apena. Amara es una excelente enfermera y matrona. Sin ella y sin su ayuda no sé cómo me las habría ingeniado con mi hija en algunas ocasiones. Y cuando voy a responder, ella, que es pura vitalidad, dice:

—Pero, reina, ahora no hablemos de penas.

—Mejor —afirmo, y recordando algo pregunto—: ¿Cuándo tienen tus niños la exhibición?

Amara, además de trabajar en el hospital, entrena a unos niños en una piscina municipal de Madrid en la modalidad de natación sincronizada, una disciplina en la que competía en su juventud, hasta que tuvo que retirarse por una lesión.

—El viernes —indica.

Nos miramos con complicidad y luego ella pregunta con sorna:

—¿Preparada para venir conmigo por nuestro cumple al concierto de mi amado Manuel Carrasco? ¡Ya tengo las dos entradas!

Según dice eso me río. El cumpleaños de las dos es el mismo día, el 30 de septiembre. Tengo que quitarle eso de la cabeza, pero ella se mofa:

—Ah, no, perdona..., que tú no escuchas música romántica.

Pero mira lo que te digo: ¡te jodes! Y vienes conmigo, que ni Mercedes ni Leo pueden venir.

Ambas reímos, sobran las palabras, y luego pregunta cambiando de tema:

—¿Cómo está nuestra niña?

—¡Perfecta!

Mi teléfono comienza entonces a sonar y ella, cogiendo de mis manos una de las entradas, dice tras darme un beso en la mejilla:

—¡Os espero dentro! Te quierooooo...

Sonrío, decirnos «te quiero» es algo muy nuestro, y cuando se va miro mi teléfono. Seguro que es trabajo y, tras sopesarlo, decido no atenderlo. Es más, lo apago para evitar la tentación de liarme a trabajar. No quiero que nada ni nadie me prive de disfrutar de donde estoy.

Una vez que guardo el móvil en el bolso, miro con cariño a los pequeños que junto a sus padres pasan por mi lado vestidos de duendecillos y hadas. ¡Qué monos! Están nerviosos. Excitados. Llevan preparando esta actuación mucho tiempo, y sonrío al recordar a mi niña. ¡Cómo pasa el tiempo!

—*Darling!*

Es la voz de mi madre, llamándome «cariño». Ella y mi padre vienen a ver la actuación de su nieta.

Están muy guapos. Se han puesto elegantes para la ocasión, y cuando se acercan, mi padre, que más divino no puede estar, comenta estirándose la chaqueta del traje:

—Lo mío no es ir tan emperifollado.

Sonrío. Mis padres actualmente tienen una tienda de vinos en Aluche. Antes era una bodeguita. Aluche es el barrio donde me crie y viví hasta que al final y con mucho esfuerzo me independicé con mi hija, aunque ellos siguen viviendo allí.

Gustosa, toco el nudo de la corbata de mi padre y le doy un beso.

—Pues vas muy pero que muy reguapo —afirmo.

Mi madre sonríe, está feliz, y tocándose el pelo cuchichea con su acentazo inglés:

—¿Qué tal el moño italiano que me ha hecho Rosi en la pelu?

—Mamá, ¡estás guapísima!

—Se ha puesto así por si se encuentra a algún Gavilán.

Según dice eso, me río. Mi padre también. Si algo le apasiona a mi madre es la seriecita de los Gavilanes.

—Rogelio, *my love*, te he dicho cientos de miles de veces que mi Gavilán ¡eres tú! —cuchichea con gracia.

Mi padre le da un beso a mi madre y yo los miro encantada. Adoro ver cómo se quieren. Me apasiona. Y, después de que mamá le limpie el carmín de la boca con el dedo, pregunto:

—¿Cómo está *Tinto*?

Tinto es el perrete de la familia. Es un híbrido entre un yorkshire y un chihuahua, muy salado, pero ya con catorce añitos comienza a estar mayor. El mes pasado nos dio un susto cuando de pronto dejó de comer y de levantarse, pero tras cuidarlo y gracias al veterinario, *Tinto* se recuperó.

—Ese sinvergüenza está mejor que yo —dice mi padre.

Los tres nos reímos, y luego papá pregunta:

—¿La ratoncilla está bien?

Me río, mi padre y sus apodos..., y afirmo sabiendo que se refiere a su nieta:

—Está perfecta y deseosa de que la veamos bailar. —Y entregándole dos entradas, indico—: Vamos. Entrad y ocupad vuestros asientos. Amara ya está dentro. Yo estoy esperando a Leo y a Mercedes.

Sin dudarlo cogen las entradas y, tras dirigirme una última sonrisa, desaparecen por la enorme puerta.

—¡Verónica!

Al oír mi nombre, miro hacia la derecha y sonrío al ver a Gustav Petrov, dueño de la escuela de danza y prestigioso bailarín de ballet clásico afincado en España que, además, ejerce de productor y director artístico. Como siempre, el glamur que desprende este hombre al andar me encanta, y cuando se acerca a mí nos damos dos besos con cariño.

—¿Nerviosa? —me pregunta.

Sonriendo, asiento. Nos conocemos desde hace mucho tiempo.

—Zoé nos dejará sin palabras, ¡te lo aseguro! —afirma.

Asiento de nuevo. Sé que tiene razón. Mi hija es un portento del ballet. Y a continuación la acompañante de Gustav, a la que por cierto nunca antes había visto, lo mira y este dice con galantería:

—Verónica, te presento a Amelia Serapova. Amelia, ella es Verónica, una buena amiga y la madre de una de mis alumnas.

Ambas nos miramos complacidas y sonreímos. Gustav es un ruso interesante, pero para nada mi tipo. Siempre ha triunfado entre las mujeres. Estoy sonriéndole a la guapa mujer cuando esta, señalando a las niñas que pasan por nuestro lado, dice:

—Seguro que tu pequeña lo hará bien.

Vuelvo a asentir. Y totalmente segura, afirmo:

—Eso no lo dudo ni por un segundo.

La mujer sonríe, le agrada ver mi seguridad.

—¿Qué edad tiene tu pequeña? —añade.

Gustav y yo nos miramos, sonreímos con complicidad. Y, consciente de cuál será la reacción de ella, suelto:

—Veintitrés.

—¿Veintitrés mesecitos? —pregunta con gesto sorprendido.

—No. Veintitrés añitos —aclaro.

Como siempre, cuando digo la edad de mi hija, la gente parpadea sorprendida. Gustav y yo nos reímos. ¿Cuántas veces habremos oído esa preguntita a lo largo de los años?

Tengo treinta y ocho años. Lo sé. Muy poca gente de mi edad tiene una hija tan mayor, e indico con total normalidad:

—La tuve con quince años. Y lo que comenzó siendo un error de juventud e inconsciencia ha terminado siendo el mayor acierto de mi vida.

Sorprendida, la mujer asiente. La reacción de todo el mundo al saber eso es la misma. ¿Cómo puedo tener una hija tan mayor siendo yo tan joven?

Pero la realidad es la que es. Conocí a un guapo italiano charlatán llamado Gianmarco en unas vacaciones en Torremolinos con mis padres, mis tíos y mis primos, y durante un mes me sentí la chica más suertuda del mundo porque ese italiano guaperas se hubiera fijado en mí. ¡Tonterías de la juventud!

Pasé con él un verano increíble. Amigos, motos, fiestas en la playa con sus paseos cogidos de la mano y románticas canciones de amor cantadas por mi cantante favorito, que era Luis Miguel.

Estaba tan enamorada de Gianmarco, y era tan romántico y embaucador, que incluso perdí mi virginidad en el apartamento que él ocupaba con su grupo de amigos, y a partir de ese día ya no paramos de disfrutar del sexo ni una sola noche.

¡Qué vicio le pillamos!

Las vacaciones llegaron a su fin. Mi encantador italiano y yo nos despedimos entre lloros y promesas de amor. Intercambiamos direcciones. Queríamos estar en contacto porque nuestro amor era más increíble que el de Romeo y Julieta.

El primer día de regresar a Madrid le escribí. El segundo también. El tercero, más de lo mismo. Necesitaba saber de él. ¿Se acordaba de mí? Dos semanas después las cartas me fueron devueltas por ser un destinatario desconocido. Insistí. Volví a escribir, pero pasó lo mismo. Y entonces fue cuando me di cuenta de la cruel realidad: me habían engañado como a una tonta. Lo que yo sentía y lo que supuestamente él decía que sentía por mí no era lo mismo. Para mí Gianmarco fue mi primer amor. Para él, solo fui la tonta que se ligó ese verano en Torremolinos y que, inexperta en el sexo, se dejó engatusar por él.

La decepción fue tal que dejé de comer y no paré de llorar mientras buscaba explicaciones a lo que me había ocurrido y escuchaba en bucle preciosos boleros de Luis Miguel.

¡Madre mía, lo que me fustigué con esas cancioncitas!

Gianmarco, ese idiota que creí el amor de mi vida, al que le había dicho «te quiero», se había reído de mí y yo, creyendo sus mentiras, se lo había permitido. ¿Podía ser más tonta?

Mis padres, viendo el estado en el que me encontraba, se preocuparon por mí. Estuvieron a mi lado consolándome como pudieron de mi mal de amores. Eso sí, yo no les conté que había tenido sexo con él. Eso ya habría sido demasiado para ellos. ¡Solo tenía quince años!

Papá y mamá me mimaron y me cuidaron todo lo que pudieron y más. Incluso recuerdo que él, todos los días antes de subir de la bodega, me compraba un huevo Kinder en la panadería de Jesús para hacerme sonreír, pues sabía que me encantaban.

Pero entonces pasó una cosa que hizo que dejara de llorar de un día para otro, y fue que descubrí que estaba embarazada.

Madre mía..., madre mía...

¡Yo, embarazada de un italiano que ni siquiera sabía ni cómo se llamaba ni dónde vivía!

¡Por Dios, solo tenía quince años!

Ni que decir tiene que el disgusto inicial de mis padres fue tremendo, sobre todo porque me callé por miedo a las represalias, y finalmente se enteraron cuando estaba de seis meses, una tarde en la que me puse malísima y me llevaron de urgencias al hospital. Lo que ellos creyeron que sería un ataque de apendicitis resultó ser un embarazo en el segundo trimestre.

Mi pobre padre comprándome huevos Kinder, y de pronto le dan la noticia de que el huevo Kinder era yo. ¡Sorpresa!

En un principio mis padres valoraron infinidad de opciones por mi propio bien. Mamá es inglesa y mi padre, español. Susan y Rogelio. Ella moderna y él tradicional, pero la conjugación de los dos siempre ha sido lo ideal, y al final, aun siendo una niña de quince años, mis padres me escucharon y respetaron lo que les pedí.

Yo quería tener a mi bebé. Sabía, aunque no era del todo consciente, que eso supondría el fin de mi niñez, sacrificar el salir con mis amigas, las fiestas, los campamentos de verano, ir al instituto, conocer chicos, etcétera, etcétera, pero sentir los bailoteos de mi hijo en mi tripa durante esos seis meses me hizo saber que no podía deshacerme de él. Fui tan sensata dentro de mi inmadurez al hablar con mis padres que al final respetaron mi decisión.

Zoé nació un precioso día de mayo y, tras normalizarse dentro de lo que cabe nuestras vidas, comencé a ir a clases nocturnas para acabar mi formación académica. Si algo he tenido siempre claro en la vida era que quería avanzar, y ser madre soltera no me iba a detener.

Cuando acabé las clases, animada por mis padres y de nuevo gracias a su ayuda, me puse a estudiar Marketing y Publicidad.

Siempre me había gustado idear estrategias de venta en la bodega de mis padres.

Como es lógico, al llevar retraso en los estudios por mi pequeña, tardé más que otros en terminar la carrera, pero no me importó. El caso es que la terminé. Cumplí mi objetivo. Y, deseosa de seguir echándoles una mano a mis padres en la bodega, les aconsejé que ampliaran el negocio a una tienda especializada en vinos.

Una vez más me escucharon. Confiaron en mi consejo, utilicé las técnicas aprendidas en la universidad y pronto la tienda comenzó a dar unos frutos que la bodeguita nunca había dado.

Fue tal el éxito que conseguí con la tienda que otros comercios de vinos se interesaron por mi trabajo. Querían trabajar conmigo, que yo les hiciera las campañas de publicidad, y finalmente, y viendo que eso me podía proporcionar un futuro, a los veinticinco años abrí mi pequeña empresa de marketing y publicidad, a la que llamé Fórmula Perfecta. ¡Mis padres no se lo podían creer!

Con el paso de los años, además de criar a mi hija, olvidarme del romanticismo, cuidar a los míos y trabajar muchas horas para levantar mi empresa, he disfrutado como he podido de la vida.

Mi buen criterio y mejor ojo para entender qué vinos españoles eran imprescindibles en las mesas de otros países hicieron que mi caché aumentara, que mi empresa creciera. Y hoy por hoy se puede decir que soy una mujer con la que muchas empresas, especialmente las bodegas, quieren trabajar.

Es más, ejerceré de presentadora en el próximo Concurso Internacional de Enólogos, el Premio Farpón, que se celebrará en el Casino de Madrid el próximo 7 de octubre. ¡Qué ilusión me hace!

Mis padres están muy orgullosos de mí. Primero porque les he demostrado que, desde que nació Zoé, maduré y me impliqué con ella al cien por cien como les prometí. Segundo, porque soy una guerrera que sale adelante a pesar de los obstáculos que encuentre en el camino. Y tercero, porque yo solita he levantado mi propia empresa.

Pero hasta llegar a este punto, si algo tengo claro es que sin ellos, sin papá y mamá y su ayuda, su paciencia y su amor incondicional hacia Zoé y hacia mí, nada habría sido igual.

Para mi suerte, no solo tengo unos padres increíbles, sino también una hija maravillosa y unos amigos estupendos. Zoé siempre fue una niña cariñosa y estudiosa, tanto que a veces he dudado que pudiera ser mi hija. También es cabezota, algo que según mis padres ha heredado de mí, y en ocasiones algo macarra, lo que sin duda ha heredado del italiano de su padre. Pero bueno, puedo decir alto y claro que es el orgullo de mis padres y también el mío, y que por ella repetiría todo, absolutamente todo por lo que he pasado, para que la vida volviera a ponerla en mi camino.

A nivel personal nunca he tenido una pareja fija, para disgusto de mis padres. La verdad, criar a mi hija y labrarme un futuro me hizo muy independiente, y en cuanto a los hombres, decidí pasarlo bien y cero compromisos. La traición del idiota del italiano me marcó tanto que me convirtió en una mujer fría que incluso dejó de escuchar música romántica. ¡Adiós, Luis Miguel!

Borré el romanticismo de mi vida, así como el amor y todas esas locuras que una hace en la juventud. Simplemente disfruto de cumplir fantasías con chicos más jóvenes que yo, para evitar problemas de enamoramientos, y una vez que el momento pasa, él para su casita y yo para la mía. Yo con cuidar a mi hija tengo bastante. A él, ¡que lo cuide su madre!

Mi relación con Zoé es estupenda. Además de madre e hija, somos amigas. Con ella disfruto de miles de cosas. Siempre hemos hablado de todo con normalidad, comenzando por el sexo. Ni yo soy una monja, pues tengo mis rollitos para el sexo, ni mi hija, por muy buena y cariñosa que sea, tampoco lo es. Siempre he querido que Zoé no vea el sexo como un tema tabú y que lo disfrute con seguridad y sabiendo muy bien lo que hace.

Según mi madre, hablar de sexo con Zoé es darle demasiadas alas a la ratoncilla. Según yo, deseo que la ratoncilla sepa volar, para que despegue y aterrice sin problemas.

Estoy pensando en todo ello cuando oigo a Gustav decir:

—Ahí llegan tus amigos. Nosotros vamos para adentro.

Complacida, asiento y les guiño un ojo. Luego me doy la vuelta y, mirando a mis amigos Leo y Mercedes, indico señalando mi reloj:

—Hemos quedado hace quince minutos.

—Leo se ha retrasado.

—¡Mercedes Romero, ¿cómo eres tan mentirosa?! —protesta el aludido.

El gesto de Mercedes me hace sonreír. Su locura siempre me ha gustado, y más cuando dice mirándolo:

—Leo Morales, ¿me acabas de llamar «mentirosa»?

—Con todas las letras —afirma este.

Mercedes sonríe y me guiña un ojo.

—Cuando he ido a recoger a este pesado —indica—, hasta que ha conseguido que Pili le prometiera que les iba a hacer de cena a los niños sopa de estrellitas y los filetes de pollo empanados que había preparado, ¡no ha parado!

Leo resopla al oírla. Pili es su mujer.

—Eso es lo que toca hoy de cena —cuchichea—. Y se lo tenía que decir a Pili porque conozco a mis hijos, y como saben que a su madre no le gusta cocinar, rápidamente la convencen para que pida una pizza. ¡Y no! Esta noche toca cenar sopa de estrellitas y filetes de pollo.

Oír eso me hace sonreír.

Leo es un padrazo responsable al que le encanta cocinar y cuidar de su mujer y de sus dos hijos, Marcos y Ricardo. Años atrás, y viendo que Pili, una buena directiva de una importante compañía de coches, ganaba muchísimo más dinero que él, lo hablaron y Leo decidió dejar de trabajar como administrativo en una empresa de mensajería para encargarse de los niños y de la casa. Como él dice, es feliz haciendo lo que hace, y no hay más que hablar.

El caso es que Leo y Pili son felices tal y como se han planteado sus vidas y, sin duda, quienes los queremos somos felices por ello. Ojalá muchos hombres fueran como Leo, y no que siempre seamos las mujeres quienes dejamos de trabajar para que los mariditos sigan sintiéndose los machos alfa del hogar.

Saludo con un gesto a unas mamás que conozco y entonces Leo dice:

—Estoy muerto. Creo que anoche bebimos de más.

Asiento, tiene razón, y me tengo que reír cuando lo oigo añadir:

—Y ni que decir tiene que espero que lo que prometiste ayer con tanta convicción ¡sea simplemente una broma!

Mercedes y yo nos miramos, sabemos a lo que se refiere.

—Leo Morales, ¡no seas antiguo! —murmura mi amiga—. Si nuestra Vero quiere colonizar e investigar los cuerpos serranos de hombres de otros continentes, ¡no le jorobes el plan!

Divertidas, nos reímos. Leo no, y Mercedes, tras abrazar a nuestro amigo, dice:

—De acuerdo, lo confieso. He sido yo quien se ha retrasado. No él.

—Hombre, ¡gracias! —protesta Leo.

Mercedes sonríe, yo también, y suelta:

—Estaba hablando con una guapa pelirroja por teléfono y no podía cortar la conversación...

—¿Dalila? —pregunto curiosa.

Mercedes asiente. Es su expareja, una mujer a la que adora e intenta reconquistar. Pero Leo, cambiando el tono, susurra:

—Mañana cena con ella.

—¡Nooooo! —me mofo.

Mercedes, mi maravillosa Mercedes Romero, asiente con la cabeza y a continuación afirma:

—Por fin he conseguido que cene conmigo.

Leo y yo nos miramos. Desde nuestro punto de vista Dalila no es la mujer que Mercedes se merece, pero entendiendo que en eso del amor hay que respetar, sonreímos y la abrazamos. Junto a Amara, ¡somos el Comando Chuminero! Incluso nuestro grupo de WhatsApp se llama así. Fue algo que comenzó entre risas y que al final hemos institucionalizado entre nosotros.

Leo, Mercedes, Amara y yo somos diferentes pero iguales. Complicados pero facilones. Tontos pero listos. Y, sobre todo, sobre todo, nos queremos de verdad.

A los tres los conocí en el parque de Aluche una de las tantas tardes en las que yo estaba sola con Zoé y comenzó a llover. Rápidamente, empujando el cochecito, me resguardé bajo uno de los soportales de mi barrio, hasta que llegó una chica, Mercedes, y minutos después un chico, Leo, y luego llegó Amara. La lluvia arreció.

Comenzó a caer el diluvio universal y no nos podíamos mover de allí, por lo que empezamos a hablar y Zoé, con sus sonrisas, se los ganó.

Días después nos volvimos a encontrar en la panadería del barrio y, como si nos conociéramos de toda la vida, nos saludamos y quedamos esa tarde en el soportal donde nos habíamos visto por primera vez. Por supuesto, con Zoé. Leo, Amara y Mercedes, sin que yo tuviera que decir nada, entendieron que debía ocuparme de mi hija, porque mis padres trabajaban. Desde ese día, a pesar de que nuestras vidas fueron cambiando con el paso de los años, nunca nos hemos alejado. Somos amigos, pero sobre todo ¡somos familia! Eso lo tenemos claro.

—¿Cómo está nuestra niña? —pregunta Leo.

Tomo aire, apago mi cigarrillo e indico:

—Un poco atacada, pero bien. Ya la conocéis.

Los tres sonreímos, y entonces Mercedes pregunta sorprendida:

—¿Has perdido el móvil?

Me río porque siempre lo tengo en la mano.

—Está en mi bolso, apagado —afirmo.

Mis amigos se miran sorprendidos. Si algo es típico en mí es el móvil operativo las veinticuatro horas del día por mi trabajo, y entonces Leo cuchichea riendo:

—¿Quién eres tú y dónde está el coñazo de mi Vero?

Entre risas, los tres nos empujamos, y luego Mercedes pregunta:

—¿Mi niña tiene ya las maletas hechas?

Oír eso me hace asentir con pesar, y cuando siento que la barbilla me va a comenzar a temblar, Leo dice cogiéndome de un brazo:

—Cero dramas chumineros, ¡vamos para adentro!

Por suerte ha cortado el momento dramita. Se lo agradezco. Ya lloraré mañana en el aeropuerto. Conociéndome, inundaré la terminal.

Instantes después llegamos hasta donde están sentados mis padres y Amara. Mercedes y Leo los saludan con cariño y, una vez que todos nos sentamos, mi padre, que está a mi lado mirándome, pregunta mientras mi madre habla con Amara, que está sentada junto a ella:

—¿Te encuentras bien, ratona?

Sonrío. Yo soy «ratona» y Zoé «ratoncilla»... ¿Por qué? Cosas de mi padre, por lo mucho que a ambas nos gusta bailar.

A mí siempre me ha encantado, y por eso siendo Zoé una niña la apunté a clases de ballet mientras yo hacía salsa con Amara. Lo que nunca imaginé fue que esas clases que mi hija adoró desde el primer día serían su futuro. Y, sabiendo que mi padre está preocupado, pues mi niña al día siguiente vuela del nido, agarro su mano y afirmo:

—Tanto ella como yo estamos bien, papá. No te preocupes.

Mi padre me mira y asiente. Me da uno de sus cariñosos besos en la punta de la nariz, pues sabe que estoy sensiblera por ese tema, y dice:

—La ratoncilla vuela del nido como volaste tú con ella, y ahora has de comenzar a vivir, hija; ¡ya es hora, ¿no?!

—Papá, ¡ya vivo! —me mofo divertida.

Mi padre, que vale más por lo que calla que por lo que dice, musita:

—Sé que vives. Pero como padre tuyo quiero que...

—¡Ya estamos con lo del novio! —lo corto.

Él asiente. Sé que lo martiriza ver lo fría que soy al respecto, y cambiando de tema pregunta:

—¿Ya tienes preparado tu maxiviaje?

Al oírlo, sonrío. Como papá dice, tengo un «maxiviaje» con todos los gastos pagados con un cliente a sus viñedos en Texas, Argentina, Sudáfrica, Australia y China. Quiere que los visite para que me haga una idea de la especialidad de cada lugar y para que pueda organizar una supercampaña a nivel mundial de sus vinos.

Llevo retrasando este viaje dos meses. Por suerte, el cliente, a pesar de que es un poco especialito, serio y cascarrabias, con tal de trabajar conmigo está respetando mi retraso. Sabe que el viaje me mantendrá más de veinte días fuera de España, y solo espera a que Zoé se marche para que yo viaje con él.

—Todo preparado.

—¿Cuándo te vas?

—Dentro de quince días.

Mi padre sonríe. Sé que lo enorgullece mi arrojo, y afirma:

—Vas a dar la vuelta al mundo. ¡Te llamaré Willy Fog!

Ambos reímos. Si papá supiera lo que he hablado con mis amigos, se escandalizaría; entonces, mirando al escenario, pregunta:

—¿Qué va a bailar la ratoncilla?

Me encojo de hombros. No lo sé. Tanto Zoé como todo el equipo lo han mantenido en secreto.

—No tengo ni idea, papá —contesto—. Cuando salga lo veremos.

—Haga lo que haga, ¡nos gustará!

—Estoy segura de ello —declaro satisfecha.

Minutos después las luces del teatro se apagan y el espectáculo comienza. ¡Bien!

Como era de esperar, los primeros que salen a escena son los pequeñitos. Tendrán unos cinco o seis años, como mi Zoé cuando comenzó, y todos los asistentes reímos a carcajadas al verlos bailar con esa torpeza tan encantadora que hace que te los quieras comer a besos.

Durante la siguiente hora, grupo tras grupo van saliendo al escenario para demostrarnos sus habilidades en lo referente al ballet. Los presentes somos conscientes de cómo los niños, con los años y la disciplina, van mejorando, y disfrutamos del espectáculo.

De nuevo el escenario se queda vacío. Las luces suben de intensidad y sale a escena Gustav, el director artístico del evento. Durante varios minutos se comunica con nosotros, amigos y familiares de los artistas, como los llama él, y todos escuchamos encantados cuando habla de lo mucho que los niños se implican y de lo feliz que lo hace presentarlos.

Tras una pausa comienza a hablar de la última actuación y, junto a mis padres y mis amigos, me emociono. Es el turno de nuestra niña, de mi Zoé, y su compañero Adrián, los alumnos más aventajados, que ya los abandonan.

Para la escuela de danza, que Zoé y Adrián se marchen a Nueva York para dar clases de ballet en una de las academias de Gustav es un orgullo y, tras ensalzarlos, Gustav sale del escenario y yo tomo aire.

¡Vamos allá!

Una vez que las luces bajan de intensidad mi madre me mira sonriendo; de pronto oigo los primeros acordes de una melodía e instintivamente me llevo la mano a la boca. ¿En serio?

Mi padre coge mi mano, está tan emocionado como yo, y mirándonos sonreímos mientras las lágrimas comienzan a correr por nuestros rostros. Mi madre, tan emocionada como nosotros, abre entonces el bolso y empieza a repartir clínex a diestro y siniestro.

Zoé, nuestra Zoé, va a bailar esa pieza de música que es tan especial para nosotros. Se trata del tercer movimiento de la suite Bergamasque de Claude Debussy, llamada *Claro de luna*, una preciosa pieza que desde pequeñita mi padre ponía en el tocadiscos para despertarme los domingos y que, como la tradición mandaba, siguió poniéndosela a Zoé.

¡Qué bonitos recuerdos guarda para nosotros esa melodía!

Emocionados, miramos al escenario y allí está mi pequeña. Tan preciosa. Tan bonita. Tan elegante en sus movimientos etéreos y flotantes con su tutú azul cielo y su pelo recogido, bailando al compás de la maravillosa melodía junto a su compañero Adrián.

Contengo la respiración, no puedo apartar la mirada de ellos. ¡Qué buenos son!

Zoé, mi Zoé, desprende luz. Te atrapa con sus delicados y cuidados movimientos, y yo no puedo ni pestañear. Y, la verdad, no es porque sea su madre, pero mi niña sabe muy bien lo que se hace.

Siempre he oído decir que la música produce infinidad de emociones. Alegría, tristeza, erotismo, relajación, y yo, escuchando esa preciosa melodía y viendo a mi hija, solo puedo pensar en belleza y amor. Es la belleza conjugada entre Zoé y esa hermosa música, y aunque mis lagrimales parecen un grifo abierto corriendo por mi rostro, disfruto, gozo y saboreo cada instante de este mágico y maravilloso momento para que quede grabado por toda la eternidad en mi mente y en mi corazón.

Sinceramente, Zoé es el verdadero y puro amor de mi vida.

Cuando la pieza acaba y el silencio de la emoción se hace en el teatro, sé que todo el mundo está maravillado. Sé que todo el mundo está conmovido y emocionado por lo que ha visto. Creo que el corazón me va a estallar de felicidad y orgullo, y entonces mi padre se levanta y, sin importarle las lágrimas de sus ojos, comienza a aplaudir como en su vida, y todo el mundo lo sigue levantándose de su asiento.

Uf..., ¡que me da!

Lo de mi hija y el arte que tiene no es normal. Y cuando por fin Zoé nos localiza entre el público y nos sonríe, definitivamente ¡me da! Definitivamente, ¡me muero de amor!

Capítulo 3

Son las ocho de la mañana y apenas he podido dormir.

Cuando me levante de la cama, la vida que conocía hasta el momento va a cambiar.

Zoé se marchará a Nueva York, y por primera vez estaré sola, compraré en el súper para una persona y viviré conmigo misma sin tener que dar explicaciones a nadie más.

Estoy pensando en ello cuando veo entrar tranquilamente por la puerta de mi habitación a *Paulova*, nuestra gata. O, mejor dicho, nuestra *perrigata*, que, moviendo su cuerpo serrano con agilidad, se sube a la cama. Como siempre, comienza a patearme la cabeza. Mira que le gusta pisotearme el pelo, hasta que finalmente encuentra la posición y se tumba colocando su cabecita sobre la mía. ¡Qué mona!

Zoé y yo siempre hemos querido tener un perro. Un golden retriever de pelo largo y claro. Pero, por mi falta de tiempo, nos hemos conformado con nuestra *perrigata*.

Durante unos instantes *Paulova* y yo respiramos con tranquilidad hasta que por la puerta aparece Zoé en pijama y el pelo revuelto y, como ha hecho siempre, se mete sonriendo en la cama conmigo.

¿Cómo voy a poder vivir sin esto?

Paulova, ante la intromisión de Zoé, se quita de donde está y yo, mirando a mi pequeña, que ya es una mujercita, cuchicheo:

—No sé cómo he tenido la suerte de tener una hija tan preciosa.

Zoé sonríe.

—Pues que sepas que, si yo soy preciosa, tú lo eres también —afirma—, pues todo el mundo dice que somos como dos gotas de agua.

Según dice eso, asiento. Tiene razón. La gente lleva media vida pensando que somos hermanas de lo mucho que nos parecemos. Y cuando los ojos se me llenan de lágrimas, Zoé susurra:

—Mamá, ¿otra vez?

Afirmo con la cabeza. Soy muy pava. Cuando lloro, lloro de verdad.

—Es que te voy a echar mucho de menos —murmuro—. ¿Qué voy a hacer sin ti?

—Vivir —declara Zoé.

Uf, vale..., dicho así parece fácil. Y, cogiendo mi muñeca derecha, la pone junto a la suya para que veamos nuestros tatuajes y dice:

—«Tú y yo... siempre».

Asiento. El «siempre» se queda corto con ella, y mi niña, mirándome, susurra:

—Llevas toda la vida preocupándote por mí y...

—Y voy a seguir preocupándome —le aseguro.

Zoé asiente, entiende lo que digo, y, mirándome a los ojos, cuchichea:

—Lo sé. Sé que te vas a preocupar por mí siempre como yo lo haré por ti. Pero, mamá, ahora tienes que volver a vivir. Tienes que hacer todas esas cosas que nunca hiciste por ser responsable conmigo y que apuntaste en la libreta ¡de los sueñitos!

Ambas reímos. Esa libreta me la regaló ella siendo una niña y allí apuntábamos, cada una en una parte de la misma, las cosas que queríamos hacer en el futuro. Llevamos toda la vida apuntando sueñitos. Ser profesora de ballet. Viajar. Bailar un tango con un argentino. Aprender a conducir una moto. Ver una aurora boreal. Dormir bajo las estrellas. Conocer a un chico atractivo. Ir a Grecia. Etcétera, etcétera. Y, la verdad, Zoé va muy bien encaminada con respecto a muchos de sus sueñitos apuntados y cumplidos. En mi caso, es otro cantar.

El quejido que sale de mi cuerpo me hace lloriquear. ¡Qué recuerdos! Y, viendo cómo me mira mi hija, protesto:

—Regáñame y no me dejes llorar más.

—Verónica Jiménez Johnson, ¡para de llorar!

Ambas sonreímos, llamarnos por nuestro nombre y apellidos para regañarnos es algo muy de mi padre. Y nos abrazamos cuando pregunto:

—¿En serio te quieres ir ya a Nueva York?

Sin dudarlo, ella asiente. Nueva York está apuntado en la libreta.

—Sí, mamá —afirma.

—Pero ¿las clases no comienzan en septiembre?

—Mamá, pero antes quiero estar con mi novio.

Oír esa última palabra me hace gracia. En mis treinta y ocho años, nunca he tenido novio y Zoé, con veintitrés, cree haber encontrado al amor de su vida. Mientras la miro voy a hablar cuando ella me señala y suelta con gracia:

—No empieces, mamá.

—No he dicho nada —me mofo.

Mi hija se ríe.

—¡Nos conocemos! Y tienes cara de decirme que la palabra *novio* es...

—Es que lo es. —Me río.

Mi hija y yo, tumbadas, nos reímos juntas, y ella añade:

—Michael es el amor de mi vida, mamá. Además —explica gustosa—, es tal y como lo apunté en mi lista de los sueñitos. Guapo, interesante, listo, encantador, y está loco por mí.

Oír eso me gusta y me horripila a partes iguales. Zoé es joven. Tiene toda una vida por delante y mil personas que conocer. Michael es un buen chico. Estudioso y responsable. Me cae bien y me encanta cómo mira y cuida a mi hija, pero ¿por qué no vivirá en Madrid en vez de en Nueva York?

Según pienso eso, Zoé abre el cajón de mi mesilla. Saca la famosa libreta de los sueñitos y dice cogiendo el bolígrafo y sentándose en la cama:

—Tengo que tachar lo de ir a Nueva York.

Sonriendo, asiento. Me incorporo como ella y observo lo que

hace. Y Zoé, dándole la vuelta a la libreta para enseñarme mi parte, dice:

—Mamá, tienes demasiados sueñitos por cumplir, ¿no crees?

Divertida, me encojo de hombros y ella lee:

—Ver una aurora boreal. Vivir en la playa. Aprender a conducir una moto. Dormir bajo las estrellas. Ir a Grecia. Bailar un tango con un argentino. Disfrutar del sexo a tope.

—Eso último lo hago —me mofo.

Zoé sonríe, está al tanto de mi vida sexual, y pregunta al ver mi maleta roja:

—¿Has comenzado a hacer la maleta para el superviaje?

Ella, como todos los demás, está impresionada por la vuelta al mundo que en cierto modo voy a dar con el viaje de trabajo que tengo programado, y cuando asiento, añade:

—Mamá, sé que es trabajo, pero ¡pásatelo de lujo!

Asiento otra vez y sonrío. Me callo lo que he hablado con mis amigos. Con el cliente que voy no estoy muy convencida de pasarlo de lujo.

—Este sueñito tuyo es mi preferido —comenta ella entonces mirando la libreta.

—¿Cuál?

Y Zoé lee:

—«Conocer a un hombre alto, guapo, interesante, independiente, que no me agobie, se mantenga solito, baje la tapa del váter cuando termine, sepa cocinar, prepare excelentes cócteles y, por supuesto, que cuando se acerque a mí siempre huela bien y me vuelva loca con su voz».

Según termina, me entra la risa. Anda que no soy exigente. Y Zoé, riendo como yo, cuchichea:

—Eres excesivamente exigente.

Asiento, lo acabo de pensar.

—Cariño, mi sueñito es ese —afirmo riendo—. Otra cosa no me vale.

Ambas reímos y Zoé, dejando la libreta sobre mi mesilla, pregunta:

—¿No crees que ya es hora de que tú tengas un novio?

—¿Por qué uno, si puedo tener veintiuno?

—¡Mamá!

—Cariño, tengo amigos, con eso me vale.

—¡Mamá! Esos son solo para pasarlo bien. Yo me refiero a amor, ¡romanticismo!

Me río, no lo puedo remediar.

—Zoé Jiménez Johnson, ¡no empieces! —murmuro.

Pero Zoé, que es mucha Zoé, insiste:

—Llevas toda la vida cuidándome. Pensando solo en mí y anteponiéndome a todo lo demás. Y creo que, ahora que me voy de casa, mereces a alguien que cuide de ti y...

Le pongo la mano sobre la boca, no quiero que prosiga.

—Escucha, cariño —indico—: Soy una mujer independiente que no necesita que nadie la cuide.

—A ver, mamá —dice escapando de mi mano—. Es una manera de hablar, y lo sabes perfectamente. Cuando me refiero a que te cuide, es que te quiera y te haga entender el amor como algo mágico y especial, como Michael me lo hace sentir a mí.

—¡Madre mía! —me mofo—. Creo que ver tantas películas románticas con tus tíos Leo y Amara...

—Mamá —me interrumpe—. ¿Cuándo le vas a dar una oportunidad al amor?

Según dice eso, vuelvo a sonreír. Sabe tan bien como yo que el romanticismo y yo andamos reñidos desde hace mucho.

—Tengo amigos con los que lo paso bien, cariño —replico—, con eso me basta.

Zoé asiente. Sabe que mi rechazo al amor es debido al daño que me hizo su padre biológico. Por suerte, ese es un tema que a ella nunca le ha importado. Hemos hablado de ello con naturalidad mil veces, hasta que un día me dijo: «Mamá, eres tú quien está aquí conmigo y solo tú me preocupas. El italiano que puso la semillita no es nadie para mí». Reconozco que ese día me gustó su rotundidad. Me hizo entender que mi hija es una mujer fuerte a la que no le ha afectado criarse sin un padre y que entiende la vida como viene.

—Pero ¿no te gustaría encontrar a alguien especial que te regale flores en vez de un juguete sexual? —pregunta a continuación.

—No.

—Mamááááá...

—Cariño, ¡soy sincera!

—Mamá, no todos los hombres son iguales —insiste.

Me encojo de hombros y mi hija, tumbándose en la cama para mirar hacia el techo, murmura:

—Te mereces conocer a ese alguien especial. A ese sueñito. Un amor incondicional y loco que, sin hablar, con solo miraros, te haga sentir que lo tienes todo en la vida.

El romanticismo de Zoé, sacado de su puñetero tío Leo y su tía Amara, me hace gracia. Ni yo con quince años fui así de romanticona. Y, mirando hacia el techo como ella, afirmo:

—Eso solo me lo haces sentir tú.

—¡Mamá! —protesta.

Me río, no lo puedo remediar, pero Zoé insiste:

—Eres joven, guapa y divertida, aunque algo mandona y rígida con los horarios. Pero, mamá, por Dios, ¡que solo tienes treinta y ocho años!

—¿Y...?

Zoé y yo nos miramos. Sin necesidad de que diga nada más, entiendo qué es lo que necesita oír.

—Vale —indico—. Si conozco a ese alguien especial, prometo darle una oportunidad.

—¡Genial! Y yo te prometo que, si ese alguien te hace daño, le parto las piernas.

—¡Zoé!

Ambas nos reímos. Ahí está el gen macarra e italiano de su padre.

—Pero... —musito.

—Ya estamos con tus peros... —se mofa.

—Yo estoy muy bien como estoy. Tengo amigos. Salgo con quien quiero y cuando quiero y...

—¿Y no te gustaría que alguien suspirara por ti? Un hombre que te diera amor y con el que por fin escuchar canciones románticas y bailarlas a la luz de la luna.

—Por Dios, Zoé. —Me río.

—Mamá, bailar bajo la luz de la luna una canción romántica ¡es maravilloso!

Me carcajeo. No lo puedo remediar. Paso de la música romántica. Evito despertar mi corazón y mis dormidos sentimientos.

—Podrías crear una familia con esa persona especial —dice entonces ella.

—Zoé..., ¿qué te has fumado? —me burlo.

Pero mi niña es mi niña, e insiste:

—Siempre te han gustado los críos, y yo siempre he querido tener hermanos, ¡y no digas que no!

En ese instante suena el timbre de la puerta y, levantándome, digo con gracia:

—¡Salvada por la campana!

—¡Mamáááááá!

—Cariño, ¡están llamando!

Tras caminar descalza hasta el salón, riéndome del romanticismo de mi hija, una vez que miro la pantalla del videoportero y veo que se trata de Leo y de Mercedes, levanto la voz y anuncio mientras abro la puerta:

—Zoé..., tus tíos están aquí con los churros.

En cuestión de segundos Leo y Mercedes entran en mi bonita casa de Pozuelo y Zoé los abraza con amor. El día anterior, al despedirnos tras la función, le prometieron traer churros para desayunar antes de partir hacia el aeropuerto y aquí están, cumpliendo, como siempre, su promesa.

Preparo cuatro cafés con leche y todos nos sentamos alrededor de la mesa del comedor.

—¿Esperamos a Amara? —pregunta Leo.

Niego con la cabeza.

—No puede venir —digo—. Tenía ensayo en la piscina con sus pequeños.

—Entonces, ¡al ataque! —propone Mercedes sonriendo.

Como es de esperar, devoramos los churros, que están buenísimos. Y Zoé, tras tragar el que tenía en la boca, comenta:

—Le estaba diciendo a mamá que, ahora que yo me voy, tiene que echarse un novio.

—¿Y por qué uno, cuando puede tener veintiuno? —se mofa Mercedes.

—Eso mismo he dicho yo —afirmo con mi churro en la mano.

Mercedes y yo, divertidas, chocamos nuestros churros.

—Opino como tú, Zoé —indica Leo—. Creo que sería una excelente idea. Ya toca, ¿no?

Lo miro horrorizada, y Leo añade:

—Eres una mujer joven, guapa y fantástica que tiene mucho amor que dar.

Mercedes y yo nos miramos con guasa. Por norma suele decirme que soy un coñazo mandamás exigente y excesivamente trabajador, pero cuando voy a hablar agrega:

—Eso sí. Deberías bajar un poquito el nivel de trabajo y no ser tan coñazo, fría y marimandona. Porque eso, amiga mía, ahuyenta a cualquiera.

—Eso me cuadra más —me burlo.

Todos reímos, y luego Mercedes, tras intercambiar una mirada con Zoé, dice:

—Tú, tranquila, cariño. Como parte integrante del Comando Chuminero, prometo que, junto a tía Amara, haré que tu madre no se aburra ni hoy ni nunca.

—¡Esta es mi chica! —me mofo chocando otro churro con ella.

—¡Ni se os ocurra decir una burrada delante de la niña! —cuchichea Leo mirándonos con escepticismo.

Zoé sonríe. Todos lo hacemos, y luego mi hija indica:

—En la vida todo ser humano tiene a alguien especial, y yo solo quiero que mamá lo encuentre.

—Ya te tengo a ti...

—¡Mamá!

Ver su gesto me hace sonreír; para ella es importante mi felicidad, como para mí la suya. Decidida a que se vaya tranquila, afirmo:

—Si todos tenemos a ese alguien especial, tranquila, ratoncilla, porque seguro que tarde o temprano lo voy a encontrar.

Zoé sonríe.

Una vez que terminamos de desayunar, nos vestimos, cargamos las maletas en el coche de Leo y vamos a Aluche para que se despida de sus abuelos y luego llevarla al aeropuerto. Tiene que marcharse ya.

Capítulo 4

Lloro como una magdalena desmigajada.

Mira que soy fría y marimandona cuando me lo propongo, pero cualquier cosa que tenga que ver con Zoé me reblandece a unos niveles impensables, y creo que cada vez me parezco más a mi madre. ¿Será cosa de la edad?

El caso es que mi niña acaba de irse a Nueva York, no sé cuánto tiempo pasará hasta que vuelva a verla, y yo siento que me han arrancado el corazón.

¿Cómo voy a vivir sin mi Zoé?

Estoy tomando un café junto a mis dos amigos en una cafetería del aeropuerto, cuando Leo murmura mientras yo empapo otro clínex:

—Te quiero...

—Lo sé. Yo también te quiero a ti —digo convencida.

Veo que él y Mercedes se miran y luego el primero insiste:

—Vamos, tonta. Ella está bien y feliz.

—Pero se ha ido...

—Es ley de vida, cielo —afirma Mercedes.

Asiento. Eso es lo que yo misma me digo.

—Es mi niña...

—Y tu niña ha crecido. La has enseñado a ser independiente y quiere vivir su vida —explica Merche.

Vuelvo a asentir. Tiene más razón que un santo. Y entonces, para hacerme reír, propone:

—¿Qué te parece si el Comando Chuminero se va de copas

esta noche? Le mandamos un mensajito a Amara y que se nos una.

Sonrío. Sé que cualquiera de los tres haría eso y mil cosas más por mí, pero respondo:

—Mercedes, esta noche has quedado con Dalila, y tú... —indico mirando a Leo—, tus suegros van a tu casa a cenar, y seguro que Amara trabajará en el hospital.

Mis amigos afirman y se miran.

—Antes que Dalila estás tú —dice Mercedes.

—Mis suegros pueden venir otra noche a cenar —asegura Leo.

Lloro todavía más al oír eso. Sentir el cariño y el amor incondicional de mis amigos en estos instantes es para mí uno de los grandes pilares de mi vida.

—En lo malo. En lo bueno. Y en lo mejor —añade Leo con complicidad.

Emocionadas, Mercedes y yo asentimos. En lo malo. En lo bueno. Y en lo mejor. Es una frase que los tres y también Amara llevamos tatuada en nuestra piel, única y exclusivamente por y para nosotros.

—Solo tienes que decir lo que necesitas —insiste Leo—. Para que los cuatro esta noche nos vayamos de copas otra vez por Madrid.

Lloro y lloro. No puedo parar.

—¿Acaso creías que Zoé estaría eternamente contigo? —pregunta Leo.

Niego con la cabeza. Sé que la vida no funciona así.

—Pero... —musito.

—¡Déjate de peros! —me interrumpe Mercedes—. Zoé tiene veintitrés años, es una mujercita independiente y quiere comenzar a vivir su vida.

—Lo sé...

—Zoé está bien —insiste—. Es feliz. Eres su madre para el resto de su vida y, cuando ella te necesite, descuida que te buscará. Pero ahora tú, Verónica Jiménez Johnson, vas a proseguir con tu vida, que por primera vez es tuya al cien por cien, y la vas a disfrutar como si no existiera un mañana, ¿entendido?

Asiento. Sé que ha de ser así. Zoé tenía que volar del nido, como en su momento lo hice yo, y cuando voy a responder Leo dice:

—A partir de ahora espero que te des la oportunidad de conocer a hombres. No a yogurines.

—¡No empieces! —lo regaña Mercedes.

Leo resopla.

—Creo que Vero ha de dar una oportunidad al amor, ¡al menos una! Y...

—Lo que yo creo —lo corta Mercedes— es que Vero tiene que disfrutar de lo que quiera, con amor o sin él. Y si sin amor lo disfruta, ¿dónde está el mal?

—Con amor, complicidad y sentimientos sin duda todo es mejor —insiste él, que es un romanticón.

Mercedes y Leo comienzan a hablar sobre el tema. Como siempre, su concepto de la vida en muchos sentidos, y más aún en el amor, no tiene nada que ver.

—Vale, chicos. Vale —intervengo tras tomar aire.

Mis amigos se callan. Se miran con complicidad y luego Leo dice:

—Escucha, Vero, y esto te lo digo muy en serio. Date una oportunidad para que nunca lamentes habértela dado, ¡hazme caso! ¡No todos los hombres somos como el idiota del italiano!

—¡Vale! —afirmo para que se calle.

Leo sonríe. Mercedes también, y Leo coge mi mano.

—Eres la tía más increíble que conozco —cuchichea—. Siempre estás para todos. Has ayudado a tus padres a prosperar en su negocio.

—Es lo mínimo que podía hacer, tras todo lo que han hecho por mí.

Mis amigos asienten y Leo continúa:

—Has criado y cuidado a Zoé hasta convertirla en una jovencita independiente y feliz.

—Es mi hija ¿Cómo no iba a hacer eso? —respondo.

—A mí y a Amara —prosigue Leo— nos has ayudado en infinidad de situaciones. Tantas que ya he perdido la cuenta y...

—Y a mí —lo corta Mercedes—. Me sostuviste, soportaste, acogiste y buscaste trabajo cuando me vi en paro y desesperada. Eso sin contar las veces que has soportado mis lloreras cuando alguna de mis novietas me ha dejado.

—Calla, que todavía recuerdo la que liaste por lo de Dalila la última vez —se mofa Leo.

Mis amigos vuelven a mirarse con complicidad, y luego Mercedes insiste dirigiéndose a mí:

—¿No crees que ahora nos toca a nosotros mirar un poquito por ti?

Suspiro. Todo eso que dicen yo lo hice porque me salió del alma, pero cuando voy a replicar, Leo agrega:

—Vero, ahora piensa en ti. Solo en ti. Cumple sueñitos. Te lo mereces.

Suspiro. Mi vida sin mis padres, mi hija y sin mi Comando Chuminero no sería nada, y como estoy sensiblera, sigo llorando como si no hubiera un mañana. Como he dicho, voy a inundar la terminal.

Tras un rato en el que finalmente los lloros acaban, me relajo y comienzo a sonreír. En un momento dado Mercedes pregunta:

—¿Cuándo se van Zoé y su chico para la Antártida?

—Dentro de una semana —indico guardándome los clínex—. Cuando se instalen en el apartamento de Michael y dejen el perro de él a sus padres.

Mis amigos asienten de nuevo.

—¿Cómo se llamaba la base de la Antártida a la que van? —dice Mercedes.

—McMurdo —respondo.

Rápidamente veo que teclea en su móvil. Otra como yo, que busca en Google información del lugar.

—Si cogemos un vuelo directo Madrid-Antártida, tardamos unas dieciséis horas en llegar —indica.

—¡Qué burrada!

—Otra opción es ir hasta Sídney o Nueva Zelanda y de allí a la Antártida. Aunque llegar a esa base no es fácil, por lo que veo.

Sonrío. Por muy dura que se ponga conmigo, Mercedes ya está buscado cómo ir a ver a su niña.

—Por Dios..., ¡se va al culo del mundo! —cuchichea a continuación.

—Literalmente —afirma Leo.

Suspiro. Sé por qué dice eso. Yo misma me horroricé cuando vi adónde iba, y cuando voy a responder suena mi teléfono móvil. Es Marco, uno de mis amigos especiales, que conocí una noche que salí de fiesta con las chicas. Me seco las lágrimas y lo saludo.

—Hola, Marco.

Cinco minutos después, tras charlar con él de lo que necesitamos, cuelgo y Mercedes me pregunta:

—¿Marco el guaperas?

Asiento y ella insiste:

—Si no me gustaran tanto las mujeres, me lo tiraba.

—¡Por favor! No empecéis —murmura Leo.

A diferencia de Mercedes, de Amara y de mí, Leo es muy pudoroso con respecto al tema del sexo, aunque cuando se toma dos copitas, ¡madre mía, lo que suelta por su boquita! Voy a decir algo, pero entonces Mercedes, adelantándose, susurra:

—Ayer me compré el succionador para el clítoris que te regaló. —Asiento—. Por cierto, ¡es la bomba!

Ambas nos reímos. Hablar de sexo es algo normal para nosotras, pero Leo me mira y pregunta:

—¿Te ha regalado un... un... eso?

—Succionador, Leo —se mofa Mercedes—. Se llama «succionador para el clítoris».

A nuestro amigo le suben los colores. Pobrecito, qué mal se lo hacemos pasar a veces. Mira a su alrededor para ver si alguien nos está escuchando y cuchichea:

—¿Quieres bajar la voz?

Mercedes y yo nos miramos muertas de risa.

—Marco es representante de juguetitos eróticos —aclaro—. Siempre que quedamos me regala alguno. Y el último fue un potente e increíble succionador para el clítoris que...

—¡Baja la voz! —vuelve a regañarme Leo.

Mercedes y yo nos reímos y luego ella dice:

—Menudo arsenal tiene la *jodía* en la mesilla con tanto regalo.

—¡¿Qué?! —susurra Leo sin dar crédito.

A veces a él no le contamos ciertas cosas para no incomodarlo, y esta es una de ellas, pero ya que lo sabe, afirmo tras retirarme el flequillo del rostro:

—El último regalo que me hizo es sin duda uno de los mejores que me han hecho en la vida.

Leo pone los ojos en blanco. Siempre lo escandalizamos con nuestra sinceridad en cuanto a sexo se refiere y, divertidas, Mercedes y yo proseguimos hablando del tema con naturalidad. Nos encanta picarlo con este tipo de cosas, y Leo, que en el fondo es un cotilla, pregunta:

—¿En serio ese tío te regala eso?

—Sí.

—¿Y no te molesta?

Divertida, me río.

—No, cariño, ¡me encanta!

Él parpadea, procesa lo que acaba de oír, y dice:

—Si siendo novio de Pili se me ocurre regalarle algo así, me lo estampa en la cabeza.

—O no —se mofa Mercedes.

Leo la mira. Luego me mira a mí y yo puntualizo:

—Ni yo soy Pili, ni Marco es mi novio.

—Pues sí que han cambiado los tiempos. Yo me quedé en la época en que se regalaban flores.

Eso nos hace reír a carcajadas a Mercedes y a mí. Y, consciente de la realidad que vivimos, porque así lo hemos decidido nosotras, miro a Leo.

—Marco y yo somos amigos con derecho a roce —indico—. Y si me regala algo, prefiero que sea un juguete erótico antes que flores. Las flores son algo muy íntimo.

—¿Y el succionador no es íntimo? —pregunta sorprendido.

Ver su gesto es gracioso. Su filosofía de vida y la mía en lo que a sexo se refiere no tienen nada que ver.

—Cuando digo que es íntimo, me refiero a otro tipo de intimidad —aclaro—. Yo no quiero que Marco me halague con flores, porque de él, única y exclusivamente, quiero sexo, sexo y sexo. Lo mismo que él de mí.

Leo me mira. Su lado romántico no lo deja comprender que sea tan fría para ese tema. Es más, nunca le he contado que en ocasiones cumplo fantasías porque sé que se llevaría las manos a la cabeza.

—Esta noche he quedado con él en el hotel de siempre, donde simplemente disfrutaremos del placer del sexo durante tres horitas —añado.

—¡Qué frialdad! —musita Leo.

—Frialdad o no, es lo que quiero —afirmo convencida.

—Seguro que te lleva otro regalito —se mofa Mercedes, y yo sonrío.

Ella también entiende lo que digo. Su vida, aunque a ella solo le gusten las mujeres, es más afín a la mía.

—Por lo que veo —indica—, esta noche tú y yo vamos a estar entretenidas. Y este —dice señalando a Leo—, ¡con sus suegros!

Al oírla, asiento. Sé que esta noche tiene su cita con Dalila.

—¡El mundo al revés! —exclama Leo—. Con vosotras, mis locas chumineras, vivo el mundo al revés.

Divertidos, los tres reímos, y de pronto mi teléfono suena de nuevo. Número oculto. Esta vez no voy a ignorarlo como hice ayer y, cambiando mi tono por uno más grave, respondo:

—Sí, dígame.

—¿Verónica Jiménez? —pregunta una voz de hombre.

—Sí. Soy yo.

Tras una pausa, aquel prosigue en un tono dulzón:

—Buenos días. Soy Liam Acosta, director de Bodegas Verode, en la isla de Tenerife.

—Buenos días, señor Acosta.

—Me puse en contacto con usted hace meses, pero me dijo que no podía atenderme por falta de tiempo, y que lo llamara más adelante para intentar concertar una cita en Madrid o en Tenerife.

Al oír eso, asiento. Recuerdo que me quité de encima esa llamada hace tiempo para poder estar más tiempo con Zoé antes de su marcha. Pero ella ya se ha ido.

—Sí, señor Acosta —señalo—. Lo recuerdo. Dígame.

Durante unos instantes hablamos de trabajo, y finalmente matiza:

—Por supuesto, si viene usted a Tenerife para reunirse con nosotros, cubriremos todos sus gastos.

¡Tenerife! Me gusta la idea.

—Deme un segundo, por favor, que miro mi agenda —le pido.

Bajo la atenta mirada de mis amigos, saco mi agenda del bolso y, tras consultarla, le informo con profesionalidad:

—Señor Acosta, podría estar en Tenerife el miércoles 17, dentro de una semana. ¿Le parece bien?

—¡Por supuesto! —responde inmediatamente.

Enseguida lo apunto en mi agenda y, tras pedirle cierta información de su bodega e indicarle mi email, comenta:

—Le enviaré lo que me ha solicitado al correo.

—De acuerdo —afirmo.

—También le enviaré horarios de vuelos Madrid-Tenerife para que me indique cuál desea que le reservemos. ¿Algún hotel en especial?

Sonrío al oír eso. Por norma, suelo, y suelen, alojarme en hoteles muy buenos, y rápidamente respondo:

—Eso lo dejo a su elección. Dudo que me busquen un hotel que no cumpla mis expectativas.

—¡Perfecto! —oigo que dice él.

Y, tras despedirnos, cuelgo mi móvil y, les digo a mis amigos:

—El 17 vuelo a Tenerife.

—¡Muero de la envidia! —asegura Mercedes.

—Llévame en tu maleta —se mofa Leo.

Sonrío y, tras mirar mi agenda y ver que esa semana no tengo nada, anuncio:

—Y, ya que voy, quizá me quede unos días y me vea con Jonay.

—Qué tío tan grande, Jonay —declara Leo.

Asiento. ¡Lo es!

Jonay es un canario que vivió en Madrid durante un tiempo por motivos laborales y que, por avatares de la vida, se apuntó a la misma escuela de baile a la que íbamos Amara y yo. Fue mi pareja de baile durante años, hasta que el amor por su chico lo hizo regresar a Tenerife.

Todos sonreímos, y entonces Mercedes, fijándose en mi agenda, pregunta:

—¿Cuándo te vas al viajazo?

Me río y miro la nota que ella señala.

—Dentro de quince días.

Mis amigos asienten, se ríen.

—Le prometí al señor Javier Ruipérez que, una vez que Zoé se marchara, haría ese viaje con él para conocer sus viñedos, y dentro de quince días cogemos un avión rumbo a Texas, donde estaremos cuatro días, para luego volar a Argentina, Sudáfrica, Australia y China —musito.

Los caretos de mis amigos son de pura envidia; les impresionan los logros que consigo en mi trabajo.

—Lo malo es viajar con él —indico para hacerlos sonreír—. Lo bueno, que visitaré países en los que no he estado y, si tengo tiempo, iré a ciertos locales y...

—Verónica Jiménez Johnson —me corta Leo—. ¿Cuándo vas a sentar la cabeza?

Sin poder evitarlo, suspiro. Soy de las que disfrutan desde hace años de la libertad sexual del mundo *swinger*, algo que a Leo lo horroriza.

—No me mires con esa cara, Leo Morales —susurro—. Tú disfrutas tu sexualidad con Pili a tu manera y yo a la mía. Además, solo he probado a hombres europeos, y como voy a visitar otros continentes, ¡imagínate el mundo de lujuria y perversión que se abre ante mí!

Mercedes empieza a reír y a decir burradas de las suyas, mientras Leo nos mira y pregunta con su particular seriedad:

—¿En serio?

Asiento. Si algo tengo claro es que mi sexualidad me gusta disfrutarla a tope, y, siguiendo la guasa de Mercedes, cuchicheo:

—¡Viva la colonización!

Leo se horroriza. Todavía no ha superado que me guste vivir el mundo *swinger*, y cuando va a protestar me levanto y digo mirando la hora en mi móvil:

—Como bien sabéis, os quiero muchísimo, pero tengo una reunión dentro de dos horas en mi oficina y he de marcharme.

Mis amigos se levantan y Leo, obviando lo que hemos hablado, pues en el fondo le incomoda eso de colonizar otros continentes, pregunta:

—¿Estás mejor?

Sin dudarlo, asiento. Zoé está bien, eso es lo importante.

—Y esta noche estará mejor cuando Marco le quite las bragas —murmura Mercedes divertida.

—¡Por Dios, ¿queréis parar?! —gruñe Leo.

Mercedes y yo nos reímos a carcajadas mientras vamos hacia el parking para recoger el coche.

—Así nunca encontrarás a ese alguien especial que le has prometido a Zoé —dice Leo.

Tomando aire, asiento. Tiene toda la razón del mundo. Pero, dispuesta a proseguir con mi vida, aunque añore a mi hija, musito:

—¿Y quién te ha dicho que yo quiero encontrar a ese alguien especial?

Capítulo 5

Ataviada con mi conjuntito de ropa interior roja y mis botas negras altas, llego al hotel donde he quedado con Marco para disfrutar simplemente del sexo y, tras pedir la llave en el mostrador, me dirijo hacia la habitación.

Segura de mí misma, voy hasta el ascensor. Una vez dentro, toco el botón de la planta siete y me miro en el espejo. Con coquetería, me coloco el pelo, me perfilo los labios y, en cuanto termino, las puertas del ascensor se abren y camino hasta la habitación 706.

Al entrar, oigo musiquita tranquila y veo en un lateral una cubitera con una botella de champán abierta. Luego oigo agua corriendo en el baño e imagino que Marco se estará duchando.

Tras dejar mi bolso sobre una silla, coger una de las copas y servirme champán, le doy un trago. ¡Mmm, qué rico está! Y, sentándome en la cama, sonrío.

Sé que estar en esta habitación con Marco va a suponer pasarlo bien. Él y yo nos entendemos a la perfección en lo que a sexo se refiere. Y, quitándome el vestido que llevo, regreso a la cama y, tras colocarme en el centro, me siento y apoyo la espalda en el cabecero.

Con la copa de champán en la mano, bebo con tranquilidad y, tras quitar la música que suena, cojo mi móvil, busco en mi lista de Spotify y comienza a sonar *Womanizer*, de Britney Spears. Nada que ver con lo que sonaba hace un momento.

Instantes después oigo que el agua de la ducha se cierra. El cambio de música le ha hecho saber a Marco que ya estoy aquí y, segundos más tarde, aparece ante mí, mojado y desnudo.

Madre mía..., madre mía..., ¡si es un adonis!

Con este no voy a bailar a la luz de la luna, pero lo bien que me lo voy a pasar en breve está más que claro.

Sonriendo, se acerca a mí, me da un beso en el tatuaje de un mandala que tengo en el hombro y pregunta:

—¿Qué tal tu día?

—Uno más —contesto sin querer pensar.

He recibido una llamada telefónica de Zoé. El vuelo directo a Nueva York ha sido de siete horas, y ya está allí con Michael. La echo de menos, pero estoy bien por verla a ella feliz. Deseo su felicidad por encima de todo.

De inmediato Marco me enseña una cajita alargada, me la entrega y me dice:

—Lo hemos recibido hoy mismo.

Con una sonrisa la abro y, cuando saco el juguetito de color negro, Marco añade con tono morboso:

—Es un potente masajeador suave y sedoso de silicona. Su cabezal es flexible y tiene diez modalidades de vibración.

Encantada, miro el nuevo juguetito que Marco me regala; es bien recibido, y este lo mete en la hielera junto al champán.

—He pensado que te gustaría —musita.

Sin dudarlo, asiento. Me va a encantar. Le doy un más que cálido beso en la boca y, cuando nos separamos, afirmo:

—Tú mismo verás si me gusta o no.

Sonreímos. Qué bien nos entendemos. Entonces él coge un preservativo y lo abre. Se lo pone en décimas de segundo y yo, mirando el masajeador en la cubitera, pienso que ¡comienza el juego!

Sin hablar, Marco se sirve una copa de champán, rellena la mía y, tras beber, le pido con voz sensual:

—Pasémoslo bien, nene.

Él sonríe.

Durante un rato nos miramos a los ojos sin hablar, mientras veo su maravillosa excitación, y, separando las piernas con provocación y lujuria, le doy un buen repaso.

—Quítame las bragas —exijo.

Marco asiente. Deja la copa de champán, se sube a la cama,

posa las manos en mis rodillas y las besa. Primero una y después otra, pasea las manos por la cara interna de mis muslos hasta llegar a mis bragas y, como le he pedido, me las quita.

Uf, ¡qué morbazo!

Cuando las bragas vuelan por los aires, empieza a sonar la canción *Run Run Run*, de Jill Scott, mientras Marco comienza a besar mis tobillos. Primero uno, luego el otro. Entregado a ello, veo cómo su lengua sube lentamente por mi pantorrilla y llega a mi rodilla.

—Sube y estrena el regalo —le indico en un susurro.

Como esperaba, obedece mi orden. Prosigue por la cara interna de mi muslo derecho mientras yo disfruto observando cómo sube y sube y sube, hasta que su cálida boca llega a mi húmeda vagina.

Sentir la boca de Marco en el centro de mi deseo me hace jadear. Como siempre, habla del lunar que tengo al lado del clítoris. Le encanta. A partir de ese instante sé que hará eso que le he pedido y, disfrutando, cierro los ojos y sonrío.

El calor que Marco hace que suba por todo mi cuerpo es increíblemente morboso. Siento cómo su lengua entra y sale de mí, para luego centrarse en mi clítoris. ¡Oh, sí!

Un suave zumbido comienza a sonar. Sin abrir los ojos sé que es el juguetito, y cuando percibo una vibración sobre mis muslos siento que me deshago. Acto seguido esa misma vibración recorre mi vagina y, cuando se detiene sobre mi clítoris, lo disfruto. ¡Oh, sí! ¡Oh, sí! ¡Excelente regalo!

Gustosa, me entrego al placer del momento y luego noto que la vibración sube de intensidad. ¡Uf!

La boca de Marco sigue mordisqueándome con mimo la cara interna de los muslos mientras el juguetito se mueve por mi vagina, y de pronto la intensidad se dispara. Eso me hace gritar de placer y, abriendo los ojos, miro a Marco y musito:

—Me encanta.

Él sonríe con morbo.

—¡No pares! —exijo.

Y Marco no para. Usa el juguetito sobre mi vagina, sobre mi clítoris, sobre mis muslos, y yo jadeo y me retuerzo de placer ante ese hombre que me hace estos regalos tan maravillosos.

No sé cuánto tiempo estamos así, solo sé que lo disfruto y disfruto y disfruto, hasta que la impaciencia me puede e, incorporándome, lo tumbo en la cama, el juguete cae a un lado, me siento a horcajadas sobre él y, cogiendo su duro pene entre las manos, lo coloco donde deseo y, buscando mi propio disfrute después de lo que me ha provocado mi nuevo juguete, me dejo caer sobre él.

Marco y yo jadeamos; lo que acabo de hacer nos pone mucho a los dos. Agarrada a su cuello, muevo las caderas con fiereza al compás de la música cañera que suena y no paro hasta que un grito de placer sale de mi boca y segundos después de la de él.

Durante más de dos horas disfrutamos de un sexo sin tabúes para ninguno de los dos. Descansamos, hablamos, follamos hasta que la alarma de mi móvil suena y ambos sabemos que tenemos media hora para ducharnos y marcharnos. La habitación era solo para tres horas.

Como en otras ocasiones, una vez que salimos del hotel, Marco y yo nos vamos a picotear algo y, después, a tomar unas copas a un local *swinger*. Disfrutamos de nuestras fantasías un par de horas más y, luego, nos despedimos hasta la próxima vez.

Capítulo 6

Estoy en el aeropuerto de Tenerife Norte, esperando que salga mi maleta.

Mientras aguardo, llamo a mis padres. Sé que ellos necesitan esta llamada para quedarse tranquilos, en especial mi madre. Y, una vez hablo con ellos y los informo de que todo está bien, escribo al grupo Comando Chuminero para que también sepan que he llegado.

Tras avisar a mi gente de que ya estoy en Tenerife, me pongo los auriculares para escuchar música mientras espero, y comienza a sonar *Get the Party Started*, de Pink, una de mis cantantes favoritas.

Hago esfuerzos para no ponerme a bailar aquí mismo, miro a mi alrededor y me siento. Todos aguardamos con impaciencia que salga nuestro equipaje, aunque, por algunas muecas que veo, unos más que otros.

Me gusta observar a la gente e interpretar sus gestos y sus posturas. En ocasiones estos dicen mucho de las personas.

A mi derecha hay una chica, más o menos de mi edad, embarazadísima, que habla por teléfono y sonríe. Y a mi izquierda está la familia que ha viajado cerca de mí en el avión desde Madrid. Papá, mamá y tres niños. El padre mira con impaciencia la cinta a la espera de las maletas. Su gesto es tenso y, por cómo resopla, no ve el momento de marcharse de aquí. Por el contrario, la madre, a pesar de que se ocupa de Óscar, Rubén y Toño, parece tranquila. Tienen cinco años y son trillizos. ¿Que cómo lo sé? ¡Fácil! En el avión la señora que estaba sentada delante de mí se interesó por los niños y la madre, ante el gesto serio del padre, le respondió con amabilidad. Y aquí están ahora los tres diablillos, corriendo y empujándose como malas bestias mientras su padre cada vez que los mira los fulmina con la mirada y la madre los observa con tranquilidad.

¡Menudas vacaciones les esperan!

A su lado hay una parejita muy acaramelada que no para de prodigarse besitos y arrumacos. Me la jugaría a que están al principio de la relación o son recién casados por cómo se miran y se cogen de la mano. Sonrío cuando él, acercándola más a su cuerpo, le da un azotito provocador en el trasero y ella, aturdida, lo regaña sin mucha convicción. ¡Qué monos!

Miro hacia la izquierda. Ahí hay varias parejas alemanas. Por lo blancos que están todos, se nota que acaban de llegar a la isla y, fijándome en uno de ellos, me tengo que reír. Pero ¿cómo puede llevar una camisa de flores rojas y verdes, un pantalón pirata azul, calcetines de rayas, un sombrero de paja y chancletas beiges? ¿En serio?

Lo miro divertida y le hago una foto con disimulo. Esto tiene que verlo el Comando Chuminero. La envío al grupo y, como esperaba, lo que leo de mis amigos me hace sonreír con más ganas. Lo que nos va un buen cotilleo.

Recibo un mensaje. Es Jonay. Quiere saber si ya estoy en la isla y cuándo nos vemos. Le hago saber que acabo de llegar y que, en cuanto pueda, quedaré con él. Sin duda, le hace tanta ilusión verme como a mí verlo a él.

Un pitido me indica que la cinta transportadora comienza a moverse y, tras levantarme de mi asiento, me acerco a ella. Al llevar un billete en *priority*, sé que mi equipaje saldrá de los primeros y, ¡sí!, ahí está mi maletón.

Sí, sí, digo «maletón» porque, tras recibir la información del hotel en el que me alojaré, por cierto, un cinco estrellas gran lujo maravilloso, contacté con el establecimiento y alargué mi reserva, a mi cuenta, un poco más. Creo que unos días de desconexión y descanso me vendrán fenomenal.

Mi intención es tener la reunión al día siguiente y, tras ella, olvidarme del trabajo y disfrutar de la isla como una reina.

Una vez tengo mi maletón en mi poder, me dirijo hacia la puerta de salida. Según me dijo en un e-mail Liam Acosta, me recogería y me llevaría al hotel, una deferencia que es de agradecer.

En cuanto salgo por las puertas, veo a un hombre alto, impecablemente trajeado y con gafas de sol, con un cartel en las manos en el que pone VERÓNICA JIMÉNEZ. Lo miro gustosa. ¡Qué mono! Alto, atractivo, interesante. Sin embargo, tengo tres normas en mi vida. La primera, nada de casados. La segunda, nunca mezclo trabajo con ligoteo, y la tercera, no más de treinta años, y este los sobrepasa. Sonríe. Sonrío. Y, acercándonos el uno al otro, le tiendo la mano con profesionalidad y pregunto:

—¿Señor Acosta?

Él asiente, coge mi mano y, tras estrecharla, indica:

—Un placer, señorita Jiménez. Pero si me llama simplemente Liam se lo agradeceré.

—Verónica —indico sonriendo.

Ambos asentimos. Acabamos de dejar claro que formalismos los justos.

—Verónica —dice a continuación—, tengo el coche en el aparcamiento.

Uno al lado del otro, caminamos hacia allí y, por cortesía, él me pregunta qué tal ha ido mi viaje.

Cuando llegamos al coche, un todoterreno granate, y nos sentamos, él se quita las gafas de sol y, al ver sus ojos, suelto con naturalidad:

—Te lo habrán dicho muchas veces, pero qué ojos más impactantes tienes.

Liam sonríe. Está visto que se lo han dicho a menudo y, señalándose el ojo derecho, indica:

—Heterocromía parcial. Tengo la mitad del iris azul y la otra mitad marrón, lo heredé de mi padre.

Nos miramos sonrientes y, en cuanto se pone las gafas de nuevo, arranca el motor del coche y salimos del aeropuerto. Su acento, aunque no es muy pronunciado, me encanta. Siempre he pensado que el acento canario es muy sensual.

Como había imaginado, el viaje hasta el hotel es agradable y ameno. Liam y yo hablamos con normalidad del tiempo, la isla, las playas, y se sorprende cuando le hago saber que estaré en la isla más tiempo del que él suponía. Es más, veo que le gusta la idea.

Cuando llegamos al hotel y baja mi maleta del coche, nos dirigimos a hacer el *check-in*, y la recepcionista, al ver a Liam, se pone nerviosita perdida. Está claro que su presencia, siendo tan guapo y yendo tan impecablemente vestido, la ha impactado. Él me hace saber que si quiero cenar con él o con sus socios esa noche estará encantado de organizarlo. Rápidamente me quito el marrón de encima y él no insiste. Se lo agradezco.

Instantes después, nos despedimos. Quedamos en vernos al día siguiente a las diez de la mañana para visitar las bodegas y luego reunirnos en las oficinas de los viñedos de Tacoronte.

Se va y, mientras espero el ascensor, observo con disimulo cómo se aleja. Su andar es firme y nada titubeante. Está claro que es un hombre seguro de quién es, y eso siempre es bueno para los negocios. Estoy pensando en ello cuando llega el ascensor y, encantada, me meto en él.

Tras llegar a mi planta e ir hasta mi habitación, entro, cierro la puerta, me olvido del maletón y voy directa a la terraza. Al abrirla, sonrío. Como pedí cuando hablé con el hotel, tengo vistas al mar. Y eso, para una madrileña como yo, ¡es una maravilla!

Acto seguido, me enciendo un cigarrillo, y en ese mismo instante recibo un mensaje en mi móvil. Al mirarlo y comprobar que es de Zoé, lo abro y sonrío al ver una foto de ella y Michael en el aeropuerto de Nueva York. Se van a Nueva Zelanda y, desde allí, a la Antártida.

Feliz por la cara de satisfacción de mi hija, y por la aventura que sé que para ella supone esto, le envío un mensaje deseándole buen viaje y diciéndole cuánto la quiero. Ah, y por supuesto, que no olvide que en cuanto llegue a destino, debe llamarme o enviarme un mensaje. Lo dicho, cada día me parezco más a mi madre.

Sonriendo, guardo el móvil y sigo fumando mientras miro el

maravilloso paisaje que tengo ante mí. Uno de mis sueños es vivir junto al mar. Creo que verlo todos los días es uno de esos lujos que no todos pueden permitirse. Y yo, viviendo en Madrid, mucho menos. Por ello he pensado que, cuando sea viejecita, viviré junto a la playa.

Acabado el cigarrillo, decido deshacer mi equipaje, ducharme e irme a cenar algo. Quiero regresar pronto a la habitación para mirar los informes de la empresa con la que tengo la reunión al día siguiente.

Tras la duchita, que me ha sentado de maravilla, me desenredo el pelo y lo dejo al aire para que se seque, miro el armario y decido ponerme un vestido que me llega hasta los tobillos. Luego me calzo unas preciosas sandalias con un taconazo de infarto que me regaló Zoé para mi cumpleaños, y de pronto oigo musiquita que proviene de la terraza.

En cuanto termino de abrocharme las sandalias, salgo fuera y, al mirar abajo, como el hotel tiene forma piramidal, veo a mis vecinos del piso inferior bailando acaramelados en su terraza y descubro ¡que es la chica embarazadísima que vi en el aeropuerto!

Sin ser vista, pues ya me encargo yo de que así sea, observo cómo ella y el que considero su chico se besan, y cuando se separan sonrío. ¡Esta es de las mías! El que la besa es jovencito, mucho más que los chicos con los que yo suelo quedar, y casi se me escapa un «¡ohhhh!» cuando el muchacho, que no debe de tener más de veinticinco años, se agacha y le da un cariñoso beso en la barriguita. ¿En serio es el padre?

Conmovida, veo cómo ella sonríe, mientras él parece hablarle a la tripita e, inevitablemente, sonrío. ¡Qué bonita tiene que ser la maternidad cuando la vives con tu pareja!

Cuando yo estuve embarazada, nadie me daba besos en la tripita, y menos aún miraba yo a nadie con el amor con que esa muchacha mira al chico.

Sorprendida, y sin moverme, observo lo que hacen. Sus gestos, sus movimientos y sus besos me hacen saber que están felices, cuando comienza a sonar una insoportable cancioncita romántica. Es *All I Ask*, de Adele. Conozco a la intérprete y la canción porque a mi hija le encanta y, aunque yo evito escuchar ese tipo de música porque me da grima, todavía puedo comprender que, para los que creen en el amor, sea algo esencial.

Sintiéndome como la vieja del visillo, observo como una auténtica tonta cómo la parejita de enamorados se meten mano. Su complicidad es tangible. El deseo que sienten me acalora y, sin querer, pienso cómo será tener esa conexión tan real con alguien. Tras lo ocurrido con el padre de Zoé, nunca la he tenido. Nunca me he dado la oportunidad de tenerla.

Sin embargo, cuando sus besos aumentan de intensidad y el romanticismo de la música ya me taladra los oídos, entro en la habitación, cojo mi bolso y me voy a cenar. Paso de seguir escuchando las tontas palabras de amor de la canción.

Capítulo 7

Tras la cena en el bonito restaurante del hotel, donde me han servido un exquisito plato que ellos llaman «carne fiesta», decido salir al paseo marítimo a dar una vuelta antes de subir a mi habitación y liarme con los informes, aunque sé que con los taconazos que llevo no puedo ir muy lejos, pues son tan bonitos como demoledores.

Por suerte, hay pequeños puestos de cositas y los miro con curiosidad. Me encantan los pendientes de plata y, como siempre, compro unos para mí y otros para Zoé. Ya se los daré.

Encantada con mi compra, de repente tengo sed y decido ir a un local, pero al entrar oigo que suena por sus altavoces cierta cancioncita romántica de Luis Miguel y, tal como entro, doy media vuelta y salgo.

¡Paso de musiquita romántica!

Sigo caminando y al final me siento en una terracita de un local que hay frente al mar, donde no suena música. Con suerte, mis pies descansarán. Me intereso por su carta de vinos y, al ver que tienen de las Bodegas Verode, que son las que voy a visitar al día siguiente, pido una copa. ¡Veamos cómo está!

Mientras me traen el vino miro a las personas que hay a mi alrededor y veo una mesa al fondo en la que hay varios tipos. Dos de ellos llaman mi atención. Son altos, atractivos, e instintivamente pienso cómo sería montármelo con los dos en la cama.

Vale, sé que suena frío pensar así. Pero soy la dueña de mi cuerpo, mi vida y mi tiempo, y yo y solo yo decido cuándo, cómo, dónde y con quién.

La camarera, que es andaluza, rápidamente me trae el vino que he pedido en una bonita copa de cristal. Una vez que se va, cojo la copa y me la acerco a la nariz para olerlo. El olor es agradable. Lo pruebo. Mmm..., no está mal.

Con gusto, disfruto del momento. El mar, la tranquilidad, la copa de vino..., pero de pronto unas voces algo más altas de lo que deberían atraen mi atención. A mi derecha la camarera que me ha atendido intenta calmar a un hombre.

Por los gritos que este da, sé que se trata de su pareja. Pobrecita, ¡qué mal gusto tiene! Pero el disgusto a mí se me redobla cuando veo que él comienza a pasarse de la raya y oigo que ella dice:

—¡Suéltame!

Ese grito hace que los vuelva a mirar y, al ver que él la sujeta por la muñeca, se me revoluciona la sangre, y más cuando oigo que él dice:

—Eres mi mujer.

—Ya no lo soy.

—Irene, no digas tonterías.

—¡Estamos divorciados! —afirma ella—. Y ahora vete. Estoy en mi trabajo y no quiero problemas.

Vaya tela, vaya tela. ¿Divorciados y él le exige?

Como yo, otras personas que están en el local los miran, y entonces el tío, que más troglodita no puede ser, insiste:

—Eres mi mujer. ¡Mía!, y lo serás siempre, ¿te has enterado?

Buenoooooooo... ¡Un machirulo! ¡No los soporto!

Llevo años colaborando con una asociación de mujeres maltratadas que por desgracia han tenido como parejas a machirulos como ese, y estoy levantándome cuando oigo:

—Raúl...

—¡Ni Raúl ni leches! —protesta el tipo en voz alta—. ¿Cómo te vienes de Córdoba a Tenerife sin consultármelo?

—No tengo que consultarte nada —insiste ella.

El troglodita se toca la cabeza. Está nervioso. Esto no va a acabar bien.

—¿Quién es ese soplagaitas con el que has llegado al trabajo? —inquiere a continuación.

Me indigno. El tono imperativo con que le habla me está sacando de mis casillas, y más cuando repite:

—Sigues siendo mi mujer, y lo que diga en ese papel que firmamos ¡me da igual!

¡¿Cómo?!

¡¿En serio?!

Mira, mira, mira..., ¡que no puedo más!

E, incapaz de callarme por más tiempo, me acerco a ellos.

—Disculpen —digo—. Sé que me estoy metiendo donde no debo, pero creo que primero debería soltarla y, segundo, tenerle más respeto.

El tipejo me mira como el que mira a un bicho que le da asco y suelta retorciéndole el brazo:

—Métete en tus asuntos.

—Eso hago —afirmo con rotundidad dándole un manotazo que hace que finalmente la suelte.

Bueno, bueno. Si este tiene carácter, no sabe con quién se ha ido a encontrar. Y, pasando de él, pues él no me importa, miro a la joven, que más apurada no puede estar.

—¿Necesitas ayuda? —le pregunto.

La pobre me mira con cara de no saber qué decir. Conozco ese gesto. Por desgracia, lo he visto en la asociación muchas veces.

—Mira, no te conozco, pero sé que la necesitas —insisto incapaz de callar.

Ella no responde. Está asustada. Entonces llega un camarero y el troglodita grita:

—¡Tú, aléjate de mi mujer!

Veo que la joven y el camarero se miran, y de nuevo el exmarido suelta:

—Irene, ven aquí y ¡vámonos!

Pero no, eso no lo voy a permitir. Ella de mi lado no se mueve. Si se va con ese troglodita, a saber qué le puede pasar.

—No voy a dejar que te vayas con él —repito mirándola—. Y tú no deberías permitir que te hable ni te trate de ese modo. Llama a la policía. Si quieres, llamo yo y...

En cuanto digo eso, el tipo en cuestión me da un empujón y yo pierdo el equilibrio a causa de los tacones. Por suerte, consigo mantenerme en pie y, tirando de la mujer, que está bloqueada, la pongo tras de mí y grito enseñándole mi móvil:

—¡Voy a llamar a la policía!

Eso no frena al tipo, que nos empuja a las dos contra una pared. ¡Joder! Me tuerzo la muñeca derecha. Y, cuando voy a sacar la fuerza que hay en mí, veo que alguien se lanza contra él, lo inmoviliza en el suelo y me dice:

—Llama a la policía. —Y luego, mirando a la camarera, añade con rotundidad—: Y tú, denúncialo. No permitas esto.

Yo asiento y, mirando a la joven, que tiene los ojos llenos de lágrimas, insisto:

—Opino igual que él. Denúncialo. No permitas esto ni una vez más.

Agitada por lo ocurrido, ella asiente y, sin más, llamo a la policía. El revuelo en el bar es tremendo. La pobre camarera llora. Da explicaciones. Me cuenta que se fue de Córdoba para alejarse de él cuando se divorció, pero que siempre acaba encontrándola. Está desesperada y yo intento calmarla mientras oigo las voces del troglodita y veo que el otro individuo lo sigue teniendo inmovilizado en el suelo.

Por suerte, la policía no tarda en llegar al local y, tras llevarse al tipo y hablar conmigo y otras personas, la camarera, acompañada por el que descubro que es su jefe, se va a poner la denuncia. Les doy mi teléfono por si necesitan cualquier cosa de mí.

Una vez finalizado el espectáculo, cada uno regresa a su sitio. Yo me dirijo al baño y me echo agua en la mano.

¡Joder! ¡Joder! ¡Que mañana tengo una reunión!

Por suerte, solo está hinchada, y, consciente de que de esta no me muero, regreso a mi mesa. Cojo la copa de vino y le doy un traguito.

—Esto te vendrá bien.

Al oír esa voz, miro hacia arriba y me encuentro con el tipo que tenía inmovilizado al exmarido de Irene. Durante unos segundos, que no sé por qué a mí me erizan la piel, nos miramos. Alto, moreno con canitas, piel morena imagino que por el sol, ojos oscuros, barbita de tres días y atractivo, muy atractivo.

Me tiende un trapo con gesto serio y, al ver que levanto las cejas, se agacha para acercarse a mí e indica:

—Dentro hay hielo, te vendrá bien para la hinchazón de la mano.

Uf, qué bien huele este hombre.

Asiento y, tras coger lo que me tiende, lo pongo sobre mi mano y respondo escuetamente:

—Gracias.

Segundos después, al ver que no le doy conversación, se va. Y, cuando lo hace, observo cómo se aleja. Uf, qué cuerpo debe de tener el cuarentón bajo ese vaquero y esa camiseta negra. Espalda ancha. Piernas largas..., y me fijo en su culito. ¡Qué mono lo tiene!

Veo que llega a la barra, se sienta y yo dejo de mirarlo, y sabiendo que ahora es él quien me mira, cojo la copa de vino y, sin apartar la mirada del precioso mar, bebo y me hago la interesante.

Mi móvil suena. He recibido un mensaje. Es Marco, para vernos al día siguiente. Con una sonrisa le explico que estoy de viaje y, tras intercambiar varios mensajes con él, nos despedimos y quedo en avisarlo cuando regrese a Madrid.

Una vez que miro en mi móvil la hora, decido regresar al hotel. Me levanto. ¡Uf, qué dolor de pies! Estoy deseando quitarme los taconazos, y voy hasta la barra. Allí pago mi copa de vino y miro al tipo que se ha preocupado por mí; al ver que me observa, decido saludarlo con una sonrisa. Me acerco y, dejo frente a él el trapo mojado, y al percatarme de que no lleva anillo y de que todo su dedo tiene el mismo tono de bronceado, digo:

—Muchas gracias por preocuparte.

—Es lo mínimo que podía hacer —responde.

Sonrío. Este tipo tiene unos impresionantes ojos oscuros.

—¿Te vas? —pregunta a continuación.

Asiento, y él indica:

—Si te quedas, te invito a una buena copa de vino. Mejor que la que has tomado.

Eso me hace gracia.

—¿Y cómo sabes que será mejor? —digo.

Por fin, el guaperas sonríe y mira al camarero.

—Porque Julián me ha dicho lo que has tomado, y sin duda será mejor —aclara.

Miro al tal Julián. Su cara de bonachón lo dice todo, y más cuando añade con ese deje canario que tanto me gusta:

—Hágale caso, mi niña. Doy fe de que así será.

Me hace gracia oír eso, pero más gracia aún me hace ver al guaperas sonreír. Madre mía, madre mía, qué sonrisa tan sensual tiene el cuarentón. Y algo arde dentro de mí cuando este, asiendo una botella de vino que le entrega el camarero, me la enseña y dice:

—¿Y si lo probamos...?

Vale. Tentada estoy. Lo pienso y finalmente me siento en el taburete de al lado de ese desconocido, puesto que los tacones me están matando, miro mi reloj y digo con firmeza:

—Quince minutos.

—Treinta —insiste él.

Su seguridad, tan aplastante como la mía, me gusta.

—Quince —indico sonriendo—. Treinta si el vino lo merece.

Él asiente y luego se levanta, señala una mesa que está frente al mar y dice:

—¿Te parece bien que lo tomemos ahí?

Sí, claro que me parece bien. Pero como soy tan mandona y me gusta elegirlo todo, señalo otra mesa distinta.

—Mejor esa —replico.

—¿Por algo en especial? —pregunta divertido.

Me encojo de hombros. La realidad es que es por llevarle la contraria.

—Me gusta más —respondo.

Asiente y sonríe. Nos levantamos de donde estamos y, cuando nos dirigimos hacia la mesa que yo he escogido, se adelanta y retira con caballerosidad una silla para mí.

—Siéntate, por favor.

Complacida por el detalle, tomo asiento. Los hombres con los que suelo quedar, a pesar de ser amables, nunca tienen esa caballerosidad, y sonrío. El guaperas se sienta frente a mí y luego dice:

—Por cierto, soy Naím.

—Julia —miento como una bellaca.

¿Julia? ¿Por qué habré dicho «Julia»?

El guaperas, alias Naím, que tiene hasta el nombre bonito y sensual, me mira con intensidad. Si se cree que me va a cortar su mirada, lo lleva claro; este no sabe a quién tiene enfrente. Entonces Julián, el camarero, se acerca hasta nosotros y, tras dejar dos preciosas copas, se va.

Nos quedamos en silencio. Observo cómo el cuarentón sexy abre la botella, sirve un poquito en su copa y, tras agitarlo, olerlo y probarlo, afirma:

—Exquisito.

Divertida, veo cómo sirve vino en mi copa y, una vez que acaba y rellena la suya, la cojo, la huelo, la muevo y, después de darle un traguito, lo paladeo con tranquilidad y digo:

—Especiado en nariz y potente en mineralidad. En boca, persistente, y sedoso en paladar. Por cierto, tiene una excelente acidez y está muy muy equilibrado.

Por su expresión sé que lo he sorprendido, y tras dar otro trago afirmo:

—Sin duda este vino se merece esos treinta minutos.

Sonríe. Por Dios, qué bonita sonrisa tiene. Y después de dar un traguito a su copa, pregunta:

—¿De vacaciones en la isla?

Afirmo con la cabeza, dejo mi copa sobre la mesa y vuelvo a mentir a medias.

—Sí.

Él asiente.

—Seguro que lo pasarás bien aquí.

—No tengo la menor duda —afirmo.

En ese instante llegan unos ingleses y, mirándome, me preguntan si la silla que tengo al lado está libre. Rápidamente les respondo en mi perfecto inglés, y acto seguido mi acompañante pregunta:

—¿De dónde eres?

—De Valladolid.

Pero ¿por qué estoy mintiendo todo el rato?

De nuevo, él asiente.

—Pues para ser de Valladolid, tu inglés es muy bueno —señala.

Eso me hace gracia, menuda mentirosa estoy hecha.

—Mi madre es inglesa —replico.

Anda, mira, ¡mi primera verdad!

El guaperas con canitas asiente una vez más y, cuando veo que va a preguntar, lo corto.

—Si no te importa, me incomodan las preguntas personales.

Sonríe, sus ojos se achinan al hacerlo, y no vuelve a preguntar nada personal. Eso sí, a partir de ese instante la conversación entre nosotros hablando de todo en general pasa a ser muy fluida. Tanto que me olvido de la hora que es.

Me habla de sitios para visitar en Tenerife, como la Cueva del Viento, la charca de El Porís en Arico o San Cristóbal de la Laguna. Lo escucho encantada y cuando le pregunto por sitios especiales en las otras islas, me habla de ellas con auténtica pasión, mientras yo comienzo a sentirme culpable por haberle mentido en algo tan tonto como mi nombre.

Lo que dice, lo que cuenta y la pasión que le pone hacen que finalmente, en las notas de mi teléfono móvil, me apunte los nombres de lugares que nombra porque los quiero visitar. Está claro que tendré que regresar a las islas más veces para poder ver todo eso.

Durante nuestra conversación él es cauteloso. Se ha tomado al pie de la letra lo que le he dicho al principio. Ni pide ni da información personal. Eso me gusta. No soy de ir contando mi vida al primero que me encuentro.

Estamos hablando ensimismados cuando Julián, el camarero, se acerca y señala:

—Voy a cerrar.

Boquiabierta, miro el reloj. Son las dos y veinte de la madrugada... ¿En serio?

Mi cara debe de ser tal que, al mirar a Naím, este indica divertido:

—Y solo iba a ser media hora.

Me echo a reír. La verdad es que he estado muy a gusto con él, y, viendo la segunda botella de vino sobre la mesa, afirmo:

—Que te quede claro que si estoy aquí es por el vino, no por otra cosa.

Ambos reímos. Veo que paga a Julián y cuando me voy a despedir de él al salir del local dice:

—Vamos, te acercaré al hotel en mi coche.

Niego con la cabeza y digo con seguridad:

—No hace falta.

Él asiente, sé que me entiende, pero replica:

—Ya, pero soy un caballero y mi padre se enfadaría si supiera que, tras una agradable velada, no te he acompañado hasta el hotel para dejarte allí sana y salva.

¡Qué mono!

Pero de pronto suelto:

—No voy a acostarme contigo. No eres mi tipo.

Veo que, una vez más, lo que acabo de decir lo sorprende. Está claro que por su físico es el tipo de muchas otras.

—Solo te he propuesto acercarte al hotel.

Asiento y sonrío. Este se cree que me chupo el dedo.

—Y yo solo he dicho que no eres mi tipo y que no me voy a acostar contigo —cuchicheo.

Veo que Naím asiente, no aparta su mirada de la mía y luego añade:

—Algo me dice que siempre te gusta controlar la situación.

Oír eso me da risa y, sin contestarle, indico:

—No hace falta que me acompañes porque mi hotel es ese.

Veo que mira a donde señalo; apenas habrá setecientos metros. Se mete las manos en los bolsillos y, al ver a varios hombres pasados de alcohol caminar por nuestro lado, repone:

—Si me lo permites, aunque no sea tu tipo y no te vayas a acostar conmigo, te acompañaré.

Sus palabras y, en especial, su expresión me hacen gracia. Aunque no lo diga, sé que le escuece un poquito mi rechazo.

—Vale. Acompáñame —digo tras haber dejado las cosas claras.

A paso lento, caminamos por el paso marítimo mientras continuamos con nuestra charla obviando lo último de lo que hemos hablado. El trayecto lo hacemos con tranquilidad. Está claro que ninguno tiene prisa porque se acabe este momento. Y, al llegar a la puerta de mi hotel, nos paramos y él, señalando mi mano, pregunta:

—¿Está mejor?

Me miro la muñeca. Sigue algo hinchada, pero respondo:

—Mucho mejor.

Sonreímos. Nos miramos a los ojos y Naím, sin acercarse a mí, añade:

—Si quieres, puedo darte mi teléfono y...

—No —lo corto.

Según suelto ese «no», mi cuerpo parece querer rebelarse. Creo que hasta me insulta. Pero no, no estoy dispuesta a saltarme mi norma de «no mayores de treinta». Esos nunca dan problemas porque van, como yo, a lo que van.

Naím me mira. Creo que intenta entenderme, pero no lo consigue. Sin embargo, lo que tengo claro es que, por su manera de mirarme, desea besarme tanto como deseo besarlo yo, pero no se mueve. Respeta mi espacio, y finalmente dice:

—Entonces, Julia de Valladolid, solo me queda por decirte que ha sido un placer conocerte y disfrutar del vino contigo mirando al mar.

Sonrío y asiento. Ya es tarde para rectificar lo de mi nombre, y digo:

—Lo mismo digo, Naím de Tenerife —aseguro.

Ambos reímos por eso y yo, alterada y con un ataque de inseguridad porque mi deseo por él está haciendo tambalear una de mis normas, le guiño un ojo, doy media vuelta y me voy. ¡Huyo!

Según entro en el hotel, mi cabeza va a mil. Por primera vez en mucho tiempo un hombre, del que solo sé que se llama Naím y bebe buen vino, ha llamado tanto mi atención como para no parar de mentir. Su mirada me excita. Su sonrisa me vuelve loca. Su manera de expresarse y de moverse me encandila. Pero ¿qué tenía ese vino? ¿Tan bueno es que ha bajado mi guardia?

El ascensor no llega y yo, inquieta, me doy la vuelta para mirar hacia la puerta del hotel. Sorprendida, veo que Naím sigue allí. No se ha movido. Solo me mira con las manos metidas en los bolsillos. Y Dios..., ¡cómo me miraaaaaa!

Desde la distancia puedo sentir su deseo y eso me excita mucho más.

Oh, Dios... Oh, Dios...

Pero ¿qué estoy pensando?

Dudo. Durante unos segundos dudo de mis propias dudas, pero, recordando que le prometí a Zoé que lo pasaría bien, decido saltarme la norma de no más de treinta. Total, será una noche.

Por ello, con seguridad, regreso hasta la puerta de hotel. La cruzo y, acercándome a él, que no me ha quitado ojo, lo beso con todo mi descaro en la boca y él rápidamente me responde. Mi lengua y la suya se fusionan dentro de nuestras bocas de una manera que me hace temblar de placer como llevaba siglos sin hacerlo.

Madre mía...

Acalorada y excitada, lo miro y él susurra:

—¿Ahora soy tu tipo?

Sin pensar, o la cagaré, respondo:

—No.

Naím asiente, sonríe y vuelve a preguntar:

—¿Puedo preguntarte por qué?

—Demasiado abuelito.

Según digo eso, parpadea. Por su gesto intuyo que está a punto de decirme que yo no soy una chiquilla, pero suelta con mofa:

—¿Qué edad tienes tú, niñita?

—Treinta y ocho.

¡Otra verdad!

—Cuarenta y uno —dice él.

Lo sabía, sabía que era cuarentón, y aclaro con mi típica frialdad:

—Me gustan más jóvenes porque eso supone cero problemas.

Mi contestación lo hace sonreír. Debe de pensar que soy una depredadora de jovencitos.

—Conmigo tendrás cero problemas —afirma.

Sonrío. No sabe este *na'*, y tras acercarme a su cuerpo, me besa con una lentitud que hace que toda yo arda en puras llamas, y más cuando paseando sus calientes labios por los míos pregunta:

—¿Seguro que quieres que un abuelito como yo suba a tu habitación?

Asiento. Sonrío y me reafirmo. Como diga ahora que no sube, ¡juro que lo mato!

Por suerte no hace falta decir más. Coge entonces mi mano con seguridad, entra conmigo en el hotel y nos dirigimos hacia el ascensor. Este se abre, entramos y pulso el botón de la planta séptima y, mientras se cierran las puertas, él me vuelve a besar.

¡Woooo, me encanta!

Capítulo 8

Un beso. Dos. Cuatro. He de decirle que no me llamo Julia, sino Verónica, que no soy de Valladolid, que soy de Madrid, que no estoy en la isla de vacaciones, pero sus morbosos besos no me dejan y, como el ascensor tarde mucho en llegar a mi planta, juro que no me podré frenar.

Un minuto después, cuando entramos en la habitación, veo que va a dar la luz, y rápidamente exijo:

—No la enciendas.

Sin dudarlo me hace caso, y lo primero que hago es quitarme las sandalias. Uf, ¡qué gustazo!

Naím, que me mira en la penumbra, debe de medir 1,90, y con la voz plagada de sensualidad musita:

—Sin tacones ya no eres tan alta.

Me entra la risa; mido 1,70 y cuando me pongo esas sandalias subo a 1,80. Sin responderle, lo beso. Me apetece más eso que hablar.

A oscuras, nuestras ropas comienzan a volar por los aires mientras nos besamos, nos tocamos, nos provocamos, y cuando voy a tomar yo las riendas, él me indica mirándome a los ojos que no me lo permite.

Mmm..., eso de pronto me gusta.

Sin que yo se lo pida me quita las bragas mientras me susurra al oído frases como: «Voy a disfrutar de ti tanto como tú de mí». Asiento. Acalorada, asiento, y él, tras cogerme entre sus fuertes brazos, me deposita sobre el escritorio que hay contra la pared. Me besa. Pasea sus manos entre mis piernas hasta llegar a mi sexo y, mirándome a los ojos, susurra:

—Me gusta sentir tu humedad.

Asiento. Uf, qué calentón. ¿Cómo no estar húmeda con su posesión? Y, agachándose para estar a la altura de mi vagina, me abre las piernas y, acercando su boca a mi sexo, sin que yo pida ni exija, comienza a degustarlo.

Oh, sí..., oh, sí..., su seguridad me enloquece y su dominio me pone a mil.

Madre mía, ¡madre mía! Qué bien lo hace este hombre.

Lo que Naím me hace me gusta, me pone y me excita. Me provoca que tome sin preguntar lo que yo le estoy ofreciendo sin palabras. Acostumbrada a llevar siempre la voz cantante en el sexo con mis amigos con derecho a roce, que Naím la lleve de esta manera por mí me está volviendo loca. Muy loca.

Y, mientras me agarro a la mesa ofreciéndome a él, corroboro eso que siempre he pensado: los hombres tienen potencia, pero sin duda los maduritos como Naím también tienen experiencia.

Sobre la mesa, a oscuras y solo iluminados por la luz de la luna, me posee con su boca mientras sus manos en mi cintura me meten completamente en ella y siento cómo su lengua roza mi clítoris a su paso y yo jadeo de puro placer.

Estoy entregada a él cuando de pronto se detiene. ¡Noooooo!

Volvemos a mirarnos jadeantes. Vamos a mil. Y esta vez yo, tomando el control, me bajo de la mesa y, arrodillándome frente a él, cojo su maravilloso y endurecido pene y, tras acariciarlo con mimo, le doy unos dulces besitos en la punta para luego sacar la lengua y juguetear con él.

Uf... Uf...

Noto cómo las rodillas de Naím tiemblan. Está claro que le gusta lo que le hago tanto como a mí, hasta que siento que me agarra de las axilas para que me levante y, mirándome, dice:

—Si sigues haciendo eso, no voy a durar mucho más.

Me río. Él lo hace también, y entonces observo que coge su pantalón, del bolsillo saca la cartera y, de ella, un par de preservativos. Rápidamente tira uno sobre la cama y el otro, tras rasgar el envoltorio a oscuras, se lo pone, mientras yo cojo mi teléfono y, tras buscar en mi lista de Spotify, pongo *Crazy in Love*, de los maravillosos Beyoncé y Jay Z. La música comienza y Naím, mirándome, susurra:

—Preferiría algo más íntimo:

Me río, romanticismos los justos.

—Yo no —respondo.

Y, acercándome a él, lo beso como si no hubiera un mañana.

Sus besos son exigentes. Sus manos también. La actitud de Naím nada tiene que ver con la de Marco o Alejandro, y cuando me aúpa entre sus brazos y me acerca a la pared, mi respiración se acelera como una locomotora.

¡Madre mía, qué potencial!

Por primera vez desde que tuve a Zoé estoy permitiendo que un hombre me domine en el sexo en vez de dominarlo yo a él. ¿Por qué?

En silencio, mientras tengo la espalda apoyada en la pared, noto cómo una de sus manos abre mi húmedo y caliente sexo e introduce un dedo. Un gemido de placer escapa de mi boca y pregunta con tono morboso:

—¿Te gusta?

Asiento. Jadeo. ¡Me gusta! ¡Me encanta!

Soy incapaz de poder explicar en palabras lo mucho que me está gustando, pero creo que él me entiende porque lo veo sonreír. Su sonrisa me hace comprender lo orgulloso que está de lo que está consiguiendo, y yo, rebelándome, tomo aire y suelto para que no se venga tan arriba:

—No está mal.

Mi respuesta lo sorprende. Yo diría que hasta le molesta, y añado para que no se crea especial:

—Los gemidos son fáciles de conseguir en el sexo.

Sonríe. Uf, qué malota esa sonrisa. E, introduciéndome dos dedos en la vagina, lo que me hace jadear, musita:

—¿Esto tampoco está mal?

Uf..., uf..., este hombre va a hacer que me corra solo con hablarme. Esta vez no puedo contestar. Espero que entienda mi silencio y el modo en que lo aprieto con las manos como una respuesta. A continuación, acercando su boca a la mía, me la come con posesión y, cuando se da por satisfecho, susurra seguro de sí mismo:

—Julia de Valladolid..., un gemido me puede engañar, pero la humedad de tu cuerpo en mis manos y tu ardiente mirada, no.

Uf, ¡madre mía! ¿Eso de «la humedad de tu cuerpo» no lo decía mi Luismi en una cancioncita?

Mira, que diga lo que quiera y me llame como quiera. No le voy a llevar la contraria. Eso sí, que no pare de masturbarme como lo hace con los dedos porque lo estoy disfrutando una barbaridad.

En la oscuridad y el silencio de la habitación, solo interrumpido por nuestros jadeos y el ruido de mis fluidos al mover sus dedos dentro de mí, disfrutamos de un momento caliente y lleno de morbo. Luego, sacando los dedos, pone la punta de su pene en mi más que húmeda vagina y, mirándome, pregunta:

—¿Quieres más?

Loca..., la verdad es que me tiene loca el abuelito. Y, antes de que él lo imagine, moviendo las caderas, me empalo total y completamente en él. ¡Yo domino! El jadeo que suelta Naím lo hace temblar de pies a cabeza. ¡Sí! Y, sonriendo yo esta vez, pregunto:

—¿Quieres tú más?

Loco, lo que acabo de hacer lo ha vuelto loco, y agarrándonos mutuamente con fuerza y deseosos de dominar el momento, comenzamos a disfrutar de un empotramiento contra la pared la mar de caliente y deseado.

Placer, goce, erotismo, sensualidad, gustazo, satisfacción, diversión, dicha. Todo eso y mucho más es lo que siento al ser poseída por este hombre del que solo sé que se llama Naím y que, como vulgarmente se diría, folla muy bien.

Su movimiento de caderas y mi entrega hacen que ambos disfrutemos de un momento caliente y morboso contra la pared. Tiemblo. Tiembla. Jadeo. Jadea. Nos tomamos, nos poseemos con gusto, deseo, placer, hasta que el calor nos consume y, al unísono, tras pegar nuestros cuerpos del todo, llegamos al clímax mientras nos comemos la boca con auténtica desesperación.

Segundos después, tras el lujurioso momento con besazo incluido, nos miramos.

Pero ¿qué acaba de ocurrir aquí?

—Madre mía... —susurro mientras comienza otra canción marchosa de Beyoncé.

Sin duda, acabo de echar el mejor polvazo de mi vida. Pero, claro, no se lo voy a decir para que no se crea especial. Y entonces él, imitándome, musita mientras asiente:

—Madre mía...

Sin saber por qué, ambos nos reímos y él, sin soltarme, me da un beso en la punta de la nariz que hace que toda yo tiemble de nuevo. Ningún hombre, a excepción de mi padre, me ha besado la punta de la nariz, y cuando se separa dice:

—Eres preciosa.

Oír eso me hace sonreír. Al parecer ha llegado el momento de los halagos tontos pero, sin darle mayor importancia, murmuro con frialdad:

—Tanto como tú. Ahora suéltame.

Sin dudarlo, hace lo que le pido mientras soy consciente de cómo cambia su expresión; por ello lo miro e indico:

—No hace falta que digas esa clase de cosas.

—¿Qué clase de cosas? —pregunta.

Me retiro el flequillo del rostro y, cogiendo mis bragas del suelo, contesto:

—Que soy preciosa. No hace falta, nene.

Me mira intensamente. ¡Joder! ¿Por qué me mira así? Y suelta:

—No me llames «nene».

Acto seguido, acercándose a mí, posa su boca sobre la mía, me da un rápido pico en los labios y musita:

—Y, si no te importa, diré lo que quiera cuando quiera.

Sus palabras y el modo en que me mira me aturden, por ello me separo de él, cojo mi vestido del suelo y percibo su particular olor en mi nariz. ¿Qué colonia usará?

Minutos después decidimos ducharnos. Entre el caliente sexo y el calor que hace estamos empapados de sudor. Y, como era de esperar, en la ducha beso va, beso viene, te toco, me tocas y..., ¡zas!,

¡sexo increíble!, ¡otra vez! Por cierto, su precioso moreno en la piel me encanta.

Entre risas, y una vez que salimos de la ducha solo provistos con las toallas, pregunta mientras suena la voz de Bon Jovi:

—¿Te importa si cambio la música?

—Depende de lo que pongas —contesto.

Él sonríe y rápidamente indica:

—Algo más íntimo.

Según dice eso, niego con la cabeza. ¡Nada de música romántica!

—No me va la música íntima —replico.

Naím asiente, levanta las manos y veo que sale a la terraza sin cambiar la canción. Se sienta en una de las cómodas tumbonas de cuero blanco, y entonces yo miro mi teléfono móvil y al ver que ya son las cuatro y diez, digo:

—Es tardísimo.

Con el rabillo del ojo veo que él sonríe. Cojo un cigarrillo y, cuando salgo a la terraza y lo enciendo, él comenta mirándome:

—Una manera muy sutil de decir que me vaya.

Me entra la risa y omito explicar que mañana trabajo.

Nos miramos en silencio hasta que veo que me clava la mirada y comenta:

—Bonito tatuaje.

Miro mi hombro izquierdo. Sé que el fino y delicado mandala que me hice es muy sexy, por lo que afirmo:

—Lo es.

—¿Te dolió?

—No.

—¿Tiene su historia?

Asiento. Para mí los mandalas siempre han simbolizado equilibrio, paz, serenidad, que son cosas que quiero en mi vida.

—Todos los tatuajes tienen su historia —digo sin dar más explicaciones.

Naím asiente. Por el modo en que me mira sé que espera que cuente algo más, pero no lo hago. No pregunta más. Seguramente ha visto la frase que llevo tatuada en las costillas, que dice «En lo malo. En lo bueno. Y en lo mejor», que es la que Mercedes, Leo y Amara llevan también. Y la que tengo en la muñeca, igual que Zoé, y que dice: «Tú y yo... siempre». Imagino que pensará que tienen sus historias, pero no pregunta. Mejor.

Permanecemos unos segundos sin hablar, hasta que, atraída hacia él como un imán, dejo mi cigarro en el cenicero, me siento a horcajadas sobre él y lo beso. Me gustan sus besos. Su sabor. Y a él no parece que le importe que fume.

Enseguida sus manos acarician mi cuello y mis hombros, mientras la brisa del mar nos rodea. Naím besa mi tatuaje del hombro lentamente. Muy lentamente. Y al notar sus labios calientes sobre él, uf..., ¡lo que me entra por el cuerpo!

La yema de sus dedos no es fina y delicada como las de los muchachos con los que me veo en Madrid. Algo me indica, por sus manos y por el bonito color de su piel, que su trabajo no está dentro de las cuatro paredes de una oficina. Eso de pronto me excita. Cuarentón. Canosillo. Atractivo. Con mis manos, abro la toalla que rodea sus caderas, y al ver su creciente erección musito:

—Necesitamos un preservativo.

—Eso parece.

Sin dudarlo me levanto, entro en la habitación y, tras coger uno de la cajita que suelo llevar en mi equipaje, vuelvo al punto de partida, y una vez que estoy de nuevo sentada sobre él digo mientras se lo enseño con picardía:

—Aquí está.

Naím asiente y yo, deseosa de sexo otra vez, lo abro, lo saco y, cogiendo su pene entre las manos, se lo coloco. Él me mira, se deja hacer, hasta que de pronto pregunta:

—Te gusta controlarlo todo, ¿verdad?

Eso hace que lo mire. No contesto, y él me besa y me besa. Sus besos húmedos y calientes son morbosos y posesivos, increíblemente adictivos. De repente siento que me quita la toalla y me quedo desnuda. Naím mira entonces hacia arriba. El hotel tiene forma de pirámide y hay pisos encima de nosotros, por lo que magino lo que estará pensando.

—La gente duerme —digo—. Y si nos ven, que lo disfruten.

Su expresión me hace gracia. Acto seguido agarro su pene, lo coloco en la entrada de mi vagina y, dejándome caer poco a poco sobre él, le sonrío. Creo que está desconcertado por mi falta de vergüenza.

Sentada sobre él comienzo a mover las caderas, mientras Naím, que se reactiva en cuestión de segundos, coge mis pechos con las manos y se los lleva a la boca. Los chupa, los mordisquea, los succiona... al tiempo que yo sigo moviendo las caderas, como siempre, en busca de mi propio placer.

Sin tardar, ese delicioso calor que el sexo me provoca empieza a subir por todo mi cuerpo, y acelero mis movimientos sobre él. Naím jadea. Yo también. Nuestro techo es un cielo y una luna espectacular y, sin importarnos quién nos vea o nos oiga, disfrutamos del puro placer que el sexo nos proporciona.

Sus manos bajan a mis caderas. Las acaricia. Y yo, queriendo controlar el momento, me echo hacia atrás, apoyo las palmas de las manos en la tumbona y apresuro mis movimientos.

Arqueada hacia atrás, mientras acelero mis acometidas, soy consciente a través de los jadeos y del rostro de Naím que lo disfruta. Entonces, agarrando mi cintura, comienza a clavarse en mí con la misma contundencia con que yo me clavo en él.

¡Oh, sí! El placer se redobla. Se triplica. Se cuadriplica.

Mirándonos a los ojos nos poseemos con fuerza. Con ganas. Con deseo. Está claro que a los dos nos gusta controlar lo que hacemos, hasta que nuestros cuerpos y, en especial, nuestro deseo no pueden más y, clavándome una última vez en él, soltamos un jadeo más que placentero cuando llegamos al clímax y, cerrando los ojos, gozamos del morboso momento uno en brazos del otro, mientras la brisa del mar refresca nuestros sudorosos cuerpos y nosotros, una vez más, lo disfrutamos.

Permanecemos unos segundos en silencio, y cuando lo miro él musita:

—Te diría algo bonito, pero...

—Ahórratelo, nene —lo corto con frialdad.

¡Joder, ¿por qué me ha salido con esa voz tan borde?!

Madre mía, qué poco tacto tengo a veces.

—Una vez más te pido que, por favor, no me llames «nene» —replica.

Dicho esto, su mirada me hace saber que quiere que me levante. Desde luego, que lo llame de ese modo parece incomodarlo. Me incorporo, cojo la toalla para ponérmela alrededor del cuerpo y él dice levantándose también:

—Es tarde.

Se va para el baño. Imagino que irá a lavarse. Yo me quedo en la terraza, donde me enciendo otro cigarrillo. Estoy fumando cuando lo veo salir del baño y, tras encender la luz, comienza a recoger su ropa y a vestirse. Apago el cigarrillo, entro en la habitación y, curiosa, pregunto al ver su piel morena:

—¿No te gustan los tatuajes?

Sin mirarme, responde poniéndose los pantalones:

—No.

—¿Por qué?

—Porque no.

Su escueta respuesta me molesta. Está haciendo lo mismo que he hecho yo.

Termina de vestirse, coge su cartera y su teléfono móvil, que están sobre la mesilla, y se acerca a mí. Sin dudarlo posa la mano en mi cuello, me acerca a él y, tras besarme de esa manera tan y tan posesiva suya, cuando nos separamos dice mirándome a los ojos:

—Julia de Valladolid..., ha sido un placer.

A continuación me da un beso en la punta de la nariz y, tras volverse con una seguridad aplastante, se marcha sin mirar atrás.

Cuando oigo la puerta cerrarse, parpadeo. ¿Por qué no le habré dicho mi verdadero nombre?

Me tiro en la cama notando aún su olor en mi piel y, sonriendo por el rato tan bueno que he pasado con ese desconocido, murmuro:

—Adiós, Naím de Tenerife. También ha sido un placer para mí.

Capítulo 9

Agotada, pues no he dormido casi nada tras la marcha de Naím, una vez que desayuno y me pongo mi traje gris marengo, que me hace sentir muy profesional, y mis taconazos, bajo a la puerta del hotel y cojo un taxi para que me lleve a las Bodegas Verode, en Tacoronte.

En el trayecto voy consultando en mi correo del iPad la documentación que Liam me envió. Toda información sobre el cliente siempre es buena.

Cuando el taxi cruza las enormes puertas de una finca, dejo de mirar los papeles para observar mi entorno. Veo a gente caminar, llevar aperos de trabajo. Sin duda son los jornaleros que trabajan las tierras, y me fijo en la extensa montaña llena de vides. ¡Qué maravilla!

Una vez que el taxi se detiene ante una enorme casona, que imagino que es donde están las oficinas de Verode, pago al conductor, me despido de él y, cuando se marcha, me quedo parada mirando a mi alrededor. Lo que veo me gusta, aunque aquí mis taconazos sobran.

Con curiosidad miro el monte que me rodea, repleto de vides. Por su situación geográfica esta región posee unas características diferentes y particulares para el cultivo de la vid. Y precisamente por eso sus vinos suelen ser como poco excepcionales.

Suena mi teléfono móvil. Enseguida lo atiendo. Es uno de mis clientes de Madrid. Durante un rato, y abstraída en lo que me cuenta, hablo con él y resuelvo el problema que me plantea sin mirar por dónde camino, hasta que el pitido de un coche me asusta y mis tacones se clavan en el suelo de tierra.

Horrorizada, me doy la vuelta para ver que a un metro escaso de mí hay una sucia furgoneta parada, mientras el polvo del camino me rodea por el frenazo que ha tenido que dar.

¡Madre mía, casi me pilla!

Con el corazón a mil me despido de mi cliente y, cuando voy a disculparme con el conductor de la furgoneta, la puerta se abre y me quedo boquiabierta al ver a... a... ¡¿Naím?!

Viste vaqueros, una camiseta que en otro tiempo debió de ser blanca, y está total y completamente empapado de agua y de barro.

—¿Acaso no ves que estás en medio? —exclama.

Sus ojos y los míos se encuentran. Noto que, sorprendido, me reconoce, y acercándose a mí inquiere:

—Julia de Valladolid..., ¿qué...?

—¡Cállate! —exijo desclavando mis tacones del suelo.

Pero ¿qué narices hace este tío aquí?

Él frunce el ceño boquiabierto y yo añado bajando la voz:

—Si no te importa, no quiero que nadie sepa que nos conocemos. Y, por favor, no te acerques a mí. No me apetece que me ensucies.

Veo que Naím se ríe. Eso me toca las narices y, viendo cómo nos miran unos hombres que pasan por nuestro lado, siseo:

—O quitas esa sonrisita de tu boca o juro que lo vas a lamentar.

Naím levanta las cejas y, tras ver que la gente continúa su camino y no nos pueden oír, musito dando un paso atrás para alejarme de él:

—Por Dios, ¿adónde vas con esas pintas?

Él no se mueve. Tener barro hasta en el lagrimal de los ojos parece no importarle. No responde. Y yo, bajando aún más la voz, insisto:

—¿Qué haces aquí?

Naím por fin se mueve. Con el puño de la mano derecha se rasca la mejilla y, sonriendo, suelta:

—Te desconcierta mi presencia porque está fuera de tu control, ¿verdad?

Vale, solo le ha bastado estar unas horas conmigo para saber que soy una puñetera controladora, pero la verdad es que este encuentro me incomoda.

¿Qué narices hace este tío aquí?

Para el trabajo soy tremendamente profesional, seria y rígida, así que mirándolo cuchicheo:

—Mira, me importa bien poco lo que hagas aquí y la mierda que lleves encima. Pero que te quede claro que tú y yo no nos conocemos. Y como se te ocurra contarle a alguien lo ocurrido anoche y alardear de ser un machito, lo vas a lamentar, ¿entendido?

—¿Me vuelves a amenazar? —pregunta boquiabierto.

Estoy por llamarlo «nene», que sé que le molesta, pero como no quiero ser tan borde indico:

—Te estoy advirtiendo.

Veo que él asiente y luego suelta con guasa:

—¿Tan especial te crees que por haber tenido sexo contigo voy a alardear como un «machito»?

Según oigo eso, lo hago callar.

—¡Que te calles! ¡Eso ni lo menciones! —insisto molesta.

Naím asiente y yo, horrorizada por este encuentro inesperado, musito:

—Mira, estoy aquí por trabajo y...

—¿No estabas de vacaciones?

—No.

Vale, como dice mi padre, se pilla antes a un mentiroso que a un cojo.

—¿Tu trabajo te ha traído aquí? —pregunta a continuación.

Molesta y enfadada por la situación, resoplo. Y, tras mirar su pelo también sucio de barro, veo a Liam Acosta acercarse a nosotros acompañado por una mujer y un hombre perfectamente trajeados para la reunión. Por ello, y necesitando quitármelo de encima, suelto:

—Tú no lo entenderías. Y ahora, ¿qué tal si montas en tu cochambrosa furgoneta y desapareces de mi vista?

Naím no se mueve. ¡Joderrrrrr!

Su gesto ahora es muy serio. Debe de estar pensando que soy una idiota de mucho cuidado cuando oigo a Liam saludar:

—Buenos días, Verónica.

Con la mejor de mis sonrisas me doy la vuelta. Como el día anterior, Liam está ante mí impecablemente vestido y peinado. Está claro que se preocupa por su apariencia.

—Buenos días, Liam —respondo mirándolo.

Naím sigue ahí. ¿Por qué no se va el tío? Y entonces Liam, con cara de circunstancias, indica:

—Siento decirte que tenemos que dejar la visita a las bodegas para otro día.

Su gesto apurado me hace querer preguntar qué ocurre, pero al ver que no dice nada más me muestro tan discreta como él y contesto:

—No hay problema.

Liam asiente. Veo que mi respuesta le agrada, y a continuación pregunta señalando las montañas plagadas de vides que nos rodean:

—¿Qué te parece lo que ves?

—Impresionante —afirmo con convencimiento.

Veo que Liam y las dos personas que lo acompañan se miran y sonríen, y luego, señalando a la mujer, él dice:

—Verónica, te presento a mi hermana Florencia Acosta y a mi cuñado, Omar Rodríguez. Llevan el departamento financiero de las bodegas.

Encantados, nos saludamos, y la mujer, mirándome, afirma emocionada:

—Ni se imagina las ganas que tenía de conocerla y trabajar con usted.

Saber eso me hace gracia; entonces Liam le dice al hombre que hay detrás de mí:

—¿Qué ha ocurrido?

Sin poder evitarlo miro a Naím, que está hecho un desastre.

—Otra vez se ha colapsado el sistema de riego del sector cuatro —responde este.

Liam asiente, resopla y, mirándome, señala:

—Por lo que veo, ya has conocido a mi hermano Naím.

Según oigo eso, el cuerpo me tiembla. No. No. No ¿Hermano? ¿Cómo que «hermano»?

Ay, Dios mío, ¡no me puede estar pasando esto!

Miro a Naím. Vale, por su gesto confirmo que debe de estar pensando que, además de una mentirosa, soy una clasista de mucho cuidado, pero, sin cambiar su expresión seria, se apresura a aclarar:

—No nos conocemos. Simplemente, casi la atropello.

De inmediato los recién llegados se preocupan por lo ocurrido. Yo le quito importancia, y entonces Liam dice:

—Naím, ella es la señorita Verónica Jiménez. La profesional de marketing y publicidad de Madrid con la que teníamos la visita a las bodegas y la reunión.

Madre mía. Madre mía..., ¡me quiero morir!

No he incumplido una de mis normas, ¡sino dos!

Mayor de treinta y es uno de los dueños de la empresa.

¡Vaya tela!

Su gesto es serio. Acaba de descubrir sin anestesia todas las mentiras que le dije anoche. ¡Joder, qué vergüenza!

Aun así, le tiendo la mano, pero Naím, sin cogérmela, indica con frialdad:

—No quiero ensuciarla. Un placer, señorita Jiménez.

—Lo mismo digo, señor Acosta —respondo marcando las distancias.

Está claro que la impresión que se está llevando de mí no es lo que yo habría querido, pero hay veces en las que no se puede dar marcha atrás, y esta es una de ellas.

Instantes después él se da la vuelta y, mientras regresa a la furgoneta, oigo a su hermana Florencia que dice:

—Naím, aunque no podemos enseñarle a la señorita Jiménez las bodegas hasta mañana, sí haremos la reunión. ¿Vendrás?

Pero él, que seguro que tiene que estar cagándose en toda mi familia, ya se ha metido en su furgoneta, la pone en marcha y se va sin más.

En silencio, todos miramos cómo el vehículo se aleja, hasta que Florencia se acerca a mí.

—Señorita Jiménez...

—Por favor, llámeme Verónica —la corto.

Ella asiente y, sonriendo, propone:

—¿Un café, Verónica?

—Encantada, Florencia —afirmo.

Ambas reímos. Tiene la misma sonrisa que Liam, y entonces este indica:

—Vayamos a por esos cafés y después reunamos al equipo y comencemos la reunión.

Complacida, asiento. ¡Necesito un café triple!

El café se alarga mientras avisan al equipo y me cuentan cosas de la bodega. Los escucho encantada, pues me interesa y, además, ellos son muy agradables.

Finalmente, tras varios cafés, entramos en una salita. Me acomodo en la silla que me indican, saco mi ordenador portátil y una carpeta con unos papeles, y en un momento dado la puerta de la salita se abre y ante nosotros aparece un impresionante Naím.

¡Madre mía!

Si mi madre lo viera, le gustaba más que los Gavilanes.

Se ha duchado. El barro ha desaparecido de su cuerpo y lleva un elegante traje azul marino con una camisa blanca que le queda, bien no, ¡lo siguiente! Su pelo aún mojado me hace recordar cómo el agua de la ducha caía sobre él anoche, y mientras intento recomponerme de la impresión y no pensar en lo que no debo, él dice:

—Disculpad mi retraso.

Sus hermanos sonríen al verlo entrar y yo no sé si sonreír, llorar, abalanzarme sobre él o salir corriendo, al tiempo que veo que varias personas más entran en la sala.

Madre mía, cómo está el nene vestido con camisa, corbata y traje.

Con esa seguridad que ya el día anterior me hechizó, Naím se sienta frente a mí junto a Liam y siento que ocupa toda la estancia; al mismo tiempo yo intento tranquilizarme para poder llevar a cabo la reunión.

Mientras abro mi ordenador, a través de mis pestañas intento ver si en algún momento me mira, pero no, ni por asomo. Habla con sus hermanos, con su cuñado, con las personas del equipo, y pasa totalmente de mí.

Una vez que estamos sentados y preparados, Liam vuelve a presentármelos a todos y comienza la reunión. Con curiosidad escucho todo lo que tiene que decir, mientras soy consciente de cómo su móvil, que está boca abajo frente a mí, no para de vibrar. Menudo ligón debe de ser este.

Minutos después Florencia toma la palabra y, cuando ella acaba de hablar, es Naím quien se levanta. En su charla me entero de que, además de ser uno de los dueños del negocio junto a sus dos hermanos y ocupar el cargo de gerente de Bodegas Verode, es el enólogo de las mismas.

¡Madre mía..., madre mía!

En silencio, escucho lo que demandan de mi trabajo, mientras yo, que estoy bastante dispersa, lo miro directamente y soy consciente de lo distintos que son Naím y sus hermanos. Florencia y Liam tienen la misma sonrisa, el mismo color azul de ojos, aunque ella no tiene un ojo de dos colores como Liam.

A diferencia de sus hermanos, Naím tiene los ojos oscuros, muy oscuros. Unos ojos que desde el primer momento en el que me miró sentí que me traspasaban, y vuelven a traspasarme cuando dice:

—Señorita Jiménez, me consta que mi hermano le envió información de nuestras bodegas.

Levantándome, asiento y, una vez que Naím se sienta, como tengo preparada la reunión, les hablo de quién soy, cuál es mi trabajo, y menciono lo que creo que necesitan tras ver los informes de Liam.

Les hablo de objetivos, de planes de acción, y todos asienten a mis palabras.

Durante varias horas las ocho personas que estamos en la sala hablamos, nos comunicamos, y cuando recibo un mensaje de Zoé, rápidamente lo abro y me río al ver una foto de ella en la que sonríe y me dice que está bien y me quiere. Sin poder resistirme, contesto.

Tecleo que la quiero y, cuando dejo mi teléfono de nuevo sobre la mesa, noto por primera vez que Naím me mira con gesto adusto, pero yo finjo que no me doy cuenta.

—Creo que deberíamos comer un poco —dice entonces Florencia poniéndose en pie—. He pedido algo para picar, luego seguiremos con la reunión.

Observo cómo todos, a excepción de Liam, salen de la sala. Deben de estar hambrientos. Y él, desde el otro lado de la mesa, indica mirándome:

—El picoteo es en la primera sala de la derecha.

—Gracias —le respondo con una sonrisa. Y, al ver que tengo un par de llamadas perdidas de mi oficina, añado—: En cuanto hable con Madrid me uno a vosotros.

Liam sale entonces de la sala y yo, al verme sola, suspiro y llamo a mi oficina para saber qué ocurre. Resuelvo un par de problemillas y, cuando termino, miro de nuevo la foto de Zoé y sonrío. ¡Qué feliz la veo!

Emocionada tras contemplar la foto un ratito, guardo el teléfono y tomo aire.

Me inquieta estar cerca de Naím tras lo ocurrido entre nosotros la pasada noche. Es la primera vez que mezclo trabajo y sexo, y me tiene nerviosa porque eso no me parece profesional. Debo tranquilizarme. Solo espero que lo ocurrido entre él y yo no interfiera en mi trabajo y que, sobre todo, Naím confíe en mí y no piense que soy una mentirosa. Estoy dándole vueltas al tema cuando mi teléfono suena.

Es mi madre. Está emocionada porque Zoé la ha llamado desde la Antártida. Durante unos minutos hablo con ella y, cuando cuelgo, cojo aire de nuevo y decido ir a picar algo. Tengo hambre.

Tras salir de la sala de reuniones me dirijo hacia donde Liam me ha indicado y, cuando entro, Florencia se dirige a mí:

—Verónica, ven y siéntate a la mesa antes de que estas pirañas se lo coman todo.

Oír eso me hace sonreír. Durante un rato Florencia habla y habla..., ¡madre mía, lo que habla esta mujer!, hasta que suena el teléfono de Naím y oigo que ella dice:

—No irás a contestar...

Soy consciente de que Naím y su hermana se retan con la mirada. ¿Qué les ocurre? Y luego él, levantándose de la silla, camina hacia la puerta y contesta la llamada.

—¿Qué ocurre, Soraya? —oigo que dice.

En silencio observo el gesto de enfado de Florencia y cómo Liam y su marido Omar le piden con gestos que se tranquilice.

¿Quién será esa Soraya que le cae tan mal?

Naím desaparece y entonces una parte de mí se relaja, pero otra se molesta. Me relajo porque él no está, aunque al mismo tiempo me molesta verlo marcharse. Pero ¿qué me pasa?

De buena gana disfruto de los ricos manjares que han servido, hasta que decidimos dar por terminado el picoteo y, al entrar de nuevo en la sala de reuniones, nos encontramos a Naím sentado garabateando sobre un cuaderno.

Retomamos la reunión. Hablamos de promociones. Quieren dos tipos de promociones. Una que haga más visibles sus vinos fuera de España, para la que me piden que viaje con ellos para tantear el mercado, y otra para la campaña de Navidad a nivel de las islas y de la Península. Durante la Navidad la venta de vinos se dispara.

A las cuatro de la tarde, con el cuaderno lleno de cosas que reordenar y la cabeza totalmente embotada, damos por finalizada la reunión y quedamos en vernos al día siguiente a las cinco de la tarde para visitar las bodegas.

Mientras recojo las cosas veo cómo Liam atiende una llamada alejado de todos, y por su forma de sonreír me imagino que trabajo no es. Florencia y Omar se despiden de mí. Me preguntan si necesito un taxi que me lleve al hotel. Rápidamente digo que sí y de pronto oigo que Naím pregunta con indiferencia:

—¿En qué hotel se aloja?

Eso me hace sonreír..., ¡como si él no lo supiera!

Florencia, que no sospecha nada, le responde y Naím se apresura a decir:

—Yo la llevaré. He quedado para cenar cerca de su hotel.

Horrorizada, niego con la cabeza. ¡No! ¡No quiero que me lleve!

Pero entonces veo que su hermana lo aparta unos pasos de mí y le pregunta en voz baja:

—No habrás quedado con Soraya, ¿no?

Naím no contesta y ella, con gesto incómodo, cuchichea:

—Naím, por favor. Déjalo de una vez.

—¿Qué tal si te metes en tus asuntos? —protesta él.

—Florencia, ¡ya! —la corta Omar.

Naím mira a su cuñado y, sin decir nada, noto que le agradece su intervención.

Florencia asiente molesta, se da la vuelta y se marcha. Pobre..., ¡con lo maja que es!

No sé quién es Soraya, pero ya me cae mal. Y, mirando a Naím, que ahora sí que no me quita el ojo de encima, musito:

—No hace falta que me lleve, señor Acosta, de verdad.

Él asiente y se acerca de nuevo a mí.

—Lo sé, señorita Jiménez. Pero no hay necesidad de llamar a un taxi si yo voy hacia donde usted va.

—También tiene razón —afirma Omar con una sonrisa.

Incapaz de seguir negándome, finalmente accedo.

—De acuerdo. Se lo agradezco, señor Acosta.

Minutos después, tras despedirme de Omar y de Liam, Naím me mira y dice:

—Sígame, por favor.

Sin dudarlo, lo hago mientras me entran los siete males. ¿Por qué sigue llamándome de usted cuando hace unas horas disfrutábamos del sexo como locos?

En silencio, lo sigo. Camino tras él con mis gafas de sol puestas mientras observo lo bien que le queda el traje. Está claro que este, se vista como se vista, lo luce de una manera que es para quitarse el sombrero. Llegamos hasta un bonito todoterreno negro, que no tiene nada que ver con la cochambrosa furgoneta que conducía antes, y, tras accionar el mando a distancia, abre la puerta del pasajero.

—Suba, por favor —dice.

Consciente de que, aunque estamos solos, seguramente alguien nos estará mirando, subo al coche sin rechistar. Naím cierra la puerta, rodea el vehículo, se quita la americana, que deja en la parte de atrás, y monta por la puerta del conductor. En silencio nos ponemos los cinturones de seguridad y arranca.

Por los altavoces del coche comienza a sonar una romántica y sensual canción y yo me quiero morir. No. No. No. Musiquita romántica no, y menos en el momento de tensión máxima que vivimos el morenazo y yo.

Incómoda, pregunto intentando ser agradable:

—¿Te importa si cambio de emisora?

Sin mirarme, Naím responde tajantemente:

—Sí.

Joder..., joder..., joder. Me la tiene jurada..., vaya cabreo que lleva el amigo.

Tomo aire y no digo más. No me muevo para que se note menos mi presencia y miro por la ventana mientras intento ignorar lo que suena por los altavoces.

Pero nada. Mis oídos no quieren dejar de oír, y los locutores de la radio hablan de la canción que suena y que se titula *A un beso*, de Danna Paola. ¡Ostras, esta cantante le gusta a mi hija!

Resignada, escucho la sensual melodía mientras Naím, sin hacerme caso, la silba. Maldigo, maldigo y maldigo. Siempre he tenido la mala costumbre de asociar personas y momentos a canciones y, conociéndome, si vuelvo a oír esta canción, sin duda la asociaré con él.

Por suerte, la cancioncita acaba y comienza otra más movida. ¡Bien! No la conozco, pero al menos cambiamos de registro.

Sin hablar y sin mirarnos observo cómo Naím conduce por la autopista. La tensión que siento que existe entre los dos es tremenda. Sin duda soy yo la que tiene que dar explicaciones, pero no sé qué decirle. ¿Cómo se me ocurrió mentir la noche anterior?

Tras más de veinte minutos en completo silencio, lo que hace que mis nervios se disparen, dice:

—Julia de Valladolid..., de vacaciones en la isla... ¡Vaya!

Me siento mal, fatal.

—Lo siento —afirmo.

—Si hay algo que odio son las mentiras —sisea.

—Creí que no volvería a verte.

Lo miro. Él asiente y, sin apartar la mirada de la carretera, replica:

—Pues mala suerte la tuya.

—Ya te digo —suelto sin pensar.

Según digo eso, que al instante me doy cuenta de que no es muy acertado, veo que desvía por primera vez la vista del frente. Me mira más enfadado todavía por mi comentario y, mientras se le hinchan las aletas de la nariz, masculla:

—Ahora no solo sé quién eres, sino que también tengo tu teléfono, tu dirección y tu email. Pero, tranquila, podré vivir sin molestarte.

Al oír eso, no sé por qué, me río y miro hacia la derecha. La cosa tiene miga. Como diría mi padre, si no quieres una taza de caldo, ¡aquí tienes dos! Y a continuación pregunta:

—¿Te hago gracia?

Buenooooo, si es que la vamos a tener; al final mi parte maligna y fría lo va a llamar «nene». Sin poder callarme, afirmo:

—Lo que me hace gracia es lo mal que lo he hecho. No me estoy riendo de ti.

Según digo eso, vuelve a mirar hacia la carretera, y en ese momento comienza a sonar por la radio un bolero de Luis Miguel. ¡Por favorrrrrrr, noooooo!

En silencio, y con una tensión que ni te quiero contar, los dos escuchamos el romántico bolerito, que sé que se titula *No discutamos*... ¿En serio?

¡Vaya tela..., vaya tela!

Por supuesto, esta vez ni se me ocurre preguntar si puedo cambiar de emisora. Viendo el cabreo que lleva, me volverá a decir que no.

Por suerte, compruebo que estamos cerca de mi destino. La tortura está a punto de terminar y, cuando llegamos a la calle donde está mi hotel, oigo que dice:

—Tu problema se acaba en este instante.

Detiene el coche con brusquedad. Lo miro para quejarme, pero suelta:

—Bájate.

Oír sus palabras tan cortantes hace que reaccione y, desabrochándome el cinturón de seguridad de mala gana, voy a hablar cuando me corta:

—Adiós, señorita Jiménez. Esperaremos sus emails.

Bueno, bueno. Este tío me está hinchando lo que en otro momento me tocó. Sin más, abro la puerta del vehículo, me bajo y, una vez que cierro y él arranca de nuevo, murmuro consciente de que a este hombre le gusta tener siempre la última palabra:

—Adiós, idiota.

Capítulo 10

Tengo un runrún que no me deja vivir.

Desde que Naím me ha traído de vuelta al hotel y se ha marchado, no sé por qué no puedo dejar de pensar en él, en lo mal que lo he hecho y en lo que ocurrió entre nosotros aquí.

Aunque, la verdad, no sé si me siento mal por haberle mentido o por haberme saltado mis propias normas. El caso es que estoy inquieta. Tremendamente inquieta. Y eso me sorprende.

Curiosa y deseosa de saber de él, abro mi ordenador y busco información. Seguro que en san Google, metiendo su nombre, algo aparecerá de él, y sí, veo que hay varios artículos que hablan de Naím y de su gran trabajo como enólogo.

En uno de ellos leo que, además de ser licenciado en Enología, también es ingeniero agrónomo y biólogo. Sin duda es un cerebrito.

Durante un buen rato leo y cotilleo todo lo que encuentro e incluso miro las fotos que hay de él. Con más curiosidad aún lo busco en redes sociales, pero no lo encuentro. Lo único que aparece son las Bodegas Verode, pero no hay perfiles personales de él ni de su hermano Liam.

Tras un rato de cotilleo y riéndome de mí misma, cierro el ordenador, abro mi lista de Spotify y busco en ella una canción que sé que me hará venirme arriba. Instantes después comienza a sonar *Mafiosa*, de Nathy Peluso.

¡Arriba las mujeres guerreras!

Mientras suena la música me voy desnudando y bailo en la habitación. Mira que me gusta bailar salsa. Sé que lo hago bien, llevo años yendo a clases con Amara y, Dios, ¡lo que nos divertimos cuando nos vamos a salsear por ahí!

Como siempre que escucho esta canción, me da un subidón de energía, se puede decir que saca de mí esa parte salvaje. Y, dispuesta a pasármelo bien y a sacarle provecho a mi viaje, y por supuesto a olvidarme del madurito que me está rompiendo la cabeza, llamo por teléfono a Jonay y, sin dudarlo, quedo con él para cenar e ir a tomar algo.

¡Perfecto plan!

Más animada, y volviendo a sentirme bien, hago una videollamada con mis amigos. Por suerte, Mercedes, Leo y Amara estaban libres para poder charlar un rato, y entre risas les hago saber que mi reunión ha ido bien y que esta noche he quedado con Jonay. Eso sí, me callo el resto. Ya se lo contaré cuando regrese a Madrid o no me dejarán vivir.

A las ocho y media, con el pelo recogido en una coleta alta, vestida con mis vaqueros, una camiseta negra que deja al descubierto mis hombros y unas sandalias, cuando salgo del hotel me cruzo con la muchacha embarazada, que de pronto se para y se lleva la mano a la tripa.

—¿Te encuentras bien? —le pregunto.

Ella me mira. Está acalorada. Pero en cuestión de segundos su gesto cambia y sonriendo susurra:

—Sí, tranquila. A veces el peque me da unas patadas que me dobla.

Asiento. Aún recuerdo las patadas de Zoé cuando estaba embarazada, y sonrío.

—¿Te queda mucho? —quiero saber.

Ella se toca la tripita con mimo.

—Un mes —dice y, mirándome, añade—: Tú venías el otro día en el vuelo de Madrid, ¿verdad?

Asiento. Está claro que es observadora como yo.

—Sí. Yo también te vi —indico.

—¡Como para no verme! —se mofa señalando su enorme tripa.

Ambas reímos.

—Soy Verónica —digo a continuación—. Me alojo en el hotel en la habitación 776, por si necesitas algo.

Ella sonríe y musita:

—Gracias, Verónica. Soy Begoña y, aunque me encanta estar aquí hablando contigo, me muero por llegar a la habitación y sentarme.

Entendiéndola, asiento y, tras despedirnos, ambas proseguimos nuestros caminos.

Cuando llego al restaurante donde hemos quedado, veo de inmediato a Jonay.

Madre mía, cada día está más guapo, el *jodío*.

Él, al verme, enseguida se levanta. Viene hacia mí, me abraza, me da un pico en los labios y me hace sentir especial. Jonay es simplemente ¡maravilloso!

La cena es amena, divertida. Hablamos de los amigos, recordamos su etapa en Madrid junto a nosotros y no paramos de reír. ¡Qué tiempos!

Después de cenar decidimos ir a tomar algo a un local y me lleva a un sitio de moda que está en la azotea de un precioso hotel situado frente al mar. El lugar es maravilloso, increíble. Y durante horas Jonay y yo bailamos, charlamos y lo pasamos bien.

En un momento dado comienza a sonar por los altavoces la voz de Marc Anthony junto a Maluma. Jonay y yo nos miramos. Esa canción nos gusta y, levantándonos con complicidad de bailarines que saben lo que se hacen, vamos hasta la pista y empezamos a bailar *Felices los 4*.

¡Woooo, me encanta cómo baila Jonay!

Riéndonos, no perdemos el ritmo, mientras somos conscientes de cómo la gente que hay en la pista abre un hueco para dejarnos espacio. Está visto que gusta cómo bailamos y, mientras lo hacemos, la gente nos jalea.

Disfruto encantada. Bailar con alguien que sabe lo que hace como yo es sin duda una de las experiencias más maravillosas que alguien puede tener.

En un momento dado en el que Jonay hace un cambio de brazo

conmigo, al darme la vuelta me encuentro de frente con unos ojos oscuros que no esperaba ver.

¿En serio?

A escasos metros de mí, entre la gente, Naím nos observa.

Uf, ¡eso me acalora!

Sin dejar de bailar, distingo que a su lado hay una mujer de pelo muy rubio. No le veo la cara, mira hacia otro lado. ¿Será esa la mujer de la que hablaba Florencia? ¿La tal Soraya?

Naím me mira. Yo lo miro. Siento cómo, incomprensiblemente, mi corazón se acelera y cómo el deseo por él me acalora. Bailo. No paro de bailar, y en el fondo sé que ahora contoneo el cuerpo y las caderas por y para él, consciente de lo mucho que su presencia calienta mi cuerpo.

La canción finalmente termina y Jonay y yo, divertidos, nos abrazamos y nos damos un pico en los labios ante los aplausos de la gente. Como si fuéramos una pareja, regresamos hasta la mesa donde están nuestras bebidas y, tras dar un trago, él afirma:

—Amara y tú sois las mejores parejas con las que he tenido el placer de bailar.

—Tú tampoco lo haces mal. —Me río.

Con curiosidad, busco entre la gente a Naím y su acompañante, pero no los veo. Durante varios minutos, mientras hablo con Jonay, mis ojos buscan al hombre que me ha acalorado, y de pronto, al oír los acordes que comienzan a sonar por los altavoces, maldigo. La canción es *A un beso*, de Danna Paola, y, como imaginaba, ya la he asociado con él.

Madre mía..., madre mía...

Enfadada conmigo misma por mis absurdos pensamientos, termino mi bebida y pedimos otra. Por suerte la cancioncita termina y, cuando suena algo más animado, tiro de Jonay y lo incito a bailar otra vez para seguir disfrutando de la noche.

A las tres de la madrugada, mi amigo y yo decidimos dar por finalizada nuestra cita. Quedaremos otro día con su chico para comer. Y, tras coger un taxi, me acompaña hasta la calle del hotel y después él sigue su camino.

Con las sandalias en la mano a causa del dolor de pies que tengo de tanto bailar, ando hacia la entrada sonriendo por lo bien que lo he pasado, y nada más entrar me sorprendo al ver a Naím sentado en el hall.

Boquiabierta, lo miro. Él se levanta, se acerca a mí y dice desde su 1,90 de altura:

—Solo quería saber que llegabas bien.

Y, sin más, pone la mano en mi cintura, me acerca a él y me da un beso que yo no rechazo y que hace que me suba la bilirrubina. Cuando acaba, me da otro besito en la punta de la nariz y se va.

Observo cómo se marcha. Se me caen las sandalias de las manos pero no me muevo mientras siento aún sus labios sobre los míos, y cierta cancioncita que dice eso de... «a un beso solamente» ¡vuelve a mi mente!

Madre mía, pero ¿qué me está pasando con este hombre?

Capítulo 11

Cuando me despierto en la cama del hotel, sola, miro al techo y resoplo.

Lo ocurrido con Naím la noche anterior, como diría riendo mi amigo Leo, me inquieta, me atormenta y me perturba... ¡Vaya tela!

Tengo que dejar de pensar en ese hombre. No me conviene, y menos aún siendo ahora cliente de mi negocio. He de ser profesional.

Me levanto, cojo el móvil y veo que son las once de la mañana, por lo que decido aprovechar el día en la playa.

¡Estoy de minivacaciones!

Mi cita en las bodegas es a las cinco de la tarde, y hasta entonces disfrutaré tostando mi cuerpo serrano bajo el sol de la isla.

Voy a la playa. Allí estoy unas horitas y, antes de comer, decido ir a la piscina del hotel y darme un bañito. Al llegar veo que, al fondo, en una hamaca, está sentada Begoña, la embarazada, con el chico con el que la vi. Con curiosidad, esta vez me fijo más en ellos. Está claro que ella es mayor que él y es evidente que él está loco por ella. Solo hay que ver cómo la mira para saberlo.

A las tres de la tarde, y sin quitarme al puñetero Naím Acosta de la mente, después de comer decido subir a la habitación para prepararme. Dispongo de dos horas hasta llegar a la cita que tengo en las Bodegas Verode.

He de cambiar el chip. He de ir con la actitud segura que siempre tengo en el trabajo, por lo que, tras poner en mi lista de Spotify la canción *Pa mis muchachas*, de Christina Aguilera, Becky G, Nicki Nicole y Nathy Peluso, sonrío al escucharla y, tarareándola, me dirijo hacia la ducha.

Media hora después, mientras me seco el pelo, ya estoy más tranquila. Sin duda lo ocurrido con Naím es algo que no volverá a suceder y, tras salir del baño, me pongo un vestido largo blanco fresquito, unas sandalias sin tacón y, abriendo el portátil, miro mis emails y los contesto para hacer tiempo.

A las cuatro y media bajo a recepción. El taxi llegará en breve a buscarme.

En el hall veo que la gente está algo revolucionada. ¿Qué pasa? Pero me respondo yo sola al ver que el ascensor se abre y la chica embarazada va sobre una camilla. Rápidamente me acerco y me intereso por ella.

—¿Qué ocurre, Begoña?

La joven, con gesto asustado, susurra:

—He roto aguas.

—Disculpe, señora, tenemos prisa —protesta el del Samur.

Ver la expresión de Begoña puede conmigo. Si pudiera la acompañaría al hospital, pero, consciente de que tengo una reunión, pregunto:

—¿Tienes a alguien que pueda estar contigo en el hospital?

Enseguida ella afirma con la cabeza y dice enseñándome el móvil que lleva en la mano:

—Gael, el padre del bebé, vendrá en cuanto lo localice.

Asiento y, para insuflarle fuerza y valor, y omitiendo eso de «¡Que sea una horita corta!», como me dijeron las vecinas de mis padres cuando fui a dar a luz, le aseguro:

—Todo va a ir muy bien, ¡ya lo verás!

Begoña asiente, sonríe tímidamente y a continuación la veo alejarse con los de la ambulancia.

El taxi llega cinco minutos después y me lleva a las bodegas de donde el día anterior salí horrorizada.

Como ese día, la gente trabaja sin descanso. Cada uno está a lo suyo, y cuando el taxi para, pago al conductor y me bajo del vehículo, oigo:

—¡Verónica!

A pocos pasos de mí veo a Florencia sonriendo. Se acerca a mí y me da dos besos.

—Qué precioso día hace, ¿verdad? —dice.

Asiento, el día no puede ser más bonito.

En ese instante alguien se aproxima a nosotras y Florencia comenta:

—Verónica, te presento a mi precioso y guapísimo hijo, Gael.

—Mamááááá —oigo que protesta él.

Según me vuelvo para mirarlo, me quedo tiesa.

Pero... pero... ¿En serio?

El chico que tengo frente a mí es el muchacho que estos días he visto con Begoña, la embarazada del hotel.

¡Ostrasssssss! ¡¿Gael?!

No sé qué decir. No sé qué hacer. Está claro que Begoña no lo ha localizado.

¿Qué hago? ¿Digo algo? ¿Me callo?

Sonriendo, saludo al joven, que es alto como el resto de los Acosta, y digo dándole dos besos:

—Un placer conocerte, Gael.

—Lo mismo digo, Verónica.

Florencia lo peina con las manos como una madre. Después le arregla el cuello de la camisa y el muchacho se queja:

—Mamáááááá.

Eso me hace gracia. Zoé habría dicho lo mismo. Pero entonces Florencia, en su papel de madre, vuelve a colocarle el pelo y cuchichea:

—Eres mi niño, mi bebecito precioso, y te cuido; ¡no te quejes!

Gael resopla. Veo por su expresión que le molesta ese trato de bebé que su madre aún le dispensa. En cierto modo su resoplido me hace gracia, e indico divertida:

—Tu niño ya es un hombre, Florencia. Creo que deberías comenzar a pensarlo.

Al oírme ella sonríe y, alejándose unos pasos para firmar unos papeles que le trae su secretaria, repone:

—Gael siempre será mi bebé.

Una vez que ella se aleja, Gael me mira y, cuando va a hablar, me aproximo a él y susurro:

—Begoña se ha puesto de parto y se la han llevado para el hospital.

Según digo eso, el gesto del joven cambia. En décimas de segundo se queda pálido. No sabe qué decir. No entiende cómo es que yo sé eso, y, mirándolo, musito consciente de que Florencia no nos oye:

—Me alojo en el mismo hotel que ella y os he visto.

En ese mismo instante Gael mira a su madre. Después me mira a mí. Está totalmente desconcertado.

—Por favor..., te lo ruego, no digas nada —murmura a continuación controlando su nerviosismo.

—Por supuesto que no —le contesto para que se tranquilice.

Florencia regresa en ese momento junto a nosotros y, mirando a su hijo, pregunta:

—Por Dios, hijo, ¿qué te pasa?

¡Joder, el instinto de madre! Está claro que conocemos hasta el modo en que respiran nuestros hijos.

—Mamá, tengo que irme —dice él entonces acelerado.

—¿Adónde vas?

Alejándose a toda prisa, Gael indica:

—Luego te llamo. Adiós.

—Pero ¿adónde vas? —insiste Florencia.

Él no contesta, creo que ni la ha oído, y Florencia, cogiéndome del brazo, cuchichea:

—¡Qué orgullosa estoy de mi niño! A sus veinticinco años es un muchacho serio y responsable que trabaja en el departamento comercial de las bodegas, y en la vida nos ha dado un disgusto. Es tan bueno, tan prudente, tan maravilloso...

Según oigo eso, asiento.

No quiero ni imaginar lo que va a pensar esta mujer cuando vea que el chico bueno y prudente le ha ocultado algo tan importante como que va a ser abuela.

Florencia sigue hablándome de las virtudes de Gael mientras yo sigo pensando en lo que ocurre. Yo misma oculté mi embarazo a mis padres hasta el sexto mes, pero es que Gael directamente les va a poner el bebé en los brazos.

—También tengo una hija que se llama Xama. ¡Oh, Xama! Tiene diecisiete años y es más rara que un perro verde. Tan pronto nos habla como nos ignora, y nos tiene muy desconcertados a Omar y a mí. A veces es que no sabemos por dónde pillarla. —Asiento. Voy a decirle que yo tengo una hija que ha pasado por todas esas etapas, pero no me deja hablar y me apremia—: Vamos. Liam está dentro.

Cuando Liam me ve, me saluda encantado. Qué guapo y qué bien vestido y conjuntado va siempre.

—¿Vendrá Naím? —pregunta a continuación.

Según oigo ese nombre, siento cómo mi estómago se revoluciona.

—No —indica Florencia.

Uf, ¡qué bien! Respiro aliviada. No verlo es lo que más deseo... ¿O no?

Minutos después, cuando Omar se nos une, los cuatro montamos en una de las furgonetas que tienen allí aparcadas y comienzan a enseñarme las tierras, mientras Florencia me cuenta la historia de las Bodegas Verode y me hace saber que llevan ese nombre por un arbusto llamado «verode» que se encuentra en las islas Canarias, como sus bodegas.

En un momento dado Liam para el vehículo, nos apeamos y caminamos por los viñedos mientras me enseñan la fase vegetativa de la cepa en esa época.

El día es precioso, caluroso, pero la brisita rica que corre es maravillosa y, gustosos, paseamos por aquel impresionante paraje repleto de vida y alegría.

Cuando volvemos al vehículo nos dirigimos a las bodegas. Allí me explican el proceso de elaboración del vino. Me muestran la sala de depósitos, las salas de crianza y el rincón del degüelle, entre otros muchos lugares.

Durante nuestra visita, al entrar en una preciosa sala donde todo es en color madera y suena musiquita suavecita para crear ambiente, veo un par de grupos degustando vinos, y mientras Florencia y Omar se acercan a saludar, Liam, que me he dado cuenta de que odia mancharse, pues se pasa medio viaje sacudiéndose el polvo del camino, me explica que son visitas guiadas a las bodegas. Unas visitas que les proporcionan unos beneficios extra y que se empiezan con un paseo por las viñas, la zona de prensas y barricas, donde se explican los procesos de vinificación y crianza, y se finalizan con una degustación.

Liam me invita a acercarme al grupo y, enseguida, cogiendo una bonita copa de cristal tallado, me guiña un ojo, me tiende una botella y cuchichea:

—Pruébalo y dime qué te parece.

Me río por tener la botella en la mano y, tras servirme un poco en la copa, lo pruebo y, guiñándole el ojo, le hago saber que está muy pero que muy bueno.

Florencia, que nos mira, le hace una seña a su hermano para que se acerque y, cuando Liam va hacia ella, con mi copita de vino en la mano y la botella, salgo de la sala donde todo el mundo está charlando alegremente y, al ver más allá un banquito de madera, me dirijo a él y me siento.

Enamorada del sitio, disfruto de cómo el sol se esconde tras la montaña mientras la musiquita tranquilita que suena en el interior llega a mis oídos. Es la canción *Donde ya no te tengo*, de Rosana. Está claro que no tengo forma de evitar oírla.

Sola y sentada en el precioso banquito, me permito escuchar la letra y comprendo que realmente me siento como dice la canción. Dentro de mí ha crecido una pena por culpa del imbécil del italiano que yo sola me araño por dentro. Sonrío. ¿Qué hago analizando la canción? Y, sin perder la sonrisa, bebo vino y miro el bonito paisaje que me rodea.

Estoy ensimismada cuando se acerca a mí un hombre mayor de pelo canoso pero con muy buena planta y, señalando el banco donde estoy sentada, dice sin quitarse sus gafas de sol:

—¿Señora o señorita?

—Señorita —respondo sonriendo.

Él asiente y a continuación pregunta:

—¿Puedo sentarme con usted, señorita?

Me deslizo hacia un costado del banco y, cuando él se sienta, tras un silencio solo roto por la bonita canción de Rosana, oigo que dice con un acento muy de la tierra:

—Siempre me han gustado las canciones de amor.

Sorprendida por su comentario, lo miro y él, con picardía, cuchichea:

—He sido un romántico empedernido de esos que regalan flores.

Sonrío. Él mira mi botella, y pregunto:

—¿Quiere?

Sin dudarlo, asiente. Me tiende la copa que lleva en la mano, está claro que pertenece al grupo de la visita guiada, y cuando se la lleno comento:

—A mí no me gustan las canciones de amor.

Su sorpresa me hace sonreír con cariño y luego añado bajando la voz:

—Me rompieron el corazón una vez y dejé de escucharlas.

El hombre parpadea, da un trago a su copa y, mirándome, señala:

—Mi niña..., ¿y quién fue el machango que te rompió el corazón?

Le pregunto:

—¿Qué es «machango»?

El hombre sonríe.

—Un tonto. Un payaso.

Entendiendo ahora el término, me apresuro a responder:

—Simplemente un idiota que no merece ser recordado.

Él asiente. Yo lleno mi copa de vino otra vez y, cuando voy a hablar, pregunta:

—Al menos algún hombre te habrá regalado flores, ¿no?

—Mi padre.

Él hace un gesto gracioso al oírme y cuchichea:

—Si cuando digo yo que los hombres ahora son tontos, no voy mal encaminado. Por eso a mis hijos siempre les he enseñado que, para cortejar como Dios manda a una mujer, hay que regalarle flores.

Eso me hace reír a carcajadas.

—Tranquilo —digo—. Si quiero flores, ya me las compro yo.

Ahora el que ríe a carcajadas es él.

—Aunque, entre usted y yo, es mejor que no las compre, porque todas se me mueren —añado—. ¡Soy un desastre!

De nuevo ríe, le hace gracia lo que digo, y pregunta:

—¿De vacaciones en la isla?

Pienso en Naím, él también me preguntó eso mismo, y respondo:

—Vine por trabajo, pero ahora estoy de minivacaciones.

—¿Sola?

Según me pregunta eso, me río. Este hombre es un poquito cotilla, y afirmo con guasa:

—Mejor sola que mal acompañada.

Ambos asentimos y, para cortar las preguntas personales, miro al frente y cuchicheo:

—Es estupendo estar aquí, rodeada de todo esto tan bonito. Da paz, ¿verdad?

El hombre asiente, mira hacia delante como yo y, con cierta tristeza en la voz, indica:

—Era el sitio preferido de mi mujer.

—¿«Era»? —pregunto temiéndome lo peor.

Él afirma con la cabeza y luego susurra mientras veo que le tiembla la barbilla:

—Murió hace dos años.

Eso me toca directamente el corazón. Dejo la botella en el banco, le cojo la mano y, apretándosela, musito con todo el cariño que puedo:

—No. No. No. No me llore, que soy muy empática y enseguida me pongo a llorar con usted, y vamos a montar tal numerito aquí que los dueños de la bodega no nos volverán a dejar entrar. Además..., piense que a ella no le gustaría verlo llorar en su sitio preferido. Seguro que querría verlo sonreír.

El hombre asiente. Su barbilla deja de temblar.

—Tranquila, mi niña. Tranquila —indica.

Viendo que él se tranquiliza y me sonríe, le sonrío a mi vez y, cogiendo la botella, relleno las copas. A continuación la dejo de nuevo sobre el banco, el hombre me mira y, levantando su copa para brindar, susurra:

—Por el amor.

Estoy a punto de decirle que yo por eso no brindo, que el amor y yo estamos reñidos. Pero, sin querer romper el momento mágico que este hombre ha creado pensando en su mujer y en su amor, brindo con él, aunque de pronto, de entre los viñedos aparece un caballo oscuro y, sobre él, veo a Naím.

Madre mía..., madre mía..., cómo está el nene.

Se me acelera el corazón...

Se me acelera la respiración...

Se me acelera... todoooooo, e inevitablemente recuerdo su boca, sus besos, su olor y su manera de hacerme el amor.

¡Uf, qué calor!

Ese morenazo impresionante que nada tiene que ver conmigo no puede estar más provocador a lomos de ese caballo, vestido con esos viejos vaqueros y una camisa blanca abierta que muestra sus bonitos abdominales.

¡Madre mía! Le quitaba la camisa a mordiscos.

Retiro la mirada. ¿Qué hago pensando eso?

Pero, ¡zas!, al instante vuelvo a mirarlo. No lo puedo remediar, y sonrío al pensar que, si Amara estuviera aquí conmigo, me miraría y canturrearía eso de «¿Quién es ese hombreeeeee?».

Sin poder apartar la mirada de él, pues por suerte no me ha visto, disfruto de las vistas que me ofrece su presencia; entonces el hombre que está a mi lado comenta:

—Bonito animal.

Asiento. Asiento y requeteasiento. Sé que se refiere al caballo, que es precioso, aunque yo me fijo más en el animal que va sobre el caballo y, sin saber por qué, suelto:

—Cualquiera diría que esto es *Pasión de Gavilanes*.

La risotada que suelta el hombre hace que yo me ría también y él, quitándose las gafas de sol, dice:

—Es un buen muchacho mi Naím. Cuando le diga lo de los Gavilanes seguro que se reirá, porque a su madre le gustaban mucho esos guaperas.

Según dice eso, parpadeo. ¿Su Naím? ¿Cómo que «su Naím»? Y cuando lo miro y uno que uno de sus ojos es como el de Liam y recuerdo que me dijo que lo había heredado de su padre, voy a hablar, pero él indica:

—Mi chaval es un romántico como yo, aunque tenga un gusto pésimo para las mujeres, como es el caso de la tonta de su mujer.

Uf, madre, ¡que me da!

¡Su chaval! ¡¿Cómo que «su chaval»?! ¡¿Es su padre?! Y... y... ¿su mujer? ¿Está casado? ¿Naím está casado?

Uf..., uf..., noto que la tierra se mueve bajo mis pies.

¡Me quiero morirrrrrrrr!

¡Tierra, trágameeeee!

Madre mía..., madre mía...

No solo he incumplido mi regla de no mezclar trabajo y sexo, y la de nada de mayores de treinta, ¡sino que además ahora me acabo de enterar de que también incumplí la de «no casado».

Uf, ¡que me da!

Ay, *madrecitadelamorhermoso*, ¡que me estoy mareando!

Pero, por Dios, ¿qué me está pasando?

¿Desde cuándo mi radar funciona tan mal?

Miro hacia los lados. Busco una vía de escape. Pero aquí estoy, contándole mis miserias al padre del hombre que me tiene atontada como una adolescente.

—Papá, te estaba buscando —oigo de pronto.

Es Liam, que se acerca por detrás. El hombre se pone en pie.

—Aquí estoy, hijo. Disfrutando de una excelente compañía y un buen vino.

Liam sonríe, se quita unas motitas de polvo de la solapa de la americana e indica:

—Verónica, él es mi padre, Horacio Acosta. Papá, ella es Verónica Jiménez, la publicista de la Península que le gustaba tanto a mamá.

El hombre me mira sorprendido. Está claro que no sabía con quién hablaba. Y yo, que estoy tan atacada de los nervios que no se ni por dónde salir, viendo que Naím cada vez está más cerca, suelto gesticulando:

—¡Sorpresa!

Complacido, el hombre deja la copa sobre el banco y me da un sentido abrazo que me asombra. Liam nos mira, y entonces el abrazo se acaba y el hombre indica:

—Mi mujer admiraba tu trabajo y le prometimos que te contrataríamos. Me gusta que ya estés en el equipo.

Sorprendida por conocer ese dato que hasta el momento habían omitido, asiento. Ahora entiendo las palabras de Florencia y la insistencia durante todos estos meses por su parte.

Sin embargo, estoy nerviosa. Conocer eso, saber que el sobrino y nieto de aquellos está siendo padre en esos instantes y solo lo sé yo, y la cercanía de Naím, me están matando. Y cuando veo que un minibús llega hasta las puertas del lugar donde hacen la cata de vinos, lo miro y, necesitando huir de aquí como sea, pregunto al ver que los visitantes se suben en él:

—¿Ese bus va para Santa Cruz?

Liam y su padre asienten, y yo, viendo que Naím se acerca, digo:

—Tengo que irme en él.

—¿En la guagua? —preguntan los dos al unísono.

—Acabo de recordar algo —insisto—, y si no me voy ya llegaré tarde.

Finalmente, y sin darles tiempo a que digan nada, cojo mi bolso y musito:

—Señor Acosta, ha sido un placer conocerlo. Liam, te mandaré un email.

Y, sin más, corro al bus, que cierra sus puertas después de subir yo y se pone en marcha.

¡Sí, sí, sí!

Naím llega hasta su padre y su hermano a lomos del caballo y, de pronto, nuestras miradas se encuentran. Me ha visto. ¡Joderrrrr!

* * *

Una hora después, cuando entro en la habitación del hotel todavía atacada de los nervios, abro mi ordenador portátil y busco vuelos a la Península. Necesito marcharme de la isla cuanto antes. Por suerte, veo que sale uno a las once y veinte de la noche y, sin dudarlo, reservo un pasaje. ¡Adiós, vacaciones!

Hecho eso, recojo mis cosas de la habitación como si me hubieran metido un petardo en el culo y, tras bajar a recepción y hacer el *check-out*, cojo un taxi y me voy para el aeropuerto con la pena de no saber si Begoña y su bebé están bien.

Una vez en la sala de espera del aeropuerto no paro de pensar que este viaje se me ha ido de las manos y decido que no puedo trabajar con esa familia. Mi profesionalidad ha brillado por su ausencia, por lo que escribiré a Liam cuando llegue a Madrid e, inventándome lo que sea, le diré que no puedo colaborar con ellos. Tema zanjado.

Capítulo 12

Cuando me despierto en la cama de mi casa, suspiro de alivio, aunque en mi cabeza comienza a sonar cierta cancioncita.

¿En serio?

Hasta que el avión salió del aeropuerto de Tenerife Sur estuve en un sinvivir, y reconozco que, cuando llegué a Madrid y puse un pie en tierra, solo me faltó agacharme y besar el suelo, como hace el papa.

Madre mía, qué exagerada soy.

Como cada mañana, recibo primero los buenos días de *Paulova* y después del Comando Chuminero y, cuando les digo que estoy en Madrid, todos quieren saber. Quedo para comer con ellos en el bar de Matías. No hay nada que no arreglemos frente a unas cervecitas, unos calamarcitos y unos pinchos de tortilla.

En cuanto me levanto de la cama y les mando mentalmente toda mi buena energía a Begoña, Gael y su bebé, llamo a mis padres. Les hago saber que estoy de vuelta, y tan contentos que se ponen. Luego escribo un mensaje a Zoé y, como es lógico, esperaré contestación. Llamo a mi oficina de Madrid. Hablo con mi secretaria y la informo de que he vuelto y de que me pasaré más tarde por allí.

Según termino de hablar con Eloísa, con el móvil en la mano, abro mi lista de Spotify y en el buscador pongo «Danna Paola, *A un beso*», y, ¡zas!, aparece la canción que no paro de tararear.

Durante unos segundos miro la pantalla. ¿La pongo? ¿No la pongo?

Ponerla significa pensar en el madurito potentorro y, la verdad, ¿para qué? Pero al final lo hago. ¡Vaya tela, lo idiota que soy! Según comienza la canción, escucho la letra y, sin poder evitarlo, me cago en todos mis antepasados. Habla de una chica que tiene miedo al compromiso. Quito la canción y me regaño a mí misma por escuchar cosas que no debo.

Por ello, y deseando alegrarme y sobre todo empoderarme como mujer, pongo *Raise Your Glass*, de Pink, y comienzo a bailar mientras entro en mi habitación y decido ducharme.

Después de compartir el desayuno con mi gata *Paulova*, que se puso muy contenta al verme aparecer anoche, entro en el despachito que tengo en mi casa y decido escribirle un correo a Liam. Durante unos instantes pienso qué poner en ese email. ¿Qué me invento? La historia de la mujer de Horacio me llegó al corazón, pero, consciente de que he de zanjar el asunto antes de que mi profesionalidad se vea aún más perjudicada, escribo:

> Buenos días, Liam:
>
> He tenido que regresar a Madrid por razones personales.
>
> Quiero agradeceros a ti y a tu equipo la amabilidad que he recibido de vosotros y la oportunidad que me habéis brindado, pero por motivos de trabajo he de declinar vuestra oferta. Dicho esto, puedo poneros en contacto con otros profesionales del sector que sin duda os harán unas estupendas campañas de promoción, en España y fuera de ella.
>
> Un saludo, en especial a tu padre, y espero que todo os vaya bien.
>
> Verónica Jiménez Johnson

Antes de enviarlo lo releo al menos diez veces. Quiero que suene profesional y con sentimiento, pero no borde. Y, una vez que lo tengo seguro, le doy a «Enviar» y sonrío.

¡Se acabó el problema!

Satisfecha, me levanto de la silla de mi despacho y, tras vestirme, me voy a hacer algo de compra. ¡Tengo la nevera que da miedo!

A las dos de la tarde estoy agobiada. He recibido un par de llamadas de Liam, pero no le he cogido el teléfono. Mal por mí. Esto no es profesional, pero, sin querer pensarlo, entro en el bar de Matías, donde me esperan mis amigos.

Me siento a la mesa y me miran los tres. Por cómo lo hacen sé que han hablado. Nos conocemos hasta por nuestra manera de respirar.

—Pero ¿tú no ibas a quedarte unos días en Tenerife? —pregunta Leo.

Asiento. Matías nos trae las primeras cervecitas y los pinchos de tortilla y suelto sin anestesia, omitiendo el tema de Gael y su paternidad:

—He incumplido mis tres normas. ¡Las tres!

—Nooooooo —murmuran mis amigos al unísono.

Vuelvo a asentir, me meto un trozo de tortilla en la boca y, cuando me la trago, con un hilo de voz desesperado añado:

—Todavía no entiendo cómo he podido hacerlo.

Los tres parpadean sorprendidos y se miran entre sí; saben lo estricta que soy para eso.

—¿Te emborrachaste? —pregunta Mercedes finalmente.

—No.

—¿Te drogaste?

—Nooooo...

—¿Entonces, reina? —insiste Amara.

—No lo sé —respondo con desesperación.

Mis tres amigos vuelven a mirarse. Mi teléfono suena en ese momento. Es Liam otra vez, le corto la llamada, y Mercedes, mirándome, musita:

—No me jodas, Vero.

Me meto otro pedazo de tortilla en la boca por pura desesperación y luego, viendo cómo aquellos me observan sin siquiera parpadear, gruño:

—Joder, ¡no sé ni qué decir!

Mercedes asiente, sonríe, y cuando va a hablar, Amara quiere saber:

—¿Casado, más de treinta y...?

—Y dueño de la empresa que quería contratarme porque, al parecer, a su madre fallecida le gustaba mi labor y deseaba trabajar conmigo. —Y al ver cómo se miran, añado—: Pero... pero en mi defensa he de decir que no sabía ni que estaba casado, ni que era el dueño de la empresa y...

—¿No sabías que tenía más de treinta años? —pregunta Leo riendo.

Al oírlo, resoplo y cuchicheo:

—Eso sí lo sabía. Sabía que era un madurito potentón de cuarenta y uno y...

No me dejan terminar; me acribillan a preguntas. Que yo me acueste con un tipo de esa edad es inaudito.

—Pero ¿qué tiene de especial ese madurito potentón para que te saltaras todas tus normas, con lo estricta y jodidamente puntillosa que eres? —señala Amara divertida.

Pensar en Naím me hace sonreír.

—Es atractivo, encantador, morboso y caballeroso —respondo—. Huele de una manera maravillosa y, además, tiene una forma de mirar increíble, una sonrisa embaucadora, un tono de piel precioso y un cuerpo que es para disfrutarlo.

Según digo eso mis amigos sonríen y Mercedes suelta:

—Por Dios, pero si tiene más propiedades que el aloe vera..., ¡sirve para todo!

Sonrío de nuevo al oír eso.

—Pues si te hablo del plano sexual... —cuchicheo.

—Eso —me corta Leo— te lo puedes ahorrar.

—De eso, nada —protesta Mercedes cogiendo un trozo de tortilla—. Yo quiero saber más. ¡Cuenta!

—Sí, sí, cuenta —insiste Amara—. Quiero saber cómo conociste al madurito potentón y qué ha pasado para que estés hablando de él con esa cara de pánfila.

Me entra la risa. A todos nos entra la risa, y finalmente les cuento punto por punto lo ocurrido desde que llegué al aeropuerto de Tenerife hasta que regresé a Madrid. Como imaginaba, sus gestos de sorpresa son iguales que los míos según me fui enterando de quién era aquel.

—Entonces, el Aloe Vera es de esos que te recomiendan un vino cuando vas a un restaurante —pregunta Mercedes.

Rápidamente niego con la cabeza.

—Tú hablas de un sumiller —digo—, y Naím es enólogo.

Mis amigos asienten. Por mi trabajo, yo sé la diferencia entre ambos.

—Pues yo creía que un enólogo era quien probaba el vino —tercia Amara.

—¡Qué buen trabajo! Todo el día contento —se mofa Leo.

Vuelvo a negar con la cabeza.

—A ver, chicos, para que me entendáis —indico—, un sumiller es el profesional que más sabe de vinos en un local y es el responsable de ellos y de su maridaje. Es quien te aconseja a la hora de su elección para obtener una excelente combinación con la comida.

Mis amigos asienten.

—En cambio —prosigo—, un enólogo, o sea, Naím, es un profesional del mundo del vino capaz de gestionar, diseñar y supervisar técnicas de cultivo de la vid y la elaboración del vino entre otras cosas. También ha de gestionar los análisis técnicos y sensoriales que garantizan la calidad del vino y potencian las características organolépticas en función de lo que marque la bodega. Y, por supuesto, supervisa la correcta conservación y el almacenaje, junto con las labores de investigación e innovación.

—Madre mía... —cuchichea Leo—. Con eso de *organoloquesea* me he perdido.

Divertida al ver la expresión de mis amigos, finalizo:

—Dicho esto, un enólogo ha de tener un alto nivel de conocimientos multidisciplinares en temitas tan complicados como la física, la microbiología, la estadística, la genética y muchas cosas más.

—O sea, que el Aloe Vera ¡es un lumbreras! —se burla Mercedes.

—Se podría decir que sí —afirmo convencida.

Durante un rato seguimos hablando del mundo del vino, y después continúo con mi historia por las islas con los Acosta.

—Por tanto —digo para terminar—, viendo el desastre que se

me venía encima, me alejé del nene, al que no le gusta que lo llame «nene», y rechacé el trabajo.

—¿Has rechazado el trabajo? —inquiere Amara.

—Sí.

—¿Por qué no le gusta que lo llames «nene»? —pregunta Mercedes.

—¡Ni idea! —Me encojo de hombros.

El debate se abre una vez más, y Leo gruñe:

—Pero le habían prometido a su madre que trabajarían contigo... ¿Cómo puedes dejarlos colgados?

Asiento, reconozco que esa es la parte que me duele en el alma.

—Lo sé —indico—. Pero no puede ser, y no voy a darle más vueltas. Esta mañana le he escrito un email a Liam, su hermano, y tema zanjado. —Todos me miran. Creo que me cuestionan, pero insisto—: No es profesional lo que ha ocurrido y... y además tendría que verlo, y eso me pone nerviosa.

—¿Y querrías volver a tirarte al nene? —añade Mercedes.

Sin dudarlo, asiento. Ni a mí ni a mis amigos les pienso mentir, y cuchicheo horrorizada:

—Una y mil veces. Si lo hubierais visto cuando apareció a lomos de ese caballo... ¡Madre mía..., madre mía! Pura perversión lujuriosa.

—¡Por favor! —protesta Leo mientras mis amigas se ríen y comienzan a canturrear *¿Quién es ese hombre?*

Sin poder evitarlo, yo me río también. Vaya tela, vaya tela.

—Cuarenta y un años es una buena edad —murmura Leo.

—¡Buenísima, reina! —afirma Amara, y pregunta divertida—: Oye, no tendrá un hermano tan guapo e interesante como él. ¿verdad?

En ese instante me suena el teléfono. Al ver el nombre que sale en la pantalla se lo enseño a mi amiga:

—Aquí lo tienes —digo—. Se llama Liam, pero tiene novia.

—No soy celosa —se mofa Amara.

Todos reímos por aquello y, cuando corto la llamada, Leo comenta:

—Me gusta verte así. Eso me demuestra que estás viva, porque por fin un tío maduro te inquieta, te atormenta y te perturba lo suficiente como para hacerte salir huyendo de la isla.

Según dice eso me río, y cuchicheo con mi típica frialdad:

—Querido Leo Morales, déjate de ver romanticismo donde no lo hay. Entre ese madurito y yo solo hubo sexo. Y si salí por patas de allí fue porque... porque...

—Porque te pone nerviosa —me corta Leo—. Porque verlo te hace querer algo más de él y porque, te guste o no reconocerlo, ese tío, que no tiene nada que ver con los jovenzuelos con los que te acuestas, ha sabido tocar algo dentro de ti que tú ni siquiera sabes qué es.

—Tocar, lo que se dice tocar... —se burla Amara—, creo que el madurito potentón la ha tocado bien.

—Por favor, ¿queréis contener esas lenguas perversas que tenéis? —gruñe Leo haciéndonos reír.

—Mira, chica —lo corta Mercedes con mofa—, piensa en positivo. Lo pasado pasado está y poco puedes hacer. Ahora te vas para colonizar el mundo y ¿quién te dice que no conocerás a un chino que deje al canario a la altura del betún?

—Me extrañaría. —Amara ríe—. Me han dicho que la tienen pequeñita.

—¡Amaraaaa! —protesta Leo.

Entre mis amigos se organiza un debate en el que yo no participo. Ellos hablan del madurito potentón mientras yo, de la ansiedad que tengo, no paro de comer tortilla de patata como si no hubiera un mañana.

Tras pedir tres pinchos más de tortilla y dos racioncitas de calamares, a la que le damos ritmo y vidilla, mi estado de ánimo cambia. Mis tres amigos, con sus particulares maneras de ser y de ver el mundo, me hacen sonreír, olvidarme de los problemas, y cuando nos despedimos tras nuestros característicos «¡te quiero!», me dirijo a la oficina.

Como imaginé, además de llamarme a mí, Liam ha telefoneado a la oficina. Eloísa, mi secretaria, me da los avisos, y yo, con profesionalidad, le indico que si el señor Acosta vuelve a llamar le diga que me pondré en contacto con él en cuanto pueda.

Dos horas después, tras hablar con un par de clientes y programar una reunión con uno de ellos para el día siguiente, decido llamar a Liam.

Como imaginaba, no entiende mi decisión. Igual que a mí, veo que le joroban los imprevistos, y como puedo y con toda la profesionalidad del mundo, le hago entender que, tras valorar lo que necesitaban y ante mi falta de tiempo, me es imposible hacerme cargo de su propuesta. Liam insiste. Yo me mantengo en mis trece y finalmente lo deja correr. ¡Bien!

Cuando salgo de la oficina estoy agotada.

Por suerte Liam no ha insistido más y, aunque me siento aliviada, algo en mí me dice que debe de pensar que soy una impresentable, y dudo que nadie de las islas me vuelva al llamar para trabajar. Pero así han salido las cosas, y como tal las tengo que aceptar.

Cuando llego a casa estoy nerviosa, inquieta. No puedo dejar de pensar en el maldito madurito potentón que me ha descabalado el presente, y por mi mente pasa escribirles a Marco o a Alejandro o ir a desfogarme a un local *swinger*, pero al final por pereza decido que no.

Una vez que me cambio de ropa y me pongo cómoda, abro el cajón de mi mesilla de noche y, tras mirar el arsenal de juguetes que me ha regalado Marco, mis ojos se clavan en mi *Ragnar* particular. ¡Es tan mono, ergonómico y negrito, mi Satisfyer!

Amara y yo cumplimos años el mismo día y, para hacer rabiar a Leo, el año pasado ella me regaló a *Ragnar* y yo le regalé a *Michael*, nombrecitos en honor a los protas de unas series que nos ponen mucho.

Complacida, lo miro. Adoro mi *Ragnar* succionador de clítoris, que me lleva al placer en cero coma segundos como nadie lo ha hecho hasta el momento. ¡Qué potencia tiene mi *Ragnar*!

Encantada, me recuesto en la cama y, tras darle al botoncito para que comience a funcionar, separo las piernas, lo coloco sobre el clítoris y, uf..., ¡qué gustirrinín!

Subo la potencia. La bajo. La subo. Jugueteo con los botones que mi *Ragnar* tiene, e inevitablemente pienso en ese hombre en el que no quiero pensar. Naím..., ¿qué me has hecho? La calentura se apodera de todo mi cuerpo y siento que voy a explotar de gusto, de placer y de locura. Y tengo un maravilloso orgasmo que me hace estremecer mientras pienso en los preciosos ojos oscuros del cuarentón, y, cuando me repongo, me acuerdo de toda su familia.

Capítulo 13

Al día siguiente tengo una reunión con Javier Ruipérez y todo va a pedir de boca. El viajazo que voy a emprender con él lo tiene muy motivado, y yo le demuestro también mi motivación.

Cuando el cliente se marcha me dirijo a Samantha, una de mis creativas.

—Programa una reunión con Lydia y Jesús —le pido—. Quiero dejar claras con ellos las directrices de las campañas Serviart y Dorcas antes de irme de viaje. Luego habla con la organización del Premio Farpón y diles que los llamaré en septiembre para quedar con ellos y hablar del evento y de la presentación, ¿de acuerdo?

Samantha asiente. La veo feliz, y eso me gusta porque la motiva.

El teléfono suena. Lo atiendo y en ese instante Eloísa entra en mi despacho con un precioso ramo de flores multicolores y me mira sonriendo. Gustosa, me levanto. Camino hacia ella y, cuando cuelgo el teléfono, pregunto:

—¿Y esto?

Eloísa deja el ramo en mis manos con una sonrisa y responde:

—¡Tú sabrás! ¡Vienen a tu nombre!

Me quedo boquiabierta. Si recibimos flores de clientes van siempre a nombre de la empresa.

—Oye, jefa —dice entonces Eloísa con total confianza—, ¿has vuelto a pensar en lo que hablamos el otro día?

La miro y asiento. El volumen de trabajo de mi empresa crece día tras día, y Eloísa en la recepción y llevando mis cosas está desbordada, por lo que necesita una ayudante.

—Te juro que, para cuando volvamos de vacaciones, contrato a alguien —aseguro.

Ella sonríe, sabe que no le miento, y cuando se marcha miro la notita que acompaña al ramo y la abro.

> *Dijiste que solo tu padre te había regalado flores y sentí que yo también quería hacerlo. Mi mujer se llamaba Anastasia, y su flor preferida era la flor que lleva ese mismo nombre. Espero que te guste este bouquet que tanto le gustaba a ella.*
>
> *Siento mucho que no trabajes con nosotros. Me apena tu decisión, pues me ilusionaba, aunque la respeto.*
>
> *Con cariño y afecto,*
>
> *Horacio Acosta*
> *Bodegas Verode*

Me pongo tonta.

Qué mono y qué caballeroso es el padre de los Acosta, y cuánto siento haberlo decepcionado. Pensar en él me hace sonreír con cariño. Durante el poco tiempo que coincidimos en aquel banco bebiendo vino noté una bonita conexión con él. Y, tras sacar un jarrón de un armarito, voy al baño, lo lleno de agua y, al regresar a mi despacho, meto el bouquet en el mismo y lo dejo sobre mi mesa, con la tarjetita apoyada.

Debería agradecerle el detalle a Horacio, pero ¿cómo puedo contactar directamente con él?

Tras la jornada mañanera quedo para comer con Mercedes. Mientras nos ponemos moradas en un restaurante que nos encanta me cuenta lo bien que le va con Dalila. Está visto que en ocasiones las segundas oportunidades funcionan, y eso me alegra. Estoy muy contenta por Mercedes, porque está totalmente enamorada de ella.

Complacida, la escucho. Eso hace que me olvide de mis problemas y, después de comer, nos despedimos y nos dirigimos de nuevo a nuestros respectivos trabajos. Tengo mucho que hacer.

* * *

Dos días después, a primera hora tengo programada una nueva reunión para presentar ideas a uno de nuestros clientes de zumos en brik. No es la primera vez que trabajo con ellos, por lo que sé muy bien lo que quieren y, una vez más, mi equipo y yo acertamos. Las propuestas que les presentamos les gustan mucho y, cuando se van, quedan en llamarme dentro de un par de días para decirme por cuál se decantarán.

Una vez que se marchan, tras mirar las bonitas flores de Horacio, que siguen sobre mi mesa, y leer de nuevo la cariñosa notita, apoyo la nuca en mi sillón blanco y cierro los ojos. Pienso en Zoé, en qué estará haciendo. E inevitablemente sonrío.

Estoy disfrutando de este tranquilo momento cuando oigo la voz de Eloísa, que dice:

—Pero, oiga, ¡por favor! ¿Qué hace?

Según abro los ojos veo a mi secretaria frente a mí con... con... ¡Naím! Parpadeo ojiplática.

Pero... pero... ¿qué hace aquí el madurito potentón?

Por favor, por favor, ¡qué guapo está con ese traje oscuro!

Naím me mira con gesto serio. La verdad es que últimamente, cada vez que nos encontramos, me mira de ese modo.

—Lo... lo siento, Verónica —indica la pobre Eloísa con cara de apuro—. Este señor no tiene cita y...

—¿Se puede saber por qué no nos lo dijiste allí? —suelta él.

De entrada me quedo paralizada. ¿Se refiere a mi rechazo al trabajo o a que ya saben que Gael ha sido padre?

No sé qué decir, no sé qué tengo que responder, y él insiste:

—¿Por qué has rechazado trabajar con nosotros?

Vale, tema aclarado. Ahora sí sé a qué tengo que contestar. Pero mi mala leche comienza a subirme por la espalda. Bueno, bueno. Si me viene con esos humitos, mal vamos a ir. Y, mirando a mi secretaria con toda la tranquilidad que puedo, indico:

—Tranquila, Eloísa, atenderé al señor Acosta.

La pobre asiente y, tras echarle una mirada demoledora, sale del despacho. Enseguida Naím cierra la puerta y me mira.

Con la tranquilidad que no tengo, pues verlo ya me ha alterado, me levanto, rodeo mi mesa, me pongo delante de él y, estirándome bien, respondo:

—Señor Acosta...

—Naím, si no te importa.

Me importa. ¡Claro que me importa! No voy a volver a caer en el mismo error y, para que no se equivoque, indico con frialdad:

—Si no le importa, prefiero guardar las distancias para no repetir errores.

Él resopla pero asiente, veo que mira curioso el bouquet de flores y la notita que tengo sobre la mesa y luego dice:

—De acuerdo, señorita Jiménez.

Eso me parece mejor. Suena mi teléfono. Es mi madre. Pero, cortando la llamada, pues ya la llamaré luego, suelto:

—Señor Acosta, las explicaciones pertinentes ya se las di a su hermano.

Naím asiente. Con su mirada sé que me está analizando. Seguro que piensa que soy altamente repelente. Yo siento que me fallan las piernas por lo nerviosa que me pone, y me apoyo en mi mesa.

—Creo que... —empiezo.

—Creo que se está equivocando usted —me interrumpe.

Con esa chulería que a mi padre lo saca de sus casillas, levanto las cejas y él insiste:

—¿Por qué no quiere trabajar con nosotros?

Suspiro. Está claro que busca una explicación convincente. El teléfono vuelve a sonar. Mi madre. Vuelvo a cortar la llamada y, dispuesta a darle una explicación que sea mi verdad, digo omitiendo hablarle de lo que sé en lo referente a su sobrino:

—Porque he incumplido mis tres normas.

Ahora es él quien levanta las cejas.

—La primera —añado—, nada de sexo con quien trabajo. Y la incumplí con usted. La segunda, no mayores de treinta. Y volví a incumplirla con usted. Y la tercera, nada de hombres casados, y fíjese por dónde, la volví a incumplir con usted. Mire, señor Acosta, antes de que diga nada, sé que quieren trabajar conmigo, pero ha de saber que soy una persona seria y profesional. Lo ocurrido no me ha gustado nada de nada, y por eso he rechazado trabajar con ustedes. ¿Lo entiende ahora?

Me mira, me mira y me mira. Me va a desgastar de tanto mirarme, mientras siento cómo ese calorcito que él me provoca crece y crece en mi interior.

—En cuanto a su tercera norma, yo no estoy casado —dice entonces.

Saber eso me sorprende y, no sé por qué, cuchicheo:

—Pero su padre dijo...

—Mi padre —me frena— suele llamar así a la mujer que, en un determinado momento, haya estado conmigo o con Liam. Pero que él las catalogue de ese modo no significa que estemos casados, y menos que sean nuestras mujeres. Y, aunque no viene al caso, porque me gusta hablar tan poco como a usted de mi vida privada, estoy soltero y no hay ninguna mujer a la que tenga que guardarle respeto.

Asiento como una boba por su aclaración. Por mi mente pasa la rubia aquella con la que estaba la noche que lo vi, pero mejor me callo. No voy a ser una jodida cotilla indiscreta. Y entonces añade mientras observa cómo corto otra llamada de mi madre:

—Tenga usted por seguro, señorita Jiménez, que si yo estuviera casado, el primero que no se saltaría esa norma sería yo.

Asiento y sonrío. A otro lobo con ese cuento, *Caperucito.*

—Soy un Acosta —prosigue—. Mis padres me enseñaron a amar y a respetar. Y doy tanto como exijo. Que le quede claro.

Esta vez no asiento. Seguro que si lo hago se lo tomará a mal, mientras mi cuerpo arde ya en deseos por este hombre.

—Por tanto, señorita Jiménez, se puede decir que son dos de tres las normas que usted ha incumplido.

Sigo sin asentir. Continúo ocultando lo que sé de Gael. Pero, hechizada, miro sus labios. Deseo morderlos, lamerlos. Miro sus manos y deseo que toquen mi cuello y me acerquen a él. Su presencia me desconcierta, me obnubila. Y, necesitando acabar con esto, tomo aire, me incorporo de la mesa e indico:

—Creo que, una vez aclarado lo que usted necesitaba saber, no tenemos más que hablar. Así que lo invito a que salga de mi despacho.

Naím asiente y me mira. ¡Uf, cómo me mira! Luego observa de nuevo las flores que tengo sobre la mesa y pregunta con curiosidad:

—¿Le gustan las anastasias?

Como una auténtica lela, asiento. Estoy tan obnubilada por el batiburrillo de emociones que me provoca su presencia que soy incapaz de decir que no distingo una anastasia de una lechuga y, sobre todo, que me las ha regalado su padre.

—No la molesto más —dice él a continuación tendiéndome la mano.

Acalorada y extasiada, la miro y, extendiendo la mía, la agarro y musito mirándolo a los ojos:

—Adiós, señor Acosta.

El chispazo que noto cuando su piel toca la mía es asolador. En la vida me ha pasado esto con un hombre. Nos miramos en silencio mientras nuestras manos están unidas. Por su expresión intuyo que él también lo ha sentido. Entonces Naím da un paso hacia mí, yo lo doy hacia él y, atraídos como dos puros imanes, irremediablemente nos besamos.

Madre mía..., madre mía... ¿Otra vez?

Pero ¿es que yo no aprendo?

Su boca y la mía se toman, se comen. Se fusionan con desesperación, mientras nuestras lenguas disfrutan, juegan, se devoran con gusto y placer, hasta que él da por terminado el beso y, mirándome con la respiración tan acelerada como la mía, suelta:

—Adiós, señorita Jiménez.

Y, sin más, y diciendo como siempre la última palabra, va a salir de mi despacho cuando Eloísa abre la puerta y exclama alarmada:

—¡Verónica, tienes que ir urgentemente al hospital!

Según oigo eso parpadeo, y ella añade:

—Ha llamado tu madre. Al parecer, a tu padre le ha pasado algo y una ambulancia se lo ha llevado al Doce de Octubre.

¡¿Mi padre?!

¡¿Qué le ha pasado a mi padre?!

Madre mía..., madre mía, lo que me entra por el cuerpo. ¡Ay, Dios! Por eso mi madre estaba tan insistente. Y, antes de que yo me pueda mover, noto cómo la mano de Naím agarra la mía con fuerza y, tirando de mí, dice:

—Vamos. Tomaremos un taxi.

Sin pensar en nada más, cojo mi bolso y salgo de la oficina mientras el susto apenas si me deja respirar.

Capítulo 14

Naím y yo hacemos en silencio el trayecto hacia el hospital. No sé qué hace aquí conmigo, pero el caso es que ahí está, y yo se lo agradezco mucho.

Cuando por fin llegamos al hospital, abro la puerta del taxi y, mientras Naím paga al conductor, yo entro como una exhalación en Urgencias. Veo a mi madre sentada al fondo y, tras acercarme corriendo a ella, pregunto:

—Mamá, ¿qué ha pasado? ¿Dónde está papá?

Al verme, se levanta.

—Tranquila, *darling*. Tranquila —dice.

¿Tranquila? ¿Cómo que «tranquila»? ¡Mi padre está en Urgencias! Pero entonces ella aclara:

—Tu padre se ha caído al salir de la bañera y se ha dado un buen porrazo.

Ay, Dios... ¡Pobrecito!

—Por suerte no se ha roto nada, solo se ha torcido un tobillo, pero está bien.

Según oigo eso, suspiro y creo que la sangre vuelve a circular por mi cuerpo de nuevo. No sé por qué, me temía algo peor.

—El doctor me ha dicho que espere aquí a que salga para irnos a casa —añade.

La felicidad me llena por completo. Sí, sí, sí, y mi madre, bajando la voz, cuchichea:

—¿Quién es el hombre que te acompaña?

Entonces recuerdo que Naím ha venido conmigo y lo miro. Está detrás de mí, parado, y con su habitual caballerosidad le tiende la mano a mi madre y se presenta:

—Soy Naím Acosta. Un amigo de su hija. Encantado, señora.

¿Amigo mío? ¿Desde cuándo?

Mi madre me mira sorprendida. En la vida me ha visto acompañada por un hombre a excepción de mi amigo Leo, y se acerca a él sonriendo.

—Déjate de formalismos y dame dos besos —le indica.

Naím sonríe. Mi madre también y, tras besarse, mamá dice:

—Encantada, Naím. ¡Qué alto eres! ¡Y qué guapo!

—Mamá...

Pero mi madre es mi madre, una atípica inglesa, y, encantada, añade:

—Soy Susan, la madre de esta gruñona.

Sin perder la sonrisa Naím asiente y, sin mirarme, pregunta:

—¿Su marido está bien?

Mamá sonríe. Bueno, bueno, esa sonrisita me la conozco yo, y entonces se sienta en la silla.

—Saldrá con un tobillo vendado y un moratón en su precioso trasero —afirma.

—Mamáááááá.

—Eso es lo máximo que he conseguido que me diga la recepcionista, e imagino que con lo lento que va esto estaremos aquí a saber Dios hasta cuándo.

Según dice eso Naím mira hacia la recepción, después me mira a mí y pregunta:

—¿Cómo se llama tu padre?

—Rogelio Jiménez Alcaide —respondo.

Naím asiente y, guiñándonos un ojo a mi madre y a mí, nos pide:

—Dadme un segundo.

Instantes después lo vemos caminar hasta el mostrador, donde se pone a hablar con la recepcionista, a quien, al verlo, rápidamente se le ilumina la cara.

¿Por qué en ocasiones los humanos nos dejamos embaucar por una sonrisa bonita?

Mi madre, que como yo observa lo que ocurre, se acerca a mí y cuchichea:

—Menudo Gavilánnnnn...

—¡Mamá! —protesto.

—Pero, *darling*, ¿quién es ese hombreee? —canturrea haciéndome sonreír.

Como no quiero explicárselo, no respondo, y ella, viendo cómo la recepcionista sonríe y se toca el pelo, añade:

—¡Es *very*, *very* sexy!

—Mamáááááá...

—Pero, hija, ¿no ves lo acalorada que está la recepcionista?

Mirando, asiento. Lo veo, claro que lo veo. Entonces mi madre se ríe, me hace reír también a mí con complicidad y luego, con esa gracia inglesa que tiene, suelta:

—Hija, soy mayor, pero no tonta. Tengo ojos... ¿Quién es este amigo tuyo?

Divertida, meneo la cabeza, y viendo cómo me mira aclaro:

—Solo es un conocido.

—Él ha dicho que era tu amigo y...

—Él puede decir misa en arameo —la corto. Y al ver su sonrisita cuchicheo—: No empieces a pensar lo que no es, que te conozco y muy bien.

En ese instante Naím regresa hasta nosotras.

—Arantxa, la recepcionista, ha llamado a Puri, una enfermera de Urgencias —nos dice—. Ya han atendido a Rogelio y ella misma irá a buscarlo al box.

Asiento. Mi madre también, y pregunta:

—¿Conoces a la recepcionista?

Naím niega con la cabeza, veo picardía en su mirada y me entran los siete males, y como necesito que esta locura acabe aquí, lo miro y digo:

—Gracias por acompañarme, pero creo que deberías irte ya.

Él asiente. Sé que sabe que aquí ya no pinta nada. Pero de pronto mi madre se levanta y exclama:

—*My loveeeee!*

Mi padre sale por la puerta en una silla de ruedas conducida por Arantxa, la recepcionista. Rápidamente nos acercamos a él, y mi padre, tras besar a mi madre, me mira y dice:

—Tranquila, ratona, estoy bien.

Gustosa, lo abrazo. Por suerte, aún no me había ido de viaje, y con la voz tomada susurro:

—No vuelvas a asustarme así o juro que te mato.

Papá sonríe. Yo también. Veo que la recepcionista, tras dirigirle una sonrisa a Naím, se marcha.

—*Darling*, te presento a Naím —dice mi madre—. Un amigo de Verónica que caballerosamente la ha acompañado.

Mi padre, que hasta el momento no se había percatado de su presencia, lo mira, después me mira a mí y, volviendo a mirarlo, tendiéndole la mano, dice:

—Muchacho, muchas gracias por acompañar a mi ratona.

—¡Papá! —protesto.

Naím y él se dan la mano y el primero asegura:

—Lo importante, señor, es que usted se encuentre bien.

Mis padres se miran contentos. Está claro que la educación de Naím les está encantando, y a continuación mi padre le pide a él:

—¿Me ayudas a levantarme?

Naím se apresura a hacerlo, pero yo protesto:

—Papá, yo puedo ayudarte.

Él asiente y sonríe.

—Lo sé, tesoro. Pero estando aquí este muchachote con esta espalda y esta altura, lo lógico es que se lo pida a él. Venga, salgamos y cojamos un taxi.

Apoyado en Naím, y de la mano de mi madre, mi padre camina a paso lento hacia la salida de Urgencias, y al llegar a la misma Naím me mira y dice:

—Quedaos aquí. Iré en busca de un taxi.

Sin duda es rápido, decidido, y lo veo alejarse. Y, al ver cómo me miran mis padres, me apresuro a aclarar:

—No es nadie importante, así que ¡dejad de mirarme de ese modo!

Los dos se ríen. La verdad, no sé por qué lo hacen.

Dos minutos después aparece un taxi que se detiene frente a

nosotros. Tras acomodar a mi padre y sentarse mi madre, voy a despedirme de Naím, pero mi madre dice:

—Naím, vente a casa y tómate algo fresquito.

Él me mira esperando mi aprobación, y mi padre insiste:

—Venga, vamos. ¡No nos puedes decir que no!

—Papá —indico—, Naím tiene cosas que hacer y...

—Será un placer tomarme algo con ustedes —lo oigo que afirma entonces.

Bueno, bueno, bueno. ¡Creo que este se está pasando! Y que a mis padres, cuando los pille a solas, les voy a tener que decir cuatro cosas.

Capítulo 15

Como no quiero montar un pollo en la puerta de Urgencias, finalmente todos subimos al taxi y, entre comentarios por parte de mis padres de cómo ha resbalado él en la bañera, llegamos a casa.

De nuevo mi padre vuelve a buscar en Naím su punto de apoyo para salir del taxi y subir a su piso. *Tinto* nos recibe con su sonata de ladridos y gruñidos dirigidos a Naím, al que no conoce, hasta que mi madre lo regaña y entonces se calla. Una vez que entramos en el salón de mis padres y mi madre le ofrece algo fresco a Naím, cuando se va a la cocina a por ello y nosotros nos sentamos, mi padre comenta mirándolo:

—Ese acento tuyo no es muy madrileño.

Naím sonríe. ¡Por favor, qué bonita sonrisa tiene!

—Soy tinerfeño —aclara.

Según dice eso, mi padre levanta las cejas y pregunta:

—¿Chicharrero?

Naím asiente divertido. En ese instante aparece mi madre con una bandejita, seguida por *Tinto*, y dejándola sobre la mesa dice:

—Mi marido y yo ¡nos conocimos en Tenerife! Concretamente, en un pueblo llamado El Médano.

—Un lugar precioso donde en ocasiones hace mucho viento —afirma Naím.

Mis padres asienten y se ríen. El viento fue lo que hizo que se conocieran. Mamá llevaba una pamela que salió volando y fue mi padre quien se la recogió.

¡Es verdad! No había caído en ese detalle. Y, después de que ella cuente cómo se conocieron, Naím sonríe y papá pregunta curioso:

—¿Vives en Madrid?

—No —contesta, y al ver cómo lo observan, añade—: Estoy en la Península por trabajo.

Suspiro, me alegra que no cuente la verdad.

—¿Y de qué conoces a mi hija? —quiere saber mi madre.

La miro. ¿Por qué está siendo tan curiosa? Y entonces oigo a Naím decir:

—Del trabajo. Intento convencerla para que lleve el marketing y publicidad de la bodega familiar.

Papá y mamá me miran y rápidamente el primero indica:

—No es porque sea mi hija, pero mi ratona es lo mejorcito que hay para el tema de la publicidad. Es más, dentro de pocos días se va a un viaje importante que le hará dar la vuelta al mundo.

—Papáááá —gruño mientras observo que Naím sonríe.

Mi padre me mira, me ordena callar con la mirada y luego añade mientras cojo a *Tinto* en brazos:

—Mi mujer y yo teníamos una bodega y, cuando acabó la carrera, mi hija nos convenció para que nos actualizáramos y abriéramos una tienda especializada en vinos. Y, la verdad, todo lo que ella ha hecho por nosotros ¡ha sido de diez!

Naím asiente; yo no sé dónde meterme.

—¿Dónde está y cómo se llama la bodega familiar a la que representas? —pregunta entonces mi padre.

—Bodegas Verode. Estamos en todas las islas Canarias.

Mi padre asiente, entiende más que yo de vinos, y afirma:

—Buenos caldos los vuestros. En especial uno del que no recuerdo el nombre, pero que envejecéis durante dieciséis meses en barrica de roble francés en el valle de La Orotava.

Naím sonríe y asiente.

—Gracias, señor. Le haré llegar una cajita para usted.

A partir de ese instante, como los profesionales del vino que son mis padres y Naím, comienzan a hablar del tema que tanto los apasiona. Hablan, ríen, cotillean, y cuando noto que el ambiente está totalmente relajado, Naím suelta sorprendiéndome:

—¿Puedo pedirles un favor?

Papá y mamá se miran, y él añade:

—¿Podrían convencer a su hija para que trabaje con nosotros? Mi hermano Liam y yo no conseguimos hacerla cambiar de opinión.

Según oigo eso estoy a punto de gritar, de pedirle a *Tinto* que le muerda la yugular. Y mi padre, mirándome, inquiere:

—¿Por qué no quieres trabajar con ellos?

Todos me miran. Creo que voy a saltar por la ventana.

—Hija, siempre ayudas a los amigos..., ¿por qué a él no? —insiste mi madre.

Vale, no sé dónde meterme... En ese instante suena el timbre de la puerta y *Tinto* salta de mis brazos y comienza a ladrar.

¡Salvada por la campana!

Mi madre se levanta para abrir y, segundos después, aparece mi vecina Isabel, que, mirando a mi padre, dice:

—Bendito sea Dios, Rogelio, ¡qué susto nos has dado! Por cierto, hermoso, te traigo unas torrijas que te van a saber ¡a gloria bendita!

Mi padre, mi madre y la vecina comienzan a hablar de lo ocurrido, mientras yo soy consciente de cómo Naím mira a su alrededor. Veo que observa la estancia y detiene la mirada en las fotos de Zoé y mías que mis padres tienen junto al televisor.

Cuando la vecina decide marcharse, no sin antes escanear en profundidad a Naím, la acompaño hasta la puerta y, una vez que regreso al salón, oigo que mi padre dice señalando las fotos:

—Soy el orgulloso padre y abuelo de esas dos preciosidades.

—Mi Verónica es la mejor madre del mundo —afirma mi madre con *Tinto* en brazos.

Veo la sorpresa en la cara de Naím. Debe de estar flipando. Sin duda su mente echa cuentas rápidamente con las edades, y yo, cansada de la situación, me levanto y digo:

—Bueno, papis, como veo que estáis bien, Naím y yo os dejamos. Tenemos planes.

Mis padres asienten gustosos. Naím se levanta sin rechistar y, tras despedirnos de ellos y de *Tinto*, bajamos en el ascensor en silencio y llegamos al portal.

Una vez que salimos y nos alejamos prudencialmente de la entrada, lo miro y, cuando voy a hablar, pregunta:

—Pero ¿qué edad tiene tu hija?

Vale, sin duda eso lo tiene loco. Está teniendo la reacción que tiene todo el mundo al enterarse.

—Veintitrés años —respondo.

Naím parpadea. ¡Loco ahora es poco!

—Sí —añado—. La tuve con quince años y, ¿sabes?, es lo mejor que he hecho en mi vida.

Él no dice nada, solo asiente. Como todo el mundo, cuando se entera de ello está unos segundos en shock, hasta que dice:

—Me alegra mucho que opines así.

Ahora la que asiente soy yo y, tomando aire, digo volviendo a parapetarme tras mi frialdad:

—Oye, mira, creo que ya está todo dicho. Agradezco tu amabilidad por haberme acompañado al hospital, pero...

—¿Cenas conmigo? —me corta.

Madre mía..., madre mía..., lo que me entra cuando oigo eso. ¿Por qué? ¿Por qué ha tenido que preguntármelo cuando sabe que voy a decir que no?... ¿O acaso quiero decir que sí?

Por ello, y pensando deprisa, le tiendo la mano y digo volviendo a marcar las distancias:

—Señor Acosta, ha sido un placer volver a verlo. Ahora, si no le importa, tengo cosas que hacer.

Naím me da la mano sin moverse. Nos la estrechamos y yo, forzando una sonrisita, me doy la vuelta y comienzo a alejarme.

No miro atrás. Estoy convencida de que me está observando, y de pronto siento que vibra mi teléfono. He recibido un mensaje. Rápidamente lo abro y leo:

> ¿Por qué eres tan
> bloquecito de hielo?

Me paro de sopetón. Desde luego que me ha calado muy bien. Y entonces recibo otro mensaje que dice:

> ¿En serio no vas a cenar conmigo?

Madre mía... Madre mía... Es verdad, tiene mi teléfono, como yo tengo el suyo, e, intentando tranquilizarme, suspiro. Mi cabeza dice: «¡Ni se te ocurra, bonita!», mientras el resto de mi cuerpo grita: «¡Sí, sí, sí!».

Hay una lucha interna entre mi cabeza y mi deseo. Sé que debo alejarme de aquí cuanto antes. Algo me dice que he de continuar con mi frialdad, pero en ese momento oigo una voz a mi espalda que asegura:

—Prometo no hacer ni decir nada que te haga sentir incómoda.

Joder... Joder... Joder...

—Simplemente cenemos —añade—. Conozco un bonito restaurante de un amigo que...

—No —lo corto dándome la vuelta.

Nos miramos. Uf, ¡qué mirada tiene!

—Vayamos a donde tú quieras para que veas que no intento embaucarte.

Uf..., uf..., uf...

Pero bueno, ¿qué me pasa? ¿Por qué estoy dudándolo aun habiendo dicho que no? ¿Por qué me lo estoy planteando?

Seguimos mirándonos en silencio. No insiste con palabras, pero sí que lo hace con la mirada. Estoy en una encrucijada. No quiero aceptar, pero tampoco quiero rechazarlo, y, consciente de que esa cena me apetece tanto como a él, tomo aire y pregunto:

—¿Te gusta la comida italiana?

Naím asiente. Creo que lo habría hecho aunque le hubiera preguntado si le gustaba la comida neozelandesa. Y, levantando la mano para parar un taxi, digo con seguridad:

—Vamos, te llevaré a un sitio donde se come muy bien.

—¡Tú mandas! —Naím sonríe.

—Siempre, nene —aseguro.

—No me llames «nene»... —replica él tras resoplar.

Capítulo 16

Cuando llegamos al restaurante rápidamente nos acomodan en una de las mesas libres. Mis amigos y yo solemos venir mucho por aquí, por lo que ya me conocen y me tratan siempre con cariño.

Durante unos minutos miramos la carta en silencio, mientras yo me convenzo a mí misma de que he hecho bien y no la estoy liando de nuevo. Naím se ha portado estupendamente con mis padres y yo, como poco, he de ser educada. Esa es la razón de mi amabilidad..., ¿no?

Estoy mirando la carta cuando oigo que dice:

—¡¿«Ratona»?!

Sin poder evitarlo, sonrío.

—Cosas de mi padre.

Naím asiente, sonríe, y yo, aprovechando el momento, pregunto:

—¿Por qué te molesta tanto que te llame «nene»?

Veo que se mueve incómodo en su silla y, tras pensarlo, responde:

—Porque otra persona me lo llamaba y lo odio desde entonces.

Vale. Estoy a punto de preguntarle quién, pero no quiero ser pesada, por lo que, respetando su petición, afirmo:

—Ahora que ya sé eso, te aseguro que nunca más te voy a volver a llamar así.

—Muchas gracias.

Ambos sonreímos y luego él, mirándome, pregunta:

—¿Por qué no has protestado cuando te he llamado «bloquecito de hielo»?

Su pregunta me hace gracia.

—Porque lo soy —contesto sin dudarlo.

Naím asiente; creo que a veces lo desconcierto con mis respuestas. Dejando ese tema a un lado propone:

—¿Te apetece que pidamos una botella de vino?

Oír eso me hace mirarlo con sorpresa, y de inmediato oigo que afirma:

—Tranquila. Ya sé que no soy tu tipo y que no vas a incumplir más normas.

Eso me hace gracia. Madre mía, pero si tengo ganas de tirarme aquí mismo encima de él. Y, encogiéndome de brazos para hacerme la tía dura, señalo la carta.

—Pidamos este vino siciliano.

—¿Y qué tal este del Piamonte? Es muy bueno.

Miro el que indica. No está mal. Pero, deseosa de salirme con la mía como siempre, replico con rotundidad:

—Prefiero el siciliano.

Naím me mira durante unos segundos. ¡Ay, madre, que me da! Creo que me va a mandar a freír espárragos.

—¿Es bueno? —pregunta en cambio.

Sin dudarlo asiento, y entonces sé que me he salido con la mía. ¡Bien!

Instantes después el camarero recoge la comanda y regresa con dos copas y la botellita de vino de Sicilia.

Con curiosidad veo cómo Naím la coge y la observa. Lee la etiqueta, sin duda es deformación profesional, y finalmente sugiere mirándome:

—¿Y si lo probamos...?

Uf..., uf..., ¡lo que me entra por el cuerpo!

Y, como soy como un libro abierto, incapaz de contener lo que pienso, respondo:

—La última vez que dijiste esa frasecita terminamos en la cama, y quiero que sepas que eso no va a volver a ocurrir.

Él levanta las cejas. Lo hago pensar. Creo que recuerda por qué le digo eso, y por último dice sonriendo:

—Tranquila, *ratona*..., no es mi intención. Sé lo que te he prometido.

A partir de ese instante, como pasó la última vez que estuvimos juntos frente a una botella de vino, el tiempo se detiene, y simplemente ambos disfrutamos de la compañía del otro mientras charlamos y reímos. Le hablo de lo especial que es mi gata *Paulova*, y él me habla de su perro *Donut*, que es nada más y nada menos que un golden retriever. Y cuando me enseña una foto de él en su teléfono móvil ¡me muero de amor!

Como el que no quiere la cosa, le pregunto por su familia. Como madre me intereso por los hijos de Florencia para saber si la familia ya está al corriente de que Gael ha sido padre, pero me quedo de pasta de boniato al comprobar que Naím no hace referencia a ello en ningún momento.

¿En serio Gael ha sido padre y lo sigue manteniendo oculto?

Me pregunta por el maxiviaje del que mi padre ha hablado, y le impresiona saber que visitaré distintos continentes en tan pocos días para conocer los viñedos de mi cliente. Omito la guasa de la «colonización» porque creo que lo escandalizaría.

En varias ocasiones le suena el teléfono y a la tercera veo que en la pantalla pone «Soraya». Sigo sin saber quién es esa mujer pero, desde luego, pesadita lo es por un tubo.

Cuando menos lo espero aparece en nuestra mesa el típico vendedor de rosas.

¡Joder, qué apuro me dan estas cosas!

Rápidamente le digo que no con la cabeza, pero Naím, haciendo caso omiso, le compra media docena. Instantes después el vendedor se va más feliz que una perdiz y Naím, mirándome, dice al tiempo que me tiende las rosas:

—Son para ti.

Azorada, no sé qué responder. Es la primera vez que un hombre me compra rosas y, cogiéndolas, susurro muerta de vergüenza:

—Gracias.

Naím sonríe. Si supiera que el ramo que había en mi despacho me lo ha enviado su padre ¡fliparía!

Estoy pensando en ello cuando lo oigo decir:

—Mi padre siempre dice que nunca hay que desaprovechar la ocasión de regalarle flores a una dama.

¿Una «dama»?

Madre mía, qué caballeroso es. Ya no se estilan los hombres así, pero, oye, ¡me gusta! ¡Qué mono!

A continuación nos quedamos en silencio. No sé qué decir, y entonces comienzo a hablar de Zoé. Nunca le he escondido a nadie que tenga una hija, ¡ella es mi orgullo!, y cuando me pregunta por ella le respondo con total naturalidad y siento que volvemos a estar bien.

Tras una exquisita cena que se ha alargado más de lo normal, vemos que somos los últimos en el restaurante; Naím paga y, al salir a la calle, mirando mi reloj con las rosas en la mano, indico:

—Es tarde y mañana trabajo.

Él asiente y, cuando va a hablar, levanto una mano, paro un taxi y digo:

—Vamos, te dejaré de camino en tu hotel.

Sonriendo, me mira.

—No hace falta.

Pero sí, me niego a dejarlo aquí tirado en la calle. Entonces mira su móvil.

—Llamaré un Uber —indica.

Ver cómo mira en la app me hace sonreír.

—Venga, no seas cabezón —insisto.

Naím se ríe y luego suelta:

—No pienso acostarme contigo.

Sin poder evitarlo, ambos reímos como dos tontos.

La verdad, no pienso acostarme con él. Y, cuando el taxi para, abriendo la puerta, le ordeno:

—Anda, monta y calla.

Lo sopesa. No pienso moverme de aquí sin dejarlo en su hotel, y al final obedece.

Subimos al taxi y le pido la dirección de su hotel y, sin rozarnos siquiera, nos dirigimos hacia allí, mientras siento que su cercanía, el olor de las rosas y el vinito comienzan a perturbarme.

Madre mía..., madre mía...

Como una autómata, durante el trayecto le hablo de los lugares por los que pasamos y él escucha con atención, hasta que el taxi se detiene frente a un precioso hotel y, cuando veo que saca la cartera de su pantalón, le pido:

—No, por favor, yo pagaré la carrera al llegar a mi casa.

—Pero...

—Tú has pagado la cena y me has regalado rosas —insisto.

Naím asiente. Me mira de esa manera que solo él sabe y yo, que tonta no soy y entiendo lo que dice, digo tomando aire:

—No.

Sin necesidad de preguntar sabe a qué le he dicho que no, y, sonriendo, se acerca, me da un rápido beso en los labios que no puedo evitar y dice:

—Adiós, señorita Jiménez.

Segundos después abre la puerta del taxi, se baja y, sin mirar atrás y con esa seguridad aplastante que tienen al caminar tanto él como su hermano, veo que entra en el hotel.

Estoy muy acelerada.

Su beso, su olor, su mirada..., todo él me pone cardíaca, y entonces sé que el «no» es «sí».

Sí, sí, sí..., deseo sexo con él. Y, mirando el taxímetro, saco de mi monedero veinte euros y le indico al taxista:

—Quédese el cambio.

Según bajo del coche con las rosas en la mano sé que la estoy cagando. Sé que la voy a volver a liar, pero mi deseo por él es tan irrefrenable que, sin dudarlo, entro en el hotel. Rápidamente lo veo parado al fondo del hall, frente al ascensor, con las manos en los bolsillos.

No me ve. No ha mirado hacia atrás ni un solo momento y, cuando llego a su lado, al ver que me mira sorprendido, digo:

—Si no quieres, con decirme que no entre en el ascensor es suficiente. Además, yo no he prometido nada.

Las puertas se abren y Naím musita:

—A ti no hay quien te entienda.

—Lo sé. Tienes toda la razón —afirmo.

Como me rechace, menudo corte me va a dar, pero entonces

siento cómo su mano coge la mía y ambos entramos en el ascensor. Según se cierran las puertas, Naím tira de mí, me acerca a su cuerpo y me besa.

¡Oh, sí! ¡Oh, sí!

Instantes después las puertas se abren de nuevo y nosotros nos estamos besando. Naím me coge entre sus brazos y salimos del ascensor sin separar nuestras bocas, mientras él camina hacia la que imagino que es su habitación.

Con diligencia y cierta torpeza consigue abrir sin soltarme y, una vez que estamos dentro, tras meter la tarjeta en el dispositivo de la pared, las luces se encienden.

Ambos nos miramos y Naím, al ver que miro los halógenos, indica rotundo:

—Quiero verte.

Suelto mi bolso y las rosas en el suelo, no me opongo, y nos volvemos a besar.

Es excitante el modo en que nos besamos, en que nos tocamos, y él, sin apartar su boca de la mía, susurra mientras levanta mi vestido y me sujeta contra la pared:

—Has elegido el restaurante, el vino, el taxi..., e incluso estar aquí conmigo. Además de un bloquecito de hielo eres una controladora nata.

Eso me hace gracia, tiene razón, no se lo voy a negar; entonces siento que su mano llega a mis bragas y, metiéndola en ellas, susurra:

—Ahora seré yo quien elija cómo te voy a follar.

Madre mía, madre mía, ¡lo cachonda que me ponen sus palabras!

Ser dominadora en todos los aspectos de mi vida es un hándicap que arrastro y, de pronto, sentirme dominada por él me parece de lo más morboso.

—¿Está de acuerdo la señorita controladora? —me pregunta Naím mirándome.

Asiento, asiento y requeteasiento; entonces él, que me tiene acelerada como una moto, mete un dedo en mi vagina, y en cuanto voy a posar mi mano sobre la erección de su pantalón murmura:

—¡Quieta!

Su orden, su voz y su mirada hacen que no me mueva, y él, sin quitarme ojo, mientras su dedo me asola, susurra volviéndome loca:

—La otra vez fuiste tú quien llevó la voz cantante, y esta vez, bloquecito de hielo, la llevaré yo.

Vuelvo a asentir, sus palabras me obligan a hacerlo, y acercando su boca a la mía añade:

—No veo el momento de someterte a mis deseos.

Wooooo, ¡lo que me ha dicho!

¿Sumisa yo? ¡Vamos, ni de coña!

Mira que he estado veces en locales *swinger* y nunca nadie me ha sometido. No lo he permitido jamás.

Por mi trabajo, por mi vida, por todo, soy una mujer fuerte y controladora, y ser sumisa en el sexo es algo que no me he planteado. Pero cuando voy a hablar Naím cuchichea:

—Eso es, quietecita para mí.

Madre mía, madre mía..., cómo me está poniendo este jueguecito.

—Me gusta el mundo *swinger* —musito sin poder callarme.

Según digo eso, me mira, pero entonces oigo que dice:

—A mí también.

Afirmo con la cabeza. No me sorprende. Su manera de hablar, de excitarme, me hacen saber que lo que dice es cierto y, deseosa de dejar claras ciertas cosas antes de que se malinterpreten, indico:

—No soy sumisa ni masoquista. No me va que me azoten, ni que me amordacen ni nada que...

—A mí tampoco me va nada de eso.

De inmediato lo miro y luego añade con sensualidad, consiguiendo que jadee por el modo en que mueve el dedo dentro de mí:

—La sumisión y el masoquismo son dos cosas distintas. La primera es ceder tu control y la segunda tiene que ver con sentir placer a causa del dolor.

Asiento no sé por qué.

—Ni soy amo, ni soy dominante —continúa luego—. Simplemente me gusta jugar, y esta noche deseo que me cedas tu control para jugar con él. ¿Lo ves oportuno?

No sé. No sé... ¡No sé!

Lo único que quiero es que no pare.

—No... no soy sumisa —repito.

Naím sonríe. La superioridad que me impone en este momento me excita sobremanera.

—¿Te excita entregarte a un hombre? —pregunta.

Parpadeo y, como si me leyera la mente, de inmediato afirma:

—Esta noche te entregarás a mí.

¿Cómo que me voy a entregar a él? Pero, cuando voy a protestar, su dedo hace tal movimiento dentro de mí que solo puedo jadear, disfrutar y asentir.

Mi respiración se acelera. La posesión que siento por parte de él, tal y como me tiene y por lo que me dice, me vuelve loca. Entonces Naím, bajando la cremallera lateral de mi vestido con su mano libre, me lo saca por la cabeza con brusquedad y, sin importarle, lo tira al suelo.

¡Joder, que es un Carolina Herrera!

Estamos en la entrada de la habitación, justo bajo los halógenos, y la luz me da de lleno. Naím saca la mano de entre mis piernas y susurra:

—Vamos a disfrutar de este juego. Te lo aseguro.

Acto seguido me desabrocha el sujetador, que termina junto a mi vestido. Me mira. Veo cómo recorre mi cuerpo con sus preciosos ojos y, dándome la mano, me lleva hasta la cama sin hablar.

Estoy cardíaca perdida. Muy nerviosa. Ver la cama me hace desear estar ya revolcándome con él. Entonces él se sienta y, acercándome a él, mete la nariz entre mis piernas y noto cómo aspira mientras dice:

—Aunque no lo creas, tu sometimiento será tu propio placer.

No sé qué decir, y él, levantando la mirada, pregunta:

—¿Te excita lo que te digo?

Sin dudarlo, asiento, pese a que realmente no sé por qué me excitan sus palabras.

—Confía en mí —añade a continuación.

—Naím...

—Eres jugadora como yo. Ya sabes cómo va esto. Aun así, si en algún momento notas que algo no te gusta y crees que he de parar, la palabra de seguridad es «Sicilia».

Al oír esa palabra parpadeo, y este juguetón, tras besarme los labios, aclara:

—«Sicilia», por el vino que hemos tomado. ¿Entendido?

Excitada y cachonda perdida, porque, sí, así me siento, cierro los ojos, y noto cómo sus manos agarran mis bragas y las bajan lenta, muy lentamente. Cuando llegan a mis tobillos, al ver su mirada sé que quiere que levante los pies para quitármelas.

Lo hago y, aún sentado en la cama, Naím me ordena:

—Siéntate en esa mesa.

¿Que me siente en la mesa?

Estoy desconcertada. Me acaba de dar una palabra de seguridad: «Sicilia». Sin embargo, sorprendiéndome al ver las ganas que tengo de experimentar eso que dice, hago lo que me pide.

¡Veremos hasta dónde soy capaz de someterme!

Me acerco a la mesa y me siento sobre ella. Naím se levanta entonces de la cama, coge una silla, se sienta frente a mí y, tras quitarme los zapatos, indica:

—Apoya los talones en la mesa.

¡Oh, Dios! ¡Oh, Dios! Lo que me pide es muy morboso.

Mi respiración se acelera. Aun así subo las piernas y, cuando lo hago, oigo que pide:

—Ahora separa los muslos.

Madre mía..., madre mía..., lo que me entra por el cuerpo al oírlo. Sin embargo, estoy tan jodidamente excitada que sin dudarlo lo vuelvo a hacer.

Naím sonríe y, tras acercar su boca a mi vagina, que está abierta ante él, la besa y pregunta mirándome:

—¿Te excita obedecer mis peticiones?

Como una autómata asiento, y él dice:

—Me excita saberlo. —Vuelve a besarme en mi húmeda vagina y añade—: Como ves, tú y yo nos retroalimentamos de nuestra propia excitación.

Sí, sí, sí. Yo me retroalimento de lo que quiera, pero que vuelva a acercar los labios a mi vagina.

Estoy desnuda sobre la mesa y expuesta totalmente a un hombre que está sentado en una silla frente a mí. El momento es inquietante, puro morbo, y entonces Naím separa mis labios vaginales con los dedos y comienza a lamerme.

Uf, ¡Diosssss!

Acalorada como en mi vida, miro lo que me hace mientras, sin necesidad de que lo pida, me entrego de una manera total y desinhibida a un hombre que me vuelve loca y que consigue que deje de controlarlo todo para darle el control a él.

Su boca sobre mi vagina es caliente.

Su lengua en mi clítoris es demoledora.

Sus fuertes manos separando mis muslos me enloquecen, y me siento como una reina del porno entregándose a la lujuria.

De pronto sus manos me rodean, me agarran el trasero y, mirándome, ordena:

—Dámelo.

Ay, Dios... Ay, Dios, lo que me entra al oír eso... Y sin dudarlo se lo doy. Me muevo y llevo mi vagina hasta su boca, que, de una manera posesiva y autoritaria, me come, y yo siento que voy a morir de placer.

Dejando caer la espalda sobre la mesa me entrego a él mientras jadeo como una loca y me agarro a la madera para disfrutar de esa loca posesión.

Placer, goce, consentimiento, erotismo, complacencia y diversión son algunas de las cosas que siento mientras permito que me posea con la boca, hasta que de pronto para, se levanta de la silla y, acercando su pene a mi vagina, se introduce totalmente en mí y yo, abriendo los ojos, me incorporo y susurro:

—¡Sicilia!

Naím me mira y se detiene. Y yo, acalorada, digo:

—El preservativo...

Él sonríe. Con un gesto me indica que mire hacia abajo y veo que lo lleva puesto.

—Tranquila. Tengo el control —oigo que dice entonces.

Asiento, parezco medio tonta mientras pienso: «¿Cuándo se lo ha puesto?».

Por su mirada compruebo que le gusta mi desconcierto, y en ese momento otro magistral movimiento de su cadera casi me hace chillar de placer.

En la vida un hombre me había hecho eso. Me posee sobre la mesa de una manera que me enloquece hasta que de pronto se para. No se mueve. Solo me mira mientras percibo el latido de su erección dentro de mi vagina, y cuando me voy a mover susurra:

—Quieta.

De nuevo su orden, su voz, hace que le haga caso, y cuando nos miramos musita:

—Me gusta sentirte sometida en nuestro juego.

Sorprendida, acalorada y muy excitada, asiento, y él, agarrándome por la cintura y sin salirse de mí, me levanta de la mesa como si fuera una pluma..., y mira que no lo soy.

—Rodéame con las piernas y agárrate a mi cuello —me ordena.

Lo hago. Estoy llena de él. Completamente llena.

El placer que eso me ocasiona es increíble, y entonces me da unos azotes en el trasero y susurra mirándome:

—Tu obediencia es parte de nuestro placer.

Suspendida en el aire, mientras siento cómo sus manos cogen mi culo, noto que entra y sale de mí, y yo disfruto, disfruto como nunca, hasta que me tumba en la cama y, asiendo mis manos por encima de la cabeza, las sujeta y murmura antes de besarme:

—Así me gusta, dispuesta a complacerme tanto como yo a ti.

Oír eso hace que mi cuerpo dé un latigazo de lujuria y morbo.

Lo que dice, lo que hace, cómo me mira y cómo me somete me están volviendo loca. Su manera de dominarme es algo nuevo para mí, y cuando el beso acaba y vuelve a mirarme, sin hablar, comienza a entrar y a salir de mi interior otra vez, de una manera tan delirante y posesiva que inevitablemente me retuerzo de puro placer.

Naím sonríe. Acelera sus acometidas al ver mi reacción. Profundiza en mi cuerpo. Noto que quiere traspasarme tanto como yo quiero que me traspase. Con la mirada nos comunicamos. Yo le grito que no pare, y él me hace saber que no va a parar.

Sexo duro. Sexo salvaje. Pero es tal el calentón que llevamos los dos que eso es lo que queremos y demandamos, hasta que no podemos más y, con un increíble orgasmo que nos hace estremecernos de pies a cabeza, nos corremos al unísono y Naím, para no aplastarme, se tumba a mi lado mientras respira acelerado.

Miro al techo. Mi respiración parece una locomotora.

Madre mía, ¡qué polvazo acabo de echar!

Está claro que el jueguecito de la sumisión es un tema que no he explorado, pero, visto lo visto, me pone una barbaridad.

Con el rabillo del ojo, lo miro. Lo de este hombre es un escándalo. Hemos pasado de cero a cien en cuestión de segundos, y sonrío. En ese instante noto cómo él coge mi mano y nos miramos.

Está claro que entre nosotros hay una atracción sexual tremenda. Una terrible atracción que ha hecho que nos volvamos a encontrar. Y, al ver que él sonríe, cuchicheo divertida:

—Si vuelves a decirme eso de «¿Y si lo probamos...?», juro que te mataré.

Naím suelta entonces una carcajada a la que yo me sumo y, cinco minutos después, volvemos al ataque. ¡Deseamos sexo! ¡Posesión! Y, llegados a este punto, ¿por qué no?

Capítulo 17

Tres... Tres... Tres...

Después de tres polvazos de los que reconozco que no sabría con cuál quedarme de lo increíbles que han sido, estoy mirando de nuevo al techo de la habitación, encantada de la vida.

Intento entenderme. ¿Cómo he podido pasar de no querer nada con este madurito potentón a estar desnuda en su cama del hotel más ancha que larga?

Cuando se lo cuente a mis amigos, no se lo van a creer. Es más, ¡no me lo creo ni yo!

Cojo mi teléfono. Compruebo que no tengo ningún mensaje, y decido poner música. Rápidamente comienza a sonar *So What*, de mi maravillosa Pink.

El móvil de Naím, que está sobre la mesilla, vuelve a vibrar. Lo he oído en varias ocasiones y, aunque él no ha hecho ademán de mirar quién es, a mí me llama la atención. Así pues, sin pensarlo, lo cojo, le doy la vuelta y veo que tiene seis mensajes de la tal Soraya.

Sin leerlos, porque eso sí que no lo hago, vuelvo a dejar el móvil en su sitio. ¡Qué horror si ve lo que he hecho! Pero ¿desde cuándo miro yo los móviles ajenos?

Estoy pensando en ello cuando Naím regresa del baño desnudo y, mirándome, pregunta:

—¿Esta es la música que te gusta?

Sin dudarlo asiento, y entonces él afirma con una sonrisa:

—Desde luego, romántica no eres.

Divertida por su apreciación, sonrío a mi vez.

—Te ha vibrado el teléfono —comento.

Naím asiente, lo coge y, sin interés, vuelve a dejar el teléfono sobre la mesilla. Luego se tumba a mi lado en la cama y me dice:

—¿En qué piensas?

Lo miro. El morbo que me provoca este hombre es increíble.

No tiene nada que ver con los jóvenes con los que me acuesto, y finalmente respondo con total normalidad:

—Estaba pensando en lo mucho que he disfrutado esta noche contigo.

Naím sonríe. ¡Será cabrito! Y, apoyando la espalda en el cabecero de la enorme cama, pregunta:

—¿Te han gustado nuestros juegos?

Enseguida asiento. Decir que no es una tontería.

—¿Puedo hablar sin tabúes de sexo contigo? —dice a continuación.

Asiento de nuevo. Hablar de sexo es algo que normalicé hace mucho tiempo.

—Sí —afirmo.

—Jugar, en cuanto a sexo se refiere, para mí es disfrutar de todas las maneras que se me antoje, siempre y cuando ese disfrute esté consensuado y aceptado por la mujer que tenga al lado y ella disfrute tanto como yo del momento.

Estoy del todo de acuerdo con él, me parece correcto.

—Esos jovencitos con los que te acuestas no te dominan —oigo que dice después.

Me apresuro a negar con la cabeza.

—Nunca me dejo dominar.

—¿Por qué?

Suspiro. Sé que es porque la única persona que me dominó por su experiencia, siendo yo una cría, me defraudó y me rompió el corazón, por lo que contesto sin más:

—Simplemente porque ser sumisa en la vida y en el sexo no va conmigo.

Naím sonríe, asiente y, mirándome, musita:

—En la vida no lo pongo en duda, pero en el sexo discrepo.

—¿Por qué dices eso?

—Porque, querida bloquecito de hielo, he podido ver y sentir que te ha gustado ser dominada. Respetaré tu opinión, pero permíteme que discrepe de lo que acabas de decir.

Sorprendida al oírlo, me acaloro. ¿En serio me ha gustado tanto como para que diga eso? Y cuando voy a responder, añade:

—Como te he dicho, desde mi punto de vista el sexo es algo con lo que gozar de infinidad de maneras. El sexo es sexo, y tan solo hay que dejarse llevar y disfrutarlo como tal.

Oírlo decir eso me provoca mucho, y mi curiosidad me hace preguntar:

—¿Disfrutas de tu sexualidad a tope?

—Sí —asegura.

—¿Con hombres también?

—No. A mí me van solo las mujeres.

Asiento y, deseosa de saber hasta dónde ha llegado, añado:

—¿Algún trío?

—Sí.

Wooooo, saber eso me calienta, y a continuación él pregunta:

—¿Tú?

—Sí.

Mi respuesta lo hace asentir e insistir:

—¿Lo pasaste bien?

—Sí —afirmo con convicción.

Naím asiente de nuevo.

—¿Cumples todas tus fantasías? —inquiere.

Uf..., uf..., ¡qué preguntita!

Lo miro, y él afirma:

—Has dicho que podíamos hablar de sexo sin tabúes.

Tiene razón, yo misma lo he admitido.

—Claro que he cumplido fantasías..., ¿tú no? —replico.

Me mira, creo que me estudia, y luego dice:

—Todo el mundo tiene fantasías. Unos las llevan a cabo y otros no.

Eso me hace gracia. Es justo lo que decía el prota de un libro erótico que leí y, sonriendo, al ver que no contesta, afirmo:

—¿Y tú de cuáles eres? ¿De los que sí o de los que no?

Naím sonríe. Creo que mi descaro le hace gracia. En ese momento le vuelve a vibrar el teléfono, y yo, incapaz de callar, pregunto:

—¿Has cumplido alguna de tus fantasías con alguna novieta?

Él asiente. ¡Por fin! Me gustaría preguntarle si fue con la tal Soraya, pero me corta y dice:

—¿Qué fantasías has llevado tú a cabo?

Lo miro. No pienso contarle ni mu, del mismo modo que él no me cuenta a mí.

—Muchas, y soy discreta —aseguro—. Pero una que llevaré a cabo en breve será cuando me vaya de viaje. Me apetece probar hombres de otros continentes...

Asiente y no sigue con el tema. Está claro que le importa tres pepinos.

—Sé que esta noche has disfrutado de tu sumisión conmigo —dice en cambio.

Asiento, es una tontería negarlo. Y, sin apartar esos ojos enigmáticos de mí, Naím afirma:

—Me alegra saber que has descubierto algo conmigo.

Eso me hace gracia y durante un rato, evitando preguntar más sobre nuestras fantasías, seguimos hablando de sexo.

—El BDSM no es lo mío —comento—. Ya solo el nombre, *Bondage*, Disciplina, Dominación, Sumisión, Sadismo y Masoquismo, ¡da miedo!

Naím sonríe.

—Tampoco es lo mío —indica—. Particularmente prefiero disfrutar del sexo y del morbo a mi manera.

—¿Y tú disfrutas de todo? —me mofo.

—De todo lo que me gusta, por supuesto —afirma con convicción.

Sus respuestas parecen eludir lo que yo quiero saber, y me hace gracia.

Pienso en mi amigo Leo. Si estuviera aquí, seguro que ya estaría protestando por la conversación que mantenemos.

—A mí —cuchicheo—, la verdad es que eso de que me den azotes no me...

—Te he dado azotes antes y te ha gustado —me interrumpe.

Asiento. Tiene razón, pero explico:

—A ver, una cosa son los azotitos que me has dado, que tienen su punto morboso y divertido, y otra muy distinta es que te pongan el culo morado. —Ambos reímos, y añado—: Como adulta que soy, en ocasiones he visto en los locales adonde he ido sesiones de BDSM y, la verdad, no me va nada que me aten, entre otras muchas cosas.

—Es cuestión de gustos —replica.

Asiento con la cabeza.

—¿Qué esperas encontrar acostándote con hombres de otros continentes? —inquiere a continuación.

¡Vaya! Su pregunta me sorprende. Creía que lo que le había dicho le importaba tres pepinos. Me encojo de hombros y contesto.

—No lo sé. Quizá descubrir si los africanos la tienen tan grande y los chinos tan pequeñita.

Mi respuesta lo sorprende. Creo que me he pasado tres pueblos con mi sinceridad, y sin cortarme pregunto:

—¿Alguna vez has atado a alguna mujer durante el juego?

—Sí.

¡Toma ya! Eso sí que no lo esperaba.

—Al igual que a ti no te gusta —aclara—, hay otras mujeres a las que la sensación de sentirse atadas y sometidas a los deseos de su dominante las vuelve locas. Hay mujeres y hombres que disfrutan entregando libremente sus cuerpos para dar placer.

Asiento. No dudo de lo que dice. Si a todos nos gustara lo mismo la vida sería muy aburrida. Y entonces, riendo, cuchichea:

—Ser sumisa o sumiso es un juego sexual en el que tú y solo tú, tras pactar las condiciones, permites que tu pareja desempeñe el rol de amo o de dominante mientras entregas voluntariamente tu cuerpo y tu mente para disfrutar.

Afirmo de nuevo con la cabeza. Lo que he vivido esta noche con él ha sido así.

—Ser sumisa en el sexo no significa que tengas que serlo las veinticuatro horas del día —añade a continuación—. Es como disfrutar del mundo *swinger*: no quiere decir que las veinticuatro horas del día tengas que estar follando con las primeras personas con las que te cruces. —Ambos reímos y luego añade—: Puedes ser alguien dominante en tu día a día y en la cama decidir ser sumiso o sumisa solo por placer.

De nuevo vuelvo a asentir y él me mira.

—Te preguntaría dos cosas, pero no sé si te molestaría.

Sorprendida, parpadeo y riendo digo:

—Mira, llegados a este punto de la conversación, pregunta lo que quieras.

Mi respuesta parece gustarle, y suelta con una sonrisa:

—¿Seguro, bloquecito?

Me entra la risa. Asiento. A ver qué irá a preguntar... Entonces oigo que dice:

—Lo primero que me gustaría saber es: durante el juego, ¿te excitaría oír expresiones como «mi zorrita» o «mi putita»?

Me quedo en shock. En la vida nadie se ha atrevido a decirme algo así sin que yo le arranque la cabeza.

—Y la segunda cosa —continúa—, y sé que esta va a sonar peor que la anterior...: cuando disfrutas del sexo, ¿te excita sentirte como un juguete para el hombre?

¡Vaya preguntitas!

Pero ¿cómo voy a responder a eso tan... tan íntimo?

Mi cara debe de ser un poema, no esperaba para nada esas preguntas. Y pasados unos segundos indica:

—Vale, entiendo que no es fácil contestar y...

—A ver —lo corto—. En cuanto a tu primera pregunta, si a alguien en la calle se le ocurre decirme semejante ordinariez, ¡le arranco la cabeza!

Naím suelta una carcajada. Creo que piensa que soy una mala bestia, y, acercándose a mí, pone la mano en mi muslo y la desliza hacia arriba. Uf..., ¡qué calor me entra! Una vez que su dedo pulgar toca mi clítoris y un escalofrío recorre mi cuerpo, acerca su boca a la mía y musita:

—Si en este instante te digo que me gusta, me pone y me excita que seas mi putita caliente para follarte a mi antojo y procurarte oleadas de placer, ¿me arrancarías la cabeza?

Uf..., uf..., uf..., lo que me entra por el cuerpo.

Su cercanía...

Su voz...

Su mirada...

Lo que hace su dedo en mi clítoris...

Su posesión...

Y, sin apartar los ojos de él, respondo con total convencimiento:

—No, no te la arrancaría.

Naím vuelve a sonreír, me da un beso en los labios y, apartándose de mí, añade:

—A eso me refiero, *ratona*. No a otra cosa.

Acalorada y activada en todos los sentidos y, ¡vale!, también algo molesta porque haya parado, cojo su mano, la vuelvo a poner donde estaba segundos antes y, mirándolo, suelto:

—¿Sabes? Te arrancaré la cabeza si no sigues haciendo lo que hacías.

Veo la lujuria en sus ojos. Le gusta lo que le pido y acerca su boca a la mía.

—En lo referente a tu segunda pregunta —musito—, recuérdame, por favor, qué es sentirme utilizada.

Y, sí, me lo recuerda. Me lo recuerda con tal posesión y tanto morbo que definitivamente sé que me gusta su sometimiento.

Capítulo 18

La noche que he pasado con Naím es sin duda para recordarla como una de las mejores de mi vida. Por Dios, ha sido todo tan morboso, tan caliente, tan... tan... tan..., que no puedo dejar de pensar en ello mientras tarareo cierta cancioncita de cuyo nombre ¡no quiero acordarme!

Estoy sentada en el despacho de mi oficina, sonriendo, cuando la puerta se abre; Eloísa entra y, cerrándola, cuchichea:

—Acaba de llegar Lola. —La miro sin decir nada porque no sé a quién se refiere, y de inmediato añade—: El bombonazo de mujer que conocí la otra noche y con la que te dije que me enrollé.

Asiento. Ahora ya sé quién es y, divertida al ver el gesto de Eloísa, pregunto:

—¿Y qué quiere tu amiga?

Rápidamente me hace saber que la tal Lola está abriendo un negocio y necesita una consulta sobre publicidad.

—¿Lo pasaste bien con ella? —quiero saber.

—Mucho.

—¿Se merece ser atendida, aunque no tenga cita? —me mofo.

Eloísa asiente, gesticula y afirma con un suspiro:

—Sin duda.

Divertida por ello, sonrío.

—Vale. Dos minutos y hazla pasar —indico.

Una vez que se va, saco del cajón de mi mesa un espejito y, tras abrirlo, me recompongo.

Al poco rato Eloísa abre la puerta y dice con profesionalidad:

—Lola Solariego, te presento a mi jefa, Verónica Jiménez.

La chica que entra es guapa, con un precioso pelo oscuro y los ojos claros, me acerco a ella y le tiendo la mano.

—Señorita Solariego, encantada de conocerla —digo.

—El gusto es mío y, por favor, llámame, Lola. —Ella sonríe.

Cuando nos sentamos Eloísa se marcha y la joven, mirando a nuestro alrededor, cuchichea:

—Gracias por atenderme tan rápido. Es todo un detalle.

Asiento y sonrío. La veo algo acelerada y nerviosa.

—Dime, ¿en qué puedo ayudarte? —le pregunto.

Lola se coloca el pelo tras la oreja y me explica:

—Vengo de Londres. Mi prima tiene dos tiendas de ropa de segunda mano en Camden, y yo he decidido abrir una tienda aquí, en Madrid. Ya tengo el local, estoy tramitando los permisos para la obra, pero en asuntos de publicidad y en cómo mover la marca estoy pez y necesito hablar con una profesional como tú para saber qué hacer.

Me entrega una carpeta. En ella veo la información que suelo solicitar a los clientes para valorar lo que piden. Está claro que Eloísa le ha dicho lo que necesito. Durante un rato hablamos sobre su negocio. Soy consciente de cómo están proliferando las tiendas de ropa de segunda mano a nivel mundial. En Londres hay muchas, y en Madrid comienza a haberlas también.

—Creo que podríamos hacer algo interesante —digo—, pero tendríamos que hablarlo en septiembre, a la vuelta de las vacaciones. Ahora es imposible.

La joven, que debe de tener mi edad, asiente complacida, y en ese instante me suenan las tripas. Como siempre, son unas indiscretas.

—Yo también tengo hambre —señala entonces Lola—. Podríamos ir al bar de enfrente a tomar algo —sugiere tras hacer un gracioso chasquido con la lengua.

Sin dudarlo accedo y, tras advertir a Eloísa de dónde estaré y de que tardaré una media hora, ellas se despiden con una sonrisita cómplice y nosotras dos nos vamos a tomar algo.

Cuarenta y cinco minutos después, tras comerme un pincho de

tortilla y un zumo junto a Lola, esta se va; vuelvo a la oficina y cuando entro Eloísa me comenta:

—Han llamado de la organización del Premio Farpón. He cerrado la reunión con ellos, ya he apuntado el día en tu agenda.

—Muy bien —digo y, sin apartar la mirada de ella, cuchicheo—: Es muy mona.

Eloísa se ríe.

—Es que tengo muy buen gusto.

* * *

Una hora después Eloísa entra en mi despacho y, al tiempo que me entrega una carpeta, dice:

—Ahí tienes el itinerario del viaje. Dentro de la carpeta azul están los billetes de avión, y en el sobre amarillo, la información de los hoteles contratados para tu día libre. Y, por si lo habías olvidado, y con la intención de quitarte esa sonrisita boba que hoy luces aún no sé por qué, te recuerdo que Javier Ruipérez te acompañará.

La miro sorprendida. ¡¿Viaje?! ¡¿Qué viaje?!

Estoy tan descolocada pensando en otras cosas que he olvidado mi faceta profesional; de pronto lo recuerdo y asiento. Es verdad, ¡salgo de viaje dentro de dos días con el cliente!

Uf..., ¡qué poco me apetece!

Una vez que Eloísa se va, cojo la carpeta, la abro y reviso la documentación. Al rato la puerta se abre de nuevo y entran Leo, Amara y Mercedes con expresión preocupada.

—¿Qué le ha pasado a tu padre? —pregunta Mercedes.

Está visto que el mensaje que les envié al llegar a la oficina contándoles lo de papá los alarmó y, en cuanto acabo mi relato, sin mencionar a Naím, por supuesto, Leo musita:

—Bueno, lo importante es que él está bien.

Todos asentimos y luego Mercedes, mirando los papeles que hay sobre mi mesa, pregunta:

—¿Son los pasajes de tu viaje?

Asiento y Leo cuchichea cogiéndolos:

—Daría lo que fuera por ser yo el que viajara.

Sonrío.

—El viaje es de trabajo, no de placer —respondo.

—Buenooooo —se mofa Mercedes haciendo reír a Amara.

Durante unos segundos, ante el gesto incómodo de Leo, mis dos amigas y yo nos reímos. Al cabo, Leo mira las flores que tengo sobre mi mesa y señala:

—¿Y ese ramo?

—Unas preciosas anastasias —afirmo.

Mercedes sonríe divertida.

—¿Desde cuándo diferencias tú una lechuga de un cebollino? —inquiere.

Me río. Mi risa pícara rápidamente los pone en alerta.

—¿Y si os digo que el madurito potentón está en Madrid? —digo a modo de respuesta.

—Noooooo —se mofan los tres.

Asiento. Veo que se ríen por mi gesto.

—¿Fue él quien te regaló el ramo? —pregunta Amara luego.

Niego con la cabeza; él me regaló seis rosas, que no menciono, y enseguida cuchicheo:

—Su padre.

—¿Su padre? —repite Leo sorprendido.

Me entra la risa cuando Mercedes, que es más bruta que un arado, murmura:

—No me digas que has pasado de los yogurines a las cuajadas...

Oír eso me hace soltar una carcajada.

—Las flores son un detalle de Horacio. Deja de pensar tonterías.

Mis amigos se ríen.

—Con el padre no —añado—, pero con el madurito potentón de su hijo disfruté ayer de una de las mejores noches de mi vida. ¡Qué potencial!

—¡Por favorrrrr! ¡Ya estamos! —Leo se levanta de la silla.

—¡Cuentaaaaaa! —Mercedes aplaude.

Amara y ella me miran emocionadas a la espera de saber más, y cuando voy a hablar Leo dice interponiéndose:

—Me niego a oír vuestras burradas sobre colonización de hombres. Esperaré fuera.

Dicho esto, ante las risas de mis amigas y también las mías, abre la puerta del despacho y, al hacerlo, veo que Eloísa está fuera, mirándome.

—El señor Naím Acosta quiere verte y, de nuevo, no tiene cita —dice.

Asiento. Menudo día de visitas que llevo.

—¿Es el Aloe Vera? —pregunta Mercedes.

Oír eso me hace sonreír, mientras ellas me miran con cara de «como no nos lo presentes, ¡te matamos!».

—Hazlo pasar, Eloísa, no te preocupes —pido.

En cuanto desaparece, mis tres amigos me miran y yo, que los conozco muy bien, musito:

—Como se os ocurra decir algo fuera de lugar, la vamos a tener.

En ese instante Naím aparece en la puerta.

Madre mía, madre mía... Si desnudo está para comérselo, vestido con ese traje tan formal está para devorarlo. Y, levantándome de la silla, saludo con profesionalidad:

—Por favor, señor Acosta, pase.

Sin dudarlo él lo hace. Como siempre, su presencia llena la estancia. Y, tomando el control de la situación al ver la cara de sorpresa de mis amigos, digo:

—Señor Acosta, ellos son Leo, Mercedes y Amara, amigos de vida y de corazón.

—Un placer —asegura Leo, que se apresura a tenderle la mano.

Naím y él se la estrechan e intercambian unas palabras con cordialidad, mientras Amara se acerca a mí y cuchichea:

—Madre mía, cómo está el madurito potentón... No me extraña que lo colonizaras.

—Qué interesantoteeeee el Aloe Vera —musita Mercedes.

Me río, no lo puedo remediar, y Amara insiste:

—Dijiste que tenía un hermano..., ¿es igual?

Divertida, la mando callar y asiento. Entonces veo que Mercedes lo saluda dándole dos besos y posteriormente lo hace Amara. Tras las presentaciones les indico con una seña a mis amigos que tienen que marcharse y sin dudarlo lo hacen, pero no sin antes dirigirme un gesto para que nos llamemos.

Cuando Naím y yo nos quedamos a solas en mi despacho, nos miramos sin acercarnos el uno al otro. Guardamos las distancias como los profesionales que somos, pero después, rompiendo el formalismo, pregunto:

—¿No te marchabas hoy?

—Mañana.

Asiento. Sonrío. E, ignorando las ganas que tengo de besar esos labios, vuelvo a preguntar:

—¿Qué haces aquí?

Naím se acomoda en una de las sillas de cortesía, yo me siento en la mía y entonces, con una sonrisa guasona, pregunta:

—¿«Aloe Vera»?

Según lo oigo me quiero morir, pero sin darme tiempo a contestar, insiste:

—¿«Madurito potentón»?

Joder... Joder... Joder... ¡Lo ha oído todo!

¡Me muero de la vergüenza!

Está visto que Naím es de los que pueden hacer más de una cosa a la vez.

—Cosas de mis amigos —respondo con frialdad después de sonreír.

Asiente divertido. Se desabrocha el botón del traje y pregunta:

—¿Quieres que hablemos de lo que ocurrió anoche?

Uf..., uf..., recordarlo, como poco, es morboso, y contesto:

—¿Acaso quieres que terminemos haciéndolo sobre la mesa de mi despacho como dos salvajes?

Naím mira la mesa. Luego me mira a mí y, con una sonrisa picarona, afirma:

—Ten por seguro que no diría que no.

Madre... Madre... Madre... ¡Los calores que me entran!

¿En serio estamos tan locos como para hacer algo así en mi oficina?

Él, no sé. Pero yo sí, sí que lo haría. No me avergüenza reconocerlo. Naím ha sido una de esas sorpresas que te da la vida y no puedo mentirme. A mí misma, no.

Acalorada, me doy aire con la mano cuando él de pronto dice cambiando el tono de voz:

—En realidad he venido para hablar de negocios.

Resoplo, suspiro y, echándome hacia atrás en mi silla, empiezo a replicar:

—A ver, creo que quedó claro que...

—¿Realmente vas a renunciar al trabajo por lo que ocurrió entre nosotros?

Asiento, no voy a mentir, pero entonces añade con un hilo de voz que me estremece:

—Se lo prometí a mi madre, y para mí es importante cumplir esa promesa. Por favor, reconsidéralo.

Oír eso hace que todo el vello de mi cuerpo se erice. Pero no..., no he de dejarme embaucar con algo así.

—Lo siento, pero lo que sucedió no es profesional —insisto.

Nos miramos. Madre mía, cómo me mira..., y a continuación dice:

—Somos profesionales, y creo que sabremos separar el trabajo del sexo.

No respondo. No puedo. La palabra *sexo* me hace pensar en su posesión, en lo que no debo en un momento así.

Pero vamos a ver, ¿cómo voy a ser profesional si ya estoy deseando arrancarle el traje que lleva a mordiscos y hacerlo sobre la mesa de mi despacho?

Naím habla. Insiste en la profesionalidad de ambos, pero viendo que yo no digo nada sino que solo lo miro, explica:

—Esto que voy a decirte no tiene nada que ver con el trabajo. Pero quiero que sepas que me gustas, me atraes y me encantaría conocerte.

Esas palabras me dan ganas de salir corriendo.

¿Dónde tengo la salida de emergencia?

Llevo toda mi vida evitando que me pase algo así. ¡Que me digan algo así! Por eso huyo de los maduritos, y, ¡zas!, para una vez que me salto las reglas, está ocurriendo. No. No. No. ¡Imposible!

Naím me mira. Espera que yo diga algo. Apenas parpadea cuando yo, con las pulsaciones a mil, replico:

—Eso no puede ser.

—Oye...

—Olvídalo y no seas pesadito, por favor —lo corto con frialdad.

Su teléfono móvil suena en ese instante. Comprueba quién es y, cortando la llamada, lo deja sobre mi mesa.

Creo que mi frialdad le molesta. Veo la incomodidad en su rostro, y luego, tomando aire, dice:

—De acuerdo. Olvidado. Sé aceptar una negativa y no ser pesadito —afirma con acritud—. Pero necesito que organices nuestra campaña de verano del año que viene. Sabes que para nosotros, y en especial para mi padre, es importante trabajar contigo, y resulta frustrante darme cuenta de que por mi culpa...

—No es culpa tuya —lo corto mientras veo que su móvil vuelve a sonar y en la pantalla leo el nombre de Soraya.

Naím levanta las cejas. Está molesto. Corta la llamada. Yo apenas me puedo mover.

—Rechazas el trabajo por haber tenido sexo conmigo... —insiste—. ¿Cómo que no es culpa mía?

Por Dios, cada vez que dice la palabra *sexo* la libido me sube más y más.

Me levanto. Necesito un segundo para serenarme.

—Enseguida regreso —indico mirándolo.

Naím asiente y yo me dirijo hacia la puerta, la abro y salgo. Por suerte, mis amigos se han marchado ya. Sin mirar a Eloísa, que me observa, voy hasta el baño y, una vez que entro en él, cierro la puerta e hiperventilo.

¿Le gusto? ¿Quiere conocerme?

¡Dios, esto es una locura!

¿Quién es la pesada de Soraya, que no deja de llamarlo?

¿Estoy haciendo lo correcto?

Sí. Definitivamente, sí.

Abro el grifo, me mojo las manos y después la nuca. Me miro en el espejo.

—Profesionalidad ante todo —cuchicheo—. La promesa a su madre es su promesa, no la mía, ¿entendido?

Cierro el grifo. Me seco la nuca con una toallita y, tomando aire, vuelvo a mirarme en el espejo.

—Lo que no puede ser no puede ser —declaro—. Se acabó la tontería.

Respiro hondo, abro la puerta y regreso a mi despacho con esa fuerza que necesitaba, pero al entrar Naím pregunta:

—¿Son estos los pasajes para el famoso viaje?

Al ver que tengo desperdigados por la mesa todos los papeles que Eloísa me ha preparado y mis amigos cotilleaban, asiento y, sentándome en mi silla, respondo:

—Sí, me marcho dentro de dos días.

—¿Adónde ibas?

—Texas, Argentina, Sudáfrica, Australia y China.

Naím asiente. Y yo, cogiendo aire, digo:

—Mira, en lo referente a trabajar con...

—¿Viajas sola?

Rápidamente niego con la cabeza y, cuando voy a proseguir, inquiere:

—¿Con quién vas?

Según oigo la pregunta voy a decir que no le importa, pero sé que si lo hago será de muy malas maneras. Nos miramos en silencio y, sin hablar, le hago saber que sus preguntas me están molestando, pero él parece no darse por aludido.

Sin darme cuenta pienso en el aburrido Javier Ruipérez, el dueño de la marca de vinos con la que trabajo y con el que voy a viajar. Comparar a Javier con Naím es como comparar la noche y el día, y cuando voy a decir algo, Naím tercia:

—Perdona, creo que me estoy excediendo en mis preguntas.

—Rotundamente, sí —afirmo con frialdad.

—Continúa con lo que estabas diciendo —me pide.

Sin dudarlo asiento. Está visto que ha entendido mi mirada helada de «¡no te importa!», y tomando aire comento:

—En cuanto a trabajar con vosotros, lo he pensado y mi respuesta es sí.

Tan pronto como lo digo, parpadeo. Espera..., espera... ¿He dicho «sí»?

Pero... pero... ¡¿Estoy loca?!

Joder..., joder... Saber que fue una promesa a su madre me ha ablandado el corazón... ¿Cómo puedo ser tan rematadamente tonta?

También veo la sorpresa en el rostro de Naím, que, levantándose de la silla, rodea mi mesa, se acerca hasta mí y, dándome la mano para que me incorpore de la silla, me abraza apretándome contra su cuerpo. Uf, ¡qué bien huele!

—No sabes cuánto te lo agradezco —asegura.

Bueno..., bueno..., bueno..., ¡pero si tenía claro que la respuesta era «no»!

¿Por qué habré dicho que sí?

Y, claro, ahora, incapaz de desdecirme o quedaría mal no, ¡lo siguiente!, añado:

—Con la condición de que nuestro trato sea puramente empresarial y dejes de llamarme «bloquecito de hielo».

Madre, madre, lo que he dicho.

Naím me separa poco a poco de su cuerpo y asiente. Por lo poco que lo conozco sé que cuando mira así es porque valora la situación. En ese instante su teléfono vuelve a sonar. De nuevo es Soraya y, señalándolo, digo con acritud:

—Atienda la llamada, por favor. Parece importante.

Esta vez, sin dudarlo, Naím coge el teléfono y oigo que dice:

—Dime, Soraya.

Durante unos segundos que se me hacen eternos veo que Naím escucha y, al cabo, añade:

—De acuerdo. A las ocho en el hotel de siempre.

Acto seguido cuelga el teléfono y nos seguimos mirando en silencio mientras soy consciente de que ha quedado a las ocho con la tal Soraya en su hotel, y hago grandes esfuerzos por no soltar una burrada.

Pero ¿qué me importa a mí con quién quede o deje de quedar?

El silencio se instala entre nosotros, hasta que de pronto me tiende la mano y dice guardando las distancias:

—Por mi parte, señorita Jiménez, ya está todo claro. Acepto su condición puramente empresarial.

Miro su mano. Veo sus ojos. Observo su boca. Dice que por su parte está todo claro, pero ¿y por la mía? ¿Por qué estoy tan desconcertada? ¿Por qué me enfada saber que ha quedado con la tal Soraya? ¿Por qué he aceptado el trabajo solo porque se lo prometió a su madre? Pero, tomando aire, asiento, sonrío, cojo su mano y, tras apretársela con profesionalidad, afirmo:

—Será un placer trabajar para ustedes, señor Acosta.

Una rara incomodidad que antes no existía se crea entre nosotros. Cuando soltamos nuestras manos, Naím se abrocha el botón de la chaqueta impoluta de su traje y dice con cierto retintín:

—Le deseo que su viaje sea productivo e interesante. Y espero que a su regreso venga a visitarnos a Tenerife para poder hablar con más detenimiento sobre la campaña.

Asiento. Está claro que se ha tomado al pie de la letra que nuestro trato solamente sea comercial y eso me apena. Pero ¿por qué, cuando debería alegrarme?

Durante unos segundos ninguno de los dos se mueve.

¡Menuda tensión hay en el ambiente! Y, necesitando acabar con ello, indico:

—A mi vuelta iré a visitarlos.

—La esperaremos —dice él a continuación—. Adiós, señorita Jiménez.

Asiento y le sonrío con frialdad. Él da media vuelta y se marcha, dejándome desconcertada, descolocada y cabreada.

Acabo de decir que sí a un trabajo al que debía decir que no, y que no a un buen polvazo sobre la mesa de mi despacho que debería haber sido un «sí».

Está claro que hoy ¡no me entiendo ni yo!

Capítulo 19

Dejar de pensar en el hombre que se ha metido en mi cabeza sin darme cuenta me resulta tremendamente complicado. Pero reconozco que este viaje me está sirviendo para relajarme y tomar distancia.

Nunca había estado en Texas, pero me está encantando. Su gente es amable. El tiempo acompaña y estamos rodeados de bodegas, que están repartidas en un precioso paisaje montañoso muy del estilo mediterráneo.

Aquí aprendo que el clima y el suelo de Texas son ideales para la producción de vinos de alta calidad, y disfruto junto a Javier, que se ha convertido en toda una sorpresa muy agradable para mí, y su socio Michael de los vinos que se producen en sus tierras.

Durante tres días nos alojamos en el edificio anexo que hay en una de sus bodegas, que es una pasada, mientras recorremos las hectáreas de viñedos y me enseñan las distintas producciones.

Mientras estoy aquí recibo una llamada de mi hija desde la Antártida. Como siempre hablar con ella es lo mejor que me pasa durante el día, y cuando la llamada se termina, siento que el rato que hemos conversado me ha renovado la energía.

Al cuarto día de estar en Texas, Javier y Michael, junto a Betty, su mujer, me dan dos opciones: llevarme a Austin para que disfrute de mi día libre o hacer una ruta por la carretera 290, que es hiperfamosa y que es conocida como la Ruta de la Música en Vivo y el BBQ.

Encantada y divertida, opto por la segunda opción. Una vez que salimos de España, Javier Ruipérez, ese que yo creía que era un trozo de carne con ojos, me está demostrando que, además de trabajar, sabe divertirse, y muy bien.

Ese día decidimos pasar la noche en un bonito y pintoresco lugar rodeado de viñedos llamado Fredericksburg, que, según me cuentan, es un pueblo alemán.

Tras alojarnos en un precioso hotel rural y asignarme una cabaña que más bonita no puede ser, una vez que nos cambiamos de ropa y me visto acorde con el sitio, con un vestido vaquero y unas botas de cowboy, los cuatro nos dirigimos a un local donde hay música en vivo y en el que me dicen que se come una excelente carne texana a la parrilla marinada con buen vino.

¡Estupendo plan!

Al llegar allí me fijo en un tipo que aparece montado en una moto. Su mirada y la mía se encuentran y, sin dudarlo, le sonrío cuando se quita el casco y se pone un sombrero texano. ¡Qué mono! Si hay algo que manejo muy bien es el lenguaje invisible y, por el modo en que él sonríe, veo que él también.

Una vez que entramos en el local, nos acercamos a un grupo de unas veinte personas y me sorprendo al ver que vamos a cenar con todos ellos. Mientras Javier me los presenta, observo que el tipo con el que me he cruzado en la entrada se pone un mandil negro y rápidamente comienza a servir en la barra.

Por suerte, como sé hablar inglés a la perfección, puedo comunicarme con los presentes con soltura, y de inmediato me siento como una más del grupo.

Mientras cenamos, escuchamos música country en directo y me pongo morada a base de una carne que más buena no puede estar, al tiempo que mis ojos se dirigen una y otra vez al camarero de la barra. La verdad es que desde que hemos entrado no hemos parado de mirarnos con disimulo, y eso me gusta. ¿A quién no le gusta gustar?

El tipo es alto, moreno, tiene unos ojos verdes que ¡uf, madre mía! Y, lo mejor, no debe de tener más de treinta años. Y, bueno, reconozco que con ese sombrero texano en la cabeza, al más puro estilo Gavilán, más bueno no puede estar.

Después de la cena, el grupo con el que estamos, que es animado, se lanza a la pista a bailar. Con curiosidad veo cómo bailan, Javier el que más, y yo deseo unirme a ellos. El problema es que no me sé los pasos y no quiero hacer el ridículo.

Una canción, otra, otra. Algunas movidas y otras tranquilitas y yo aquí, sentada.

Javier y los demás me animan a que me lance y finalmente lo hago y, oye, una vez que le cojo el tranquillo al baile, ¡qué bien me lo paso!

A partir de ese momento no paro de bailar. Como dice siempre mi padre, querer es poder, y yo quiero aprender.

Una hora después, sudando como un pollo y con alguna copichuela de vino de más, decido ir al baño o reventaré. Al llegar a él veo que hay otras mujeres esperando. Como siempre, hay cola en los baños de mujeres, y mientras espero me apoyo en la pared y, con curiosidad, miro hacia la barra.

Mi mirada y la del camarero vuelven a encontrarse, y él, con galantería, se toca el ala del sombrero con la mano para saludarme.

Wooooo, lo que me entra cuando veo eso. ¡Qué galante!

Me río. Se ríe. Tonteo. Tontea. Y, como si tuviera quince años, prosigo con miraditas y sonrisitas hasta que llega mi turno de entrar en el baño.

Cinco minutos después, tras mirarme en el espejo, lavarme las manos y arreglarme el cabello, salgo de nuevo y, al mirar hacia la barra, veo que el camarero ya no está allí. En cierto modo eso me desconcierta, pero entonces oigo a mi espalda con un increíble acentazo texano:

—Señorita, nunca la había visto por aquí.

De inmediato me doy la vuelta y, ¡zas!, ahí está el camarero.

Madre mía..., madre mía..., qué mono es, y qué peligro con las copitas que llevo yo encima.

De inmediato entablamos conversación. Le digo mi nombre, que soy española, y él me cuenta que es oriundo de la zona y se llama Jayden. Por cierto, tiene veintiocho años..., ¡un yogurín!

Estoy hablando con él cuando Naím cruza por mi mente.

No. No. No. ¿Y este qué hace aquí?

Evitando pensar en quien no debo hacerlo porque ese tema ya está finiquitado, sigo hablando con el guapo texano, pero de nuevo la sonrisa guasona de Naím aparece en mi cabeza.

No. No. No. ¡No quiero! ¡Otra vez no!

Enfadada por esa nueva interrupción, decido centrarme con más empeño en Jayden. Me desea, lo veo en sus ojos, y, oye, ¡yo también lo deseo a él!

Con disimulo miro hacia el lugar donde Javier y el resto bailan y beben. Estoy convencida de que durante un rato no notarán mi ausencia y decido colonizar Norteamérica para olvidarme de Naím.

Dejándome guiar por Jayden, al que como es lógico le encanta lo que ha conseguido, sin saber que quien lo está utilizando soy yo, entramos en la trastienda del local, que está llena de cajas de bebidas.

Como si no hubiera un mañana nos besamos. Nos tocamos. Nos deseamos.

Sé que esto va a ser un aquí te pillo, aquí te mato, pero es lo que quiero, y, metiendo la mano por dentro del pantalón de aquel, toco su creciente erección y, mirándolo a los ojos, exijo:

—¡No perdamos el tiempo!

Y no, ¡no lo perdemos!

Jayden, que debe de estar más que acostumbrado a este tipo de sexo en la trastienda, se saca un preservativo del bolsillo del vaquero y se lo pone en silencio. Muy hablador no es, y yo, levantándome la falda del vestido, me quito las bragas mientras tanto.

Con curiosidad me fijo en su pene. Ni grande, ni pequeño. Normal. Es mono. Me gusta.

Una vez que se ha puesto el preservativo, y decidida a controlar el momento como siempre, hago que se siente sobre unas mantas que hay en el suelo y yo, cogiendo su pene, lo coloco en mi húmeda vagina y me dejo caer sobre él mientras, procedentes del exterior, se oyen gritos de «*Yeaaaaaahhh!*», palmas, música y risas.

Mira, ¡parece que nos estén jaleando!

Boquiabierta, veo cómo el vaquero me besa sin que se le mueva el sombrero de la cabeza. ¿Lo llevará pegado?

Olvidándome de eso, busco mi disfrute y mentalmente me cago en Naím y en todos sus antepasados por seguir en mi mente. Intentando olvidarlo, aligero mis acometidas mientras él mueve las caderas como si montara un caballo. Uf..., uf..., ¡qué maravilla!

Enfadada por la presencia en mi cabeza del madurito potentón, del cual no quiero ni recordar su nombre, acelero por la rabia que tengo, mientras la boca de Jayden me come la mía y nuestras caderas no paran de moverse enloquecidas.

Entre jadeos y miradas disfrutamos del momento. El texano habla poco, creo que mi furia española lo está dejando sin palabras. Y, al poco, alcanzamos un asolador orgasmo y quedamos abrazados el uno sobre el otro, hasta que oigo que Jayden susurra con un acentazo texano que me eriza la piel:

—*Oh, yeaaaaaaaahh!*

Oh, yeaaaaaahh! Ya te digo que «*Oh, yeaaaaah!*».

Según oigo eso, y viendo que no tiene intención de decir nada más, me entra la risa. O he pillado al parco en palabras o estos texanos de hablar y comunicarse, poquito. ¡La madre que me parió!

Mientras me recompongo, sonrío. Lo que acabo de hacer, eso de tirarme a un tipo así porque sí, llevaba años sin hacerlo. Y una vez que nos levantamos, colocándose el sombrero perfectamente, pregunta:

—¿Hasta cuándo estarás en Texas?

Por Dios, ¡ha hablado! Y, mientras termino de ponerme las bragas, respondo:

—Mañana me voy.

Asiente. Asiento. Sé que lo ocurrido ha sido para ambos lo que ha sido, y, consciente de que probablemente no volveré a ver a este hombre en mi vida, le doy un beso en los labios y, antes de salir de la trastienda, me despido de él:

—Adiós, Jayden, ha sido un placer.

Con galantería texana, él asiente, se toca el ala de su sombrero y afirma:

—El placer ha sido mío, señorita.

Dicho esto, abro la puerta. Las risas, la gente y la música en directo lo inundan todo de nuevo a mi alrededor, y cuando vuelvo junto al grupo con el que estoy, tras servirme otra copa de vino y ver que Jayden regresa a la barra, me lo bebo y, cogiendo mi móvil, busco mi grupo de WhatsApp del Comando Chuminero y escribo:

> Norteamérica, ¡colonizada con Jayden! *Oh, yeaaaaaaaahh!* Ahora, ¡¡¡a por Latinoamérica!!!

¿Hace falta decir más?

Capítulo 20

Estoy en Mendoza, Argentina. Es una región vitivinícola situada en el área andina central del país, y reconozco que, además de que el lugar es muy bonito, me lo estoy pasando mejor de lo que esperaba con Javier Ruipérez.

¡Las sorpresas que da la vida en ocasiones!

Javier, junto a su socia argentina, Martina, me explican de una manera fácil y muy constructiva las condiciones naturales del terreno que favorecen el cultivo de la vid.

Caminamos por las impresionantes fincas que poseen y en el trayecto me muestran las diferentes producciones a las que se dedican, para terminar en el salón de cata, donde pruebo unos exquisitos cabernets y merlots, entre otros.

Durante el tiempo que estoy en Mendoza, además de disfrutar de la compañía, disfruto de la campiña, donde, según me cuenta Martina, se mezclan los aromas de la uva, los duraznos y toda una amplia gama de frutos silvestres.

Después de tres días alojada en las bodegas con Martina y Javier, donde he disfrutado no solo de sus ricos vinos, sino también de su excelente gastronomía, al cuarto, mi día libre, decido ir a la ciudad. Javier tiene unos asuntos que resolver en las bodegas y yo quiero hacer un poco de turismo.

Paseo por ella. Me encanta la enorme cantidad de árboles que florecen en sus calles y, gustosa, camino por la plaza Independencia, la avenida Sarmiento y termino en la plaza Italia, donde me siento en un banquito y disfruto de las vistas y del momento.

Más tarde estoy tomando algo fresco en la terraza de un local, mientras miro un plano de la ciudad, cuando suena mi teléfono. Es una videollamada desde el teléfono de Amara y lo cojo.

—Holaaaaaaa —saludo.

Al otro lado de la línea están Leo, Amara y Mercedes, que dice:

—¡¿Cómo estás, boluda?!

Sonrío divertida y de inmediato les hablo de mi maravilloso viaje mientras ellos me escuchan. Les hago saber que estoy en la ciudad, y Leo, encantado, me pregunta si he ido a visitar esto o aquello, hasta que Mercedes tercia:

—¿Qué tal tu viaje a Texas, colonizadoraaaaaa?

Oír eso nos hace sonreír a todos, incluido Leo.

—Muy bien —contesto—. Lo cierto es que fue muy muy bien.

Me río. Nos reímos, y Mercedes insiste:

—¿Algo que destacar de Norteamérica?

Divertida, me río.

—Solo diré: *Yeaaaahhh!* —cuchicheo.

Mis amigas se ríen y Leo rápidamente gruñe:

—¡Ya estamos!

—¡Leo, no seas petardo! —Amara se ríe a carcajadas.

Pero Leo, que es Leo, insiste:

—¿Alguna vez será posible estar con vosotras y que no salga el tema del sexo?

Según oímos esa frase, que ya nos ha soltado tantas veces, mis amigas y yo nos mofamos al unísono:

—¡Imposible!

Leo se ríe. Nosotras también, y antes de colgar les prometo a Amara y a Mercedes que al llegar a España les haré un informe detallado de todas mis experiencias durante este viaje.

Dos horas después, agotada de caminar, al regresar al precioso hotel que Javier me reservó para pasar la noche en Mendoza antes de volar hacia África, entro en él mientras miro el plano de la ciudad, y de repente choco con alguien y el plano se me cae al suelo.

—Disculpe.

Al levantar la vista veo que un hombre, que no tendrá más de treinta años, con un traje gris marengo, se agacha y, tras recoger el plano, me lo entrega y dice:

—Esto es de vos. Disculpame el empujón. Hablaba por el celular y...

—No pasa nada. Yo también iba despistada —respondo consciente de lo dulcecito que es el acento argentino.

Ambos reímos y luego él pregunta:

—¿Sos española?

Asiento e indico divertida:

—No me lo digas..., tú argentino, ¿verdad?

Ambos reímos de nuevo y el tipo, que no está nada mal, asiente y pregunta:

—¿Estás acá por trabajo?

Afirmo con la cabeza y entonces él, tras echar un vistazo a su reloj, me mira y, al tiempo que señala el bar del hotel, dice:

—¿Tenés un tiempito para invitarte a tomar algo fresco? —Sorprendida por lo directo que es, levanto las cejas y él añade—: Es lo mínimo que puedo hacer para disculparme por mi torpeza.

Eso me divierte. No tengo nada mejor que hacer y, sin dudarlo, acepto. ¿Por qué no?

Sin conocer de nada al tipo trajeado e interesante que va a mi lado, nos sentamos en el bar del hotel a tomar algo y ahí me entero de que se llama Lorenzo Mansilla, es comercial de pinturas y su hogar está en Buenos Aires, por lo que, como yo, está en Mendoza por motivos de trabajo.

¡Mira qué bien!

También me entero de que tiene treinta y un años y está soltero y sin novia. ¡Mejor!

Divertidos, hablamos durante un rato. El argentino tiene buena labia y, como la mía tampoco está mal, tras la copa decidimos cenar juntos en el restaurante del hotel.

Mientras miro la carta observo con disimulo a Lorenzo. Menudo peligro tiene el argentino con su acento dulcecito... Es Alto. Pelo castaño. Atractivo. Y tiene una boca preciosa. ¿Cómo besará?

Hambrienta, me pido una milanesa de carne con papas fritas y él, una milanesa a la napolitana también con papas. Durante la cena no paramos de charlar. A diferencia del texano, Lorenzo no calla y, cuando terminamos la cena, me propone ir a tomar algo a un local típicamente argentino que hay cerca del hotel. Sin dudarlo, acepto.

El sitio al que vamos se llama El Quilombo, y cuando entro me recuerda al típico local para guiris en España donde se baila flamenquito. En este caso, lo que se baila son tangos.

¡Me encanta ser una guiri en Argentina!

Sentada, observo a los profesionales bailar con pasión y sensualidad varios tangos. Como me gusta tanto bailar, el tango es uno de los bailes que practico en mis clases, y disfruto como una loca.

Sé que es una fusión de danzas y ritmos gauchos, europeos y afrorrioplatenses. En las clases aprendí que el tango está construido sobre cuatro pilares básicos, que son el abrazo estrecho entre los bailarines, la caminata, el corte y la quebrada.

Lorenzo, como buen argentino orgulloso de sus raíces, me cuenta que el tango es el símbolo nacional del país y una forma de expresión en sí mismo. Lo sé, sé que lo que dice es cierto y, boquiabierta, observo a los bailarines mientras ¡me muero por bailar!

Tras la actuación de los bailarines aplaudo encantada, mientras comienza a sonar otro tango y varias parejas salen a la pista. Estoy inquieta. Quiero bailar. Recuerdo que en mi cuaderno de los sueñitos tengo apuntado «Bailar un tango en Argentina con un argentino» y, dispuesta a cumplirlo, mientras suena *Por una cabeza,* de Carlos Gardel, miro a Lorenzo y exijo:

—¡Bailemos!

Lorenzo se ríe. Por su expresión entiendo que él no sabe bailar aquello, y cuando la decepción comienza a apoderarse de mí, veo que llama al bailarín profesional de antes y, cuando este se acerca, lo oigo decir:

—Acá esta española se muere por bailar con vos.

El bailarín sonríe encantado. Me tiende la mano con galantería y yo, más feliz que una perdiz, y consciente de que, aunque no soy una profesional, algo sé, tras guiñarle el ojo a Lorenzo me encamino hacia la pista, donde bailan los demás.

Alfredo, que es como se llama el tanguero, me agarra por la

cintura y, tras darme un par de indicaciones que yo recibo con agrado, empezamos a bailar. Mientras nos movemos Alfredo sonríe y comenta:

—Vos entendés muy bien de qué va esto.

Oírlo decir eso me hace gracia. Entiendo, ¡claro que entiendo! Y, dejándome llevar por las ganas de bailar, la música y el momento, saco mi parte sensual y, guiada por Alfredo, nos marcamos un tangazo que, bueno, me hace sentir como una argentina más.

Mientras bailo, Naím cruza por mi mente.

¿Otra vez? No, no, no.

Naím... Naím... Naím... ¿Por qué no puedo dejar de pensar en él?

Me excita imaginarlo. Recrearlo. Me eriza la piel pensar que pudiera verme bailando este sensual tango, mientras soy consciente de que otros bailarines se paran para observarnos a Alfredo y a mí.

Cuando, minutos después, la canción termina y todos aplaudimos a los músicos, Alfredo me lleva junto a Lorenzo y este, riendo, afirma al tiempo que me siento:

—Sos una experta bailarina de tangos.

Oír eso me hace gracia, y le hablo de mi faceta bailonga y de los años que llevo en la academia aprendiendo a bailar distintas modalidades.

Una copa lleva a otra. Una mirada a otra más profunda. Lorenzo y yo comenzamos a hablar el mismo lenguaje, y cuando regresamos hacia el hall del hotel sé que deseamos lo mismo. Sexo.

En el ascensor que lleva a las habitaciones nos miramos. El deseo es tangible entre nosotros. No me hace falta ir a un local *swinger*. Y, dispuesta a probar a un hombre de Sudamérica, pregunto:

—¿Te apetece una última copa en mi habitación?

Como esperaba, asiente, se acerca a mí y me besa. Su beso es cálido, lento, pausado, y cuando las puertas se abren en mi planta, Lorenzo afirma con una sonrisa y ese acentazo argentino tan maravilloso:

—Me encantará calentar las sábanas juntos.

Sí. Sí. Sí. Yo quiero calentarlas con él. Y, como si perdiéramos el autobús, corremos hacia mi habitación, donde, una vez que entramos, y sin encender la luz porque no lo dejo, seguimos besándonos mientras nos desnudamos deseosos de más.

Entre beso y beso Lorenzo me dice cosas bonitas y cariñosas. Es todo un zalamero. Todo un conquistador. Siempre he oído decir que los hombres argentinos tienen fama de embaucadores, y sin duda este lo es. Nada que ver con el texano, que no decía ni mu.

Lorenzo se pone el preservativo. ¡Bien! Me gusta saber que es responsable al menos en ese ámbito, y mientras no para de repetirme lo relinda que soy y lo suave que es mi piel, solo iluminados por la luz de las farolas de la calle, caemos sobre la cama e, inconscientemente, vuelvo a pensar en Naím y en su manera de poseerme la última noche que estuvimos juntos.

Oh, Dios... ¡Oh, Dios! Todo mi cuerpo se estremece al recordar su posesión.

Lorenzo es quien me besa, quien me toca, quien me dice cosas recalientes, pero es a Naím a quien siento sobre mí y, tras regañarme a mí misma por pensar en quien no debo, abro los ojos, miro a Lorenzo y sigo disfrutando de él.

Pero Lorenzo no es Naím. Le falta ese algo que me vuelve rematadamente loca, por lo que, sentándome sobre él, agarro su pene y, tras colocarlo en la entrada de mi vagina, me dejo caer y tomo las riendas de la situación.

Uf..., ¡qué placer!

El argentino me mira, le gusta mi impetuosidad, y en ese tono irresistible, musita en mi oído:

—Sos fogosa. Sos recaliente.

Asiento, sé que lo soy, aunque mi fogosidad de esta noche es el fruto de la frustración que siento porque sea Lorenzo y no el maldito madurito potentón quien esté entre mis piernas.

Me muevo sobre él mientras ambos jadeamos y, tratando de ignorar al madurito, no paro hasta que un delicioso orgasmo nos asola y los dos gemimos de puro placer.

Tras este primer asalto pedimos una botella de buen vino y luego caen dos más. El sexo con Lorenzo es como el tango, lento y apasionado, hasta que, a las tres de la madrugada, cuando creo que como beba más, al día siguiente no voy a poder ni respirar, doy por concluida mi noche con él. Entre risas se viste y, tras darnos los números de teléfono por si él va a España o yo regreso a Argentina, lo acompaño a la puerta y Lorenzo musita dándome un cálido beso:

—Disfruté calentando las sábanas con vos.

Sonrío, le devuelvo el beso e indico sintiéndome algo borracha:

—Lo mismo digo.

Cuando se va cierro la puerta y regreso a mi cama. Por cómo está de revuelta, está claro que hemos calentado las sábanas muy bien; sonriendo, cojo mi móvil y escribo con torpeza:

> Latinoamérica ¡colonizada con Lorenzo! Recalienteee, el boludo. Ahora, ¡¡¡a por el continente africano!!!

Después, riendo, le doy a «Enviar».

Tras hacer eso, y sonriendo al imaginarme las caras de mis amigos, en especial la de Leo, pongo una alarma para que me despierte a las diez. A las doce Javier Ruipérez pasará a recogerme por el hotel para ir al aeropuerto y tomar un avión que nos lleve a Ciudad del Cabo.

Pero justo cuando estoy cogiendo el sueño, recibo un mensaje. A tientas, cojo el móvil y leo:

> No me interesan sus colonizaciones, señorita Jiménez.

Según leo eso, me incorporo en la cama. ¡¿Qué?!

Horrorizada, veo que el mensaje anterior se lo he enviado a... a... ¡Joder, a Naím!

Pero... ¡pero ¿cómo he podido ser tan torpe?!

Espantada, no sé qué hacer ni qué decir mientras veo que está en línea y él debe de ver que yo también lo estoy. ¡Joder, qué vergüenzaaaaaa!

¿Debería escribirle para disculparme? ¿Sí? ¿No? Lo pienso. Lo pienso y lo pienso, pero al final decido no hacerlo. Mejor dejar las cosas como están. Eso sí, antes de volver a dormir, y fijándome bien a quién se lo mando esta vez, reenvío el mensaje a mis amigos del Comando Chuminero. Quiero que lo lean.

Capítulo 21

Ciudad del Cabo, en Sudáfrica, me está dejando sin palabras, como sin palabras debí de dejar yo a Naím cuando recibió mi mensaje.

Pero ¿cómo puede ser esto tan bonito?

Javier me explica que aquí se hablan varios idiomas oficiales, pero que desde hace un tiempo en las escuelas se enseña de manera optativa el suajili. Y como me hace gracia el suajili rápidamente busco en mi teléfono algunas palabras básicas como «hola», que se dice *jambo*; «adiós», *kwa heri*; «muchas gracias», *asante sana*; «sí», *ndyo*, y «no», *hapana*. Y me río al ver que «todo está bien» se dice *hakuna matata*. ¡Esta me suena de *El rey león*! Eso sí, otra cosa es mi pronunciación. ¡*Pa'* matarme! Más que suajili, parezco *suagilipollas*.

El día que llegamos, un chófer jovencísimo y monísimo fue al aeropuerto a recogernos a Javier y a mí y nos llevó hasta el valle de Constantia, a una preciosa casa colonial, donde este tiene sus tierras.

Tras descansar durante la noche del viaje, a la mañana siguiente Javier y su socio, Nabil, un ruandés muy agradable de casi dos metros, me enseñan orgullosos los viñedos del precioso valle de Constantia.

Me hablan de que la bodega en la que estamos presume en la actualidad de producir los vinos más antiguos de toda Sudáfrica. Curiosa, escucho cómo me explican con fervor que los primeros esquejes de vid que llegaron a Ciudad del Cabo fueron llevados por colonos holandeses allá por el siglo XVII. Durante mucho tiempo esos esquejes y sus cosechas fueron tratados con mimo y dedicación, hasta que con el paso de los años comenzaron a dar sus excelentes frutos, siendo hoy en día Sudáfrica el octavo productor del mundo de excelentes vinos.

Las variedades de uva que se cultivan en las tierras de Javier son, entre otras, pinot noir, chardonnay y cabernet sauvignon. Unos caldos que me dan a probar y, madre mía, ¡qué cuerpo tan impresionante tienen!

Como en los anteriores viajes, al cuarto día, cuando estoy a punto de irme a la ciudad para hacer turismo y pasar la noche en un hotel, aparecen Nabil y Javier acompañados de Anuar, el nieto del primero. Un impresionante negro de ojos oscuros como la noche y una preciosa sonrisa, que estudia cocina en Houston y está pasando unos días aquí.

Nabil y Javier, con la esperanza de que no ande sola por Ciudad del Cabo, le encargan a Anuar, de veintisiete años, que sea mi niñero, y este acepta encantado. Yo también.

Con gusto Anuar me acerca hasta mi hotel y, cuando llegamos a él para hacer el *check-in*, por cómo veo a través de un espejo de recepción que me mira el trasero sé que esta noche va a terminar en mi habitación sí o sí. ¡Lo tengo clarito!

Una vez que dejo mis cosas en mi cuarto Anuar se encarga de acompañarme por la ciudad sin perder su bonita sonrisa y me indica que vamos a hacer algo que no espero.

¡Woooo, ¿qué será?!

Sorprendida, me dejo llevar, hasta que me veo en una clase de cocina impartida por él en el distrito malasio de Bo-Kaap, en una casita particular.

Gustosa y encantada por algo que no esperaba, imito todo lo que los demás hacen y, la verdad, aunque sigo las instrucciones de Anuar, está visto que ¡lo mío no es la cocina!

Tras la clase montamos de nuevo en el coche, que se dice *gari* en suajili, y me lleva hasta un precioso sitio donde nos sentamos a tomar algo fresquito mientras miramos cómo pasea la gente.

Charlamos durante horas, conscientes ambos de que nos atraemos físicamente. Solo hay que ver cómo nos miramos para saber que esa corriente de atracción existe entre nosotros mientras Anuar me cuenta que en Johannesburgo hay unas excelentes galerías de arte o que en la región de KwaZulu-Natal los pescadores enseñan sus técnicas de pesca antiguas.

Yo, por mi parte, le cuento cosas de España. Nuestras costumbres, nuestras celebraciones, y Anuar me escucha con gran atención.

Vamos a cenar al hotel. Es un bonito sitio donde al parecer la cocina es espectacular, y compruebo por mí misma que, efectivamente, ¡lo es! Se cena de lujo.

Anuar me hace saber lo importante que es la familia para un africano y lo religiosos que son la mayoría. También comenta que para muchas mujeres africanas el culmen del éxito es casarse, aunque eso va cambiando gracias a una nueva corriente que reclama su libertad e independencia, y que incluso en sitios como Costa de Marfil existe una ley que dice que el hombre no es el jefe de la familia.

Frente a nosotros hay una pareja de franceses cenando y se besan en los labios en repetidas ocasiones. Anuar, al verlos, niega con la cabeza y me indica que los besos no son algo que les encanten a los africanos. Es más, los incomoda presenciarlos. Yo me río al oírlo, ¡me hace gracia!

Que Anuar saliera de África y viva ahora en Houston le ha hecho ver y entender muchas cosas, y me río cuando me cuenta que muchos de sus amigos africanos ven el sexo oral como un pecado, puesto que Dios creó los genitales para algo importante, y no para utilizarse de esa manera.

Entre risas le pregunto si él también piensa como sus amigos y, sorprendentemente, y dejándome descolocada, asiente y me explica que, cuando tiene relaciones con mujeres, siempre se salta ese juego.

Sonrío sin dar crédito. ¿En serio? Cojo la copa de vino que tengo sobre la mesa cuando Anuar dice:

—Que no practiquemos el sexo oral no significa que no disfrutemos del acto.

Según dice eso, lo miro. Me hace gracia cómo me observa.

—¿Sabes lo que es la *kunyaza*? —pregunta luego.

Niego con la cabeza. Imagino que será una comida o una bebida, pero entonces veo que él sonríe. Su sonrisa me hace querer saber.

—¿Dime qué es?

Anuar asiente, da un trago a su copa de vino y dice:

—La *kunyaza*, también conocida como «sexo húmedo», es una práctica sexual muy nuestra, destinada a facilitar el orgasmo femenino. Algo que en mi pueblo, Ruanda, es una cuestión de honor.

Asiento y sonrío y, sin cortarme, pregunto:

—¿Cuestión de honor?

Anuar sonríe; sabe muy bien por qué lo ha dicho.

—Si, tras la *kunyaza*, una mujer no tiene un húmedo y estupendo orgasmo que le haga ver las estrellas —indica— es porque el hombre no ha cumplido como debía con su obligación.

—Vaya... —me mofo sirviéndome más vino.

Anuar se ríe y luego continúa:

—Durante el acto el hombre ha de estimular a la mujer acariciando sus labios vaginales y el clítoris con su erección hasta volverla loca.

Según oigo eso noto cómo mi vagina se contrae. Madre mía..., madre mía...

—No se ha de parar hasta que la mujer llegue a un húmedo orgasmo y eyacule con abundancia —añade Anuar.

Bebo vino. Menuda sed que me está entrando.

—¿Solo has practicado eso con africanas? —digo a continuación.

Niega con la cabeza y, con una sonrisa burlona, musita:

—No. Especialmente porque a las blancas os llamamos mucho la atención los negros.

Bueno..., bueno..., bueno...

No hay que ser muy lista para saber leer entre líneas. Ahora la que tiene la sonrisa burlona soy yo, y con todo el descaro del mundo pregunto:

—¿Dejas satisfechas a las blancas?

Anuar asiente. Un calorcito comienza a recorrerme el cuerpo cuando afirma:

—Cuando quieras, puedo demostrártelo.

Buenoooooooooooooooooooooooo, ¡lo que ha propuesto!

Buenooooooooooooooooooooooooo, ¡que me lanzo!

Buenooooooooooo..., buenoooooooooooo... ¡A colonizar se ha dicho!

Pero durante unos segundos lo pienso.

Anuar es el nieto del socio de Javier, y siempre evito mezclar el placer con el trabajo. Y como si me leyera la mente, asegura:

—Esto sería solo algo entre tú y yo. Nadie más lo sabrá. —Y poniendo su oscura mano sobre la mía, añade—: Desde que te he visto esta mañana no he parado de pensar en hacerte la *kunyaza*.

Directo. Directo. Directo. ¡Madre mía!

Este ruandés no se anda con tonterías. Y, secándome la boca con la servilleta, me levanto y, segura de mí misma, digo:

—Pues ya estás tardando.

Anuar sonríe. Se levanta a su vez y, tras firmarle al camarero la nota de cargo, nos dirigimos primero hacia el ascensor y luego a la habitación con cierta tranquilidad.

Como ha dicho eso de que los incomodan los besos, ni me acerco. Simplemente caminamos juntos en silencio y, cuando entramos en mi habitación y cierro la puerta, lo miro.

Si no nos besamos para empezar, ¿qué hacemos?

Expectante por el modo en que Anuar me mira, saco mi móvil, busco en mi lista de Spotify y, cuando él ve lo que hago, pregunta:

—¿Me permites?

Dudo. Dudo si permitirle o no, pero dice:

—Me gustaría poner música africana.

Bueno..., bueno..., bueno...

Ese tipo de música es totalmente desconocida para mí y, sin dudarlo, le cedo el teléfono.

¡Conozcamos la música africana!

Veo que teclea algo en mi Spotify y, cuando comienzan a sonar unos tambores, deja el móvil sobre la mesilla y me mira.

—Esta música africana te gustará —indica.

Asiento. Nada de romanticismo, ¡bien! Los tambores y los sonidos africanos se tornan envolventes cuando Anuar se acerca a mí y, sin besarme, empieza a tocarme por encima de la ropa como un león a punto de saltar sobre su presa.

Durante unos minutos permito que sus manos recorran sin ningún tipo de restricción mi cuerpo, hasta que, animada por la música, que se vuelve mágica e intensa, poso las manos sobre su camisa, se la desabrocho botón a botón y se la quito.

Madre mía, ¡qué torso el de este chico! ¡Pura fibra!

Como ya no hay quien me pare, mientras él me desabrocha los pantalones y yo hago lo mismo con los suyos, paseo la lengua por sus duros abdominales y siento que me saben a frescor y a gloria.

Instantes después la ropa de ambos termina por los suelos y, cuando estamos del todo desnudos frente a un espejo, me doy cuenta de lo blanca que soy yo y lo negro que es él. ¡Qué contraste tan bonito! Pero mis ojos se abren descomunalmente cuando me fijo en su erección.

Madre mía... Madre mía... ¡Madre mía!

¡Increíble! Nunca había visto una erección así. Al darse cuenta de que lo estoy observando, Anuar afirma divertido:

—Eso que miras es lo que tanta curiosidad provoca entre las blancas.

Asiento. Asiento y asiento. Está claro que lo que he oído a menudo en cuanto al sexo de los hombres negros es cierto. ¡Doy fe de ello!

Estoy observando cómo se coloca un preservativo que debe de ser talla XXXL cuando, sinceramente, dudo que ese increíble y enorme pene entre por completo dentro de mí.

¿Debería asustarme?

Pero estoy deseosa. Mucho. La música que Anuar ha puesto es envolvente y, pasando mi mirada de su increíble erección a sus ojos, exijo:

—Hazme la *kumbaya*.

Él suelta una risotada.

—Se llama «*kunyaza*» —replica.

Vale. Me da igual cómo se llame. Me recuesto en la cama y él se sube a mi lado.

Ufff, madre míaaaaaa.

Luego se coloca entre mis piernas y, cuando vuelvo a ver aquello tan... tan... impresionante, voy a hablar, pero él dice:

—Tranquila. La *kunyaza* no consiste en penetrar, sino en estimular.

Asiento.

La música sube de intensidad. Los tambores me anuncian que algo increíblemente bueno va a pasar, y él, cogiendo mi mano, me la lleva hasta la boca para que me chupe los dedos. Lo hago. Me los chupo frente a él y, después, Anuar la baja hasta mi vagina y me incita a que me toque.

En sus ojos negros puedo ver el morbo que le despierta lo que hacemos y, segundos después, acerca su duro pene a mi clítoris y comienza a frotarlo con un ritmo continuado. Con el mismo ritmo salvaje de la música. ¡Oh, sí!

Lo mueve de arriba abajo, de un lado al otro. Va al compás de la música que suena y, oye, siento cómo el sonido de África y su fuerza espiritual se apoderan de mí. ¡Wooooo, madre mía!

Anuar no para. Que refrote su negro capullo en mi clítoris me gusta. ¡Por Dios, qué gustazo! El tacto de su pene es duro, muy duro, cuando lo pasea por mi vulva sin penetrarme y yo soy consciente de lo mojada que estoy y de por qué esto se llama «sexo húmedo».

—¿Estás bien? —me pregunta de pronto.

Asiento. Estoy mejor que bien, y respondo con un hilo de voz:

—*Hakuna matata.*

Siento el corazón acelerado como el sonido de la música mientras él, con su pene, traza movimientos sobre mi clítoris provocando pura magia. Por favorrr..., ¡qué placer!

Cambia los movimientos. Ahora son circulares, y yo, que me siento como si estuviera en medio de la sabana dispuesta a ser poseída por él, comienzo a jadear de placer. Madre mía, cómo me gusta el *kukuto* este, ¡o como se llame!

Tremendamente excitada, veo que en varias ocasiones Anuar se seca el glande de mis fluidos en las sábanas para volver a colocarlo sobre mi clítoris empapado. La sensación que me provoca eso es como poco provocadora, y quiero más y más. Cierro los ojos y me dejo engullir por la música, por él, y disfruto. Disfruto mucho, pero de pronto el rostro de Naím aparece en mis pensamientos.

No. No. No. ¿Qué hace Naím en África?

Ignorándolo, lo expulso de mi mente y durante un rato me siento como si estuviera fuera de mi cuerpo, mientras la excitante música africana y Anuar, solo con la punta de su pene, que parece que baila sobre mi clítoris, me hacen disfrutar a tope.

Segundo a segundo el ritmo de la música se incrementa. Vibra. Sube de intensidad, del mismo modo que lo que hace Anuar y lo que yo siento. El placer se apodera de mí por completo y me retuerzo cuando noto que su pene entra en mi interior.

¡Ostras!

Abro los ojos alarmada. Miro. Solo ha introducido la mitad, lo saca y ahora lo pasea por mi vulva, consiguiendo que jadee como una loca, hasta que vuelve a penetrarme de nuevo. ¡Sí!

Esta vez la penetración es más intensa, más profunda. Más excitante.

Me llena por completo. Siento mi vagina repleta, y en ese momento Anuar, colocando los dedos entre su pene y mi vagina, con un hilo de voz por su propia excitación, musita:

—Prometo no pasar de aquí.

Asiento. Saber que sus dedos hacen de tope a su potente masculinidad me tranquiliza y me gusta, mientras su ritmo, la música y la fuerza empleada son pausados y delicados, y yo..., ¡joder!, lo disfruto. Pero, por Dios, ¡si parece que su pene baila dentro de mí!

Uf, qué pasada, ¡qué pasada!

No quiero que pare. No quiero que nada cambie. Me gusta lo que hace, cómo lo hace, hasta que la música llega a un punto álgido que nos transporta a los dos en medio de la sabana africana y tengo un increíble orgasmo que me hace vibrar y, posteriormente, lo tiene él.

Woooooo, ¡qué pasote!

¡Ya quiero repetirrrrrr!

Cuando Anuar se deja caer sobre la cama a mi lado y los dos miramos al techo, me entra la risa.

Sin lugar a dudas acabo de echar un polvazo a la africana. Cuando les cuente a mis amigos que tuvimos que utilizar un tope para que eso no me partiera en dos, imagino las burradas que dirán. Estoy pensando en eso divertida cuando a Anuar le suena el móvil.

Rápidamente se levanta de la cama y yo lo miro. Su precioso cuerpo negro fibrado es sorprendente. Su culo, imponente y su... su cosa, prodigiosa, y eso que ahora está relajada. En la vida he estado con un hombre que tuviera tal prodigio de tal envergadura entre las piernas y, ¡zas!, según pienso eso, el gesto de enfado de Naím aparece en mi mente.

Pero bueno, ¿por quéééééé?

Molesta por esa intromisión por parte del chicharrero, me siento en la cama, y de pronto mi teléfono suena también. Me levanto para cogerlo y, al ver que es Javier Ruipérez, lo saludo con una sonrisa mientras Anuar sale a la terraza para hablar.

Pero la sonrisa se me borra en décimas de segundo. Javier está alarmado, asustado. Ha recibido una llamada de su mujer diciéndole que uno de sus hijos ha tenido un accidente de moto y va a regresar a España en un avión que sale dentro de cinco horas. Sin dudarlo le indico que vuelvo con él. Lo acompaño. Sin él este viaje no tiene sentido, y sobre la marcha decidimos que en otro momento retomaremos el viaje a China y a Australia.

Una vez que cuelgo, Anuar me mira. A él lo ha llamado su abuelo para contarle lo ocurrido, y sabemos que esto se acaba aquí y en este instante.

Mientras comentamos lo ocurrido al hijo de Javier, nos vestimos. Él se pone su ropa, yo solo las bragas y una camiseta y, en cuanto acabamos y lo acompaño a la puerta, nos miramos. En circunstancias normales le daría un beso en los labios. Pero, viendo que él no hace el gesto de dármelo, le cojo la mano, se la beso con cariño y musito:

—Eres un tipo increíble, Anuar. Espero que todo te vaya muy bien en la vida.

—Lo mismo te digo, Verónica. *Kwa heri* —musita.

Dentro de las pocas palabras que conozco en suajili, sé que esta significa «adiós».

—*Kwa heri* —susurro.

Él besa mi mano sin perder su perpetua sonrisa y, tras abrir la puerta, se va.

Una vez a solas, regreso a la habitación y miro mi maleta. Pobre Javier, qué agobio tenía. Rápidamente saco mi ropa del armario para hacer la maleta y a continuación hablo con recepción para encargar un taxi que me lleve dentro de media hora al aeropuerto. Hecho esto, entro enseguida en la ducha. La necesito.

Una hora después, tras encontrarme con Javier en el aeropuerto y tranquilizarlo, mientras esperamos a que salga nuestro vuelo, él va a por unos cafés. Al quedarme sola, cojo mi teléfono y me río al pensar en lo que le mandé a Naím en Argentina.

¡Menuda metedura de pata!

Esta vez, con más cuidado, busco en el WhatsApp a mi Comando Chuminero y escribo:

> Continente africano, ¡colonizado con Anuar! Solo diré *«Hakuna matata!»*. Mañana estaré de vuelta en Madrid. China y Australia quedan pendientes de colonizar. Os quiero.

Hecho esto, le doy a «Enviar», justo cuando Javier regresa y ambos esperamos ansiosos para embarcar.

Capítulo 22

Mis padres, *Paulova* y *Tinto* están felices por mi regreso.

Mis amigos también, y esta noche he quedado con ellos para cenar.

Mi hija, con la que he hablado por teléfono, está feliz en la Antártida y sigue locamente enamorada.

Y yo estoy feliz por ellos, pero disgustada, atontada y agilipollada por mí.

¿Por qué?

Pues porque, desde que he llegado a España, no puedo parar de pensar en el puñetero madurito potentón, que ha viajado conmigo en mi mente, y más ahora que sé que tengo que visitar las islas para hacer un recorrido por sus viñedos.

En la oficina todo ha ido como debía. Tengo un equipo fantástico, y estoy hablando con Eloísa cuando la puerta se abre y aparece Lola con una bandeja de pastelitos.

—Pero ¿qué haces tú aquí? —pregunta al verme.

Su sorpresa me hace sonreír.

—¡Cambio de planes! —respondo—. ¿Y tú?

Eloísa y ella se miran y luego Lola suelta:

—Venía a traerle unos pastelitos a Eloísa y a echarle una mano con el teléfono porque está sobrepasada, pero ya que tú también estás, no seremos egoistonas y los compartiremos contigo.

Según oigo eso, miro a mi secretaria y, al ver su gesto, suelto una carcajada. Eloísa y Lola me siguen a mi despacho y la primera pregunta mientras abre la bandeja de pasteles:

—¿Qué tal tu viaje?

Gustosa por la visita, sonrío e indico:

—Fenomenal. Estuve en Texas, Argentina y Sudáfrica, y mejor no ha podido ir.

El teléfono de la recepción suena. Eloísa se va a cogerlo y Lola musita mientras se hace con un pastelito:

—Argentina..., qué buenos recuerdos tengo de cuando estuve en Buenos Aires. Allí conocí a un argentino que uf...

Ese «uf» y su gesto me sorprenden, y Lola, mirándome, aclara tras hacer su típico chasquido con la lengua:

—Me van las personas. Yo no etiqueto.

Asiento, entiendo perfectamente lo que dice, y, sonriendo, cuchicheo:

—Me creo lo del argentino porque yo he conocido a otro que ¡uf!...

Ambas reímos. Eloísa vuelve al despacho. Nos comemos los pasteles y, cuando Lola se va, quedamos en llamarnos para salir una noche a cenar.

Después de pasar el día en la oficina, me alegro al saber que tras la operación el hijo de Javier está bien, y quedamos en retomar nuestro viaje seguramente para principios de septiembre. Ya lo hablaremos.

Una vez que soluciono ese asunto, me acerco a la asociación de mujeres maltratadas con la que colaboro desde hace años. Allí me sumo a la reunión que celebran en referencia a la nueva página web que vamos a crear, donde profesionales como yo aportamos nuestro granito de arena para quienes nos necesiten. Abogadas, psicólogas, médicas, sociólogas, trabajadoras sociales..., todas queremos echar una mano.

En mi iPad apunto todos los apartados necesarios que debe tener la página web que crearemos de un modo altruista desde mi empresa, cuyo mensaje es: «No estás sola, estoy contigo. Llamemos al 016».

Tras la reunión me despido de las presentes y me dirijo a la piscina donde Amara entrena a sus niños en natación sincronizada. ¡Quiero darle una sorpresa! Desde la grada, y junto a otras madres, veo el entreno y empiezo a reír. Los niños son muy salados, pero son un desastre.

Una vez que acaba el entrenamiento, espero pacientemente a que Amara salga por la puerta de los vestuarios y, cuando lo hace, se ríe y dice mirándome:

—No digas nada... Lo sé. —Ambas nos reímos y luego añade—: Tienes que venir un martes. Ese día entreno a un grupo más mayor.

—Tomo nota —afirmo divertida.

Media hora después, al entrar en el restaurante donde hemos quedado con el resto del grupo, Mercedes me ve y, levantándose, aplaude para horror de Leo.

—Ya ha llegado la colonizadora.

Me entra la risa, como a ellos, y tras darnos besos y abrazos, porque somos muy de hacerlo, me siento y, después de pedirle al camarero una Coca-Cola con mucho hielo, comienzo a relatarles mi viaje.

Les hablo de lo bonito que es Texas, de la majestuosidad de Mendoza en Argentina, y de lo impactante que ha sido visitar Ciudad del Cabo, y les cuento que seguramente a principios de septiembre retomaremos el viaje para ir a China y Australia.

Durante parte de la comida les hablo de todo aquello que me ha gustado más, mientras me percato de que Leo está más callado de lo habitual. Más tarde Mercedes, que es mucha Mercedes, suelta en un momento dado:

—Bueno. Y ahora vamos a la parte salvaje: ¡cuéntanosssss!

Nos reímos. Leo pone los ojos en blanco y, tras dar un trago, digo:

—Texas: pibonazo, parco en palabras excepto por el «*Yeaaaaahh!*»; normalita, juguetona y divertida. Argentina: recaliente, tanguero, embaucador y potente. Y Sudáfrica: salvaje, interesante, *Hakuna matata* y una cosa fuera de lo normal.

Se ríen. Me río. Aunque hablamos de sexo, todos sabemos dónde están los límites de lo que no se puede contar, en especial si está presente Leo, y entonces Amara pregunta:

—¿Repetirías si se diera la ocasión?

—La respuesta es sí —afirmo con convicción.

—Creo que tenemos que hacer un viajecito para que me presentes a ciertos tipos —se mofa Amara.

Gustosa, asiento y exclamo:

—¡Cuando quieras!

De nuevo todos nos carcajeamos. Iniciamos una de nuestras alocadas charlas en la que contamos, preguntamos, respondemos, reímos, protestamos, hasta que a Leo le suena el teléfono y oímos que saluda:

—Hola, cielo.

Acto seguido se aleja de la mesa para hablar, y Amara, que es tan observadora como yo, cuando Mercedes se levanta para ir al baño cuchichea:

—¿No te parece que a Leo le pasa algo?

Asiento. Opino igual que ella.

—¿Le habéis preguntado? —digo.

Amara afirma con la cabeza y, tras dar un traguito a su vino, indica:

—Sí, reina. Pero dijo que estaba bien. La que no lo está es Mercedes.

—¿Qué pasa?

Amara, viendo que aquella sigue en el baño, cuchichea:

—Al parecer, la idiota de Dalila ya empieza a jugar con ella otra vez.

Oír eso me hace suspirar, y Amara añade:

—Ya sé que no soy la más indicada para aconsejar, tal y como llevé mi relación con el imbécil de Óscar, pero la diferencia entre Mercedes y yo es que yo era consciente de que me tomaba el pelo y ella no.

Nos miramos. El tema de nuestra amiga nos preocupa.

—No me ha dicho nada —murmuro.

—Ni te lo va a decir.

Suspiro. Sé que tengo que hablar con ella y, cuando voy a responder, Amara pregunta:

—¿Has vuelto a saber algo del madurito potentón?

Sonrío. Pensar en él se ha convertido en algo que me atormenta, pero me gusta, y cuando le cuento lo del mensaje sobre mi colonización argentina que le envié por error, cuchichea:

—Madre mía, qué metedura de pata.

—¡Ya te digo! —respondo sin saber si reír o llorar.

Nos quedamos en silencio hasta que Amara, que me conoce muy bien, sonríe y pregunta:

—¿Te gusta ese hombre?

Parpadeo. Mi típica frialdad no me permite contestar a eso, y ella, riendo, asegura:

—¡Te encanta!

—No digas tonterías. Es más, me llama «bloquecito de hielo».

—No digas tonterías tú. Y en cuanto al nombrecito..., ¡te ha calado, pero bien!

Ambas sonreímos por ello y luego Amara insiste:

—¡Te encanta! Lo sé, y no me lo puedes negar.

Suspiro. A ella nunca puedo engañarla. Me conoce como nadie, como yo la conozco a ella.

—¿Por qué no te das una oportunidad? —sugiere a continuación.

Bebo de mi Coca-Cola. Lo que dice es una locura, pero insiste:

—Sabes tan bien como yo que no eres una mujer que se deje impresionar por un hombre por muy muy muy impresionante que la tenga. —Ambas reímos por ello y añade—: Pero el madurito, al que a partir de este momento llamaré Naím, por lo que sea te ha impresionado, y desde mi humilde punto de vista creo que deberías dejarte llevar, y lo que tenga que ser será.

Me muevo incómoda en la silla y Amara continúa:

—Eres o todo o nada. Desde que te conozco eres así. Y creo que en este caso, si el tipo ha llamado tu atención, deberías buscar un punto medio.

—No puedo, Amara. Es que no me sale —indico.

—Huyes de enamorarte porque una vez un imbécil te rompió el corazón. Pero, amiga, la vida, para que sea vida, hay que vivirla. Y, sí, ¡tú la vives!, pero sin ese alguien especial que la hace única. Sin esa persona que te dice cosas preciosas y que te hace ver que...

—No te pongas romanticona como Leo, ¡por favor! —me mofo.

Amara sonríe. Creo que mi amiga tiene una de las sonrisas más bonitas que he visto en mi vida.

—Llevas años evitando los sentimientos y el amor —insiste.

—Y me va muy bien.

—Llevas siglos sin querer escuchar una canción romántica y...

—¿Y eso me lo dices tú, que llevas años sufriendo por un imbécil que no te merece y te desgarras cantando canciones de amor?

Ella suspira. Hablar de Óscar nunca le es fácil, y afirma:

—Tienes razón. He sufrido durante años por un imbécil que nunca me ha merecido, pero sabes tan bien como yo que ya no sufro por él tanto como antes.

Según oigo eso, me río. No hace ni media hora que la he oído decir que estuvo con Óscar en Ávila.

—¿No has dicho que has estado el fin de semana en su pueblo? —pregunto.

Amara asiente.

—Su madre no tiene la culpa de que su hijo sea un sinvergüenza —musita—. Me necesitaba, sabes que está enferma, y yo por Encarnita muevo cielo y tierra, porque ella siempre se ha portado conmigo como una auténtica madre.

Asiento, sé que lo que dice es cierto. Amara es así. Cuando quiere, ama y se entrega de verdad.

—Ahora hablamos de ti, no de mí —agrega—. Piensa en lo que te he dicho.

—¡Es una locura!

—Locura es quedarte sin saber lo que podría haber pasado. Y mira lo que te digo: no estoy de acuerdo con que Mercedes siga con Dalila, pero salga bien o mal nunca podrá decir que no lo ha intentado.

—Amara, ¡que yo no busco un novio!

—Lo sé.

—¿Entonces...?

—Si no te das una oportunidad, siempre te preguntarás si ese que te llamaba «bloquecito de hielo» podría haber sido el amor de tu vida.

—Por favorrrrrr..., no me vengas con eso ahora. Ya sabes cómo soy —me mofo.

Amara y yo nos reímos. Ella siempre ha sido romanticona.

—Vale —insiste—. Ya sé que si vas a la Antártida, ¡la derrites con tu frialdad!

—Y tanto —afirmo consciente de lo fría que soy.

—Pero ¿y si no ocurre? —añade Amara—. ¿Y si, por lo que sea, la Antártida es más fuerte que tú y te hace derretirte a ti?

Suspiro. Resoplo. Cuando se pone intensa Amara es peor que Leo.

—Amar y ser amada es una de las cosas más bonitas que existen en el mundo —continúa—. Y, sí, en ocasiones, amar y no ser correspondida es una putada. Para muestra, Mercedes, tú o yo. Pero lo inteligente es no quedarte enquistado, y tú, querida amiga, te quedaste enquistada por culpa de un *espaguetini*. Creo que...

—Me prometí a mí misma no volver a sufrir por amor.

—Y yo me prometo todos los lunes ponerme a dieta y la pospongo porque quiero seguir disfrutando de cosas que me gustan, aunque engorden. Por Dios, Verónica, Zoé ya es mayor, es independiente..., ¿no crees que deberías cambiar algo de ti y darte esa oportunidad que te negaste por culpa del imbécil del italiano?

Suspiro y resoplo. Sé que en el fondo tiene razón. Todos los que me dicen eso me quieren y desean lo mejor para mí.

—Pero ¿y si todo sale mal? —susurro—. ¿Y si...?

—Pues si todo sale mal, reina —me corta ella—, levantas la barbilla y sigues hacia delante. ¡Pues anda que no hay hombres en el mundo y peces en el mar! Tú eres una tía que vale mucho, y quien no sepa valorarte, ¡él se lo pierde! Pero deja ya de negarte cosas bonitas y momentos especiales, porque eso no es vivir.

Sonrío. Ella también, y cuchichea:

—Óscar no me ha valorado y finalmente me ha perdido. Y, sí, vale que lo sigo viendo de vez en cuando y me martirizo, pero, oye, si lo hago es, primero, porque quiero a su madre y, segundo, porque es muy bueno en la cama y ahora soy yo la que lo utiliza a él cómo y cuándo quiero.

Me carcajeo. Me gusta el empoderamiento de Amara en ese tema.

—Deberías permitirte conocer a Naím, puesto que bien sabes que él quiere conocerte a ti.

—*Quería*...

—Y seguirá queriendo, ¡no lo dudes! —se mofa mi amiga. Y cuando resoplo, añade—: Por cierto..., ¡qué tiarrón!

Ambas reímos. Sé que Naím es un tiarrón.

—¿Piensas en él? —pregunta a continuación divertida.

La respuesta es sí. Pero, no, me niego a afirmarlo, y Amara suelta:

—Mira, hagamos una cosa. Si no lo quieres conocer tú, ¡preséntamelo!

—¡Ni de coña!

Mi amiga parpadea y se ríe.

—¿Lo ves?, ¡te gusta muchooooo! —indica—. ¡¿No ves que lo quieres solo para ti?!

No respondo. Ese sentimiento de propiedad solo lo he tenido con mi hija.

—Piénsalo —insiste Amara—. ¿Cuándo no has querido tú presentarme a un churri? Ay, Verónica, que por lo que sea ese tío te gusta, y te gusta mucho, aunque no me lo quieras reconocer.

Tiene razón. Con sus palabras me está demostrando que no es una locura lo que propone, y confundida indico:

—¿Crees que sería buena idea, ya que voy a Tenerife por trabajo, pasar unos días de vacaciones allí cuando acabe?

Amara asiente.

—Creo que sería una excelente idea.

—¿Y si la cago?

—Pues si la cagas, ¡la cagas! No pasa nada. Yo la cago continuamente y, mira, ¡sigo viva!

Nerviosa por valorar algo a lo que me negaba, suspiro.

—Te conozco —añade ella—, y siempre que has querido algo referente al trabajo has ido a por ello. ¿Por qué en el caso del amor te niegas a hacerlo?

Tiene razón. Soy una mujer segura en todos los aspectos de mi vida excepto en el amor, y cuando voy a hablar indica:

—¿Sabes lo que me dijo la madre de Óscar el fin de semana pasado? —Niego con la cabeza y musita—: Ella, que sabe que lo de su hijo y yo está muerto, me dijo: «Amara de mi vida, si has perdido algo, espero que sea el miedo a comenzar algo nuevo, porque la única manera de coger un buen tren a tiempo es habiendo perdido el anterior».

—¿Te dijo eso?

Amara asiente.

—Con todas y cada una de las letras. ¿Cómo no voy a querer a mi Encarnita, aunque con su hijo ya no tenga nada a excepción de sexo?

De nuevo nos reímos; entonces Leo vuelve a la mesa y, cuando se sienta, pregunto mirándolo:

—¿Y a ti qué te ocurre?

Leo me mira, levanta las cejas y responde:

—Hace dos días Ricardo trajo las notas y suspendió tres. Pero es que Marcos las ha traído hoy y ha suspendido seis.

—¡Noooooooooo! —susurramos Amara y yo.

En ese instante Mercedes vuelve también y, mirándonos, pregunta:

—¿Qué pasa?

—Ricardo ha cateado tres y Marcos, ¡seis! —se mofa Amara.

Los cuatro nos miramos en silencio. El tema estudios es algo que Leo lleva muy a rajatabla con sus hijos, y en ese instante Mercedes suelta:

—Sin duda son dignos sobrinos míos.

Ese comentario hace que la tensión que se había creado se relaje y, como siempre, comenzamos a reír mientras pienso que Amara tiene razón. Quizá deba bajar la guardia, no ser un bloque de hielo y darme la oportunidad de conocer a Naím.

Capítulo 23

Dos días después, tras comer con mis padres y comprobar que *Tinto* sigue siendo el perrete loco de siempre, cuando estoy en la oficina Eloísa me dice:

—Por la cuatro, una llamada del señor Acosta.

Según oigo eso el vello de todo mi cuerpo se eriza. ¿Será Naím o Liam?

Sigo pensando en lo que hablé con Amara. ¿Debería conocer a Naím o, por el contrario, seguir corriendo como hago siempre?

El nerviosismo se apodera de mí. Tan pronto me digo «sí» como me digo «no». Pero, finalmente, cogiendo aire, descuelgo el teléfono, pulso la tecla de la línea cuatro y digo con profesionalidad:

—Hola, soy Verónica.

—Verónica, ¡qué ganas tenía de hablar contigo! ¿Qué tal tu viaje?

Es Liam. Y, sin saber si estoy contenta o decepcionada, me apoyo en el respaldo de mi silla y respondo:

—Mejor de lo que pensaba. Aunque pospusimos ir a China y a Australia por un problema personal de mi cliente, retomaremos el viaje en septiembre.

Durante unos minutos hablamos sobre los países que visité y compruebo que Liam ha viajado mucho, hasta que indica:

—Quería agradecerte que al final accedieras a trabajar con nosotros. No sé qué te dijo mi hermano, pero está claro que es mejor negociante de lo que creía.

Sin poder evitarlo, sonrío. Y Liam añade:

—Naím siempre me deja esta clase de negociaciones a mí. Él prefiere ocuparse de los campos y de su trabajo de enólogo, pero está claro que estaba tan interesado como todos en que colaboraras con nosotros y en cumplir lo que le prometimos a nuestra madre.

Asiento. Por suerte nadie se ha percatado de lo que hubo entre Naím y yo, y cuando voy a hablar, Liam, al que noto muy entusiasmado, pregunta:

—¿Cuándo comienzan tus vacaciones?

Miro el calendario que tengo frente a mí. Realmente las vacaciones las cojo cuando el trabajo está más tranquilo.

—En agosto. Apenas faltan diez días —digo enseguida.

Oigo a Liam sonreír y, aprovechando, y como soy una cotilla redomada, pregunto:

—¿Qué tal tu hermana y tus sobrinos?

—Bien. Florencia, tan gruñona como siempre, y los chicos, a sus cosas. Gael y Xama, disfrutando de su juventud, del verano y de los amigos.

¿En serio que todavía Gael no ha soltado la bomba nuclear que tiene en sus manos? ¿Sigue sin decirles que ha sido padre? Estoy sorprendida, sorprendidísima.

—No quisiera agobiarte, pues sé que has llegado hace unos días de tu viaje —dice de repente—, pero ¿qué te parece si antes de coger tus vacaciones vienes a Tenerife para hablar de la campaña y para que pueda enseñarte el resto de las bodegas que tenemos en las islas?

Tomo aire. Su propuesta es algo sobre lo que ya había pensado, y, sacando mi lado profesional, indico:

—Estamos a jueves. ¿Os vendría bien que el lunes de la semana que viene estuviera por allí?

—¡Perfecto!

Asiento y, mirando mi agenda, señalo:

—Iré a visitaros y, cuando acabe con vosotros, comenzaré mis vacaciones en la isla.

—¡Qué idea tan estupenda! ¿Quieres que busque alojamiento para ti?

—No. No. Tranquilo, yo lo haré —afirmo segura de adónde quiero ir. Oigo a Liam sonreír y le pido—: Organízame las visitas a las bodegas en las otras islas; yo creo que en dos o tres días lo tendré todo listo.

—Yo también lo creo —dice Liam, y luego añade—: Por cierto, no sé si sabes que este año en agosto se organiza en Tenerife la gala del Premio Bardea. ¿Sabes lo que es?

Por mi trabajo sé que el Premio Bardea es un concurso nacional en el que se elige al mejor enólogo del año, que, curiosamente, luego es quien compite con otros enólogos a nivel internacional en el Premio Farpón, justo el que yo voy a presentar este año en Madrid.

—Sé lo que es —admito—. Es más, tienes al teléfono a la presentadora de este año del Premio Farpón.

—¡No me digas!

Asiento, sonrío y aseguro:

—Pues te lo digo.

Nos reímos divertidos.

—Mi hermano Naím, como enólogo de Bodegas Verode, es uno de los nominados. Si gana el nacional, que tiene muchas papeletas —cuchichea—, iremos al Farpón.

Oír eso me sorprende y también me alegra. Ser uno de los nominados en un concurso de tanto renombre es algo muy importante para las bodegas y para la carrera del enólogo que lo gane. Pero, como necesito cortar la comunicación porque estamos hablando de Naím, indico mintiendo:

—Liam, lo veré llegado el momento, pero ahora he de colgar. Tengo una reunión dentro de cinco minutos.

—No hay problema. ¡Nos vemos el lunes!

—Hasta el lunes.

Una vez que cuelgo, me levanto.

Uf, ¡qué calor! ¿Por qué me acaloro solo de pensar en Naím?

Paseo de un lado a otro de mi despacho apurada, desconcertada, hasta que Eloísa abre la puerta y me dice:

—¿Te vienes esta noche con Lola y conmigo de cena y de copas?

Asiento. Ni siquiera lo pienso.

Zoé no está en casa y necesito despejarme o la cabeza me va a explotar.

* * *

Esa noche, cuando llego a casa a las cuatro de la madrugada, tras saludar a *Paulova* sonrío. ¡Qué bien lo he pasado con Eloísa y Lola!

Capítulo 24

Pasan dos días y no consigo quitarme de la cabeza al puñetero madurito potentón.

De pronto parece haberse anclado en mi mente y, cuanto más deseo ignorarlo, más pienso en él.

Necesito apoyo logístico, por ello abro mi teléfono y, tras buscar el grupo del Comando Chuminero, escribo:

> Estoy por cortarme las venas con un tenedor.

Como esperaba, el Comando contesta y quedamos en vernos al cabo de una hora en la terraza de siempre para hablar y, ya de paso, ponernos morados a tortilla y a calamares.

Según llegamos a nuestro punto de encuentro nos besuqueamos y, tras pedir algo de picoteo, les hablo con total claridad de lo que me ocurre con Naím.

—Por fin... —cuchichea Leo.

Nada más decir eso, lo miro y pregunto:

—¿Por fin, qué?

—Por fin comienzas a deshelarte, *¡bloquecito de hielo!* —se mofa.

—¡Vete al cuerno! —protesto.

Leo, que se está comiendo un calamar, lo mastica con paciencia, traga, y cuando sabe que estoy a punto de levantarme y cortarle la cabeza, suelta:

—Lo siento, cielo, pero cuando no te quitas a alguien de la cabeza, una de dos, o te gusta, o lo odias. Y por cómo te muerdes el labio cuando hablas del madurito potentón, sé que te gusta, y muchooooo.

—¡Leo Morales *for president*! —se burla Amara.

Mis tres amigos comienzan a reír, y yo, mirándolos, me quejo:

—No sé de qué os reís, ¡no tiene ninguna gracia!

—¿Qué no tiene gracia? —suelta Mercedes—. Para mí tiene toda la del mundo. Te conozco hace una eternidad, y es la primera vez que te veo así por un tío. ¿Cómo no va a tener gracia?

Maldigo. Resoplo. Y, mirándola, pregunto:

—¿Y tú no tienes nada que contar?

Mercedes levanta las cejas. Todos la miramos y finalmente, entendiendo mi pregunta, dice:

—Vale, lo admito. Dalila y yo estamos un poco distanciadas, pero todo se va a arreglar.

—¿Seguro? —inquiere Amara.

Mercedes asiente, bebe de su copa y afirma:

—A ver, chicos. Lo creáis o no, sé cómo es mi relación. Pero la quiero, me quiere, y de momento no hay más que hablar.

Leo, Amara y yo nos miramos. Con todo lo guasona que es Mercedes, hay que ver lo poco que le gusta hablar de su vida con Dalila.

—De acuerdo —admito—. Pero si tienes algo que contar, aquí estaremos, ¿entendido?

Mercedes asiente, sonríe y luego musita levantándose la camiseta para enseñar el tatuaje de sus costillas:

—En lo malo. En lo bueno. Y en lo mejor, ¿no?

Sin dudarlo los tres asentimos emocionados, y luego Amara señala mirándome:

—Volviendo al tema Verónica... Lo primero de todo, tranquilidad. Y lo segundo, algo me dice que ese tío te va a hacer bajar de tu pedestal de hielo.

—Amara, ¡no me jorobes!

—No me jorobes tú —me corta—. Y reconoce que ese tío ya no es que te ponga perraca, ¡es que te gusta y mucho!

Me miran. Esperan mi respuesta. Pero no, me niego a aceptarlo. Y a continuación Leo cuchichea:

—Vamos, dilo.

—No.

—No te estamos diciendo que digas la expresión encriptada. Solo que asumas que te gusta el Aloe Vera —insiste Mercedes.

Niego con la cabeza. La expresión encriptada es *¡te quiero!*, y, no, ¡por supuesto que no la voy a decir!

—Vamos —me apremia Amara—. Estamos esperando.

Me muevo incómoda en la silla. Reconocer algo así me cuesta, pero finalmente, tomando aire y consciente de que la ayuda logística la he pedido yo, afirmo:

—Vale.

—¿Ha dicho «vale»? —se mofa Mercedes.

Amara y Leo asienten, y yo, viendo su gesto de guasa, admito:

—Lo admito. Me gusta mucho.

Los tres se miran. Aplauden. Ríen.

—Nunca pensé que llegaría a ver este momento —dice Leo.

—¡Ni yo! —aseguro medio horrorizada y medio en broma.

Hablamos. Preguntan. Respondo como puedo, y luego Leo indica:

—Eres preciosa, divina y divertida... ¡Conquístalo!

Según dice eso, parpadeo. El tema de la conquista es algo que yo no controlo nada.

—¿Y cómo se conquista a un hombre? —pregunto.

Él suspira y luego señala divertido:

—Para empezar, no llamándolo «nene», que ya sabes que no le gusta.

Mercedes y Amara se ríen; no lo pueden remediar.

—Dejé de ligotear con chicos cuando tenía quince años —indico—, por lo que estoy desfasada y desentrenada. Desde entonces no he conquistado a nadie ni he permitido que nadie me conquiste a mí. Me he limitado a tener sexo con quien yo he querido, sin más.

—Y muy bien que has hecho —afirma Mercedes.

Leo suspira. Sabe que lo que digo es cierto.

—Para conquistarlo simplemente debes ser tú misma y dejarte conocer —añade Amara.

—De eso nada —la corta Leo—. Si es ella misma, será el bloquecito de hielo controlador marimandón de siempre, y al final asustará al tipo en cuestión.

—¡Opino igual que él! —señala Mercedes.

Entre ellos se crea un debate en relación con mi manera de proceder y, aunque no me sorprende nada de lo que oigo, sí que me hace pensar mientras no paro de comer tortilla de patata.

—Ella tiene que seguir siendo ella misma —oigo que dice Amara—. Tan solo ha de abrirse a...

—Abrirse ya se ha abierto —se mofa Mercedes.

Todos la miramos y luego Amara prosigue divertida:

—Cuando digo «abrirse», me refiero a que se dé a conocer. A que le muestre que, además de ser una fría controladora nata, también es cariñosa, divertida, amable y empática, entre muchas otras cosas.

—Tienes que apaciguar ese carácter frío e impulsivo que tienes —indica Leo—. Y, sobre todo, pensar las cosas antes de actuar. Porque, sí, a veces eres para matarte.

—Pero si eso es parte de su encanto. —Mercedes ríe.

El debate sobre cómo soy o he de actuar sigue durante un buen rato, y yo simplemente los escucho sin parar de comer. Hasta que Leo, levantando la voz, dice:

—A ver..., aquí el único hombre que hay soy yo. Y, como tal, sé lo que a los hombres que tenemos dos dedos de frente nos gusta de las mujeres.

—Si se te ocurre decir las palabras *culo* y *pechos*, ¡te tragas el vaso! —le advierto.

Leo sonríe. Sé que él no es de ese tipo de hombres.

—Precisamente mi comentario no va por ahí, puesto que he dicho «los hombres que tenemos dos dedos de frente» —observa.

Las tres lo miramos y a continuación Amara pide:

—Pues venga, oráculo del amor masculino, ilumínanos con tu sabiduría.

Oír eso nos hace sonreír a todos, incluido Leo, que dice:

—Si algo nos gusta a los hombres son las mujeres independientes, con personalidad y carácter, pero, a la vez, que sean dulces, mimosas y cariñosas.

—La primera parte la tienes, ratona —se mofa Mercedes comiendo tortilla—. La segunda debes trabajarla, y mucho.

Me río. Si algo no soy con los hombres es dulce, mimosa y cariñosa. Huyo de ese tipo de conexión con ellos.

—Otra cosa que nos atrae es que seáis misteriosas —prosigue Leo.

—¿Misteriosas? —pregunta Amara.

Leo afirma con la cabeza.

—A los hombres, como buenos sufridores, nos atraen mucho las mujeres que no nos ponen las cosas fáciles.

—Eso nuestra chica ¡lo bordará! —asegura Mercedes haciéndome sonreír.

Leo afirma de nuevo con la cabeza.

—La sinceridad nos encanta —añade—. Una mujer sincera que dice lo que piensa se nos hace más atractiva e interesante que la que dice lo que sabe que queremos oír en todo momento.

Mis amigas y yo asentimos en silencio.

—El físico, aunque es parte del pack, no es el pack completo.

—¡Qué bonito eso que has dicho! —se mofa Amara.

Leo niega con la cabeza.

—Estáis muy equivocadas si creéis que solo nos atrae una cara bonita o un culo perfecto. Los que tenemos dos dedos de frente valoramos algo más que un físico perfecto y el número de una talla.

—Oh, ¡qué detallistas! —me burlo divertida, consciente de que soy de la talla 44.

Leo se ríe. ¡Qué mono es! Y luego continúa:

—Creo que precisamente vosotras le dais más importancia a la belleza física que nosotros. ¡Buscáis Gavilanes! En tu caso, ¡Gavilanas! —indica mirando a Mercedes—. Tíos altos. Espaldas anchas. Abdominales perfectos —describe con guasa—. Y eso, queridas, no sienta las bases de una relación. Lo que mantiene el interés de un hombre por una mujer son sus valores, su personalidad, el ingenio, el sentido del humor..., ¡el pack completo! No solo la belleza y que tenga la talla 36. Creedme cuando os digo que una mujer que solo se preocupa por ser la más guapa y perfecta del reino tarde o temprano pierde el interés del hombre.

Las tres nos miramos. Somos algo escépticas en cuanto a ese tema.

—Y ahora, dicho esto —agrega Leo—, os voy a decir lo que verdaderamente enamora a un hombre.

—¡Ilumínanos, oráculo! —suelto divertida cogiendo otro pincho de tortilla.

Mi amigo, que no sé cómo nos aguanta, explica:

—Lo que verdaderamente nos enamora es una mujer que nos haga sonreír desde el corazón. Si una mujer consigue eso solo con mirarla, os aseguro que ¡ya no hay más que decir!

—Como mujer que ama a otra mujer —declara con seriedad Mercedes—, estoy de acuerdo en eso último. No hay nada que enamore más que sentir que te sonríe el corazón, y a mí mi chica hace que me sonría.

Según dice eso todos la miramos y, al ver el gesto serio de Mercedes, Leo se mofa:

—Míralaaaaaa ella, lo enamorada que está.

—¡Hasta las trancas! —afirma Mercedes.

Reímos divertidos y luego Amara señala:

—Después de escuchar al oráculo del amor y a la enamorada del año, he de añadir algo muy importante y que yo he aprendido tras lo que me ha pasado con el imbécil de Óscar. Tú eres tú. Por lo que no tienes que esconderte bajo una imagen que no eres ni interpretar un papel que no va contigo. Tú, mi querida Verónica, a pesar de lo fría que eres en ocasiones, eres única y especial, como lo somos todos los que estamos aquí. Por lo que debes valorarte y quererte, para que la otra persona te valore y te quiera también. No has de cambiar para que te quieran como hice yo. Eso es un terrible error. Nunca lo hagas, ya que si lo haces, tarde o temprano te arrepentirás porque dejarás de ser tú para ser quien quiere otra persona. Y quien te quiera ha de hacerlo con tus defectos y tus virtudes.

—Mostrándose como el bloquecito de hielo —suelta Leo—, te digo yo que cualquier hombre con dos dedos de frente que se precie saldrá corriendo.

Asiento. Entiendo lo que me dicen. Sé que quieren lo mejor para mí.

—Dicho esto —añade Mercedes—, y como tenemos que enseñarte a ligar porque tú de sexo sabrás ¡lo que no está escrito!, pero de ligoteo y de sentimientos, nada de nada —se mofa divertida—, hay ciertos conceptos básicos que has de aprender.

Los miro con guasa, y Amara dice:

—Sé simpática. Sonríe y hazle ojitos.

—¡Yo no sé hacer eso! —me burlo.

Mis amigos se ríen, como me río yo.

—Aunque no cambies tu carácter —continúa Amanda—, cuando lo estés conociendo, olvídate de ir de marimandona, fría y sobradita como sueles ir con los hombres, y algo muyyyyy importante: hazle saber sin palabras que te interesa conocerlo y, si ves que él pasa, directamente te das la vuelta y ¡a otra cosa, mariposa! No seas una petarda pesada, que eso es insufrible.

Vale. Asiento. Hay cosas que son fáciles. Otras, no sé.

—Míralo a los ojos —me aconseja Leo—. A los tíos nos encanta que una mujer nos mire a los ojos y...

—Oye, guapo —lo corta Mercedes—. A las mujeres también nos gusta que nos miren a los ojos y no al culo.

De nuevo, se abre el debate. Ellos hablan, aconsejan y dicen mientras yo sigo comiendo como si no hubiera un mañana, y cuando finalmente se callan y me miran, afirmo consciente de lo que estoy a punto de hacer:

—De acuerdo. He tomado nota de todo.

—¿Hacemos un brindis? —propone Amara.

Todos nos miramos divertidos y soltamos a la vez:

—Por lo malo. Por lo bueno. Y por lo mejor.

Aplauden. Me abrazan. Están más contentos que yo porque he decidido darme una oportunidad en el amor, y, mientras me siguen aconsejando, yo sigo comiendo. Ligar con Naím no sé, pero engordar, ¡me voy a poner como un tonel!

* * *

Cuando llego esa noche a casa, tras saludar a mi gata *Paulova* y llenarle su cacito de comida, voy directa a la ducha. Me desnudo, dejo correr el agua por mi cuerpo y siento cómo poco a poco me relajo.

¡Qué bien sientan las duchas!

Una vez que me pongo una camiseta y unas bragas para estar por casa, abro la nevera y, aunque no tengo hambre, miro qué hay para picotear. Desde que Zoé no está, y como no me gusta cocinar, tengo la nevera tan vacía que la pobre cualquier día me insultará.

A las once de la noche me planto delante del televisor y, cuando lo estoy encendiendo, me suena el teléfono. Miro la pantalla y me apresuro a cogerlo. Ese número tan largo solo puede ser de un sitio.

—¡Mamááááááááááá!

Oír la voz de Zoé era lo que más necesitaba. La diferencia horaria entre España y la Antártida es enorme.

—Hola, mi vida, ¿cómo estás? —saludo sonriendo.

—Bien, mamá. Por aquí todo muy bien. ¿Y tú qué tal estás?

Durante varios minutos hablamos. Le cuento mi decisión de pasar mis vacaciones en Tenerife y me hace saber que le gusta. También la incito a que me cuente sus cosas. Zoé lo hace y, como siempre, no para de hablarme de su amor y de cómo la hace sentir. Pero ¿cómo puede haber salido tan romántica esta niña?

Charlamos un buen rato, hasta que de pronto dice:

—Mamá, ¿qué te parecería venirte unos días a la Antártida?

Sorprendida por eso, no sé qué decir, y Zoé indica:

—Michael se ha enterado de que el 20 de agosto sale un grupo de familiares desde Christchurch, en Nueva Zelanda, para pasar cinco días aquí, en la base, y hemos pensado que, como estarás de vacaciones, podrías venirte.

Oír eso me hace gracia. ¿Viajar a la Antártida? En la vida me lo había planteado.

—Venga, mamá —insiste Zoé—. ¡Di que sí! Necesito verte.

Según dice eso, la decisión está tomada. Si mi hija necesita verme, el resto del mundo está de más, y afirmo consciente del palizón que me voy a dar de aviones, pues a principios de septiembre seguramente volaré a China:

—Dile a Michael que me pase la información, y te juro, mi vida, que allí me tendrás.

Continuamos hablando un buen rato. Zoé me dice que me hará una lista para que me compre calzado y ropa para no pelarme de frío y me pide que le lleve toneladas de unas galletas que le gustan y que allí no las tienen. Una vez que cuelgo y me recuesto en el sofá, sonrío. Saber que pronto voy a ver a mi hija es lo más de lo más.

Capítulo 25

Mi llegada al aeropuerto de Tenerife Sur hace que la sangre me corra por las venas a una velocidad vertiginosa.

Saber que estoy pisando la misma tierra que Naím dispuesta a conquistarlo me tiene en un sinvivir.

¿En serio yo voy a hacer eso?

Mientras espero la maleta, tras avisar a mis padres de que he llegado y al Comando Chuminero también, intento convencerme de que estoy haciendo lo correcto. Como diría mi padre, quien no arriesga no gana, y si estoy aquí es para arriesgar. Asimismo llamo a Jonay para decirle que estaré en El Médano unos días. Seguramente tiraré de él para salir a divertirme.

Cuando acabo de hablar con mi amigo, miro el teléfono. Tengo el número de teléfono de Naím..., ¿lo llamo? ¿No lo llamo? ¿Hacerlo significará darle a entender que estoy interesada por él?

Dudo, dudo y dudo. Dudo tanto que al final decido no llamar. Lo haré en otro momento.

Para este viaje le he pedido a Liam que no me reservara el hotel ni que pasara a recogerme por el aeropuerto. A través de una amiga he pillado un precioso apartamento en El Médano, al sur de la isla, un lugar al que siempre he querido ir porque fue donde se conocieron mis padres, por lo que aprovecharé y pasaré las vacaciones allí.

Cuando sale mi maleta la cojo y me dirijo hacia la salida, donde tomo un taxi que tranquilamente me lleva a la dirección que le indico al conductor, mientras este me habla de la isla y de los sitios que tengo que visitar.

Una vez que llegamos, miro a mi alrededor gustosa. El lugar es bonito, y veo que el apartamento que he alquilado está frente a la playa. ¡Bien!

No es muy grande. Tendrá unos cincuenta metros cuadrados, pero cumple mis expectativas en cuanto a modernidad, limpieza y, sobre todo, terraza frente al mar.

¡Qué maravilla!

Satisfecha, salgo a la terraza, donde me enciendo un cigarrillo para disfrutar del momento de paz, a pesar del viento que hace. Al parecer aquí suele haber mucho viento. Estoy mirando a mi alrededor cuando me suena el WhatsApp. Echo un vistazo y sonrío al comprobar que es Lorenzo, el argentino. Desde la noche que intercambiamos teléfonos en Mendoza nos hemos escrito en varias ocasiones, y aún con la sonrisa puesta leo:

¿Cómo está mi tanguera recaliente?

Rápidamente me siento en una butaca blanca y le contesto. Durante un rato charlamos sin más. Desde Mendoza no nos hemos vuelto a ver, pero, oye, hablar con mi argentino recaliente es divertido, y disfruto del momento. Incluso me planteo hacerle algún día una visita en Argentina.

Tras la conversación con aquel, busco en mi móvil el número de Naím y vuelvo a dudar. Sé que quiero verlo. Quiero hablar con él. Pero ¿estoy preparada para que él no desee verme ni hablar conmigo?

Agobiada, suelto el teléfono sobre la mesa y me pongo a mirar a la gente que hay en la playa haciendo windsurf y kitesurf, y me sorprendo de su destreza.

Con curiosidad observo cómo unas chicas llegan a la playa en un coche azul que aparcan a unos metros de mi terraza. Bajan unas tablas del techo y luego las veo charlar y mirar al mar mientras se ponen unos trajes de neopreno negros. Las contemplo con envidia. Estoy segura de que, si me hubiera criado en un sitio de playa, yo practicaría su deporte.

Sin quitarles el ojo de encima, veo cómo se dirigen con sus tablas hacia el agua y, justo antes de entrar, se paran y se enganchan con una cuerdecita la tabla a los tobillos. Después se meten en el mar subidas en sus tablas.

Nadan, nadan y nadan. Luchan contra las olas, que quieren devolverlas a la playa, hasta que veo que llegan junto a un grupo de gente que, sentada sobre sus tablas, espera. Con la misma paciencia que los demás, cogen olas. Unos se caen, otros no, y de pronto veo a una de las chicas mover su tabla y nadar en dirección a una gran ola que se acerca.

¡Madre mía, qué valiente!

Emocionada, la veo saltar con agilidad sobre su tabla y, con una precisión que ya la quisiera yo para mí, se levanta y cabalga sobre la ola.

¡Qué maravilla!

Durante un buen rato observo cómo todos los que están dentro del agua disfrutan con lo que hacen, hasta que suena mi teléfono. Veo el nombre de Liam en la pantalla y, cogiéndolo, saludo:

—Hola, Liam.

—Hola, Verónica, ¿estás ya en la isla?

Sonriendo, asiento, entro en el apartamento y respondo:

—Sí. He llegado hace un par de horas.

—¿Tu alojamiento está bien?

Encantada, miro a mi alrededor. El apartamento no solo es precioso, sino que además está decorado con un gusto exquisito.

—Es una maravilla —afirmo.

Noto que a Liam le gusta oír eso, y a continuación pregunta:

—¿Quieres que pasemos a recogerte para traerte a la bodega?

—No. No hace falta que me recojáis. Yo misma me desplazaré hasta allí. ¿A qué hora has programado la reunión?

—A las cuatro.

Miro mi reloj. Quedan tres horas para ello.

—De acuerdo —indico—. Nos vemos a esa hora entonces.

Una vez que cuelgo la llamada me dirijo hacia el baño. Voy a ducharme para luego vestirme, comer algo y después salir hacia las bodegas. Desde donde me encuentro el taxista me dijo que tenía al menos una horita de camino hasta Tacoronte.

Un rato después, tras cambiarme un millón de veces de ropa, pues con seguridad veré a Naím y quiero estar espectacular, me miro en el espejo. Me he puesto un traje de chaqueta azul y, con el pelo recogido en un moño no muy tirante, mi apariencia es muy seria.

¿Voy demasiado formal?

Joder, ¡quiero estar guapa también!

Deseo que cuando Naím me vea se le acelere el pulso, como seguramente se me acelerará a mí, y al final opto por soltarme el pelo. Siempre dicen que con el pelo suelto estoy más mona.

Cuando me monto en el taxi las pulsaciones me van a mil. Tengo una hora para desacelerarme y pensar en ser simpática con él. Sonreírle. Ser natural y mirarlo a los ojos.

Uf, Dios, ¿por qué me resulta difícil hacer eso que para otros es tan fácil?

La verdad es que saber que voy a ver al hombre que ocupa mis pensamientos me tiene fuera de mí, y estoy pensando en ello cuando el taxi llega hasta las bodegas.

Pero ¿cómo es posible que ya estemos aquí?

Uf..., qué nervios.

En cuanto pago al taxista y me bajo del vehículo, miro a mi alrededor con una sonrisa. Si la primera vez que vi esto me impresionó, hoy me impresiona mucho más.

Desde donde me encuentro miro en derredor. Estoy inquieta. Nerviosa. A través de mis gafas de sol observo a todos los hombres que caminan por allí, mientras busco a quien busco pero no lo encuentro.

¿Qué habrá pensado al saber que yo estaré por aquí?

—Hey, qué alegría verte de nuevo.

Al oír la voz de Omar, el marido de la hermana de Liam y Naím, me doy la vuelta y, sonriendo, saludo al ver que viene con su hijo:

—¡Hola, Omar! ¡Hola, Gael!

Se acercan. Con cordialidad me dan dos besos y, sonriendo, Omar indica:

—Que sepas que el hecho de que estés aquí significa mucho para los Acosta.

Sonrío. Reconozco que en el fondo me gusta saber eso, y entonces oigo que él dice:

—Roberto, ¡espera un segundo! —Y, mirándonos a Gael y a mí, añade—: Disculpadme.

Cuando se aleja y me quedo a solas con el muchacho, el gesto de apuro de este es tremendo.

—¿Cómo están Begoña y el bebé? —le pregunto.

Consciente de que nadie nos puede oír, Gael responde:

—Están bien. Tanto ella como Lionel se encuentran perfectamente.

Al oír el nombre del pequeño, afirmo sonriendo:

—Un niño, ¡enhorabuena!

Gael sonríe. Veo en su sonrisa la felicidad que siente.

—¿Begoña regresó a Madrid? —quiero saber.

Él suspira y a continuación indica:

—Estará aquí hasta principios de septiembre y luego regresará a Madrid con el bebé.

Asiento y, consciente de que aquí es complicado hablar sin ser escuchados, saco una tarjeta de mi cartera y se la entrego.

—Dásela a Begoña y dile que me llame —le pido—. Yo estaré por aquí gran parte del mes de agosto, me gustaría verla y conocer a vuestro hijo.

Gael asiente. Se guarda mi tarjeta y yo, que soy una bocazas, suelto:

—No es que quiera meterme donde no me llaman, pero ¿cuándo les vas a decir a tus padres que son abuelos y tú, padre?

Al joven le cambia el color del rostro y, con un hilo de voz, susurra:

—Cuando llegue el momento. Por ahora te agradecería que siguieras sin decir nada, por favor.

—Tranquilo. Sé guardar secretos.

Él asiente. Entiendo sus miedos, sus dudas, y, consciente de ello, indico:

—El momento propicio que esperas nunca llegará. Lo mejor es que tú decidas cuándo debe ser, porque el destino en ocasiones es bastante cabroncete, y créeme, sé de lo que hablo. —Gael mira al suelo. Intuyo que su juventud lo tiene paralizado, y añado—: Por mí no te preocupes. Te he prometido guardar el secreto y así será. Pero mi consejo es que cuanto antes lo digas, antes descansarás por las noches y tu vida volverá a ser vida.

En ese instante aparecen Liam, como siempre impecablemente trajeado, y su hermana Florencia. Salen de las oficinas y vienen a nuestro encuentro.

¿Dónde estará Naím?

Como es lógico, estos se acercan a nosotros e, igual que Omar y Gael han hecho antes, me dan dos besos, y Florencia cuchichea emocionada:

—Gracias, Verónica. Significa mucho que trabajes con nosotros.

Viendo su emoción, asiento, y pregunto:

—¿Por qué quería tu madre que yo colaborara con vosotros?

Liam y ella se miran. Veo la emoción en sus ojos, y luego Florencia dice:

—Mamá te conoció en una feria de publicidad que se celebró en Madrid hará unos pocos años.

Pienso. Sé a qué feria se refiere.

—Al parecer —prosigue—, tú estabas explicando la importancia de una buena campaña publicitaria cuando interrumpiste tu conferencia para decirle a un hombre que había entre el público que si volvía a molestar a la azafata que estaba allí con sus insinuaciones, ordenarías que lo echaran de la sala.

Según dice eso sonrío y añado mirando a Gael, que nos escucha:

—Recuerdo que el tipo se me encaró. Era un machirulo de esos que se creen Dios por tener algo que les cuelga entre las piernas, y al final llamé a los de seguridad para que lo echaran. ¡Se lio una buena!

Florencia asiente. Así es como su madre se lo debió de contar.

—Mamá era una feminista redomada. Siempre luchó por la igualdad y los derechos de las mujeres, y presenciar lo que hiciste ante una sala llena de hombres hizo que se interesase por ti. Te buscó en redes sociales y le encantó saber que, como ella, tú colaborabas con varias asociaciones de mujeres, y decidió que deseaba trabajar con la mejor. —Ambas sonreímos, y a continuación añade—: Pero luego enfermó y, bueno...

No prosigue. La voz se le rompe y, viendo que Liam tampoco puede hablar, declaro:

—Pues aquí estoy. Hagamos esta campaña por ella.

Todos asentimos y sonreímos, y en ese instante veo aparecer al patriarca del clan con un precioso ramo de anastasias en las manos, murmurando con su dulce acento canario:

—Ay, mi niña, ¡no quepo en mí de la ilusión porque estés aquí!

Gustosa, camino hacia él y cuchicheo:

—Gracias por el ramo de anastasias que me envió. Era precioso.

El hombre asiente y, entregándome las flores, afirma:

—Aquí tienes otro. Ahora seremos tu padre y yo quienes te las regalemos. Y, por favor, tutéame.

Sonrío agradecida por tanta amabilidad, y entonces Liam dice:

—Pasemos a la oficina.

Respiro hondo y en ese momento oigo que Horacio pregunta:

—¿Naím ya ha llegado?

Sin detenerse, Liam niega con la cabeza.

—No viene.

«Noooooooooooooooooooooooooooooooo», estoy a punto de gritar.

—¿Cómo que no viene? —insiste Horacio.

—Papá, Naím dijo que estaba muy liado —indica Liam.

Según oigo eso, noto que el corazón se me paraliza.

¡Joder..., joder..., joderrrrrrr..., que iba a ser simpática con él!

¿En serio que, sabiendo que estoy aquí, Naím no va a venir?

¿De verdad?

Saber eso me molesta. Me incomoda.

Yo aquí, tan mona, tan peripuesta con mi pelo cayéndome sobre los ojos, ¿y el tío pasa de mí?

Tomo aire para que no se note mi disgusto y prosigo caminando junto a Florencia, mientras intento que mi corazón se relaje. Diez minutos después, tras saludar a quienes esperaban en la sala, comenzamos la reunión e intento concentrarme en mi trabajo y demostrarles que, tal como pensó la matriarca de la familia, soy la mejor.

Capítulo 26

Llevo dos días en Tenerife y no sé nada de Naím.

Ni lo llamo, ni me llama, ni nos encontramos, ¡ni nada de nada!

Está claro que se ha tomado al pie de la letra lo último que hablamos, y yo, que no soy una cagueta pero en este tema no sé cómo proceder, ni hago ni digo nada.

¿Cómo voy a ser simpática con un tipo que no quiere ni verme?

Tras pasar todo el día en las bodegas y en los viñedos de la isla recorriéndolos de arriba abajo con la esperanza de encontrarme en algún momento con Naím, cuando regreso a mi apartamento algo desolada al comprobar que el jodido madurito potentón parece evitarme, me ducho y, sin ganas de nada, pido una pizza a través de una app y me la como repanchingada todo lo larga que soy en el sofá del precioso comedor mientras me distraigo con una película.

A las doce me voy a la cama. He quedado con Liam a las diez de la mañana en el aeropuerto de Tenerife Norte para coger un vuelo cortito que nos llevará a La Gomera. Sé que vamos solos. No es que yo lo preguntara, pero él me lo dijo, por lo que suspiro pensando que seguiré sin ver a Naím.

¿Cómo puedo tener tan mala suerte?

* * *

Vestida con vaqueros, una camiseta y una pequeña maleta, pues de La Gomera iremos a El Hierro, donde haremos noche, a las diez de la mañana estoy como un clavo en el aeropuerto. Liam llega puntual y, tras saludarme, nos dirigimos a esperar a que salga nuestro vuelo.

Una vez que llegamos a La Gomera, nos recoge en coche un tipo llamado Juan que nos lleva hasta el valle de Hermigua, donde según él se disfruta del mejor clima del mundo. Entre risas, Liam y este rivalizan, mientras yo observo cómo pasamos por sitios donde hay muchas plataneras, e incluso veo hortalizas. ¿Cuáles serán?

Cuando llegamos a las Bodegas Verode, Liam me presenta a Carmela, la encargada y gerente de las bodegas en la isla.

Carmela es una mujer madura y, por lo que veo, posee una bonita sonrisa, pero también carácter, y eso me gusta. Tras subirnos en un coche conducido por ella, llegamos a un lugar donde están las viñas. Allí dejamos el vehículo y comenzamos a subir por una empinada ladera. Menos mal que me he puesto zapatillas de deporte.

Me explican que en La Gomera la viticultura se distingue por su forma de cultivos en bancales o terrazas, y sobre todo por el uso de la uva llamada «forastera blanca», excelentemente valorada desde el punto de vista enológico por su potencial aromático.

Mientras me enseña las preciosas y curiosas viñas escalonadas, Carmela me hace saber que allí, por la orografía abrupta del terreno, todo se hace de manera manual y artesanal. Con curiosidad lo miro todo, cuanto me rodea es increíble, mientras mi cabeza no para de absorber información y Liam sonríe ante ciertas cosas que dice Carmela.

Después de tres horas paseando por la escarpada zona, volvemos al punto de partida, donde comemos en un sitio espectacular y me dan a probar unos excelentes vinos blancos de aroma intenso y un bouquet muy particular. También pruebo los tintos. Me quedo con uno que es suave, con aroma afrutado y muy equilibrado.

Tras la visita, y con mi iPad lleno de apuntes, después de despedirnos de Carmela y prometerle que regresaré más tranquilamente, Juan, el conductor, nos acompaña al aeropuerto, donde cogemos un avión que nos lleva a El Hierro.

Una vez que llegamos, viene a buscarnos al aeropuerto un chico llamado Francisco. A diferencia de Juan, el de La Gomera, este es callado. Durante el trayecto hacia las tierras de los Acosta veo que Liam llama por teléfono a su hermano Naím y hablan, aunque cuando cuelga soy consciente de que ni Naím ha preguntado por mí ni Liam ha dicho ni mu.

Con curiosidad, soy testigo de que es cierto lo que he leído sobre la isla de El Hierro y sus tres colores. Roca oscura volcánica, azul por el Atlántico y verde por los bosques y los viñedos.

En cuanto llegamos a la montaña de Tanajara, localidad donde están las Bodegas Verode, lo primero que hacemos es disfrutar de un mirador impresionante desde donde se ven los viñedos. ¡Qué maravilla! Al poco aparece un hombre y Liam me lo presenta. Es Carlos, el encargado y gerente de las bodegas.

Como ha hecho Carmela, este nos acompaña a viñedos disgregados en terrazas y alineados en espaldera, donde veo que, a diferencia de en La Gomera, la mecanización ha llegado.

Carlos me habla de cepas como el baboso negro o el verijadiego, aunque me indica que la mejor adaptada al suelo volcánico y a sus condiciones ambientales es la llamada «listán blanco».

Durante un par de horas caminamos por los viñedos, hasta que entramos en una sala donde nuevamente me dan a probar sus caldos. ¡Madre mía, qué buenos están!

Acabada la visita nos dirigimos hacia el parador de El Hierro, donde nos alojaremos.

Cuando llegamos, ¡me muero de amor! ¡Es una pasada de bonito!

El sitio, como poco, es espectacular, y decidimos cenar algo antes de irnos a dormir. Al día siguiente salimos para La Palma.

Mientras cenamos Liam recibe una llamada telefónica y el cuerpo se me rebela cuando oigo:

—¡¿Qué pasa, hermano?!

Sé que quien está al otro lado del teléfono es Naím, y me pongo tan nerviosa que empiezo a comer como si no hubiera un mañana, mientras oigo cómo Liam le relata nuestro viaje.

Saber que Naím está al teléfono me inquieta. Quisiera hablar con él. Quisiera comunicarme con él y desdecirme de lo que aquel día dije, pero él no me da la opción, y yo sigo sin hacer nada.

Tengo su número de teléfono, al igual que él tiene el mío, pero soy incapaz de marcarlo. Y, aunque pienso que se aventuró al decirme que quería conocerme, arriesgándose al rechazo, yo soy incapaz de hacerlo. No puedo. ¡Es que no me sale!

Estoy pensando en ello cuando Liam cuelga el teléfono y dice quitando unas migas de pan que han caído sobre su servilleta:

—Saludos de mi hermano Naím.

Asiento. ¡Mira qué majo!

Estamos unos segundos en silencio hasta que Liam, tras comerse un trozo de riquísimo queso herreño, comenta:

—Naím es un apasionado de su trabajo como lo fue mi madre. Ella era enóloga y, desde niño, Naím siempre supo que quería seguir sus pasos. La verdad es que ganar el Premio Bardea este año sería algo muy especial para él y para todos.

Asiento, saber eso me gusta.

—¿Qué te dijo Naím que no te dijera yo para convencerte de que trabajaras con nosotros? —pregunta Liam de pronto.

Madre mía..., madre mía, ¿y qué le cuento yo a este ahora? ¿Le digo que llamarme «bloquecito de hielo» fue una de las causas?

No. Ni de coña. Y, como si lo que acabo de oír no me afectara, sonrío e indico:

—Me dijo que, como se lo había prometido a vuestra madre, era de vital importancia para él.

No sé qué más decir, y a continuación Liam susurra:

—Naím lo pasó fatal cuando mamá murió. Su enfermedad y los meses siguientes a su fallecimiento fueron muy muy complicados para todos, pero especialmente para él.

Enterarme de eso hace que quiera saber más.

—¿Para él más, por qué? —pregunto.

Liam me mira, menea la cabeza y cuchichea:

—Porque la persona que era su pareja no estuvo a la altura.

Asiento. Intento entender sin entender nada y no pregunto más. No es profesional cotorrear de temas privados de otros y, desviando el tema, me intereso por detalles de El Hierro y La Gomera, y Liam me contesta encantado.

Capítulo 27

El vuelo a La Palma es muy rápido. ¡Qué maravilla estos aviones que saltan de isla en isla!

Tras lo ocurrido con el volcán de Cumbre Vieja en 2021, una vez que llegamos a las tierras de los Acosta soy consciente de cómo entre los viticultores de la zona intentan ayudarse. Liam y los demás tratan de buscar soluciones para esos amigos que han perdido no solo sus cosechas, sino también su modo de vida a causa del volcán, y me emociona saber que los Acosta y algunos otros han cedido parte de sus tierras vírgenes para que otras personas las preparen y las cultiven.

Por suerte para las Bodegas Verode, sus cultivos no se vieron afectados en exceso por el Cumbre Vieja, pues sus viñedos se encuentran en la zona noroeste de La Palma. Como hicimos en las otras islas, damos un largo paseo por las viñas, donde me entero de que en esas tierras su producción es ecológica y sostenible y, cuando pruebo sus vinos blancos, me quedo sin palabras de lo exquisitos que están.

Mientras comemos Liam recibe una llamada de su hermana. Por su expresión, algo me dice que está preocupado y, cuando termina, le pregunto pensando en Gael:

—¿Pasa algo?

Liam toma aire y luego indica:

—Debemos retrasar el viaje que teníamos previsto para ir a Fuerteventura y Lanzarote. Florencia me acaba de decir que ha tenido que programar para mañana una reunión urgente con un cliente importante y no puedo faltar.

Asiento. Veo que Gael sigue sin contar lo que seguramente lo está matando, e imagino que lo que dice Liam es grave.

—¿Trastoca mucho esto el inicio de tus vacaciones? —me pregunta.

Enseguida niego con la cabeza y, para tranquilizarlo, indico:

—Para nada. Aprovecharé para tomar el sol y disfrutar.

Liam asiente, sonríe y después musita:

—Gracias por tu comprensión. Por cierto, recuerda lo que te dije del Premio Bardea.

—¿Cuándo es?

—El 29 de agosto —responde, y añade—: Ya han comenzado a llegar participantes de otros países a la isla, y justamente esta noche Naím tiene una cena con ellos.

Ambos sonreímos porque sabemos el rollazo que a veces suponen esas cenitas de postureo y seguimos comiendo. Tras la comida un taxi nos lleva hasta el aeropuerto, donde cogemos un vuelo que nos devuelve a Tenerife. Una vez allí nos despedimos y quedamos en hablar.

Esa tarde, cuando llego a El Médano, tras darme una duchita me suena el teléfono. Es un número desconocido, pero lo cojo y me sorprendo al ver que se trata de Begoña. Sonrío feliz al comprobar que Gael le ha dado mi tarjeta y, tras hablar con ella unos minutos, cuando el bebé comienza a llorar me da su dirección del apartamento que ha alquilado en Costa Adeje y quedo en ir a pasar el día siguiente con ella. Nos veremos en su casa hacia las dos de la tarde.

Tras colgar miro a mi alrededor. Dudo si pedir algo de comida o bajar al pueblo a cenar. Al final me decido por lo segundo y, sin muchas ganas, me pongo un pantalón vaquero corto que he heredado de mi hija, una camiseta amarilla, me recojo el pelo en una coleta alta y me calzo unas deportivas. Un estilo informal y juvenil.

Con tranquilidad comienzo a caminar por el pueblo. La zona está animada, llena de gente joven, y me meto por unas calles en las que rápidamente veo un mercadillo. ¡Bien!

Durante un buen rato disfruto de la artesanía de la zona, hasta que, al pasar junto a un restaurante del que sale un exquisito olor a barbacoa, decido cenar allí.

Según entro me doy cuenta de que no voy vestida para la ocasión. La gente que está cenando aquí no lleva mis pintas informales, y el camarero, al ver que dudo, me indica que puedo pasar, que no hay problema.

Finalmente paso y, hambrienta, le pido que me instale en una mesita en la terraza. Mejor no estar dentro del local.

Tras echar un vistazo a la carta y decidirme por unas costillas a la brasa con salsa barbacoa y patatas, mientras me lo traen consulto mis redes. Entro en mis grupos preferidos y cotilleo un poco lo que ocurre por allí. Minutos después el camarero aparece con un platazo con unas costillas increíbles que estoy segura de que me van a encantar. ¡Lo sé, soy de buen comer!

Estoy disfrutándolas con verdadero gusto cuando una se me escurre de las manos. ¡Joder! De inmediato la salsa barbacoa pringa mi camiseta amarilla y maldigo al ver la mancha.

¿Cómo soy tan torpe?

Infructuosamente trato de limpiar lo imposible, pues llevo un lamparón que ni mi hija cuando era pequeña; pero de pronto oigo que la puerta del local se abre y, al mirar, veo a un grupo de gente, todos vestidos muy finos. Ellas con trajes largos, ellos con trajes de chaqueta, y de pronto lo veo.

¡Noooooooooooooooo! ¡No puede ser!

¿En serio la cena que Liam me dijo que su hermano tenía con los del Premio Bardea es justamente donde yo estoy? ¿De verdad?

Naím no puede estar más guapo con ese traje oscuro y yo, horrorizada, quiero gritar: «¡Tierra, trágame!».

Mi atuendo no puede ser peor, y de inmediato busco dónde esconderme, pero nada. ¡No tengo escapatoria!

De su brazo cuelga una morena muy guapa que es purito estilo y glamur con ese vestidazo negro de gasa y tul. ¿Será la tal Soraya? Y, joder, yo con mi lamparón en la camiseta amarilla, las manos y la boca llenas de grasa de las costillas y salsa barbacoa hasta en la frente.

¡Por Dios, que no me vea!

Pero, sí, la maldita ley de Murphy es la ley de Murphy, y me ve. Lo sé porque sus ojos y los míos se encuentran y yo, sin saber si reír o llorar, literalmente me quiero morir.

¿Por qué ha tenido que verme?

Joder, joder, joder, con lo mona que suelo ir casi siempre, y tenemos que encontrarnos hoy, que voy hecha un cristo.

Durante unos segundos nos miramos. Por el modo en que lo hace intuyo que sigue molesto, y al final, recordando lo que mis amigos dijeron, hago un amago de sonrisa. Pero ¡no me sale! Creo que solo le muestro los colmillos en plan vampiro... ¡Joderrr, qué bochorno!

Sin moverse de su sitio, y sin que la mujer suelte su brazo, Naím hace un movimiento austero con la cabeza a modo de saludo y luego, dándome la espalda, prosigue su camino hasta lo que imagino que será un comedor situado al fondo del local.

Horrorizada, resoplo. Mi sonrisa ha sido lo más parecido a cuando mi perro *Tinto* enseña los dientes para atemorizar, y maldigo.

¿Por qué soy tan mala para seducir?

Molesta conmigo misma, miro la mancha de barbacoa de mi camiseta, que ahora se ha convertido en el manchón del siglo. Está claro que no se puede disimular y, tomando aire, hago lo que mejor sé hacer: ¡comer! A mí el hambre no me la quita nadie.

Tras acabarme las costillas, y con una ansiedad que me muero al saber que Naím está tras la puerta del fondo y yo le he puesto cara de perro, decido pedirme un postre para terminar la noche por todo lo alto. ¿Por qué no? ¡De perdidos, al río!

Como me encantan los helados, pido una copa de helado de vainilla y Nutella con nata montada y sirope de chocolate.

¡Uf, cómo me voy a poner!

Cuando el camarero me lo trae, me quedo sin palabras. La copa de helado que he pedido es como poco una maravilla para la vista y, riendo, decido hacerme un selfi para mandárselo a mis amigos. ¡Van a flipar!

Por ello me levanto de la mesa, cojo la supercopa de helado, busco el encuadre perfecto donde se vea el precioso mar y me hago varios selfis gesticulando con cara de payasa para que se rían.

Estoy riéndome después de enviarla cuando, al darme la vuelta para regresar a la mesa, de pronto choco con alguien y mi maravilloso helado pasa de la copa al... al traje de Naím.

Noooooooooooooooooo.

Nos miramos en silencio. ¡Vaya tela!

¡Madre mía, madre mía!

¿Le sonrío?

La nata, el sirope, el helado de vainilla y Nutella..., ¡todo!, está sobre las solapas de su impoluto traje oscuro, y yo ¡me quiero morirrrrrr!

Naím da un paso atrás. Maldice por lo ocurrido y, mirando el estropicio de su traje y el manchurrón de mi camiseta amarilla, sisea con expresión molesta:

—Quien con niñatos se acuesta meado se levanta.

¿En serio?

¿Esas van a ser las primeras palabras que me dirija?

Boquiabierta, e incapaz de callar, pregunto:

—¿Me acabas de llamar «niñata»?

Pero no responde. Pasa de mí. Se da la vuelta y se aleja hacia donde imagino que están los baños.

Contando hasta diez, decido no moverme. Recuerdo lo que mis amigos me han dicho. He de contener mi carácter y sonreír, pero, la verdad, lo último que me apetece es seguir ninguno de sus consejos, y como me mueva le voy a decir cuatro cositas que estoy segura de que no le van a gustar.

¡Será idiota el tío!

Madre mía..., madre mía. ¿Por qué no habré pedido algo de cena y me lo habré comido en el apartamento como había pensado en un principio?

Pasados unos minutos veo que sale del baño con la chaqueta en las manos y esta vez ni me mira. Me ignora.

Eso me enfada aún más. ¡Ni que yo hubiera querido volcarle el helado en la chaqueta!

Molesta por todo, pido la cuenta al camarero. Mejor será que me vaya, pero cuando estoy saliendo del restaurante me paro. Mi carácter no me lo permite. Estoy furiosa. Y, dispuesta a ser desagradable con él, me doy la vuelta, entro en el salón donde está con sus más que elegantes amigos y, acercándome a él, con todo el descaro del mundo, me pongo a su lado y, tras darle unos toquecitos en el hombro, cuando se vuelve, le doy un sarcástico y sonoro beso en la frente e indico:

—Recuerda, abuelito: un pis y luego a dormir, que ya no estás para muchos trotes.

Su gesto es de pura incredulidad. El del resto ¡me importa tres pepinos! Y, tras guiñarle el ojo, sonrío —¡eh, sonrío!— y me marcho como alma que lleva el diablo, no vaya a ser que se levante y el pis me lo haga yo del susto que me va a dar.

Capítulo 28

Cuando me levanto por la mañana, por mi mente pasa lo ocurrido la noche anterior y me río.

¡Por favor, cómo pude hacer eso!

Tras darme una ducha y vestirme decido salir de compras. Quiero llevarles algún regalito al bebé y a Begoña, y disfruto como una enana comprando en una tienda de niños que encuentro en el pueblo.

Con varios regalos en una bolsa entro en una floristería. Allí compro unas flores que no sé cómo se llaman, pero me gustan por lo alegres que son y, una vez que lo tengo todo, paro un taxi y le indico que me lleve a la dirección que Begoña me dio.

Una media hora después el taxista me deja en Costa Adeje, frente a una urbanización de casitas blancas monísimas y, caminando, busco la número 22.

Cuando la encuentro llamo sin dudarlo y, cinco segundos después, Begoña abre y yo digo tendiéndole el ramo de flores:

—¡Enhorabuena, mamá!

Emocionada, sonríe y, como si nos conociéramos de toda la vida, nos fundimos en un abrazo que me da a entender muchas cosas. Entre ellas lo necesitada de cariño que se encuentra. Ella coge las flores y entramos en la casa.

Me hace una seña con el dedo. Al parecer el pequeño está dormido, y nos dirigimos hacia un capazo de mimbre que hay sobre el sofá del salón. Con cuidado Begoña retira una fina gasa del mismo y, ¡ay, Dios!, ¡me muero de amor al ver al bebé!

Lionel es precioso y achuchable, pero ¿qué bebé no lo es?

Rápidamente a mi mente me vienen imágenes de Zoé cuando era así. ¡Madre mía, qué recuerdos!

Sonrío. Begoña también, y, dejándolo dormir, pues ya lo achucharé cuando esté despierto, vamos a la pequeña cocina, donde cogemos un par de Coca-Colas y luego salimos a una terracita. Hace un día precioso.

Tras sentarnos en las sillas que allí tiene, le entrego los regalitos para Lionel y se emociona al abrirlos.

—¿Qué te pasa?

Begoña me mira y luego, mirando una ranita roja con guisantitos, murmura:

—Que estoy muy sensible. Debo de tener todavía las hormonas descontroladas.

Lo sé. Aún recuerdo lo descontroladas que yo las tuve un tiempo.

—Son los primeros regalos de Lionel —añade.

Eso me sorprende, y a continuación indica:

—Gael y yo le hemos comprado infinidad de cosas, pero somos sus padres.

—No me digas que tú tampoco se lo has dicho a tu familia...

Begoña niega con la cabeza y, cuando voy a hablar, ella dice:

—No tengo familia. Me crie en casas de acogida hasta que pude valerme por mí misma. Por lo que no tengo a quién decírselo.

Eso me encoge el corazón. Me apena saber que ella no ha recibido el amor que yo he recibido de mis padres o que Zoé recibió.

—¡Son preciosas! —exclama entonces al ver unas botitas deportivas de bebé.

Asiento y, mirándolas, explico:

—Mi hija tuvo unas botitas así cuando nació.

Begoña asiente gustosa y pregunta:

—¿Cuántos añitos tiene tu hija?

—Veintitrés, y ya vive con el que llama «el amor de su vida».

Como siempre que le digo eso a alguien, su gesto es de sorpresa.

—La tuve con quince —añado; y al ver cómo parpadea cuchicheo—: Y si volviera atrás en el tiempo la tendría otra vez.

Ambas sonreímos y luego, incapaz de callar, aunque en realidad ya sé la respuesta, pregunto:

—¿Por qué Gael no se lo ha contado a su familia?

Begoña deja los regalos sobre la mesa y da un trago a su bebida antes de contestar.

—Porque teme la reacción de sus padres. Especialmente la de su madre. No solo ha tenido un hijo, sino que encima ha sido con una mujer que es diez años mayor que él.

Asiento, no sé qué decir.

—Al parecer Gael salió con una chica mayor que él cinco años —me cuenta—, y al final tuvo que terminar con ella por la presión que su madre ejerció sobre él. Y, claro, ahora no son cinco, ¡son diez!

—Pero ¿qué me estás contando? —susurro sin dar crédito.

Begoña asiente.

—Parece ser que su madre es un poco especial para esos temas.

Según oigo eso, asiento. Conmigo Florencia es encantadora, pero sí que noté que era algo controladora con Gael.

—Por muy especial que sea, es la vida de su hijo, no la suya —musito.

Begoña se encoge de hombros.

—Lo sé —murmura—. Pero es él quien ha de enfrentarse a ella. Yo le he dicho que, si quiere, ambos podemos hablar con su madre, pero se niega. Dice que encontrará el momento y, bueno...

A continuación nos quedamos en silencio. La verdad es que no tiene que ser nada fácil para ninguno de los dos.

—Gael me comentó que a principios de septiembre regresarás a Madrid —digo.

—Sí —afirma—. Tengo que empezar a trabajar.

Según dice eso replico:

—¿Cómo que tienes que empezar a trabajar? ¿Y la baja por maternidad?

Begoña sonríe, suspira y dice:

—Trabajo limpiando unas oficinas. No tengo contrato, por lo que no me corresponde ninguna baja maternal. Y, bueno, ahora con Lionel, necesito el dinero más que nunca, así que tengo que ponerme a trabajar sí o sí.

—¿Y Gael no va a ayudarte?

La joven afirma con la cabeza.

—Lleva ayudándome desde que me conoció. Se ha encargado de que no me falte nada durante el embarazo. Ha pagado el hotel, el hospital, está pagando esta casa con todo lo que eso conlleva y no puedo pedirle más.

Asiento, creo que eso honra a Gael, pero insisto:

—Begoña, un bebé genera muchos gastos. Te lo digo porque lo sé. Yo tuve la suerte de contar con el apoyo incondicional de mis padres, pero aun así mantener a un bebé es caro y...

—Por eso tengo que comenzar a trabajar. Ya he hablado con una amiga para que cuide de Lionel mientras yo trabajo, y con lo que gane y lo que Gael me pueda pasar, creo que podremos tirar para adelante.

La positividad que veo en ella me gusta. Me alegra ver que, a pesar de que no ha tenido ni tiene una vida fácil, sabe que debe seguir adelante.

—¿Gael y tú estáis enamorados? —le pregunto a continuación.

Sin dudarlo, Begoña sonríe.

—La respuesta es «sí». Pero es todo tan complicado que..., bueno...

Vale. No lo dudo. Sin conocerlos vi cómo se prodigaban diversas muestras de amor.

—¿Cómo os conocisteis? —insisto con curiosidad.

Ella sonríe.

—Nos conocimos hace dos años, en un concierto en Madrid. Yo fui con unas amigas, él fue con unos amigos y, desde ese día, por más que intenté darle esquinazo porque su vida y la mía no tienen nada que ver, me ha sido imposible.

Oír eso me hace sonreír y Begoña, bajando la voz, añade:

—Gael es persistente, bueno, caballeroso, romántico... ¡Lo tiene todo!

Según dice eso, el puñetero tío de Gael viene a mi memoria. Como se parezca a él, la pobre Begoña lo lleva claro.

—Cuando me quedé embarazada —prosigue ella—, no supe qué hacer. Mis ingresos mensuales no son muchos, apenas tengo para vivir yo como para, encima, mantener un hijo. Y cuando se lo dije a Gael su reacción fue pedirme matrimonio.

—¡¿Qué?!

Ella asiente con una sonrisa.

—Le dije que sí —afirma—. Él quiso que nos casáramos sin decirle nada a su familia, pero yo me negué. Si nos íbamos a casar, quería que, ya que yo no tengo familia, al menos la suya nos acompañara y..., bueno, el tiempo ha pasado...

—Y no os habéis casado, pero Lionel ya está aquí —finalizo.

Begoña asiente con la cabeza.

—Si no nos hemos casado es porque yo me negué. Durante todo este tiempo él me lo ha pedido mil veces, pero... pero... ¡yo no puedo hacerle eso!

—¿Hacerle qué?

La joven suspira y, mirándome, dice:

—Tiene veinticinco años. Está comenzando a vivir. ¿Cómo voy a permitir que se case conmigo? ¿Y si dentro de dos años se percata de que soy un error? ¿Y si cuando yo tenga cuarenta él...?

—¿Te das cuenta de que te estás comportando como su madre?

Al ver el agobio de aquella, la abrazo y la tranquilizo. Entiendo sus dudas. Siento sus miedos. Comprendo sus reticencias. Le está contando todo eso a la persona que se cerró al amor por culpa de un idiota.

—No soy la más indicada para decirte esto —murmuro—, pero si mis amigos estuvieran aquí te dirían que la vida se vive día a día, y lo que tenga que ser será. —Begoña me mira y añado—: De nada sirve planear el futuro, a excepción de para crear expectativas que nunca sabes si serán o no.

Ambas sonreímos. En ese instante el teléfono le suena y ella se apresura a cogerlo. Es Gael, llama para ver cómo están ella y el bebé, y se alegra al saber que estoy aquí con Begoña. Me manda saludos.

Una vez que ella cuelga el teléfono, ya más tranquila dice:

—Hoy por hoy la boda o que la familia de Gael me acepte no

son cosas que me preocupen. Lo que verdaderamente me importa es saber que, si a mí me pasa algo, aceptarán y querrán a Lionel. Con que lo quieran y lo respeten me conformo.

Esas palabras tan llenas de sentimientos y de verdad me encogen el corazón. Está claro que Begoña es una luchadora nata, como yo lo fui en otra época y lo sigo siendo, y, segura de lo que digo, indico:

—Cuando regreses a Madrid, ya tienes trabajo y con contrato.

—¡¿Qué?!

Sin dudarlo, asiento. La empresa va bien. Eloísa necesita una ayudante en la recepción, y sin duda ya he encontrado a alguien.

—Y también te digo otra cosa —añado—: Lionel tiene una tía y tú tienes una hermana. Y no te va a pasar nada, pero ten por seguro que si así fuera, tu hijo nunca estaría solo porque, si los Acosta no se ocupan de él, lo haría yo.

Según digo eso nos abrazamos. Apenas nos conocemos, apenas sabemos nada la una de la otra, pero ambas tenemos claro que cuando hablamos lo hacemos desde el corazón.

Capítulo 29

He pasado una estupenda mañana en la playa tostándome al sol panza arriba y panza abajo mientras cotilleaba los locales *swinger* de la isla de Tenerife. Hay varios, y alguno me parece interesante.

He hablado con mis padres, con Zoé, que me ha llamado, y con Amara. Quiere saber cómo va lo mío con «el Abuelito».

Ni que decir tiene que Amara se parte de risa cuando le cuento lo sucedido. Hasta yo me río. Ahora, viéndolo en perspectiva, me provoca una risa que no veas, aunque me horroriza lo último que hice. ¿Cómo, con la edad que tengo, pude dejarlo en ridículo ante la gente del Premio Bardea?

Amara se ríe, pero la *jodía* me regaña y me dice que así, más que conquistarlo, lo que estoy haciendo es que me coja manía.

Tras hablar durante un buen rato con mi amiga, contarle que he conocido a Begoña y su problemática y prometerle que, si tengo la ocasión de ver a Naím, haré las cosas bien, una vez que nos despedimos y cuelgo el teléfono, este vuelve a sonar. Es Liam, que quiere invitarme a comer. Sin dudarlo, acepto. Total, ¡no tengo nada mejor que hacer!

Tras ducharme en mi apartamento y ponerme un pantalón pirata vaquero y una camiseta, bajo hasta la calle a la hora acordada y veo a Liam esperándome con su moto, cómo no, ¡trajeado! Lo que le gustan a este hombre los trajes.

Según nos vemos, sonreímos. ¿Le habrá contado su hermano lo que hice? Y, acercándome a la moto, indico:

—¡Es preciosa!

Liam asiente. Con la mano quita una mota de polvo y, viendo cómo la miro, pregunta:

—¿Quieres llevarla tú?

Oír eso me provoca risa. De mis amigos solo Amara conduce motos y, aunque en mi cuaderno de sueñitos está aprender a manejar una, indico:

—No sé conducirla, aunque me encantaría.

—Oye, pues cuando quieras te enseño. No es difícil.

—Si la aprecias y quieres seguir vivo, mejor llévala tú.

Divertido, me pasa un casco, que me pongo. Se monta en la moto, yo monto detrás y, cuando arranca, simplemente me dejo llevar.

Media hora después, tras abandonar la autopista, llegamos a un precioso mirador donde hay un bonito restaurante. Encantada, me siento con él a una de las mesitas de la terraza y, tras echar un vistazo a la carta, pedimos la comida y algo de beber.

Como es lógico, y creo que inevitable, hablamos un poco de trabajo, hasta que él recibe una llamada y, tras disculparse, se levanta y se aleja unos metros de mí para hablar. Su expresión risueña deja de serlo. Intuyo que no le hace gracia lo que oye y, cuando regresa a la mesa, al verlo serio pregunto pensando en Gael y en Begoña:

—¿Problemas?

Liam niega con la cabeza. Lo piensa y finalmente dice:

—Mi novia Jasmina vive en Los Ángeles. Llevo meses sin verla, y me acaba de decir que el viaje que tenía planeado para venir a la gala del Premio Bardea y acompañar a la familia se cancela. Es actriz, bueno..., está comenzando, y le han salido varios papeles.

—Vaya, me alegro por ello, pero siento que no te acompañe.

Liam asiente y, encogiéndose de hombros, afirma:

—Más lo siento yo. —Y, suspirando, añade—: Nunca tengas una relación a distancia. A veces es insufrible.

—¡Tomo nota! —me mofo.

Ambos reímos y luego, cambiando de tema, empezamos a hablar del maravilloso paisaje que nos rodea y aprovechamos para planificar el viaje que tenemos pendiente a Lanzarote y Fuerteventura, pero que de momento hemos de retrasar.

Cuando llega el café, y tras haber estudiado a Liam durante el rato que llevo charlando con él, me doy cuenta de que es muy metódico. Le gusta el orden, las cosas bien hechas. Odia la impuntualidad y lo inesperado, y estamos riéndonos de eso cuando le vuelve a sonar el teléfono. Al tenerlo sobre la mesa veo que en la pantalla pone «Naím». Me tenso. Y cuando lo coge, saluda:

—Hola, hermano.

Veo que escucha, asiente y luego comenta:

—Estoy terminando de comer con Verónica. —Silencio otra vez y, mirándome, agrega—: Sí, sí. Verónica Jiménez, la publicista de Madrid.

El pulso se me acelera. Saber que habla con Naím, con el hombre al que ridiculicé llamándolo «abuelito», me tensa. Empiezo a sentir calor, por lo que me doy aire con la servilleta y miro a mi alrededor intentando evadirme de su conversación, hasta que lo oigo despedirse y decir:

—Sí, tranquilo. ¡Joder, que sí, Naím! Ahora, cuando deje a Verónica en El Médano, iré a ver lo que dices. Pero, joder, sabes cómo soy y yo nunca dejaría algo así.

Segundos después cuelga el teléfono y dice mirándome:

—Saludos de mi hermano Naím.

¡Uf, qué calor!

¿Me manda saludos, el muy sinvergüenza?

Joder, joder, joder. El calor se redobla.

—Voy a pedir la cuenta —explica Liam levantándose.

Asiento y, justo en el momento en el que se va, recibo un mensaje en el que pone:

> Liam. 39 años. Lo tuyo es no más de treinta. Recuérdalo.

Según lo leo, inevitablemente sonrío. ¡Será cabrito!

Me enciendo un cigarrillo. Veo a Liam bromear con el camarero. Está claro que lo conoce. E, incapaz de no contestar a ese tentador mensaje, suelto el cigarrillo, cojo el teléfono y tecleo:

¿El abuelito ha dormido bien?

Vale. Ligar, lo que se dice ligar preguntando eso es imposible, pero es lo que me sale, y cuando le doy a «Enviar» me siento grande. Triunfadora. Si ese se cree que me va a vacilar, lo lleva claro. Pero entonces mi teléfono vuelve a pitar, y leo:

Tan bien como dormiste
tú con el argentino.

Woooooo, ¡lo que me ha dicho!

Tonta no soy. Sé leer entre líneas, y está visto que me la tenía guardada.

Pienso si contestar o no. Estoy por vacilarle como él me está vacilando a mí, pero no. Me niego.

Bloqueo el móvil y lo dejo sobre la mesa con toda mi mala leche, hasta que pasados unos segundos vuelve a sonar. Sin necesidad de mirarlo, sé que es él. Me niego a cogerlo. Que no, que no, que no. Al final, incapaz de no leer lo que ha escrito, lo cojo y leo:

¿Cenas conmigo?

Uf..., uf..., uf..., ¡lo que me entra por el cuerpo!

¡¿Cenar?! Madre mía..., madre mía.

Sí. Sí. Sí. Pero no. No. No.

Ay, Dios, ay, Dios, que creo que me está dando a entender que aún le intereso. ¿Hago lo mismo? Sí. No. Bueno, no. Bueno, sí. Estoy pensando en ello cuando el móvil vuelve a pitarme.

Si quieres que siga llamándote
«Julia de Valladolid» y tú a mí
«abuelito», así será.

Me entra la risa. Desde luego es ocurrente, y tecleo sin pensar:

Tengo planes. Adiós.

Según le doy a «Enviar», me arrepiento. ¿Por qué seré tan fría y rechazo algo que quiero?

Miro mi móvil a la espera de que suene de nuevo. Por lo poco que lo conozco, le gusta tener siempre la última palabra. Pero no, no vuelve a escribir. ¿En serio?

Por los altavoces de la terraza comienza a sonar *A un beso*, de Danna Paola. Inevitablemente la asocio con Naím, ¿Lo ves? ¡Sabía que me iba a pasar eso!

¡Mierda, mierda, mierdaaaaaaa!

Entonces llega Liam y dice mirándome:

—Querría haberte dado una vuelta por la isla con la moto, pero tengo que solucionar unos asuntos en la bodega.

Sin responder, me levanto. La jodida cancioncita me hace pensar en los besos de Naím. Uf, qué calor me entra. Y, caminando hacia la moto, Liam dice:

—¿Te apetece quedar para cenar mañana por la noche?

Según lo oigo, lo miro. ¿Otro que me invita a cenar?

Me paro y, siendo consciente de que quizá mi respuesta no sea la idónea, y menos aún cuando estoy empezando un trabajo con él, replico:

—Mira, Liam, me caes fenomenal. Apenas te conozco, pero me pareces un tipo encantador y divertido. Sin embargo, dicho esto, no voy a cenar contigo, primero porque trabajamos juntos y no mezclo el trabajo con otras cosas, y segundo, porque tienes novia, y yo soy de las que respetan, ¿te queda claro?

Él asiente. Sonríe. Se desabrocha el botón de la americana y luego afirma:

—Me queda clarísimo.

Ver su sonrisa me hace saber que no se lo ha tomado a mal, y más cuando dice:

—¿Puedo aclarar algo?

—Puedes...

—Pensaba llevarte a cenar a casa de mi padre. Le haría ilusión.

Ahora la que se ríe soy yo, y él pregunta con picardía:

—¿Pensabas que yo...?

—Sí —lo corto muerta de la vergüenza.

—¿En serio? —insiste.

Sin dudarlo, asiento. Ambos nos reímos y luego él añade:

—Mi novia se llama Jasmina, y mis padres nos enseñaron a mis hermanos y a mí que si estás con alguien es porque te apetece todo lo del mundo con esa persona y nada con otras.

—Buen consejo el de tus padres —afirmo.

De nuevo reímos. Sin duda me he equivocado y, colocándome el casco, musito:

—Anda y llévame a mi apartamento.

Divertidos, y con la complicidad que se ha creado entre nosotros, que me gusta, montamos en la moto y, agarrada a su cintura, disfruto del viaje de vuelta.

Una vez en El Médano, Liam se marcha. Cuando subo a mi habitación son las cinco de la tarde y, quitándome la ropa, me pongo el bikini y decido bajar a la playa un ratito más mientras tarareo eso de... «a un beso solamente».

Capítulo 30

Después de una estupenda tarde en la que me rebozo con gusto en la hamaca de la playa mientras leo un libro, miro por enésima vez mi móvil. Pero nada, Naím no me vuelve a enviar ningún mensaje. Está visto que no estamos destinados a entendernos.

Una vez que recojo mis cosas, subo a mi apartamento y, con cierta frustración que no entiendo ni yo misma, me ducho y al final decido no ir a ningún local *swinger*. No estoy de humor.

Me miro al espejo mientras me desenredo el pelo. Tengo las mejillas y la frente rojas, y también los hombros. Parezco un cangrejo. Creo que me he excedido con el sol.

A las ocho, horario guiri, decido bajar a cenar. Iré a cualquier restaurante y luego me subiré a la habitación a ver una peliculita. Estoy cansada y mañana quiero un intensivo de playa, hamaca y lectura.

Mientras ceno a solas en el paseo marítimo un pescado canario llamado «cherne», que está buenísimo, miro a las personas que tengo a mi alrededor. Guiris alemanes, guiris ingleses, guiris italianos, y varias parejitas que no paran de darse mimitos y abrazos. Con curiosidad, los observo. Eso que veo yo solo lo experimenté cuando tenía quince años con el padre de mi hija. ¿Cómo será vivirlo ahora, en la madurez y con la persona acertada?

Divertida por el modo en que se miran, se tocan y se besan, disfruto por ellos mientras pienso que ojalá les dure mucho. Joder, ¡qué mala soy! ¿Cómo puedo pensar eso?

¿En serio, porque yo sea incapaz de mantener una relación con alguien, tengo que pensar igual de los demás?

En cuanto acabo de cenar, decido no tomar postre en el restaurante. Prefiero comprarme un helado en el paseo marítimo y disfrutarlo mientras regreso al apartamento.

Mientras camino en busca de una heladería, me cruzo con gente que va sola como yo, acompañada, en bicicleta o corriendo, y una vez más me paro en los puestecitos de venta. Mira que me gusta el chafardeo.

Luego me dirijo a una heladería, donde, como una niña pequeña, miro el mostrador para elegir. Hay de tantos sabores que, si me dejaran, los probaría todos. Al final decido comprarme un vasito de helado de sabor a Nutella con nata montada.

¡Uf, qué rico!

Mi teléfono suena. De inmediato lo saco del bolsillo de mi pantalón, pero me llevo una ligera decepción cuando veo que se trata de mi amigo Jonay. Al parecer, está en El Médano y me pregunta si quiero ir a tomar algo con él, su chico y unos amigos.

Lo sopeso. Son las diez de la noche, y la verdad es que eso me atrae más que ver una película, así que accedo. Me dicen dónde están y, tan pronto como me acabo el helado, que por cierto estaba buenísimo, paro un taxi y para allá que me voy. La peliculita la dejo para otra noche.

El local al que llego está frente a la playa, y rápidamente veo a Carlos y a Jonay, que me hacen señas con los brazos, junto a más gente, y voy hacia ellos.

Con facilidad, pues soy muy habladora y empática, me integro en el grupo y lo paso bien. Jonay y sus amigos son encantadores, y bailoteo flamenquito acordándome de mi amiga Amara cuando suena la canción *Uno x uno*. Lo que le gusta el Carrasco y esa canción a mi Amara.

A las doce, como la Cenicienta, decido dar por finalizada la noche y me retiro.

Una vez que llego a mi apartamento, me desnudo y me pongo una camiseta de tirantes y unas bragas. Total, para estar tirada en la cama es suficiente.

Como siempre, y cuando no sé qué hacer y no tengo sueño, abro el ordenador y me pongo a trabajar. Y esta es una de esas veces. Desperdigo por la cama *queen size* los papeles de las Bodegas Verode que he ido recabando y, con el portátil abierto, comienzo a apuntar cosas.

Estoy abstraída en ello cuando oigo que mi móvil vibra. Está sobre la cama. Lo miro y, al ver que es Naím, parpadeo mientras leo:

Si me dices dónde estás,
voy a recogerte.

Me quedo boquiabierta, no sé qué pensar. ¡¿Me ha escrito?!

¡Joder, Naím me ha escrito!

Me altero. No lo esperaba. Y, cogiendo mi teléfono, tecleo:

¿Qué te hace suponer que
quiero que me recojas?

Le doy a «Enviar» y enseguida recibo la contestación:

Porque sabes que conmigo
lo pasarías bien.

Me río, no lo puedo remediar, su seguridad es aplastante, y respondo:

¿Y quién te dice que no
lo estoy pasando bien?

Rápidamente veo que escribe:

El otro día estabas sola...,
¿lo pasabas bien?

Resoplo. Mejor no hablar de nuestro último encuentro o la liaremos. Todavía me pica que me llamara «niñata» de esa forma.

Pasan unos minutos en los que veo que Naím está en línea, igual que él debe de ver que yo también lo estoy, pero entonces observo que escribe:

Ok. Dejo de molestar.

No. No. No. ¡No quiero que deje de molestar!

¿Qué hago? ¿Qué le digo?

¿Le mando una foto sonriendo? ¿Por qué habré sido tan cortante con él?

Y, sin tiempo que perder, escribo sin darle más vueltas:

No molestas.

Con la mirada fija en la pantalla al ver que sigue en línea, aguardo su contestación. Espero que esas simples palabras le demuestren que estoy interesada en él... Pero entonces compruebo que se desconecta.

—¡Mierda! —maldigo.

Molesta por lo mal que siempre hago las cosas con Naím, tiro de mala gana el móvil sobre la cama, pero este de pronto vibra y, tras cogerlo de nuevo, leo:

¿Dónde estás?

Uf..., uf, decirle la verdad es peligroso, pero como no quiero mentir, pues creo que ya le he soltado bastantes trolas, respondo:

En el apartamento.

Durante treinta segundos no recibo contestación. Creo que espera a que diga si estoy sola o acompañada o a que yo lo invite, y luego instintivamente escribo:

¿Tú dónde estás?

Su contestación no tarda en llegar.

En mi casa.

Sonrío. Como si yo supiera dónde vive. E insisto:

¿Y dónde está tu casa?

Escribe:

En El Sauzal.

Como no soy de la isla, busco a través de Google Maps la localización de El Sauzal. Nos separan casi setenta y cinco kilómetros, una horita de viaje, y al ver que ya es de madrugada, respondo en plan madre:

Es tarde para que vengas desde tan lejos. ¿Te parece que hablemos por aquí?

No tardo en recibir su respuesta:

Me parece bien.

A partir de ese instante me olvido del trabajo y nos sumergimos en una conversación en la que los dos queremos saber.

En nuestra charla somos bastante comedidos. Él no es indiscreto, como tampoco lo soy yo, y hasta sonrío con naturalidad. Esta vez no me parezco a *Tinto*.

Hablamos de su trabajo, del mío, e incluso le cuento que estoy arreglando los papeles para ir a visitar a mi hija a la Antártida y de mi viaje a China y a Australia.

De los mensajes escritos pasamos a los mensajes de voz, pero sin llamarnos por teléfono. Por su tono, y por cómo lo oigo reír, intuyo que disfruta del rato que estamos pasando tanto como yo, y de pronto me doy cuenta de que son las cinco de la madrugada y escribo:

¿Has visto qué hora es?

Sin dudarlo, responde:

Las cinco y diecisiete de la madrugada.

Me río, espero que él también, y luego digo:

Creo que deberíamos dormir.

Lo veo escribir y leo:

Yo también lo creo.

Como una adolescente de quince años, estoy pensando cómo despedirme de él, pero al mismo tiempo qué hacer para poder verlo, cuando escribe:

¿Qué plan tienes para mañana?

Leer eso hace que salte feliz en mi habitación. Sí. Sí. Sí. ¡He llamado su atención! Y tecleo:

Playa. Sol y lectura.

Como había imaginado, no tarda en contestar:

¿Los bloquecitos de hielo toman el sol?

Según leo eso, me río, y a continuación recibo:

Mañana he quedado en la playa de El Médano con unos amigos, ¿te animas?

¿Amigos? ¿Qué amigos?

Pero, ¡bah!, da lo mismo. Lo importante es que quiere que nos veamos, y digo:

¡Me animo!

De inmediato recibo su respuesta:

A las once te recojo en el quiosco de prensa que está frente a tu portal.

Al leer eso parpadeo boquiabierta y tecleo:

¿Sabes dónde me alojo?

Y Naím contesta:

Mi hermano Liam me lo dijo.

Eso me hace gracia y, deseosa de que sean ya las once, escribo:

De acuerdo, abuelito, aquí te espero.

Imagino que se ríe, eso espero al menos; entonces recibo:

Descansa, Julia de Valladolid.

Una vez que nos deseamos buenas noches, dejo el teléfono sobre la mesilla y, apagando la luz, me tumbo emocionada. ¡Tengo una cita con Naím!

Capítulo 31

A las nueve de la mañana ya me he duchado. Me he horrorizado al ver el granazo que me ha salido en la frente, seguro que a causa de los nervios, y me he cambiado mil veces de bikini e incluso he desayunado dos veces. ¡La ansiedad me hace comer!

A las once menos dos minutos, tras mirarme en el espejo por enésima vez y comprobar que mi apariencia es estupenda, a pesar del granazo, cojo mi cesto de paja, donde están mis cremitas y demás, y bajo feliz y contenta al portal.

Cuando abro miro hacia el quiosco que Naím me dijo y sonrío al verlo apoyado en una camioneta aparcada en segunda fila.

Está guapísimo. A diferencia de la última vez que lo vi, que iba tan elegantón, en esta ocasión va con unas bermudas de camuflaje, una camiseta negra y, sobre ella, una sobrecamisa abierta. ¡Sexy!

Naím me ve. Observo que sonríe y la sonrisa me sale sola. ¿Me besará en los labios cuando me acerque? Cruzo la pequeña carretera que nos separa y, cuando llego a su lado, con el excelente humor con el que me he levantado, lo miro directamente a los ojos y saludo:

—¡Buenos días!

—¡Buenos días, Julia de Valladolid!

Suelto una carcajada y, mirándolo, espero el ansiado beso en los labios que deseo, pero este no llega.

¿En serio no me va a besar?

Finalmente me da dos castos besos en las mejillas y, mirando mi frente, dice:

—Uf..., eso tiene que doler.

Horrorizada, pienso en el maldito grano. Joder..., joder..., ¿tenía que salirme justo hoy? E, intentando tomármelo con humor, respondo:

—Le he puesto hasta nombre: ¡Agapito!

Naím sonríe y, cogiendo mi cesto, va a hablar cuando le pido:

—Como no me gusta juntar ocio con trabajo, para evitar preguntas que puedan incomodarnos por parte de tus amigos, preséntame como Julia de Valladolid.

Según digo eso Naím me mira.

—¿Qué preguntas te van a hacer mis amigos? —dice.

Vale, tiene razón, y cuando voy a responder indica:

—No me gustan los engaños, y menos con las personas que aprecio.

Lo entiendo, pero yo sé a qué me refiero, e insisto:

—Esa pequeña mentirijilla evitará que, si ven a tu hermano o a cualquier otra persona de tu familia, sepan que estuviste conmigo en la playa. Mejor ser Julia que Verónica, ¿no crees que eso evitará preguntas incómodas?

Naím me mira. Creo que me estudia. Sé que piensa lo que le he dicho, y por último contesta sonriendo:

—Anda, Julia, sube a la camioneta con Agapito. Aparcaré en un parking que hay más adelante.

Desconcertada, lo hago, y al subir suena una dulce y romántica canción de Manuel Carrasco, esa que tanto canta Amara y que se titula *Uno x uno*, e instintivamente, y viendo que él rodea el vehículo, saco el CD. Se hace el silencio. ¡Joder! Y Naím, tras montar por el lado del conductor, ve el CD y, sin decir nada, vuelve a meterlo.

—Me gusta Manuel Carrasco —explica cuando la música vuelve a sonar.

¡Anda, como a Amara! ¡Joder, me ha pillado!

Y, sin decir nada, nos ponemos los cinturones de seguridad, él arranca y yo, para disimular, comienzo a hablar del bonito y ventoso día que hace.

¡Madre mía, qué nerviosa estoy!

Una vez que llegamos al aparcamiento que ha indicado y nos bajamos del vehículo, me quedo sorprendida al comprobar que en la parte trasera del mismo, que es descapotada, levanta una lona y veo que lleva una tabla de surf y una vela.

¿En serio practica el windsurf?

Mi cara debe de hacerle ver mi sorpresa, pues pregunta:

—¿Sabes hacer windsurf?

Rápidamente niego con la cabeza.

—No, pero es algo que siempre me habría gustado probar.

Naím sonríe y, sin tocarme, propone:

—Puedo enseñarte si quieres.

Uf, cómo me ponen su cercanía y su olor.

¿Le pondré yo a él?

Acto seguido veo que se quita la camisa, luego también la camiseta y, oh..., oh..., ¡que me da!

Sin mirarme, se quita también las bermudas. Se queda con lo que yo creo que es un bañador negro o unos calzoncillos y, mirándome entonces, indica sin percatarse de cómo me está provocando:

—Pásame el neopreno, por favor.

Sin dudarlo lo cojo de la parte trasera del vehículo y se lo tiendo. Naím comienza a ponérselo, y yo no puedo apartar mi mirada de la de él.

Un par de minutos después, entre risas por los movimientos que tiene que hacer para calzarse el traje de neopreno, lo ayudo a cerrarse la cremallera, coge la tabla e indica:

—Vamos. Mis amigos están allí.

Sin rozarnos siquiera entramos en la arena de la playa y me fijo en que nos dirigimos hacia un grupo de unas diez personas que están charlando junto a unas tablas.

Al llegar Naím es recibido con abrazos y sonrisas. Me presenta con el nombre de Julia y los hombres y mujeres del grupo, que observo que son de nuestra edad, me reciben encantados y de inmediato conecto con ellos. Especialmente con una chica llamada Charo, de la que me entero que es campeona mundial de windsurf. ¡Qué envidia!

El grupo está animado. Y enseguida varios de ellos se meten en el agua con sus tablas. Complacida, pongo mi toalla sobre la arena, pero veo que Naím me mira, y le indico:

—Vamos, ¡ve con ellos!

No hace falta que diga más. Veo que se aleja junto a dos de sus amigos y sonrío. El hecho de que yo no practique ese deporte no significa que él no tenga que hacerlo.

Desde la orilla los observo. O, mejor dicho, observo a Naím. Verlo sobre la tabla de surf, agarrando con fuerza la vela, me hace sonreír y disfrutar del momento.

Después de un rato sale del mar. Me anima a entrar en el agua con él y, cuando lo hago, me parto de risa al tratar de subirme a la tabla. Pero ¿cómo soy tan torpe?

Es la primera vez en mi vida que intento algo así, y no puedo parar de reír junto a Naím. Del agua que estoy tragando creo que voy a vaciar la playa. Cuando por fin consigo subirme, con su ayuda y pareciendo un pato mareado, al ir a coger la vela no tardo en caer al mar.

Pero ¿cuánto pesa esta vela empapada de agua?

Durante más de una hora Naím y yo reímos y disfrutamos de mi torpeza. Él me hace saber que para aprender hay tres acciones importantes, que son: mantener el equilibrio sobre la tabla, estar pendiente del viento y controlar la vela... ¡Casi nada!

Lo intento, pero me resulta imposible. Si mantengo el equilibrio, no controlo la vela, y en cuanto al viento..., ¡pero si no sé ni de dónde viene!

Al final, agotada y con un dolor en las manos que no esperaba, decido dejar la clase para otro día y me salgo, aunque animo a Naím para que regrese junto a sus amigos y cabalgue las olas.

Durante todo el tiempo que hemos estado los dos en el agua él no se ha propasado lo más mínimo conmigo. No me ha besado. No ha intentado ningún acercamiento, y no sé si eso me gusta o me disgusta.

Pensando en ello, regreso a mi toalla con las manos doloridas y, en cuanto me siento, Charo, que sigue ahí riéndose, indica:

—Julia, mañana tendrás agujetas... ¡Verás!

—¡No me jorobes! —me mofo sintiéndome mal por estar mintiendo.

Ella asiente y yo, mirando mis manos, digo:

—Madre mía, lo que cuesta levantar la vela del agua.

Charo ríe y luego cuchichea:

—El secreto es subirla en cuclillas sobre la tabla, utilizando los músculos de las piernas y no los de la espalda.

Asiento, no dudo ni un segundo de lo que dice.

—A mí me enseñó mi hermano Alfred —indica a continuación—. Yo lo veía a él hacerlo desde niña, pues se dedica a dar clases de windsurf, y quería aprender. En un principio intentó quitármelo de la cabeza, él y mi madre también. Pero yo no se lo permití. —Se ríe—. Y, bueno, hasta que aprendí fueron muchas las caídas, los dolores musculares, las roturas de material y las catapultas, hasta que llegó el día en que comenzaron a salir bien las cosas y empecé a disfrutar.

—¡Qué maravilla! —afirmo.

—De ahí pasé a competir. Primero a nivel local, luego nacional, después internacional..., hasta el día de hoy, en que puedo decir que mi vida es el windsurf.

Ver su sonrisa me demuestra que adora lo que hace, y estamos hablando cuando hasta nosotras llega una chica morena y muy guapa con una tabla. ¡Menudo tipazo tiene! Tras saludarnos con una cálida sonrisa y dejar una bolsa junto a nosotras, se va derecha al agua, y en ese instante me doy cuenta de que es la mujer que acompañaba a Naím la noche en que le pringué el traje de helado. ¿Es Soraya?

Minutos después, desde donde estamos, veo que, tras saludar a Naím y a otros más, la recién llegada comienza a disfrutar del windsurf.

—Mireia es muy buena cabalgando las olas —comenta Charo—. Pero sufrió un accidente hace seis años, se lesionó la rodilla y tuvo que dejar la competición.

Mireia... ¡Así que esta no es Soraya!

Me apeno por ella. Qué injustas son las lesiones para los deportistas. Lo sé por lo mucho que Amara lloró cuando sufrió la suya.

E, intentando dejar de pensar que esa acompañaba a Naím hace unas noches, seguimos charlando. No soy celosa.

A la hora de la comida, cuando los demás han salido ya del agua, hablan de ir a comer todos juntos. Naím me mira y yo asiento encantada, por lo que, tras coger los coches, vamos hasta otra playita, donde hay un chiringuito frente al mar, y nos ponemos morados a comer.

¡Pero qué rico sabe todo en la playa!

Durante la comida, en la que estoy sentada junto a Naím, confraternizo más con los presentes y me entero de que entre esos locos surferos hay abogadas, psicólogos, profesores de autoescuela, charcuteros; Charo, que se dedica a la competición de windsurf y Mireia, que resulta ser la nieta de un viticultor de la zona y que trabaja a tiempo completo en las bodegas de su abuelo como enóloga desde que dejó de competir.

¡Ahora entiendo que lo acompañara a la cena de días antes!

Mientras todos hablamos y yo miento y digo que trabajo en una tienda de vinos en Valladolid y no menciono mi trabajo de verdad, soy consciente de lo divertida y guapísima que es Mireia y del estilazo que tiene llevando simplemente una camiseta y unos vaqueros. Es de estas personas que se ponen una coliflor en la cabeza y la lucen como si llevaran una diadema de diamantes. Su sentido del humor hace que todos riamos a carcajadas, y aunque me gusta y me cae muy bien, al sentir que se centra tanto en Naím y lo llama «cielo», la cosa comienza a molestarme. Pero me recuerdo: no soy celosa.

Mireia le sonríe de una manera distinta que a los demás, es amable a la par que seductora, y lo mira directamente a los ojos a la hora de contar las cosas. ¡Justo lo que mis amigos me dijeron que yo tenía que hacer para seducir! Está claro que lo intenta.

Durante las horas que llevo junto a Naím él no ha hecho nada que pueda hacer suponer que esté interesado en mí y, la verdad, aunque yo como mujer me quiero mucho y no me cambiaría por otra, reconozco que Mireia y yo somos el día y la noche. Ella, talla 36. Yo, 44. Ella, cutis perfecto. Yo, con un granazo de nombre Agapito en la frente que llega a los sitios antes que yo. Ella, divina de la muerte. Yo..., bueno, yo ¡divina de la vida! Pero reconozco que su perfección me saca de mis casillas. Y más cuando veo la conexión que existe entre ellos dos. Sin duda han tenido algo. Lo veo en los ojos de ella.

Tomo aire. Y, por primera vez en mi vida, al notar algo raro en el estómago, comienzo a pensar si lo que siento serán celos. Pero no, me niego. Siempre he creído que nadie es propiedad de nadie y que los celos son una puñetera enfermedad.

Disimulo. Intento seguir con mi sonrisa, con mis bromas, pero yo ya me noto muy rara... ¿Qué me ocurre?

Mi teléfono suena. Es Eloísa, mi secretaria, por lo que me levanto para atender la llamada y con el rabillo del ojo veo que Naím me mira. ¡Eso me gusta! Alejada del grupo, hablo con ella mientras observo cómo Mireia y Naím hablan y ríen. Tienen una excelente conexión. Entre ellos sin duda hay algo.

Desde la oficina Eloísa me hace saber que ya tengo los billetes para el día 2 de septiembre. Como acordamos, volaremos primero a China y, tras tres días allí, saldremos para Australia. Asiento. En este instante oír eso no me hace especial ilusión, y luego me habla del papeleo que necesito para ir a la base americana de la Antártida y me desespero cuando me indica que hay cosas que ella no me puede solucionar, pues tengo que hacerlas personalmente. Tras quedar con Eloísa en que me pasará por email las páginas que necesito tramitar yo misma, nos despedimos y regreso a la mesa, donde todos siguen riendo y bromeando.

Su conversación no es que no me interese, pero no sé muy bien de lo que hablan, y con disimulo me pongo a mirar en mi móvil lo que me ha enviado Eloísa. Entonces Naím, que está a mi lado, pregunta:

—¿Ocurre algo?

Levantando la vista del teléfono, lo miro y, enseñándole las páginas que estoy consultando, le explico:

—Eloísa me ha dicho que solo yo puedo solicitar determinados trámites para el viaje que voy a hacer para ver a mi hija. Y, la verdad, hay algunas cosas que no entiendo.

Naím asiente, sabe de lo que hablo porque la pasada noche se lo comenté. Mira lo que le enseño en mi móvil y luego dice:

—Si quieres, después lo vemos con tranquilidad y te ayudo en lo que pueda.

Agradecida, asiento. Una ayudita no me vendrá mal. A ver, soy espabilada, pero ciertas instituciones lo ponen tan difícil a veces que es para echarse a temblar.

Cuando terminamos la comida y nos levantamos de la mesa, todos nos dirigimos de nuevo a la playa. Esta vez la intención es tirarnos sobre la arena a reposar la comida y, con elegancia y disimulo, me aparto de Naím y de Mireia. Bastante es ser testigo de su complicidad, de oír «cielo» por aquí, «cielo» por allá, como para estar yo ahí sujetando la vela.

Cuando me voy a sentar junto a Charo, su chico y otros más, me doy cuenta de que he dejado el cesto con mi toalla en el vehículo de Naím y, acercándome a él, que habla con Mireia, digo:

—¿Te importaría darme las llaves de la camioneta para ir a coger mi toalla?

Él me las tiende con una sonrisa y pregunta:

—¿Quieres que vaya yo, *Julia*?

Rápidamente niego con la cabeza. Comienzo a odiar ese nombre. E, intentando mantener la sonrisa, indico con voz de tanqueta destructora:

—No, *cielo*. No hace falta.

¡¿«Cielo»?!

¿Por qué habré dicho eso?

Una vez que cojo las llaves del vehículo de las manos de Naím, doy media vuelta y me dirijo hacia el vehículo, mientras por mi mente pasan sapos y culebras y maldigo por haberlo llamado «cielo».

¿Qué hago mintiendo como una bellaca a todos aquellos?

Y, sobre todo, ¿qué hago tratando de seducir a alguien que pasa de mí?

Intentar competir con Mireia es ridículo. No solo es de la isla, sino que además es un pibonazo de mujer y ambos comparten su afición por el windsurf y su trabajo como enólogos.

Llego a la camioneta y, tras darle al mando, las puertas se abren. Necesito un cigarro y, abriendo mi cesto, lo cojo, lo enciendo y, apoyada en el vehículo, me lo fumo con tranquilidad mientras pienso en cómo deshacerme de la mala leche que llevo sin jorobarme el día ni jorobárselo a Naím.

Entonces mi móvil suena y, al mirarlo, leo:

Me muero por calentar sábanas con vos de nuevo.

Al leerlo, sonrío. Es Lorenzo, desde Argentina, y con el cabreo que tengo, respondo:

Sin duda las calentaríamos muy bien.

Durante unos minutos Lorenzo y yo chateamos. Sus insinuaciones calientes me hacen sonreír, hasta que de pronto aparece Naím y pregunta:

—¿Te ocurre algo, *Julia*?

Bueno, bueno, bueno. Como me vuelva a llamar así juro que le arranco la lengua. Pero, consciente de que yo he iniciado ese juego, respondo cortante:

—No. ¡¿Por...?!

Naím me mira. Ve que ando tecleando en mi teléfono. Parece traspasarme con la mirada y luego indica:

—Me extrañaba que tardaras en regresar.

Asiento y sonrío. Al menos ha estado pendiente de si regresaba.

—Estoy hablando con un amigo argentino —digo enseñándole el móvil.

—¿Lorenzo? —dice dejándome boquiabierta.

Asiento de inmediato. Me sorprende que haya relacionado ser argentino con ese nombre, pero entonces recuerdo cómo es que lo sabe y cuchicheo:

—Siento haberte enviado ese mensaje aquella noche. Creía que se lo había mandado a mis amigos, pero bueno, sin querer te lo envié a ti.

Naím niega con la cabeza y se encoge de hombros sin cambiar el gesto. El control que tiene de su cuerpo ante las situaciones es increíble. Está claro que no le intereso nada de nada y, caminando hacia mí, se apoya en la camioneta y suelta:

—Puedes seguir hablando con él.

Eso me hace gracia.

¿Hablar con Lorenzo estando él aquí?

Por un segundo la mala malosa que vive en mí me dice que ojalá pudiera hacer que sintiera lo mismo que él me ha hecho sentir a mí cuando hablaba con Mireia y no conmigo. Pero, claro, la situación no tiene nada que ver, porque, mientras yo lo quiero seducir a él, él pasa olímpicamente de mí.

No obstante, con más ganas de hablar con él que con Lorenzo, me despido de mi boludo preferido y, cuando me guardo el teléfono en el bolsillo del pantalón vaquero, Naím pregunta:

—¿Cuándo te ibas de viaje a la Antártida?

Retirándome el pelo del rostro por el viento que hace, respondo:

—Tengo que estar en Christchurch, Nueva Zelanda, el 20 de agosto para coger un avión militar que nos lleve a la base americana de la Antártida.

Naím afirma con la cabeza.

—Tiene buena pinta tu viaje.

Asiento sin dudarlo, pero, como estoy rara y molesta, no contesto. Entonces Mireia aparece en nuestro campo de visión y, mirándonos, anuncia con una esplendorosa sonrisa:

—¡Me voy!

Haciéndome la sorprendida y la apenada cuando en realidad me importa un pimiento que se marche, pregunto:

—¿Te vas?

Ella asiente. Se acerca a Naím para darle dos besos y, una vez que lo hace, dice dirigiéndose a mí:

—Sí, Julia. Tengo unos compromisos profesionales a los que no puedo faltar. —Y mirando a Naím murmura—: Te llamo y nos vemos, ¿vale, cielo?

Sonrío. Sonríe. Me da dos besos y luego dice dándome un tubo pequeño:

—Échate esta crema en el grano de la frente. Es buenísima, te irá bien.

Joder..., joder..., joder... Naím y ella están mirando a Agapito, y yo quiero gritar «¡Tierra, trágame!». Pero, en lugar de ello, y sacando la educación que mis padres me han dado, digo:

—Muchas gracias. Así lo haré.

Mireia sonríe. Naím se descojona, y luego ella, mientras se aleja ya hacia su vehículo, indica volviéndose de nuevo hacia él:

—Florencia me dijo que para la gala Bardea te has comprado un traje impresionante. ¡Me muero por verte con él, cielo!

Uf..., uf..., lo que me entra por el cuerpo.

¡¿«Cielo»?! «"Cielo" te voy a dar yo a ti, *cielo*», pienso, pero me callo.

Madre mía, madre mía, ¡que estoy celosa!

Naím asiente. Se sonríen, y la guapísima Mireia, tras colocar su tabla y su vela en la parte trasera de su camioneta, arranca y se va.

En silencio vemos cómo aquella se marcha e, incapaz de callar, digo:

—Qué maja y guapa es esta chica.

—¡Lo es! —afirma él con convicción.

Enfadada, y sintiéndome algo ridícula, a continuación indico:

—Si ganas el Premio Bardea, irás al Farpón, y soy yo quien lo presenta este año.

Naím afirma con la cabeza. No parece sorprenderle ni importarle.

—Lo sé —dice—. Liam me lo contó.

Asiento. Decido cerrar ese buzón de correos que tengo por boca y nos quedamos otra vez los dos en silencio. En ese instante, su teléfono suena. Se lo saca del bolsillo de la bermuda, lo atiende y se aleja unos pasos de mí, y lo oigo decir:

—No, ahora no. Ya os dije que durante los próximos quince días no contarais conmigo para nada. —Se calla. Me mira e insiste—: No. No voy a ir a la cena. Y, no, a la gala solo iré acompañado por mi familia. Los nombres de mis invitaciones son los que envié y, por mi parte ¡ni una más!

Nerviosa y atacada por lo ridícula que me siento ante la rara situación que yo misma he propiciado al crearme expectativas con él que son más falsas que un billete de trescientos euros, meto medio cuerpo en la camioneta para sacar de mi cesto la toalla y, cuando me doy la vuelta, veo que Naím está detrás de mí y, cogiéndome por la cintura, me acerca a él y me besa.

Buenooooooooo... Buenooooooooooo... ¡Y yo me lo quería perderrrrrr!

Suelto la toalla, que cae al suelo y, agarrándome a su cuello, profundizo en mi beso y lo disfruto. ¡Dios, cuánto lo deseaba!

Nuestro beso es ardiente, mucho, y cuando segundos después lo damos por finalizado, Naím susurra mirándome:

—Llevo todo el día deseando hacer esto.

—¿Y por qué no lo has hecho? —pregunto con un hilo de voz.

—Porque hasta que me has pedido las llaves de la camioneta y has dicho eso de «cielo», no he sido consciente de que tú lo deseabas tanto como yo.

¡¿Cómoooooo?!

Pero... pero si llevo todo el día sonriendo, pestañeando y haciéndole ojitos.

¡Dios, qué mal se me da!

He hecho todo lo que mis amigos me dijeron que debía hacer para seducir, y ahora resulta que lo he seducido cuando me ha visto con cara de ajo y con voz de tanqueta destructora... ¿En serio?

—¿Qué te parece si te llevo a un sitio que me gusta mucho? —pregunta él de pronto.

Sonrío, nada me apetece más.

—Me parece bien, pero no vuelvas a llamarme Julia —indico.

—¿Prefieres «bloquecito de hielo»?

—Mil veces —afirmo convencida.

Naím sonríe, yo también, y, mirando hacia el grupo, que está sentado en la playa, voy a hablar cuando dice:

—Ya me he despedido de ellos por los dos.

Asiento. En ese caso no hay más que decir, y, tras besarlo yo a él esta vez, nos montamos en la camioneta y, sonriendo, Agapito y yo nos dejamos llevar.

Capítulo 32

En el trayecto mantenemos una calma tensa. La tensión sexual que siento entre nosotros es tan fuerte que apenas puedo respirar con tranquilidad. Estamos solos. Nos hemos besado y, Dios, ¡cómo me gustan sus besos!

Suena música. Esta vez no he sugerido cambiarla ni he tocado nada, pero de pronto lo oigo tararear la canción que suena. ¿En serio está cantando? Y, sonriendo, pregunto:

—¿Qué canturreas?

—*Una vez más*, es de Ximena Sariñana. —Sonríe—. ¿La conoces?

Me apresuro a negar con la cabeza. La música que le gusta a Naím y la que me gusta a mí no tienen nada que ver. De hecho, hasta el momento, de lo que ha sonado, a excepción de dos canciones de Manuel Carrasco que conozco por Amara, el resto de la música me es totalmente desconocida.

—No. No la conozco —contesto.

Tras cruzar lo que a mí me parece la isla entera, llegamos hasta un sitio donde hay tres vehículos aparcados y, después de dejar el nuestro allí, yo cojo mi cesto y Naím se hace con una tolla. Luego abre una nevera que lleva en la parte trasera junto a su tabla, saca de ella unas botellas de agua y las guarda en una mochila negra que se cuelga a la espalda.

Hecho esto, y una vez cerrado el vehículo, comenzamos a caminar en silencio y sin apenas rozarnos por un sendero, hasta que digo:

—¿Puedo preguntarte algo?

—Puedes...

Tengo mil preguntas en la cabeza, pero, intentando no soltarlas todas a la vez, digo:

—¿A qué cena tenías que ir que has declinado la oferta y por qué parecías tan enfadado?

Naím asiente.

—La organización del Premio Bardea quiere que vaya a las cenas de recepción que ofrecen a los participantes del evento que van llegando a la isla. Hoy por hoy he asistido ya a tres aburridas cenas, y de momento les he dicho que no cuenten conmigo para más.

—¿Por qué?

—Porque prefiero emplear mi tiempo contigo.

Woooooo, ¡lo que me entra por el cuerpo!

Desde luego no se anda con rodeos. Va directo al Agapito, bueno..., al grano. ¡Me gusta!

Oír eso que no esperaba me hace sonreír como una tonta e, incapaz de callar, pregunto:

—¿Tienes algo con Mireia?

En cuanto lo suelto me acuerdo de mis antepasados... ¡Pobres!

Pero ¿qué hago preguntando eso?

Naím me mira y dice:

—Una buena amistad.

Bueno, esa respuesta no me vale, e insisto:

—¿Solo eso, *cielo*?

¡Otra vez!

Pero ¿por qué no cerraré esta maldita bocaza?

Naím se detiene, me mira y sonríe. Y, agarrándome por la cintura, me acerca a él e indica:

—Mireia y yo somos amigos desde hace mucho, puesto que nuestras familias se conocen desde siempre y ambos somos los enólogos de nuestras respectivas bodegas. Y, sí, hubo algo entre nosotros hace años, pero por mi parte es agua pasada.

Asiento. ¡Lo sabía! Esa respuesta me vale más y, dejándome llevar, lo beso.

Me gusta besarlo. Me gustan su boca, su sabor, su tacto.

Madre mía..., ¡me gusta todo de él! Y solo espero que esta muestra mía de deseo la entienda como la tiene que entender. Cuando doy el beso por finalizado Naím cuchichea:

—Creo que deberíamos haber ido a tu apartamento.

Sonrío dándole la razón. Lo que más deseo en este instante es tirarlo sobre la cama y aprovecharme de él. Y Naím, divertido por la cara que debo de tener, señala:

—Pero, ya que estamos aquí, me gustaría mostrarte el sitio al que te he traído.

Sonrío. Sonrío como una boba. De momento mi deseo por él tendrá que esperar.

—Pues venga. Enséñamelo —pido tomando aire.

Esta vez nos cogemos de la mano y me sorprendo de lo mucho que me gusta sentirlo junto a mí. Después del idiota del italiano, nunca más he vuelto a darle la mano a ningún hombre que no fuera mi padre o Leo, y sentir su tacto contra mi piel me resulta muy agradable, por no decir excitante...

Seguimos caminando por el sendero mientras hablamos de lo primero que se nos ocurre, excepto de nosotros mismos. Es algo que llama mi atención y, conociendo a Naím, seguro que también la suya.

Tras un cuartito de hora de caminata más o menos en que el solecito, aunque ya más tímido, sigue calentando, llegamos a una empinada escalerita y ante mí aparece uno de los sitios más espectaculares que he visto en mi vida.

—¿Merece o no merece la pena haber venido hasta aquí? —musita Naím.

Ensimismada con el paisaje salvaje y hermoso, asiento. Esto es una maravilla. Esto es el puro paraíso, y cuando comenzamos a descender por la escalerilla, Naím comenta:

—Para mí es una de las playas vírgenes de arena negra más bonitas que existen.

—Y tanto —afirmo maravillada.

—Es la playa de Benijo, y está custodiada por el Roque de la Rapadura y el Roque Benijo —dice señalando dos pedruscos.

—Es una pasada.

Ante mí tengo un paraíso precioso donde hay muy poca gente. Es como si este sitio fuera solo nuestro. Naím se mueve y, mirando los escalones que hay más abajo, pregunto:

—¿Todo esto hay que bajar?

Naím asiente, sonríe e indica:

—Créeme que subir luego es peor.

Me río por ello y seguimos descendiendo por la escalerita. En el trayecto soy consciente de las pocas personas que hay aquí, y compruebo desde lejos que todo son parejas. Están muy alejadas unas de las otras en busca de intimidad y, sonriendo, pregunto:

—¿Este es uno de tus picaderos?

Naím sonríe. Me encanta su sonrisa burlona.

—Alguna madrugada, cuando era un chaval, no te voy a decir que no —reconoce.

Divertida al oír eso, le doy un empujón y, entre risas y bromas, terminamos llegando a la playa.

De su mano, pues él no me suelta ni yo tampoco, caminamos por la arena húmeda hasta llegar a un lugar que nos gusta a ambos, y decidimos soltar la bolsa y la mochila.

Quitándonos la ropa con celeridad, la tiramos sobre nuestras cosas y corremos a remojarnos. Hace calor y, si a eso le unimos el calentón por la tensión sexual que llevamos, sin duda necesitamos refrescarnos.

En el agua nuestros juegos suben de intensidad. Nos besamos. Nos tocamos. Nos tentamos. Y, cuando siento su erección y me mira, sí, sí, sí..., sé que piensa lo mismo que yo. Se lo leo en la mirada. Tras comprobar la distancia que nos separa de las otras parejas, enredo mis piernas en su cuerpo y murmuro:

—¿Y si lo probamos...?

Naím se ríe ante mis palabras y, divertido por lo que esa frase significa para nosotros, musita:

—¿Me estás provocando, bloquecito?

Reímos. Está claro que a los dos nos va el juego y el morbo y, tras un ardoroso beso que acrecienta más aún nuestro deseo, sin separarse de mi boca susurra:

—No he sido previsor y no he traído preservativos.

Eso me hace resoplar. No he vuelto a hacerlo sin condón desde que me quedé embarazada de Zoé. Es algo que siempre, siempre, siempre exijo a mis amigos, y no solo para evitar embarazos, sino también enfermedades, pero estoy tan llena de deseo por él, tan excitada, tan enloquecida por el momento que, sin replanteármelo, musito olvidándome de mi frialdad:

—Tomo la píldora. Sigamos...

—¿Segura? —insiste.

Asiento sin dudarlo.

—Segurísima.

Me entiende. Nos entendemos. Está claro que no nos para nadie. Y, una vez que veo que se baja el bañador y retira hacia un lado mi braguita del bikini, al sentir cómo su pene comienza a entrar en mi requetehumedecida vagina, me echo hacia atrás y, tomando aire, lo disfruto.

¡Dios, qué placerrrrr!

Sin embargo, recordando dónde estoy, lo miro a los ojos y cuchicheo:

—Nunca lo he hecho dentro del agua en la playa.

Asiente, me besa y después dice en voz baja:

—Pues ese «nunca» ya no existe.

Excitado, Naím vuelve a clavarse en mí. ¡Oh, sí!

Me gusta. Me gusta cómo lo hace. Me gusta cómo me posee.

—Dios, cómo me gusta... —musito.

Siento que mis palabras le agradan y, apretándome contra él, murmura en mi oído:

—Te gusta mi posesión tanto como a mí poseerte.

Un jadeo gustoso sale de mi boca. Me vuelve loca sentirme poseída por él. El placer que experimento es tan caliente, perverso y enardecedor que hace que me retuerza entre sus brazos; entonces Naím vuelve a clavarse en mí con total posesión y murmura:

—Eso es. Disfrútalo tanto como yo.

Y lo disfruto, vaya si lo disfruto cuando noto cómo acelera sus acometidas. Cómo entra y sale de mí una y otra y otra vez, al tiempo que nuestras bocas y nuestras lenguas juegan enloquecidas sin importarnos nada más.

El placer es extremo. El gusto ante lo que hacemos, turbador. Su posesión es demoledora y, tras varias embestidas más que a los dos nos saben, como diría mi vecina, a gloria bendita, sin importarnos si nos miran o no, damos un grito de placer al alcanzar un más que ardiente clímax.

Quedamos abrazados en el agua mientras nos reponemos de lo ocurrido. Estamos acelerados, muy acelerados, hasta que Naím, al que imagino que le fallan las fuerzas, me suelta y mis pies tocan la arena. Nos miramos, reímos y, azorada, le tiro agua a la cara. Él responde. Jugamos como dos críos con total libertad, hasta que, al ver el impresionante atardecer en tonos violeta que nos rodea, salimos del agua y, cogidos de la mano, paseamos con tranquilidad por la preciosa playa mientras nos besamos y nos prodigamos muestras de cariño como una pareja más.

¡Yo! ¡Yo estoy haciendo eso! ¡Qué fuerte!

El momento es perfecto y la compañía, la deseada. Por primera vez desde que era una niña disfruto de algo que siempre me había negado, y reconozco que me gusta mucho. Muchísimo. Sentir la libertad de besar y abrazar con él es fácil. Naím es cariñoso, atento, divertido. Y cada segundo que pasa me gusta más y más.

Un buen rato después, tras dar un maravilloso paseo por la increíble playa donde otras parejas como nosotros disfrutan de su intimidad, nos dirigimos hacia nuestras cosas. Una vez allí estiramos las toallas y nos tiramos sobre ellas a descansar. ¡Qué gustazo!

Cuando oigo a Naím moverse, abro los ojos y lo veo bebiendo agua de una de las botellas que ha cogido de la camioneta. Me ofrece. Yo la agarro y él, señalando a nuestro alrededor, comenta:

—No muy lejos de esta playa están la de Almáciga y la del Roque de las Bodegas. Otro día, si quieres, te las enseño.

Sin dudarlo asiento y, mirando nuestro entorno, musito:

—Veo que esta playa no está equipada ni con tumbonas, ni con sombrillas, ni con nada.

—No. —Sonríe—. Como te he dicho, es una playa virgen, aquí no hay nada de todo eso, y para mí es especial por ello.

Afirmo con la cabeza y sonrío. En ese instante su móvil suena. Recibe un mensaje y en la pantalla leo «Carmen». ¿Quién es esa

Carmen? Naím mira el móvil, pero no abre el mensaje e, incorporándose, mira hacia el agua e indica:

—Hoy el mar está tranquilo, pero cuando está bravo hay que extremar las precauciones, pues la playa puede ser peligrosa por las corrientes.

—¡Tomo nota! —digo bebiendo más agua y evitando preguntar quién es la tal Carmen.

Estamos en silencio cuando me fijo en una pareja que, alejados de nosotros, entran en la playa, que ya está oscura, y entonces oigo que Naím pregunta:

—¿A qué se debe tu cambio de actitud conmigo?

Oír eso, que no esperaba, hace que escupa el agua que estoy bebiendo sobre él. ¡Joder! Y al ver su cara de sorpresa susurro:

—Ostras, perdona...

Veo que me mira divertido y, dejando correr el agua por su torso desnudo, indica:

—Prefiero agua antes que helado, sirope y nata.

Los dos reímos recordando por qué dice eso.

—¿Por qué cambiaste de idea en lo referente a mí? —insiste a continuación.

Vale, está visto que quiere saber, que desea hablar, y, tomando aire, suelto sin pensarlo o sé que no lo haré:

—Porque me gustas y quiero conocerte.

Uf, madre mía, ¡lo que he dicho!

Noto que mi respuesta lo coge por sorpresa. ¡A mí, ni te cuento! Creo que esperaba que le dijera cualquier otra cosa. Y, nerviosa perdida por no controlar la situación, añado:

—Vale. Entiendo que ahora seas tú quien no quiera conocerme a mí, pero..., pero me has preguntado y yo...

Su boca asola la mía.

Su deseo asola mi deseo.

Su posesión asola mi cuerpo.

Y cuando el beso acaba y nos miramos, siento que el vello de todo mi cuerpo se eriza, y más cuando lo oigo decir:

—No he podido dejar de pensar en ti en todo este tiempo.

Ay, Dios... ¡Ay, Dios!

De nuevo el corazón me va a mil. Saber que ha pensado en mí es algo que no sé cómo explicar, y musito tirándome a la piscina sin flotador:

—Yo igual.

Nos miramos. Sin hablar nos hablamos, sonreímos, y entonces Naím pregunta:

—¿Lo pasaste bien con el argentino?

Me entra la risa. Madre mía, madre mía..., menuda metedura de pata la de aquel día. Y, dispuesta a ir con la verdad por delante, asiento con la frialdad que me caracteriza.

—Sí. Igual que lo pasé bien con el texano y el africano y seguramente lo pasaré también con el chino y el australiano.

Su cara es todo un poema. Creo que he hablado de más.

Intenta disimular que eso lo incomoda, pero no puede negarlo. Se lo veo en los ojos. Y, cogiendo las riendas de la situación, pregunto:

—¿Acaso lo pasaste tú mal en Madrid con Soraya o con Carmen, o la otra noche con doña Cielo?

Me mira. No sé si mi sinceridad le está gustando. Pero entonces veo que su frente se relaja y al final afirma sonriendo:

—La verdad es que no, no te voy a mentir.

Asiento. Sinceridad ante todo. Y, como necesito saber, pregunto:

—¿Quién es Carmen?

—Una amiga.

—¿Y Soraya?

Vale, me estoy pasando con las preguntas. ¿Qué estoy haciendo? Si me manda a la mierda me lo mereceré, pero entonces oigo que Naím responde:

—Alguien de mi pasado que no está atravesando un buen momento.

Luego coge la botella de agua de mis manos, da un trago largo y, acto seguido, clava los ojos en mí e indica:

—Lo que te dije aquel día en tu despacho es cierto. Quiero conocerte. No sé qué tienes, pero desde el instante en que te vi aquella noche defendiendo a la camarera, me...

—Quizá porque defendía algo que defendía también tu madre.

Según digo eso maldigo para mis adentros. ¿Cómo se me ocurre mencionar a su madre fallecida en un momento así?

Naím asiente. Veo que no le han incomodado mis palabras.

—A mi madre, sin conocerte en persona, ya le gustabas —afirma sonriendo.

Saber eso me hace sonreír a mí también.

—Reconozco que cuando te invité esa noche a esa botella de vino sin saber quién eras, me sedujiste —añade luego—. Y cuando te vi al día siguiente en las bodegas, me quedé tan flasheado que apenas supe reaccionar, y menos aún cuando descubrí que no eras Julia de Valladolid.

Ambos reímos por eso; está claro que nuestro comienzo no fue el mejor.

—Pero sigo queriendo conocerte —continúa Naím—. Sé que somos adultos... Es más —se mofa—, soy consciente de que soy un abuelito para ti y...

Sin poder remediarlo le tiro mi camiseta a la cara y, riendo, indico:

—Los jovencitos no me dan problemas porque solo buscan sexo.

Naím asiente, entiende lo que digo.

—Contigo no solo deseo sexo —musita.

Uf, lo que me entra cuando oigo eso. Creo que una parte de mí se asusta. Y Naím declara:

—Quiero conocerte.

—¿Como conoces a las otras?

Sonríe. Su mirada de granuja me gusta.

—Quiero conocerte de verdad —suelta.

Nos miramos en silencio. Me gustaría saber qué es lo que piensa, y entonces dice:

—No soy un hombre celoso, pero he de confesarte que no me veo teniendo una relación abierta con nadie.

Madre mía..., madre mía...

Cree que soy de relaciones abiertas, cuando simplemente no soy ni de relaciones abiertas ni cerradas. El corazón me va a mil.

—Yo tampoco soy de relaciones abiertas —indico.

—¡¿No?! —pregunta sorprendido.

Vale, entiendo que la visión que pueda tener de mí sea otra.

—No, no lo soy —insisto—. Pero, siendo sincera, todo lo que tenga que ver con los sentimientos y el romanticismo hace tiempo que lo descarté de mi vida y...

—¿Por qué?

Uf..., uf... Indaga. Quiere saber. No me gusta hablar del pasado, y respondo:

—Porque soy fría.

Levanta las cejas. Creo que mis respuestas lo descolocan más aún.

—De eso ya me he dado cuenta, pero pretendo enamorarte —afirma.

¡¿Qué?!

Madre míaaaaaaa. Madre mía.

¡Ay, Virgencita del Socorro perdido y encontrado!

¿En serio me ha dicho lo que he oído? ¿De verdad?

Su sinceridad es tan aplastante que de pronto comienzo a asustarme. Creo que hasta Agapito se asusta, y susurro con retintín:

—Lo tienes difícil..., *cielo*.

—Pero no imposible..., *amor* —responde.

Naím me mira. Madre mía, cómo me mira.

—No soy nada romántica —suelto.

Veo que mi revelación le hace gracia, y pregunta agarrándome de la cintura con mimo:

—¿Por eso evitas la música íntima?

Sin dudarlo, asiento.

—Para mí está de más.

Mi respuesta lo hace asentir. Me besa en los labios y, cuando deja de hacerlo, susurra:

—Te enseñaré a amar la música romántica.

—Lo tienes complicado —replico.

—¿Contigo todo es difícil y complicado? —se mofa.

—Por algo me llamas «bloquecito de hielo», ¿no?

Asiente de nuevo. La verdad es esa. Y a continuación murmura:

—Pero ¿qué te hizo ese gilipollas?

Según dice eso, sonrío. Sé que se refiere al padre de Zoé, aunque no sabe nada de él. Y, dispuesta a dejar claro cómo soy, aunque mis amigos me han dicho que no lo haga, respondo:

—Ya que estamos siendo sinceros, te diré que el padre de mi hija me rompió el corazón de tal manera que soy como soy gracias a él. Cero romanticismos. Cero sentimientos. Cero parejas.

Naím asiente. Creo que intenta entender lo que oye, y entonces añado:

—Y, aunque yo tampoco soy celosa, he de reconocer que hoy, cuando he visto tu conexión con Mireia, se ha removido algo dentro de mí.

—¿Ah, sí?

Su sonrisa me hace ver que le gusta lo que oye.

—Sí —admito—. Y quita esa sonrisita si no quieres que te la quite yo de un manotazo y te llame «nene».

Como dos idiotas, ambos sonreímos.

—Me gustas mucho —dice él entonces.

No contesto. A mí no me sale reconocerlo.

—Pero cuando digo mucho es mucho —insiste—. Tanto como para estar aquí abriéndote mi corazón sin apenas conocerte y sabiendo que en cualquier momento tu frialdad podría pisoteármelo.

Oír eso me asusta, pero al mismo tiempo me remueve por dentro y me agrada. Recuerdo que Horacio me contó que su hijo era un romántico como él y, sintiéndome vulnerable, voy a hablar cuando indica:

—No te conozco. Sé que eres fría, pero aun así quiero conocerte. Si me atraes es porque veo que eres una mujer que va de cara para lo bueno y lo malo. Si algo no soporto son las sorpresas y los engaños, y creo que, con tu manera de ser eso es difícil, pues vas de frente.

Sonrío. Soy fría y voy de frente.

Naím toma mi boca. Me besa de tal manera que siento que nos vamos a fusionar en una sola persona y, cuando me suelta, mirándome a los ojos, susurra:

—Entonces ¿tenemos posibilidades aunque trabajemos juntos y yo sea mayor de treinta?

Directo y sencillo. Tonterías las justas. Y, tan directa y sencilla como él, respondo:

—Sí. Siempre y cuando sepamos separar lo personal de lo profesional y mantengamos nuestra independencia y nuestra libertad. —Naím levanta las cejas y yo añado—: Que te quede claro que mucho me tienes que atraer como para que yo me salte esas dos normas que para mí siempre han sido inamovibles.

Él asiente y sonríe. Puedo percibir su felicidad.

—Lo de tener cuarenta y un años no puedo cambiarlo —dice—. Pero si para ti es importante el tema profesional, puedo esperar a que decidas el momento adecuado para estar contigo y conocerte.

Ohhhhh, ¡qué monoooooooo!

Que me diga eso es como poco encantador y, acercándome a él, lo beso y susurro:

—Con que seamos discretos me vale. No quiero que tu familia piense que no soy profesional.

—Mi familia nunca pensaría eso. Primero, porque ya te quieren. Y segundo, porque me quieren a mí y saben que yo con el tema de los sentimientos no juego, y con la empresa familiar menos aún.

Vale, lo puedo entender, pero insisto:

—Aun así, prefiero mantenerlo en secreto.

Finalmente Naím asiente. No insiste. Y, dispuesta a dejarme llevar como en mi vida, musito:

—Una vez aclarado el tema, cállate y bésame.

—¿Por qué eres tan marimandona?

—Porque así me parió mi madre —murmuro paseando mi boca por la suya.

Durante unos segundos nos tentamos. Nos desafiamos. Nos calentamos. Está claro que ambos somos personas independientes y con fuertes caracteres, pero de repente Naím dice:

—Lo del argentino, el chino y el australiano lo tenemos que hablar.

Me entra la risa y, antes de que suelte una de las mías, me besa con esa posesión que tanto me enloquece y, olvidándonos del mundo, nos levantamos, corremos de nuevo hacia el agua y, en la oscuridad de la noche y llenos de deseo el uno por el otro, nos hacemos de nuevo el amor.

Capítulo 33

Dos días después, durante los cuales Naím y yo nos hemos visto evitando las miradas del resto del mundo, y en los que siento que mi frialdad con él comienza a tambalearse, quedo con Liam en el aeropuerto para visitar los viñedos de Fuerteventura y Lanzarote.

Mantener en secreto una relación con su hermano me resulta muy excitante. Y, cuando Liam llega y me saluda, sonrío divertida por lo que sé, y más cuando veo que recibe una llamada de Naím. ¿Qué pensaría Liam si lo supiera?

Conozco Fuerteventura. Estuve allí de vacaciones con Zoé hace años, en la zona de Corralejo y, la verdad, guardo muy buen recuerdo de la isla.

Al llegar al aeropuerto Chema, el encargado de las bodegas de llevar las tierras de Fuerteventura, nos recoge en su coche y nos conduce hacia el norte de la isla, donde Liam me comenta que tienen una pequeña parcela con viñedos. No es un terreno tan grande como otros, pero me explica que los vinos que elaboran allí son totalmente ecológicos, algo muy demandado ahora en el mercado.

Cuando llegamos recibe de nuevo una llamada de Naím. Saber que es él me hace sonreír con comicidad. Dos segundos antes le he contestado a un mensaje que me ha escrito, pero disimulo mirando hacia otro lado.

La tierra que nos rodea es arenosa y desértica, nada que ver con el terreno verde de las otras islas. Y entre Liam y Chema me explican que, al haber estado ese terreno antiguamente bajo el mar, en la actualidad eso facilita encontrar la humedad a las raíces.

Con curiosidad veo cepas de listán negro, malvasía y tintilla separadas entre sí, y cuando terminamos pasamos a una pequeña bodeguita, donde tienen unos depósitos, y allí catamos sus caldos.

Probamos malvasía y listán negro. Uf, ¡qué ricos están! Al ser vinos ecológicos, en ellos predominan las notas minerales a causa del terreno volcánico, y toques salinos y cítricos por la brisa del mar.

Tras la visita Chema nos lleva a disfrutar de la gastronomía de la isla a un precioso restaurante situado frente al mar, donde comemos un riquísimo queso majorero elaborado solo con leche de cabra, papas *arrugás* con un excelente mojo picón y un estofado elaborado con carne de cabra de la isla y verduras. De postre pruebo el frangollo, un dulce típicamente canario, y brindamos porque Naím se alce con el Premio Bardea al mejor enólogo.

Tras la comida, y con la tripita bien llena, mientras Chema nos lleva al aeropuerto en su coche recibo un mensaje del argentino. Como siempre, Lorenzo está caliente y, divertida, le vacilo. Una vez que llegamos al aeropuerto, Liam y yo cogemos un vuelo corto que nos lleva a Lanzarote, donde haremos noche.

Allí nos espera una mujer llamada Isabel y nos lleva cerca del Parque Natural de La Geria. Me muestra eucaliptos centenarios y me indica dónde está el Parque Natural del Timanfaya, que desde lejos observo con admiración. ¡Qué maravilla!

Llegamos a los viñedos, y después de que Liam atienda una nueva llamada de Naím y lo llame «pesadito», compruebo que el terreno es volcánico y hay un clima subdesértico agudizado por los vientos saharianos. Todo esto lo sé porque me he preparado el viaje, no porque ya lo supiera antes. Me gusta sorprender a mis clientes, y sé que les encanta saber esas pequeñas cosas.

Con curiosidad contemplo los viñedos. No tienen nada que ver con el resto, y me explican que allí, por la singularidad del terreno, el cultivo se hace mediante un sistema de hoyos y que todo ha de ser manual, por lo que de maquinaria, cero.

Isabel me cuenta que los encargados de hacerlo excavan hasta llegar a la tierra vegetal, donde se planta la vid, y después se construye un muro de piedra en forma semicircular para protegerla del viento. ¡Menudo curro tiene eso!

En aquellas hectáreas predomina la uva blanca: la malvasía, el breval o la burrablanca entre otras. Y tienen una zona más delimitada de uva negra para la burranegra y el listán negro.

Después de la visita nos dirigimos a un precioso hotel en Arrecife. A las nueve de la noche entramos en el mismo y, tras darnos media hora para asearnos, quedamos en que Liam pasará a recogerme por la habitación para ir a cenar.

Encantada, estoy cambiándome de ropa en mi cuarto cuando oigo unos golpes en la puerta. Miro el reloj. Faltan dos minutos para la hora acordada con Liam. Este es de los míos: un tío puntual.

Con rapidez termino de abotonarme la blusa y, corriendo para abrir la puerta, digo:

—¡Voyyyyyy!

Segundos después, cuando abro, me quedo boquiabierta al ver allí a Naím.

Sonrío y él me besa. Oh, sí. Su beso me sabe a gloria. Y, cuando consigo despegarme de él, lo meto rápidamente en mi habitación, cierro la puerta y pregunto mientras él deja su mochila en el suelo:

—¿Qué haces aquí?

Naím sonríe mimoso, me da otro beso en los labios y musita:

—Necesitaba verte.

Sonrío otra vez. ¡Dios, qué tonta me pongo al oírlo!

Me encanta que me diga eso y que esté aquí por mí, y, tras darnos un nuevo beso, cuando nos separamos dice:

—Había pensado llevarte a pasar unos días a La Graciosa, y...

En ese instante suenan de nuevo unos golpes en la puerta. Alarmada, miro a Naím y cuchicheo:

—¡Es Liam! Vamos a ir a cenar.

Naím asiente y, en un susurro, me pide:

—Dile que te duele la cabeza.

Boquiabierta, lo miro y gruño:

—Pero ¿cómo voy a decirle eso, si hace media hora estaba perfectamente?

Naím asiente, suspira e indica:
—Engáñalo como me engañaste a mí, querida Julia de Valladolid.
Me entra la risa. ¡Qué cabrito!
Vuelven a llamar a la puerta y yo, empujando a Naím, le ordeno:
—¡Escóndete!
—¡¿Que me esconda?!
—Sí.
—¡¿Dónde?!
Miro a mi alrededor: debajo de la cama no cabe; en el baño, imposible, puesto que es abierto a la habitación. Y, abriendo un armario, susurro:
—Métete aquí, ¡vamos!
Naím resopla. Con lo grande que es tiene que encogerse para entrar y, al cerrar la puerta, oigo:
—¡Ayyyyy!
Alarmada, miro, y él, enseñándome una mano, cuchichea:
—¡Me has pillado un dedo!
—Pero serás torpe —suelto con frialdad.
Naím me mira y sisea con gesto dolorido:
—¡No te pases!
Horrorizada por mi frialdad, y como si fuera mi hija, le doy un beso en el dedo y luego digo:
—Cura sana, cura sana..., si no se cura hoy, se curará mañana.
Y sin prestarle más atención cierro la puerta del armario y, acalorada por el momento, corro a abrir la de la habitación. Como imaginaba, es Liam. Igual que su hermano, exuda masculinidad y encanto por todos los poros de su piel.
—Te iba a llamar ahora mismo —indico antes de que hable.
—¿Qué pasa?
Con pesar, me toco la frente. Estoy sudando por lo acontecido y por las prisas, y digo:
—Tengo un dolor de cabeza horrible y estoy a punto de pedir algo de cena en la habitación y acostarme.
Liam me mira. Como un padre, toca mi frente y luego, con gesto preocupado, comenta:

—Sí. Estás acalorada.

Asiento con cara de pena.

—¿Quieres que llame a un médico? —pregunta a continuación.

—No.

—¿Te llevo al hospital? —insiste.

—Nooooo. —Y, sintiéndome fatal por engañarlo de esa manera, añado—: Creo que con dormir será suficiente, seguro que mañana me encontraré mejor.

Liam asiente y se encoge de hombros.

—De acuerdo, pero si te encuentras peor prométeme que me avisarás.

—¡Prometido! —afirmo con convicción.

Ay, pobre. Qué mal me sabe ser una puñetera mentirosa. Y, necesitando que se vaya para que el otro salga del armario, digo:

—Buenas noches.

—Pasa buena noche —contesta él.

Una vez que cierro la puerta corro al armario y, tras abrirlo, voy a hablar cuando llaman de nuevo a la puerta.

—¡Joder con mi hermano! —protesta Naím.

Vuelvo a cerrar el armario, corro a la puerta y, al abrirla, Liam dice:

—Pregúntale a Naím si mañana te llevará él al aeropuerto.

Según dice eso me entra la risa. Joder..., joder... ¿En serio?

Liam se ríe. Yo también. Me siento fatal por haberle soltado esa mentira. Y a continuación Liam me aclara:

—Conozco muy bien esa mochila de cuero con esas iniciales porque se la regalé yo.

Curiosa, sigo la dirección de su dedo. Junto a la pared, a un metro de nosotros, está la mochila que Naím ha dejado ahí. Entonces oigo ruidos. Es Naím, que sale del armario. Al mirarlo, este sonríe y, acercándose a nosotros, va a hablar cuando Liam dice sonriendo:

—Mira, ¡nunca te imaginé saliendo del armario!

Los tres reímos por su comentario y luego ellos dos se abrazan. Siempre he visto entre ambos una bonita relación.

—Ahora entiendo tantas llamaditas tuyas seguidas —señala Liam con mofa.

Naím sonríe, yo también, pero susurro horrorizada:

—Lo siento. Siento haber intentado engañarte.

Liam asiente y Naím tercia:

—De esto ni una palabra a nadie, ¿entendido?

Liam nos mira. Por su gesto divertido sé que nos va a acribillar a preguntas.

—¿Podemos ir a cenar y me explicáis qué está pasando aquí, tortolitos? —dice.

Naím y yo nos miramos. ¡Liam nos ha descubierto! Y, sonriendo, nos vamos los tres a cenar.

Capítulo 34

Me he enamorado locamente de la isla La Graciosa.

Llevamos cinco días en ella y todavía no me creo que exista un lugar tan mágico, extraordinario y asombroso como este y un hombre tan maravilloso como Naím.

La Graciosa es una isla tranquila, virgen, donde no hay asfalto, prisas, pitidos ni contaminación y, lo mejor, tiene unas playas de arena blancas y aguas turquesa ¡que me río yo del Caribe!

Pero ¿cómo no he venido yo aquí antes?

Estoy pensando en ello mientras miro cómo Naím toma el sol en la playa nudista, a mi lado. Es tan increíble... Los días que llevamos juntos es todo tan y tan perfecto que en ocasiones yo misma me pellizco en el brazo para comprobar si estoy despierta y no soñando.

Naím es un hombre. No es un niño como con los que estoy acostumbrada a tener sexo. Me gusta su manera de ser, su decisión, su seguridad, su ímpetu al enseñarme las cosas. ¡Me gusta todo de él!

Naím es un romántico. Adora la música romántica y, con él, por primera vez desde que nació Zoé, tras negarme media docena de veces a bailar, al final claudico y bailamos agarrados bajo la luz de la luna.

Sí. Sí. ¡Yo! La antirromántica y la tía más fría del mundo ¡ha bailado una canción de amor!

Y, como no podía ser otra, la primera canción que bailamos es *A un beso*, de Danna Paola. Cuando suena, Naím me dice que desde que la escuchó conmigo en el coche le recuerda a mí. Sin duda se ha convertido en nuestra canción.

He pasado de odiar la música romántica y el romanticismo a disfrutarlo. ¡No me entiendo ni yo misma!

Siento que todo se acelera. Todo va deprisa. No sé si es por la edad que tenemos, por la sinceridad con que nos hablamos o porque estoy dejando mi frialdad a un lado, pero de pronto soy consciente de que no quiero separarme de él, como también sé que él no quiere separarse de mí.

Estar juntos, besarnos, achucharnos o hacernos carantoñas se ha convertido en la sal de nuestras vidas. Si yo me viera desde fuera, sin duda pensaría: «¡Vaya dos lapas pesadas!». Pero, sí, soy una lapa y él es mi lapa, y me encanta. Me gusta mucho y quiero que siga siendo así, y lo que tenga que ser después ya se verá.

Como me prometió, Naím me ayuda a hacer los trámites pertinentes para el viaje a la Antártida. Ahora solo tengo que esperar a que me den el visto bueno en visados y demás y todo estará solucionado.

He hablado con mis amigos en un par de ocasiones. Les cuento lo que estoy viviendo y ellos solo me dicen: «Disfruta, disfruta y disfruta». Y, sí, lo estoy disfrutando.

También hablo con Zoé, pero a ella no le cuento nada de Naím, y menos cómo me hace sentir. ¿Por qué? No lo sé. Quizá porque Zoé es mi hija y todo lo que a ella le pueda afectar lo pienso dos veces. No quiero ilusionarla con algo con lo que..., bueno, no sé qué pasará.

Naím me gusta. Me gusta mucho, con sus perfecciones y sus defectos. Me encanta su manera de reír, su manera de fruncir el entrecejo cuando habla por teléfono de trabajo y algo no lo convence, su forma de caminar con esa seguridad aplastante, su precioso rostro moreno y sus bien puestas canitas plateadas.

Como dice Mercedes, tiene más propiedades que el aloe vera.

Pero, sobre todo, lo que más me gusta de él es su manera de ser. Es paciente, cariñoso, nada histriónico, detallista, romántico, le va la tranquilidad, pero al mismo tiempo es divertido, sabe cocinar y ¡baja la tapa del váter!

¡Qué bien lo crio su madre!

Cuando hablamos de su familia y de lo que les ocultamos, noto que se agobia. No es de los que suelen mentir ni esconder cosas. Y, a su manera, me hace saber de mil formas que desea que su padre, su hermana y todo el mundo se enteren de lo que hay entre nosotros. Somos adultos. No somos chiquillos. ¿Por qué no mostrar lo que disfrutamos? Pero no. Me niego. Hay algo dentro de mí que me impide dar ese paso, y de momento él lo respeta y yo se lo agradezco.

Otra cosa buena de Naím es que busca siempre el lado positivo de las cosas, y en cuanto al sexo, uf..., ¡no sé ni cómo definirlo! Solo sé que todo lo dicho lo ha convertido sin yo esperarlo en alguien que me está descongelando y está cambiando el rumbo de mi vida.

Divertida, pienso en el cuaderno de los sueñitos que guardo en el cajón de mi mesilla. Sin duda, cuando regrese tendré que tachar algunos de esos sueñitos, pues con Naím, algunos, como dormir al raso viendo las estrellas, ya los he cumplido.

En ese instante veo a dos parejas desnudas desaparecer por las dunas del fondo. La playa está prácticamente vacía, pero no son los primeros que veo que se dirigen hacia allí. Entonces Naím se mueve, me mira y pregunta:

—¿Qué piensas?

—Pensaba en qué habrá detrás de esas dunas.

Él sonríe e indica:

—Sexo.

Asiento sorprendida, y luego él se sienta y, al ver que miro hacia allí, comenta:

—Te dije que esta es una playa nudista y de ambiente liberal, ¿no lo recuerdas?

Ostras, tiene razón. Saber eso de pronto me acalora.

—Al otro lado de esas dunas, la gente disfruta libremente del sexo y de las fantasías —añade luego.

—Pues, oye, me parece genial.

Naím se ríe. Yo también, y de pronto suelto:

—¿Quieres que vayamos?

Su sonrisa se congela. Creo que lo acabo de sorprender, y, divertida, cuchicheo:

—Me encantaría que vieras tu cara.

Él se ríe.

—Bloquecito..., no me provoques —murmura.

Durante un rato tonteamos con cosquillas y mordiscos, hasta que de pronto pregunto:

—¿Qué fantasías tienes?

—Esto se pone interesante —se mofa Naím.

Ambos sonreímos. Los dos vivimos el mundo liberal cuando nos apetece. Los dos sabemos de lo que hablamos.

—Cuéntame una de tus fantasías —insisto.

Él asiente y, sin dudarlo, responde:

—Que un tercero mire mientras poseo a mi mujer, no a cualquier mujer. Y si hay segunda parte y los tres estamos de acuerdo, cedérsela y mirar yo.

Asiento. No quiero profundizar en eso de «su mujer», y pregunto:

—¿El mirón ha de ser hombre o mujer?

—Me es indiferente.

Vuelvo a asentir. Fantasías tenemos todos. Unas más calientes que otras. Y de pronto siento que mis pezones se endurecen. La fantasía de Naím es morbosa. Y entonces él susurra mirándolos:

—Veo que mi fantasía te excita.

Sonrío ante su sonrisa lobuna y, viendo que su aparatito también se activa, me acerco a él y cuchicheo sobre su boca:

—¿Te gustaría disfrutar de esa fantasía aquí y ahora sintiéndome tu mujer, pero sin llegar a la segunda parte?

Noto que mi propuesta le corta la respiración.

Vale, soy una descarada. Quizá más que él en lo que a sexo se refiere, pero sé que Naím es un jugador nato. Lo sé por cómo me posee, por las cosas que me dice en la cama, por nuestros juegos siempre calientes. Y, viendo que su sonrisa se ladea, cuchicheo:

—Mira a tu derecha.

Lo hace. Allí hay un hombre muy moreno desnudo, sentado

bajo una sombrilla como nosotros. Y, sintiendo que controlo el momento, digo con un hilo de voz:

—Ese hombre no nos ha quitado ojo desde que nos hemos instalado aquí.

Naím vuelve a mirar y observo que el tipo desvía la mirada. Durante unos segundos los dos permanecemos en silencio, hasta que Naím, sorprendiéndome, murmura en mi oído:

—Volverá a mirarnos y, si le sonreímos dándole el visto bueno, ya no dejará de hacerlo. Está claro que a él mirar le provoca tanto morbo como a nosotros que nos miren.

Eso es. Ahí está el Naím jugador que sabía que había en su interior. Y, besándolo, musito:

—¿Quieres?

—Quiero —afirma con convicción.

—Vale... No sabes cuánto me excita sentirme tu mujer —indico verdaderamente encendida.

Mi libido está ya por todo lo alto con el morbo que la situación me provoca. Jugar con Naím me gusta, me atrae, me calienta. El hombre nos vuelve a mirar. Ambos le sonreímos para que perciba nuestra aprobación y, tumbados desnudos sobre la arena, Naím y yo comenzamos a juguetear.

Yo lo beso con goce. Él me besa con delicia.

Yo lo toco con calentura. Él me toca con posesión, mientras somos conscientes de que el hombre se acaricia el pene, nos observa y disfruta del espectáculo que le ofrecemos.

Estamos excitados. Mucho. Lo miro y le pregunto en un susurro:

—¿Te gusta que vea cómo me tocas?

Naím asiente.

—Muchísimo. Me encanta.

No sé a él, pero a mí la situación me está poniendo cardíaca.

—Tenemos que ir juntos a un local liberal a tomar una copa —murmura entonces.

—Nada me gustaría más —jadeo.

Naím asiente, me besa y susurra:

—Los hombres no me van, pero, como bien sabes, el juego de tres puede ser divertido.

—Mucho —afirmo con convicción.

Él sonríe y, tras besarme, musita:

—Me gustaría disfrutarlo contigo. Con mi mujer.

Uf..., lo que me entra por el cuerpo. Imaginar lo que propone es caliente, terriblemente caliente, y, dispuesta a disfrutar de nuestra sexualidad, digo:

—¿Te excitaría que yo invitara a una mujer? —Naím levanta las cejas, y añado—: A mí tampoco me van las mujeres, pero, como tú dices, el juego de tres puede ser divertido.

Naím sonríe. El morbo que el sexo nos provoca a ambos es tangible.

—Espero jugar contigo a ese juego —cuchichea a continuación.

Complacida, asiento. Lo haré. No sé cómo, pero encontraré una mujer para nosotros. Paseo la lengua con lentitud por sus bonitos labios. Están salados, saben a mar; entonces oigo que Naím me pide:

—Abre los muslos y muéstrate a él.

Besándolo con delicia, lo hago. Separo los muslos. Siento cómo el sol y el aire entran en mi vagina y, gustosa, me exhibo ante el hombre.

Con las piernas abiertas en dirección hacia donde está el tercero, le muestro mi esencia. El momento me excita, me turba, y Naím mete dos dedos en mi interior y comienza a masturbarme.

Oh, Dios, ¡qué placer!

Estoy mojada, muy mojada. Inconscientemente miro al hombre, que, sin moverse de su sitio, no nos quita ojo mientras se masturba.

—¿Lo disfrutas? —oigo que pregunta Naím.

El sol. La playa. El morbo del momento. Todo ello unido hace que me sienta bien.

—Mírame —me exige a continuación.

Obedezco.

Con mis jadeos, con mi mirada, con mis suspiros y con lo mojada que estoy, le hago saber lo mucho que me excita este momento. Sus dedos entran y salen de mi interior de una manera increíble, y al mismo tiempo, sin necesidad de mirar, sé que el hombre de debajo de la sombrilla se masturba, disfruta de lo que ve, mientras que nosotros disfrutamos de lo que hacemos.

Mi chico y yo nos devoramos la boca. Nuestra intensidad sube. El deseo nos desborda y, finalmente, y necesitada de más, tomo las riendas de la situación; me siento sobre Naím y me empalo en él.

¡Oh, sí!

Naím está tumbado en la arena, debajo de mí, con las manos en mis pechos. Me los aprieta. Me los acaricia, juguetea con mis pezones, mientras yo lo cabalgo llena de deseo. Disfruto.

Lo que hacemos sin miedos, sin tapujos, sin vergüenza es morbo en estado puro. Es algo que no habíamos hablado hasta el momento, pero que está claro que a los dos nos gusta, nos pone cardíacos. En ese momento Naím, que está tan excitado como yo, se incorpora. Se sienta sobre la toalla y, agarrándome con fuerza, me clava más en él.

¡Sí!

Sé que el grito de placer que doy en ese instante lo ha oído el tercero en el juego, e imagino cuánto le habrá excitado.

Entonces Naím me mira a los ojos y murmura:

—Me voy a correr, cariño..., me voy a correr.

Asiento. No puedo hablar.

Quiero que se corra. Quiero que me inunde con su semilla, y, tras un último empellón que me hace jadear de placer por sentirme del todo repleta, el cuerpo de Naím se estremece y de su boca sale un bramido tremendamente sensual. Instantes después un ardoroso clímax se apodera de mí por completo y, cerrando los ojos, me dejo ir.

Agitados y con las respiraciones aceleradas, durante unos segundos los dos permanecemos abrazados y sin movernos mientras recuperamos el resuello, hasta que, al darme cuenta de que tengo las manos llenas de arena, susurro:

—Debemos de tener arena hasta en el hígado.

Ambos nos reímos. Nos partimos de risa. Luego Naím me da un beso en el cuello y musita:

—Nuestro amigo también se ha corrido.

Con curiosidad miro hacia allí y lo veo caminar en dirección al agua.

—¿Lo has disfrutado? —le pregunto a continuación a Naím.

Él asiente sin dudarlo. Con nuestras sonrisas nos entendemos. No hace falta decir más. Sabemos de lo que hablamos. Y, sintiendo que cada día me descongelo un poco más con él, afirmo:

—Tú y yo vamos a disfrutar mucho del sexo, *cielo*.

Minutos después los dos nos dirigimos al agua, donde, entre besos y risas, nos damos un placentero chapuzón.

Capítulo 35

—Buenos días, señorita Julia —me dice Naím cuando despierto por la mañana.

Divertida, sonrío. A sus amigos de la isla con los que nos hemos encontrado estos días me ha presentado con el nombre de Julia. Yo se lo volví a exigir para su disgusto. Que me conozcan como Verónica puede dar lugar a que el nombre llegue a su familia y, no, definitivamente no quiero que se confundan. Bastante es que Liam ya nos haya descubierto. Naím me gusta, me vuelve loca, pero también quiero que mi profesionalidad quede intacta.

Sin decir más, se levanta de la cama, va al baño y regresa después de unos instantes. Coge su móvil, pone música, la que a él le gusta, y, tirándose de nuevo en el colchón, me abraza.

Me río. Tengo que reírme. La música que escucha Naím no tiene nada que ver con la que escucho yo. Es más, se puede decir que muchos de los temas que pone no los había oído en mi vida.

—¿Conoces esta canción? —me pregunta.

Durante unos segundos presto atención a la romántica melodía. No la conozco.

—Se titula *Un beso grande* —añade él—, y la cantan Edgar Oceransky y Pancho Céspedes.

Asiento y, tras escuchar la letra, pregunto divertida:

—¿Quieres un beso grande?

—Tuyos, siempre —afirma con una mirada y un tono de voz que uf..., uf...

Nos besamos. Besos grandes. Besos pequeños. Todos son únicos e irrepetibles. Y luego él, pasando la boca por encima del tatuaje que tengo en las costillas, murmura:

—Nunca me has hablado del significado de tus tatuajes. ¿Puedo saberlo?

Sin dudarlo, al ver el que mira, indico:

—Amara, Mercedes y Leo también lo llevan.

Él asiente y lee mientras pasa su dedo por encima de él.

—«En lo malo. En lo bueno. Y en lo mejor.»

Sonrío, esa es nuestra frase.

—Mis amigos son los hermanos que nunca tuve y los tíos que Zoé necesitaba —murmuro—. Ellos tres son una parte muy muy importante en nuestras vidas. Y te aseguro que sin ellos yo no podría vivir.

—Desde luego que oírte decirlo emociona.

Sonrío de nuevo.

—Este tatuaje nos lo hicimos el día del cumpleaños de Mercedes —explico—. Recuerdo que estábamos brindando, y siempre que alzábamos nuestras copas decíamos las mismas frases: Por lo malo. Por lo bueno. Y por lo mejor. Para nosotros eran tan especiales que cuando Amara, que es doña Ocurrencias, propuso tatuárnosla, no lo pensamos ni un segundo y ese mismo día lo hicimos: una amiga de Mercedes nos las tatuó tal como las ves aquí.

Naím atiende, sonríe y, reptando por mi cuerpo, besa el mandala que llevo en el hombro izquierdo.

—¿Cuál es la historia de este? —pregunta a continuación.

Con mimo, miro mi tatuaje e indico:

—Me lo hice cuando tenía veinticinco años, que fue cuando me independicé con Zoé para disgusto de mis padres. —Naím sonríe y yo añado—: A mis padres les encantan los mandalas por su belleza y equilibrio. Y este, al grabarlo en mi piel por ellos, además de equilibrio en la vida me dio paz, fuerza y serenidad, algo que ellos me inculcaron y que necesité para sacar adelante a mi hija y también mi empresa.

—Eres una mujer muy fuerte y guerrera.

Sin dudarlo, asiento. Mi vida en ciertos aspectos nunca ha sido un camino de rosas, aunque haya estado rodeada de personas que siempre me han querido y ayudado.

—Sí —afirmo—, reconozco que lo soy. —Y, mirándolo, añado—: Como también te reconozco que soy fría y algo complicada a veces.

—Doy fe de ello, bloquecito de hielo —se mofa él haciéndome sonreír.

Nos besamos. Me encantan los besos de Naím. Y, cogiendo mi mano, entrelaza mis dedos con los suyos y, viendo el tatuaje de mi muñeca, susurro:

—«Tú y yo... siempre».

—Preciosas palabras, aunque no vayan dirigidas a mí —señala él.

Oír eso me hace sonreír.

—Este tatuaje lo llevamos Zoé y yo —le explico—. Es algo nuestro, solo de las dos. Para su decimoctavo cumpleaños quiso como regalo que las dos nos lo tatuáramos, y yo no se lo negué, para horror de mis padres.

Ambos reímos por ello, y luego Naím dice:

—El mensaje es único. Y saber que es algo solo vuestro debe de hacerlo muy especial.

Asiento. Me besa, lo beso, y cuando se separa de mí murmura:

—Espero algún día estar de alguna manera en tu piel. Eso me hará saber que soy especial para ti.

Uf..., uf..., el calor que me entra.

Sin duda las personas especiales para mí las llevo grabadas en mi piel, y no sé qué decirle, pero entonces él cuchichea divertido:

—Me gusta mucho tu expresión cuando te digo algo que te desconcierta.

Nos reímos de nuevo y después lo beso. Me encanta haberle hablado de la historia de mis tatuajes, y disfruto de dejarme llevar por lo que quiero, por lo que deseo. Cuando el beso acaba Naím me pregunta:

—¿Tienes hambre?

Sin dudarlo asiento, y luego él comenta con una carcajada:

—El día que no tengas hambre, me preocuparé.

Asiento, está en lo cierto. A mí ni los disgustos me quitan el hambre. Estoy riendo por ello cuando, con un rápido movimiento, se coloca sobre mí y, sujetándome las manos por encima de la cabeza, susurra:

—Yo también tengo hambre.

—Mmmmm..., me encanta saberlo —musito mimosa.

Un beso sigue a otro. Una caricia a la siguiente. Entre él y yo, como en cualquier comienzo de relación, el sexo y el deseo son continuos, hasta que pregunto divertida:

—¿Y qué te apetece comer?

Mi pregunta le gusta. Lo veo en su expresión, en cómo se le curva la boca en una media sonrisa, y, calentándome hasta el alma, cuchichea:

—A ti cariño, a ti.

Wooooo, ¡lo que me entra por el cuerpo!

La sensualidad que Naím desprende me tiene totalmente noqueada. Y ya que me llame «cariño», ¡ni te cuento!

Me besa. Lo beso. Un apetito voraz se apodera por completo de nosotros, y luego él dice:

—Separa tus preciosas piernas para mí.

Esa parte suya tan dominante en el sexo me enloquece. Sentir que soy un juguete entre sus manos es algo que en la vida pensé que me gustaría, que me excitaría, pero sí, me excita, me pone y me enloquece. Ese juego, que siempre he evitado por ser yo quien llevaba la voz cantante, me apetece ponerlo en práctica con Naím porque quiero ser dominada por él. Deseo cumplir todas sus órdenes, sus peticiones, y sin dudarlo hago lo que me pide; entonces él, bajando por mi cuerpo, lleva la boca hasta el centro de mi deseo y, tras separar más mis muslos, murmura:

—Así te deseo. Húmeda para mí.

Asiento con la respiración entrecortada. Sí. Sí. Sí. Y, cuando primero besa mi vagina con la boca y después es su caliente lengua la que juguetea con ella, simplemente cierro los ojos y me dejo llevar. Lo voy a gozar.

Mientras disfruto de las oleadas de placer que su boca y su lengua provocan en mí, soy consciente de cómo la sensualidad de

Naím no solo se apodera de mi cuerpo, sino también de mi mente y de todo mi ser. Cuando me tiene así, tan húmeda, tan caliente, tan dispuesta, sé que no le diría que no a nada y solo deseo gozar, experimentar y disfrutar de todas y cada una de las maneras que nos proponemos y ambos aceptamos.

Jadeo. Tengo anhelo de lujuria mientras siento que se recrea en mi cuerpo, que lo disfruta. Y entonces lo oigo decir:

—Me vuelven loco la esencia de tu aroma y tu sabor.

Bueno, bueno y buenooooooo.

A mí lo que me vuelve loca es lo que está haciendo y, segura de mí y de mi sexualidad, poso las manos sobre su cabeza y, enredando los dedos en su oscuro cabello, musito:

—No pares..., no pares.

Y, no, no para.

Sus grandes y curtidas manos buscan mis pechos. Los encuentran, los acarician y, asiendo mis duros pezones, sus dedos tiran de ellos provocándome oleadas de placer. Naím es tan morboso como yo. Siento cómo su ardiente lengua pasea lenta y pausadamente por mi vagina para pararse una y otra y otra vez sobre mi clítoris... ¡Oh, sí! ¡Sí!

—Me encanta tu lunar.

Sonrío. Sé que se refiere a uno que tengo en la vagina en un lugar estratégico, junto al clítoris.

—Es todo tuyo —susurro.

Centrándose en él, lo lame y lo chuperretea sin prisa. Lentamente. Lo saborea mientras mi cuerpo tiembla de goce y me estremezco al sentir el calor, el morbo y la humedad.

Sin reprimir mi deleite contoneo las caderas sobre su boca con la respiración muy agitada, y de pronto, sin que su lengua abandone mi húmedo y caliente clítoris, siento cómo dos de sus dedos se introducen en mí y musito enloquecida:

—Ohhhh, sí..., sí...

Durante unos minutos los dedos de Naím entran y salen de forma acompasada de mi más que húmeda vagina. Su juego morboso es lento, luego rápido, de nuevo lento, y así juguetea conmigo, llevándome como siempre al más allá.

Ardo. Ardo de deseo. Ardo de lujuria. Ardo de placer. ¡Ardo de todo! Y en ese momento comienza a sonar *A un beso*, nuestra canción.

Dios..., la letra..., ¡pero si parece que está escrita para nosotros!

Y cuando siento que ya no puedo más porque voy a explotar como un volcán, Naím repta por mi cuerpo, su boca toma la mía y su duro y lubricado pene entra completamente en mí.

¡Oh, sííííí!

Somos dos volcanes a punto de entrar en erupción.

Nos movemos. Nos hacemos el amor con gusto y deleite, hasta que él, sujetándome las caderas para que no me mueva y tenerme a su merced, profundiza en mí, consiguiendo que grite de placer de tal forma que estoy segura de que nos echarán de La Graciosa por escandalosos y festivaleros.

Aun así no puedo parar. No quiero parar. Nuestras lenguas, fusionadas en una, junto con nuestros arrebatadores movimientos llenos de lujuria, nos provocan sacudidas y oleadas de placer que avivan el apetito de Naím, que, consciente como yo de que el clímax está a punto de llegar, profundiza hasta el fondo de mí y, segundos después, un jadeo de pura delicia nos parte en dos y él se deja caer sobre mí.

Con las respiraciones entrecortadas nos quedamos así, hasta que él intenta moverse y yo, enredando las piernas en su cuerpo, no se lo permito. No quiero que se mueva ni un milímetro. No quiero que se separe de mí. Entonces él me mira y yo, incapaz de callar, cuchicheo mientras suena nuestra canción:

—¿Qué me has dado?

Naím sonríe. Yo lo hago también y, sin hablar, nos volvemos a fundir en un ardiente y abrasador beso que quiero que dure de aquí a la eternidad.

Capítulo 36

Después de unos días en La Graciosa, cogemos el último barco que sale hacia Lanzarote al atardecer, y con toda la pena del mundo abandonamos la pequeña isla. En la vida imaginé que pasaría unas vacaciones tan increíblemente perfectas con un hombre al que apenas conozco y que no solo me está robando el sentido, sino también la razón.

Cuando llegamos a Lanzarote nos está esperando un coche, y eso me hace gracia. Una vez que nos montamos en él, Naím, divertido, me hace saber que conoce a gente en todas las islas, y que conseguir alojamiento o vehículo para él es fácil.

Y, sí, fácil ha de ser porque media hora después llegamos hasta el aparcamiento de un bonito y curioso hotel y, tras saludar en la recepción a una joven llamada Vanesa, esta, con una bonita sonrisa, nos da las tarjetas de una habitación y, encantados, nos dirigimos a ella.

Una vez dentro, como siempre hago cuando llego a un hotel, voy hasta la terraza y la abro. Me encanta ver el mar. En ese instante el teléfono suena en el bolsillo de mi pantalón. He recibido un mensaje, y al mirarlo leo:

> ¿Cuándo regresarás a la Argentina?
> Estoy impaciente por comerte.

Según lo leo, sonrío, pero de pronto oigo que Naím me susurra al oído:

—Sé que no debo decirlo, pero me molesta que ese argentino quiera comerte.

Me vuelvo. Su expresión es seria y, recordando los mensajes que él ha recibido estos días de distintas mujeres, replico:

—A mí también me molesta que recibas mensajes de Soraya, Carmen, Ainara, Mireia, Rosario..., y podría decir muchos nombres más, pero como que paso.

Naím asiente. Creo que mi respuesta lo sorprende.

—Vaya, sí que te has fijado —cuchichea.

Sin poder remediarlo, me río. Lo que acabo de reprocharle es horroroso, ¡terrible! ¿Desde cuándo yo digo cosas así?

—Ya que nos estamos sincerando —prosigue él entonces—, además de los mensajes del argentino, me incomodan también los de Alejandro y Marco.

Oír eso me hace sentir un poco mejor. Está claro que los dos estamos alerta con respecto a muchas cosas.

—Veo que tú también te has fijado —señalo.

Él asiente y, mirándome, empieza a decir:

—Sé que tú y yo no tenemos nada importante, pero...

—Naím —lo corto—, somos adultos y hemos prometido no presionarnos. Fuera de esto, cada uno de nosotros tiene una vida.

Mi morenazo asiente. Durante unos segundos se queda pensativo y de pronto dice:

—Me gustaría proponerte algo.

Me entra la risa y a continuación él sugiere:

—¿Qué te parece si hablamos con quienes nos incomodan para que dejen de escribirnos hasta que sepamos definir lo nuestro?

Sigo riéndome, no lo puedo remediar. Sé que Marco y Alejandro, tras el último mensaje que les envié diciéndoles que cuando llegue a Madrid los avisaré, no volverán a escribirme, pero egoístamente, queriendo que las mujeres no le escriban a él, afirmo:

—Acepto tu proposición.

Él sonríe y yo estoy tomando nota mental de que he de escribirle a mi argentino recaliente cuando suena mi teléfono. Es mi madre y, sin dudarlo, atiendo la llamada.

Mientras hablo con ella, veo que Naím coge su móvil y sale a la terraza. Intento concentrarme en lo que mi madre me cuenta, pero, la verdad, mirar a Naím se ha convertido en mi mayor afición.

Durante unos minutos mi madre me habla de todo. De mi padre, de Zoé, de *Tinto*, de *Paulova*, y, cuando me despido de ella, sabiendo que todos están bien, al quedarme en silencio oigo a Naím tararear la canción que suena desde su móvil.

No es la primera vez que lo oigo canturrearla. Se trata de *Tu olvido*, de Carlos Macías y Víctor García. Es más, casi que me la sé yo de lo mucho que la escucha.

Camino hasta él, que está apoyado en la barandilla de la terraza, y abrazándolo por detrás, lo beso con cariño en la espalda y murmuro:

—Mira que te gusta esta canción.

Naím asiente. Se da la vuelta y, sonriendo, musita:

—Pero más me gustas tú.

Uf, ¡que me derrito!

¿Por qué siempre me dice cosas tan bonitas?

Y, abrazados durante unos minutos, bailamos la bonita y romántica canción, mientras algo en mi interior me dice que no quiero ser su olvido. El momento es precioso, romántico, pero de pronto mis tripas rugen y Naím dice riendo:

—De acuerdo, ¡vayamos a cenar antes de que esa fiera que tienes ahí dentro salga y me devore!

Nos reímos con complicidad. Él para la música de su móvil y luego salimos juntos de la habitación y vamos a un bonito restaurante de la zona, donde por supuesto pido sus patatas con mojo después un espectacular atún en adobo, especialidad de la casa, y terminamos la cena compartiendo un bienmesabe con helado.

Durante la cena su teléfono suena y leo el nombre de Soraya en la pantalla. Las dos primeras veces no digo nada. No debo. Pero a la tercera no puedo más y pregunto:

—Soraya era tu ex, ¿verdad?

Ya he visto que hablar de ciertas cosas no le gusta, es reservado en según qué temas, y simplemente responde:

—Sí.

—¿Y por qué no para de llamar?

Naím toma aire por la nariz y, tras pensarlo, dice:

—Porque tiene un problema de salud mental que debe gestionar con ayuda.

Según dice eso voy a hablar cuando añade:

—¿Confías en mí?

Sin saber por qué, asiento. Me gustaría preguntarle qué le ocurre a Soraya, pero viendo sus reservas decido callar. Si confío en él, confío en él.

Un rato después, mientras espero a que Naím regrese del baño, mi teléfono suena. Es un mensaje de Begoña y, al abrirlo, sonrío cuando veo una foto de Lionel. Es tan tan bonito...

—¿De quién es ese pequeño?

El salto que doy en la silla es monumental. ¡Pero qué silencioso es este hombre!

No esperaba a Naím tan rápido tras de mí e, intentando disimular lo mucho que me incomoda que esté mirando la foto, respondo:

—Es el hijo de una amiga.

Él asiente, sonríe y, dejando de mirar la foto, indica:

—Aún recuerdo cuando Gael y Xama eran así de pequeños. Eran tan bonitos...

—Los niños, como los cachorritos, siempre son bonitos —murmuro incómoda.

Naím se ríe.

—Mi hermana está deseando ser abuela —comenta a continuación—. El día que lo sea creo que se volverá loca.

Asiento. Sin duda, ¡loca se va a volver!

Si Naím supiera que el bebé que acaba de ver es el hijo de Gael, se caería de culo. Y, dejando el móvil, pregunto:

—¿Te gustan los niños?

—Mucho.

—¿Y por qué, con cuarenta y un años que tienes, todavía no has tenido ninguno?

—Porque aún no he encontrado a la mujer con la que los quiera tener, aunque espero encontrarla algún día.

Oír eso me acalora y, al ver cómo me mira, me levanto para cortar este momento tan incómodo y sugiero:

—¿Nos vamos?

Sin dudarlo Naím asiente y, cogiéndome de la mano, salimos del restaurante.

Mientras regresamos hacia el hotel comiendo unos riquísimos helados de dos bolas que hemos comprado en una de las heladerías del paseo, suena mi móvil. Me acaba de llegar un aviso indicándome que mi viaje a Nueva Zelanda y a la Antártida ya está arreglado. Satisfecha, le muestro el teléfono y digo contenta:

—Tema Antártida solucionado.

Se ríe y choca mi mano con la suya con complicidad.

—Te envidio —dice a continuación—. Siempre he querido ir a la Antártida.

Sonrío algo apurada. No es la primera vez que lo dice, pero en ningún momento lo he invitado a acompañarme. E, intentando bromear, indico señalándolo con mi helado de bolas:

—Si eres bueno, quizá la próxima vez te lleve.

Naím asiente y, parándose, me mira a los ojos y pregunta:

—¿Le has hablado a tu hija de mí?

—No —me apresuro a contestar.

—¿Por qué?

—Porque no lo veo necesario.

Vale. Según lo digo siento que mi frialdad ha regresado. No he pensado. Solo he respondido y, como me dijo Leo, he de pensar antes de hablar.

—¿Crees que tu hija desaprobaría lo nuestro? —insiste.

Curiosa por esa pregunta que no esperaba, niego con la cabeza. Conociendo a Zoé y conociendo a Naím, sé que se encantarán, se adorarán, pero le pido en busca de tiempo para pensar:

—Define eso de «lo nuestro».

Por su expresión sé que lo he puesto en un compromiso. Lo veo en su cara.

—Recuerda: somos adultos y entre nosotros solo vale la sinceridad —insisto.

Naím asiente y acto seguido toma aire.

—«Lo nuestro» lo definiría como... te quiero.

Según dice eso me tuerzo un tobillo.

¡¿Acaba de decir las palabras encriptadas?!

Ay, Dios... Ay, Diossssssss...

Doy un traspié y, cuando Naím me sujeta para que no me despanzurre en el suelo, le restriego todo mi helado de Nutella por la camisa que lleva al tiempo que susurro:

—¿Qué... qué has dicho?

Sin mirar ni importarle la enorme mancha de helado que le he dejado en su preciosa camisa blanca, responde:

—He dicho que te quiero. Y no te asustes, que estoy viendo tu cara, y, por favor, respira, que me estas asustando a mí.

Madre mía..., madre mía... ¿Este helado lleva alucinógenos?

Mi respiración se acelera. Yo me acelero y, mirándolo, musito:

—Pero ¿cómo me vas a... a... eso?

—Eso se llama «amor» —se mofa Naím.

De inmediato me siento terriblemente ridícula. Y entonces él, agarrando mi barbilla para mirarme a los ojos, murmura:

—Me encanta ver cómo sonríes cuando ves un perro, un gato, una hormiga. Me entusiasma sentir tu pasión cuando comes algo que te gusta, cómo disfrutas un helado, cómo se te ilumina la mirada cuando hablas por teléfono con tu hija, o cómo te ríes de mí cuando escucho esas canciones románticas...

—Naím...

—Solo me ha bastado conocerte para saber que eres la mujer que siempre he deseado tener a mi lado y con la que tener hijos. Y me estoy volviendo loco porque no sé qué tengo que hacer para traspasar tu frialdad y que te enamores de mí.

Madre mía... Madre mía...

Mi cara debe de ser un poema. Quería sinceridad..., pues ¡toma racioncita doble!

Sin saber qué responder, pues las palabras encriptadas y las cosas que me ha dicho son algo que no esperaba, saco de mi bolso unos clínex e intento quitarle el manchurrón de la camisa, pero él dice:

—Está claro que te encanta restregarme el helado.

Según oigo eso sonrío. Naím sonríe a su vez y, tras quitarme el clínex de la mano, hace que lo vuelva a mirar.

—Sé que no eres tan fría como te empeñas en aparentar porque me lo demuestras a menudo —añade—. Pero solo tú puedes romper esa coraza que te empeñas en levantar una y otra vez entre nosotros.

Asiento. Sé que tiene más razón que un santo.

—¿Sientes algo por mí? —pregunta entonces.

Madre mía..., madre mía... ¡Creo que se me va a cortar la nata del helado que me he comido!

Me entran las cagalandras de la muerte. No sé qué decir. Soy fría. No soy romántica. Y Naím, que ve el apuro en mi cara, va a hablar, pero suelto:

—Siento algo por ti..., ¡claro que lo siento! Pero, pero...

Pone una mano en mi boca para que me calle y musita:

—Tranquila, bloquecito.

Madre mía..., madre mía. Yo quería seducirlo, pero... ¿enamorarlo?

Mi mente va a mil. Bueno, qué digo a mil, ¡va a dos mil por hora!

—Pero ¿cómo sabes que me... me...? —pregunto.

—Porque eres mi primer pensamiento al despertar y el último antes de dormir. Y si a eso le sumas todo lo que te he dicho y que me apasiona que me embadurnes de helado cada dos por tres —ambos sonreímos—, pues ¡blanco y en botella!

Madre mía... Madre mía... Las cosas que me está diciendo son toda una declaración de amor.

—Mis padres siempre contaban que se enamoraron por culpa de una canción —prosigue—, y aunque nunca he creído en los flechazos, fue conocerte y...

Ahora soy yo la que le pone la mano en la boca. Estoy asustada, literalmente cagada de miedo por lo que oigo.

—Naím, ¿sabes lo que estás diciendo? —susurro.

Él asiente. Toma aire y, tras soltarme y dar una palmada para juntar las manos, afirma:

—Sí, ratona. Sé que puedo estar haciendo el mayor ridículo de mi vida, pero quien no arriesga en la vida no gana. Y aunque a ti te cueste decir «te quiero» o «estoy enamorada de ti», yo he decidido arriesgarme por ti.

Madre mía, creo que si me corto con un cuchillo en este instante no me sale ni una gota de sangre. Se está arriesgando. Se está arriesgando mucho.

—Estar contigo es especial y me haces sentir muy bien —suelto.

Naím sonríe, me da un beso en los labios y musita:

—Con eso de momento me vale.

Nos miramos en silencio. Como siempre, nuestros silencios hablan por sí solos. Pero de pronto noto cómo pasea su helado de bolas de chocolate y nata por mi cara y, riendo, suelta:

—Esto te lo debía..., *amor*.

Ambos reímos a carcajadas. Sé que lo ha hecho para destensar el momento que se ha creado entre nosotros. Y, minutos después, sin importarnos la gente que pasa por nuestro lado, y con la cara llena de helado de chocolate y nata, nos vamos para el hotel entre risas y empujones de chiquillos.

Una vez en la habitación, mientras Naím se quita la camisa sucia de helado y yo me lavo la cara, me seco con la toalla y vuelvo a ser consciente del momento que hemos vivido en el paseo marítimo.

¡Cuando se lo cuente a mis amigos no se lo van a creer!

Con su manera de ser, su romanticismo y su sinceridad, Naím me está descabalando como nadie en la vida. Se me ha declarado con unas preciosas y románticas palabras de amor. ¿A mí? ¿A la tía más fría del planeta?

¿Soy merecedora de que me pase algo así?

Dándome aire con la mano, salgo del baño y veo a Naím mirando algo en su portátil. Aunque estemos de vacaciones ambos comprobamos el correo electrónico a menudo. Somos unos profesionales, además de unos tontos. Sí, sí, muy tontos y responsables.

Inconscientemente pienso en Soraya. Pero ¿por qué lo llamará tanto? Si algo odio es a las personas pesadas que no entienden cuándo se acaban las cosas, y al parecer Soraya es una de ellas. Pobre Naím, me da hasta pena. No debe de ser fácil lidiar con algo así.

Por ello, y dejándolo unos minutos para que haga lo que tiene que hacer, voy directa a la terraza. Sentir el fresco de la brisa me viene bien para despejarme, pero de pronto oigo que comienza a sonar una canción e inevitablemente sonrío.

Naím y su romanticismo.

Sé que se trata de *Me vuelves loca*, de Armando Manzanero, Gaby Moreno y Paquito D'Rivera. Y no es que lo sepa porque sea mi estilo, sino porque ya he escuchado esa canción antes con Naím y él me ha hablado de ella.

Cerrando los ojos, disfruto de la música mientras la brisa juguetea con mi pelo, hasta que siento que él me abraza por detrás y susurra:

—Me has preguntado por qué te quiero, ¿verdad?

Asiento.

—Escucha la letra de esta canción y lo entenderás —me susurra él al oído.

Uf, madre mía..., ¡uf, madre mía!

Escuchar lo que la canción dice literalmente ¡me vuelve loca! Estoy viviendo la película más romántica que jamás pensé que viviría y soy incapaz de decir... eso.

Yo, Verónica Jiménez Johnson, la tía más escéptica del mundo y la menos romántica, he ido a conocer al hombre más increíble sobre la faz de la Tierra, que encima es un romántico empedernido.

¡Dios, si es peor que Leo y Amara juntos!

Notar los calientes labios de Naím en mi cuello mientras la canción prosigue es una de las cosas más sensuales y morbosas que he sentido en la vida. Y, dándome la vuelta, lo miro a los ojos y murmuro incapaz de callar:

—Tú sí que me vuelves loca.

Él sonríe; en sus ojos veo el amor que siente por mí.

—Ratona, vas mejorando y con eso me sigo conformando —murmura.

No sé qué decir. No sé qué hacer. Y, abrazándonos, comenzamos a bailar.

Un beso. Dos. Cuatro. Besarlo frente al mar y bajo este precioso manto de estrellas es una delicia.

Sin hablar bailamos abrazados mientras me dejo seducir por él y por la preciosa melodía, y cuando esta acaba y comienza otra que no me suena, pregunto mirándolo:

—¿Cómo se llama esta canción?

—Se llama como el país al que tanto quieres ir.

—¡¿*Grecia*?!

Naím asiente y sonríe. Estos pequeños detalles de recordar las cosas de las que hablamos me hacen ver cuánto le intereso.

—La cantan Elsa y Elmar —añade.

Complacida, bailo con él, mientras siento que un nuevo mundo en todos los sentidos habidos y por haber se está abriendo ante mí.

—Que sepas que pienso llevarte a Grecia —comento mirándolo.

—Me dejaré encantado. —Él sonríe.

Sin decir más seguimos bailando mientras nos miramos a los ojos en silencio. En ocasiones nuestros silencios dicen más que las palabras. Y entonces lo oigo canturrear parte del estribillo de la canción.

Sonrío. Ya no sé ni cómo explicar lo que este hombre me hace sentir en tantas y tantas cosas y, necesitada de su boca, lo beso y tengo la impresión de que lo quiero todo, absolutamente todo, para mí.

Capítulo 37

Después de tres días de ensueño en Lanzarote, donde Naím me ha enseñado sitios preciosos como la playa del Jablillo, el pueblo de Teguise, con su bonito castillo de Santa Bárbara, y muchos otros, volamos a Tenerife.

No volveré a verlo hasta dentro de dos días. Esta noche tiene una cena por lo del Premio Bardea a la que no puede faltar y, aunque intenta convencerme para que lo acompañe y me aloje en su casa, yo me niego. El trato es discreción, y él al final, aunque un pelín a regañadientes, acepta. Eso sí, se empeña en llevarme hasta El Médano, cosa que hace, y después de dos millones y medio de besos y mimos por su parte, se marcha.

Una vez sola en el apartamento, tomo aire. Tengo que pensar. He de aclararme las ideas ante la vorágine de cosas que siento y que ni yo misma entiendo. Y cuando suelto mi maleta en la cama y me dejo caer sobre en ella, comienzo a maldecir por no haberme ido con Naím.

Pero ¿qué narices me está pasando?

Le digo que no quiero ir ¿y luego quiero ir?

Miro el reloj. Son las doce del mediodía. ¿Qué voy a hacer durante dos días sin verlo?

Tirada en la cama, repaso una y otra vez lo vivido con él. Ha sido increíble, impresionante. Y entonces oigo que mi teléfono suena. Haciendo la croqueta en la cama, me acerco a él y, al comprobar que es Begoña, descuelgo y voy a saludar cuando oigo:

—Verónica, el niño no para de llorar, está muy caliente y no localizo a Gael...

De inmediato me levanto de la cama. Mi burbujita romántica se rompe y, pensando con rapidez, digo:

—¡En media hora estoy ahí!

Acelerada, cojo mi bolso, las llaves, el móvil, y salgo a toda prisa del apartamento. Como imaginé, tardo veinticinco minutos en taxi, y cuando llego, tras saludar a Begoña y ver a Lionel berreando a pleno pulmón, no sé qué hacer. Si Amara estuviera aquí seguro que lo solucionaría rápidamente.

—¡Vamos para el hospital! —digo.

Sin tiempo que perder, llegamos al hospital Quirónsalud Costa Adeje en un taxi y, cuando nos apeamos del coche, Begoña susurra mirándome:

—Esto es un hospital privado y yo... yo no sé si puedo pagar algo así.

—Tranquila. Yo sí —afirmo con seguridad.

A partir de ese instante tomo el mando de la situación. Como madre primeriza Begoña está totalmente bloqueada, y hago lo pertinente para que atiendan al niño cuanto antes.

Al final consigo contactar con Gael. El pobre, cuando oye mi voz y le digo dónde estamos, se lleva el susto del siglo y me dice que viene enseguida hacia aquí.

Mientras Begoña acompaña a Lionel para su exploración, decido bajar a la cafetería a tomarme un refresco. Tengo la garganta seca. Entonces recibo un mensaje de Naím:

¿Cómo está mi bloquecito?

Leer eso me hace gracia, sonrío, y, evitando contarle dónde estoy, respondo:

Muy bien, pero echándote de menos.

Veo que escribe y segundos después leo:

¿Qué haces?

Miro a mi alrededor. ¿Cómo decirle que estoy en el hospital con el que es su sobrino nieto? Y, mintiendo, escribo:

En la playita, tomando el sol.

Joder, joder, qué mal me siento. Estoy mintiéndole a Naím. Estoy ocultándole a la familia Acosta algo de vital importancia, pero le prometí a Gael que no diría nada, y yo, cuando prometo, prometo de verdad.

Chateamos durante unos minutos. Me cuenta que está en su casa con *Donut*, su perro, hasta que nos despedimos y le digo que espero que lo pase bien en la cena.

Cuando dejo de hablar con él, sonrío como una tonta, y de pronto, al mirar hacia la derecha, me encuentro nada más y nada menos que con Florencia, que está sentada dos mesas más allá con unas mujeres.

¡Madre míaaaaaaa!

Por Dios, por Dios..., ¡que no me vea!

Si me ve, ¿qué le digo que estoy haciendo aquí?

Enseguida dejo de mirar mientras siento cómo mi corazón se acelera. Por suerte no me ha visto, y, mirando hacia la cristalera que da a la calle, de pronto me quiero morir al ver que Gael llega en su moto.

Ay, Dios, ¡que lo va a verrrrr!

Rápidamente, tapándome la cara con el pelo, miro a Florencia. Está tan ensimismada con su conversación con sus amigas que por suerte no mira hacia la cristalera. He de salir. He de advertirle a Gael de la presencia de su madre, y, como si fuera una espía rusa del KGB, así salgo de la cafetería. Sin embargo, cuando creo que ya he salvado la situación, oigo:

—¡Julia!

Me quedo quieta. No miro. Seguramente no me están llamando a mí, pero insisten:

—Julia de Valladolid... ¿Eres tú?

Joder..., joder... ¿Quién me ha reconocido?

Y, dándome la vuelta, al comprobar que desde donde estoy Florencia no puede verme, quiero salir corriendo al ver a Mireia.

Madre mía, pero ¿puedo tener peor suerte?

Como siempre, la tía más guapa no puede estar. Confirmo que es de las que se ponen un pulpo en la cabeza y lo lucen como si fuera una corona.

—¡Hola! —la saludo con una sonrisa.

Mireia se acerca a mí y me da dos besos.

—¿Qué haces por aquí?

Pienso. Pienso rápido mientras, desde donde estoy, veo que Florencia sigue hablando con sus amigas y Gael está poniendo la cadena a la moto.

—He venido a visitar a una amiga —contesto al final—. Ya me iba.

—Espero que no sea nada grave lo de tu amiga.

Sonrío. Intento conservar la tranquilidad, que me falta, y digo:

—Nada. Una tontería. Está bien.

Mireia asiente. Observo que me estudia. No sé si me cree o no, y entonces veo que Gael, tras acabar de poner la cadena a la moto, echa a andar hacia la entrada.

—Estoy con Florencia, la hermana de Naím, en la cafetería; ¿la conoces? —dice Mireia.

De inmediato niego con la cabeza. Madre mía, qué mentirosa me estoy volviendo. Y, mirando el reloj, y deseosa de huir, digo:

—Tengo prisa, Mireia. Discúlpame, pero...

—Oye, ¿sabes algo de Naím? —me corta—. Llevo días sin saber de él.

Bueno, bueno, bueno. Según la oigo me sube un no sé qué por el cuerpo, pero, conteniéndome, respondo:

—No. No sé nada.

Durante unos segundos nos miramos directamente a los ojos. Está claro que ambas pensamos y callamos, y entonces Mireia sonríe e indica:

—No te entretengo. Ya nos veremos en otro momento. Y, oye, me alegro de que tu grano ya haya desaparecido. ¡Era tremendo!

Con una sonrisa, asiento. No me cago en su padre porque no tengo tiempo, y corro hacia la entrada. Allí pillo a Gael por sorpresa y, parándolo para que Mireia no lo vea, siseo:

—¡Tu madre está aquí!

Él me mira horrorizado y, entendiendo su muda pregunta, digo omitiendo que conozco a Mireia o tendré que darle a él también explicaciones:

—Está en la cafetería con unas mujeres. Y, no, sigue sin saber nada de Begoña y Lionel. ¡Pero vamos!

Veo que respira aliviado y, tras comprobar que Mireia ya no está donde la he dejado, corremos hacia la escalera para ir a la planta de pediatría. Quien nos vea correr por el pasillo como alma que lleva el diablo seguro que piensa ¡que ya somos mayorcitos para hacer eso!

* * *

Horas después todos nos quedamos más tranquilos al saber que lo de Lionel era un simple dolor de barriga. Los terribles cólicos del lactante. Y, cuando nos disponemos a salir del hospital, de nuevo tenemos que hacer el numerito de los espías. Bajo yo primero, hago una batida para comprobar que no estén por allí ni Florencia ni Mireia y, cuando lo veo todo despejado, le envío un mensaje a Gael para que bajen ellos.

En un taxi acompaño a Begoña y a Lionel mientras Gael nos sigue con la moto. Y, cuando llegamos al apartamento de ella, tras darles un beso y decirles que me llamen para lo que necesiten, regreso al mío y, aunque no soy muy creyente, pido a Dios y a todos los santos que Mireia no le escriba a Naím para contarle que me ha visto en el hospital. Si lo hace, a ver qué me invento...

Capítulo 38

Por la tarde, tras darme una ducha, recogerme el pelo en una coleta alta y ponerme una camiseta de Pink y unas bragas, llamo a mis padres por teléfono. Se están ocupando de *Paulova*. Se la han llevado a su casa y, como siempre, ya ha hecho camarilla con *Tinto*. ¡Qué mona es mi *perrigata*! Después consigo hablar con Zoé, pues no siempre que la llamo está disponible, y siento que mi felicidad es completa.

Mi niña está bien. Está feliz. Pensar por el mal trago que está pasando Gael me hace comprender lo importante que es que Zoé confíe en mí, y la informo de que ya lo tengo todo arreglado para vernos en la Antártida. Me pide que no se me olviden sus galletas preferidas. ¿En serio puede creer que se me van a olvidar? ¿A mí? ¿Su madre?

Tras abrir mi ordenador decido chequear los emails que me habrán llegado de clientes. Da igual que esté de vacaciones, algunos siguen escribiendo.

Durante un buen rato contesto correos y, cuando cierro el ordenador, no puedo dejar de pensar en Naím. ¿Cómo lo estará pasando en la cena?

En varias ocasiones tengo la tentación de mandarle un mensaje. Antes de marcharse me ha hecho prometer que lo llamaría por teléfono si necesitaba hablar con él. Yo le he dicho lo mismo, pero no quiero ser pesada. Sé que ni soy su novia ni él es mi novio, y no puedo ni debo ni quiero pedir explicaciones de lo que hace o deja de hacer, porque sé que a mí eso mismo me molestaría y mucho.

Sin embargo, lo echo de menos. Lo añoro tanto que ni ver la televisión me lo quita de la cabeza.

Me pita el móvil. Rápidamente lo miro.

Amor, pienso en ti.

Según leo eso, me... me deshago.

Por favor, por favor, por favor, ¡es que es para comérselo!

Con sus bonitas y continuas muestras de cariño, con su manera de decirme constantemente «¡Estoy aquí!», Naím me hace sentir especial, me está dando la vuelta como a un calcetín y me está descongelando de una manera que creo que ¡me voy a deshidratar!

Sonriendo como una tonta, leo el mensaje media docena de veces. Me gusta. Me encanta haberlo recibido. Pienso en contestarle, pero cuando lo voy a hacer me paro. ¿Qué le digo? No soy de ponerme pastelosa. Vale que el término *pasteloso* no es el mejor que puedo utilizar en este instante, puesto que lo que él me ha enviado me gusta. Pero él es él y yo soy yo. Por ello, tras pensarlo, escribo:

Ok.

Le doy a «Enviar» y, según lo hago, maldigo. Por Dios, ¿cómo he podido contestarle eso? ¿Por qué soy incapaz de decirle algo más romántico?

Espero. ¿Me volverá a escribir? Pero no, no lo hace. Normal. Con lo que le he puesto, se le habrán quitado las ganas. Él, pensando en mí, llamándome «amor», ¡y yo voy y le contesto «Ok»!

Me siento mal fatal. Odio mi frialdad y me odio a mí misma. ¿Por qué no podré ser más cariñosa con él?

* * *

El tiempo pasa muy lentamente y, a la una de la madrugada, estoy dando vueltas por el apartamento mientras un extraño runrún que identifico con los celos no me deja dormir, y menos aún después de mi frío mensaje.

De pronto la soledad me asfixia y, sentándome en la hamaca de la terraza, cojo mi móvil, busco una de mis *playlist* en mi Spotify y comienzo a escucharla mientras miro las estrellas. Suena música cañera, la que yo he escuchado siempre y que tanto horroriza a Naím, y sonrío. Naím, Naím, Naím. ¿Por qué ahora todo me recuerda a él?

Pasados unos minutos paro la canción que suena y, necesitando sentirlo cerca, aunque sea a través de la música, pongo la *playlist* que he creado con las canciones que sé que le gustan a él.

Madre mía... ¡Qué moñitas me estoy volviendo!

Suena *A un beso* y, cerrando los ojos, sonrío. Esa sensual canción ya es parte de nosotros, como lo son *Me vuelves loca*, *Grecia* y otras tantas, a cuál más romántica. Y cuando comienza a sonar *Propuesta*, de Kalimba, recuerdo que Naím me dijo que inicialmente la interpretaba Roberto Carlos, un cantautor brasileño que le gustaba mucho a su madre.

Las melodías que le gustan a Naím son especiales, y sus letras tan románticas que eso es lo que me está descuadrando. Mi trato con el género masculino ha sido siempre, a excepción de mi padre y Leo, frío e impersonal, pero con Naím me estoy descongelando.

Él, con su manera de mirarme, de abrazarme, de seducirme, de cuidarme, y de declararme su amor está haciendo que lo necesite, y esa rara sensación me tiene en un sinvivir.

Necesito hablar con alguien. Pero, claro, a estas horas, ¿a quién llamo?

Finalmente pienso en Amara. Quizá esté de guardia en el hospital, y tecleo en WhatsApp:

Socorrooooo. Si estás ahí, llámame.

Espero unos segundos hasta que de pronto mi teléfono se ilumina y sonrío al ver en la pantalla la foto de Amara. Enseguida contesto y oigo que dice en un susurro:

—Hola, reina. Tengo a dos de parto, por lo que no sé cuánto tiempo podré hablar. Pero dime, ¿qué pasa para que me llames a estas horas?

Siento que oír su voz me reconforta, y musito:

—Me ha dicho que... que... ¡eso!

—¿Eso? ¿Qué es eso? —pregunta alarmada.

Resoplo, me retiro el pelo de la cara y respondo:

—Pues que... que me... ¡eso!

—¿Te ha dicho las palabras encriptadas?

—Sí.

—¿Te ha dicho que te quiere? —pregunta Amara sin dar crédito.

—Sí.

Mi amiga suelta un bufido y cuchichea:

—Está claro que Dios da pañuelos a quien no tiene mocos.

—¡Amara!

Se ríe, ella es así.

—¿Por qué yo, queriendo encontrar a un tío así de romántico, no lo encuentro? —insiste.

—¡Y yo qué sé!

Nos reímos las dos, y yo continúo:

—Me ha dicho que está loco por mí, y estoy tan cagada de miedo que... que... ¡no sé ni qué hacer ni qué decir!

Según digo eso, oigo que exclama:

—¡Madre mía! No me lo puedo creer... —Y acto seguido, grita—: ¡Almudena, voy al baño! Sí, sí, mujer, procuraré tardar poco, pero creo que la cena no me ha sentado bien...

Sonrío. Amara ya ha buscado tiempo para mí. Y a continuación, con un hilo de voz, indica:

—Dame un segundo, que llego al baño.

En silencio espero a que ella llegue y, tras oír que se cierra una puerta, dice:

—Por el amor de Diosssss..., pero ¿qué me estás contando?

Sin perder un segundo, pues sé que su tiempo es oro, le cuento todo lo acontecido de forma atropellada, pues ni siquiera soy capaz de ordenarme mentalmente. Y cuando acabo susurra:

—Te juro que porque eres tú, porque si esto me lo cuenta otra, pienso que es ciencia ficción. ¿Existen tíos tan increíbles?

Me río. Nos reímos, y añado:

—Me ha escrito un mensaje hace un rato en el que me decía: «Amor, pienso en ti» y...

—Me muero de amor...

—Y yo le he respondido: «Ok».

—¡¿«Ok»?!

—Sí, ¡«Ok»!

—Lo tuyo es muy fuerte... ¿Cómo has podido contestarle eso?

—¡No lo sé!

Amara resopla.

—Desde luego, la reina del hielo a tu lado es una simple principianta.

En silencio, asiento. Sin duda no hago las cosas bien.

—Naím es de los tuyos —comento a continuación—. Le encanta Manuel Carrasco.

Al oírme mi amiga suelta una risotada.

—Eso me indica que es buena gente —señala—. ¿Por qué no encontraré yo un hombre así de romántico para mí?

Divertidas, nos reímos por ello.

—¿Qué quieres hacer al respecto? —dice justo después.

Su pregunta me descuadra. La verdad es que últimamente todo me descuadra. Y Amara insiste:

—A ver, sé que el romanticismo y tú nunca habéis sido muy amigos, pero...

—Me gusta mucho, y a través de las letras de las canciones me dice tanto —la corto— que te juro que incluso siento una opresión en el pecho. Pero si hasta escucho música romántica y me gusta... ¡Dios, me gustaaaaaa!

—Madre mía, reina, ¡sí que te ha dado fuerte!

Me río..., si es que me tengo que reír.

—¿Sabes? —añade ella—. Conociéndote como te conozco diría que te estás enamorando.

—¡Anda ya!

—Reina, créeme: ¡tú te estás enamorando!

Oír eso hace que mi respiración se acelere y, con un hilo de voz, pregunto:

—¿Tú crees?

—Lo creo, claro que lo creo... ¿Y sabes por qué? Pues porque solo hay que oír tu vocecita de enamorada cuando hablas de él y la desazón que te noto.

Madre mía, sí que debo de estar tonta para que Amara me diga eso.

—Estoy cagada de miedo... —cuchicheo.

—¡Normal! Yo también lo estaría. Es más, no sé cómo sigues respirando.

—¡Amara!

Mi amiga se ríe, la tía es una cachonda.

—Cielo, disfrútalo. Vívelo —me recomienda.

—Pero...

—Déjate de peros, Verónica Jiménez, o juro que cojo el primer avión que salga para Tenerife, voy a tu apartamento y te parto la cara por ser tan jodidamente negativa y no querer darle una oportunidad al amor.

Suspiro. Resoplo. Entiendo lo que dice.

—No lo veré hasta dentro de dos días —musito.

—¿Por...?

—Tiene compromisos y no pienso ir a su encuentro. Alguien podría vernos.

—Faltaría más..., ¡bloquecito de hielo ante todo! —se mofa.

Me siento ridícula..., la tía más ridícula del mundo con la edad que tengo.

—Dios, Amara... —gruño—. ¿Qué voy a hacer durante dos días sin él?

—Uis, reina, ¡enamorada es poco! —Ríe.

—Ay, Amara, ¿qué me ha pasado?

—Que te has enamorado. Repite conmigo: «E-na-mo-ra-do».

Me niego. Y ella insiste:

—¡Los flechazos existen!

—Pero yo no soy persona de flechazos.

—Reina, asúmelo: Cupido es un cabroncete rubio que ataca cuando menos lo esperas.

Oír eso nos hace reír a las dos.

—Ese hombre se está arriesgando —continúa mi amiga—. Está

poniendo toda la carne en el asador por ti. ¿Por qué no haces lo mismo de una santa vez?

No respondo, no puedo. Mi maldita inseguridad me lo impide. Y, pensando en mi inminente viaje a la Antártida, susurro:

—Tengo que hablar con Zoé. Necesito contarle lo que me pasa.

—Me parece bien, siempre y cuando no olvides que tu hija vive su vida y tú has de vivir la tuya. No te escudes en Zoé como has hecho siempre para negarte a tener una relación.

Asiento, sé que tiene razón.

—Atrévete a amar, Vero. Y, si te equivocas, te equivocas, pero ¡atrévete, joder!

Vuelvo a asentir y luego ella pregunta:

—¿El sobrinísimo ya le ha dicho a la familia que ha sido padre?

Sin dudarlo le cuento todo lo sucedido, y luego ella murmura:

—Vaya tela... Y tú metida en todo el ajo.

Suspiro. Les estoy mintiendo a todos. A Naím, a su familia, a Mireia... ¡A todos! Pero no quiero hablar de ellos, así que pregunto para cambiar de tema:

—¿Leo y Mercedes bien?

—Leo, en Benidorm con Pili y los niños, y con Mercedes hablé ayer y la encontré bien. —Asiento complacida. Y luego Amara dice—: Ahora tengo que dejarte o a mi compañera le dará un colapso como no regrese enseguida a la sala de partos.

Consciente de que está trabajando, musito:

—Te quiero, te quiero, te quiero. Gracias por estar siempre ahí.

Oigo la risa de Amara y me río cuando dice:

—Yo también, pero ese «te quiero» has de practicarlo y decírselo a él porque creo que lo necesita. Desencripta de una vez esas jodidas palabras para decírselas a un hombre. Y, en cuanto a las gracias, ya te pasaré la factura del psicólogo al que voy a tener que ir por soportarte...

Dicho esto, entre risas nos despedimos y cuelgo el teléfono, y, escurriéndome por la pared, pienso: «¿Estoy... eso? ¿Esto que siento es amor? Y, sobre todo, ¿me atreveré a atreverme?».

Capítulo 39

A las dos y media de la madrugada sigo despierta, dándole vueltas en la cabeza a todo lo que he hablado con Amara, mientras estoy en la terraza escuchando música romántica.

¡Madre mía, qué atracón me estoy dando!

Escucho en bucle durante un buen rato la melodía de *A un beso* y la letra. ¡Dios, la letra...! Me siento tan identificada con ella. Sin duda Naím es transparente desde el primer día que lo conocí. Él, sin trucos, siendo simplemente él, me tiene hechizada con la magia de su mirada.

Pongo también esa canción que sé que a él le gusta tanto llamada *Tu olvido*. Analizo la letra. Es preciosa, pero también es triste. Habla de amor y desamor y..., uf, ¡los pelos se me ponen como escarpias!

Después de esa empieza a sonar *Delirio*, de Luis Miguel. ¡Aisss, qué bonitaaaa!

Madre mía..., madre mía lo que me gusta esta canción. Recuerdo que en La Graciosa, una noche que estábamos mirando las estrellas, cuando comenzó a sonar ese tema Naím se levantó, me tendió la mano y me pidió bailar.

¡Qué momentazo!

Cierro los ojos y recuerdo. Fantaseo.

Madre mía, Amara tiene razón. ¡Estoy... eso! ¡¿Yo estoy... eso?!

Pienso, pienso y repienso. El dolor que experimenté con el padre de Zoé no tiene por qué volver a repetirse. Naím no tiene nada que ver con aquel. Cada persona es diferente, y no tengo por qué pagar mis frustraciones con él.

La realidad es que ya no tengo quince años y no soy la niña tonta a la que un chulito italiano le tomó el pelo. Ahora tengo treinta y ocho, soy adulta y creo —y digo «creo» porque me puedo equivocar— que Naím es diferente.

Soy una mujer y una madre independiente con los pies en la Tierra que sabe que el amor no es siempre de color rosa. La vida me ha hecho ver que existen distintos colores, y que ante el color que estoy descubriendo no quiero parar.

Estoy sonriendo como una lela cuando comienza a sonar *¿Qué nos está pasando?*, de Manuel Carrasco.

Lo que Amara no consiguió en años lo ha logrado Naím en unos días. Escuchar a Manuel Carrasco es una delicia, y sus canciones, como dice mi amiga, ¡enganchan y enamoran! Estoy canturreando cuando mi móvil vibra, y leo:

¿Despierta?

Es Naím. Mi sonrisa se ensancha. ¡Me ha vuelto a escribir! Y me apresuro a teclear:

Sí.

Saber que, aunque esté lejos, sigue pendiente de mí, pese a que yo sea la tía más tonta y fría del mundo con él, me gusta, me gusta mucho. Y de pronto leo:

Estoy frente a tu puerta.

De un brinco me levanto de la hamaca. Corro como si no hubiera un mañana hacia la puerta y, al abrirla y verlo allí, tan guapo y con su traje impoluto, mientras yo voy hecha un desastre, en bragas y camiseta, me tiro sobre él colgándome como un mono y sonrío feliz cuando noto sus brazos alrededor de mi cuerpo.

—Si lo sé, vengo antes —dice.

Por Dios, por Dios, por Dios... ¡Pero qué contenta estoy!

Lo miro. Quiero decirle que estoy... estoy... ¡eso! Pero, joder, no me salen las palabras. Naím me mira, sabe que intento decir algo, pero, sin poder soltar lo que soy incapaz siquiera de deletrear, lo beso y me apresuro a decir:

—Cariño, me encanta que estés aquí.

Él parpadea mirándome asombrado.

—¿Me has llamado «cariño»?

Sin dudarlo asiento. Madre mía, qué bien me siento después de haber dicho de corazón esa palabra afectuosa. Y entonces Naím, sonriendo, cuchichea divertido:

—¿Quién eres tú y dónde está mi bloquecito de hielo?

La felicidad de este instante solo es comparable con la felicidad que siento cada vez que Zoé me llama y, sin decir nada más, lo beso. Me encantaría hablar de lo que he pensado. De cómo me siento. Decirle... eso mirándolo a los ojos. Pero no puedo. No me sale, y decido callar hasta que consiga entenderme a mí misma.

Cuando nuestro beso acaba, Naím se me queda mirando fijamente.

¿Qué ocurre?

¿Tendré un moco en la nariz?

Rápidamente me la toco. No, no tengo nada, pero su mirada me inquieta, me atormenta, me perturba. No sé qué sucede. Y de pronto él pregunta con gesto preocupado:

—¿Estás escuchando a Manuel Carrasco?

Divertida, asiento. ¡Qué cabrito!

Y, dispuesta a hacer cosas especiales por él como él las hace por mí, acerco la boca a su oído y canturreo.

No puedo seguir cantando. Naím me besa. Lo que acabo de hacer, de decir, sabe que es mucho para una reina del hielo como yo. Y, cargándome sobre su hombro, me da un azotito en el trasero y, echando a andar hacia el dormitorio, indica:

—Amor, ahora te voy a decir yo lo que nos está pasando.

Y me lo dice..., ¡vaya si me lo dice!

Capítulo 40

Pasan un par de días y mi felicidad y mis ganas de decir... eso comienzan a asustarme.

¿En serio estoy viviendo yo esto?

¿En serio pienso en las palabras encriptadas?

Naím y yo hemos pensado pasar el fin de semana en La Gomera. Según me ha contado, un amigo le deja un apartamentito allí, y hemos hecho un montón de planes, entre ellos me quiere llevar a una playa llamada La Negra. Me ha dicho que es una playita de callaos y arena negra que suele estar vacía de gente y desde donde, según él, se puede ver un precioso atardecer.

Estoy preparando en una bolsa las cosas que me voy a llevar. Naím pasará a recogerme dentro de tres horas, y yo disfruto del momento mientras escucho mi música de fondo. En ese instante suena mi teléfono y, al ver que es Leo, sonrío y saludo:

—Pero si es mi gran Leo Morales..., qué honrada me siento por tu llamada. ¿Qué tal por Benidorm?

Un silencio raro hace que mi sonrisa se desvanezca en cuestión de segundos, y luego oigo que dice:

—Cielo, estoy en Madrid.

El vello de todo mi cuerpo se eriza. Sé que ha pasado algo malo.

—No te asustes —prosigue—, pero Mercedes está en el hospital.

Me asusto. ¡Claro que me asusto! Me siento en la cama y pregunto con un hilo de voz:

—¿Qué ha pasado?

Oigo a Leo suspirar y a continuación murmura:

—Dalila la ha dejado. Y se ha tomado un bote de pastillas.

—¡Joder! No..., no..., no...

—Tranquila. Está bien. Ahora Amara está con ella y yo he aprovechado para llamarte.

Oír eso me hace cerrar los ojos. Mi mente se bloquea, se queda en blanco. Sé cuánto quiere Mercedes a Dalila. Y de inmediato abro los ojos, me levanto y digo:

—Cojo el primer avión que salga hacia allá.

Sin más, corto la comunicación y, tras coger simplemente mi bolso y el móvil, corro hacia el aeropuerto sin pensar en nada ni nadie más. Solo en Mercedes.

* * *

Cinco horas después estoy en Madrid, llegando en un taxi al hospital. Cuando he encendido el móvil al bajar del avión me han saltado diversas llamadas perdidas de Naím y Liam y también varios mensajes. Ver eso me hace darme cuenta de mi error. Debería haberlo avisado.

¿Lo llamo? ¿No lo llamo?

Uf, dudo. La verdad es que estoy nerviosa y, como me diga algo fuera de lugar, me conozco y..., bueno, mejor que no.

Cinco minutos después, cuando llego al hospital, mi teléfono móvil suena. Es Naím. Ahora lo tengo que atender sí o sí y, cogiéndolo, digo:

—Lo siento..., lo siento...

—¿Dónde estás? ¿Qué ocurre?

Veo a Amara más allá, se está fumando un cigarrillo, y entonces ella me ve a mí. Nos saludamos con la mano y camino hacia ella mientras respondo:

—Estoy en Madrid.

—¿En Madrid? ¿Cómo que estás en Madrid? —pregunta sin dar crédito.

Asiento como si él me fuera a ver, y le explico:

—Me han llamado. Mercedes está en el hospital.

—¿Qué le ha pasado? ¿Está bien?

Llego junto a Amara, nos damos dos besos y le respondo a Naím:

—Ya te contaré, pero...

—¿No podrías haberme avisado? ¿Llamarme al menos? Joder, Verónica, ¿no podrías haberme dicho lo que pasaba para que no me volviera loco buscándote y tirando la puerta abajo del apartamento por si te había ocurrido algo?

Sorprendida por lo que acaba de decir, murmuro:

—¿Has tirado la puerta abajo?

—Literalmente.

Me hace gracia. Madre mía, qué ímpetu. Pero la sonrisa se me borra del rostro cuando Naím vuelve a protestar, y yo, que estoy nerviosa y que, estándolo, tengo la mecha muy corta, exclamo:

—Oye, mira, te he pedido disculpas. Sé que debería haberte avisado y no lo he hecho. Pero acabo de llegar a Madrid, estoy preocupada y lo único que me interesa en este momento es saber qué le ha ocurrido a Mercedes. Así que o te callas, o te callas. ¡¿Te queda claro?!

Un silencio sepulcral se hace al otro lado de la línea. Sé que me acabo de pasar tres pueblos, que no debería haberle hablado así, y entonces directamente se corta la comunicación.

Sin dar crédito, miro a Amara. ¡Me ha colgado!

—¡Pero ¿este tío es tonto?! —musito.

Mi amiga suspira y se encoge de hombros.

—Yo también te habría colgado —replica—, aunque seguramente antes de hacerlo te habría mandado a la mierda.

Resoplo.

—¿En serio te has venido sin decírselo? —insiste ella.

Afirmo con la cabeza. Estoy molesta, enfadada, y sin querer hablar de él, saco mi paquete de tabaco, me enciendo un cigarrillo y pregunto:

—¿Cómo está Mercedes?

Amara suspira.

—¿Qué ha pasado? —inquiero.

—Pues ha pasado lo que ninguno queríamos que pasara pero que sabíamos que podía pasar.

Asiento. Sé que tiene razón.

—Anoche Mercedes me llamó a las tres de la madrugada —me cuenta—. Por su voz y por las cosas incoherentes que decía, noté que algo no iba bien y fui para su casa. Entré y me la encontré tirada en el salón. Se había tomado un bote de pastillas.

—No... —jadeo horrorizada.

—Llamé al Samur, hicieron su trabajo y luego les pedí que la trajeran aquí, al hospital donde trabajo, para tenerla más controlada.

Horrorizada, me tapo la boca con la mano. Mi amiga me abraza. Las lágrimas rebosan de mis ojos y ella, mirándome, susurra:

—Ahora está bien. Te lo prometo.

—Pero, Amara... —No puedo continuar.

Lo que Mercedes ha hecho es grave, gravísimo, tanto que no sé ni cómo encararlo.

—Llamé a Leo y se vino rápidamente desde Benidorm —añade Amara—. Está en la habitación con ella ahora.

Asiento, me retiro las lágrimas de los ojos y pregunto:

—¿Y su familia?

—Mercedes no ha querido que avisemos a nadie. Ya sabes que su relación con ellos no es muy buena y..., en fin, solo estamos nosotros.

Asiento, tomo aire y voy a hablar cuando Amara prosigue:

—Sé que esto no era algo que pensáramos que pudiera hacer, pero ha pasado. Mercedes ha cruzado una línea que nunca debería haber cruzado, y tanto Leo como yo le estamos diciendo que le vamos a buscar la ayuda de un profesional.

—Me uno a vosotros.

Mi amiga asiente. La veo bien, aunque el susto que se llevaría debió de ser considerable.

—El amor es una santísima mierda —murmuro.

—No, cielo —rectifica Amara—. El amor no es una mierda, las personas son la mierda.

Suspiro, resoplo y, entendiendo lo que dice, indico:

—Entremos, quiero ver a Mercedes.

En silencio y de la mano, Amara y yo entramos en el hospital y caminamos hacia el ascensor. Montamos en él, pulsamos el botón de la tercera planta y, cuando salimos, nos paramos frente a la habitación 326.

Cojo aire. No sé qué le voy a decir a Mercedes. Y entonces Amara, mirándome, me pregunta:

—¿Estás bien?

Niego con la cabeza y ella sugiere:

—¿Quieres que vayamos a dar un paseo y...?

—Quiero entrar —la corto.

Mi amiga asiente, no dice más, y abriendo la puerta entramos en la habitación. Leo me ve. Se levanta de donde está, viene hacia mí, me besa con cariño y susurra:

—Está dormida.

Miro a mis amigos, que tienen cara de cansancio, y les digo:

—Bajad a la cafetería a comer algo. Yo me quedo con ella.

Sin dudarlo asienten, y cuando estos se marchan dejo mi bolso sobre una mesita y me acerco con cuidado hasta la cama. Mercedes está de lado, con los ojos cerrados. Su aspecto es el de siempre. Y, tras tomar aire, me siento en el sillón que Leo ha dejado libre y que está junto a la cama.

Con cariño, la observo; no la toco para no despertarla, mientras pienso en la cantidad de cosas buenas y malas que hemos pasado juntas a lo largo de los años y en todas las cosas bonitas y positivas que tengo que decirle.

—¿No me vas a dar un besito en la frente? —escucho.

Veo que Mercedes me mira con los ojos muy abiertos.

—Estaba decidiendo si dártelo en la frente o en la punta de la nariz —cuchicheo.

Ella sonríe. Yo también. Y, tras darle un cariñoso beso en la mejilla que le hace sentir todo lo que la quiero, cuando me siento de nuevo en el butacón, Mercedes dice:

—Lo siento.

—Si vuelves a hacerlo no te lo voy a perdonar. ¿Tú sabes el susto que nos has dado?

Ella asiente mientras nos miramos en silencio. La conexión que tenemos los integrantes del Comando Chuminero entre nosotros es increíble. Y, con todo mi amor, susurro:

—Te quiero mucho, pedazo de tonta.

Mercedes asiente, sabe que se lo digo desde el fondo de mi alma, y musita:

—Yo también te quiero, y siento haberte jorobado las vacaciones.

—Eso es lo que menos importa.

Mi amiga se retira el pelo de los ojos y, cuando va a contestar, levantándome la camiseta para enseñarle el tatuaje de mis costillas, murmuro:

—En lo malo. En lo bueno. Y en lo mejor.

Mercedes se emociona. Esa frase es muy importante para nosotros por todo lo que conlleva.

—He hecho una tontería —gimotea a continuación.

Asiento, no se lo voy a negar. La abrazo. Le doy todo mi cariño, todo mi apoyo, y cuando, segundos después, la noto más tranquila, le doy un beso.

—La quiero tanto... —dice ella.

—Pero ella no te quiere a ti... —le confirmo sin poder callar.

Mercedes asiente, sé que es consciente de que lo que digo es cierto.

—Es tan guapa —dice con un hilo de voz—, tan perfecta, tan...

—Cuando dejes de buscar un físico perfecto, quizá encuentres un hermoso corazón que te quiera —la corto.

Según digo eso, ella me mira y cuchichea:

—¿Y eso me lo dices tú, que estás con un cañonazo de tío de vacaciones, y que los hombres que te tiras parecen todos sacados de una revista de cine?

Me río. Reconozco que para el tema del sexo soy bastante superficial. Busco lo que me atrae. Busco un físico, aunque lo de Naím nunca lo busqué.

—Si he dicho lo que he dicho es porque tú buscas un amor, algo que yo nunca he buscado, y lo sabes perfectamente —indico.

Mercedes asiente.

—Está claro que hay amores que solo se viven en nuestros corazones, pero no en nuestras vidas —susurra—. Y lo mío con Dalila es así.

No respondo. No sé qué decir a eso.

—Hice la mayor tontería de mi vida al tomarme ese bote de pastillas, y mira que he hecho muchas... —añade luego.

Sus palabras me hacen sonreír y cuchicheo:

—Sí, porque hasta este momento la tontería número uno era la serenata que le diste a la tal Micaela en Navacerrada vestida de hawaiana en pleno mes de enero, ¿lo recuerdas? —Mercedes asiente, se ríe, y yo añado—: Pero, sin duda, esta le ha quitado el puesto.

Nos miramos unos instantes en silencio, y después murmura:

—No se lo digas a Zoé ni a tus padres. No quiero que...

—Tranquila. No les diré nada —le prometo.

Mi amiga me mira agradecida.

—No sé qué me pasó —explica—. Solo sé que se me nubló la mente al pensar que Dalila me dejaba otra vez y...

—Escucha, cielo —la corto—, creo que esto que ha ocurrido debería hacerte ver que tu relación con Dalila tiene que terminar de una vez por todas. Ella es como es. No voy a entrar en si es mejor o peor persona. Pero tú buscas el amor, y ella no, y lo sabes tan bien como yo.

No protesta. Me escucha. A su modo, entiende mis palabras.

—Hace poco —continúo—, hablando con Amara, me contó algo que la madre del idiota de Óscar le dijo, y era que para coger un buen tren a tiempo, antes había que perder el anterior. —Mercedes me mira. Sé que entiende mis palabras, y añado—: Dicho esto, quiero, deseo y necesito que empieces a pensar en Dalila como algo pasado, y a partir de ahora todo lo que venga es nuevo y es futuro, ¿entendido?

Mi amiga asiente. Está emocionada. Sabe que lo que le digo es lo mejor para ella. Durante unos segundos llora su pena. Llora el desamor. Y, cuando veo que se tranquiliza, tras darle un beso en la punta de la nariz como hace mi padre, me mira y cuchichea:

—Eso de que a partir de ahora todo es nuevo y es futuro te lo he dicho yo a ti mil veces para que te des una oportunidad en la vida.

—Lo sé.

—Y nunca me has hecho caso.

—También lo sé —me mofo divertida.

Nos miramos, sonreímos, y luego cuchichea:

—Siempre he sido una fanática de querer lo prohibido.

—Todos llevamos nuestra mochilita a la espalda. Tú esa. Yo otra. Otra persona otra distinta, ¿no crees?

Ambas asentimos y luego ella susurra:

—Odio a Dalila. Te juro que, como suele decirse, he pasado del amor al odio con ella.

Me apena oír eso. Ese sentimiento de rabia, furia e indignación fue el que yo sentí por el padre de Zoé.

—Eso mismo decía yo del *espaguetini* cuando me sentí traicionada por él —indico—. Y, ¿sabes?, recuerdo que un día que lo dije mi madre me contestó que estaba equivocada, porque lo contrario del amor no era el sentimiento de odio, sino el de la más absoluta indiferencia. Y tenía razón. Cuando ese idiota me fue totalmente indiferente comencé a sentirme bien.

Mercedes asiente y sonríe.

—Leo y Amara quieren que pida ayuda profesional —comenta.

—Estoy con ellos —digo—. Lo que has hecho nos preocupa.

Mi amiga afirma de nuevo con la cabeza.

—Pediré esa ayuda —dice a continuación—. Seguiré sus pautas y te juro por lo que más quieras que esa innombrable va a salir de mi vida porque es contraproducente para mí.

—Muy bien dicho —declaro orgullosa.

Ambas sonreímos y en ese instante mi teléfono suena. Al mirarlo veo que es un mensaje de Naím, y suspiro al leerlo.

—¿Qué pasa? —me pregunta Mercedes.

—Es Naím.

Y, directamente, le enseño el mensaje, que dice:

> Siento haberte hablado mal por haberte marchado a ver a tu amiga sin decirme nada. Espero que ella esté bien. Por favor, cielo, llámame cuando puedas.

Según termina de leer, Mercedes me mira y exclama:

—¡¿«Cielo»?!

Asiento.

—¿El Aloe Vera te llama «cielo» y tú no le has arrancado la cabeza? —insiste boquiabierta.

Me río, es para reírse; entonces Mercedes, sentándose del tirón en la cama como si se hubiera despertado de una pesadilla, insiste:

—¿Te has venido de las islas sin decirle que venías?

—Sí.

—¿Por qué?

—Porque tenía prisa y necesitaba verte cuanto antes.

Mi amiga niega con la cabeza boquiabierta.

—¿Acaso tú no hubieras hecho lo mismo? —inquiero.

Ella asiente sin dudarlo.

—Tenlo por seguro.

Estamos mirándonos cuando la puerta se abre y aparecen Leo y Amara. Al ver a Mercedes sentada en la cama, se asustan y entran a toda prisa en la habitación.

—¿Qué ocurre?

—Ocurre que el Aloe Vera le ha escrito ¡y la ha llamado «cielo»! —se mofa ella.

—¿El canario te llama «cielo»? —pregunta Leo.

—Y «cariño» y «amor», entre otras muchas cosas preciosas... —matizo suspirando.

Mis amigos se miran boquiabiertos. Es la primera vez que permito que un hombre me diga esas cosas, y Amara, que ya lo sabía, se ríe y Leo pregunta mirándome:

—¿Qué pasa aquí y qué me estoy perdiendo?

A partir de ese momento la locura se desata. Cuento lo que me ocurre. Todo lo que me pasa. Los hago partícipes de cómo me hace sentir Naím y de las cosas tan bonitas que me dice, y, como es lógico, mis amigos me insultan por lo tonta e idiota que soy por decir... «eso» en lugar de las palabras «enamorada» y «te quiero».

Pasa la tarde. Son las diez y media de la noche y está claro que los tres nos vamos a quedar a dormir con Mercedes. Como Amara trabaja en este hospital, ya lo ha arreglado así.

—Vamos a ver, Verónica —dice Leo en un momento dado mientras da un mordisco a su sándwich—, la pregunta es: ¿ese tío te gusta tanto como para plantearte otras cosas?

—Sí.

—Ay, Dios mío, llama a la enfermera, que me va a dar un ataque —se mofa Mercedes.

Divertida por verla bromear como siempre, me río, y Amara insiste:

—Pues yo creo que la pregunta es: ¿por qué no le dices «te quiero»?

Todos me miran esperando una respuesta y, con sinceridad, indico:

—Porque no puedo.

—¿Cómo que no puedes? —protesta Mercedes—. A mí antes me lo has dicho.

Asiento y muerdo mi sándwich, y Amara afirma riendo:

—A ti, a mí, a Leo, a Zoé, a sus padres, a *Paulova*..., pero decirle las palabras encriptadas a Naím aún se le resiste.

Como siempre mis amigos empiezan a debatir y, como es normal, me ponen a caer de un burro. Y de pronto Mercedes dice dirigiéndose a mí:

—Debes regresar a Tenerife. ¡Ya!

Asiento, tengo claro que lo haré, e indico:

—Cuando a ti te den el alta. Y tú vendrás conmigo.

Ella niega con la cabeza.

—Mañana mismo, y en el primer vuelo.

—¡Estoy contigo! —afirma Leo.

Ahora soy yo quien niega con la cabeza, pero Mercedes, que cuando se pone es mucha Mercedes, replica:

—Te vas a ir porque lo digo yo. Y en cuanto veas a ese tío que está descongelando tu maldito corazón ya le puedes decir que lo quieres y comértelo a besos o juro por lo más sagrado que no permitiré que Leo te vuelva a hacer croquetas de boletus.

Oír eso me hace abrir la boca y, divertida, cuchicheo:

—Mercedes, con las croquetas de boletus de Leo no se juega...

—Vuelvo a estar con ella —afirma Leo—. O te vas mañana y

haces lo que Mercedes dice, o no vuelvo a hacerte croquetas de boletus. ¡Tú verás!

Los miro sin dar crédito, las croquetas me importan un pimiento, e insisto:

—Pero ella está en el hospital y...

—Leo y yo nos apañaremos —insiste Amara—. Tú regresa y soluciona lo que tienes que solucionar.

Resoplo. Maldigo; pero los conozco y sé que o me voy, o no me van a dejar vivir, y suspirando afirmo:

—Vale, sé que sale un avión para Tenerife a las nueve. Mañana...

—Mañana no, ahora —me corta Mercedes—. Haz la reserva ahora mismo desde tu móvil.

Es increíble. Quiero protestar. Decirles cuatro cosas. Pero, viendo cómo me miran, cojo el móvil y, frente a ellos, que me observan con atención, hago la reserva. Está claro que me vuelvo a Tenerife.

Capítulo 41

Después de despedirme de mis amigos y de que Leo y Amara me prometan que cuidarán perfectamente de Mercedes y, por supuesto, no avisarán a mis padres de que estoy en Madrid o querrán que vaya a verlos, me dirijo al aeropuerto.

Mientras espero a que salga mi vuelo estoy feliz pero, al mismo tiempo, también triste. Triste por dejar a mis amigos y feliz porque sé que voy a ver a Naím. Aunque, bueno, imagino que su recibimiento no va a ser muy bueno.

Pienso si llamarlo o no. Como siempre, cuando dudo tanto al final no hago las cosas y no lo llamo. Yo soy más de arranques.

Tras un vuelo de tres horitas en el que me ha tocado al lado de una señora que no ha parado de hablar y hablar, tanto que al final he tenido que hacerme la dormida para que me dejara un segundo de paz, cuando llego al aeropuerto de Tenerife sonrío.

¡Qué bien me siento aquí!

Como no llevo equipaje, pues viajé con lo puesto, sin esperar maleta ni nada salgo del aeropuerto. Enciendo el teléfono y rápidamente veo que Naím me ha llamado y, dejándome llevar por mi arranque, lo llamo.

—Hola —saludo a la espera de que su humor no sea oscuro.

—Hola, cielo. ¿Dónde estás?

Según oigo eso, suspiro. Todo está bien. Y, caminando hacia la parada de taxis, indico:

—En el aeropuerto. ¿Por...?

—¿En el aeropuerto de Madrid?

—No, en el de Tenerife.

Oigo que se calla, luego maldice en voz baja.

—¿Qué te pasa? —pregunto.

Lo oigo resoplar a través del teléfono, y después indica:

—Que yo estoy en el aeropuerto Adolfo Suárez de Madrid.

Bloqueada, me paro.

—¿Y qué haces allí?

—¿Tú qué crees? —responde.

Oír eso me hace cerrar los ojos. Naím ha ido a Madrid.

—Ay, cielo... —murmuro—, ¿no me digas que has ido por mí?

Se ríe. Creo que necesitaba oír algo cariñoso.

—Pues sí, ratona —afirma—. Estoy aquí por ti. Como no me llamabas decidí coger un avión para ir a verte y saber qué le pasaba a tu amiga.

Suspiro. Pobre..., ¿por qué no lo habré llamado?

—Lo siento, Naím. Siento no haberte avisado de que volvía.

Sin embargo él está tranquilo, me lo hace saber a través de su risa. Pero, vamos, eso me lo hace él a mí y el bufido que doy ¡lo oyen hasta en la Conchinchina!

—No te preocupes —dice—. Entraré de nuevo en el aeropuerto e intentaré coger el primer vuelo que salga para Tenerife.

Suspiro. Cada vez odio más no haberlo llamado. Sé lo que son los viajes en avión y, la verdad, meterse en otro cuando acaba de salir de uno no es la cosa más agradable del mundo. Pero cuando voy a hablar oigo que dice:

—Prepárate, porque cuando llegue te aseguro que me las vas a pagar.

Eso me hace gracia. Me encanta. Y, tras despedirme de él y desearle un buen viaje, cojo un taxi y le pido al conductor que me lleve a El Médano.

Diez minutos después recibo un mensaje de Naím. Dentro de una hora sale en el próximo avión para Tenerife, y eso me hace feliz, ¡mucho!

Mientras voy en el taxi escribo al Comando Chuminero y los pongo al día de las novedades. No pasan ni dos minutos cuando me llaman por videoconferencia desde el teléfono de Mercedes, y por las risas y burradas que nos decimos, el taxista debe de pensar que estamos como cabras.

Cuando llego a mi apartamento en El Médano me sorprendo. Efectivamente, como me dijo Naím, están cambiando la puerta. Veo a un señor que está trabajando en ello y me indica que puedo pasar. Ya está terminando.

Diez minutos después el hombre llama. Me entrega una llave nueva para la puerta y se va. Yo me río. ¿En serio Naím reventó la puerta por mí?

Me doy una duchita, me pongo cómoda y luego llamo a Begoña para saber cómo están, y durante un buen rato hablamos y la encuentro feliz y positiva. Está visto que hoy tiene un buen día.

Estoy hambrienta y, tras acabar la conversación, bajo hasta un local donde venden comida para llevar y compro algo. Imagino que cuando Naím regrese, el pobre estará muerto de hambre. Y después de comprar vuelvo a mi apartamento, donde me como un trozo de tortilla de patata que me sabe a gloria bendita, me siento en la terraza y cojo mi libro. Me encanta leer.

El tiempo pasa más rápido de lo que pensaba y, mientras estoy apoyada en la barandilla de mi apartamento, veo que el coche de Naím entra en la calle y, Dios, ¡me sube la bilirrubina!

Sin quitarle ojo veo dónde aparca y, cuando se baja de él..., uf, ¡lo que me entra por el cuerpo!

Lo observo divertida, y él mira y me ve. Por su gesto sonriente compruebo que está tan feliz como yo y, chistándole desde la terraza, suelto:

—Eh, ¡guapo! Contigo al lado el Polo Norte se deshiela.

Según lo digo, tanto Naím como yo soltamos una carcajada. La gente que pasa por la calle me mira. Debe de pensar que estoy como un cencerro, y corro hacia la puerta. Tengo dos misiones que cumplir: una, decirle... eso y otra, comérmelo a besos.

Cuando abro, veo que la puerta está perfecta y, apoyándome en ella al más puro estilo Mata Hari, espero a que aparezca mi guapo moreno y, al verlo, buscando una frase original, murmuro:

—No eres Google, pero sin duda eres todo lo que busco.

Divertido, Naím asiente. Se acerca. Se acerca. Se acerca y, mirándome a los ojos, murmura:

—Bloquecito de hielo, tú eres mis ganas de no estar con nadie más.

Joder..., como siempre, todo lo que me dice es ¡perfecto! ¡Pedazo de frase!

Me tiro a su cuello y me cuelgo de él como un mono. Me lo como a besos. Sí, sí, literalmente. Pero cuando quiero decirle... eso, ¡Dios, las palabras se me atascan en la garganta!

Naím me besa. Ni se imagina lo que estoy pensando, y cuando veo que me es imposible decir las palabras encriptadas, las dejo para otro momento, entramos en el apartamento, cerramos la puerta y, con una urgencia y un deseo irrefrenables, nos desnudamos a medias y, en el suelo de la entrada, nos hacemos el amor.

¡Y de qué manera!

Capítulo 42

Qué rápido corre el tiempo cuando lo pasas bien.

Quedan muy pocos días para que tenga que regresar a Madrid y poner rumbo a la Antártida, y vivo en una nubecita que ni yo misma me lo creo.

Por suerte Mercedes está bien. Le dieron el alta y, como Leo regresó a Benidorm con su familia, Mercedes se ha ido a pasar unos días a casa de Amara. Eso nos tranquiliza a todos, en especial a Leo y a mí, que estamos lejos.

Estoy en la playa de El Médano tomando el sol mañanero. Despertar y no tener al lado a Naím me hace estar intranquila y, tras dar más vueltas en la cama que un tonto, he decidido bajar a la playa, y aquí estoy. Son las nueve de la mañana y soy una guiri más en la playita. Cuando se lo diga a mis amigos no se lo van a creer.

¿Yo madrugando en vacaciones?

Hoy, en El Médano, no hace nada de viento. La mañana está tranquila, y disfruto del sol, la paz y el mar. ¡Qué maravilla!

Mientras me doy un chapuzón en la preciosa playa, pienso en Naím. Está en las bodegas, sumergido en un proyecto personal que es importante para él. Lleva trabajando un tiempo en ello y, por su forma de hablar, sé cuánto le apasiona lo que hace.

Estoy pensando en ello cuando veo a unos chiquillos caminar por la orilla de la playa. Ella no tendrá más de quince años, y él parece un poquito mayor. Inconscientemente, al verlos, me recuerdan a mí y al que fue el padre de mi hija. Con curiosidad los observo pasear cogidos de la mano mientras ríen y hablan, y suspiro. Espero que esa muchacha sea bastante más lista de lo que yo fui.

—¡Verónica!

Al oír mi nombre me vuelvo y, sorprendida al reconocer a quien me llama, exclamo:

—¡Pero, Lola, ¿qué haces aquí?!

Rápidamente ella, que va acompañada de una señora mayor, y yo nos abrazamos. Lola es la amiga o, mejor dicho, el rollito circunstancial de mi secretaria Eloísa.

—Tía Muriel quería que la acompañara durante unos días en sus vacaciones —explica—. Llegué anoche. —Y, sonriendo, añade—: Eloísa me dijo que estabas en El Médano. Iba a llamarte esta tarde para vernos.

Gustosa por encontrarme con Lola aquí, saludo a su tía, que me mira sonriendo, y pregunto:

—¿Dónde os alojáis?

Lola se da la vuelta y, señalando, indica:

—En aquellos apartamentos.

Boquiabierta, me río y digo:

—Por Dios, Lola, ¡si yo estoy en los apartamentos de al lado!

Nos miramos divertidas, y la tía de aquella dice:

—Querida, me apetece un café y una tostada.

De inmediato las dos miramos hacia el chiringuito de la playa, y Lola me propone:

—¿Te vienes a desayunar?

Asiento. Yo ya he desayunado, pero puedo volver a hacerlo sin problema.

—Por supuesto —respondo.

Recojo mis cosas, agarro del otro brazo a tía Muriel y luego Lola y yo nos dirigimos con ella hacia el chiringuito. Allí nos sentamos, pedimos tres cafés con tres tostaditas y, mientras comemos, hablamos y nos reímos de lo pequeño que es el mundo por habernos encontrado aquí.

La tía Muriel es graciosa, en ocasiones repite las cosas varias veces, e imagino que eso es algo propio de su edad, puesto que tiene ochenta y ocho años.

Poco rato después la anciana quiere regresar al apartamento y yo, encantada, las acompaño. Al entrar soy testigo del cariño con que Lola trata a su tía, y sonrío. Finalmente la sienta en el sofá, le pone una película y ella y yo salimos a la terraza.

Una vez que nos sentamos, Lola mira el mar y comenta recogiéndose su pelo oscuro en una coleta:

—¡Qué maravilla! A los peninsulares, como nos llaman por aquí —se mofa chasqueando la lengua—, nos encanta poder disfrutar de unas vistas así.

—Y tanto —afirmo gustosa mirando el precioso mar.

Durante un rato hablamos de Eloísa y de ella. Como imaginaba, son amigas sin compromiso pero con derecho a roce, lo que no me extraña. Conozco a Eloísa y sé que eso es lo que le va.

Lola es simpática, divertida, algo histriónica en sus movimientos y alocada. Creo que se llevaría fenomenal con mis amigos. Y, de pronto, al ver pasar a un tipo rubio, comenta:

—Mira que me gustan a mí los rubios y las rubias.

Eso me hace gracia, y yo añado pensando en Naím:

—En mi caso siempre he sido más de morenos, aunque algún rubio que he conocido tampoco estaba mal.

El tiempo pasa y, a las doce y media, Muriel quiere comer y yo, sintiéndome que estoy de más, digo dirigiéndome a Lola:

—Te dejo. Voy un ratito más a la playa.

—¿No quieres quedarte a comer?

—Te lo agradezco, pero no. Es demasiado pronto para mí. Conociéndome, a las tres de la tarde volvería a tener hambre.

Lola asiente y, tras acompañarme hasta la puerta, dice:

—Oye, ¿qué te parece si cuando acueste a mi tía esta noche salimos tú y yo a dar una vuelta por El Médano?

Según la oigo, asiento. No tengo nada mejor que hacer, puesto que Naím tiene hoy otra maldita cenita con los del Premio Bardea.

—Pues me parece genial —digo—. ¿A qué hora te viene bien?

Lola lo piensa un momento y después contesta:

—A las nueve y media.

Asiento. Me gusta tener plan para esta noche. Acto seguido nos despedimos y yo regreso a la playa.

Capítulo 43

Es quedarme sola y volver a pensar en Naím. ¡Qué petarda de tía me estoy volviendo! ¿Qué estará haciendo, además de trabajar?

Sé que a él le encantaría que fuera a la cena que tiene esta noche, tanto como que fuera a verlo a su lugar de trabajo, pero, claro, ¿cómo ir sin levantar sospechas?

A la cena tengo claro que no voy. Ser su acompañante daría que hablar. Pero de pronto pienso en visitarlo en las bodegas. ¿Por qué no? ¿A quién le iba a llamar la atención que la publicista se interesara por su trabajo?

Por ello llamo a Liam, le cuento que quiero sorprender a su hermano y, como esperaba, rápidamente se hace cómplice de la situación y me dice que está cerca de El Médano y que dentro de media hora me recoge en mi apartamento.

Feliz y encantada, vuelvo allí y me arreglo. Me pongo un peto vaquero y una gorra y, cuando Liam me recoge, estoy más feliz que una perdiz con algo que he comprado de comida para llevar.

De camino hacia las bodegas Liam me informa de que su padre está con su hermana y Omar en La Gomera, visitando a un familiar, por lo que es imposible que nos vean y, lo mejor, que Naím está sumergido en el trabajo en lo que él llama su «despacho».

Un rato después, cuando llegamos, Liam se asegura de que apenas nadie repare en mi presencia, y sobre todo comprueba que Naím esté solo en su despacho.

—Está solo y lo vas a sorprender —me dice.

Eso me hace gracia y, cuando cojo la comida que he comprado, Liam dice mirándome:

—Reconozco que nunca había visto a Naím así.

—¿Así, cómo?

Él sonríe y cuchichea:

—Así de tontito por una mujer.

Oír eso me gusta. Y luego añade:

—Naím es un tipo fantástico, pero has de saber que es muy cabezón y, cuando algo le enfada no razona hasta que se tranquiliza y recapacita.

—Yo también soy muy cabezota —afirmo.

Liam sonríe.

—Créeme, no tanto como Naím.

Eso me hace gracia, y luego él, abriendo su iPad, indica:

—Me quedaré aquí para que no entre nadie. Pero a las nueve he quedado con unos amigos para cenar, por lo que si quieres que te lleve de regreso a El Médano, a las seis como muy tarde tenemos que irnos.

—Perfecto, yo he quedado para cenar allí con una amiga.

—Eso está muy bien —señala él.

Encantada por su amabilidad, le doy un beso y aseguro:

—A las seis menos cuarto me tendrás aquí.

Él asiente y luego, haciéndose la víctima, añade:

—Anda, entra y sorpréndelo mientras yo me quedo aquí solo, abandonado y muerto de calor. —Ambos reímos por ello y a continuación añade—: Baja por la escalera de la derecha, luego gira en el primer pasillo a la izquierda y lo verás.

Complacida, entro en la vieja fábrica, que parece medio abandonada. Rápidamente veo la escalera que me ha señalado Liam y estoy bajando con cuidado por ella cuando comienzo a oír música. Sorprendida, me doy cuenta de que está sonando *How Deep Is Your Love*, de Pj Morton, y sonrío. La primera vez que Naím la escuchó conmigo me dijo que era una versión de una antigua canción de los Bee Gees, y me hace gracia saber que está escuchando la lista de Spotify que me pidió que hiciera para él.

Camino con sigilo por el primer pasillo de la izquierda, que me lleva directa a una sala llena de barricas y de mesas de madera oscura.

Sorprendida, lo contemplo todo a mi alrededor, y entonces veo a Naím frente a una mesa mirando algo. Sonriendo, cojo mi móvil, le quito el sonido y, sin hacer ruido, tecleo:

Cielo, ¿qué tal va tu día?

Veo que el móvil le suena y observo su sonrisa cuando comprueba que soy yo. Enseguida recibo contestación:

Ahora que me escribes y me llamas «cielo», mucho mejor.

Como una tonta, sonrío. Jo, lo que me gusta leer eso, y escribo:

Te echo mucho de menos.

Según le doy a «Enviar», me responde:

Tanto como yo a ti.

Oh, Dios, ¡si es que me lo como...! Y a continuación recibo:

Me encantaría verte y besarte.

Según lo leo, contesto:

Pues hazlo.

Veo que Naím sonríe y justo después escribo:

Date la vuelta.

En cuanto recibe el mensaje, él hace lo que le pido y, al verme, su sonrisa se ensancha de tal manera que siento que a mí literalmente me explota el corazón. Lo acabo de sorprender. No esperaba verme aquí por nada del mundo. Y, viniendo hacia mí, me da tal abrazo que pienso que habría merecido la pena venir aunque fuera para verlo tan solo cinco segundos.

Tras besarme y achucharme como solo él sabe hacerlo, me mira y pregunta:

—¿Qué haces aquí?

—Te echaba mucho de menos —digo feliz de estar con él.

Noto que mis palabras le gustan, y, con una mirada que me emociona, afirma:

—Sin duda, vamos progresando.

Durante unos minutos, y sin soltarme, Naím me muestra todo lo que nos rodea. Aquí hay un poco de todo: barricas, vino, vasos, infinidad de productos... Y, cogiendo una tosca botella de vino blanco que no tiene etiqueta, me la enseña, la abre y, tras servir un poco en un vaso, dice:

—Pruébalo.

—¿Es tu proyecto?

Sin dudarlo, Naím asiente. Pruebo el vino como me ha pedido y, tras paladearlo, murmuro:

—Me gusta mucho.

Él sonríe.

—Es un sauvignon blanco. Lo primero que hago yo solo. —Imagino que se refiere a sin su madre, y añade—: He pensado en presentarlo en la gala del Premio Bardea y después comercializarlo y que sea la estrella de la campaña. ¿Qué te parece?

Vuelvo a probarlo. Me emociona saber lo especial que es ese vino para él.

—Es elegante y fresco en boca. Equilibrado, con toques salinos. Y en nariz, aroma delicado y sutil con notas cítricas y herbáceas. Sin duda has creado un sauvignon muy bueno y especial, cielo —afirmo sonriendo.

Naím sonríe de nuevo y, feliz por mi respuesta, me lleva hasta una mesa donde tiene abiertos varios cuadernos garabateados.

—Le estoy buscando un nombre. Y, si te soy sincero, no doy con él.

Saber lo especial que es para él ese proyecto me hace asentir.

—Puedes considerarlo como parte del trabajo e incluirlo en tus honorarios —añade él a continuación.

Según lo oigo, me río.

—De eso nada. Esto lo haré por... por...

—¿Por...? —me pregunta él.

Creo que me he puesto roja. Las puñeteras palabras encriptadas ¡no me salen! ¡Madre mía, madre mía, madre mía! E indico:

—Porque me caes bien y lo hago con gusto.

Naím afirma con la cabeza y sonríe. Me da un beso en los labios y comenta:

—Me gusta mucho caerte bien.

Acalorada, asiento e, intentando que no se me note el desconcierto, digo:

—Déjame pensar...

Él me observa encantado y, a continuación, yo miro la bolsa que llevo en la mano y exclamo levantándola en el aire:

—¡Comida a domicilio!

Divertido al oírlo, me abraza y, sin soltarme, nos acercamos a otra mesa donde, después de poner una especie de mantel, saco lo que he comprado y comenzamos a comer. Le cuento que me he encontrado con una conocida de Madrid en El Médano y que voy a salir esta noche con ella y Naím asiente complacido. Quiere que me lo pase bien.

Motivado por mi presencia, no paramos de hablar mientras la música suena y, al oír a Pink y ver que él mueve el pie al compás, lo miro divertida.

—Vale, lo reconozco —dice Naím—. ¡Es muy buena!

—Lo sé.

Ambos sonreímos y él añade:

—¿Te has dado cuenta de que toda la música que yo escucho es en castellano y tú, la mayor parte, en inglés?

Asiento, y replico:

—También me he dado cuenta de que tú, don Romántico, todo lo que escuchas habla de amor y yo, doña Bloquecito de hielo, habla del empoderamiento de la mujer.

Nos reímos. La realidad es esa. Nos besamos. Y, claro, un beso nos lleva a otro. Una caricia a otra. Y, cuando queremos darnos cuenta, estamos haciendo el amor contra una de las paredes de la fábrica sin pensar en nada más.

Como siempre, nos poseemos el uno al otro de una manera tremenda. El placer que nos provoca la forma en que nos hacemos el amor no es comparable con nada de lo que hemos experimentado hasta el momento. Y, cuando acabamos, mientras nos miramos y nos dedicamos unos instantes de mimos, susurro:

—Eres mi sueñito.

Naím levanta las cejas y yo añado con una sonrisa:

—Zoé y yo tenemos un cuaderno en el que, durante años, hemos apuntado nuestros sueñitos. Según se iban cumpliendo, los hemos ido tachando y, ahora que te conozco y que veo que eres real, voy a tener que tacharlo porque ya lo he encontrado.

Naím sonríe, frota la punta de su nariz contra la mía de manera que me eriza el vello de todo el cuerpo y susurra sobre mi boca:

—Eso que acabas de decir me lo tomaré como una bonita declaración de amor.

Oír eso me hace sonreír. Nos besamos. Por Dios, qué tonta y retonta me pongo al sentirme tan especial. Y, cuando el beso acaba, Naím se separa de mí y dice:

—Gracias.

Sorprendida, no sé qué decir, y él musita:

—¡Eres buenísima! Como decía mi madre, la mejor...

No entiendo a qué se refiere, pero entonces Naím me suelta, camina hacia la mesa, coge la botella de vino que no tiene etiqueta y, con una preciosa sonrisa, dice:

—Verónica Jiménez Johnson, te presento «Mi Sueñito».

Oír eso me hace sonreír. Si antes lo hacía como una tonta, ahora lo hago como una lela. Y, tras darle un abrazo y saber que mi sueñito ahora es también el suyo y que pronto será el sueñito de muchos, lo beso y literalmente, como diría Amara, ¡me muero de amor!

Capítulo 44

Tras pasar una estupenda tarde con él, durante la que hablamos, nos besamos y reímos, con toda la pena del mundo me tengo que separar de él. Naím tiene su cena y yo he quedado con Lola.

Liam me deja en El Médano, me doy una duchita rápida y, cuando me estoy secando el pelo, el timbre de mi puerta suena. Rápidamente voy a abrir. Es Lola. Viene un poco antes y, tras servirle una Coca-Cola, mientras termino de vestirme ella espera en la terraza mirando el mar.

A las nueve y media ya estoy preparada y, cuando ambas salimos a la calle, al ver cómo unos hombres nos miran Lola cuchichea divertida:

—He quedado con unos amigos en un local.

—¿Conoces a alguien en la isla?

Sonriendo, ella asiente e indica:

—Son de Madrid y, curiosamente, están por aquí de vacaciones. ¿Te importa?

De inmediato niego con la cabeza. Cuantos más seamos, mejor.

—Tú y yo vamos a triunfar esta noche —comenta Lola divertida.

Me río. Eso es lo mismo que habría dicho Amara y, de pronto, me doy cuenta de que no quiero triunfar. ¡Ostras! ¡Eso es nuevo para mí! Y, pensando en Naím, consigo decir:

—¡Conque triunfes tú es suficiente!

Según digo eso Lola me mira boquiabierta y explico incapaz de callar:

—Estoy conociendo a alguien.

Ella asiente y me sonríe. Habla de lo maravilloso que es comenzar una relación y yo, por primera vez en mi vida, soy consciente de que acabo de reconocer que estoy conociendo a alguien.

Madre mía, madre mía, cuando mis amigos se enteren de que he dicho eso y ellos no estaban delante, ¡creo que dejarán de hablarme!

Pienso en Naím. Lo último que quiero es triunfar con alguien que no sea él. Pero, disfrutando porque me lo merezco, agarro del brazo a Lola y digo:

—Lo pasaremos genial.

Cenamos en una pizzería italiana a la que ella me lleva. Lola es de las mías. Come como si no hubiera un mañana, y disfruta de cada mordisco como si no hubiera otro igual. Sin embargo, me sorprende... ¿Cómo es posible que esté tan delgada con lo que llega a comer?

La cena es amena. Aunque me hace gracia el histrionismo de Lola, cuando entra una guapa rubia holandesa en la pizzería quisiera esconderme debajo de la mesa al ver cómo la mira y le hace ojitos. ¿En serio es tan descarada?

Después de cenar nos dirigimos al local donde ha quedado con sus amigos. Es un grupo de cinco personas: tres hombres, Pedro, Ángel y Andrés, y dos chicas, Lydia y Aída. Rápidamente empatizo con ellos.

Divertidas, tomamos unas copas en el bar, bailamos y vacilamos con algunos de los hombres que nos entran, hasta que la rubia holandesa de la pizzería aparece en el local y Lola se vuelve literalmente loca.

¿En serio?

Despliega sus encantos frente a la muchacha y, la verdad, me tranquilizo al ver que Lola parece hacerle gracia a la holandesa. ¡Menos mal!

Pedro no para de hablar conmigo. Es agradable, simpático y, la verdad, he de reconocer que como hombre está muy bien. Es joven, mucho más que yo, y estoy convencida de que, si no estuviera teniendo nada con Naím, este terminaba hoy en mi cama.

Según avanza la noche me doy cuenta de cómo me mira Pedro, de cómo se me insinúa, pero yo mantengo las distancias con elegancia.

Lola y la holandesa, que se han juntado y no paran de meterse mano de una manera tremenda, desaparecen en un momento dado. Van al baño, y Pedro yo nos reímos. Sabemos a qué han ido allí.

Una copa va, otra viene y, cuando quiero darme cuenta, Pedro ya me tiene sujeta por la cintura y nos hablamos muy cerca. Demasiado. En otro momento en mi vida probablemente hubiera provocado yo estar así, pero de pronto él me da un beso en el cuello y yo susurro:

—No, Pedro, no sigas.

Él me mira, sonríe, y, cuando voy a hablar, planta sus labios sobre los míos y me besa. El beso dura dos segundos, el tiempo justo para que yo, al retirarme, como estoy pegada a la pared, me haga un feo arañazo en el codo.

¡Joder, qué dolor!

Una vez que me he quitado a Pedro de encima, y ya con un gesto más serio, inquiero:

—¿Te he dado permiso para que me beses?

Él sigue sonriendo. Yo no. Estoy a punto de hacer que se trague los dientes, y cuando segundos después aparece Lola y se entera de lo ocurrido, tras enfadarse con su amigo, que lleva unas copas de más como todos, me agarra del brazo y nos vamos del local. La fiesta se ha acabado con aquellos.

Cuando salimos a la calle, después de que Lola se haya despedido de la holandesa y guardado su número de teléfono, decidimos sentarnos en una terracita del paseo marítimo y pedir unas copas.

—Siento lo de Pedro —dice Lola—. Te juro que nunca pensé que...

—No te preocupes —la corto—. El alcohol es lo que tiene. —Y, mirando el rasponazo que llevo en el codo, añado—: Eso sí, menuda herida me he hecho.

Ambas la miramos y Lola le pide un botiquín al camarero de la terracita; este lo trae, y entre las dos desinfectamos la herida y la tapamos con una gasita.

Un rato después el teléfono de Lola vibra y ella comenta:

—La holandesa tiene un clítoris tan dulce que ni te imaginas...

—¡Lolaaaaa!

Ella se ríe y, divertida, cuchichea:

—No me digas que eres de esas a las que no se les puede hablar de sexo porque se ofenden...

Oír eso me hace gracia. Hablar de sexo nunca me ha incomodado.

—Hablo de sexo con normalidad —indico—. Y espero que lo pasarais bien en el baño.

Lola asiente, sonríe y, tras hacer su habitual chasquido con la lengua, afirma:

—Depilación brasileña. No digo más.

Eso me hace reír. Entonces el camarero deja otra ronda sobre la mesa y Lola comenta:

—Pensaba que estabas soltera.

—Y lo estoy.

—Pero le has parado los pies a Pedro... ¿No te gustaba?

Me dispongo a contestar cuando su teléfono suena. Ella lo coge, responde y, tras colgar segundos después, dice:

—Era Cris, la holandesa. He quedado en ir a comer a su apartamento otro día.

—Vayaaaaa. —Me río sabiendo lo que significa eso.

Y, chocando nuestras copas, brindamos; luego Lola pregunta:

—¿Cómo es ese señor X que te hace guardarle el luto?

Mientras disfrutamos de la excelente noche y de la conexión que se ha creado entre ambas, sin revelarle el nombre de Naím ni nada con que lo pueda identificar, le hablo de él. Y, la verdad, todo lo que sale de mi boca es bueno. Maravilloso.

Lola me escucha con atención, y cuando acabo, dice:

—No conozco al señor X, pero parece un buen tío.

—Lo es —afirmo.

—¿Y en el sexo es igual? —Ambas reímos, y ella añade—: Porque mira lo que te digo: aunque sea muy romántico, si luego es un muermo en la cama, ¡que se vaya con su madre!

Suelto una carcajada. Su descaro en ocasiones me mata, y musito:

—Lolaaaaaaaa...

La aludida se ríe. Yo también, y suelto:

—En el sexo es una máquina con imaginación, morbo y fantasía.

—Mmmmm, ¡eso me gusta! —se mofa ella.

A partir de ese instante comenzamos a hablar de sexo con total normalidad. Ella me cuenta, yo le cuento, y, bajando la voz, susurro:

—Tengo un lunar junto al clítoris que le encanta.

Ambas volvemos a reír y luego ella comenta:

—Tuve una pareja francesa llamada Geraldine que tenía un precioso lunar al lado del pezón derecho. Era una máquina. —Ambas soltamos una carcajada entendiendo el concepto «máquina», y Lola continúa—: Ella me inició en el mundo liberal, que hasta entonces era desconocido para mí, y, uf, chica, ¡lo bien que lo pasé!

Oír eso llama mi atención. Quienes vivimos el mundo liberal no solemos ir pregonándolo por el concepto equivocado que la gente suele tener.

—¿Te gustó lo que experimentaste? —pregunto curiosa.

Lola asiente, da un trago a su bebida y a continuación indica:

—Me gustó y me gusta. Si algo he aprendido gracias a Geraldine es que el sexo, el morbo y los momentos calientes son para disfrutarlos.

Asiento, le doy toda la razón, aunque yo tenga un poco más de conciencia que ella.

—¿El señor X y tú disfrutáis del sexo y del morbo con plenitud? —me pregunta entonces.

Sin dudarlo afirmo con la cabeza y, como llevo un par de copitas de más, suelto:

—Ambos vivimos el mundo liberal.

—Nooooooo.

Asiento gustosa. No es fácil conocer a alguien y que entienda el mundo liberal a la primera, por lo que, bajando la voz, cuchicheo:

—El otro día, en una playa, disfrutamos a tope del morbo que nos provocó hacerlo delante de un tipo al que le encantó mirarnos y a nosotros que nos mirara.

—Nooooo...

—Sííííí —afirmo.

—Wooooo, qué calentura. —Lola ríe con descontrol.

Asiento, la calentura fue tremenda, y digo tras un suspiro:

—Fue morboso. Y espero que la próxima vez la que mire sea una mujer. Quiero sorprender al señor X.

Lola me mira, da un trago a su copa y exclama divertida:

—¡Me ofrezco voluntaria!

Según la oigo, me río. Nunca he mezclado amigos con sexo, pero ella insiste:

—Me excita mucho follar y ver follar. Soy bastante *voyeur*, y ver cómo dos cuerpos se complementan para llegar al éxtasis es lo más de lo más.

No sé por qué, no me sorprende oír eso viniendo de ella. Desde luego, le va todo.

—Así que, si algún día quieres que entre a formar parte de tu juego para sorprender al señor X, solo tienes que pedírmelo —indica a continuación—. Y ni que decir tiene que esto quedará entre vosotros y yo. Nadie más tiene por qué saber nada.

Asiento, su propuesta me parece interesante. No conozco a nadie a quien pedirle algo así. Sé de foros en internet donde la gente escribe y pide gente para cumplir fantasías, pero, oye, llegado el momento, si quiero sorprender a Naím, ¡ya tengo a una mujer para el juego!

Encantada por aquello, brindamos, y en ese momento el grupo de hombres con el que hemos vacilado en el local anterior se nos acerca y comenzamos el vacile de nuevo. Son de Madrid, como nosotras. Pero ¿es que todo Madrid está aquí? Y al final decidimos entrar todos juntos en una discoteca que hay frente a la terracita donde estamos. Vamos a tomarnos la penúltima.

* * *

Horas después, tras despedirme de Lola, que va tan perjudicada como yo, o más, porque se ha bebido hasta el agua de los floreros, cuando entro en mi apartamento, sonrío. Qué bien me lo he pasado. Lola está loca, mucho, pero también es muy divertida.

Estoy pensando en ello cuando mi sonrisa se desvanece al ver en el móvil que tengo varios mensajes de Naím. El último es de hace dos horas, y en él me pide que cuando llegue al apartamento se lo haga saber.

Miro el reloj. Son las 06.43 de la mañana. No lo voy a llamar ahora, puesto que estará durmiendo, así que escribo:

¡He llegado!

Y, una vez que le doy a «Enviar», me dejo caer en la cama y, sin quitarme la ropa ni desmaquillarme, me quedo frita. Estoy agotada.

Capítulo 45

Cuando me despierto, todo me da vueltas.

Madre mía, pero ¿de qué garrafón bebí ayer?

Después de darme una duchita, curarme el feo rasponazo del codo y tomarme un par de cafés con unas magdalenas, miro mi teléfono. Veo que Naím vio mi mensaje, pero no me ha contestado. Eso de que te dejen en visto nunca es bueno e, intuyendo que está molesto, cierro su conversación y escribo a Lola.

¿Cómo estás?

No pasan ni dos minutos cuando recibo:

Muerta es poco.

Sonrío, la entiendo, y tecleo:

¿Cómo se plantea tu día?

Escribe, tarda unos segundos, y luego leo:

Por suerte, como hace viento,
mi tía no quiere bajar a la playa.

Divertida, me río y en ese momento recibo una llamada de teléfono. Es Florencia, la hermana de Naím, que me llama para invitarme a una barbacoa informal en su casa. Al parecer es el cumpleaños de Omar y le han organizado una fiesta.

En un principio dudo. ¿Será apropiado asistir?

Pienso en Mireia... ¿Y si ella está allí y suelta que soy Julia de Valladolid?

Así que, dejando mi contestación en el aire hasta que lo hable con Naím, me despido de ella y prometo llamarla dentro de un par de horas.

En cuanto cuelgo, sin dudarlo lo llamo a él. Un timbrazo. Dos. Tres.

—Dime, Verónica.

Su voz es seria. No soy «cielo», «amor» ni «bloquecito de hielo».

—¿Desde cuándo me llamas «Verónica» con todas las letras? —pregunto.

Oigo que resopla y yo, intentando hacer que sonría, añado:

—Que sepas que mi padre, desde que era pequeña, siempre que se enfada conmigo me llama «Verónica Jiménez», con todas las letras, y no «ratona».

El silencio incómodo es tangible. Creo que no le ha hecho ninguna gracia mi comentario, y entonces suelta sin anestesia:

—¿En serio llegaste a la hora que me enviaste el mensaje?

Vale, está molesto. Eso me molesta a mí, y respondo con mi característica frialdad:

—Totalmente en serio.

Vuelve a resoplar. Sus resoplidos me recuerdan a los que yo he dado alguna vez cuando Zoé se ha pasado de la raya, y como mi paciencia esta mañana es bastante limitada, le suelto:

—A ver, ¿cuál es tu problema?

—Mi problema eres tú.

—¡Oh, mira qué bien! ¡Ahora resulta que soy un problema! —me mofo con aspereza tocando la herida de mi codo.

Vamos mal, muy mal...

—¿Te estás riendo de mí? —pregunta a continuación.

Según oigo eso, suspiro. La cosa no va a acabar bien.

—No —replico—. Pero si te hace ilusión, lo hago.

Diossss, ¡qué borderío acabo de soltarle!

La reina del hielo desde luego sigue viviendo en mí.

Silencio. La línea telefónica se queda en silencio y pienso que me va a colgar. Vale, soy una borde. No debería contestarle así.

—¿Lo pasaste bien anoche? —oigo que dice a continuación.

A ver..., a ver..., ese tonito de voz y esa preguntita hacen que mi cuerpo se rebele y, con toda la mala baba que Dios me ha dado cuando me cabreo, respondo:

—Pues sí. La verdad es que lo pasé muy bien. ¿Algún problema?

Naím no contesta, solo oigo su respiración, y yo, que soy como un tanque cuando me cabrean, prosigo:

—Mira..., tú sales a cenar y yo ni te pregunto ni te doy la tabarra con respecto a con quién has estado o a qué hora te has acostado. Simplemente confío en ti. Por tanto, eso es lo que espero de ti, que ni preguntes ni des la tabarra, ¿entendido?

Según digo eso sé que me he pasado otra vez. Joder con mi maldita frialdad. Naím no es mi hija ni yo soy su madre. Y, tocándome la frente, añado:

—Vale..., me he pasado.

—Un poquito —oigo que contesta.

Nos quedamos en silencio unos instantes. Este tipo de discusiones no las he tenido nunca con nadie. En la vida le he dado pie a un tío para llegar a esa situación. Entonces, de pronto recuerdo el motivo de mi llamada y digo:

—Tu hermana Florencia me ha llamado para invitarme a la barbacoa por el cumpleaños de Omar y no sé qué decirle, puesto que he pensado que podría encontrarme allí con Mireia o tus amigos y...

—Mireia vuela hoy a la Península, y mis amigos no tienen nada que ver con Omar y Florencia —me corta.

Según oigo eso noto que me sube un calor por todo el cuerpo y, comportándome de un modo tan cerril como él, inquiero:

—¿Y tú cómo sabes eso de Mireia? ¿Acaso has hablado con ella?

De nuevo Naím resopla, creo que se va a cagar en toda mi familia, y luego oigo:

—Anoche su padre vino a la cena y me lo dijo.

En cuanto explica eso, me siento tremendamente ridícula, y entonces Naím, que está tan enfadado como yo, suelta de mala gana:

—Llama a Florencia y dile lo que quieras. Al fin y al cabo, siempre hay que hacer lo que a ti te apetezca.

—Oye, ¡no me hables así!

—Pues tú tampoco me hables a mí así.

Bueno, bueno, bueno, creo que en cualquier momento voy a soltar algo muy desagradable por mi boca y, sin pensarlo, cuelgo. No quiero hablar más con él.

Según lo hago, tiro el teléfono sobre el sofá. Estoy enfadada, mucho. No me gusta que me controlen, porque yo no controlo a nadie. Y no me gusta haberle soltado esa pullita de Mireia porque no me gustaría que me la soltaran a mí.

No obstante, si algo he aprendido durante este tiempo junto a Naím es a enfadarme lo justo y necesario. No quiero estar enfadada con él. No quiero que se enquiste todo lo bonito que tenemos por un estúpido enfado, y, sin dudarlo, cojo de nuevo el teléfono del sofá y lo llamo. Un timbrazo, dos y al tercero, cuando lo coge, susurro:

—«Sicilia»...

Entre nosotros esa palabra significa «para». En este caso es «paremos y pensemos».

El silencio al otro lado del teléfono me incomoda. ¿En serio no va a decir nada?

—No quiero estar enfadada contigo —añado.

—Yo tampoco quiero estar enfadado contigo —dice por fin.

Joer, pues sí que es cabezón como me advirtió Liam.

Oír su voz me hace suspirar, y luego él pide:

—Dile a Florencia que irás.

—¿Te parece bien que vaya?

Nuevamente el teléfono se queda mudo. ¿A que me cuelga? Pero entonces oigo que contesta:

—Por supuesto que me parece bien. ¿Acaso todavía no sabes que lo que quiero es estar contigo y tenerte cerca?

Vale, lo sé. Claro que lo sé... A continuación oigo que toma aire e indica:

—Odio mentirle a mi gente, pero tu secreto seguirá intacto.

Intenta modular la voz, lo voy conociendo. Cada día lleva peor mentirle a su familia.

—Iría a buscarte —añade—, pero si lo hago levantaré sospechas, por lo que se lo diré a Liam. ¿Te parece bien?

—Me parece bien.

Nos quedamos unos segundos en silencio y luego Naím musita:

—No quiero discutir contigo. Y siento si te he incomodado con mi actitud, pero me preocupó no saber dónde estabas. No conozco a tu amiga Lola y...

—Sé cuidarme solita —lo corto.

Otra vez he soltado otra de las mías. Soy un puñetero monstruo.

—No te preocupes —me apresuro a añadir—. No pasa nada.

De nuevo el silencio se apodera de la línea telefónica. Estas discusiones absurdas empiezan a pasarnos factura.

—Tengo ganas de verte —digo entonces.

—Yo más —musita.

Oír eso me hace sonreír, y afirmo en modo tontorrona:

—De eso nada, *cielo*, ¡yo más!

Por fin oigo que Naím ríe levemente. Mi modo tontorrón siempre lo hace reír. Eso me relaja y me indica que todo está bien. Y antes de colgar él susurra:

—Bloquecito de hielo, te veo dentro de un rato.

Una vez que terminamos la conversación, sonrío. Hemos tenido un rifirrafe que por suerte hemos sabido gestionar. Y, escribiéndole a Lola, le cuento:

Me voy de barbacoa
con el señor X y su familia.

Feliz, me dirijo hacia la habitación para cambiarme, y entonces recibo un mensaje suyo que dice:

¡Ceno con la holandesa!

Al leer eso, me río. Sin duda, Lola tiene mucho peligro.

Capítulo 46

La casa de Florencia y Omar es preciosa. Está situada en el bello municipio de Tacoronte y es un chalet grande, alegre y con un bonito y amplio jardín donde, además de gente, veo corretear a varios golden retrievers de color canela que me enamoran. Siempre he querido tener un perro así.

Liam, como siempre, va impecablemente vestido, pero está más serio de lo normal. Le pregunto qué le ocurre, pero él niega con la cabeza y me responde que nada. Pero no, no lo creo. Aun así, soy discreta y no pregunto más.

Encantada, miro a los perretes. Y Liam me explica que Omar y su hermana son unos enamorados de esa raza. Tienen una pareja llamada *Kimba* y *Lolo*, y la última camada que tuvieron se la endosaron enteramente a la familia. Vale, Naím me dijo que tenía un perro llamado *Donut*.

Estamos hablando cuando los golden se nos acercan y me entero de que son de Liam. Se llaman *Pepa* y *Pepe*, y están allí porque al día siguiente él se marcha a Los Ángeles y los dejará en casa de su hermana.

Estoy escuchándolo cuando veo a Naím sentado con su padre y su sobrino Gael en una de las sillas del jardín.

Por favorrrrrr, más guapo no puede estar con ese pantalón vaquero y la camisa negra que lleva. Mi moreno —sí, sí, mi moreno— es purita tentación, y yo tomo aire para serenarme o juro que me tiraré a sus brazos.

Según nos acercamos a ellos, noto que Naím me mira. Y digo

que lo «noto» porque lo hace tras las gafas de sol, aunque estoy segura de que no me quita ojo. Eso me excita, y más después del tonto rifirrafe que hemos tenido por teléfono.

¡Uf, qué nervios!

Horacio me ve. Rápidamente se levanta y, viniendo hacia mí, dice:

—Ay, mi niña, qué alegría tenerte aquí.

Gustosa, lo beso. Horacio es un amor. Entonces Omar y Florencia se acercan también a saludarme junto a una chica jovencita que me dicen que es su hija, Xama. ¡Qué mona! Tengo junto a mí a todos los Acosta, y su unión me demuestra lo importante que es para ellos la familia. Feliz, los saludo a todos. Y Horacio, dándose la vuelta, mira entonces a Naím, que no se ha levantado, y pregunta:

—Naím, hijo, ¿no vas a saludar a Verónica?

Observo que él se pone en pie con cierta desgana. Me hace gracia ver su teatrillo, y, acercándose al grupo, a diferencia del resto, que me da dos besos, él me tiende la mano y dice:

—Un placer verte por aquí.

Sin dudarlo se la estrecho.

—Lo mismo digo.

Acto seguido, y para dejar de mirar a Naím, comienzo a hablar del jardín y de los perros. Todos se unen a mi conversación mientras Gael y yo nos miramos. Sin hablar nos entendemos, y sé que Begoña y el pequeño están bien.

Minutos después Florencia me coge del brazo y comienza a presentarme al resto de los invitados. Allí hay primos de ella, primos de Omar y multitud de amigos. Entonces, de pronto vemos a Gael con unas llaves de coche en las manos.

—Tesoro, ¿adónde vas? —pregunta su madre.

Él se acerca a nosotras, tiene los andares de sus tíos, e indica:

—He quedado.

—¿No te quedas a la fiesta de tu padre?

Él me mira sonriendo y suelta:

—Tengo planes.

Florencia gruñe. Le parece fatal que su hijo no esté en la fiesta de su padre, y finalmente él, tras mirarme, dice:

—Vale, mamá, vale. ¡Adiós!

Instantes después se marcha y Florencia comenta observándolo:

—No sé, pero últimamente está muy raro.

Su sexto sentido de madre me hace gracia.

—¿Y qué crees que le pasará? —pregunto.

Ella se ríe y luego cuchichea:

—Creo que se ha enamorado.

Divertida, asiento. Sin duda Gael está enamorado de Begoña y de Lionel, pero no digo nada. No me corresponde a mí hacerlo.

Un rato después la hija de Florencia la llama y yo me quedo hablando con unos amigos de Omar. Son simpáticos, y rápidamente me integro en el grupo. Me preguntan por mi trabajo, yo me intereso por el de ellos, y la conversación se hace amena y divertida.

Desde donde estoy observo a Naím y a Liam hablar muy serios. ¿Qué les ocurrirá? También veo cómo muchas de las invitadas se les acercan para sonreírles y hacerles ojitos. Está claro que intentan llamar la atención de ambos. Estoy bebiendo un vinito cuando Florencia viene hacia mí de nuevo.

—¿Qué te ha pasado en el codo? —pregunta.

Al ver que señala el apósito que llevo, indico sin darle importancia:

—Nada importante, un rasponazo.

En ese momento una risotada llama nuestra atención y, al mirar, Florencia comenta:

—Esa holandesa, Algodón...

—¿Se llama Algodón? —inquiero curiosa.

Ella sonríe algo avergonzada y murmura:

—No, hija, pero es algo parecido que todavía no he conseguido aprenderme...

Ambas reímos y a continuación ella añade:

—Como te decía, Algodón se muere por Liam, y su amiga Marisol ya no sabe qué hacer para que Naím se fije en ella. Mira cómo se pavonean frente a ellos.

Divertida, observo. La escena es como poco cómica. Las dos mujeres pestañean y agitan sus largas cabelleras mientras que ellos permanecen como el que ve llover.

—Está claro que no son el tipo de tus hermanos —señalo.
Florencia asiente.

—Liam está con una actriz, y en cuanto a Naím, aunque no le faltan pretendientas, es un tipo duro de roer.

Oír eso me hace mucha gracia.

—Y no es por cotillear —continúa—, pero hay una muchacha muy amiga de la familia llamada Mireia que sería la mujer perfecta para él. Es culta, elegante, guapa, trabajadora y, lo mejor, ¡se muere por Naím! Pero nada, mi hermano no quiere nada con ella.

Disimulo. ¡Sé perfectamente quién es Mireia! Por suerte no está aquí, y con curiosidad pregunto:

—¿Tu hermano Naím es muy serio?

Ella lo mira y, bajando la voz, afirma:

—Lo es. A veces pienso cómo podemos ser hermanos... ¡Es tan serio y reservado! —Asiento, en cierto modo lo es. Y Florencia añade—: Mamá siempre decía que yo era doña Cotorra, hablo y luego pienso; Naím, don Romántico Reservado y Cabezón y Liam, don Limpio y Ordenado.

Me río divertida.

—Liam es un maniático de la limpieza y el orden —sigue diciendo ella—. Rara vez lo verás mal vestido o con un pelo fuera de lugar y, en cuanto al orden, tendrías que ver su casa. —Sonrío, y agrega—: Naím es un romántico como mi padre, reservado como mi madre y tiene una cabezonería que a veces puede llegar a resultar desesperante. Y yo —señala sonriendo— soy una cotorra. Lo sé. Me encanta hablar. Mamá siempre decía que mi mayor defecto era que primero hablo y luego pienso, aunque eso es algo que intento enmendar.

Divertida, asiento. Poco los conozco a los tres, pero sin duda su madre los conocía bien; entonces Florencia, que efectivamente es una cotorra, añade:

—Naím está mejor ahora. Pero ha pasado una época complicadilla. Pobrecito mío, qué mal lo pasó.

Mi vena curiosa se apodera de mí por completo. Quiero saber todo lo que pueda sobre él, y pregunto:

—¿Por qué dices eso?

—Estuvo saliendo con una modelo madrileña llamada Soraya y..., bueno...

¡Ostras, ¿Soraya es modelo?!

—Estuvo con ella un tiempo y, cuando mi madre enfermó, la muy imbécil, por no decir algo más feo, se enfadaba con Naím porque le hacía más caso a mi madre que a ella.

—¡¿Qué?! —pregunto sin dar crédito.

Florencia afirma con la cabeza y, viendo que nadie nos puede oír, añade:

—Esa pesada intentaba competir por el cariño y las atenciones de Naím hacia mi madre. Los celos podían con ella y le montaba cada numerito delante de todos que uf...

Parpadeo sorprendida. ¿En serio Soraya hacía eso?

—Lo que esa idiota nunca imaginó es que para nosotros, los Acosta, la familia, el amor y la lealtad son lo primero. Nadie traiciona a nadie, y nos lo contamos todo entre nosotros.

Asiento de nuevo y entonces pienso en Gael. Todo... todo no se lo cuentan...

—Al final —prosigue Florencia—, mi hermano tuvo que cortar la relación con esa petarda, pero me consta que ella es muy pesada y cada cierto tiempo reaparece en su vida. Lo llama, lo atosiga. Y aunque sé que mi hermano me ha prometido y perjurado que no volverá con ella, no entiendo por qué no la manda a paseo de una santa vez.

No digo nada. Solo sé que la tal Soraya tiene problemas mentales porque me lo dijo Naím.

—Dicho esto —cuchichea ella a continuación—, espero que tarde o temprano Naím se dé cuenta de que Mireia es la mejor opción para él. Los dos son de la isla. Los dos son enólogos. A ambos les encantan los deportes en el mar. Y tan altos y guapos..., ¡es que están hechos el uno para el otro!

Joderrrrr..., ¡oír eso no me hace ni puñetera gracia! Aunque ella, la muy parlanchina, insiste:

—Además, conocemos a Mireia desde siempre. Adora a Naím y es de las que van con la sinceridad por delante. Nunca traicionaría a la familia. Y eso, en los tiempos que corren, es de apreciar.

Me rompo por dentro. Florencia me está confirmando lo que yo pensé el primer día que los vi juntos. ¡Joderrrr! Y entonces añade sin tomar siquiera aliento:

—Pero, al parecer, al tonto de mi hermano no le va Mireia, y mi padre me ha contado que Naím le dijo que, después de lo de Soraya, prefería estar solo. Se ha cerrado al amor.

—Pobrecito —musito divertida.

—¿Pobrecito? —se mofa Florencia—. Se ha cerrado al amor, pero no al sexo..., ¡que tonto no es! Mis amigas me cuentan que lo ven cada dos por tres con distintas mujeres por las islas, y ninguna de ellas muy recomendable.

Bueno..., bueno..., bueno...

Oír eso no me hace ninguna gracia, pero Florencia continúa:

—Naím y Liam parecen tener un imán para atraer a las mujeres. Eso sí, a las que no son apropiadas. Y si te digo esto es porque ahora Liam está con una aspirante a actriz, a la que no conocen ni en su casa, que vive en Los Ángeles. Y, mira, seré una hermana mayor criticona y chapada a la antigua, pero si Soraya nos gustaba poco, de Jasmina mejor no hablar porque, desde mi punto de vista, es una pieza de mucho cuidado. Y espero que mi hermano, cuando la vea, le diga cuatro cositas.

—¿Por qué dices eso? —pregunto con curiosidad.

Rápidamente Florencia se saca el móvil del bolsillo del pantalón, la veo buscar algo en él y, enseñándomelo, dice:

—Mira la noticia que salió ayer en un periódico digital americano.

De inmediato, leo: «Tom Blake..., ¿bebé a la vista?».

Bajo el titular hay una fotografía de Tom Blake con una joven superrubia embarazada, y señalo:

—¿Esa es Jasmina?

Florencia asiente y yo, atónita, no sé qué decir. ¿La novia de Liam está con el famosísimo Tom Blake? Y, cuando voy a hablar, Florencia cuchichea:

—Mi hermano Liam está enfadado, aunque lo veas tan tranquilo. En la foto se la ve bastante embarazada y..., bueno, mañana Liam se marcha a Los Ángeles.

Al saber eso comprendo qué es lo que le pasa a Liam y me apena.

—Te digo yo que esa pájara se la ha pegado a mi hermano —murmura ella.

Oír a Florencia, con el desparpajo que tiene, me hace gracia. En ese instante Naím y Liam se levantan de donde estaban sentados. Está claro que ya no soportan más a las dos cacatúas que se pavonean delante de ellos y, acercándose a nosotras, Liam dice molesto:

—Hermana, si llegas a decirme que has invitado a Aldegonda, te juro que no vengo.

Según oigo ese nombre, Florencia y yo nos miramos, y esta dice:

—¿Ves cómo era algo parecido a «Algodón»?

Sin poder evitarlo nos reímos, y de pronto Naím, dirigiéndose a mí, pregunta:

—¿Qué le ha ocurrido en el codo?

Según dice eso me lo miro. Creo que contar la verdad no es lo más apropiado y, mintiendo, indico:

—Un rasponazo de nada. Perdí el equilibrio y me arañé con la pared.

Naím asiente. Imagino que piensa que esa herida es un daño colateral de mi noche loca, y Florencia, mirándolo, comenta:

—Oye, ayer me encontré con Iraya en el mercado y me dijo que su hermano Aday le había dicho que te había visto en La Graciosa con una tal Julia de Valladolid. ¿Quién es esa?

Según oigo eso estoy a punto de escupir la patata que tengo en la boca, pero me controlo. Joder, joder..., ¿en serio?

Naím sonríe. Sé que tras sus gafas de aviador oscuras me mira.

—Hermana, no seas cotilla —suelta.

—Naím —insiste Florencia—. Mira lo que te digo, mi niño. No sé quién es esa Julia de Valladolid, pero seguro que no te conviene...

—Florencia —la corta Naím—, según tú, nadie me conviene.

La aludida asiente, se retira el pelo de la cara y, dirigiéndose a mí, declara:

—Te conviene alguien con un par de dedos de frente, como Mireia. O, mira, ¡como Verónica!

—Anda, mira —se mofa Liam.

—¿Por qué no te buscas una mujer así y dejas de ir con otras que seguro que no saben hacer la «O» con un canuto, como debe de ser la tal Julia de Valladolid?

Parpadeo, no sé qué decir. Y entonces Liam, estirándose su bien planchada americana azul, interviene en la conversación:

—Verónica, ¿sales con alguien?

Horrorizada al ver cómo todos me miran, no sé qué responder, y Naím acude en mi ayuda.

—Dejad en paz a la señorita Jiménez. ¿No veis que la estáis molestando?

Florencia me mira con pesar, Liam sonriendo, y, tras intercambiar una mirada con este último de «Te voy a matar», él se dirige a su hermano y pregunta:

—¿Julia de Valladolid? Pero bueno, hermano, ¿quién es esa mujer? ¿La conozco?

Acto seguido Naím niega con la cabeza y, tras un suspiro, dice:

—Voy a por una cerveza. ¿Alguien quiere?

—¡Yo! —afirma Liam.

Y, cuando se alejan de nosotras, Florencia dice mirándome:

—Menudo trabajito le daban a mi madre, y ahora a mí, estos dos. El día que los vea casados y felices, creo que podré dormir tranquila.

Divertida, asiento. Además de ser una cotorra, Florencia es muy graciosa. En ese instante su hija Xama se acerca a nosotras.

—Mamá, ¿te importa si invito a algunos amigos a la barbacoa?

Complacida, Florencia dice mirándola:

—Hija, ¿por qué no te has puesto el vestido que te pedí?

—Porque no me gusta, mamá.

Durante unos segundos veo que ambas se miran. Se retan. Está claro que estoy asistiendo en primera fila a un combate de miraditas entre madre e hija, pero finalmente Florencia, cambiando el gesto, dice:

—Con el vestido estás monísima. Además, el rosa te sienta muy bien.

—¡Mamá, por favor! —protesta la cría.

Florencia le retira el pelo de la cara con cariño. Xama hace un gesto arisco para que pare, y la primera pregunta:

—¿A quiénes vas a invitar?

—Pues a mis amigos —le suelta.

Florencia asiente. Xama la mira con impaciencia y yo sonrío. El gesto de la chica es el mismo que ponía Zoé cuando quería que dejara de agobiarla.

—¿Vendrá Ancor? —pregunta Florencia.

Con gesto ofuscado Xama asiente, y su madre cuchichea:

—De acuerdo, cariño, que vengan tus amigos. Pero manteneos bien lejos de las bebidas alcohólicas. No quiero problemas con sus padres, ¿entendido?

La muchacha asiente. En su mirada veo eso de «por un oído me entra y por otro me sale», y cuando se aleja, Florencia susurra:

—Gael nunca me ha dado problemas. Siempre ha sido un niño bueno que se dejaba controlar por mí, pero Xama...

Eso me hace asentir y, callando lo que ella ignora, respondo:

—Debes tener paciencia con ella.

—La tengo. Te aseguro que la tengo. Pero esta niña es más rara que un perro verde. Siempre parece enfadada y nunca le gusta lo que le compro.

Suspiro. Yo ya pasé por ese complicado momento con Zoé.

—Tiene su propio gusto para las cosas, mujer —indico.

—Un gusto pésimo —afirma con desgana.

Niego con la cabeza. Sobre gustos no hay nada escrito.

—Ancor es su novio —me aclara ella—. Un chico majísimo con el que lleva saliendo más de dos años y con el que espero que forme una bonita familia.

Oír eso me hace gracia. ¿Su novio? ¿Xama tiene novio? Por favorrrrr...

Desde la distancia observo a la niña hablar con sus tíos. La veo sonreír con cordialidad, con una sonrisa que con su madre no ha empleado, y pregunto con curiosidad:

—¿Cuántos años tiene Xama?

—Diecisiete.

Madre mía..., madre mía... ¿Cómo puede pensar que su hija se va a casar con el primer chico con el que está? Pero, consciente de que cada familia es un mundo, suelto:

—Como madre de otra chica que soy, puedo decirte que después de este novio probablemente tu hija tendrá muchos más. ¿O acaso Omar fue tu único chico?

Según digo eso, ella me mira y parpadea. Y, olvidándose de lo que he dicho, pregunta:

—¿Eres madre?

—Sí.

—Ay, por Dios... ¿No me digas que estás casada?

—No, no. No lo estoy. Fui madre soltera. Mi hija se llama Zoé. Tiene veintitrés años y está viviendo actualmente en la Antártida con, según ella, el amor de su vida.

Florencia asiente. Como siempre, la noticia de la edad de mi hija sorprende, y, agarrándome del brazo, musita:

—Cuéntameeeeee. ¡Quiero saberlo todo!

Y, divertida, le cuento. Como madre que soy, no hay nada que me provoque más placer que hablar de mi preciosa hija.

Capítulo 47

Mi maternidad es sin duda la noticia del día para Florencia, y más tarde, cuando se acerca a nosotras, también para Liam.

Durante un buen rato, como dos buenas mamás cotorras, Florencia y yo compartimos confidencias y, por supuesto, fotos de nuestros hijos.

¡Hay que ver lo que nos gusta enseñar fotos a las madres, y con esto de los móviles tenemos para hacerlo durante horas!

Yo estoy orgullosa de Zoé, como ella lo está de Gael y de Xama. Está claro que ser madre te cambia la vida, y para muestra, Florencia y yo.

Horacio, el patriarca de los Acosta, se aproxima a donde estamos y, como todos, se sorprende al ver las fotografías de mi hija.

En un momento dado en que Florencia se va porque Omar la requiere, Horacio comenta:

—Tu hija y tú sois como dos gotas de agua.

—Eso dice todo el mundo —afirmo gustosa.

El hombre asiente y, mirándome, baja la voz y pregunta:

—¿El padre de tu hija fue el machango que te rompió el corazón?

Oír eso me hace asentir.

—Maldito idiota —murmura él a continuación.

Divertida, pues nada de lo que digan del padre de Zoé me duele ya, cuchicheo:

—Él se lo perdió.

—Sin duda, mi niña, sin duda —conviene él, y pregunta—: ¿Tienes algún pretendiente en la Península?

—Ni en la Península ni en ningún sitio —respondo evitando mirar en dirección a Naím.

Él niega con la cabeza; estoy convencida de que, como mi padre, pensará que con un hombre al lado estaría mejor.

—Si antes te admiraba como mujer —dice entonces—, ahora que sé que eres madre e imagino todo con lo que has tenido que lidiar hasta llegar a este momento, he de decirte, mi niña, que me quito el sombrero.

Sonrío. Horacio es un amor, y durante un ratito hablamos de la vida, mientras soy consciente de que Naím nos observa desde el otro lado del jardín. Se mantiene a distancia. Es lo que toca.

Cenamos. La barbacoa que hace Omar es una pasada. Condimenta la carne como nadie y, oye, ¡me pongo fina filipina!

Naím me mira desde lejos y sonríe. Sabe cuánto estoy disfrutando de la cena, aunque también veo que se inquieta cuando ciertos amigos de Omar, los ligones de turno, me buscan para hablar y vacilarnos mutuamente.

Más tarde la gente sale a bailar a la improvisada pista, sobre todo Xama y sus amigos. Horacio los observa divertido. Me hace comentarios, como que la música actual no es lo que más le gusta, pero de pronto esta cambia y empieza a sonar un bolero que a mis padres les encanta. Se trata de *Cómo fue*, de Francisco Céspedes y Carlos Cuevas.

Al oírlo, Horacio cierra los ojos y susurra:

—Mi amor, nuestra canción...

Sentir su pena me conmueve y, sin pensarlo, le propongo:

—Horacio, ¿quieres bailar conmigo?

El hombre abre los ojos sorprendido. Creo que no esperaba mi propuesta, y pregunta:

—¿No prefieres bailar con alguien más joven?

Oír eso me hace gracia, y evitando mirar a quien él ni siquiera imagina, respondo:

—¿Con quién mejor que contigo?

El hombre toma aire y, con pesar, señala:

—Desde que mi mujer enfermó no he vuelto a bailar. Ella era una gran bailarina.

Asiento. Entiendo sus reticencias.

—Pues si tu mujer era una gran bailarina —indico—, creo que le gustaría que bailaras conmigo porque yo también lo soy.

Horacio se emociona. Con cariño le acaricio la mejilla y nos entendemos con la mirada. Y, levantándose, me tiende la mano y caminamos hacia la pista improvisada.

Algunos de los invitados, al ver hacia dónde nos dirigimos, aplauden, nos animan. Que el patriarca baile después de lo que ha pasado creo que es como poco sorprendente para ellos. Y, cuando llegamos a la pista, para hacer sonreír a Horacio doy una vuelta frente a él y, después, con elegancia, nos abrazamos.

Emocionados, todos nos observan. Florencia se lleva las manos a la boca y, cuando veo a Liam y a Naím sonreír, sé que todo está bien.

—Llévame y yo te sigo —le pido a Horacio.

—Tengo dos pies izquierdos —musita él.

Divertida al oírlo, me río, y cuando él comienza a moverse y a llevarme con elegancia y soltura, comprendo de quién aprendió Naím a bailar tan bien.

Bailamos en silencio al compás del bonito bolero, hasta que Horacio dice:

—Sonaba esta canción cuando vi por primera vez a Anastasia. Recuerdo que ambos estábamos con amigos en la playa, y fue mirarnos durante dos segundos y, de un flechazo, nos enamoramos.

—Qué bonito es eso que cuentas, Horacio —susurro recordando lo que Naím me explicó.

—Vivirlo fue mejor.

Oír eso me enternece. Sin duda Naím es tan romántico como su padre.

—Eres una magnífica bailarina —comenta el hombre a continuación.

—Tú también bailas muy bien —digo complacida.

Bajo la atenta mirada de demasiados ojos, aunque a mí solo me interesan los de Naím, Horacio y yo bailamos el bonito bolero, y cuando este acaba me da un beso en la mano con galantería y declara:

—Ha sido un placer, mi niña. Y estoy convencido de que a Anastasia le habrá encantado verme bailar esta canción contigo.

Sonriendo, asiento, justo en el momento en el que un amigo de Omar viene hacia nosotros y me saca a bailar otro tema. A partir de ahí ya no paro. Soy la novedad en la fiesta, y son muchos los que bailan conmigo y yo lo disfruto.

¡Anda que no me gusta a mí bailar!

En ocasiones miro a Naím. Él evita intercambiar la mirada conmigo, intentamos disimular, pero soy consciente de que continuamente nos buscamos. Encontrarnos aquí los dos y no poder estar juntos nos está matando.

Luego me sacan a bailar de nuevo una salsa y yo acepto encantada.

Agotada tras el baile, estoy bebiendo de mi vaso cuando Liam se me acerca. Parece un poco más animado, y exclama:

—¡Qué bien bailas!

—¡Gracias!

—¿Dónde has aprendido a moverte así?

Sonrío, me gusta que la gente se fije en ello.

—Llevo años en una academia de baile con mi amiga Amara —le explico—. No pretendemos ser profesionales, pero nos gusta bailar y disfrutamos mucho haciéndolo.

Liam asiente. Entonces pasa cerca de nosotros uno de los amigos de Omar y le da un golpe en el brazo con el puño; cuando se marcha, Liam se mira la manga y protesta:

—¡No me jorobes que me ha dejado una mancha!

Me río. Menudo tiquismiquis está hecho Liam con la ropa. Como ha dicho Florencia, el apodo de don Limpio y Ordenado le va que ni pintado. Y, mirando el sitio donde aquel lo ha golpeado, lo sacudo con la mano e indico:

—Tranquilo. Está perfecto.

Liam vuelve a mirarse otra vez la manga del traje, necesita comprobarlo por sí mismo. En ese instante le suena el móvil. Rápidamente lo mira y, tras coger una bandeja que hay sobre la mesa, la deja en mis manos y dice:

—Tienes que llevarla a la cocina.

Lo miro sorprendida y él me apremia:

—Vamos. Alguien la está esperando *con urgencia*...

Vale, ahora lo he pillado, y sin dudarlo me dirijo hacia la cocina.

Al llegar veo varias bandejas sobre la encimera y, cuando dejo la que yo llevo, una mano agarra la mía. Es Naím, que tira de mí, y, metiéndonos en una especie de alacena, cierra la puerta y, sin decir nada, me besa.

Gustosa, le devuelvo el beso. Llevo toda la noche deseando poder hacerlo, y cuando el beso acaba y nos miramos a los ojos, susurra:

—Esto me está matando.

Sonrío, no lo puedo remediar.

—Odio verte y no poder estar contigo —añade él.

—Y yo —afirmo besándolo de nuevo.

Un beso. Dos. Cuatro..., y, cuando nos separamos, murmura con mimo:

—Gracias por bailar con mi padre. Es la primera vez que lo hace tras la muerte de mamá.

—Ha sido un placer.

Nos miramos en silencio. Lo que siento por él comienza a nublarme la visión...

—Quiero pedirte disculpas por el modo en que te he hablado esta mañana —musito.

Naím asiente.

—Yo también quiero pedírtelas a ti. —Y, cogiendo mi brazo para mirar el apósito del codo, pregunta con una media sonrisa—: ¿Esto es un recuerdo de tu noche divertida con tu amiga?

Según dice eso, me incomodo. Un recuerdo divertido no es. Pero, como no pienso contarle la verdad, porque si a mí me contaran eso no me lo tomaría bien, respondo:

—Digamos que sí.

—¿Cómo te lo hiciste?

No. No. No... No quiero pensar en ello. No quiero decirle la verdad, por lo que vuelvo a mentir:

—Bailando, me arañé contra una pared.

Sonreímos, sin duda la sonrisa es una buena bandera blanca entre nosotros. Y a continuación Naím dice:

—Me muero por bailar contigo.

—¿Y por qué no puedes bailar conmigo?

—Porque si lo hago llamaremos la atención. Y tú quieres discreción.

Asiento. Realmente ¿es eso lo que quiero?

De pronto oímos que alguien entra en la cocina. Son Florencia y Omar, que hablan de sacar más carne y hielo para la barbacoa.

Sin hacer ruido, pero divertidos por la situación, permanecemos en la alacena. Somos como dos críos escondiéndose. Pero, por suerte, Liam, que está al tanto de la situación, aparece y se los lleva, y en ese momento salimos de la alacena y Naím dice besándome:

—Esta noche vienes a mi casa sí o sí.

—Pero...

—No voy a aceptar un no por respuesta —insiste.

Dicho esto, me da un rápido beso en los labios y desaparece tras guiñarme un ojo.

Sonrío.

¡Me muero por ir a su casa!

Pero... ¿y si alguien nos ve?

Bueno, no lo voy a pensar. No voy a ponerme negativa. ¡Voy y punto!

Antes de regresar a la fiesta decido ir al baño. La casa está solitaria. Todo el mundo está en el exterior. Y, al pasar frente a una puerta que está entreabierta, veo a Xama con una chica junto a unas cortinas. Se ríen, parecen pasarlo bien, y de pronto observo que se besan. Pero se besan de besarse, y besarse con sentimiento.

¡Toma ya!

Eso me asombra. Pero no porque se bese con una chica, sino por lo equivocada que está su madre con ella en cuanto a Ancor. Está claro que los hijos de Florencia no van a dejar de sorprenderla. No obstante, sin querer ser vista, y menos aún inmiscuirme en un tema que ni me va ni me viene, acelero el paso para que no me vean y entro en el baño.

Cinco minutos después, cuando salgo, compruebo que Xama y la otra chica siguen donde las he visto antes, por lo que, sin hacer ruido, me escabullo y regreso a la fiesta.

Bailo. Bebo. Río. Me divierto. Comienza a sonar salsa de nuevo y, bueno..., ¡me vengo arriba!

Hay un amigo de Omar, Felipe, que es bailarín profesional, y conmigo, que soy una bailonga, ¡la que liamos es pequeña!

Horacio sonríe encantado junto a sus hijos mientras yo bailo una salsita con ganas y un par de copitas de más.

¡Ole por mí!

Después de esa salsa y de otras muchas más que por supuesto bailo, estoy sudorosa y decido sentarme junto a Florencia y sus amigas a tomar algo fresco. Estoy terriblemente acalorada. Busco a Naím con la mirada y veo que sigue con su padre y su hermano, riendo y charlando.

Mirarlo se ha vuelto mi mayor afición y, mientras estoy con Florencia y sus amigas, aunque finjo que las escucho, solo pienso en lo que voy a disfrutar con Naím cuando vayamos a su casa.

Al rato el móvil, que llevo en el bolsillo trasero del pantalón, vibra. Lo miro y compruebo que es Naím, que dice:

La próxima canción es para ti.

Encantada, sonrío. Esos tontos detalles me vuelven loca. Y, tras mirarlo y observar que sonríe, sé que su sonrisa es para mí, por lo que, siendo consciente de la importancia que Naím le da a la música, escribo:

¿Qué canción es?

La contestación no tarda en llegar, y leo:

Como antes, de Llane.

Vuelvo a sonreír. No conozco ni la canción ni el cantante, y cuando esta empieza y escucho la letra ¡me quiero morir!

A través de una canción Naím vuelve a declararse, y yo... yo me siento tremendamente especial.

Es la primera vez que escucho esta canción, pero sin duda se vuelve una de mis preferidas al instante, y más cuando dice eso de la forma que lo hacían nuestros padres. Está claro que Naím es especial y yo seré una imbécil si no me tiro a la piscina como él está haciendo por mí.

Sin moverme de mi sitio escucho la canción con cara de tonta. Sí, sí, no me veo la cara, pero me la puedo imaginar.

Sé que si no se acerca a mí es porque yo así se lo he pedido.

Sé que está haciendo eso por mí, para respetar mi discreción.

Cuando la canción acaba el corazón me va a dos mil por hora.

Con disimulo volvemos a mirarnos y, sin hablar, nos lo decimos todo. De repente siento que necesito bailar con él con urgencia. Ya sé que soy fría. Ya sé que lo mío no es la música romántica. Pero también sé lo que deseo en este momento, y voy a por ello.

Sin dudarlo me levanto, me acerco hasta la persona que se encarga de poner la música y, tras sugerirle una canción, me indica que será la siguiente que sonará, así que decido jugármela y sacar a bailar a Naím. Si él no lo hace porque yo así se lo he pedido, seré yo quien lo haga, y me importa un pepino la discreción.

Comienzan a sonar los primeros acordes de *A un beso*. Es nuestra canción. Solo nuestra. Y, plantándome frente a Naím, su padre y su hermano, le tiendo la mano y digo:

—Señor Acosta, ¿baila conmigo?

Naím parpadea sorprendido. Creo que piensa que no hay quien me entienda. Tan pronto digo que sí como que no... Horacio y Liam lo miran curiosos y yo, sonriendo y sin perder las formas, insisto:

—No soy mujer que espere a que la saquen a bailar. Y ya he bailado con su padre, su hermano y su cuñado; ¡solo me falta usted!

Está boquiabierto, creo que ni siquiera respira. Mi propuesta lo tiene desconcertado, pero entonces su padre, dándole un golpe en la espalda, interviene.

—Venga, muchacho —dice—, no te hagas de rogar.

Divertida al ver su desconcierto, lo agarro de la mano y, sacándolo a la pista, donde otras parejas bailan la melosa canción, nos abrazamos manteniendo una distancia aceptable y comenzamos a bailar. Pero su olor..., su cercanía..., su mirada...

Uf, madre mía, ¿estoy cometiendo un error?

El pobre, poniendo barreras para cumplir con lo que yo le he pedido, y aquí estoy yo, derribándolas y tentándolo mientras suena esa canción que es tan especial para nosotros.

Naím me mira, uf, cómo me mira..., y comenta:

—Señorita Jiménez, baila usted muy bien.

Uf, su mirada...

Uf, su voz...

Sentir el calor de su piel a través de mi camiseta me está poniendo no mala, sino malísima, y sonriendo respondo:

—Usted tampoco lo hace mal.

No digo más. No dice más. Ambos sabemos que es mejor que nos callemos.

Al no ser la primera vez que bailamos, nos entendemos a la perfección. Conocemos nuestras pausas, nuestros giros, y sin hablar pero seduciéndonos con nuestra manera de bailar, ambos sabemos que lo que yo he provocado se nos puede ir de las manos en cualquier instante.

Ay, madre mía, madre mía, ¡que lo voy a besar!

Ay, madre mía, madre mía, ¡que me voy a lanzar!

Ay, madre, ¡que ni «Sicilia» me va a dar tiempo a decir!

El momento, la letra de la canción, el par de copitas que llevo de más y todo él están haciendo que me venga arriba. Muy pero que muy arriba. Y, cuando ya no puedo más y decido mandar a freír espárragos la discreción, la profesionalidad y todo lo que se me ponga por delante, me dispongo a besarlo cuando noto que alguien me empuja y de repente veo a uno de los primos de Omar, que cae al suelo.

De inmediato Naím y yo nos soltamos.

¿Qué le ha pasado?

Sin embargo, lo que realmente nos preocupa es: ¿qué hemos estado a punto de hacer?

Capítulo 48

Tras lo ocurrido se da por terminada la fiesta, y Naím y yo intentamos mantener las distancias, conscientes de lo que hemos estado a punto de hacer, mientras todos los invitados van despidiéndose y marchándose.

Florencia se ríe. El chichón que lleva el primo de Omar en la cabeza por haber bebido de más la hace reír sin parar.

Entonces Liam se me acerca y musita:

—¡Joder!

Rápidamente lo miro y pregunto:

—¿Qué pasa?

Liam, que es mucho Liam, se señala la solapa de la chaqueta.

—Me he manchado con cerveza —murmura.

Según dice eso, miro donde indica y replico:

—Yo no veo nada.

Él asiente, me lleva debajo de una de las farolas de la parcela e insiste:

—¿No lo ves?

Vale, ahora con la luz veo una pequeña manchita en su solapa; tan pequeña que si no lo menciona ni se ve, por lo que susurro:

—Por favor, Liam, pero si eso no es nada.

—No lo será para ti —dice él molesto.

Su ceño fruncido me indica que no está de muy buen humor, pero se supone que yo no sé nada de lo que Florencia me ha contado de la tal Jasmina.

Naím y su padre se nos acercan. Hablan de lo que le ha sucedido al primo de Omar. Yo me doy aire con la mano. Tener a Naím tan cerca después de lo que hemos estado a punto de hacer delante de todos me acalora, y entonces Horacio, mirándonos a los dos, pregunta:

—¿Y a vosotros qué os pasa?

De inmediato Naím y yo lo miramos y el hombre añade:

—Os noto acalorados.

Liam sonríe y mira hacia otro lado; Naím va a hablar, pero su padre, tras mirar el apósito de mi brazo, pregunta:

—Verónica, ¿quién te lleva a El Médano?

Agitada por cómo me siento, no me sale ni la voz, y Liam tercia:

—Yo, papá. Yo la llevo.

Acto seguido veo que Naím se da la vuelta y se aleja para hablar con su hermana.

Horacio, Liam y yo charlamos durante unos minutos, mientras no puedo dejar de pensar en cuánto deseo a Naím.

—¿Qué día dijiste que regresabas a la Península para ir a ver a tu hija? —me pregunta de pronto el patriarca.

Acalorada y aturdida por mis propios pensamientos, soy incapaz de razonar, y digo:

—Dentro de muy poquitos días.

El hombre asiente. Por su gesto veo que eso lo apena, y a continuación dice:

—Entonces ¿tengo que despedirme de ti?

Joder, es verdad, los días se me acaban. Las despedidas nunca han sido mi fuerte e, intentando sonreír, cuchicheo:

—Sí. —Horacio resopla, y yo, tratando de ordenar las ideas, recuerdo lo que he hablado antes con él y digo—: Pero seguro que nos volvemos a ver en octubre en Madrid en el Premio Farpón.

La expresión del hombre cambia, y pregunta justo en el momento en que Naím se nos une:

—¿No vendrás para la cena de gala del Premio Bardea?

No estoy invitada. Naím no me ha pedido que asista en ningún momento. Pero, claro, ¿cómo me lo va a pedir si sabe que quiero discreción? Y, sonriendo, musito:

—No, Horacio. No.

—Ay, mi niña, me haría tanta ilusión que vinieras... —insiste.

Con cariño le acaricio la mejilla. Al igual que mi padre, Horacio me provoca ternura. Y entonces Liam, que está a nuestro lado, dice:

—Si quieres asistir al premio, puedes hacerlo. Como al final Jasmina no va a venir, puedes utilizar el pase que tenía para ella.

—¡Qué excelente idea! —exclama Horacio.

Descolocada, los miro. Sigo incapaz de razonar, pero entonces oigo que Naím protesta:

—¿Por qué no dejáis de atosigar a la señorita Jiménez?

Según dice eso su padre lo mira.

—Por Dios, Naím —dice—. ¿Por qué no la llamas Verónica?

Él suspira, Liam sonríe y yo disimulo, y Horacio, dirigiéndose a Liam, musita:

—Y tú, risitas..., esa mujer tuya ¿está embarazada de ese actor?

A Liam le cambia el gesto y resopla como su hermano.

—Papá, no es el momento —tercia Naím.

Sin embargo, Horacio lo ignora e insiste:

—Por Dios, hijo, ¿cuándo vas a abrir los ojos? ¿Cómo eres tan tonto?

—Papá, vale —se queja Liam.

Pero Horacio se desespera y, mirándome, sisea:

—Vaya dos hijos tontos que tengo. Estos dos galanes de novela, en vez de enamorar a mujeres que se precien solo se fijan en otras problemáticas que no los merecen.

—Papá... —protestan los hermanos al unísono.

Yo permanezco con cara de circunstancias y ni siquiera me muevo, pero Horacio continúa:

—Sinceramente, mi niña, empiezo a pensar que el pelo rubio de esas mujeres los atonta.

Vaya..., ¡me acabo de enterar de que Soraya es rubia!

—Papá, ¡vale ya! —gruñe Naím.

Horacio lo mira y dice:

—Por cierto, me ha dicho tu hermana que te han visto con una tal Julia de Valladolid... ¿Quién es esa perlita?

Buenooooooooooooooooooooooo...

Según oigo eso giro la cabeza.

Pero ¿es que en las islas todo el mundo se conoce?

No quiero mirar a Naím. Creo que, si lo hago, de los nervios me voy a reír.

—Papá, no seas indiscreto —suelta Liam—. Será una amiga.

Horacio lo mira, niega con la cabeza y murmura:

—¡¿Amiga?! Sabe Dios qué clase de amiga será esa mujer. Solo espero que algún día sentéis la cabeza y me deis nietecitos como le prometisteis a vuestra madre.

—Papá... —vuelven a protestar los hermanos.

Horacio me da dos besos a modo de despedida y, dirigiéndose a mí, musita:

—Encuentra a alguien que te merezca y sume momentos lindos e inolvidables en tu vida. No hagas como estos dos idiotas, que, en vez de sumar, ¡restan!

Dicho eso, Horacio mira a Naím y exige:

—Y tú no me mires así y llévame a casa.

Instantes después, cuando aquellos se van y Liam y yo nos despedimos de Florencia y Omar, nos dirigimos hacia su bonito e impoluto coche.

—Piensa en lo que he dicho del pase para el premio —oigo que dice entonces—. Creo que a Naím le gustaría verte en esa gala.

—Es complicado...

—Porque así lo has decidido tú —me suelta con acidez.

Oír eso me hace saber que él y Naím han hablado. ¡Madre de Dios!

No respondo, no quiero darle más vueltas a ese tema, y, haciéndome la tonta, pregunto:

—¿Tu padre y Jasmina no se llevan bien?

Liam suspira, le da al mando de su vehículo para que este se abra e indica:

—Jasmina y mi familia nunca se han llevado. Y, la verdad, llegado al punto en el que me encuentro, casi que lo prefiero.

Al oír eso me doy cuenta de que Liam no está bien, y, haciéndome la tonta, murmuro:

—Mira, no sé lo que te pasa con Jasmina, pero...

Él se para, me mira y, enfadado con el mundo, sisea:

—Lo que me pasa con Jasmina es que estoy harto... ¡Se acabó! ¡No puedo más!

Ver su desesperación me apena. Esto del amor es una mierda cuando no eres correspondido. Y a continuación me mira y, mientras de pasa las dos manos por la cabeza, dice:

—¡Está embarazada!

—¿Qué? —exclamo como si no supiera nada.

—Está embarazada de siete meses, ¡joder!

Lo miro boquiabierta y en un susurro pregunto:

—¿Tanto tiempo llevas sin verla?

Niega con la cabeza.

—Estuve con ella hace cuatro meses en Los Ángeles. Y, joder, ¡ya estaba embarazada y no me dijo nada!

Asiento. Como ha dicho Florencia, esa listilla está de agua hasta el cuello. Y entonces, sabiendo que estoy siendo terriblemente cotilla, pregunto:

—¿El hijo es tuyo?

Liam niega de nuevo, veo la rabia y la furia en su rostro, y luego dice:

—Es de Tom Blake.

Madre mía... ¿En serio me acabo de enterar de un cotilleo que será un escándalo a nivel mundial?

—¡El hijo es de ese actor! Me lo ha confirmado hoy cuando la he llamado.

—¡Joder!

—Me ha mentido durante meses. Me decía que no era cierto lo que salía en la prensa americana. Pero es verdad. Llevan liados meses, y ahora entiendo por qué no quería que fuera a verla ni ella venía a verme a mí. Me siento humillado, furioso, engañado... Y aunque adoro a mi padre y a mi hermana, cuando les confirme la noticia, tendré que aguantar eso de «te lo dije» y... ¡joder!

Sorprendida, parpadeo y pregunto:

—¿Naím lo sabe?

Él asiente.

—No sé qué decirte... —susurro.

Liam, al que es la primera vez que veo enfadado, pues siempre es un hombre controlado y simpático, coge aire y musita:

—Siento haber explotado contigo. Lo siento...

Oírlo me conmueve y, acercándome a él, lo abrazo con cariño y murmuro:

—No pasa nada. —Él me mira, yo le sonrío y musito—: Sé lo que es que te destrocen el corazón. A mí me lo destrozaron y no es en absoluto agradable. Pero, créeme, de todo se sale.

Liam no dice nada.

—En su momento —añado— mi madre, cuando me vio tan mal por haber sido engañada por el padre de mi hija, aun siendo una niña, me dijo que la vida es una sucesión de lecciones que han de ser experimentadas para poder entenderlas. Y, sí, ojalá esta lección no la hubiéramos tenido que experimentar, pero la vida es así de cabroncita a veces.

—¿Eres tan bloquecito de hielo como asegura Naím? —me pregunta él al cabo de unos instantes.

Oír eso me hace gracia.

—Sí —afirmo—. El desamor me hizo ser así. Algo que tú no debes permitir, porque, entre tú y yo, no es bueno.

Sonreímos, Liam y yo tenemos mucho *feeling*.

—Mi madre siempre decía que cuando uno tiene pareja es para tener un apoyo y un amor incondicional, sano y saludable, no para tener un tormento que nos destroce la existencia —dice justo después.

Asiento.

—Tanto tu madre como la mía tenían mucha razón.

Ambos sonreímos. Me alegra verlo sonreír. Y, arreglándole el pelo como haría una madre, digo:

—Siento haberte preguntado.

—No pasa nada. —Y, recomponiéndose para volver a ser el hombre seguro de siempre, indica soltándome—: He quedado con Naím en su casa. Vamos, te llevo.

Asiento, monto en el vehículo y, para cambiar de tema, comienzo a hablar de lo divertida que ha sido la fiesta y me alegro al ver que por fin Liam sonríe. Está claro que la procesión la lleva por dentro y que eso solo lo puede vivir él.

* * *

Poco rato después llegamos a una urbanización situada en El Sauzal. El sitio me parece precioso, maravilloso, y cuando nos acercamos a una rotonda veo a Naím apoyado en su vehículo junto a un precioso golden retriever. Siempre que lo veo siento que el cuerpo se me revoluciona, y mirando al perrete pregunto:

—¿Es *Donut*?

Liam asiente.

—Como te he dicho, Florencia nos encasquetó sus cachorros a toda la familia. Y yo, como un tonto, me quedé con dos.

Me río. Si yo tuviera cachorros de *Paulova*, también se los endosaría a mi familia y a mis amigos. Saber que mis nietos gatunos se encuentran bien y cuidados sería importante para mí, como veo que lo fue para Florencia.

Liam detiene el coche y, mirándome, dice:

—Me despido de ti aquí. Salgo para Los Ángeles dentro de unas horas. He de hablar con Jasmina o no me quedaré a gusto.

Asiento. Lo entiendo. Yo, si hubiera podido encontrar al padre de Zoé, sin duda habría hablado con él, no para pedirle nada, sino para decirle cuatro cosas bien dichas.

—Sé juicioso —musito—. Y recuerda que, para coger un buen tren, antes has de haber perdido otro.

—¿Puedo decirte algo sin que pienses que soy un entrometido? —me pregunta a continuación. Yo asiento y él continúa—: Si mi hermano te gusta tanto como me consta que tú le gustas a él, arriésgate y deja de ser un bloquecito de hielo. Seguro que os merecerá la pena.

Según dice eso me sorprendo. Si no supiera que no conoce a Amara, pensaría que han hablado.

—Tengo una amiga que dice lo mismo —cuchicheo sonriendo.

—Chica lista tu amiga.

—Ni te lo imaginas —me mofo divertida.

Ambos reímos por ello y, antes de que Naím llegue hasta nosotros seguido por *Donut*, Liam pide:

—Piensa en lo de venir al premio.

Naím se acerca al coche y Liam calla. Con galantería, Naím abre la puerta y, tras darme la mano para que salga del vehículo, dice dirigiéndose a su hermano:

—Llámame cuando llegues a Los Ángeles, y tranquilo.

Liam asiente. Ambos se miran con complicidad. Chocan la mano y, segundos después, Liam arranca su vehículo y se marcha. En ese momento *Donut* se sienta frente a mí y yo, agachándome para estar a su altura, saludo:

—¡Hola, *Donut*!

El perro levanta una pata. Me la ofrece. Eso me hace reír y, cogiéndosela, indico mientras toco con mi otra mano libre su cabezota de color claro:

—Veo que eres tan caballeroso como tu dueño.

Oigo a Naím reír y, cuando me incorporo, directamente lo miro a los ojos y digo:

—Casi la lío delante de todos...

—Me habría encantado que la hubieras liado —comenta él sin dejar de sonreír.

—Naím...

Suelta una carcajada y, cogiéndome entre sus brazos, dice divertido:

—Y ahora entremos en casa y, por favor, ¡líala!

Y sí, sí, sí... Según entramos y cierra la puerta, la lío. Y, oye, ¡qué gustazo!

Capítulo 49

Me despierto y, cuando abro los ojos, lo primero que estos ven es a Naím.

Está durmiendo a mi lado. Me encanta verlo dormir. La sensación de paz y tranquilidad que eso me provoca solo es comparable con la que siento al ver a Zoé haciendo lo mismo.

¿Por qué seré tan madrecita?

Me suenan las tripas de hambre. Como siempre, son unas indiscretas y, con cuidado de que no se despierte, tras ver que son las once y diez de la mañana, me levanto, me pongo mis bragas y una camiseta de él que encuentro sobre la cómoda y voy al baño.

Cuando salgo del baño y de la habitación me encuentro con *Donut* tumbado en el sofá. Está claro que este es suyo, como el resto de la casa, y, acercándome a él, lo acaricio. El perro me mira y lo beso en la cabeza.

—Buenos días, precioso —lo saludo.

El animal, que más bueno y tranquilo no puede ser, se arrellana en el sofá para continuar durmiendo y yo me incorporo divertida y, con curiosidad, observo la casa de Naím. Todo llama mi atención.

La noche anterior, cuando entramos, todo fue tan rápido que no me fijé en nada, y me encanta ver el amplio salón abierto a la cocina. ¡Qué modernito! Siempre me han gustado las cocinas integradas al salón, aunque la mía de Madrid sea tradicional.

La casa es moderna, varonil y espaciosa. Es preciosa. Sobre una estantería tiene fotos, y sonrío al acercarme a mirarlas e intuir que la señora que está en las instantáneas con él o el resto de su familia era Anastasia, su madre. Naím se parece a ella, mientras que Florencia y Liam han salido a su padre.

Al ver un enorme ventanal, me dirijo hacia allí. Busco la correa para subir la persiana, hasta que entiendo que es automática. Le doy al botón para abrirla y, cuando esta comienza a subir, me quedo sin habla. Lo que tengo frente a mí es el mar en toda su extensión. ¿En serio Naím vive frente al mar?

De inmediato abro las puertas, que me llevan a una espaciosa terraza, y me acerco encantada a la barandilla. ¡Por favor, qué maravillaaaaaaa!

Vivir aquí es un verdadero lujazo, y yo, como madrileña que soy, cierro los ojos y aspiro ese olor a mar que tanto me gusta, mientras Liam pasa por mi cabeza y espero que esté tranquilo y todo vaya bien.

Mis tripas vuelven a sonar y pienso en ir a la cocina y preparar algo de desayuno. No soy de cocinar, pues yo con un vaso de leche y galletas me apaño, pero hoy quiero impresionar a Naím, así que decido hacer un revuelto de huevos con beicon, cortar algo de fruta y acompañarlo con taquitos de queso. ¡Pedazo de plato!

—¡Ven a la ducha! —oigo de pronto que dice Naím.

—Estoy preparando algo de desayuno —respondo al tiempo que le doy un trozo de queso a *Donut*.

—¡¿Tú?! —se mofa.

Durante el tiempo que hemos estado juntos él siempre se ha encargado de la cocina. Sabe que yo lo odio.

—¡No me quemes la cocina! —oigo que exclama a continuación.

Divertida al oírlo, sonrío y respondo:

—¡Lo intentaré!

Ahora que sé que ya está despierto, cojo mi móvil y pongo una de mis *playlist*. Comienza a sonar mi música. Pink, Britney, Bon Jovi, Jill Scott..., y cuando empieza a sonar *I Gotta Feeling*, del grupo The Black Eyed Peas, me vengo arriba y, mientras cuaja el revuelto que estoy preparando, comienzo a bailotear con *Donut* al tiempo que pongo la mesa de la terraza para desayunar allí.

Estoy contenta. Estoy feliz. Tanto que ¡incluso estoy cocinando! Naím, con su presencia, consigue que comience la mañana de un humor excelente y, al darme la vuelta, lo veo al lado del sofá sonriendo junto a *Donut*, solo vestido con un pantalón de chándal negro.

—¿Te has levantado cañera? —me pregunta.

Con ganas de guasa, y sin dejar de bailar replico:

—Yo siempre me levanto cañera.

Naím asiente y yo, que soy una payasa, bailoteo y hago el tonto delante de él.

—Buena música, ratona, ¡me gusta! —comenta él a continuación.

Encantada de que diga eso, cuando por norma la música que yo escucho no le va nada, me acerco a él bailoteando sin ninguna vergüenza y, tras darle un beso en los labios, digo:

—Vamos, siéntate. Ya tengo preparado el desayuno.

Él obedece y sale junto a *Donut* a la terraza, donde he dispuesto la comida. Tras bajar el volumen de la música me siento junto a él, y Naím, mirando el rasponazo de mi codo sin apósito, pregunta:

—¿Te duele?

Niego con la cabeza. No quiero pensar en ello y, para desviar la conversación, comento:

—Si me llegas a decir que tienes estas vistas, habría venido antes.

Él sonríe, rápidamente se olvida de la herida, e indica:

—Ah, muy bonito. Habrías venido por las vistas, no por mí...

—¡No lo dudes! —afirmo divertida.

Tras besarnos, comenzamos a desayunar y *Donut*, como el perro bien educado que es, se aleja de la mesa y se tumba en el salón. Si *Paulova* se encontrara aquí ya estaría sobre la mesa intentando quitarnos el queso. ¡Le encanta! Mientras desayunamos hablamos sobre Liam. Le cuento lo que sé, él me cuenta lo que sabe, y los dos nos mostramos preocupados por él, por el mal momento que va a vivir al ver a la otra embarazada del actor, y deseamos que regrese pronto de Los Ángeles.

Naím me escucha. Se ríe cuando le suena el teléfono. Es Florencia y, conectando el altavoz para que yo oiga la conversación, saluda:

—Buenos días.

—Ay, mi niño, qué preocupada estoy por Liam. Ayer lo vi más serio de lo normal y eso me inquietó. ¿Sabes cuándo volverá de Los Ángeles?

—Tranquila, Florencia. Liam está bien, y regresará dentro de unos cuatro o cinco días solamente —indica él.

Pero su hermana continúa. Está claro que su instinto no va desencaminado, y Naím me mira y, suspirando, dice:

—Lo que haga Liam con respecto a Jasmina debe decidirlo él solo.

—Ya lo sé —afirma Florencia—, pero me gustaría que...

—Florencia —la corta—, es la vida de Liam, no la tuya.

Durante un rato oigo a Florencia despotricar de aquella, hasta que suelta:

—Oye, anoche, hablando con Verónica, me enteré de que no sale con nadie.

Según dice eso Naím y yo nos miramos y luego él pregunta:

—¿Te refieres a la señorita Jiménez?

—Por Dios, Naím —protesta ella—, ¿quieres hacer el favor de llamarla por su nombre? ¡Se llama Verónica!

Sonrío divertida, Naím también, e indica:

—Algo me dice que ella prefiere que la siga llamando señorita Jiménez.

—¡No seas idiota! ¿No te gustaría conocerla?

Tengo que taparme la boca para no reír a carcajadas, y luego la oigo decir:

—No voy a presionarte más con Mireia, aunque ya sabes que en mi opinión es la mujer ideal para ti. Pero, tras haber conocido más a Verónica ayer, me parece que es maravillosa, lista y trabajadora. Y, Dios, ¡cómo baila! Me dejó atónita.

Naím asiente y luego musita mirándome:

—A ti y a todos.

Divertida, me río, y Florencia añade:

—La verdad es que es encantadora y una gran profesional en lo suyo. Desde luego, a papá ya se lo ha ganado y al resto de la familia también. ¿Por qué no la llamas y la invitas a un café o a una cenita? ¿Quién sabe?, quizá si os conocéis...

—¡No digas tonterías! —la interrumpe Naím—. Esa mujer y yo no tenemos nada que ver.

Rápidamente su hermana contraataca. Está claro que tiene una muy buena opinión de mí. Naím se me acerca entonces, me da un beso en los labios que yo acepto con sumo gusto y luego dice:

—Sinceramente, hermana, no creo que la señorita Jiménez y yo tuviéramos mucho de lo que hablar.

Divertida por ello, le doy un puñetazo en el brazo y luego oigo que Florencia suelta:

—Desde luego, con lo soso que eres ¡no me extrañaría! Pero que sepas que Felipe, el amigo de Omar, ha llamado esta mañana para pedirnos su teléfono. Al parecer se quedó deslumbrado con ella.

Oír eso me sorprende, y veo que Naím arruga el entrecejo y replica:

—¡No se lo habréis dado, ¿verdad?!

—Pues claro que no —se apresura a asegurar ella—. Antes tengo que preguntárselo a Verónica. ¿Crees que ya estará despierta?

Ambos nos miramos divertidos y yo, levantándome de mi silla, me siento sobre las piernas de él y lo beso en el cuello.

—No lo sé —dice Naím—. Anoche se acostó tarde y quizá esté cansada... —Mis besos suben de intensidad y él añade—: Bueno, hermana, te dejo. Tengo cosas que hacer.

En cuanto termina la conversación ambos nos miramos y, deseosa de poseer al hombre que tengo a mi lado, murmuro:

—¿Llamarás a la señorita Jiménez?

—Lo estoy valorando —susurra él mimoso.

No necesitamos decir más. Con la mirada, con las palabras, con nuestros besos, ya sabemos lo que queremos, por lo que se levanta de la silla conmigo entre sus brazos y me lleva directamente a su habitación.

Una vez allí, se sienta en la cama sin soltarme y nos besamos, nos devoramos, y Naím pregunta:

—¿Crees que la señorita Jiménez y yo tenemos algo de lo que hablar?

Mimosa, asiento con una sonrisa. Meto una mano bajo el pantalón de chándal negro que lleva y susurro acariciando su erección:

—Creo que sí.

Sonríe, yo también, y levantándome le quito los pantalones. Después me deshago de su camiseta y de las bragas y me quedo desnuda como él e, inclinándome hacia delante para besarlo, musito:

—Esta vez yo dirijo.

—¿Segura?

Asiento. Devoro su boca y, cuando decido terminar el beso, digo con todo el descaro:

—Te vas a correr para mí.

Naím asiente con una mirada tremendamente excitada. Si él es posesivo se va a enterar de cómo soy yo. Agarro su erección y la acaricio con mimo. Naím se estremece y en ese instante lo oigo decir:

—¿Querrás que Florencia le dé tu teléfono a Felipe?

Según lo oigo decir eso lo miro a los ojos. En mi lista de música comienza a sonar en el momento justo la sensual canción *Looking for Love*, de Kevin Ross, y susurro:

—Mi respuesta la obtendrás a continuación.

Agachándome entre sus piernas, siento que se le corta la respiración. Me gusta cuando provoco eso en él, y mientras lo miro a los ojos con morbo y dominación, comienzo a llenarle de pequeños besos la punta del pene, hasta que, sacando la lengua con delicia, lo lamo. Durante unos instantes jugueteo con su pene en mi boca como si fuera un chupachups, al tiempo que noto los latidos de su corazón en el interior de mi boca. Está muy excitado, mucho, y mirándolo exijo:

—Túmbate y cierra los ojos.

Él obedece y, cuando veo que tiene los párpados cerrados, sigo jugando con la lengua en la punta de su erección, hasta que comienzo a metérmela despacio en la boca mientras hago un movimiento de vaivén. Naím se estremece. ¡Sí!

Lo oigo jadear, su respiración se acelera a cada segundo que pasa y, envolviendo con mis calientes labios su duro pene, subo y bajo por él mientras le acaricio el escroto y consigo que se retuerza de puro placer.

Dios, ¡cómo me gusta tenerlo así!

Empoderada al saber que lo disfruta y que se deja hacer por mí, agudizo mi pericia y acelero el ritmo. Por la forma en que jadea, en que se mueve, sé que lo disfruta, del mismo modo que sé que le subo las pulsaciones. Entonces bajo la intensidad de nuestro caliente juego. Lo dejo respirar. Le permito desear más, y luego vuelvo a chupar y a succionar con fuerza, para volver a subirle las pulsaciones y oírlo jadear.

Excitada y enloquecida por sentir el loco goce de Naím, dejo volar mi imaginación y me dedico en cuerpo y alma a darle placer. Placer caliente. Placer gustoso. Placer asolador. Pretendo que le quede claro que no quiero que su hermana le dé mi teléfono a nadie, porque solo lo deseo a él. Únicamente a él.

Desde su glande hasta su escroto todo es delicioso, maravilloso, irrepetible. Satisfecha, describo circulitos con la lengua en su erección y le doy dulces mordisquitos que lo hacen temblar.

Lo miro. Sigue con los ojos cerrados como le he pedido. Su respiración es agitada y las sacudidas de su cuerpo me hacen comprender que no puede más, que lo estoy llevando al límite. Está a punto de llegar al clímax y, reptando por su cuerpo, me siento a horcajadas sobre él, lo clavo en mí de una sola estocada y, cuando abre los ojos y me mira, un devastador orgasmo lo hace convulsionar mientras lo abrazo.

Poco después, cuando sus estremecimientos cesan, susurro en su oído:

—¿Te queda clara mi respuesta?

Naím me mira. Su mirada, plagada de lujuria, morbo y locura, me encanta, y al verlo sonreír sé que sin duda le ha quedado clara.

Capítulo 50

Los siguientes días apenas salimos de su casa, y si lo hacemos es por la noche, para que nadie pueda verme. A veces nos reímos de nuestros actos. Con la edad que tenemos, y nos vamos escondiendo por las esquinas. Creo que *Donut* comienza a odiarnos.

Hablamos. Dormimos. Despertamos. Nos poseemos. Escuchamos música. Comemos. Hacemos el amor. Bailamos. Follamos. Cocina. Requemo. Paseamos por la noche por la playa. Fantaseamos. Miramos las estrellas. Observamos el mar... ¡Lo hacemos todo!

Y la noche antes de tener que regresar a El Médano para recoger mis cosas, fantaseamos sobre sexo en el sofá de su casa. Nos calentamos al máximo, le hablo de mi libro erótico preferido. Le cuento la historia de un alemán y una española que tanto me enamoró, y al llegar la noche decidimos ir a una sauna *swinger* que Naím conoce, pues lo cierto es que la idea me atrae.

Al entrar miro con curiosidad a mi alrededor. El lugar es oscuro, carnal, sensual, como la mayoría de los locales liberales que conozco. Y, tras hablar con la chica de recepción, bajamos a los vestuarios. Naím entra en el de hombres y yo en el de mujeres. Una vez que me cambio y me pongo el albornoz negro que nos ha dado la recepcionista, al salir veo que Naím ya me está esperando y, con posesión, agarra mi mano.

Los hombres solos que hay por allí me miran ávidos de deseo. Sé que les encantaría que yo les diera acceso a mi cuerpo, y eso en cierto modo me excita.

Tan pronto como entramos en la zona donde está la enorme piscina y los dos jacuzzis, Naím y yo nos quitamos los albornoces con naturalidad, los dejamos colgados de un perchero y, de la mano, nos metemos en el jacuzzi. Allí la gente habla, socializa y fantasea. Es una buena manera de conocerse y saber si quieres dar o no un paso más.

Naím me agarra de la cintura, me sienta sobre él y, tras besarme, pregunta:

—¿Estás bien?

Sin dudarlo, asiento. No me siento para nada incómoda.

—En Roma estuve en una sauna liberal muy parecida a esta —indico.

Hablamos. Nos contamos experiencias. Fantasías cumplidas. Ambos somos dos expertos jugadores en el sexo. De pronto notamos que alguien se sienta a mi lado, pero guardando las debidas distancias. Es un hombre de unos cincuenta años, alto, moreno y con buena planta. Naím lo mira, yo también, y él se presenta:

—Hola. Soy Luis.

Nosotros nos miramos y, con normalidad, yo digo:

—Hola, Luis. Él es Naím y yo soy Verónica.

—¿Sois pareja u os habéis conocido aquí? —pregunta a continuación.

Naím sonríe y yo me apresuro a responder:

—Pareja.

Naím me mira. Yo le guiño un ojo y este, acercándose a mí, cuchichea:

—Bloquecito de hielo, me gusta eso que has dicho.

Divertida por ello, sonrío y lo beso. Y, sin querer ahondar en el tema, comenzamos a charlar con Luis con total normalidad. Vamos, como si no estuviéramos desnudos en un jacuzzi.

Por la experiencia que tengo, sé diferenciar cuándo alguien ya ha cumplido fantasías y cuándo no, y sin duda Luis es de los que sí. No está nervioso. No está ansioso. Y, sobre todo, es total y completamente respetuoso.

Durante un rato los tres charlamos. Luis es un comercial de Valencia que está ahí por trabajo. Y en un determinado momento

Naím y yo nos miramos y, sin hablar, nos entendemos. Sonrío, él también, y luego dice:

—Luis, vamos a ir a un reservado donde puedes mirar. El resto ya se verá... ¿Te apetece?

Sin dudarlo, aquel acepta. Acto seguido los tres salimos del jacuzzi, cogemos nuestros albornoces y, bajo la atenta mirada de otros hombres que siento que me comen con los ojos y habrían deseado ser los elegidos, salimos por una puerta y accedemos a un lugar en el que solo pueden entrar parejas solas o con sus invitados.

Nos metemos en una pequeña sala donde hay una especie de cama de cuero negro. Sin hablar, Naím coge una sábana limpia de un montón y, tras ponerla sobre la cama, oigo que Luis dice señalando una butaca:

—Me sentaré aquí.

Naím asiente mientras mi excitación ya está por todo lo alto. Somos unos juguetones, unos morbosos. Y, mirándome, Naím me quita el albornoz, lo deja sobre la cama y, tras quitarle el cinturón, lo pasa por mi cintura y me besa. Sin parar de besarlo, le quito yo también el suyo y, cuando estamos los dos desnudos, él me mira y susurra mostrándome el cinturón del albornoz:

—Voy a taparte los ojos, ¿confías en mí?

Sin dudarlo, asiento. Si no confío en él, ¿en quién voy a confiar?

Con el cinturón negro de mi albornoz alrededor de los ojos y sin ver nada, todos mis sentidos se agudizan mientras siento cómo mi respiración se acelera, y, tras acercar sus labios a los míos, oigo que Naím dice:

—¿Recuerdas el libro erótico del que me has hablado esta tarde?

—Sí —asiento agitada.

Con sensualidad Naím vuelve a besarme, me muerde los labios, y cuando de pronto pasea la lengua por mi labio superior, después por el inferior y finalmente me da un mordisquito, susurra:

—Pues tu boca es solo mía, como la mía es solo tuya.

¡Uf, lo que me entra...!

Madre mía, madre mía.

Nunca imaginé que alguien me pudiera decir eso a mí con semejante posesión, morbo y deseo, y simplemente asiento con la cabeza.

Con delicadeza me tumba sobre la cama y, dejándome llevar por el juego, disfrutamos de lamernos, tocarnos o masturbarnos, mientras imagino que Luis nos observa deseoso.

—Este lunar me vuelve loco —oigo que susurra de pronto Naím.

Sonrío; el lunar que tengo junto al clítoris siempre ha llamado la atención.

—Tuyo es —respondo.

El juego sube de intensidad. El morbo que nos provoca que nos mire un tercero sin que yo lo vea es delicioso, y entonces Naím, que es quien dirige, me da la vuelta, me pone a cuatro patas y, enterrando su dura erección entre mis piernas, me agarra de la cintura para pegarme a él y oigo que susurra en mi oído:

—Así me gusta... Lista para mí.

Oír eso y sentirme llena de él me hace jadear y estremecerme. No veo, solo siento y deseo, y adoro su posesión. Adoro ser su sumisa, su juguete, y más cuando dice con su voz cargada de deseo:

—Te voy a dar fuerte.

Su dominio, su deseo y mis ganas de todo ello me vuelven loca y, olvidándonos de los mimos y las dulces caricias de otros momentos, me da, me da bien fuerte. Me folla como un perro mientras yo lo disfruto como una perra y, con mis temblequeos, le pido más y más, mientras imagino a Luis observándonos y tocándose.

Minutos después, cuando un caliente y devastador clímax se apodera de nosotros y quedamos con las respiraciones entrecortadas, Naím me da la vuelta de nuevo. Me quita el cinturón negro de los ojos y, tras mirarnos y darnos un dulce, ardiente y posesivo beso, pregunta:

—¿Qué más quieres?

Uf... Todo, lo quiero todo, y respondo:

—Lo que quiero ya lo tengo sobre mí y es solo mío.

Satisfechos, nos volvemos a besar, y cuando nuestro beso acaba murmuro cogiendo el cinturón del albornoz:

—Haré lo mismo el día que te posea frente a una mujer.

Él asiente mimoso y, mordiéndome el lóbulo de la oreja, afirma:

—Eso espero.

Besos. Caricias. Tocamientos. Todo. Absolutamente todo lo que hacemos nos hace disfrutar, vibrar, vivir, y luego Naím, tras echar un vistazo a Luis, me mira de nuevo a mí y pregunta:

—¿Y si lo probamos...?

Sonrío. Esa frasecita siempre será especial para nosotros y, sin dudarlo, accedo. Con él a mi lado me atrevo a probarlo todo.

—¿Quieres que te ceda a Luis? —insiste.

Viendo que eso le provoca a él el mismo morbo que a mí, asiento. Nuestra manera de disfrutar del sexo, por suerte, va más allá de lo estipulado.

—Siempre y cuando tú dirijas el juego —añado.

Naím sonríe. Con mi respuesta le hago saber lo mucho que me gusta jugar a eso con él. Acto seguido se quita de encima de mí, mira a Luis y dice:

—Ven y disfruta de mi mujer.

Oír eso hace que todo el vello de mi cuerpo se erice. Es la primera vez que Naím y yo jugamos de esa forma y, aunque los dos sabemos que no somos novatos en el tema, pues lo hemos hecho con otros y otras, no olvidamos que es nuestra primera vez juntos.

Siento que él es mío, como yo soy suya. Únicamente nuestras bocas nos pertenecen, y solo de pensarlo me excita muchísimo.

De inmediato Luis se levanta de la butaca en la que estaba sentado. A buen entendedor pocas palabras bastan: su erección es más que evidente, es jugador y experimentado como nosotros. Y mientras Naím me lava la vagina con agua y me prepara para Luis, este se pone un preservativo y me mira.

Con mimo, morbo y mil cosas más, Naím me limpia. En este instante es mi dueño, mi amo, mi señor. Y, para caldear más aún el ambiente, me dice cosas calientes, perturbadoras, me habla de lo mucho que vamos a disfrutar los dos con lo que va a pasar y yo, convencida del todo, asiento. La excitación por lo que oigo, por lo que dice, por lo que sé que va a pasar hace que mi vagina se lubrique solita, y cuando al tocarme lo comprueba, sonríe e, incorporándose, indica con rotundidad:

—Boca abajo y con las piernas bien abiertas para él.

Dios, ¡cómo me excita esa orden!

Acalorada, obedezco. Me coloco boca abajo y separo las piernas. Nunca he jugado de esta manera. He hecho tríos con hombres en los que yo siempre he dirigido la acción, pero hoy, aquí y ahora, soy la sumisa y el juguete, y eso me pone mucho, mucho, muchísimo.

Luis se sitúa detrás de mí. No lo veo, pero lo noto. Su dedo se pasea por mi húmeda vagina. Luego lo hace su mano entera y, ante la atenta mirada de Naím, me da una palmadita que me hace jadear. Instantes después se acomoda en la cama. Separa un poco más mis muslos, dejándome totalmente expuesta a él y haciendo que mi pecho se apoye sobre el colchón pero mi culo quede en pompa. Acto seguido noto cómo se inclina hacia delante y el calor de su boca al lamer mi vagina me hace dar un brinco.

—Quieta —indica Naím.

Lo hago. Me quedo quieta, mientras Luis, con la boca, asola mi vagina y el placer que siento me hace cerrar los ojos.

No sé cuánto dura el disfrute, solo sé que tengo el sexo empapado cuando me hace incorporar. Vuelve a colocarme a cuatro patas y siento que apoya su dura erección contra mi vagina, me agarra la cintura y comienza a metérmela.

Uf..., sí..., sí...

Naím nos observa. Sus ojos, su dura mirada y su expresión seria me vuelven loca, mientras Luis se introduce por completo en mí y durante unos segundos no se mueve. Disfruta de tenerme así, llena. Plena de él.

Instantes después noto que su pene sale de mí para volver a entrar. Esa acción mecánica la repite una y otra vez, al tiempo que sus movimientos se van acelerando más y más y yo jadeo. El instante es caliente, carnal, devastador, mientras me entrego a él y abro más los muslos para recibirlo por completo.

Dios, qué placer...

Naím se agacha, se coloca a mi altura y me besa. Su boca, su lengua, su mirada y su beso me hacen saber cuánto le gusta lo que ve, cuánto lo excita lo que hacemos, y susurra:

—Eres mi amor, mi placer, mi fantasía...

Oír eso en una circunstancia tan caliente e íntima consigue que mi locura, mi éxtasis, suba, suba y suba.

Pero ¿cómo puede decirme algo tan perfecto en este momento?

Vuelve a besarme. Sus besos hablan por sí solos, su mirada enamora y, cuando miro su erección, deseosa de saborearla, mimarla, y cuidarla, Naím, que está al tanto de todo, entiende mi deseo y, arrodillándose sobre la cama con ese morbo que sabe que me encanta, exige:

—Abre la boca.

Su orden, su voz... ¡Oh, Dios, su voz! Su mirada me vuelve loca. Y cuando con delicadeza introduce la punta de su erección en mi boca, yo comienzo a lamerla y a degustarla con delirio y propiedad.

Notar cómo mi cuerpo se mueve repleto, sentirme tan poseída y oír los sonidos secos y a la vez húmedos del sexo me está volviendo loca. No sé cuánto dura el momento, solo sé que lo disfruto, hasta que, tras un último empellón, sé que Luis ha llegado al clímax.

Observo que mi hombre y él se miran, y sonrío al comprobar que Naím le ordena retirarse con un gesto. Luis lo hace sin dudarlo tras limpiarse y coger su albornoz. Cuando nos quedamos solos Naím me da la vuelta para mirarme a los ojos, se coloca sobre mí, pone su dura erección en la entrada de mi dilatada vagina y, en cuanto se empala, dice:

—Tendrías que ser mi boca para saber que solo la tuya me interesa. Tendrías que ser mis ojos para saber que solo quiero mirarte a ti, y tendrías que ser mi cuerpo para saber que tú eres mi único deseo.

¡Loca! ¡Loca me deja con eso! Y yo solo puedo murmurar:

—Cielo...

A partir de ese instante nos poseemos con total desenfreno. Nuestras bocas, con sabor a sexo y a lujuria, se devoran con urgencia mientras somos conscientes de que únicamente existimos él y yo. Nadie más.

Capítulo 51

Nuestro deseo es insaciable, loco, turbador, pero las horas pasan rápido, y nuestro tiempo juntos se acaba.

En el coche, en silencio, sin música, nos dirigimos hacia El Médano.

He de hacer la maleta para abandonar luego el apartamento. Esta tarde regreso a Madrid para poder hacer el viaje a la Antártida, aunque siento que no quiero irme, que no quiero separarme de él. Pese a todo, sigo sin decirle «te quiero».

Al llegar, mientras buscamos aparcamiento veo a Lola entrando con su tía en una peluquería e indico:

—Mira, mi amiga Lola.

Naím mira donde señalo. Creo que la ve. Y yo, deseosa de despedirme de ella, aunque sé que la veré de nuevo en Madrid, le pido:

—Déjame aquí mientras buscas aparcamiento. Quiero despedirmc de ella.

Naím asiente y detiene el coche. Yo me bajo y, mientras él va a aparcar, yo voy a la peluquería donde las he visto entrar y, acercándome a Lola y a su tía, digo:

—Muy buenas.

Ambas me miran y sonríen.

—¡Por fin te veo! —exclama Lola.

Encantada, las saludo, y mientras la tía de aquella habla con la peluquera, yo digo señalando con el dedo:

—Ese que ves saliendo de aquel coche del fondo es el señor X.

Lola mira, asiente y afirma tras chasquear la lengua:

—Muy sexy el señor X.

Ambas reímos por ello y luego le cuento:

—Esta tarde cojo un vuelo para Madrid, y mañana salgo hacia Nueva Zelanda y luego iré a la Antártida a ver a Zoé.

Ella asiente, pues le he hablado ya del viaje, y cogiendo mis manos musita:

—Pásalo bien con tu hija.

—¡Lo haré! ¿Cuándo regresas tú a Madrid?

—A principios de septiembre.

—¿Todo bien con la holandesa?

Lola afirma con la cabeza y, bajando la voz, explica:

—Solo te diré que ya hemos hecho varios tríos calientes.

Asiento. Desde luego esta no pierde el tiempo.

Naím se acerca entonces hacia la peluquería y, tras darle dos besos a Lola, me despido de ella.

—¡Nos vemos en Madrid!

—De acuerdo.

Salgo a la calle, Naím llega hasta mí y, cogiéndome con posesión de la mano, caminamos hacia el apartamento. Dejo que lo haga. Permito que me coja de la mano. Solo faltan cinco metros para llegar al portal. Nadie nos va a ver.

Un rato después, mientras hago la maleta, Naím me mira apoyado en el quicio de la puerta y yo disimulo mi desconcierto siendo chisposa. Estoy incluso nerviosa. Esta noche dormiré sola en mi casa de Madrid, estaré sin él, y todavía me cuesta aceptarlo. Intento que la conversación sea amena y nos haga sonreír y, aunque lo hacemos, sé que estamos muy jorobados.

Lo que está pasando entre nosotros nos ha descolocado y ahora, cuando tenemos que separarnos para regresar a nuestras respectivas vidas, debemos aprender a gestionarlo.

Él no ha vuelto a decir las palabras encriptadas después de aquella noche. Creo que se dio cuenta del susto que me pegó e intenta ser cometido. Pero lo sé..., sé que me quiere. Solo hay que ver cómo me mira, cómo me trata o cómo me mima para entender que no es simplemente una atracción.

Estoy cerrando la maleta cuando mi teléfono, que está sobre la cama, al lado de Naím, suena. Ambos lo miramos atraídos por el ruido, y contengo la respiración cuando leo en la pantalla:

Vos sos mi española recaliente.

De inmediato me quiero morir. Le mandé un mensaje a Lorenzo pidiéndole que de momento no me escribiera. Sé lo que Naím y yo nos prometimos aquel día. Y apurada digo:

—No sé por qué me escribe.

Él no dice nada. No protesta. Desde luego, no puedo decir que no es paciente. Está tenso, se lo noto en el rictus de la boca, y en ese momento suena también su móvil. Rápidamente lo coge y se levanta, y sonrío al ver que está hablando con Liam. Acaba de volver a su casa, y, antes de colgar, oigo que Naím dice que me llevará al aeropuerto y que luego irá a verlo.

Una vez que cuelga regresa el silencio tenso. No estamos enfadados. No nos pasa nada, pero está claro que nuestra separación nos incomoda.

—¿Cómo queda lo nuestro con tu marcha? —pregunta a continuación.

Uf, madre... Ha llegado el momento de hablar de lo que llevamos días evitando, y respondo:

—Pues queda en que nos volveremos a ver.

—¿En calidad de qué?

—En calidad de que nos estamos conociendo —digo como puedo.

Asiente. Veo que intenta controlar sus emociones, ya lo voy conociendo, e insiste:

—Me gustaría que vinieras para el Premio Bardea.

Durante un par de segundos me permito pensar, mientras Naím se sienta de nuevo en la cama. Una vez que cierro la maleta, me acomodo junto a él y digo:

—Regresaré de la Antártida el 28 de agosto, y en septiembre debo comenzar a trabajar. Es complicado, cielo, sabes...

—¿Los planes que tenías de China y Australia siguen en pie?

Según oigo eso, sonrío. Aunque no lo ha mencionado en todo

este tiempo, eso rondaba por su cabeza. Y, mirándolo, susurro consciente de lo que digo:

—La respuesta es no. Y es no porque solo deseo disfrutar del sexo junto a ti.

Mi respuesta le gusta, lo sé. Veo que su seriedad afloja, se le ilumina la mirada y dice:

—No sabes cuánto necesitaba oír eso.

Lo beso divertida. A mi manera eso es casi una declaración de amor, y a continuación insiste:

—Nada me gustaría más que vinieras a la cena del Premio Bardea de mi brazo.

Hay una parte de mí a la que también le gustaría, pero cuando voy a contestar añade:

—Cielo, somos adultos. Estamos solteros. ¿Qué importa lo que piense la gente mientras tú y yo sepamos la verdad y estemos bien?

Suspiro. Sé que tiene razón, pero sigo sin soltarme. Sigo sin dar el paso que sé que debo dar para que entienda que estoy tan interesada en él como él en mí.

—Me gustas. Me gustas muchísimo... —susurro.

Naím me besa y yo, con desesperación, me aferro a ese beso con la intención de que no diga nada más y se conforme con eso, pues es lo máximo que puedo decirle en este momento.

Como siempre que nos besamos con intensidad somos incapaces de parar y, sin hablar, pero con un loco y puro deseo, terminamos haciéndonos el amor sin apenas quitarnos la ropa, pues la urgencia es vital.

* * *

Dos horas después, una vez que llegamos al aeropuerto, cuando mete el coche en el parking, para no ser vistos por nadie, pide:

—Déjame que te acompañe hasta el control de seguridad.

Rápidamente niego con la cabeza. Dejar que lo hiciera sería un error. Lo besaría delante de todo el mundo. Lo sé porque me conozco. Y, con cariño, murmuro:

—Eso ya lo hemos hablado, cielo, y la respuesta es no.

Naím resopla y al final dice:
—De acuerdo, bloquecito de hielo... Tenía que intentarlo.
Sonrío. Lo adoro. Me encanta cómo modula la voz cuando me dice eso, y en la intimidad del interior del coche y el aparcamiento le doy un beso en los labios y susurro:
—Anoche, en la sauna liberal, me dijiste algo que me ha hecho confirmar lo especial que eres para mí. Quizá no sepa decir las palabras dulces y románticas que deseas oír, pero, cielo, tú hablaste de tu boca, de tus ojos, de tu cuerpo, y quiero que sepas que mis ojos, mi boca y mi cuerpo se mueren completamente por ti. Solo por ti.
Naím sonríe, su sonrisa me llena el alma, y musita:
—Que tú digas algo así es mucho.
—Ya ves —afirmo sorprendida de mí misma.
—Ahora sí que no quiero que te vayas.
Satisfecha por haber sabido decir algo bonito y con sentimiento que él ha entendido, tras un nuevo beso cargado de deseo, amor y mil cosas más, me separo de Naím y susurro:
—No hagamos que la despedida sea más complicada.
—Quédate... —murmura con sentimiento.
—Me quedaría, Naím..., pero me muero por ver a mi hija.
Él sonríe, entiende lo que digo. Luego hace un gesto que me enamora y cuchichea:
—Odio despedirme de ti.
Asiento, quiero que sepa que yo también, y dejándome llevar por el momento indico:
—Hagamos las cosas bien hasta el último momento y prometo intentar venir para cenar contigo en el Premio Bardea.
Naím afirma con la cabeza. Oír eso era algo que no esperaba.
—Pero asistirás de mi mano, y ese día mi familia podrá saber la verdad —dice mirándome—. Se acabarán los engaños.
Con gesto lento, asiento. Madre mía, en qué berenjenal me estoy metiendo.
—Vale. De acuerdo —afirmo.
Naím vuelve a besarme. Está feliz con lo que acaba de oír, a pesar de que le joroba la situación. Me besa y me deja sin aliento, y cuando se separa de mí susurra:

—No te asustes, pero necesito decirte que te quiero y que eres lo más bonito, morboso y complicado que me ha pasado en la vida.

Asustarme, no..., ¡me cago de miedo!

Pero asiento, asiento y asiento mientras digiero lo que acaba de decir.

Luego abre la puerta del coche y se apea. Yo hago lo mismo mientras intento reponerme. Ambos rodeamos el vehículo. Varias personas desconocidas pasan por nuestro lado con su equipaje mientras él abre el maletero y, tras sacar mis cosas, las deja frente a mí y dice tendiéndome la mano:

—Ha sido un placer tenerla por aquí, señorita Jiménez.

Sonrío, asiento y, cogiendo su mano, afirmo sintiendo el calor de su piel:

—El placer ha sido mío, señor Acosta.

Durante unos segundos nos miramos a los ojos. Como siempre, nuestro silencio habla, hasta que doy por terminado el momento y, con toda la pena del mundo, cojo mi maleta y echo a andar hacia el interior del aeropuerto sin mirar atrás, porque, como lo haga, no me iré.

Capítulo 52

La base americana McMurdo está ubicada a unos tres mil quinientos kilómetros de Nueva Zelanda, al sur de la isla de Ross y a orillas del estrecho de McMurdo. Como diría mi padre, ¡donde Cristo perdió el mechero!

El viaje se me hace eterno, pero cuando por fin me bajo del avión militar y veo a mi niña esperándome con esa sonrisa que para mí paraliza el mundo entero, comprendo que venir hasta aquí ha merecido la pena.

Zoé y yo nos abrazamos. Reímos, saltamos. Es la primera vez que hemos estado tanto tiempo sin vernos y, tras saludar a Michael, nos dirigimos a lo que ellos llaman su «guarida».

Sorprendida, mientras caminamos por la base veo lo bien montado que lo tienen todo aquí. Hay puerto, helipuerto y un montón de edificios de los que Zoé me va hablando mientras yo la escucho encantada.

Cuando llegamos a su casita compruebo que allí huele de maravilla. Por fin nos podemos quitar los pedazo de abrigos que llevamos, y Zoé y yo nos volvemos a abrazar. Noto que sentir y oler su piel me da la vida, y de pronto viene a mi mente Naím e, intentando ser discreta, pregunto:

—¿Dónde está el baño?

Rápidamente Zoé me lo indica y yo me encamino hacia allí.

Sé que mi horario no es el mismo que el de Naím. Es más, ni siquiera sé qué hora es en España, pero le prometí que lo avisaría una vez que estuviera con Zoé, así que escribo:

He llegado a la Antártida
y estoy feliz de estar con Zoé.
Te echo de menos.

Le doy a «Enviar» con una sonrisa y, aprovechando que estoy en el baño, decido hacer pis; y cuando me levanto mi móvil suena. Rápidamente lo miro y leo:

Feliz de que estés feliz.
Yo también te echo de menos.

Como una tonta, sonrío. Cada vez que cruzo una palabra con Naím siento que floto. Y, tomando aire y guardándome el teléfono en el bolsillo del pantalón, me dirijo de nuevo al comedor. Ahora la prioridad es mi hija.

Según entro, veo que Zoé y Michael han puesto la mesa, y mi hija dice cogiéndome la mano:

—Ven, mamá, que te enseño nuestra guarida.

Encantada, me dejo guiar por el espacio, que no serán más de treinta metros. Un salón comedor cocina, un pequeño aseo y una habitación. ¡No hay más!

Todo es reducido, pequeñito. Si yo tuviera que vivir aquí me agobiaría muchísimo, pero si Zoé es feliz, yo también lo soy. Michael saca entonces una bandeja del horno y dice:

—¡A cenar!

Asiento, estoy hambrienta. No sé cuántas horas llevo de viaje, y me quedo loca cuando Michael dice que Zoé ha preparado unos apetitosos macarrones al horno.

¿En serio mi hija se ha vuelto tan cocinillas?

* * *

Por la noche charlamos durante un par de horas en el pequeño sofá del comedor, pero mi gesto cansado hace que tanto Zoé como Michael me manden a dormir. Se empeñan en que duerma en su habitación. Michael dormirá en el sofá y yo, con Zoé.

De entrada me niego. Ellos tienen su cama, su espacio privado. Pero nada, al final tengo que ceder. Bajo ningún concepto Michael permite que yo duerma en el sofá, y finalmente, agotada, me voy a la cama. Estoy que me caigo.

A la mañana siguiente, cuando me levanto, lo primero que veo al abrir los ojos es a Zoé durmiendo a mi lado.

Si existe el paraíso, ¡estoy en él!

Sin moverme ni hacer ruido, la observo. Mi niña, esa ratoncilla a la que los cólicos del lactante la volvían loca, es ya una mujer. Una preciosa mujercita que, con su actitud y su manera de ser, me está demostrando que vive y disfruta de la vida, como yo le enseñé.

Estoy pensando en ello cuando Zoé abre los ojos y susurra:

—Buenos días, mamá.

Oírla me emociona. ¡Cuánto tiempo sin oír eso!

Como hemos hecho tantas veces a lo largo de nuestra vida, tumbadas en la cama, hablamos de infinidad de cosas. Deseosa de saber, le pregunto de todo, absolutamente de todo lo que se me ocurre, y mi hija me lo cuenta sin ningún problema.

Las tripas de ambas suenan a la vez a causa del hambre. Mi hija, la pobre, lo ha heredado de mí. Y cuando nos levantamos abro mi maleta y digo:

—¿Creías que lo había olvidado?

Al ver esas galletas que tanto adora, Zoé se lanza a por ellas como una loca, mientras yo me río y ella me come a besos.

¿Se puede tener mejor plan?

Tras una mañana estupenda en la guarida, vienen varias personas a visitarnos. Todos quieren conocerme, y cuando Michael se va a trabajar, decidimos salir a dar un paseo.

Pasear allí es complicado, pero me adapto. Madre mía, la cantidad de ropa que nos tenemos que poner. ¡Parecemos unas cebollas con tantas capas! Aun así disfruto con mi hija y sus amigos. Entre ellos hay bomberas estadounidenses, militares de distintos países, biólogos...

Todos son amables, todos sonríen, son positivos, y yo los admiro. Dudo que yo pudiera vivir como muchos de ellos viven aquí durante meses.

Entramos en un local al que llaman «cantina» y tomamos algo. Mientras el grupo habla de sus cosas, yo me intereso por Zoé y por su vida aquí.

Me relata cómo en la guarida, cuando Michael no está, ella sigue con sus rutinas en lo que al ballet se refiere, y dice que va todos los días a un gimnasio que hay en la base con varios de los amigos que nos acompañan. También me comenta que su tiempo libre junto a Michael lo disfruta viendo películas, jugando a las cartas con los amigos y haciendo el amor.

Según dice eso último, sonrío. Si se le ocurriera contárselo a mi madre, rápidamente la habría regañado por su sinceridad, pero a mí me gusta. Me encanta saber que mi hija es libre para poder decir eso delante de mí con total normalidad y, sobre todo, que disfruta haciendo el amor. El sexo es bueno, y ahora que yo lo hago con amor, la entiendo mejor.

De pronto Zoé me pregunta:

—Mamá, ¿estás bien?

Sorprendida, levanto las cejas y ella murmura con gesto divertido:

—Desde que has llegado no le has dicho ni un solo piropo a ninguno de los hombres con los que nos hemos cruzado o te he presentado. Y mira que los hay guapos y macizorros...

Según oigo eso, me río. Ahora que lo dice, es verdad. Pero sin duda para mí solo hay un macizorro al que me gustaría decirle muchas cosas.

—Porque estoy tan centrada en ti que el resto me es indiferente —contesto.

Zoé asiente, sonríe y seguimos hablando.

* * *

Esa noche, tras cenar en casa de unos amigos franceses de Zoé y Michael, llegamos a su chocita y yo me voy a la cama para dejarles un rato de intimidad. La casa es tan pequeña que, desde que yo llegué, la intimidad entre ellos es cero patatero.

En la cama, a oscuras, pienso en Naím. En la vida me imaginé que pudiera echar tanto de menos a un hombre que no fuera mi padre o Leo. El amor incondicional que siento por mi hija no tiene nada que ver con el que siento por Naím. Son dos clases de amor diferentes, pero ambos intensos y devastadores.

Estoy dándole vueltas al tema cuando Zoé entra en la habitación, se quita la bata que lleva, se mete en la cama y, mirándome en la oscuridad, susurra:

—¿Estás despierta?

—Sí, ratoncilla.

La veo sonreír. Mis ojos ya se han acostumbrado a la oscuridad. Y, tocándole el pelo como cuando era pequeña, murmuro:

—Te veo bien y muy feliz.

—Lo soy, mamá. Michael es maravilloso, y estar aquí está siendo toda una experiencia para mí.

Asiento. Reconozco que estos días en los que estoy tratando más con Michael el chico me está ganando más y más.

—¿Cuándo regresáis a Nueva York? —pregunto.

—Dentro de dos meses. Y aunque estoy deseando salir a la calle sin parecer una cebolla, sé que voy a echar de menos esta paz y esta tranquilidad. Es más, Michael y yo hemos hablado de regresar todos los años a la base, al menos un mes, para que él continúe sus estudios.

Sonrío. Me hace gracia oírla, y de pronto Zoé dice:

—Mamá..., te pasa algo. Te conozco muy bien y sé que hay algo que no me cuentas.

Me río. Sin duda la conexión que tenemos Zoé y yo es especial. Y, moviéndome, enciendo la luz de la mesilla y me siento en la cama. Zoé hace lo mismo y, tomando aire, digo:

—Escucha, cariño, lo que te voy a decir...

—¡Ay, Dios, mamá!

—¿Qué pasa?

—¡¿No estarás enferma?!

Oír eso me hace gracia.

—¿Y por qué iba a estar enferma? —pregunto.

Mi hija niega con la cabeza con gesto apurado y murmura:

—Porque estás muy rara. Bromeas. Ríes. Pero hay veces que tienes una mirada triste y...

—He conocido a alguien —la corto.

Mi hija parpadea. Es la primera vez que en toooda su vida le digo algo parecido. Jamás me ha conocido un novio o un rollo.

—Se llama Naím —prosigo—. Tiene cuarenta y un años. Vive en Tenerife. Trabaja de enólogo en la bodega familiar y..., Zoé, me dice las cosas más bonitas que te puedas imaginar... Incluso he bailado con él música romántica bajo la luna.

Mi hija asiente despacio. Ay, Dios, ¡espero que no se lo tome a mal! Se lleva las manos a la boca. Su gesto es de absoluta sorpresa.

—No pretendía que pasara, pero... —susurro.

—Pero, mamá, eso es maravilloso —afirma convencida, aunque se apresura a añadir—: Eso sí..., como me entere de que te hace sufrir, me sale la vena italiana y le parto las piernas.

Ambas nos reímos. En eso Zoé es tan bruta como sus tías Amara y Mercedes, o yo.

—Me llama «bloquecito de hielo» —musito a continuación.

Mi hija se ríe con ganas. Durante un buen rato le sigo hablando de él, hasta que, con impaciencia, pues para mí es muy importante lo que ella piense, pregunto:

—Entonces ¿te parece bien?

Zoé asiente.

—Mamá, por Dios, ¡ya era hora! —exclama acto seguido.

Me río, ella también, y con esa cara de pilluela que tiene y me enamora, dice:

—Cuéntamelo todo. Quiero saber cómo os conocisteis y quiero saberlo ¡to-do!

Y entonces se lo cuento to-do.

Le hablo de Naím. De cómo nos conocimos. De la música que escuchamos. De los sitios a los que hemos ido. De lo maravilloso que es el sexo con él. Y cuando llego al momento en que le pasó aquello a Mercedes, evito mencionarlo. No es necesario que Zoé se entere.

—Y él me dijo que me quería porque era en lo primero que pensaba al despertar y en lo último que pensaba antes de dormir —finalizo—. Y..., bueno, hija, he de confesarte que a mí me pasa lo mismo. No puedo dejar de pensar en él.

Zoé asiente, asimila lo que le he contado y cuchichea:

—Qué fuerte, mamá. ¡Te has enamorado!

Sin dudarlo, afirmo con la cabeza. Si antes lo creía, ahora que llevo unos días lejos de él lo corroboro.

—Hija, pero si hasta escucho música romántica... —digo con un hilo de voz.

—Madre mía, mamá —se mofa ella.

Ambas reímos. Somos madre e hija, pero también somos amigas.

—¿Y por qué no le has dicho que lo quieres? —me pregunta a continuación.

—Porque no me sale.

—Por Dios, mamá, ¿cómo no te va a salir?

Me encojo de hombros. Mi hija, como todos, me regaña por lo mismo, y mirándola murmuro:

—No lo sé, cielo. Nunca le he dicho a un hombre que no fuera el abuelo o Leo que lo quería y... y..., bueno, quizá también porque necesitaba hablar contigo. Deseaba que supieras qué ocurría y saber qué opinas. ¿Qué te parece?

—Pues ¿qué me va a parecer, mamá? Me parece la mejor noticia que podrías haberme dado. Eres joven y tienes que vivir y disfrutar de la vida y del amor.

Ambas nos sonreímos y luego, riendo, digo:

—Tengo fotos con él en el móvil. ¿Quieres conocerlo?

—Por Dios, mamá, ¡ya estás tardando!

Rápidamente cojo mi teléfono móvil y, tras buscarlas, se las enseño. Tengo cientos de fotos. Nos hemos hecho un montón de ellas, por la mañana, por la tarde, por la noche. Ay, Dios, pero qué guapo es mi chico.

—Madre mía..., madre mía... —susurra Zoé.

Oír eso tan mío me hace reír, y entonces mi hija me mira y añade:

—Mamá, ¡qué buen gusto tienes!

Suelto una carcajada. Y luego, al ver una foto de Naím con *Donut*, ella susurra:

—No me jorobes que tiene un golden retriever...

Asiento divertida.

—Se llama *Donut*.

—¡Es perfecto! —musita con unos ojos abiertos como platos.

Seguimos mirando fotos un buen rato y, encantada, y viendo que quiere saber, le cuento momentos especiales que he vivido con él y lo maravillosa que me ha hecho la estancia en las islas.

Durante más de dos horas mi hija y yo hablamos y siento que me he quitado una losa de encima. Hablar de Naím con libertad con Zoé es fácil, más de lo que imaginaba.

Una vez que dejo el teléfono sobre la mesilla, mi hija dice mirándome:

—Mamá, ¡me muero por conocerlo!

—Y él se muere por conocerte a ti. —Me río.

—Tenéis que venir a Nueva York.

—Lo haremos. Estoy convencida de que aceptará la invitación —digo complacida.

Zoé me abraza, su abrazo sigue siendo el más reconfortante del mundo, y murmura:

—Cumple muchos de los requisitos que apuntaste en el cuaderno de los sueñitos.

Divertida, pienso en ello. La verdad es que Naím sobrepasa todo lo que anoté.

—Con creces —replico.

—Entonces, cuando llegues a Madrid, tienes que tacharlo —indica Zoé— y, sobre todo, tienes que seguir conociéndolo. Así que prométeme que, cuando regreses de tu viaje por China y Australia, cogerás un avión e irás a verlo.

Sin dudarlo, asiento. No le comento nada al respecto de la gala del Premio Bardea, o sé que se sentirá culpable porque no vaya.

—¿Se lo has dicho a los yayos? —insiste ella a continuación.

—No, hija, no. Si se lo digo, no me dejarán vivir.

Ambas reímos y luego pregunta:

—¿Y los tíos qué dicen?

Pensar en Amara, Leo y Mercedes me hace sonreír.

—Que me arriesgue —respondo—. Eso dicen.

Zoé asiente, está de acuerdo.

—Aun sin conocerlo, me gusta Naím porque te gusta a ti —afirma—. Y tú eres tan exigente que ya estoy segura de que ese hombre es como poco especial.

—Lo es —convengo.

—También me gusta verte enamorada.

Asiento, sonrío y murmuro:

—Ahora solo falta que sea capaz de decirle a Naím que lo quiero...

Según lo digo, Zoé y yo nos miramos, y pregunto:

—¿He dicho que lo quiero?

Ella asiente y yo, como si me hubiera tocado la lotería, repito:

—Madre mía..., madre mía... ¡Lo he dicho!

Mi hija da un chillido. Yo doy otro. De un salto nos subimos de pie a la cama y comenzamos a brincar sobre ella, hasta que se abre la puerta de la habitación y Michael inquiere con cara de susto:

—¿Qué pasa?

Zoé se tira de la cama y va hacia él. Y, colgándose de su cuello, como en ocasiones yo me cuelgo de Naím, dice:

—Que mi madre quiere a Naím.

Michael me mira. Como es lógico, no sabe quién es Naím. Y yo, emocionada y feliz por lo que he sido capaz de decir, declaro:

—Lo quiero, Michael, estoy enamorada de él.

Capítulo 53

Despedirme de Zoé me parte el alma.

Ya no la veré hasta que regrese a Nueva York y, tras darnos miles de besos y abrazos, monto en el avión que me lleva a Nueva Zelanda, donde cogeré otro de vuelta a España.

Cuando llego a mi casa de Madrid el 28 de agosto a las siete de la mañana estoy hecha una mierda. Tanto vuelo destroza a cualquiera, y, tras avisar por WhatsApp a mis padres, a Naím, a mi hija y a mis amigos de que ya estoy de regreso, me siento en mi cama, abro el cajón de mi mesilla y, sacando el cuaderno de los sueñitos, lo miro con una sonrisa y leo:

—«Conocer a un hombre alto, guapo, interesante, independiente, que no me agobie, se mantenga solito, baje la tapa del váter cuando termine, sepa cocinar, prepare excelentes cócteles y, por supuesto, que cuando se acerque a mí siempre huela bien y me vuelva loca con su voz».

Acto seguido me río y afirmo para mí:

—Sin duda, Naím Acosta, te estaba describiendo a ti.

Y, con una sonrisa de oreja a oreja, cojo un bolígrafo y tacho mi «sueñito» que se ha hecho realidad.

Una vez que vuelvo a dejar el cuaderno donde estaba, me desnudo y, sin pensar en nada más porque me caigo del cansancio, me tiro sobre la cama y me duermo. Más tarde iré a recoger a *Paulova* a casa de mis padres.

* * *

No sé cuánto rato llevo durmiendo cuando oigo el timbre de la puerta. Acto seguido esta se abre y oigo las voces de Amara y de Mercedes, que me llaman. Horrorizada, me revuelco en mi cama, me tapo la cabeza con la almohada y murmuro:

—¡Dejadme dormir!

Pero no, imposible. Mis dos locas entran en la habitación, se tiran sobre la cama y luego Mercedes dice:

—Nos ha llamado Zoé y nos ha dicho que tienes que salir a comprarte un precioso vestido de noche.

Al oír eso me incorporo, las miro y gruño:

—¿Un vestido para qué?

—Para ir a la cena del Premio Bardea.

Me quedo boquiabierta. Yo no le he contado nada de eso a mi hija.

—¿Y cómo sabe Zoé lo de esa cena? —pregunto.

Ambas se miran y luego Mercedes indica:

—Porque tu hija ha hablado con Naím y él se lo ha dicho.

—¡¿Qué?!

Bloqueada, me retiro el pelo del rostro y exclamo:

—¿Cómo que Zoé ha hablado con Naím?

Mis amigas se ríen, yo me quiero morir, y Amara explica:

—Zoé te cogió su número de teléfono y directamente lo llamó para decirle que, como te rompa el corazón, se coge un avión, va a Tenerife y les prende fuego a las bodegas. Por cierto..., me encanta que te llame «bloquecito de hielo».

Horrorizada, no sé qué decir. ¡La voy a matar!

Conozco a Zoé y sé que es capaz de eso y mucho más, y Mercedes afirma poniendo acento italiano:

—Es nuestra *ragazza*, y la familia... es la familia.

Amara se ríe, yo no puedo, y esta insiste:

—Vamos, levanta. Son las diez. Iremos a la tienda de mi amiga Sofía.

—Yo propuse que te pusieras mi vestido de putón elegante, pero estos dijeron que no —musita Mercedes.

Amara se ríe. Yo también. Ese vestido es increíblemente de todo.

—Iremos a la tienda de mi amiga —repite Amara—. Tiene unos vestidos de noche preciosísimos. Y venga, rapidito, que tienes vuelo a las cuatro de la tarde a Tenerife.

—¡¿Qué?! —pregunto sin dar crédito.

Mis amigas asienten y Mercedes cuchichea:

—No le hemos dicho nada a Naím para que sea una sorpresa. Y, por cierto, te hemos reservado habitación para dos noches en el hotel que nos dijiste que te gustaba. Tienes vuelo de regreso al tercer día. Hemos hablado con Eloísa y ella nos ha dicho que una amiga llamada Lola, que es de Madrid pero que está allí, irá a recogerte al aeropuerto y...

—Pero ¡¿estáis locas?! —grito de pronto.

Mis amigas me miran; en sus gestos no veo la más mínima preocupación.

—He quedado con mis padres en... —insisto.

—Con tus padres ya hablaremos nosotros.

Me niego, estoy destrozada.

—Dentro de cinco días salgo de viaje para China y Australia y... —prosigo.

—¡No se te ocurrirá colonizar esta vez! —gruñe Mercedes.

Suelto una carcajada al oírla. Pero ¿qué le pasa?

—Ahora has conocido a alguien que merece la pena —añade—. No vayas a jorobarlo.

—¡Pero si no lo conoces! —protesto.

Mercedes asiente, Amara se ríe, y luego la primera dice:

—Lo sé, pero Zoé me ha dicho que el Aloe Vera le ha parecido un tipo impresionante, y si mi niña dice eso, ¡no hay más que hablar! Por tanto, en China y Australia, ni se te...

—Por Dios, cállate —la corto levantándome de la cama.

De pronto me doy un golpe en el dedo gordo del pie con la pata de la mesilla, y estoy quejándome por ello cuando Amara se me acerca.

—Escucha, cielo —dice—. Sé que te estamos avasallando y que en cualquier momento va a salir esa bruja marimandona que vive en tu interior y nos va a mandar a la mierda. Pero entiende que Zoé nos ha llamado y nos ha dicho que ya que has sido capaz de decir que lo quieres sin desmayarte, tienes que ir a decírselo a Naím.

Cierro los ojos. Lo que me proponen es una locura. Y, aunque quiero protestar y sacar a la bruja que hay en mí porque deseo dormir, las ganas de ver a Naím me pueden y, de pronto, abriendo mucho los ojos, murmuro:

—Tenéis razón. Tengo que decírselo.

Mercedes y Amara asienten y aplauden. Luego me abrazan, y de pronto oímos a Leo decir desde la cocina:

—Cafés preparados. Venga, ¡que se nos echa el tiempo encima!

* * *

Una hora después, y todavía sin entender muy bien qué estoy haciendo, me dejo guiar por mis tres locos amigos hasta la tienda de Sofía, la amiga de Amara. Allí me pruebo varios vestidos. Largos. Impresionantes. Divinos. Y al final me enamoro de uno negro de gasa que no solo es bonito, sino también muy sexy. Sin duda este vestido le encantará a Naím.

A las doce me empeño en pasar por dos sitios de vital importancia para mí. Si voy a regresar a Tenerife, quiero hacerlo con algo. Mis amigos protestan, pero yo insisto: no acepto un no por respuesta.

Por suerte, ambos están cerca y, una vez que tengo lo que necesito y les cuento el porqué, sonríen con caras de tontuelos al saber la historia.

Con lo que deseaba en mi poder, corremos todos a mi casa. He de hacer la maleta. Me voy tres días, luego debo regresar para mi viaje de trabajo, pero parece que estaré allí dos meses por todo lo que meto en la maleta mientras me río con mis amigos por las tonterías que decimos con la edad que tenemos, y me voy comiéndome un sándwich, pues los del avión no me gustan.

A las dos y diez los cuatro estamos ya en el aeropuerto. Facturo la maleta y, cuando tengo que pasar el control y les doy dos besos para despedirme de ellos, mis tres amigos me miran como si fueran tres mamás patos.

—Pásalo bien, cielo —susurra Leo.

—No la cagues, corazón —indica Mercedes.

—Dile que lo quieres, bloquecito —cuchichea Amara.

Divertida, asiento. Les digo adiós con la mano y, consciente de que me voy para ver a un hombre al que pienso declararme, paso el control de seguridad, me pongo mis cascos y, escuchando musiquita para entonarme, me dirijo a la sala de embarque.

¡Me voy a Tenerife!

Capítulo 54

A las 19.27, según salgo por la puerta del aeropuerto, veo a Lola y sonrío. Desde luego, el Comando Chuminero lo ha organizado todo muy bien.

Ella me abraza, está feliz de verme, y montándonos en el coche de alquiler de ella vamos al hotel donde me han hecho la reserva, que no es otro que el de forma piramidal donde conocí a Begoña embarazada. Por cierto..., la tengo que llamar.

De camino, llamo a Liam. Él me saluda encantado y, cuando sabe que estoy en Tenerife para asistir a la cena, creo que hasta se emociona, pues le cambia la voz.

Le pregunto por su viaje a Los Ángeles. Me dice que no ha sido fácil, pero que ha dado por terminada su relación con Jasmina y que está bien. No pregunto más. No quiero ser indiscreta, y menos delante de Lola, por lo que le indico que ya hablaremos al día siguiente, cuando nos veamos durante la cena, y a él le parece bien.

Acto seguido le pido varios favores. Necesito que sea, como siempre, mi cómplice con Naím y, sin dudarlo, accede.

Una vez en el hotel, Lola me acompaña hasta la habitación. Allí, mientras hablamos, saco la ropa de mi maleta y, al ver el vestido de gasa negra que me voy a poner para la cena, se enamora de él.

¡Es tan bonito!

Yo lo miro encantada, y cuando ella ve un conjunto de ropa interior negra que me he comprado también para la ocasión, coge el sujetador y comenta:

—Qué sexy.

Asiento. Sé que ese conjuntito negro con tiras de cuero tiene su puntazo.

—Me lo voy a poner esta noche —cuchicheo.

Lola se ríe, y luego murmura mirándome con intención:

—Cuando quieras, ya sabes...

Sé a lo que se refiere con esa respuesta y, la verdad, lo cierto es que lo he pensado. En el avión, según me acercaba a la isla, no podía dejar de imaginarlo, y pregunto en un susurro:

—¿Sigue en pie eso que me dijiste de...?

—Sí —afirma ella sin dejarme terminar.

Asiento. Saber que Lola está dispuesta a entrar en mi caliente juego me gusta. De pronto se acerca a mí. Veo la mirada lujuriosa del sexo en sus ojos y, dejando las reglas claras, antes de que se equivoque, indico:

—Sabes que no me van las mujeres.

—Qué pena.

—¡Lola! —me mofo.

Ella se ríe, yo también, y luego me da un pícaro azote en el trasero y dice:

—Nada me gustaría más que hacer un trío con el señor X y contigo.

Según oigo eso, me entra la risa. En la vida haría yo un trío con ella ni con ninguna amiga íntima y, mirándola, indico rompiendo el raro momento que ha creado:

—Lola, que no me van las...

—¿Lo has probado? —pregunta ella retirándome el pelo del hombro

—No. Pero lo sé.

Lola suspira, retira la mano de mi hombro y luego inquiere:

—¿Podré tocar al señor X?

—De momento solo quiero que mires —aclaro—. Si cambio de opinión en cuanto a que juegues, te lo haré saber.

Dando un paso atrás, ella hace su típico chasquido con la lengua y, a media voz, cuchichea:

—Me encantaría.

Según lo dice, no sé si me molesta o no. En el mundo *swinger* no debe haber celos ni dudas, o no se disfruta.

—Tranquila —dice a continuación—. Sé respetar.

Aclarado ese punto, que siempre es importante en el juego, Lola pregunta:

—¿Dónde quieres hacerlo?

—Aquí —afirmo señalando la habitación.

Y, levantándome, voy hasta el mueble donde he dejado las tarjetas que me han dado en recepción. Cojo una, regreso junto a ella y digo tendiéndosela:

—Cuando el señor X y yo regresemos, quiero que estés en la terraza. —Señalo el fino visillo y añado—: Corre el visillo y ponte tras él para que vea que hay una mujer presente. Después, cuando le vende los ojos, puedes entrar y mirar desde donde quieras.

—Me masturbaré sentada en ese sofá —declara.

Lo miro. Está justo frente a la cama y, sin dudarlo, y entendiendo que yo haría lo mismo, respondo:

—Me parece bien.

Una vez aclarado algo tan simple como eso, y quedando en vernos a las doce de la noche en mi habitación, Lola se marcha, y yo rápidamente me ducho y me preparo.

Capítulo 55

A las diez y media de la noche, y con el estómago repleto de elefantes en estampida, entro en el restaurante en el que he quedado con Liam. Es el lugar donde conocí a Naím aquella noche. Y, al verlos sentados al fondo del mismo, en la terraza que da al mar, sonrío y me paro.

Nerviosa y excitada por mi reencuentro con Naím, observo a los dos hermanos. Como siempre, Naím va vestido de sport y Liam va con traje. De hecho, no pueden ser más distintos, tanto físicamente como en su forma de vestir, pero sé que por dentro ambos son muy especiales.

Los dos están serios. Imagino que están hablando sobre lo que le ha ocurrido a Liam, y, tomando aire, me acerco hasta la barra sin ser vista.

El camarero, a quien Liam ya le ha dado las instrucciones pertinentes, me lleva a la cocina y allí me entrega una caja de cartón. Con cariño, la abro y veo una botella del sauvignon blanco al que tanto mimo, cuidado y atención le ha dedicado Naím, y a continuación procedo a hacer mi magia.

La botella que lo contiene es tosca y vulgar, por lo que, sacando de mi bolso la preciosa y fina botella de cristal blanco que he comprado, hago el trasvase del vino de una a otra. Después, con un aparatito especial que Liam ha dejado allí para que yo utilice, tapo la botella con un corcho.

Acto seguido extraigo de mi bolso una preciosa etiqueta de un tono blanco roto.

Siempre he dicho que las etiquetas de los vinos son su carta de presentación, como las cubiertas de los libros para estos últimos. Lo normal es encontrar en ellas la información sobre el tipo de uva, la añada, el viñedo, pero en este caso he dejado volar la imaginación y he creado una etiqueta actual y sobre todo muy especial.

Sonriendo, y con cuidado, la pego en el centro de la botella y sonrío al leer: MI SUEÑITO DE BODEGAS VERODE, rodeado de pequeños arbustos de verode en un verde vivo con los bordes granate.

Miro el resultado. En mi opinión la botella de sauvignon blanco de Naím ha quedado espectacular. Ahora solo falta que le guste a él.

Una vez que lo tengo todo preparado, consigo que mi estado de nervios sea controlable y los elefantes, que no mariposistas, dejen de martillearme el estómago; me dirijo al baño y le escribo un mensaje a Liam.

Él, que espera mi señal, tiene el teléfono en un lugar estratégico donde Naím no pueda leer los mensajes entrantes, y al recibir el mío veo que se excusa con él y, tras dejar la servilleta sobre la mesa, camina hacia donde yo estoy.

Según Liam llega hasta mí, nos abrazamos y, mirándolo, pregunto:

—¿Estás bien?

Rápidamente asiente.

—Dime la verdad —insisto.

Él me mira y, tras resoplar, dice:

—Aunque no lo creas, estoy bien. Pero haberla visto tan embarazada y saber que no era mío fue raro. —Asiento. Desde luego, fácil no ha tenido que ser—. ¿Sabes de lo que me di cuenta a mi regreso? —añade—. De que no la quería. No sé si fue la distancia, estar tantos meses sin vernos o la decepción sufrida, pero ahora ni la echo de menos ni pienso en ella.

—No sabes cuánto me alegra oírte decir eso —afirmo convencida. No hay nada más doloroso que sufrir por amor. Lo sé, a mí me pasó, y quizá por ello sé perfectamente de lo que hablo.

Al ver que guarda silencio, entiendo que quiere dar el tema por zanjado y, sacando la botella de cristal, susurro:

—¿Crees que le gustará?

Encantado, Liam la mira con detenimiento. La estudia durante unos segundos que a mí se me hacen eternos y luego declara:

—Moderna, ligera y fresca. Le encantará.

Oír eso me hace sonreír, y Liam, mirando a su hermano, que continúa en la mesa contemplando el mar, indica:

—Vamos, ve. Tu compañía le gustará más que la mía. Y dile de mi parte que la cena ya está pagada. ¡Que os aproveche!

Encantada, sonrío y lo abrazo; Liam es maravilloso, pero no quiere emocionarse e insiste:

—Vamos, ¡ve con él!

Ambos sonreímos. Nos damos un cariñoso beso y, tras tomar aire, me guardo la botella de vino en el bolso para que Naím no la vea y echo a andar hacia su mesa.

Me tiembla todo. Creo que en la vida he estado tan nerviosa. Y cuando me paro junto a él, que está totalmente abstraído en sus pensamientos, lo toco con un dedo en el hombro y, cuando me mira, veo que la sorpresa lo hace parpadear.

Sin dar crédito y sin hablar se levanta y, antes de lo que espero, me da un abrazo sincero, necesitado y arrollador que me hace sentir en casa.

—Estaba pensando en ti —musita en mi oído.

Madre mía..., madre mía..., ¡cómo me gusta oír eso!

Busco su boca y lo beso con pasión. Lo deseo. Lo necesito. Lo quiero. Y cuando acaba el beso murmuro:

—Hola, abuelito.

Él sonríe.

—Hola, Julia de Valladolid.

Ambos reímos. Está claro que esas tonterías serán algo nuestro para siempre.

Instantes después, tras indicarle que mire hacia donde está Liam, este nos dice adiós con la mano antes de marcharse; Naím retira una silla para mí con caballerosidad y yo me siento. Después se sienta él y me coge de la mano.

—Ni te imaginas lo feliz que me hace que estés aquí.

Asiento complacida; si su alegría es la mitad de grande que la mía me lo imagino. Entonces, al recordar algo, cuchicheo:

—Zoé copió tu teléfono sin mi permiso.

Él sonríe. Dios, qué sonrisa tiene.

—Me lo dijo —responde, y después añade—: Más vale que te trate bien o vendrá a Tenerife a partirme las piernas y prender fuego a las bodegas.

Sin poder evitarlo, sonrío con cierto apuro. Mi hija es tremenda. Pero, claro, con una madre como yo y unos tíos como los que tiene, ¿qué puedo esperar?

—Me pareció tan encantadora como su madre —comenta Naím sonriendo.

Ambos soltamos una carcajada y luego, cogiendo mi mano, él pregunta:

—¿Estás aquí por la cena de mañana?

—Estoy aquí por ti —aclaro.

Naím afirma con la cabeza, sonríe y yo añado:

—Y, por supuesto, también para acompañarte a la gala e ir de tu brazo.

Asiente. Percibo su felicidad. Sé lo importante que es eso para él.

—Tengo otra sorpresa para ti —digo en voz baja mirándolo.

—¡¿Otra?!

Gustosa, sonrío, y Naím insiste:

—¿Más sorpresa que tu presencia?

Sin esperar un segundo más, saco de mi bolso la preciosa botella de vino, la pongo frente a él y le pregunto:

—¿Y si lo probamos...?

Tan sorprendido como antes, Naím se queda mirando la botella. Durante unos momentos veo que no lo entiende, cree que es una botella de vino más, hasta que observo que ve el nombre de la etiqueta. Entonces, la coge rápidamente y levanta las cejas mirándolo todo con minuciosidad.

—Es solo una idea —comento—. No tiene por qué ser la etiqueta definitiva ni el vidrio definitivo. Pero quería que mañana pudieras presentar tu sauvignon con elegancia y...

—Es perfecta, cariño —me corta.

Ver la pasión con que mira la etiqueta y sentir el calor emocionado de su mirada sobre mí me indica lo mucho que le ha gustado.

—Entonces, si es perfecta, me merezco un beso, ¿no? —exijo sonriendo.

Sin dudarlo, Naím me besa. Hay que ver lo que nos gusta ser como dos lapas, y cuando el beso acaba, emocionado y sin soltar la botella, comienza a mirarla y a remirarla, mientras lo ensalza todo: la preciosa etiqueta, el fino cristal de la botella y el corcho. Le gusta todo, y yo disfruto de haber acertado.

Durante la cena disfrutamos de otro vino distinto. El magnífico sauvignon que Naím ha creado lo reservamos porque será presentado la noche siguiente con la preciosa botella y la bonita etiqueta, pues solo tenemos esa.

Mientras saboreamos una exquisita cena en la que, como siempre, me pongo morada a comer a causa de la ansiedad que los nervios me provocan, pienso en la siguiente sorpresa que tengo preparada para Naím. No solo está la sorpresa caliente de Lola, sino que además pretendo decirle que lo quiero. No sé cuándo ni cómo. Solo sé que, cuando lo haga, deseo que sea un momento muy especial.

Capítulo 56

Cuando acabamos de cenar son las doce menos veinte. El hotel está cerca, e imagino que Lola ya está de camino. Naím me pregunta entonces dónde me alojo y, en cuanto se lo digo, indica que iremos al hotel a recoger mis cosas para luego ir directamente a su casa.

Sin dudarlo, asiento. Por supuesto que quiero ir a su casa pero, eso sí, antes debemos pasar por el hotel.

A las doce y cinco estamos entrando en el vestíbulo y, como ocurrió la primera vez, cuando montamos en el ascensor, nos comemos a besos. Mmmm, ¡qué rico! ¡Qué morbo me provoca Naím! Y, excitada por la situación, susurro:

—No veo el momento de llegar a mi cuarto.

Él asiente. Sabe que antes de marcharnos a su casa nos desfogaremos en la habitación y, entre besos, risas y arrumacos llegamos a la puerta.

Una vez que abro con mi tarjeta y ambos entramos, al cerrar la puerta dejo el bolso y la botella en la entrada; Naím me mira a la espera de que meta la tarjeta en el dispositivo de la pared para que se encienda la luz, pero entonces cuchicheo divertida:

—Esta noche dirijo yo.

Él sonríe. Yo también. Nos besamos, nos devoramos y entramos en la habitación. Al hacerlo veo las puertas de la terraza abiertas y, a través del visillo, observo la figura de una mujer morena.

Naím, al ver lo mismo que yo, me mira.

—Hoy será una mujer la que vea cómo te poseo —cuchicheo acercándome.

Asiente gustoso. No pone ninguna objeción. Nuestros besos nos aceleran, suben la temperatura y él, bajando los tirantes del vestido largo que llevo, hace que este caiga a nuestros pies.

Con morbo nos miramos. La luz de la luna que entra por la terraza permite a Naím ver el conjunto de ropa interior que llevo y, acariciando mi cuello con la mano, susurra:

—Eres preciosa.

Sonrío. Sé que no hace mucho le dije que no me dijera cosas así, pero hoy por hoy todo ha cambiado y me gusta oírlo, pues me siento especial.

Acto seguido agarro un pañuelo negro que estratégicamente he dejado sobre la cómoda, se lo muestro y pregunto:

—¿Confías en mí?

Sin dudarlo él asiente. Le coloco el pañuelo negro alrededor de los ojos y murmuro en su oído:

—Esta noche eres mi animal, mi caballo..., y voy a follarte bien. —Naím sonríe y yo añado—: Déjate hacer.

Mis palabras morbosas le erizan el vello de los brazos, por lo que, desabrochándole lentamente la camisa blanca que lleva, le acaricio sus maravillosos abdominales y después paseo la lengua por ellos.

Lola entra entonces en la habitación. Nos miramos y sonreímos. Está muy guapa con ese vestido rojo que lleva y, guiñándome un ojo, se sienta como una gata en celo en el sofá.

Con Naím parado en el centro de la habitación, lo empiezo a desnudar. Quiero que sienta mi posesión, que soy yo la que manda, que yo controlo el juego, y cuando lo tengo totalmente desnudo y a mi merced, dándole un azotito en ese trasero duro que tiene digo:

—Ahora te voy a sentar en la cama.

Él afirma con la cabeza sin decir nada. Sabe jugar. Y, cogiendo su mano, lo guío hasta la cama y, una vez que se sienta y veo que está cómodo, me arrodillo frente a él.

—Separa más las piernas —le pido.

Lo hace. Me acomodo entre ellas y, tras repartir un reguero de dulces besos por la cara interna de sus muslos que siento cómo lo estremecen, miro su duro y erecto sexo, lo beso y, cogiéndolo entre las manos, comienzo a lamerlo con deseo y ardor.

Naím jadea, su respiración se acelera y, cuando lo noto temblar, detengo el juego y susurro:

—Ni se te ocurra correrte.

Veo a Naím sonreír, y musita:

—Cielo, si sigues así no lo voy a poder evitar...

Eso me hace gracia y, tumbándolo en la cama, lo hago colocarse en el centro de la misma, me siento sobre él, me inclino hacia delante y cuchicheo:

—Ella... disfruta mirando cómo te toco, cómo te masturba mi boca, y ahora va a disfrutar viendo cómo te voy a follar. —Naím jadea. Lo que he dicho lo excita tanto como a mí, y añado—: Voy a montarte como si fueras mi caballo y, cuando termine y te hayas corrido dentro de mí, quizá te ceda para que te monte ella, si a ti te parece bien.

Noto la excitación de Naím en su respiración, y más aún cuando dice en voz baja:

—Siempre que tú dirijas, sí.

Sonrío. Está visto que mi parte dominante, esa que queda eclipsada cuando sale la suya, lo está excitando mucho. Y, agarrando con las manos su dura erección, la coloco en el centro de mi húmedo y ardiente deseo y, dejándome caer lenta y pausadamente sobre él, me empalo.

¡Oh, Dios, qué placer!

Miro a Lola. Ella está abierta de piernas, con el vestido remangado y sin bragas, y veo que se mete los dedos en la vagina. Si lo que yo hago me provoca, no quiero ni pensar cuánto le provoca a ella.

Naím jadea y lleva las manos a mi cintura. Enseguida se las aparto, las levanto por encima de su cabeza y, sujetándolo con las mías, ordeno:

—Quieto. Quietecito para mí.

Noto cómo su cuerpo tiembla. El juego al que lo estoy sometiendo le gusta, lo vuelve loco, mientras mis caderas se ondulan en busca del placer.

Empiezo cabalgándolo lentamente. Muy lentamente. Quiero disfrutar de cada sensación, de cada instante, de cada roce. Y sobre todo quiero que Naím disfrute tanto como yo.

Excitada, me pierdo en el morboso momento fundiéndome con él mientras mi ritmo se acelera y mi posesión se acentúa. Oír los jadeos de mi amor y verlo tan entregado a mí con los ojos vendados me provoca una barbaridad.

Sintiéndome como una amazona salvaje oprimo los muslos contra su cuerpo. Naím se estremece. Noto cómo sus caderas suben hacia mí para empalarme bien y suelto sus manos. Acto seguido las apoyo en su pecho y mi cabalgada se vuelve más intensa, hasta que llegamos a un punto álgido y, tras un último empellón que nos deja a los dos sin aire, nos corremos y nos sentimos en el cielo.

Acalorada y con la respiración a mil me dejo caer sobre Naím, pero entonces percibo que sus manos ciñen mi cuerpo. Respiramos con dificultad, pero seguimos el uno dentro del otro. Notar los latidos del corazón en el miembro de Naím mientras este sigue dentro de mí es algo inmenso, especial.

Llevo mi boca hasta la suya y la atrapo, la beso. Y cuando decido dar por terminado el caliente beso y sigo viendo lo entregado que está al juego y a mis deseos, murmuro:

—Ahora te montará ella.

Naím asiente, no se mueve, y quitándome de encima de él miro a Lola, que no se ha movido del sofá y añado:

—Ven aquí.

Por su expresión veo que mi orden la sorprende, y cuando se levanta digo:

—Quiero que lo montes, pero antes de hacerlo dame unos segundos.

Ella asiente sin hablar y yo me dirijo entonces al baño, cojo una toalla y la mojo con agua. Acto seguido regreso a la habitación, donde Lola sigue donde la he dejado y Naím desnudo sobre la cama. Me acerco a mi amor, cojo su pene y, frotándolo con la toalla húmeda para asearlo, susurro al ver que su erección vuelve a crecer:

—No te muevas. Yo te pondré un preservativo.

Naím asiente. Yo sonrío, y, gustosa, vuelvo a meterme su erección en la boca. Complacerlo es un placer para mí.

Instantes después, una vez que libero mi boca, cojo un preservativo y, tras rasgar el envoltorio, se lo coloco con mimo. Hecho eso, y apartándome, le indico a Lola que puede acercarse.

Como imaginaba ella no lo duda y, tras acomodarse sobre Naím, agarra su erección con la mano, se la coloca en la vagina como minutos antes he hecho yo y se deja caer sobre él. La veo inclinar la cabeza hacia atrás y Naím se estremece.

Placer... Sin duda el placer que sienten es comparable al que siento yo. Morbo... Lo que está ocurriendo en esta habitación es morbo en estado puro y poco más.

Lola comienza a moverse. Apoya las manos sobre sus abdominales mientras observo cómo sus caderas se mueven cada vez más deprisa. Disfrutan. Exigen. A Naím se le acelera la respiración, y entonces ella, chasqueando la lengua como hace siempre, murmura:

—Eres mi nene..., el mejor...

Entonces veo que Naím se detiene y, cogiéndola de la cintura, se la quita de encima. Se deshace del pañuelo negro que le he puesto en los ojos y, levantándose de la cama, enciende la luz y sisea:

—¿Qué narices haces tú aquí?

Según lo oigo decir eso, no entiendo nada, y menos aún cuando Lola dice:

—Disfrutar de ti.

¿Se conocen?

Estoy boquiabierta, no sé qué decir, y a continuación Naím, tremendamente enfadado, me mira y grita:

—¡¿Dé qué va esto?!

Parpadeo. Yo solo he incluido a Lola en el juego.

—¿Me puedes explicar qué hace Soraya aquí? —me exige Naím.

¡¿Soraya?!

¿Cómo que Soraya?

¿Lola es Soraya?

Acto seguido él se apresura a coger su ropa y comienza a vestirse, y Lola, que ahora sé que es Soraya, sonríe y, bajándose el vestido rojo, me mira y suelta con desagrado:

—Me caes bien..., pero eres un daño colateral.

Oír eso me hace reaccionar. ¿Esta perra que me ha engañado dice que soy un daño colateral?

Uf, lo que me entra por el cuerpo... Sé que puedo ser muy buena, pero si me cabrean también puedo ser muy mala, y cuando voy a agarrarla Naím me detiene y pregunta:

—¿Qué vas a hacer?

—Arrancarle la cabeza.

—¡Verónica! —exclama.

Según dice eso lo miro y, tan enfadada como él, siseo:

—¡Joder, solo te ha faltado el «Jiménez»!

—Es una ordinaria, nene. ¿Qué ves en ella? —comenta Soraya.

«Nene.» ¿Era ella quien lo llamaba así y por eso lo odia?

Madre mía..., madre mía..., la mala leche que me está entrando. Pero al ver cómo me mira Naím sé que lo mejor es que calle lo que pienso.

Lola, bueno..., la perra de Soraya se ríe, disfruta con lo que ha provocado. Y entonces me doy cuenta de que ese histrionismo y esa locura que me parecían tan graciosos de graciosos no tienen nada. Está enferma. Entonces Naím, echándome hacia un lado, comienza a hablar con ella con una tranquilidad que creo que la cabeza se la voy a arrancar a él.

¿En serio le habla así con lo que acaba de hacer?

Mientras hablan y yo me visto, me entero de cómo ha llegado ella hasta aquí. Y mientras que a mí me habla con desprecio, con Naím se comporta como una gatita en celo. Al parecer, en el viaje que él hizo a Madrid, cuando fue al hospital conmigo a recoger a mi padre ella lo siguió. A partir de entonces supo que entre nosotros ocurría algo, y así fue como se preocupó de conocer a Eloísa para llegar a mí. El resto ya me lo puedo imaginar.

Estoy que no me lo creo. Esta tía, la ex de Naím, me ha engañado como a una tonta, e incapaz de permanecer callada, meto baza en la conversación y ella comienza a subir el tono.

Naím me pide que me calle. Pero yo no puedo, y Soraya sigue

subiendo el tono y chilla. Soy consciente de que nos van a echar del hotel por escándalo público.

Como imaginaba, minutos después llaman a la puerta. Abro enfadada. Es un empleado del hotel, que me hace saber que, tras varias quejas de otros huéspedes, debemos bajar el tono o llamarán a la policía.

Horrorizada, miro a Naím. Un escándalo es lo último que él necesita la noche antes del Premio Bardea.

—Le pido disculpas, le aseguro que esto se acabará en dos segundos —indico.

Una vez que cierro la puerta, camino hacia ellos e, ignorando a Naím, me acerco hasta Soraya, le doy un empujón para que me mire y siseo:

—Te quiero fuera de mi vida, de la de Naím, de la de Eloísa y de mi habitación ¡ya!

Ella me mira, sonríe y dice:

—Te encantó que Pedro te comiera el coño. Concretamente ese lunarcito tan mono que tienes.

—¡¿Qué?! —murmuro atónita.

Naím me mira. No sé cómo interpretar su gesto de sorpresa, y yo, enfadada con aquella por la falsedad que está diciendo, voy a gruñir cuando añade:

—Tengo pruebas, nene. Prueba de ese engaño y también de otros.

—¿Qué pruebas? —pregunto sin dar crédito.

Ella no responde, solo se ríe, e insisto enfadada:

—Estás mintiendo. ¡¿Qué pruebas va a haber?! Deja de decir mentiras.

Soraya sonríe y, mirando a Naím, asegura:

—Nene, te conozco. Y para ti las pruebas son sagradas.

—Pero ¿qué pruebas va a haber de algo que no ha ocurrido? —afirmo furiosa.

Naím me mira. Su gesto no me gusta.

—¡¿Por qué me miras así?! ¿Acaso la crees? —pregunto.

Él no dice nada, solo me observa, y de pronto Soraya añade levantando la voz:

—Él es mío. Mío y de nadie más.

Según dice eso se lanza hacia mí como una loca. Naím la detiene. Yo caigo de culo al suelo y Soraya grita fuera de sí mientras él pide dirigiéndose a mí:

—Llama a recepción y que avisen a una ambulancia, ¡vamos!

Sin dudarlo hago lo que dice, mientras Soraya grita, insulta, patalea. Le está dando un ataque de rabia, de furia incontrolable, y Naím, como puede, la sujeta, mientras soy consciente de lo mal que está y de lo que podría haberme ocurrido.

* * *

Media hora después, cuando los del Samur llegan a la habitación, le inyectan algo a Soraya para que se relaje, la tumban en la camilla y se la llevan, parece que me he fumado cuatro porros.

Una vez que estos se van y Naím entra de nuevo en el cuarto, veo que está hablando por teléfono con una tal Almudena. Lo escucho en silencio, y cuando cuelga dice mirándome:

—Era la hermana de Soraya. Mañana a primera hora estará aquí para recogerla y llevársela a Madrid, donde la internarán. Necesita ayuda psiquiátrica con urgencia.

Asiento, desde luego que la necesita, pero entonces oigo que él añade:

—Pensaba que eras más lista.

Esa simple frase, tras lo que ha ocurrido, me toca la moral, y más cuando dice:

—¿Cómo has podido dejarte engañar de ese modo?

Vale, sé que en parte tiene razón, pero yo no conocía a Soraya. Nunca pensé que su locura la hiciera hacer algo así, y solo musito:

—Únicamente sabía de ella que era rubia. Tú tampoco me enseñaste ninguna foto suya.

Naím suspira. Está claro que, para acercarse a mí, Soraya no solo se inventó una nueva vida, sino que además se tiñó el pelo de negro y se buscó una falsa tía a la que acompañar en la isla.

—Creo que es mejor que me vaya —dice entonces Naím—. Mañana será un día largo.

¿Que se va? ¿Cómo que se va ya?

Y mirándolo indico:

—Si me das diez minutos recojo mis cosas y...

—No, Verónica. Necesito estar solo.

Boquiabierta al oír eso, lo miro. Cada vez que me llama por mi nombre está claro que las cosas no están bien ente nosotros.

—Espero que tengas claro que ella está mintiendo —señalo pensando en lo ocurrido.

—¿Aunque diga que hay pruebas?

Al oír eso, resoplo y murmuro:

—Pero ¿qué pruebas va a haber? —Naím no responde y, segura de mí misma, insisto—: Si hay pruebas, que las muestre. Y yo callaré y lo asumiré. Pero no es así.

Naím se toca el pelo. No me gusta nada su gesto desconcertado cuando pregunta:

—¿Y cómo sabe ese tal Pedro lo de tu lunar?

Horrorizada por haber sido tan bocazas, doy un paso hacia él y musito:

—Un día, hablando de sexo con ella, se lo conté. Pero en cuanto a Pedro, él y yo no...

—Entonces Pedro existe, ¿no?

Joder..., joder...

Pero, sin querer mentir, indico:

—Existe. Es un amigo suyo, pero te juro que no tuve nada con él. Él lo intentó, pero...

—¿Lo intentó? —pregunta clavando la mirada en mí.

Joder... Joder... A veces decir la verdad lo joroba todo. Y de pronto Naím, levantando una mano para que no me acerque a él, pide:

—Verónica, discúlpame, pero quiero estar solo.

—Pero ¿por qué te enfadas conmigo cuando yo...?

—¿Lo intentó? —repite—. En un principio Pedro era mentira, luego resulta que existe, y ahora tengo que oír ¡que lo intentó!

No respondo. En su lugar creo que yo estaría tan cabreada como él.

—Mira, Verónica —dice a continuación—, dejémoslo aquí. Tras

lo ocurrido con Soraya lo último que me apetece es estar con nadie. ¿Es tan difícil de entender?

Su enfado me demuestra que sin duda esta noche no vamos a ser buena compañía el uno para el otro. Lo que esa loca ha hecho no solo se lo ha hecho a él, sino también a mí. Y, dando un paso atrás, saco mi lado frío e impersonal y declaro:

—De acuerdo, Naím. Lo entenderé.

Él asiente. Recoge su cartera, que está sobre la mesilla, y cogiendo también la botella de vino, va a hablar de nuevo cuando pregunto:

—¿Nos veremos mañana por la mañana?

Rápidamente niega con la cabeza.

—No. He quedado con la hermana de Soraya en el hospital. He de ayudarla en los trámites que necesite.

Oír eso no me hace gracia. Veo que me excluye de sus planes.

—La cena del Premio Bardea comienza a las nueve —indica a continuación—. ¿Sabes dónde es?

Sin dudarlo asiento, y luego dice:

—Quedamos a las ocho en la puerta A2. Liam tiene las entradas de todos.

Sin querer hacer ningún drama de lo sucedido, asiento otra vez; si así lo quiere él, así será; y sin darme ni un simple beso en los labios, da media vuelta y se marcha. ¡Ole, qué bien!

Una vez que me quedo sola en la habitación, al mirar hacia la cama, que está medio deshecha, maldigo, reniego y por mi boca salen sapos y culebras. Lo que en un principio iba a ser una noche mágica y perfecta porque le iba a decir que lo quiero, sin esperarlo se ha convertido en un nubarrón horrible. Y, sinceramente, con la mala leche que tengo en estos instantes, lo último que me apetece es abrirle mi corazón.

Capítulo 57

Al día siguiente me levanto fatal.

No puedo dejar de pensar en lo ocurrido y en cómo terminó la noche.

Pasa la mañana y no sé nada de él. Eso me desespera, y al final decido llamarlo por teléfono. Quiero saber cómo está. Lo intento tres veces. ¡Tres! Pero él no me lo coge y decido no insistir.

A las dos de la tarde estoy que boto. Le mando un mensaje a Naím que dice:

¿Todo bien?

Durante más de media hora espero contestación, y cuando la recibo leo:

A las ocho en la puerta A2.

Sin dar crédito lo releo un par de veces. ¿En serio es esa su contestación?

¿Quién es el bloquecito de hielo ahora?

A las cinco de la tarde ya estoy que me da vueltas la cabeza como a la niña de *El exorcista*. Naím ni me llama ni me manda un mensaje ni nada. Pero ¿qué pasa? ¿Tan ocupado está?

Estoy por llamar a mis amigos. Necesito apoyo. Me encuentro muy sola. Pero finalmente no los llamo. No quiero preocupar a Mercedes y, la verdad, estoy para dramas los justos.

A las cinco y media bajo a la peluquería del hotel. Tengo cita y me hacen un elegante moño italiano que sé que siempre me sienta bien.

A las seis y media, cuando acabo, subo de nuevo a la habitación. Allí, intentando no perder los nervios, pongo mi musiquita, salgo a la terraza, abro mi portátil y consulto mis emails. Como siempre, hay algunos que responder y eso me entretiene. A las siete cierro el portátil y procedo a maquillarme y a vestirme.

Con mi precioso vestido de gasa negro puesto, me miro en el espejo y sonrío. La verdad es que estoy muy mona y resultona, y con el colorcito de piel que tengo tras el verano de playa que me he metido, me siento bien.

Pero mi alegría no es plena. No puedo dejar de pensar en lo sucedido con Soraya. Y aunque estoy enfadada con ella por lo que hizo, ahora que he sido capaz de relativizarlo, me doy cuenta de que Naím obró bien hablándole como lo hizo. Está enferma, y sin duda él supo tratarla como yo no supe hacerlo.

A las siete y media suena el teléfono de la mesilla de noche. Desde recepción me avisan de que mi taxi para llevarme a la gala del Premio Bardea me espera y, tras coger mi bonito bolso de lentejuelas negras, meto en él el móvil, el tabaco y poco más y salgo de la habitación.

Veinte minutos después, cuando el taxi me deja en la puerta A2 como me ha dicho Naím, miro a mi alrededor y, aunque esto está lleno de gente que llega en coches, no veo a quienes espero yo. No sé si los Acosta vendrán juntos o por separado.

Un camarero con una bandeja con unas preciosas copas de vino se acerca entonces a mí y rápidamente cojo una. Estoy sedienta.

Estoy nerviosa, atacada. Esta noche la familia de Naím va a saber que estamos juntos, y quiero que se lo tomen bien. Quiero y deseo que sepan separar el lado personal del profesional.

Miro hacia los lados y entonces veo aparecer el todoterreno negro de Naím. Sonrío, y desde donde estoy observo que dentro van varios de los Acosta.

No me muevo de donde estoy, en la escalera, y veo cómo bajan del vehículo Horacio, Liam, Omar, Florencia y Naím. Ver a este último hace que el corazón se me dispare. Pero ¿cómo puede estar tan guapo con ese traje oscuro y esa camisa blanca?

Acalorada y azorada, los observo, y entonces Liam me hace un gesto con la mano para indicarme que me acerque al coche. Sin dudarlo y sonriendo, bajo los escalones y echo a andar hacia ellos.

Sin poder remediarlo miro a Naím. Su gesto sigue siendo serio. ¡Maldita sea, continúa enfadado! Y cuando llego hasta ellos, a pesar del malestar que siento al verlo tan serio, miro a Florencia y al verla con un vestido gris digo:

—Florencia, ¡estás preciosa!

De inmediato algo dentro de mí me pone en alerta. Todos ellos, desde el primero hasta el último, me miran muy muy serios, y, azorada, susurro:

—¿Qué pasa?

—¿Qué pasa? ¡¿Cómo que qué pasa?! —gruñe Florencia.

Parpadeo en silencio. Miro a Naím en busca de ayuda, pero este, sin moverse, no hace nada. A continuación Florencia, que está muy muy enfadada, me espeta:

—¿Cómo no me contaste lo de Gael?

Se me encoge el estómago. ¡Vaya tela!

—Joder, Verónica, ¿en serio? —tercia Liam.

—Por el amor de Dios, mi niña —dice también Horacio—, ¿cómo no nos lo dijiste?

Todos me miran. Todos me juzgan. Está claro que Gael ya ha soltado la bomba nuclear que guardaba.

—A ver, yo... —musito.

—*Tú*... —me corta Florencia— *tú* sabías que mi hijo había sido padre ¡y no dijiste nada! *Tú* has estado en mi casa ¡y me lo has seguido ocultando!

Joder..., joder..., joder... Vaya mal rollito.

—Florencia, tranquilízate —indica Omar haciendo que lo mire.

Pero ella, necesitando soltar la frustración que lleva dentro, insiste:

—¿Cómo podías mirarme a la cara y no decirme lo que sabías? ¿Cómo, siendo madre, me has ocultado algo tan importante como lo que le estaba ocurriendo a mi hijo? ¿En serio tú eres madre y tienes sentimientos?

Según oigo eso, la poca paciencia que tengo comienza a evaporarse. Respiro hondo intentando tranquilizarme. Está claro que todos los Acosta están pagando conmigo la frustración de la noticia.

—Sí. Soy madre e intuyo cómo puedes sentirte —replico.

—Y si lo sabes, ¿por qué callaste? —insiste Florencia.

—Porque Gael me lo pidió. Él quería buscar el mejor momento para...

—¡Venga, por Dios! Eres la peor persona que he conocido en mi vida —me corta Florencia totalmente acelerada.

Omar trata de tranquilizarla mientras yo intento no perder los nervios, todavía con la copa de vino en las manos. Recuerdo que es doña Cotorra, hablo y luego pienso, y oyendo las barbaridades que le dice de mí a su marido, me acerco a ella y siseo:

—Quizá si fueras menos exigente con tus hijos y les permitieras amar a quienes quieren, te lo contarían. —Según suelto eso, me doy cuenta de que he pluralizado. No, ni muerta voy a meter a Xama en esto, y añado—: Gael está enamorado. Pero tenía miedo de que rechazaras a Begoña por ser diez años mayor que él, y por eso nunca encontraba el momento para decírtelo. ¿Cómo crees que se han sentido él y ella durante todo este tiempo?

Florencia pasa del cotorreo al lloriqueo. Ya sabía yo que iba a llorar.

—Si tienes que enfadarte conmigo, ¡enfádate! —exclamo—. Si quieres seguir insultándome, ¡insúltame! Pero yo solo he intentado echarles la mano que deberías haberles echado tú y que a ellos les daba miedo pedir. Además...

—¡Basta ya! —suelta de pronto Naím, cortándome.

Nos miramos, Naím y yo nos miramos, y en este instante siento que estamos a mil años luz el uno del otro.

Todos nos observamos en un silencio incómodo hasta que, colgándome al hombro mi pequeño bolsito, tomo aire y murmuro:

—Me alegra saber que Gael os lo ha contado. Ahora...

—No ha sido Gael —me corta Omar—. Ha sido Soraya quien se lo ha dicho a Naím.

Según oigo eso, parpadeo. ¡No me jorobes!

¡¿Soraya?!

La mirada de Naím es oscura. Muy oscura. Y, enseñándome su móvil, dice:

—Aquí están las pruebas.

Miro la pantalla y en ella veo fotos mías junto a Gael, Begoña y Lionel. En el hospital, el día que fui, y paseando cerca de los apartamentos donde se alojan. La puñetera Lola o, mejor dicho, Soraya, sin duda tenía muy bien vigilados mis movimientos. Y entonces, buscando una explicación a algo que no la tiene, digo:

—Lo hice por Gael, Begoña y Lionel, porque me pidieron ayuda. Y sin duda volvería a hacerlo.

—Pues gracias, señorita Jiménez, por su consideración hacia mi hijo —me interrumpe Florencia—. Pero en lo que a mí respecta...

—Pero ¿qué os pasa, que estáis tan serios?

Al oír eso todos miramos a la recién llegada.

Es Mireia. Como siempre, no es que esté guapa, es que está resplandeciente, y entonces dice dirigiéndose a mí:

—Julia, no esperaba verte por aquí.

De inmediato veo cómo Florencia parpadea. ¡Joderrrrrr!

Su padre y ella se miran sorprendidos, y ella pregunta:

—Mireia, ¿cómo la has llamado?

Esta última, que acaba de llegar y no sabe nada de todo lo ocurrido, se apresura a decir mirando a Naím:

—Julia... Julia de Valladolid, ¿no?

Omar, Florencia y su padre se miran atónitos, y Horacio, descolocado, me mira a mí y pregunta:

—¿Tú eres esa Julia? ¿«Julia de Valladolid»?

Liam y Naím resoplan y yo afirmo mirándolo:

—Sí, Horacio. Yo soy esa Julia.

—Acabáramos —musita el hombre.

Florencia se mueve inquieta en el sitio, creo que hasta dice una palabrota, y Omar murmura dirigiéndose a mí:

—Sin duda eres una cajita de sorpresas.

—Sorpresas desagradables...

—Florencia, no te pases —le advierte Liam.

—Pero ¿qué pasa? —murmura Mireia descolocada.

Todos guardan silencio, nadie dice nada, hasta que Florencia, acercándose a ella, cuchichea:

—Pasa que mi hermano sigue haciendo el tonto con mujeres que no son en absoluto de fiar, cuando te tiene a ti, que eres lo que él necesita en su vida.

Mireia sonríe. Sin duda oír eso le encanta. Miro a Naím. El tío no abre la boca, y estoy a punto decir cuatro frescas cuando Horacio tercia:

—Hija, ¿por qué no te callas y piensas un poco?

Pero Florencia, que es Florencia, insiste mirando a Naím:

—Está claro que tu gusto con las mujeres es pésimo. ¡Deplorable! Mentirosas, chantajistas emocionales... ¿Qué más, Naím? ¿Qué más vas a incluir en tu vida?

—Florencia, me estás cabreando mucho —sisea entonces Naím.

¡Hombre, si tiene voz!

Pero doña Cotorra continúa:

—Lo tuyo es liarte con quien menos te conviene. Pero... pero ¿en qué estabas pensando? ¿Cómo has podido liarte con la publicista?

—¿La publicista? —repite Mireia.

Naím se mueve. Veo que Liam se acerca a él y le dice algo por lo bajo, pero Naím niega con la cabeza. Sé que está tan incómodo como yo por lo que está escuchando. Y, poniéndose frente a aquella, suelta con gesto ceñudo:

—Hermana, o te callas o juro que...

—Basta, muchachos, basta —interviene Horacio. Y luego me mira a mí y dice—: Mi niña, no paras de sorprenderme.

Sin saber por qué, me encojo de hombros y bebo un sorbo de mi copa. Acto seguido Florencia toma aire y afirma:

—Si tenía alguna duda sobre lo que había decidido después de visitar a Gael, ahora me ratifico al cien por cien. La quiero fuera.

Y, agarrando a su marido y a su padre del brazo, añade:

—Entremos en la gala, me incomoda seguir aquí.

Florencia, Horacio y Omar se alejan, mientras el resto nos miramos unos a otros.

—¿Me vais a explicar qué es lo que pasa? —inquiere Mireia.

Nadie contesta. Yo, desde luego, no voy a explicarle nada. Pero Liam le tiende el brazo y pide:

—Vamos, Mireia. Dejemos a Naím y a Verónica solos.

—¿Verónica? —pregunta ella.

Asiento con gesto contrariado y Liam insiste:

—¡Vámonos!

—¡Ni hablar! —dice ella levantando la voz—. De aquí no me muevo.

Asombrada por la falta de tacto de aquella, la miro. Le diría de todo, pero de pronto Naím me pregunta:

—¿Cómo has podido ocultar algo como lo de Gael?

—A ver, lo he expli...

—¿Qué le ha pasado a Gael? —tercia Mireia.

Oír su voz me molesta, me molesta mucho, y Liam, al que siento que le molesta tanto como a mí, empieza:

—Mireia, creo que...

—¡Déjala! —exclama Naím.

Según dice eso, Liam se acerca a su hermano.

—Esto es algo ente Verónica y tú —le dice—. Creo que Mireia y yo sobramos.

Naím no contesta. Por lo poco que lo conozco, creo que está sobrepasado, y sin apartar su furiosa mirada de mí prosigue:

—¿Cómo has podido tener tan poca empatía conmigo y con la familia con respecto a un tema tan importante y delicado?

—Oh, cielo santo, ¡¿qué ha pasado?! —insiste Mireia.

Respiro hondo mientras trato de ordenar todo lo que tengo en la cabeza y obviar que esa mosca cojonera sigue aquí, pero Naím continúa:

—¿Cómo crees que me he sentido esta mañana cuando Soraya me ha enseñado las fotos y se las he tenido que mostrar a mi hermana? ¿Acaso nunca pensaste en la gravedad de lo que ocultabas?

—Naím, si no dije nada fue por...

—¿Por Gael? —me corta. Y furioso agrega—: Gael es un crío asustado, y tú, en vez de comportarte como la adulta que creía que eras y contarnos lo que pasaba a mi hermana o a mí, has actuado como una cría igual que él. Pero, por Dios, Verónica, ¡que estamos hablando de una vida! ¡De un niño que ha venido al mundo sin que su familia lo sepa!

—¿Que Gael ha tenido un hijo? —pregunta Mireia sin dar crédito.

Liam resopla. Creo que esa imbécil lo está calentando. Se desabrocha la chaqueta del traje que lleva y, ante la insistente mirada de Mireia, finalmente asiente con la cabeza y ella susurra:

—Virgen de los Remedios...

Suspiro. Intento ignorarla, pero de pronto Naím me pregunta:

—¿La foto del bebé que tenías en tu móvil era del hijo de Gael?

Sin dudarlo, y sin querer mentir, asiento, y él resopla en el acto y suelta un palabrotón.

—¿Que ella sabía que Gael había sido padre y no os había dicho nada? —inquiere Mireia—. Por favor, qué despropósito y qué falta de empatía.

—¿Te puedes callar, Mireia? —protesta Liam.

Yo no sé a quién mirar. Todos me observan fijamente a mí. Agarro con fuerza la copa que tengo en las manos y, dirigiéndome a Liam y a Naím, tercio:

—Si me dejáis hablar, yo os lo explico y...

—Has tenido tiempo para explicaciones... ¡Mucho! —me corta Naím—. Ahora no me interesa nada de lo que puedas decir.

—¡Naím! —lo regaña Liam mientras esta vez Mireia se queda calladita.

Joder..., joder. Para que luego digan que la cabezota soy yo.

Pero necesito que me escuche el hombre al que adoro y, aunque no soy de las que lo hacen, suplico mirándolo a los ojos:

—«Sicilia»...

Esa palabra tiene un significado muy especial para nosotros. Oírla hace que Naím levante el mentón y durante unos segundos veo que piensa; pero luego suelta:

—Ahora no me vengas con esas porque no me vale.

—Naím, pero ¿qué dices? —pregunto con un hilo de voz.

—Lo que has oído —replica con frialdad.

Y, sin importarle cómo me siento ni lo que pienso, veo que da media vuelta y abre la puerta de su coche. Liam cierra con la misma rotundidad con que Naím la ha abierto y dice:

—¡¿Quieres hacer el favor de razonar, joder?!

Pero Naím está enciscado. Si yo soy cabezota, él lo es más aún, y oigo que dice:

—Liam, o te quitas o te quito.

—Naím...

—O te quitas o te quito —repite.

Su hermano resopla, finalmente se retira y, mientras Naím vuelve a abrir la puerta del coche, Liam dice mirándome:

—Lo siento.

Sé que su mirada y sus palabras son sinceras. Entonces Naím saca del vehículo la botella de vino que le regalé ayer: está vacía, sin vino; y tendiéndomela dice:

—Esto es tuyo.

Miro la botella. ¿En serio?

—¡¿Qué?! —murmuro.

—¡Cógelo! No lo quiero.

—Pero ¿qué dices? —musito.

—Que lo cojas, ¡que no lo quiere! —repite Mireia.

Según la oigo, estoy a punto... a punto..., ¡yo qué sé!

—Tú, que eres su amigo, dile que se calle, porque como se lo tenga que decir yo, lo va a lamentar —protesto mirando a Naím.

Entonces veo que este sonríe. Pero su sonrisa es fría, impersonal. No me gusta nada. Deja que Mireia lo agarre del brazo y suelta:

—Como amigo suyo que soy, si alguien se va a callar aquí serás tú.

Oír eso me descuadra por completo. ¿Dónde está el hombre romántico que me enamoró? ¿Dónde está el hombre racional que conocí? E, incapaz de seguir tolerando esa humillación, susurro:

—A cada palabra que dices la cagas más y más.

—¿Acaso crees que eso me preocupa?

Madre mía..., madre mía. Creo que va a ser del todo imposible razonar con él.

—Hermano, te estás equivocando —tercia Liam—. Lo estás haciendo muy mal. Y cuando seas consciente de ello lo vas a lamentar. Te conozco y lo sé.

—Ay, Liam, ¡cállate! —protesta Mireia.

Naím ignora las palabras de su hermano mientras Mireia sigue sonriendo. Y, con esa personalidad que siempre me ha vuelto loca, pero que ahora me está cabreando hasta el infinito y más allá, dice a continuación mirándome a los ojos:

—Nada de esa botella me pertenece, señorita Jiménez. Ni el vidrio, ni la etiqueta, ni el diseño, ni el nombre. Lo que era mío, el vino, ya lo he recuperado.

No sé cómo reaccionar ante semejante desplante y despropósito. Solo sé que agarro la botella como una autómata. En una mano tengo la copa de vino y en otra la botella.

—Tras hablar con mis hermanos —añade a continuación—, y en vista de la poca confianza que ahora todos tenemos en usted, señorita Jiménez, hemos decidido rescindir el contrato que tenemos con su empresa.

—¡¿Qué?! —murmuro a punto del infarto.

—No estoy de acuerdo —objeta Liam.

Naím lo mira entonces a él y replica:

—Cierto, hermano, tú no estás de acuerdo, pero Florencia y yo sí, y somos mayoría. Por tanto la decisión está tomada. —Y, volviendo sus ojos hacia mí, añade—: Se le abonarán los honorarios que nos indique por los días que ha pasado en las islas, y, una vez abonados, la relación comercial se dará por terminada.

Madre mía..., madre mía..., creo que si me pincho en este momento es que ni sangro. E, incapaz de entender cómo hemos podido llegar hasta aquí, inquiero:

—Pero ¿qué dices? —Y, obviando la rescisión del contrato, le enseño la botella vacía y siseo—: ¿En serio estás rechazando algo que hice para ti con auténtico amor?

Él no contesta, calla. Pero, claro, la mosca cojonera suelta:

—Si te lo devuelve es porque no lo quiere... ¿Acaso es tan difícil de entender?

Bueno..., bueno..., bueno..., como siga hablando voy a tener que cerrarle la boca yo misma.

—Mireia, ¿por qué no te callarás? —suelta Liam, y mirando a su hermano indica—: Y tú, ¿por qué no la mandas callar, joder?

Uf... Uf... Mi cabeza es un batiburrillo de cosas. En la vida me imaginé viviendo algo así, y, como un volcán a punto de entrar en erupción, y sintiéndome humillada por aquel al que creía diferente, decido dar un paso y digo con profesionalidad:

—Por supuesto, señor Acosta, el contrato queda rescindido. Y en cuanto a los honorarios pendientes, olvídenlo. Una vez que me vaya de aquí, espero no volver a saber nada de ustedes. No obstante, he de decirle que si me apena es por su madre, porque nunca cumplirán la promesa que...

—¡Basta, señorita Jiménez! —me corta Naím.

Sí, es mejor que me calle, porque, tal y como me encuentro, si sigo la voy a liar muy gorda porque yo no tengo filtros. Miro la botella vacía que sostengo en la mano. Es tan bonita, tan perfecta, que siento unas ganas irrefrenables de estamparla contra el suelo o contra la cabeza de aquel... Pero no, no lo voy a hacer. Mis padres se gastaron el dinero en darme una educación.

La respiración se me acelera cuando Liam, que está a mi lado, pregunta tocando mi brazo:

—¿Estás bien, Verónica?

Lo miro. Sentir que tengo su apoyo, aunque lo haya decepcionado en otro tema, es muy importante para mí, y susurro dando un sorbito a mi copa de vino:

—No, pero lo estaré.

Él no dice nada, pero puedo ver el dolor en su mirada. Observo entonces a Naím y a Mireia y veo que ella le habla y él la escucha como no quiere escucharme a mí.

Por ello, y buscando esa profesionalidad fría e impersonal que siempre he encontrado en mí cuando la he necesitado, camino hasta el vehículo, dejo la botella sobre el capó del coche y, cuando me vuelvo, veo a Naím con su móvil frente a mí, que dice:

—¿Le parecen suficientes pruebas?

Mirando la pantalla, veo cómo pasa distintas fotos en las que estoy riendo y bailando con Pedro. También hay otras en las que se lo ve abrazándome contra la pared y finalmente besándome. La verdad es que, vistas así, parece lo que no fue.

Pero ¿cómo se lo hago entender, si ya está cerrado en banda?

Bloqueada, no sé qué decir. La zorra de Soraya lo tenía todo planeado, bien medido y calculado. Y, mirando a Naím, que me observa con gesto adusto, decido no discutir. No merece la pena. Diga lo que diga, no me va a creer.

—Suficientes —afirmo.

Según digo eso, Naím se da la vuelta. Se aleja de mí un paso y, como es lógico, Mireia va tras él.

—¿Es cierto lo que se ve en esas fotos? —me pregunta Liam a continuación.

—No puedo negar las evidencias —replico—. Pero fue algo orquestado por Soraya. Como se ve en las fotos, Pedro lo intentó. Yo lo paré. Pero está claro que en las imágenes parece lo que no es. —Y, suspirando, murmuro—: Y en este caso no hay más ciego que el que no quiere ver.

Liam asiente y, tras resoplar, asegura:

—Lo sé... Por experiencia, lo sé muy bien.

De inmediato me siento fatal. Liam está pasando por una ruptura.

—Ay, Dios..., ¡no quería decir eso! —susurro.

Él sonríe con tristeza, y mientras Naím y Mireia hablan a unos pasos de nosotros, indica:

—Entiendo lo que querías decir, no me lo tomo a mal. Tranquila.

—Dios, Liam, pero ha sido un comentario muy desafortunado.

Él le quita importancia.

—Desafortunado está siendo Naím. Como te dije aquel día, cuando está furioso siempre reacciona así. Se aleja y en ocasiones se refugia en quien no debe —indica señalando a Mireia, que le acaricia el rostro en ese momento—. Pero créeme que cuando se tranquilice, piense y recapacite, él...

—A mí ya no me valdrá —lo corto. Y, consciente de que yo tampoco soy una persona fácil, pero que si algo he aprendido es que las cosas cuanto antes se hablen y se solucionen es mejor para que no se enquisten, indico—: Sé que haber callado lo de Gael no ha estado bien, pero si lo hice fue porque él me lo pidió, y yo soy una persona de palabra. Y también sé que la actitud de Naím me está haciendo tanto daño que o hace algo ahora mismo o no sé si voy a ser capaz de perdonarlo.

Liam asiente. Rápidamente se aleja de mí y va hacia su hermano. Por el modo en que hablan, le debe de estar diciendo que o lo arregla ahora o luego yo me negaré. Veo que Naím me mira. Está claro que no va a arreglar nada. Y de pronto su teléfono suena y se aleja unos pasos de Mireia y de Liam.

Lo sigo con los ojos cuando mi mirada y la de Mireia se encuentran y noto a Liam de nuevo a mi lado. Como siempre que nos vemos, ambas nos miramos de esa manera en que solo miras a quien te toca las narices. Y entonces ella, sin pensar en su propia seguridad personal, coge la botella de cristal del capó del vehículo, se acerca a mí y, tendiéndomela, dice:

—Llévatela. No la necesitamos.

¿«Necesitamos»? ¿En plural?

Sin dudarlo extiendo la mano para cogerla. Por supuesto que me la llevo. Pero de pronto ella la suelta, la botella se escurre entre mis dedos y cae al suelo empedrado haciéndose añitos.

—Ay, por Dios... ¡Pensaba que la habías cogido! —musita con gesto de sorpresa.

—Mireia, ¡joder! —protesta Liam.

Naím se acerca y mira al suelo. Ve la botella hecha pedazos y no dice nada. Esa bruja ha roto la botella que yo hice para él y ¿de verdad que no va a decir nada?

La rabia me sube por todo el cuerpo y, sin pensarlo, arrojo mi copa de vino sobre el escote de Mireia.

—Ay, por Dios... —murmuro—, ¡qué torpeza la mía!

Ella chilla horrorizada. La acabo de poner fina. Liam y Naím me miran. Todos saben que lo he hecho aposta, como saben que ella ha soltado la botella adrede.

—Quien la hace la paga —suelto—. Eres una bicharraca de mucho cuidado.

—Señorita Jiménez, conténgase —me espeta Naím.

—¿O qué? —pregunto retándolo.

Él no contesta. Liam se pone entre nosotros. Veo la rabia y la furia en la mirada de Naím, y entonces Mireia, asiéndolo de la mano de nuevo, dice mirándome:

—Cielo, es tu noche. Nuestra noche. Que nada ni nadie nos la amargue.

Oír eso ya me hace desear tener otra copa de vino para echársela por la cabeza esta vez, y siseo dirigiéndome a ella:

—Vete un poquito a la mierda.

De inmediato Naím reacciona y, cuando intuyo que va a decir algo, suelto con esa frialdad que sé que es capaz de parar a un rompehielos:

—Cuidadito con lo que vas a decir porque, como me enfade más, mañana vais a salir en las noticias, no por el puñetero Premio Bardea, sino por el jodido y chabacano escándalo público que voy a montar.

Mi advertencia hace que Naím se calle. ¡La voz de rompehielos no falla!

Y entonces Mireia, haciendo que la mire a ella, comienza a hablarle de nuevo entre susurros.

Por su parte Liam me habla, intenta tranquilizarme, disculpar en cierto modo el comportamiento de su hermano. Pero no, no lo perdono. Creo que Naím ha traspasado la frontera, y ahora la aduana de mi corazón ha vuelto a cerrarse.

Descolocada porque este viaje se ha convertido en todo lo contrario de lo que yo pensaba, los miro. Naím habla con ella ignorándome a mí. La tristeza que siento en mi corazón en este instante la contrarresto con la soberbia que les demuestro con mi mirada. No voy a permitir que me vean humillada por nada del mundo.

Hablan en susurros. A su manera me hacen saber que yo estoy de más. Y, cuando siento que o me voy o la que va a quemarle las bodegas al señor Acosta no va a ser mi hija, sino yo, pregunto con frialdad:

—¿Algo más que decir, señor Acosta?

Liam rápidamente mira a su hermano y, con desesperación, le pide:

—Joder, Naím, arréglalo... ¡ahora!

Pero el hombre que tengo ante mí, ese al que quiero y por el que he permitido que mi corazón se descongelara, parece un desconocido. Alguien ajeno a mi vida. Acto seguido él agarra a Mireia por la cintura para acercarla a él y responde con gesto adusto:

—Que tenga un feliz regreso a la Península.

Y, sin más, y dejándome completamente noqueada, se da la vuelta con Mireia y me deja al lado de su coche, con cara de tonta y un terrible sentimiento de frustración en mi interior.

Noto que Liam, que no se ha movido de mi lado, me mira. Intuyo que busca las palabras más apropiadas, pero yo tomo aire y digo mirándolo:

—He de irme.

Él asiente y, tocándose el pelo contrariado, murmura:

—No sé ni qué decirte.

Sonrío por no llorar mientras el pobre, que no lo está pasando nada bien, añade:

—Si quieres, puedo llevarte a tu hotel.

De inmediato niego con la cabeza.

—Tú tienes que asistir a la cena del premio. Tu familia te espera. Y sabes tan bien como yo lo importante que es para ellos que estés presente.

Liam resopla y asiente.

—Eres un tipo fantástico y un currante de primera —digo entonces—, aunque algo tiquismiquis con la ropa y el orden. —Ambos sonreímos—. Espero que algún día conozcas a la compañera idónea que te haga feliz porque te lo mereces.

—Gracias, Verónica.

Ambos sonreímos y, cuando va a hablar, indico:

—Ni se te ocurra decirme lo mismo que yo te he dicho a ti, porque si algo no deseo en estos momentos es un hombre a mi lado.

Sonriendo, nos damos un abrazo de esos con sentimiento, y cuando nos separamos nos besamos en las mejillas y yo murmuro:

—Dale un beso a tu padre de mi parte.

—Lo haré.

—Y ahora, voy a dar media vuelta, me voy a marchar y tú vas a dejar que lo haga. Y vas a hacerlo porque necesito estar sola, y porque en este momento tengo tanta mala leche acumulada que cualquiera que esté a mi lado me odiará, y yo quiero que me recuerdes con cariño.

Dicho esto, le guiño un ojo, giro sobre mis talones y, mientras camino hacia la parada de taxis, siento que los latidos de mi corazón me taladran la cabeza y me voy convenciendo de que la historia que hubo entre Naím y yo ya es pasado.

Capítulo 58

Hace exactamente veintidós días de la última vez que vi a Naím. Veintidós largos días en los que he llorado como una boba y, como la idiota que soy, me martirizo día y noche escuchando nuestras malditas canciones de amor, y a veces hasta siento que se me para el corazón.

Bebo un trago de mi Coca-Cola. Estoy en la cafetería de siempre, esperando a mis amigos para hacerlos partícipes de mi verdad, tras la mentira que les conté para no preocuparlos. Esta noche es el concierto de Manuel Carrasco en el WiZink Center. Y como Amara compró las entradas por nuestro cumple, para el que faltan unos pocos días, he decidido ir.

Ver a ese cantante que a Naím le gusta tanto es una manera más de fustigarme, y para allá que voy..., ¡a fustigarme de lo lindo!

Estoy mirando mi móvil y me llevo una sorpresa al leer la noticia de la muerte de la que fue la novia de Liam. Al parecer algo se complicó tras el parto y Jasmina falleció, quedando el niño a cargo de su padre, el actor Tom Blake. Eso me apena. Que ese niño no conozca a su madre sin duda es triste, mucho, y sopeso si escribirle un mensaje a Liam para decirle algo.

En lo que respecta a mis amigos, sin duda se enfadarán conmigo cuando se den cuenta de que los he estado engañando. Les conté una película tan perfecta, tan de Disney, que ninguno dudó de ella. Incluso Zoé me creyó. Es tan pro del amor que se tragó todo lo que le expliqué en referencia a Naím.

Cuando pasó lo que pasó en Tenerife, retrasé mi vuelta a la Península. Alargué un día más la estancia en la isla para evitar ver a mis amigos y tener que contarles la verdad. Gael y Begoña me llamaron. Los pobres, apurados, me pidieron perdón de una y mil maneras distintas, y yo, antes de despedirme de ellos, les hice saber que si volviera el tiempo atrás, haría lo mismo sin dudarlo.

Cuando regresé de Tenerife, lo hice de tal manera que llegué a Madrid con el tiempo justo de ir a casa, preparar la maleta, llamar a mis padres y volver al aeropuerto para iniciar mi viaje con Javier Ruipérez a China y Australia. Como una excelente actriz, puse una sonrisa en mis labios e intenté disfrutar del viaje y ser la profesional que soy, aunque, la verdad, China y Australia han pasado por mi vida sin más. Lo último que quería era colonizar, y el viaje solo me ha servido para alejarme lo máximo que he podido de Naím, de quien recibí varias llamadas y mensajes. No cogí sus llamadas y los mensajes los borré sin escucharlos. No quiero saber nada de él y, por suerte, parece ser que lo entendió.

Sentirme lejos de él, puesto que me echó de su lado, es lo que necesito, lo que demando. Tenerlo cerca sería contraproducente para mí. Cada vez que pienso en el feo que me hizo en todos los sentidos, maldigo. ¿Cómo no les estampé la botella en la cabeza?

Cuando regresé del viaje con Javier, para no ver a mis amigos y alejarme de mi casa y del trabajo por si a Naím se le ocurría aparecer por allí, sin salir del aeropuerto, me compré un billete a Menorca. Y allí he estado sola en un hotel, atiborrándome a helado y a hamburguesas, mientras rumiaba mi tristeza.

—¡Buenas, reina mía!

Esa voz es la de Amara. Como siempre es puntual, y cuando me levanto para darle dos besos ella me mira e inquiere:

—Pero ¿y esas ojeras?

Vale, Amara no es mi madre, como tampoco lo son Leo o Mercedes, pero nos conocemos tanto que con vernos ya sabemos si estamos bien o mal.

—Pero bueno, reina... —cuchichea—, ¿cuántos kilos has perdido?

Sin dudarlo saco una manita. He perdido cinco kilos. Desde que pasó lo de Naím no duermo más de tres horas seguidas, y creo que mi cuerpo está comenzando a notarlo.

Amara, descolocada, pues no esperaba esto, se acerca a mí. Me da dos besos y luego, mirándome a los ojos, dice con un hilo de voz:

—No me jorobes que nos has estado mintiendo.

Asiento, ya no pienso seguir haciéndolo.

—Verónica Jiménez Johnson, en este instante te mataría —susurra Amara.

—Lo sé. Pero no lo harás porque me quieres —musito.

Estamos mirándonos cuando llegan Leo y Mercedes. El gesto de aquellos al verme es el mismo y, tras oír unos cuantos improperios por parte de ellos, nos sentamos, les abro mi corazón y, sin ningún filtro, les cuento la realidad de lo ocurrido y cómo me siento.

Me escuchan en silencio sin interrumpirme. Y cuando me vengo abajo me abrazan y me animan hasta que, terminando, murmuro:

—Si os mentí y no os dije nada antes fue porque necesitaba asumir y entender lo que ha pasado para poder hablar de ello.

—¿Y lo has entendido? —pregunta Amara.

Sin dudarlo, niego con la cabeza. Todavía no soy capaz de comprender cómo algo que parecía tan perfecto y bonito se ha podido romper por ocultar lo del bebé y los chanchullos que Soraya hizo para desacreditarme en todos los sentidos.

—Pero, Verónica —musita Mercedes—, no tenías por qué habértelo comido sola. Estamos aquí para...

—Lo sé —la interrumpo—. Sé lo que me vas a decir, pero créeme que necesitaba estos días de soledad.

Asienten, sé que me entienden, y entonces Leo, que ha permanecido en silencio, pregunta:

—¿Por qué no le cogiste el teléfono o respondiste a sus mensajes?

—Porque no quería saber nada de él —lo freno.

—Pero...

—¡No, Leo, no! —lo corto de nuevo—. A mí me decepcionan una vez. No dos.

—O todo o nada —indica Amara—. Lo mismo de siempre...

—No digas tonterías —protesta Leo—. Pili y yo discutimos mil veces antes de...

—Pero yo no soy Pili ni soy tú —tercio.

Mis amigos se miran y a continuación Mercedes canturrea:

—La reina del hielo regresóóóóó...

Asiento. Sí, he regresado. Y al ver que recibo un mensaje en mi teléfono y compruebo que es de Marco, comento:

—Y en cuanto me encuentre de mejor humor, volveré a quedar con él.

—Harás muy bien —afirma Amara, que se gana una mirada de reproche de Leo y de Mercedes.

Nos quedamos unos segundos en silencio y luego mi amigo pregunta:

—¿Qué vas a hacer con Naím?

Según dice eso, lo miro.

—Como me dijo un día Amara, para coger un buen tren antes he de haber perdido otro.

Mis amigas asienten, pero Leo insiste:

—¿Por qué, si estás enamorada de él y te ha llamado?

No contesto. Paso.

Pero Leo sigue y sigue y sigue. Luego dice que nosotras nos ponemos pesaditas, pero, vaya tela, lo pesadito que está él esta noche.

—Entonces tienes claro que no quieres nada con él.

—Clarísimo —afirmo.

Leo asiente.

—¿Y qué tendría que hacer Naím para que le dieras una oportunidad?

Me río, me encojo de hombros y respondo:

—Como poco, algo tan impresionante como bajarme la luna.

—Pues anda que no pides tú —se mofa él.

Afirmo con la cabeza, sé que soy exigente, e indico:

—Es que a mí no se me convence con cualquier cosa.

Nuestro amigo resopla y las chicas y yo nos reímos.

Se abre el debate. Todos decimos lo que pensamos, y luego Leo pregunta:

—Ganó el Premio Bardea, ¿verdad?

—Sí —contesto y, a continuación, musito horrorizada—: Y ahora es uno de los finalistas al Premio Farpón.

—Ostras, reina, ¿el que tienes que presentar tú?

Asiento. No paro de darle vueltas a eso.

—No sé qué hacer —digo—. No sé si hablar con la organización para...

—Ni se te ocurra renunciar a presentar ese premio —me corta Amara—. Que ese tipo y tú ya no estéis juntos no significa que tú debas renunciar a las cosas que te gustan.

—Por eso no he dicho que no todavía. —Suspiro—. Nunca he sido una persona de esconder la cabeza bajo la tierra. Pero os juro que esta vez, saber que lo voy a tener que ver el 7 de octubre, me tiene algo desconcertada.

—Si gana el premio ¿se lo tienes que entregar tú? —pregunta Mercedes. Rápidamente asiento y ella cuchichea—: Uis, chica, qué morbo...

Mis amigos se miran unos a otros y a continuación Mercedes añade:

—Pues te digo una cosa: ojalá lo gane y tengas que entregárselo.

—¡Serás retorcida y mala amiga! —exclamo sin dar crédito.

—¡Mercedes! —gruñe Leo.

Pero ella insiste:

—Lo digo totalmente en serio. Y no es ser retorcida ni mala amiga. Si el Aloe Vera va a la cena por su trabajo sin renunciar a nada, quiero que vea que tú sigues con tu vida y tu trabajo y tampoco renuncias.

—Ahí estoy con Mercedes —tercia Amara.

—Es más —insiste la primera—, para esa noche te vas a poner mi vestido de lentejuelas negras que tanto te gusta.

—¿El de putón elegante? —me mofo.

Todos nos reímos por ello, sabemos a qué vestido se refiere.

—El mismo —afirma ella—. A ti te queda impresionante, ¡mejor que a mí!, y todos lo sabemos... ¿O no?

Amara asiente. Leo también, y añade:

—Estás espectacular con él.

Sonrío divertida. La verdad es que el par de veces que me he puesto ese vestido para salir he triunfado a lo grande.

—Estoy con Mercedes —conviene Amara—. Debes ir impresionante para que vea lo que se ha perdido.

—Paso de él. No quiero que vea lo que se ha perdido —cuchicheo.

—Pero nosotros sí —replica Leo convencido.

Me río, no lo puedo remediar. Ellos siempre me hacen reír. Y entonces Leo pregunta:

—¿Vendrá esa tal Mireia al premio?

Según oigo eso, mi gesto cambia.

—Conociéndola, y sabiendo del amor que Florencia siente por ella, seguro que los acompañará —musito—. Y, como siempre, estará terriblemente guapa y elegante.

—Pero ¿tan impresionante es esa tía? —pregunta Amara.

Pienso en Mireia. La respuesta es un «sí» como una catedral de grande. Incluso aquel día en la playa lucía el simple traje de neopreno como si llevara un elegantísimo Armani.

—Me joroba reconocerlo porque me lleno de granos por todo el cuerpo —digo—, pero sí. Esa idiota es exageradamente perfecta.

—Me muero por conocerla —se mofa Mercedes.

Al oírla cojo mi móvil y, tras buscar su perfil de Instagram, que como buena morbosa me he ocupado de encontrar, busco unas fotos que tiene con Naím en la playa o de cena y digo enseñándoselas:

—Ahí la tienes.

Mis amigos la miran. Por sus expresiones sé que piensan como yo. Es perfecta. Pero entonces Amara suelta:

—Tú eres mil veces más guapa.

—¡Eso no lo dudes ni un segundo! —afirma Leo.

—¡Ni punto de comparación! —añade Mercedes.

Oír eso me hace sonreír. Luego dejo el móvil y susurro:

—¿Os he dicho hoy cuánto os quiero?

Todos sonreímos, y Leo, subiéndose entonces la camiseta, dice:

—En lo malo. En lo bueno. Y en lo mejor.

Ver el tatuaje y oír sus palabras hace que los cuatro nos abracemos con cariño. Nos ponemos blanditos. ¡Qué tontos somos! Está claro que en nuestras vidas pasarán cientos de cosas buenas y malas, pero el Comando Chuminero es indestructible.

Tras el momento moñoso, Leo sugiere:

—Sé que lo que voy a decir no es mi estilo, pero creo que la noche del premio, además de ir impresionante con el vestido putón elegante, deberías llevar colgado de tu brazo a un hombre.

Amara, Mercedes y yo parpadeamos sin dar crédito, y él continúa:

—No hay nada que nos joda más a los hombres que mirar, ver y pensar lo tontos que hemos sido.

—*Leo Morales for president!* —murmura Amara.

—Pero bueno, ¿quién eres tú y dónde está mi puritano? —se mofa Mercedes.

Me río. Lo que dice nos sorprende, y pregunto:

—¿Pretendes que lleve a uno de mis churris a la fiesta?

Leo niega con la cabeza.

—No, cielo. Uno de tus yogurines, no. Un hombre que pueda competir con Naím. —No respondo. Nadie puede competir con él, y mi amigo añade—: Si crees que él irá acompañado, tú has de hacerlo también. Es más, creo que eso te hará sentir mejor.

Asiento. Estoy de acuerdo con lo que dice. Ver a Naím con Mireia no va a ser fácil. Y cuando me dispongo a hablar, Leo propone:

—¿Qué te parece si se lo digo a mi primo Ricardo?

—¡Qué buena ideaaaaaa! —afirma Amara.

Según oigo eso, sonrío. Ricardo, el primo de Leo, es un madurito mujeriego de unos cuarenta y cinco años, alto, moreno, atractivo y abogado de profesión. En alguna ocasión ha salido con nosotros y me tira la caña, pero yo siempre me hago la loca.

Al oírlo, Mercedes cuchichea:

—Yo voto por Marco *el Yogurín*. Es tan sexy y alto que, oye, como siempre digo, porque me van las tías, que, si no, me lo tiraba. Además, verlo te asegura un nuevo regalito para...

—¡Ya estábamos tardando! —se mofa Leo.

Divertidos, nos reímos. Eso es lo que necesito yo, reírme; acto seguido Amara afirma mirando a Leo:

—Llama a tu primo y pregúntale si el 7 de octubre puede acompañar a Verónica a una cena.

—Ahora mismo. —Él se levanta para llamar.

Miro a mis amigas sin poder creérmelo, y Mercedes dice:

—Contigo las cosas han de ser así, y lo sabes. Como te dejemos pensar y decidir, malo, malo.

Resoplo y no digo nada. Tiene razón. Como yo tenga que pensar las cosas, lo llevamos claro.

Minutos después Leo regresa y dice con una sonrisa:

—Ya tienes pareja para el 7 de octubre.

Suspiro. Madre mía, en qué lío me estoy metiendo con esto.

—Y tranquila —añade él—. Ricardo está saliendo con una chica. Pero cuando le he contado tu caso, por el cariño que te tiene ha decidido acompañarte para que no te sientas ni sola ni mal.

Niego con la cabeza. ¿Ricardo se está compadeciendo de mí?

Pero, sin querer preguntar, pues no estoy de humor, cojo mi vaso y bebo, y luego Mercedes pregunta:

—¿Zoé sabe algo?

De inmediato hago un gesto de negación.

—No. Y a ser posible quiero que siga creyendo que vivo en el mundo de Disney. En noviembre, cuando vaya a verla a Nueva York, ya se lo contaré.

Mis amigos se miran. Creo que por primera vez en sus vidas no saben qué decirme. Y, viendo sus gestos, intento sonreír e indico:

—Está visto que lo mío son los amores de verano. Primero el padre de Zoé y ahora este.

—No estarás embarazada...

Oír eso me hace gracia. Tomo la píldora y me vino la regla hace unos días, por lo que respondo:

—No, esta vez soy adulta.

* * *

Media hora después, tras despedirnos de Leo y de Mercedes, Amara y yo caminamos hacia el WiZink cogidas del brazo como dos marujonas. Entrar en el auditorio hace que el corazón comience a latirme con fuerza.

Escucho en bucle las canciones que escuchaba con Naím desde la noche en que todo se torció, pero aquí estoy. Voy a asistir a mi primer concierto de Manuel Carrasco y, sabiendo lo mucho que a él le gusta, eso lo hace muy especial.

Amara está emocionada. Yo también. Y cuando comienza el concierto, dejándonos llevar por el subidón del momento, saltamos, gritamos y lo pasamos en grande, como las dos chiquillas que se conocieron muchos años atrás. Durante casi dos horas disfrutamos del conciertazo que Manuel y su banda nos ofrecen a todos los presentes, y cuando interpretan canciones más íntimas, mis ojos se llenan de lágrimas sin que pueda evitarlo y lloro.

Amara me da la mano y me abraza. Ella, como yo ahora, ha sufrido por amor. Sabe lo que duele amar y no ser amado, y me consuela. Pero cuando ya me deshago por completo y lloro como una verdadera magdalena es cuando canta *¿Qué nos está pasando?*

Madre mía..., madre mía... Qué turra me da, ¡si es que lloro hasta con mocos!

Pero, claro, ¿cómo no llorar con la letra de esa canción?

Si algo he aprendido con Naím es a escuchar las letras de las preciosas canciones de amor y entenderlas desde el corazón.

Es tanta la llorera que me da que Amara, la pobre, se asusta, y tengo que sentarme porque incluso creo que me voy a marear de lo que la canción me hace sentir.

Cuando salimos del auditorio estamos motivadas a la par que sudadas y yo, también destrozada. Lo que he vivido me ha roto y sé que a Amara también. Lo de Óscar, aunque dice que lo tiene superado, todavía le duele. Lo ha querido mucho.

Hambrientas, paramos en un local y nos comemos una pizza a medias y, de allí, y como nadie nos espera en nuestras casas, bueno, a mí solamente *Paulova*, decidimos irnos a tomar una copichuela.

Tras coger un taxi y dirigirnos a un local que conocemos, entramos y allí la gente, como siempre, ríe, habla y se conoce.

Sin embargo, conocer gente es lo que menos deseamos en este momento, y Amara y yo nos tomamos un chupito de tequila con sal y limón para entonarnos. Tras ese primer chupito llegan otro y otro y otro, y cuando quiero darme cuenta, estamos las dos cantando a voz en grito el tema que suena por los altavoces, y que no es otro sino *Vivir así es morir de amor*, en este caso cantada por mi maravillosa Nathy Peluso.

Madre mía..., madre mía..., ¡lo damos todo!

* * *

Más tarde, a las tres de la madrugada, tras disfrutar de un estupendo concierto, una rica cena y varias copas de tequila con sal y limón aderezadas con cánticos lastimosos, cuando me despido de Amara y llego a mi casa, al entrar, como siempre, *Paulova* sale a recibirme. Encantada, le doy besos y mimos. Llevo prácticamente dos meses enteros fuera de casa, y sin duda me echa de menos.

Cansada, me desnudo.

Madre mía, qué dolor de garganta tengo de tanto cantar.

Me pongo una camiseta para dormir y, cuando me acuesto en la cama, comienzo como cada noche a dar vueltas de un lado para otro.

¡Ya estamos!

A las tres y media, y como me he martirizado poco en el concierto, cojo mi móvil y busco esa canción que Naím tanto tararea llamada *Tu olvido*, de Carlos Macías y Víctor García. Y, mientras la canto, pues ya me la sé entera, rememoro lo vivido con él y, como dice la canción, vivo con el alma hecha pedazos por no verlo.

Capítulo 59

Atacada de los nervios estoy en el *backstage* del Premio Farpón.

Los invitados ya han comenzado a llegar. Rosario, mi maquilladora, ya ha terminado de hacer su trabajo, y yo tengo el corazón que se me va a salir del pecho.

—Voy a la cafetería. ¿Quieres que te traiga algo?

Al oír la voz de Ricardo, el primo de Leo, sonrío. Siguiendo el consejo de mis amigos con respecto a mi atuendo y a su compañía, ahí está. Ricardo es un tipo guapo, mucho, al que el traje oscuro que lleva le sienta de lujo. Ha venido a buscarme a casa. En el coche hemos hablado. Me ha hecho saber lo que Leo le había contado y yo, tras aclarar ciertas cosas, me he quedado más tranquila.

—Un poco de agua —indico.

Ricardo asiente. Me guiña el ojo y se marcha.

Repaso mis notas. Las leo una y mil veces y, cada vez que mis ojos ven el nombre de Naím Acosta de Bodegas Verode, me tiembla todo. Si no gana, con un poco de suerte, aunque estemos en la misma estancia no tenemos por qué coincidir, pero si gana tendré que recibirlo en el escenario para hacerle entrega del premio.

¿Por qué habré seguido adelante con ello?

Acalorada, me muevo de un lado para otro solucionando diversos temas, hasta que oigo:

—Ratona, estamos aquí.

Al volverme, veo a mi padre. Está guapísimo con su traje y, sonriendo, me acerco a él, lo beso y cuchicheo:

—Papá, no me llames eso aquí.

Él se ríe. ¡Qué *jodío*!

Como todos, mi padre se ha dado cuenta de que he perdido peso y, por supuesto, también de mis ojeras. Cuando estoy muy disgustada por algo rápidamente se me refleja en el rostro. Se preocupa, pero yo le quito importancia cuando pregunto:

—¿Y mamá?

Mi padre, que se ha colado entre bastidores, señala:

—Ha ido al baño.

Asiento y sonrío, y luego él añade:

—Estás preciosa con ese vestido, aunque es un poco descocado para mi gusto.

Me río. La verdad es que el vestido más sexy no puede ser. Escote por delante, escote por detrás y abertura lateral en la pierna. Por algo lo llamamos el «vestido de putón elegante», algo que omito comentarle.

Segundos después el compañero que hará de presentador conmigo, Fernando Lourel, se me acerca. Es un famoso presentador de la televisión. No lo conocía en persona y es muy agradable. Se lo presento a mi padre. Como esperaba, se queda encantado y, cuando este se va, Fernando, mirando los papeles que ambos llevamos en las manos, me indica ciertas cosas que yo escucho y acepto con gusto. Aprender siempre es bueno.

El tiempo pasa y mi móvil vibra. Recibo mensajes de mis amigos. Les he enviado fotos de cómo ha quedado el peinado con el vestido y no paran de piropearme. ¡Qué monos son!

Sin embargo, estoy nerviosa, inquieta. Los participantes de la gala están llegando, y no me puedo quitar de la cabeza que él estará aquí de un momento a otro.

Tomo aire y Fernando y yo volvemos a charlar. Todo está preparado y en menos de una hora comenzará el evento. Llamados por los organizadores, salimos a saludar a un grupo de ingleses, cuando de pronto oigo a mi espalda:

—¡Verónica!

Al volverme me encuentro con Liam. ¡Ay, Dios, que me da!

Rápidamente miro hacia los lados. Si él está aquí significa que su hermano no andará muy lejos, y eso me inquieta. Y, venga, también me atormenta y me perturba.

Madre mía..., madre mía..., ¡qué nervios me entran en el estómago!

Como siempre, Liam tiene un aspecto estupendo. Elegante, atractivo y pulcro. ¡Qué monísimo es! Y, tras comprobar en décimas de segundo que está solo, pinto una gran sonrisa en mi rostro, me excuso con Fernando y, acercándome a él, cuchicheo:

—¡Qué bueno verte por aquí!

Liam y yo nos abrazamos. En el poco tiempo que pasamos juntos nos cogimos cariño. Y cuando nos separamos dice mirándome:

—Con ese vestido los vas a dejar locos a todos.

Me río. Con comicidad saco la pierna por la abertura lateral y replico con voz de mujer fatal:

—Esa es la idea.

Ambos reímos y luego, mirándolo con cariño, pregunto:

—¿Cómo estás?

Sin necesidad de extender más mi pregunta, me entiende, e indica:

—Bien. Aunque me apena lo de Jasmina. Nunca habría querido ese final para ella.

Asiento.

—El niño ha quedado a cargo de su padre —añade—, que sin duda le dará una buena vida.

Guardamos silencio unos instantes. La verdad es que la noticia es triste, y para cambiar de tema pregunto:

—Y tú, como Liam Acosta soltero, ¿cómo estás?

—Tranquilo y liberado —asegura sonriendo.

—Eso está bien.

Liam asiente y a continuación cuchichea:

—Es la primera vez desde hace mucho que estoy sin pareja y, oye, reconozco que no lo estoy pasando nada mal. Es más, hoy he venido acompañado.

Con complicidad, reímos por eso. Me encanta ver que ha sabido dar carpetazo a lo ocurrido con su ex.

—Felicidades —dice entonces mirándome—. Sé que hace unos días fue tu cumpleaños.

—Gracias —murmuro sorprendida de que lo sepa.

—¿Estás bien? —pregunta acto seguido.

Sin dudarlo, y ocultando lo que siento, afirmo:

—Tan bien como siempre.

Liam asiente. Me mira con esos ojazos tan especiales que tiene y luego comenta:

—Pues esas ojeras que tu maquillaje oculta no las tenías antes.

Joder..., joder..., joder..., ¡con las malditas ojeras!

Pero, sin querer decir la verdad, pues no me apetece hablar de ese tema, respondo:

—Lo creas o no, ejercer de presentadora me está quitando el sueño. Es algo nuevo para mí. Además, ni te imaginas la cantidad de trabajo que tengo. —Y, para intentar darle normalidad a lo ocurrido, pregunto como buena profesional—: ¿Habéis contratado ya a otra agencia?

Liam niega con la cabeza.

—Hemos tenido reuniones informativas con un par de ellas, pero todavía no nos hemos decidido.

Asiento. Entiendo que encontrar la agencia ideal lleva su tiempo, y a continuación pregunto nerviosa:

—¿Habéis venido todos?

—La familia al completo —dice él con una sonrisa.

Oír eso me hace tomar aire por la nariz y expulsarlo por la boca, y luego exclamo:

—¡Enhorabuena! Tu hermano ganó el nacional y hoy estáis aquí, a por el internacional. Lo gane o no, sin duda vuestros vinos serán a partir de ahora muy reconocidos.

Liam asiente, sabe que tengo razón, y cuando va a hablar de nuevo, Florencia aparece a nuestro lado.

Uf, madre mía, lo que me entra por el cuerpo. No estoy para numeritos. Ahora no.

Nos miramos en silencio, no decimos nada. No pienso ser yo la que abra la boca y, como necesito perderla de vista, indico:

—He de marcharme. Espero que tengáis mucha suerte hoy.

Voy a darme la vuelta cuando noto que alguien me coge del brazo. Al mirar veo que es Florencia, que dice:

—Perdóname.

Según oigo eso, parpadeo, y aquella añade:

—Como siempre, me comporté como doña Cotorra, habla y luego piensa, y me siento mal. Muy mal.

Me mira esperando que yo diga algo, pero entonces Ricardo llega hasta nosotros y dice:

—Toma, preciosa. El agua que querías.

Encantada, la cojo y, al ver cómo me miran Liam y Florencia, indico con educación:

—Ricardo, te presento a Liam y Florencia Acosta. Son de las Bodegas Verode. —Y mirando a aquellos añado—: Ricardo es un amigo y será mi acompañante esta noche.

Este asiente. Por el apellido ya sabe quiénes son, y yo, con ganas de quitármelo de encima, lo miro con una encantadora sonrisa y pido:

—Ve a sentarte a la mesa. En cuanto pueda, iré yo.

Ricardo asiente. Y, tras guiñarme un ojo con complicidad, se va, y en ese momento Liam pregunta:

—¿Y Ricardo es...?

Entendiendo su pregunta, respondo con tranquilidad:

—Un amigo.

Un extraño silencio se crea entre los tres, y luego, dirigiéndome a Florencia, que se retuerce las manos, indico:

—Por mi parte está todo olvidado. No pasa nada.

—Sí pasa —afirma ella—. Debería haberte dado las gracias por haberte ocupado y preocupado de ayudar a mi hijo, y en lugar de eso hice todo lo contrario. Y yo... yo me siento tan mal que...

No continúa. Las lágrimas le inundan los ojos y yo, al verlo, enseguida digo:

—No. No. No. No. Ni se te ocurra llorar o estropearás el maquillaje.

Pero es tarde. Las lágrimas ya corren por su rostro, y Liam y yo, apurados, la agarramos y la sacamos de allí. Los meto entre bastidores y voy a hablar cuando ella, entre hipidos, añade:

—Fui una... una... una egoísta. Solo pensé en mí y en mi rabia, en nada más, cuando debería haber pensado que tú habías estado ahí para lo que ellos necesitaban, y que, gracias a Dios, pudieron contar contigo. Y... y en lugar de eso, me puse como una hidra, te... te llamé de todo. ¡Ay, Dios! ¿Cómo puedo ser tan mala persona? ¿Cómo pude decirte las cosas tan terribles que te dije?

Vale, Florencia me cae bien, sé que no es mala persona, y rápidamente, para que se tranquilice, murmuro:

—Me lo dijiste porque estabas nerviosa. Acababas de saber que habías sido abuela y...

—Lionel es precioso —me corta.

—Lo sé —aseguro.

—Tiene unos ojitos tan lindos y una naricita tan perfecta que me tiene robado el corazón. —Ambas sonreímos y ella prosigue—: Y Begoña es... es maravillosa. La estoy conociendo y es una muchacha tan encantadora, tan plácida y cariñosa que no me extraña que mi hijo esté tan enamorado de ella. Me habla maravillas de ti. Me contó lo que le prometiste si nosotros no aceptábamos a Lionel. Y te aseguro que eso me llegó al corazón y me hizo saber lo buena persona que eres y lo malísima que soy yo.

Otra vez vuelve a llorar. Otra vez se desmorona.

—Ay, Verónica. Soy horrible —musita—. Por mi culpa rescindimos el contrato contigo. Yo fui la que se empeñó en no querer trabajar contigo. Y... y...

—Florencia, relájate —pide Liam entregándole un pañuelo—. No es momento de...

—Me da igual si es o no es momento de hablar de ello. —Lo corta con el rímel todo corrido por la cara. Y mirándome añade—: Liam no quería. Se negó a rescindirlo, y Naím no decía nada. Estaba tan sorprendido como yo por lo de Gael que estaba en shock. Y yo... yo me aproveché de su estado para obligarlo a decidir lo mismo que yo.

Liam y yo nos miramos. Ambos sabemos que aquel día Naím también tenía en la cabeza las fotos mías y de Pedro que Soraya había hecho, junto a la aparición en escena de esta última, algo que Florencia no sabe. Y cuando voy a hablar ella continúa:

—Soy horrible. Con mi comportamiento y mi insistencia hice que Naím se alejara de ti. Pero yo... yo no sabía que hubiera algo tan bonito entre vosotros.

Parpadeo, eso sí que no lo esperaba. Pero Florencia, que cuando coge carrerilla es imparable, indica:

—Me... me sorprendió saber que eras Julia de Valladolid, pero cuando Liam me contó el porqué de la mentirijilla lo entendí. Te prometo que así fue. Y luego, ver a Naím tan mal, tan desesperado por...

No. No. No. No quiero saber nada de Naím, y rápidamente digo:

—Te perdono, Florencia. Pero, por favor, no hables de Naím. Las cosas entre él y yo quedaron claras y...

—Tú eres la mujer perfecta para él —me corta. Y al ver que la miro, insiste—: Sé que te di la tabarra con Mireia. Pero ella no es el amor de Naím, porque su amor eres tú. Solo hay que oír cómo habla de ti para saber que tú y solo tú existes para él.

—Yo también lo pienso —tercia Liam.

Uf, uf, que me va a dar un ataque. Me tiemblan las piernas.

—Y te digo una cosa —prosigue Florencia—. Tras lo que me ha contado Liam que hizo esa noche Mireia, si yo hubiera estado en tu lugar, además de la copa de vino, le habría estampado un taconazo bien dado en la cabeza.

Me río. Y, necesitando cortar la conversación aquí y ahora, indico mirándome el reloj:

—El evento va a comenzar en nada. —Y, al fijarme en el rímel corrido por toda la cara de Florencia y sabiendo que así no puede regresar a la sala, miro a mi derecha y, al ver a mi maquilladora, digo—: Rosario, ¿podrías arreglarle el maquillaje?

Sin dudarlo, ella asiente y, cuando Florencia va a hablar de nuevo, adelantándome a ella, pido:

—Vamos, ve con Rosario.

—Pero yo necesito hablar contigo. Necesito que sepas que...

—Vamos, ve —insiste Liam empujándola con cariño.

A regañadientes, finalmente aquella se aleja y Liam, que está a mi lado, musita:

—¿Qué clase de amigo es ese Ricardo?

Asombrada por la pregunta, lo miro y respondo:

—A ti te lo voy a contar.

Él parpadea. Lo noto incómodo y, estirándose la chaqueta del traje, comenta:

—A Naím no le va a gustar.

Lo miro sorprendida.

—Sinceramente, Liam, lo que le guste o no a tu hermano a mí no me importa.

Este niega con la cabeza.

—Tenéis que hablar.

Niego y replico mirándolo:

—No.

—No seas cabezota como Naím.

—Liam, te dije que o lo arreglaba allí esa noche o luego ya no sería posible.

Él asiente. Recuerda ese detalle tan bien como yo.

—A ver... —musita.

Pero no, no quiero escucharlo, y no sé por qué pregunto:

—¿Ha venido acompañado a la gala?

Ostras, pero ¿por qué habré preguntado eso?

Quiero gritar que la Tierra me trague. Quiero pedir que me cosan el buzón de Correos que tengo por boca.

—Sí —afirma Liam al tiempo que asiente.

Oír eso me hace respirar. Me alegra haber invitado a un tipazo como Ricardo. Y, consciente de que no quiero seguir dándole vueltas a algo que no me merece la pena, musito:

—Mira, Liam, cuando las cosas no pueden ser, no pueden ser. Y lo de tu hermano y yo es...

—Es puro amor.

Según dice eso, lo miro y pregunto:

—No me jorobes que tú también eres un romántico...

Liam se ríe, niega con la cabeza y comenta:

—Lo justo y necesario.

Eso me hace gracia, y luego él insiste:

—Verónica, ¡piénsalo! Vale que mi hermano se ha comportado como un crío con la edad que tiene enfadándose sin pensar. Pero ¿no te parece que lo que hay entre vosotros es único y especial?

—*Fue*. Ya no hay nada —matizo sin querer pensar.

Liam suspira.

—¿De verdad que ese tren único y especial ya no existe?

—No.

—Mentirosa...

Ver su gesto de mofa hace que me entren ganas de partirle la cara.

—¿De verdad quieres dejarlo escapar? —quiere saber.

En mi interior sus preguntas tienen una respuesta que no logro verbalizar. Amo a Naím. Lo quiero con toda mi alma. Pero me ha decepcionado tanto que para que yo lo perdonara tendría que hacer algo tan increíblemente impactante que..., bueno... Y entonces, recordando algo, digo:

—Hablando de trenes, te diré qué para coger un buen tren a tiempo antes debes haber perdido otro. Y el tren llamado Naím pasó ya por la estación.

Liam resopla. No me conoce lo suficiente como para saber lo cabezota que soy. Y, recolocándose la americana, dice:

—Por favor, no puedo seguir escuchando *Tu olvido*... ¡Si hasta me la he aprendido ya! Y mira, Verónica, estoy llegando a un punto en el que creo que, si la oigo una vez más, mataré a Naím.

Según dice eso, mi estómago se contrae. Tenemos canciones que son nuestras. Muchas. Pero veo que esa, en este momento, se ha convertido para ambos en algo muy muy especial. Estoy procesando la información cuando Liam musita:

—Naím te quiere. Está totalmente enamorado de ti.

Madre mía..., madre mía...

Oír eso hace que mi corazón comience a latir acelerado. No. No. No. Estoy trabajando. Tengo que ser profesional, y negando con la cabeza miento:

—Pero yo de él no.

Según digo eso, veo cómo la expresión de Liam cambia. No esperaba oír eso.

En ese momento Florencia se nos acerca y, mirándonos, pregunta:

—¿Mejor así?

Sin dudarlo Liam y yo asentimos mirando su maquillaje. A continuación Fernando entra donde estamos, me mira y dice:

—Verónica, comenzamos dentro de quince minutos. Tenemos que ir a que nos microfoneen.

Asiento. Puedo escapar de ellos, y, mirándolos, digo:

—Ahora, si me disculpáis, tengo que trabajar.

Y, sin más, me doy la vuelta y voy tras Fernando mientras siento cómo la Tierra se mueve bajo mis pies y creo que me va a tragar de un momento a otro.

Capítulo 60

Cinco minutos.

Solo quedan cinco minutos para que empiece la gala del Premio Farpón y tengo los nervios descontrolados.

Desde detrás del telón curioseo sin ser vista. Busco a mis padres en la mesa que me han indicado que estarían, pero no los encuentro. Tienen asignadas las mesas situadas más lejos del escenario, puesto que las cercanas están reservadas para los nominados. ¿Dónde se habrán metido?

Veo a Ricardo en una mesa del fondo, la misma a la que yo, tras dar la bienvenida a los asistentes, he de dirigirme para cenar, hasta que llegue el postre y vuelva a subir al escenario para abrir el sobre y decir el nombre del enólogo ganador. Ricardo está hablando con una mujer que, por lo que veo, está encantada. Normal..., pedazo de bombón que es el Ricardito.

Estoy mirando como una cotilla cuando veo entrar a Liam en la sala junto a una guapa pelirroja. Vaya, ¡ya veo que no pierde el tiempo! Y, como sucede con Mireia, la pelirroja está impresionante con ese vestido azulón. Desde luego los Acosta tontos no son.

Tras él entran Horacio y Xama. ¡Pero qué rebonitos van los dos! Se nota el orgullo del patriarca al llevar a su nieta del brazo. Eso me conmueve. Horacio es muy parecido a mi padre, muy familiar.

Florencia y Omar los siguen. ¡Mira Omar, qué resultón está con su traje! Y tras ellos me sorprendo al ver a Gael y Begoña. Eso me emociona —¡pero qué guapos!—, y más aún al ver a Begoña sonreír y sentir que Florencia le está dando una oportunidad.

Observo gustosa cómo llegan a su mesa cuando de pronto veo a mis padres sentados a ella.

¡¿Cómo?!

Pero... pero ¿qué hacen ahí?

Entonces veo asombrada cómo Liam, con caballerosidad, va presentando a mis padres a todos los integrantes de su familia, mientras yo estoy a punto de salir corriendo de aquí de un momento a otro.

Pero ¿qué están haciendo mis padres?

Los miro sin dar crédito hasta que veo que Horacio se da la vuelta y, sonriendo, llama:

—Naím, hijo, ¡aquí!

Desvío la vista rápidamente y la dirijo hacia la entrada, donde sigue el barullo de gente, y siento que las piernas se me doblan al verlo entrar.

Madre mía..., madre mía... La sensualidad, la seguridad y el poderío que desprende Naím hacen que se me corte el aliento. Qué guapo. Qué bien le sienta el traje. Qué hombre tan imponente... Y al dirigir los ojos hacia su acompañante me... me...

¡Es Zoé!

Parpadeo. Creo... creo que estoy soñando. Zoé, mi niña, mi amor, está preciosa con ese vestido celeste. Pero... pero no entiendo nada.

¿Qué hace mi hija aquí?

¿Cuándo ha llegado?

Y, sobre todo, ¿qué hace entrando en la gala del brazo de Naím?

Agarrada a las cortinas, porque, como me suelte, el tastarazo que me voy a dar va a ser considerable, veo cómo Zoé y Naím, que más guapos y elegantes no pueden estar, se acercan a la mesa del brazo y sonriendo, y enseguida mis padres se abalanzan sobre mi hija para abrazarla y besarla.

Mi respiración se acelera. Mi hija. Mi niña. Está aquí y está nada más y nada menos que con Naím, mis padres y su familia.

Pero ¿qué está pasando?

Boqueando como un pez, me llevo la mano al corazón.

Ay, madre, que creo que me va a dar un infarto.

Uf, uf, si tengo que aparecer en este instante en el escenario creo que no me va a salir ni la voz. Y, cogiendo mi teléfono, llamo a Amara y, cuando voy a hablar, oigo:

—No me mates, pero no podía contártelo... ¡No me digas que el vestido que hemos comprado para Zoé no es una maravilla!

Según oigo eso me alejo de donde estoy y susurro:

—¿Tú sabías que Zoé estaba aquí?

—Sí.

Veo una silla y me siento, o me siento o me caeré, y luego Amara dice:

—A ver, reina, respira, que te estoy oyendo y...

—¡¿Tú sabías que Zoé estaba aquí, que iba a ser la acompañante de Naím y no me dijiste nada?! —insisto.

—Sí —afirma sin añadir más.

Me doy aire con la mano.

¡Ay, Dios, el calor que me está entrando!

No sé qué decir. No sé qué hacer, y entonces Amara, desde el otro lado del teléfono, declara:

—Lo quieres. Te quiere. Por favor, date esa oportunidad.

Pero yo estoy acelerada. Mucho. Y simplemente siseo:

—Mañana hablamos.

Luego guardo el teléfono y, cerrando los ojos, intento tranquilizarme. Lo necesito. Sin embargo, pasados unos segundos me levanto. Me acerco de nuevo hasta las cortinas y, tras ver a mi familia y a los Acosta encantados, cojo de nuevo el móvil y llamo a Zoé.

Enseguida veo cómo ella abre su bolso y lo coge.

—Zoé Jiménez Johnson —siseo cuando contesta—, dirígete ahora mismo a la parte derecha del escenario.

Veo que su expresión cambia. Conoce perfectamente mi voz de enfado. Y, sin decir más, cuelgo.

Como esperaba, sin decir nada, mi hija se dirige hacia donde le he pedido. Yo corro hacia allí y, cuando las cortinas se abren, nos encontramos de frente y lo primero que hago es abrazarla. Su olor..., su cercanía..., para mí es lo mejor y lo más valioso del mundo; y cuando por fin me separo de ella, mirándola a los ojos susurro:

—¿Me puedes explicar qué...?

—Mamá, no te enfades —me corta—. Ostras, mamá..., ¡qué ojeras! —exclama a continuación.

Me vuelvo a cagar en las malditas ojeras, y mascullo:

—Zoé, no desvíes el tema.

—Naím me pidió ayuda para...

—¿Que Naím te pidió ayuda? —pregunto sin dar crédito.

Zoé asiente, sonríe y afirma:

—Como no le cogías el teléfono y no te encontraba, me...

Me llevo la mano a la cabeza. Eso me cabrea más aún.

—¿Me estás diciendo que yo no te conté nada para no preocuparte y él va y, sin pensar en cómo te lo podías tomar tú, te llama y...? —gruño.

—Mamá..., me llamó hace cuatro días, y ya no soy una niña —me vuelve a cortar—. Hasta entonces yo me creía todo lo que tú me decías.

Horrorizada, me doy aire con la mano, y Zoé prosigue:

—A ver, mamá, que te conozco y...

—Verónica, tenemos que empezar ya —oigo que dice de pronto Fernando.

Asiento. Cambio la expresión y, sonriendo, indico:

—Dame un minuto.

Fernando asiente a su vez, se aleja, y yo, mirando a Zoé, cuchicheo:

—¿Dónde está Michael?

—Se ha quedado en el campamento. Esto es un viaje relámpago. Pasado mañana regreso, pero hoy quería estar aquí.

Afirmo con la cabeza. Cada vez entiendo menos, y, consciente de que he de ser la profesional que el premio ha contratado, le doy un beso a mi hija en la mejilla y murmuro:

—Cariño, estoy muy feliz de verte, pero...

—Luego hablamos, mamá. Vamos, ve. Tienes que presentar el premio. Y, por cierto..., ¡estás impresionante con ese vestido! —me corta la muy sinvergüenza.

Atrapada en esa situación, suspiro y, viendo cómo mi hija desaparece tras las cortinas, tomo aire, me doy la vuelta y voy hasta el lugar donde Fernando me espera. ¡Empieza el espectáculo!

Capítulo 61

Cuando el cortinón del Casino de Madrid se abre y Fernando y yo aparecemos en el escenario, los focos nos ciegan mientras suenan los aplausos de los asistentes.

Estoy nerviosa. Mucho. Estoy atacada de los nervios, pero, sacando la frialdad y la profesionalidad que me caracterizan, oculto esa inseguridad que el momento me ha creado y mi compañero y yo damos la bienvenida a los asistentes al premio, y, siguiendo el guion en el que hemos trabajado, vamos presentando uno a uno mediante diapositivas a los enólogos nominados y sus bodegas. Ni que decir tiene que, cuando sale la diapositiva de Naím, el cuerpo se me revoluciona aún más.

Tras la presentación, Fernando y yo bajamos del escenario. Comienza la cena de gala y, sin abandonar la sonrisa, camino por el salón en dirección a mi mesa. Pero, claro, antes de llegar debo pasar junto a la que están mis padres y los Acosta. Es lo mínimo que puedo hacer y, tomando aire, me aproximo a su mesa mientras saludo a los asistentes que me encuentro a mi paso.

—Ratona, qué orgulloso me siento de ti —suelta mi padre antes de que yo pueda decir algo.

Asiento, le doy un beso y cuchicheo:

—Papá, te he dicho que no me llames así aquí.

Él sonríe, yo también, y, dándole un beso a mi madre frente a la atenta mirada de los Acosta, le susurro al oído:

—Os voy a matar...

Ella sonríe y, sin dudarlo, musita:

—Lo sabemos, *my love*, pero merecerá la pena.

Intento no cambiar mi gesto, y a continuación mi hija me coge la mano y dice:

—Mamá, nunca te había visto tan guapa.

Apurada, la miro. Vuelvo a besarla, y entonces oigo que Naím, que está a su lado, señala:

—Ella siempre está preciosa.

Según dice eso lo miro. Como mencione mis ojeras le estampo un plato en la cabeza.

Ay, Dios... Ay, Dios... ¡Pero qué guapo está!

Tenerlo tan cerca hace que las rodillas se me doblen y, agarrándome a la mesa, dejo de mirarlo. No puedo..., es que no puedo. Por ello miro al resto de los presentes y, sin perder la sonrisa, saludo:

—¡Qué alegría veros aquí!

—La alegría es nuestra, mi niña —afirma Horacio.

Un silencio extraño se hace entonces en la mesa. Está claro que aquí pasa algo raro...

De pronto noto que alguien me agarra de la cintura y, al volverme, veo que se trata de Ricardo, que con galantería dice:

—Te acompañaré a nuestra mesa.

Agradecida por su apoyo, que en este momento me viene de lujo, asiento y, tras mirar de nuevo a la mesa donde están mi hija, mis padres y el clan Acosta, indico:

—Disfrutad de la cena, ¡y suerte con el premio!

—¿No te quedas con nosotros? —pregunta mi padre.

Enseguida niego con la cabeza.

—Las mesas están asignadas, y la mía es otra.

Dicho esto, sin mirar a Naím, que posiblemente no me ha quitado ojo, me agarro a Ricardo y caminamos hasta nuestra mesa. Cuando me siento, tras saludar al resto de los comensales que nos acompañan, miro a Ricardo y susurro:

—Gracias.

Él sonríe.

—Me he dado cuenta de que necesitabas ayuda —musita.

—Y tanto —afirmo tras beber agua.

Durante varios minutos permanezco en silencio. Intento recolocar en mi cabeza lo que ocurre. Mi hija está aquí, junto a mis padres, y ellos están cenando en la mesa de los Acosta.

Madre mía..., madre mía...

La cena da comienzo. De entrada nos sirven unos ricos espárragos de Navarra con distintas salsas maridados con un buen albariño, y yo los ataco como si no hubiera un mañana.

Por Dios..., por Dios... ¡La ansiedad que tengo y lo rico que está el albariño!

En varias ocasiones veo que mi móvil vibra. Son Leo, Amara y Mercedes. Pero no, no pienso cogerles el teléfono. Estoy enfadada con ellos, y cuando me los eche a la cara me van a oír pero bien.

Tras el primer plato necesito tomar aire, así que me excuso y me dirijo al baño. Al entrar, como no hay nadie, aprovecho para encender el secador de manos y, cuando el aire frío comienza a salir, me pongo frente a él. Me importa tres pepinos si me despeino o no. Necesito aire.

Mientras me aireo, la puerta del baño se abre y aparece Begoña. A través del espejo nos miramos, hasta que finalmente yo me doy la vuelta, nos sonreímos y, sin dudarlo, nos abrazamos. Durante unos segundos permanecemos abrazadas, hasta que ella musita:

—Siento que por mi culpa se jorobara todo lo bonito que tenías.

—No digas tonterías —indico separándome de ella—. No fue culpa tuya.

Begoña niega con la cabeza e insiste:

—Florencia nos contó lo ocurrido y... y yo...

De nuevo la abrazo. Creo que la abrazo más por mí que por ella.

—Las cosas han de tomarse tal como vienen, Begoña —cuchicheo—. Unas veces se gana y otras se aprende. Nunca lo olvides.

La joven asiente, sin duda entiende lo que digo.

—No tendré vida suficiente para agradecerte el apoyo desinteresado que obtuve de ti —musita—. Y si yo ahora puedo ayudarte en algo, no dudes en decírmelo.

Asiento, sonrío, y con la cabeza hecha un lío murmuro:

—En este instante solo podrías ayudarme si tuvieras una varita mágica y me hicieras desaparecer de aquí.

—Lamento no tener esa varita.

Ambas reímos y a continuación, mirándome a los ojos, dice:

—Naím te quiere.

Cierro los ojos.

—No empieces tú también, por favor —susurro.

—Lo siento, pero has de saberlo. Ese hombre te quiere, te adora. Y si tú lo quieres a él, debéis daros la oportunidad de hablar.

Resoplo, cojo aire y, cuando voy a responder la puerta del baño se abre y entran dos mujeres.

—Será mejor que regresemos a nuestras mesas —le indico a Begoña.

Ella asiente, no me presiona, y tras salir sola del baño me dirijo hacia mi mesa, aunque por el camino siento sobre mí la mirada de Naím.

Mientras estoy charlando con Ricardo y los demás comensales con los que ceno, nos traen el segundo plato. En esta ocasión es un estupendo cordero asado que huele de maravilla. Sobre la mesa también dejan tres opciones de vino para regarlo. Tempranillo, pinot noir y syrah.

Con gusto lo probamos todo, el cordero y los vinos, y la verdad, el maridaje con cualquiera de ellos es perfecto.

Cuando terminamos, y mientras hablo con la señora que está sentada a mi izquierda, de pronto un inquietante y maravilloso olor que me resulta muy familiar inunda mis fosas nasales.

Sin mirar, solo con olerlo, sé que Naím está cerca y, al levantar la vista, ahí está. De pie a mi lado. Nuestras miradas se encuentran y mi corazón se acelera cuando pide:

—¿Tienes un segundo?

Uf, uf...

Quisiera decirle que no. Desearía decir que para él no tengo ni un microsegundo, pero sé que eso delante de la gente que nos rodea en la mesa sería un desagravio. Así pues, disimulando, asiento y, quitándome la servilleta del regazo, la dejo sobre la mesa y digo dirigiéndome a Ricardo:

—Enseguida vuelvo.

Según me levanto soy consciente de cómo Naím lo observa. Su gesto es serio. Adusto. Lleno de preguntas. Y, mirándolo, pregunto:

—¿Qué quieres?

Naím ahora me mira a mí. Su expresión se ha suavizado, y dice:

—¿Podemos ir un momento allí?

«Allí» es detrás de las cortinas, y cuando voy a decir que no, musita:

—Por favor.

Suspiro. Con el rabillo del ojo veo que todos los presentes en la mesa donde están mi familia y la suya nos miran y, sin querer montar un numerito del que seguramente me arrepentiré, asiento y comienzo a andar hacia «allí».

Una vez que traspasamos los cortinones y nos quedamos casi solos, pues los camareros tienen la salida de la cocina por allí, lo miro y siseo:

—¿Cómo se te ocurre llamar a mi hija?

—Estás más delgada y tienes ojeras —susurra.

Maldigo. Me doy la vuelta. Creo que, como no se controle, esta noche la fiera que vive en mí va a organizar la de San Quintín.

—Mi hija no sabía nada —añado mirándolo—. No quise decirle nada para no disgustarla... ¿Cómo vas tú y se lo cuentas? ¿Qué derecho crees que tienes a alterar su tranquilidad?

Naím no contesta, solo me mira. Y, antes de que yo pueda hacer nada, me agarra por la cintura, me acerca a él y, posando sus labios sobre los míos, me besa de esa manera con la que solo él sabe hacerlo, y yo... yo me dejo.

Su boca. Su sabor. Su aliento. Su beso..., ese beso tan cargado de lujuria y de posesión era lo que mi cuerpo necesitaba. Y cuando finalmente acaba, sin separarse de mi boca musita:

—No sabes cuánto te quiero y cuánto te echo de menos.

Cierro los ojos.

Madre mía..., madre mía...

Llevo un mes soñando con partirle la cara por todo el daño y el dolor que me ha causado, y ahora lo tengo enfrente y solo deseo besarlo y que me bese.

Pero ¿cómo soy tan tonta?

Por ello, recomponiéndome, me deshago de su abrazo y siseo dando un paso atrás:

—Pero ¿tú qué te crees?, ¿que yo estoy aquí para cuando tú quieras?

Su gesto cambia, mi pregunta tiene muchas connotaciones.

—Te lo dije, Naím —insisto—. Te dije que como me fuera no iba a volver y...

¡Y me besa otra vez!

Dios..., Dios..., ¡es que no me puedo resistir!

El corazón me va a mil. El cuerpo a dos mil. Y la cabeza a cinco mil.

Entonces consigo reunir el valor suficiente para alejarme de él y, cuando voy a hablar, repite:

—Te quiero.

—Lo siento por ti —respondo con chulería.

Naím me mira, de pronto sonríe y musita:

—Fui un idiota. Como siempre, me obcequé y lo hice mal. Muy mal. Pero, cariño, te quiero, y aunque tú nunca me lo has dicho, sé que también me quieres.

Sorprendida por su seguridad, voy a protestar cuando insiste:

—Y sé que me quieres porque me lo dice tu boca cuando te beso, tu cuerpo cuando te abrazo y tu mirada cuando te miro.

Atontada, por no decir agilipollada perdida, lo miro. Ahí está el Naím que me enamora. El que descongeló mi corazón con sus perfectas frases y sus modos. Ahí está el Naím por el que yo habría dado todo lo que tengo. Pero, intentando protegerme, doy un paso atrás y gruño:

—Venga, por favor... No empieces con tus frasecitas hechas y estudiadas, que esta vez no me la vas a colar.

Él sonríe. Da un paso de nuevo hacia mí y susurra:

—Bloquecito de hielo, te conozco.

No. No. No. ¡Que no me llame así! Eso sí que noooooo.

—Y sé que sabes que tengo razón —prosigue—. Me quieres y me deseas tanto como yo te quiero y te deseo a ti. Pero eres tan cabezota y estás tan enfadada conmigo que te niegas a bajarte de tu pedestal.

Joder... Joder... Joder...

El calor que tengo por el momento, las cosas que me dice, el modo en que me mira y el vino hace que comience a sudar.

—Sé que lo nuestro comenzó abruptamente y de una manera salvaje. Pasamos de ser dos personas que hablaron de conocerse a convertirnos en dos personas que se lo demandaban todo.

Tiene razón, lo que dice es verdad, pero no pienso dársela.

—Durante este tiempo alejado de ti he pensado el porqué de ello y solo he podido llegar a una conclusión —prosigue—. Y esa conclusión es que estamos hechos el uno para el otro y nuestros corazones se dieron cuenta antes que nosotros mismos.

Madre mía..., madre mía...

Como siempre, lo que dice es tan tan romántico, tan tan especial, que me deja noqueada.

—Lo que ocurrió fue una terrible sucesión de desaciertos —prosigue—. La paternidad oculta de Gael, las fotos con Pedro. Soraya en nuestra habitación. Fueron demasiadas cosas juntas y yo... yo me porté como un idiota cerril dejándome llevar por la rabia sin pensar en lo que me importaba de verdad, que eras tú.

Asiento, realmente fue así, y con mala baba pregunto:

—¿Dónde te has dejado a la perfecta de Mireia, *cielo*?

Según digo eso, él susurra mirándome:

—Ella fue otro grave error esa noche. Le permití meterse en nuestra conversación y...

—Y acabaste de cagarla —afirmo con convicción.

Naím asiente, no dice que no. Y yo, aunque entiendo que esa sucesión de desaciertos en un principio lo bloqueara, jamás imaginé que se lo tomaría como se lo tomó.

—Lo de Gael lo hice porque él me lo pidió —musito—. Sé que estuvo mal, pero créeme que si volviera a pasar, lo volvería a hacer. En cuanto a lo de Pedro, fue algo orquestado por Soraya y, me creas o no, no pasó nada. Lo paré. Con respecto a Soraya, la engañada fui yo y...

—Lo sé —me corta—. Y por eso quiero pedirte perdón.

Necesitaba oírlo decir eso. Necesitaba saber que entendía lo ocurrido, y entonces susurro:

—Todos nos equivocamos. Te aseguro que estás perdonado, Naím.

Él me mira. Dios, cómo me mira, y entonces de pronto pregunta:

—¿Quién es tu acompañante?

¡Bien! Se ha fijado en Ricardo.

—Un amigo —respondo.

Por su gesto sé que mi contestación no le vale, pero no, no voy a aclararle nada más. Entonces, como necesito alejarme de él porque como siga a su lado al final lo voy a besar, me parapeto en esa frialdad que tan bien se me da y siseo:

—Mira, Naím, lo que vivimos fue algo muy bonito, pero ya pertenece al pasado.

—Pero...

Lo detengo con la mano, no le permito hablar. Y consciente de que no quiero volver a sufrir y he de cortar eso de una manera abrupta, indico:

—Sé que mi cuerpo reacciona al deseo que puedes despertarme, pero ahora mi corazón dice que no. Y, si me respetas, me dejarás en paz.

Naím me mira. Lo conozco. Sé que estudia mis palabras en su cabeza mientras los camareros comienzan a salir con los postres. Y a continuación da un paso atrás y musita:

—Pues entonces ya no hay nada más que hablar.

Dicho esto me mira unos segundos y, tras dedicarme una triste sonrisa, se da la vuelta y se va.

Una vez que desaparece de mi vista, me tiembla todo. Acabo de rechazar al hombre al que quiero, al que deseo, y estoy reponiéndome de eso cuando Fernando entra donde me encuentro y anuncia mirándome:

—¡Es hora de anunciar el ganador!

Asiento y, tras coger los papeles que él me tiende, me agarro de su brazo y, cuando observo que tengo el sobre del ganador entre ellos, digo entregándoselo:

—Di el nombre tú.

Fernando me mira sorprendido.

—Hemos quedado en que lo dirías tú.

Asiento, lo sé, pero, sin querer dar explicaciones a algo que es mío y solo mío, y entendiendo que existe la posibilidad de que Naím sea el ganador, insisto:

—Pero ahora prefiero que lo hagas tú.

Fernando afirma con la cabeza y a continuación, entregándome la estatuilla de metacrilato, indica:

—De acuerdo. Da tú el premio entonces.

Asiento, lo cojo y, cuando la música suena, sabemos que tenemos que salir al escenario.

De nuevo los focos nos ciegan y, con mi sonrisa mecánica, tras echar un ojo a lo que tengo apuntado en los papeles, lo digo. Repaso la lista de los nominados uno a uno para que la gente los aplauda y luego le doy paso a Fernando.

Mi compañero habla, bromea haciendo reír al público y al final dice:

—Y el Premio Farpón 2022 es para...

Enseña el sobre perfectamente lacrado, lo abre y, acercándose al micrófono, anuncia:

—Naím Acosta García, de Bodegas Verode.

Madre mía..., madre mía..., creo que me va a dar un ataque en vivo y en directo.

El clamor del público ante el nombre del ganador no se hace esperar, y yo... yo... creo que me voy a desmayar.

Como no podía ser de otra forma, y gracias a la jodida ley de Murphy, Naím gana. Le tengo que dar el premio junto con dos besos y, mientras lo asimilo, mantengo el tipo y me recuerdo que he de ser profesional. Por ello, y a pesar del desconcierto que reina en mi interior, con el premio en las manos espero a que Naím suba a recogerlo.

Los aplausos son atronadores. No puedo distinguir las mesas porque los focos no me dejan, pero de pronto veo a Horacio subir al escenario y eso me sorprende. ¿Horacio y no Naím?

Lo conozco y, por su expresión, veo que está descolocado. Y cuando se acerca a mí susurra:

—Naím se ha ido.

Sorprendida, le entrego el premio y cuchicheo:

—¿Cómo que se ha ido?

Pero no hay tiempo para responder. Fernando lo invita a que diga unas palabras y Horacio, posicionándose ante el micrófono, dice levantando el premio que yo le he entregado:

—Soy el orgulloso padre del mejor enólogo internacional, Naím Acosta García, y en su nombre recojo este maravilloso premio.

El público aplaude. Con esas simples palabras Horacio ya se los ha metido en el bolsillo, y luego añade mirando la estatuilla:

—Sé que si mi hijo hubiera subido a por este premio se lo habría dedicado a su madre, mi amada esposa —afirma conmovido—, la gran enóloga que lo enseñó a disfrutar de su profesión y la gran mujer y madre que lo crio y lo enseñó a amar.

Oírlo hace que el vello de todo mi cuerpo se erice, y luego añade:

—También se lo dedicaría al resto de la familia. Para Naím es muy importante porque es un hombre muy familiar. Y, por supuesto, se lo dedicaría asimismo a todos los que trabajan con él en las bodegas día a día.

El público vuelve a aplaudir y entonces Horacio me mira y dice:

—También te lo dedicaría a ti..., mi niña. A la mujer que hace que su corazón lata desbocado cada día y a la que ama sin medida.

Bueno..., bueno..., bueno... ¡Que me daaaaaa!

Un «¡Ohhhhhh!» resuena en toda la sala y yo me quiero morirrrr.

Por favor, por favor..., ya no solo se me declara el hijo, sino que ahora también lo hace el padre delante de todos. Y, mirándome, continúa:

—A Naím le hace mucha ilusión este premio porque es un premio a su trabajo. Pero para él su más ansiado premio eres tú.

Otro «¡Ohhhhhhhhhh!» vuelve a oírse, y el romántico de Horacio añade viniéndose arriba:

—El amor es como el vino, mi niña. Si es bueno, con el tiempo, mejorará. Y te aseguro que, conociendo a mi hijo, con él todo mejorará.

Oír eso y ver su gesto me hacen sonreír. Ay, Dios, ¡que me emociono! ¡Que me pongo blandita! Y más cuando oigo la voz de mi padre, que grita:

—¡Ratona, atrévete!

—¡Mamá, ve a por tu sueñito! —exclama a continuación mi hija.

Madre mía..., madre mía... No los veo, pero los oigo.

Mi cuerpo reacciona y de pronto parece romperse en mil pedazos. Una vez más Naím se ha plantado ante mí con el corazón abierto del todo, aun sabiendo que yo se lo iba a pisotear. Se ha arriesgado y ha bajado la luna a mis manos trayéndome esta noche a Zoé a la cena. Sin duda es un hombre muy especial.

Horacio y Fernando me miran. El primero sonríe. El segundo está alucinado. Imagino que toda la sala nos mira. Y yo no sé qué pensar, pero de pronto, y sin saber por qué, esa seguridad fría e impersonal que tenía se desmorona por completo y, al oír el latido de mi corazón, sé que tengo que ir a por mi amor.

Sé que tengo que dejarme de miedos y de tonterías. Que lo que tenga que ser será, porque estoy viva y quiero vivir.

Por ello, y sin pensarlo más, le quito el premio de las manos a Horacio y, como la cabra loca que soy, a pesar de mi edad y de mi profesionalidad, me doy la vuelta y corro para bajar del escenario.

Según lo hago me encuentro con Liam, que me está esperando, y, acelerado, dice cogiéndome de la mano:

—Va hacia el coche. Ven, te acompaño.

Sin dudarlo me dejo guiar por él.

Madre mía..., madre mía... ¿Qué estoy haciendo por amor?

Pasamos entre la gente, que aplaude y nos mira con gesto sonriente; entonces mi madre, que corre detrás de nosotros junto a Zoé y mi padre, exclama:

—Ay, *darling*, ¡qué noche tan emocionante!

Asiento, sin duda está siendo una noche llena de sorpresas, mientras yo, apurada, intento correr con tacones y el vestido de putón elegante y no matarme.

Salimos de la sala y luego también del Casino. Los Acosta al completo nos siguen, como nos siguen mi familia, fotógrafos y asistentes, y entonces lo veo. Veo que camina hacia un vehículo oscuro con las manos metidas en los bolsillos y, sin dudarlo, grito con todas mis fuerzas:

—¡«Sicilia»!

Al oírlo, Naím se para. Se da la vuelta y, al ver lo que se le viene encima, su expresión me hace gracia. Con lo reservado que es, sin duda esto debe de horrorizarlo.

Entonces Liam suelta mi mano y susurra:

—Vamos, los dos estáis en la misma estación. Coged el mismo tren de una vez.

Sonrío y luego oigo que este dice dirigiéndose a todo el mundo que nos sigue, incluidos los fotógrafos:

—De aquí no pasa nadie. Esto es algo entre ellos dos.

La gente protesta. Las primeras, mi madre y Florencia. Pero no, Liam no los deja acercarse, y yo se lo agradezco. Madre mía, cuando mis amigos se enteren del numerito que he montado y que ellos se han perdido ¡no me lo van a perdonar!

Naím me mira con gesto desconcertado. Mi moño italiano ya debe de parecer cubano, pero me da igual. De hecho, todo me da igual ya y, acercándome a él, musito:

—Naím Acosta García, ¿adónde se supone que vas?

Él parpadea, no sabe qué contestar, y yo, tendiéndole su premio, digo:

—Enhorabuena, lo has ganado.

Naím mira la estatuilla. Asiente. Y yo, incapaz de callar un segundo más lo que mi corazón necesita decir, lo miro a los ojos y susurro:

—Te quiero.

Ay, Dios, ¡lo que acabo de decir!

Ay, madre, ¡lo que he dichooooo!

Decir eso hace que su expresión cambie. Noto que curva las comisuras de la boca y pienso... pienso qué decirle que pueda estar al nivel de las cosas tan maravillosas que él me dice a mí. Pero a causa de los nervios, y de que yo no tengo su inventiva, me quedo paralizada y, ante el silencio, digo:

—Me encantaría decirte cosas preciosas, tan bonitas y románticas como las que tú me dices a mí, pero... pero... soy un bloquecito de hielo y no me salen... —Naím sonríe, y yo prosigo—: Sabes que lo más especial para mí en el mundo es mi hija, y hoy has hecho que esté aquí para que pueda verla, abrazarla y besarla y, aunque solo sea por eso, tengo que darte las gracias.

Nos miramos en silencio y, sintiendo cómo el corazón me bombea, continúo sin medida:

—Te quiero. Y te quiero porque, sin intentar cambiar nada de mí, lo cambiaste todo. Sabes que soy todo o nada. Frío o calor. Invierno o verano. Soy rara. No tengo término medio. Pero te quiero, y lo siento de corazón, aunque antes te haya dicho todo lo contrario.

Según digo eso, con palabras encriptadas incluidas, el gesto de Naím vuelve a cambiar.

Madre mía..., madre mía... ¿De dónde me ha salido esa vena tan romántica?

Sorprendida por mi declaración, veo que él no me quita ojo.

—Repite lo que has dicho —musita entonces.

Joder, ¿no me abraza? ¿No me besa?

Malo..., malo... Creo que ahora soy yo la que llega tarde, y me agobio. No sé si sabré repetir lo que he dicho. Estoy tan nerviosa que realmente no me acuerdo de mis palabras, por lo que murmuro:

—Te quiero porque eres mi primer pensamiento al despertar y el último antes de dormir. Y, ya que estamos, te voy a decir otra cosa. No conocí a tu madre, pero sí te conozco a ti y a toda tu familia. Y por eso, te guste o no, me rechaces o no, voy a crear la campaña para Bodegas Verode más impresionante que puedas imaginarte por ella. Porque se lo prometisteis, y así será, me quieras en tu vida o no.

Está ojiplático. Parado. Alucinado; tanto que comienzo a asustarme. Tendiéndole la estatuilla de nuevo no sé ya qué decir y susurro:

—Aquí tienes tu premio.

Joderrr..., no se mueve, no habla. Pero entonces de pronto se me acerca y, pasando del premio que le tiendo, me abraza y me da un besazo. Pero un besazo de esos de película que me deja sin aliento.

—El único premio que deseo eres tú —musita mirándome a los ojos cuando termina—, y por fin lo tengo.

Oh, Dios, sí..., sí... sí...

Como siempre, vuelve a decirme la frase única y especial para este momento y yo me siento muy muy feliz. Al final va a ser cierto eso que Leo dice de que es mejor haber amado y perdido que no haber amado jamás.

Mi familia y la suya, junto con la prensa, que hace fotos, y muchos de los invitados a la gala, aplauden y disfrutan del numerito romántico que les estamos ofreciendo. Está claro que las historias de amor le gustan a todo el mundo.

Se puede decir que mi vida cambia siempre después de un verano de amor. La primera vez el amor me trajo una preciosa hija. Y la segunda, me trajo a Naím.

Nos miramos.

Estamos felices.

Sonrío. Sonríe.

Me besa. Lo beso.

Estoy entre los brazos del hombre que ha conseguido que mi corazón se descongele.

Estoy entre los brazos del hombre que ha logrado que le dé una oportunidad al amor.

Y lo mejor de todo es que estoy con un hombre que me quiere como soy, y yo lo amo con todo mi corazón.

Epílogo

Mykonos, Grecia, veinte días después

Feliz.

Esa es la palabra que me define y creo que también define a Naím.

Tumbada en una comodísima hamaca en la isla de Mykonos, miro el mar, ese mar que siempre me cautiva, mientras observo a Naím hablando por teléfono en el interior de nuestra habitación del hotel.

Grecia es lo que esperaba. Y Mykonos, la isla del amor, la libertad y la diversión, una maravilla.

Tras lo ocurrido la noche del Premio Farpón en Madrid, donde mi amor y yo nos volvimos a dar una oportunidad, Naím me sorprendió cuatro días después y puso frente a mí unos billetes de avión a Grecia que yo por supuesto acepté.

¡A Grecia, nada menos!

Y aquí estamos, en Mykonos, un sitio romántico, precioso y encantador.

Mientras miro el mar, pienso en Zoé. En lo feliz que la sentí cuando la llevé al aeropuerto. Regresaba con su amor y eso la hacía feliz, pero yo sé que la felicidad que veía en su rostro era por mí. Está contenta con mi relación con Naím. Y, como supuse, ya se adoran.

Sin duda, conociéndolos, los dos se compincharán más de una vez contra mí.

Mis padres no pueden estar más contentos. Por fin me ven al lado de un hombre que me quiere y me cuida y, sobre todo, al que yo quiero. Con eso les vale. Solo necesitan verme feliz.

La familia de Naím, más de lo mismo. Regresaron a Tenerife, no solo con el Premio Farpón para sus bodegas bajo el brazo, sino con la promesa de que, una vez que regresemos de este viaje, haré todo lo posible para mudarme e irme a vivir a Tenerife. Algo que sin duda haré, pues siempre he deseado vivir al lado del mar. Está apuntado en mi cuaderno de sueñitos y ahora, junto a Naím, así será.

En cuanto a mi empresa, Fórmula Perfecta, seguirá abierta en Madrid. Me organizaré para las reuniones que tenga que hacer allí y así veré a mis padres y a mis amigos. Aunque mi mente no para y estoy planeando abrir una filial en Tenerife. Me encargaré de llevar las dos oficinas. Sé que puedo hacerlo, y sé que Naím me ayudará.

En cuanto al tema Soraya, espero que este quede zanjado pronto. Está internada en una clínica psiquiátrica en Madrid, apoyada por su familia y por Naím. Y solo deseo que se recupere y pueda retomar su vida sin hacerse daño a sí misma ni a nadie más.

Sobre Mireia, ya la veré cuando regrese a Tenerife. Si es lista, sabrá aceptar lo ocurrido. Si es tonta, ¡me encontrará!

Mis amigos, por su parte, están que no se lo creen. Su reina del hielo se ha deshelado, y, aunque tengo con ellos una charla pendiente en la que me los voy a comer a besos por todas las cosas que hicieron a mis espaldas, sé que cuando me vaya a vivir a Tenerife los echaré mucho de menos.

Pero «En lo malo. En lo bueno. Y en lo mejor» será eterno entre nosotros, porque el Comando Chuminero somos indestructibles, y con eso me quedo.

Estoy pensando en ello cuando Naím, solo con una toalla blanca alrededor de las caderas, sale a la terraza. En su gesto veo extrañeza, y pregunto:

—¿Qué ocurre?

Algo descolocado, él me mira y responde:

—No lo sé muy bien. Florencia me ha dicho que Liam se ha marchado con urgencia a Los Ángeles.

—¿Para qué?

Naím se encoge de hombros.

—No lo sé —dice—. No ha sabido explicármelo.

A continuación se acerca a mí y me besa. Besarnos se ha convertido en nuestra manera de respirar todos los días y, divertida, me levanto de la tumbona y me dirijo a la cama.

Madre mía, qué caliente estoy.

Naím me observa y sonríe. Sé que está tan caliente como yo.

La noche anterior estuvimos con un tercero en nuestra habitación, gozando del puro placer del sexo. Lo pasamos muy muy bien. Nuestro disfrute en el sexo es algo muy nuestro, muy personal. Algo que quizá otras personas o parejas no entiendan porque tienen las miras más cortas. Pero nosotros lo entendemos, lo disfrutamos, y con eso nos basta.

Deseosa de él, del hombre que me posee como nadie y me vuelve loca, camino hacia la cama. Una vez que llego, me siento en ella y, mirándolo con provocación, abro las piernas para mostrarme.

Naím suspira. Resopla.

Nuestro juego caliente y abrasador nos va a devorar. No paramos de poseernos, de follarnos, de calentarnos. Y lo hacemos. Eso nadie nos lo va a quitar.

Como el buen jugador que es, mira lo que muestro. No tarda en caminar hacia mí. Sin hablar, se agacha entre mis piernas. Y, apoyándolas sobre sus anchos hombros, acerca su tentadora boca a mi húmeda vagina y, tras retirar la tirilla de mi tanga hacia un lado, me da un tentador mordisquito mientras susurra:

—¿Qué quiere mi bloquecito de hielo derretido?

Mmmm..., me encanta ser su bloquecito de hielo derretido. Y querer, querer, lo quiero todo.

Sonriendo, veo la botella de vino abierta que tenemos sobre la mesilla.

Es el vino de Naím. Mi Sueñito.

Mandó hacer varias réplicas de la botella que yo le regalé, y en este viaje nos las estamos bebiendo. Y, tras coger la botella de sauvignon blanco, la derramo sobre mi estómago ante su divertida y ardiente mirada. El vino desciende hacia mi vagina, la empapa, y yo pregunto divertida:

—¿Y si lo probamos...?

Y, sí, sin duda ¡lo probamos!

Referencias a las canciones

All I Ask, ℗© 2015 XL Recordings Ltd., interpretada por Adele.

A un beso, ℗ UMM; 2021 Universal Music Group México, S. A. de C. V., © 2021 Universal Music Group México, S. A. de C. V., interpretada por Danna Paola.

Como antes, ℗© 2020 Warner Music México, S. A. de C. V., interpretada por Llane.

Cómo fue, ℗ 2018 Sony Music Entertainment México, S. A. de C. V., interpretada por Francisco Céspedes y Carlos Cuevas.

Crazy in Love, © 2014 Groove Mite Records, interpretada por Beyoncé y Jay Z.

Delirio, ℗© 1994 Warner Music Benelux BV. A Time Warner Company, interpretada por Luis Miguel.

Donde ya no te tengo, ℗© 2009 Warner Music Spain, S. L., interpretada por Rosana.

Felices los 4, ℗ 2017, 2018 Sony Music Entertainment US Latin LLC, interpretada por Marc Anthony y Maluma.

Fiera inquieta (Quién es ese hombre), ℗© 2022 Pasión de Gavilanes, interpretada por Guita.

Get the Party Started, ℗© 2020 Piano Project, interpretada por Pink.

Grecia, ℗© 2020 Elsa y Elmar, interpretada por Elsa y Elmar.

How Deep Is Your Love, ℗ 2018 Morton Records, interpretada por Pj Morton y Yebba.

I Gotta Feeling, ℗© 2009 Interscope Records, interpretada por The Black Eyed Peas.

Looking for Love, ℗© 2021 Art Society Music Group (AMG) / EMPIRE, interpretada por Kevin Ross.

Mafiosa, ℗ 2021 Sony Music Entertainment España, S. L., interpretada por Nathy Peluso.

Me vuelves loca, © 2018 Raw Entertainment, interpretada por Armando Manzanero, Gaby Moreno y Paquito D'Rivera.

No discutamos, ℗© 2017 Warner Music México, S. A. de C. V., interpretada por Luis Miguel.

Pa mis muchachas, ℗ 2022 Sony Music Entertainment US Latin LLC, interpretada por Christina Aguilera, Becky G, Nicki Nicole y Nathy Peluso.

Por una cabeza, ℗© 2022 Jacques de Lousse, interpretada por Carlos Gardel.

Propuesta, ℗ 2011 Sony Music Entertainment México, S. A. de C. V., interpretada por Kalimba.

¿Qué nos está pasando?, ℗© 2009 Universal Music Spain, S. L. (Vale Music) España, interpretada por Manuel Carrasco.

Raise Your Glass, © 2012 RGS Music, interpretada por Pink.

Run Run Run, ℗© 2015 Blues Babe Records, LLC.

So What, ℗ 2008 LaFace Records LLC, interpretada por Pink.

Tacones rojos, ℗© 2021 UMG Recordings, Inc., interpretada por Sebastián Yatra.

Toxic, ℗ 2003 Zomba Recording LLC, interpretada por Britney Spears.

Tu olvido, ℗© 2017 Macimusic Entretenimiento, S. de R. L., interpretada por Carlos Macías y Víctor García.

Un beso grande, ℗© Garambullo Records, interpretada por Edgar Oceransky y Francisco Céspedes.

Uno x uno, ℗© 2015 Universal Music Spain, S. L., interpretada por Manuel Carrasco.

Vivir así es morir de amor, ℗ 2021 Sony Music Entertainment España, S. L., interpretada por Nathy Peluso.

Womanizer, ℗ 2008 RCA/JIVE Label Group, a unit of Sony Music Entertainment, interpretada por Britney Spears.

Otros títulos de la autora en Booket: